U0695542

夜光杯里的黑影

王 毓◎著

UNITY PRESS 团结出版社

图书在版编目（CIP）数据

夜光杯里的黑影 / 王毓著. -- 北京 : 团结出版社,
2017.7（2023.7重印）

ISBN 978-7-5126-5299-6

Ⅰ. ①夜… Ⅱ. ①王… Ⅲ. ①长篇小说—中国—当代
Ⅳ. ①I247.5

中国版本图书馆CIP数据核字(2017)第155117号

出　　版	团结出版社
	（北京市东城区东皇城根南街84号　邮编：100006）
电　　话	（010）65228880　65244790
网　　址	http://www.tjpress.com
E-mail	65244790@163.com
经　　销	全国新华书店
印　　刷	成都新千年印制有限公司
装帧设计	成都天恒仁文化传播有限责任公司
开　　本	170mm×240mm　1/16
印　　张	26
字　　数	480千字
版　　次	2017年7月第1版
印　　次	2023年7月第3次印刷
书　　号	ISBN 978-7-5126-5299-6
定　　价	79.80元

引　子

公元二〇一四年六月二十八日，是十宝的九十五岁生日。他光着身子躺在被窝里，一半清醒，一半糊涂。清醒时，他摸着自己赤条条的身子，想到自己赤条条来到人间，除了孩童时在白天享受过短暂的赤身裸体的快乐，后来从未在白天有过如此的快乐。一转眼，将近一百年过去了，自己还有多少活头？他从被窝里伸出十个指头，竖在自己面前，看见自己苍老的十指青筋暴突，不胜凄凉。他用一个指头在另一只手指上点来点去，口中念念有词。他在用自己的手指掐算自己的寿命，看自己还有几天活头。他掐了一遍又一遍，始终不相信掐算的结果。难道只有几天的活头吗？不可能。九十五年都过来了，难道就活不过今年吗？他有一个愿望，就是活到九十六岁。再活一年，不算奢望吧？他问自己。当然不算奢望，村里有人活过了一百岁。

十宝摸了一把胳臂上松弛的皮肤，摇摇头。人生有命，怎么会不相信命运，与命运抗争？老天让你三更死，你不会活到大天明。他笑了，笑得那么开心，那么灿烂。这时他才明白命运和归宿的含义。他不怕死，但想到日后天天要与阎王小鬼打交道，心里有点不舒服，他不知道被阎王叫去后如何处置自己。唉！随便吧。人活千岁，总有一死。

十宝理智了，清醒了，他要尽快了却那桩心事。那件心事像一块沉重的石头，在他心里整整压了七十年。漫长的七十年，怎么一闪而过？他不相信自己已经九十五岁了，那件往事就像发生在昨天。罢罢罢，不管时间有情与无情，不管还能活多少天，眼下要赶紧处理这件要紧事，了却自己的最后心愿。

“有财，快去叫你叔！”十宝在被窝里喊。

“谁？”有财问。

十宝不吱声，将拇指和食指岔开，像个八字。

“到底是谁？”有财又问。

“你叔。”

“谁？”

“八只眼。”

“叫他做什么？”

“有事。要紧的事！”

“我马上去找。”

“快点！快点！夜光杯！夜光杯！”

1

十宝清楚地记得，自己二十五岁那年六月，家里的夜光杯丢了，那是件价值连城的宝贝。他曾经埋怨父亲不善管理家财，其实他更应该埋怨曾祖父，谁让他在世时总看不惯他的孙子十宝的爹。

十宝家是村里的财主，十宝的父亲人称三财主。十宝的曾祖父挣下了一份不错的家业，十宝的祖父又是清末秀才，家里银光闪耀，书香飘溢，十里八村的人羡慕不已。家财殷实，门庭光耀，十宝的曾祖父常叼着水烟袋，捋着长胡须，欣慰不已。他为儿子科举登第而自豪，也为自己理家有方而自负，就差看到孙子的能耐了。不料孙子十岁时，他却一命呜呼，看不到孙子的前程。活着时他总瞅着孙子的脑袋，看来看去，既不高兴，也不生气。他觉得孙子的头长得不周正，太平庸，没有丝毫突出之处，这让他有点泄气。他总喜欢将孙子的头跟儿子的头相比较，儿子的头天庭饱满，地额方圆，孙子的头则尖而长，因此认为孙子的头远不如儿子的头好看。这时，他总会摇头，心里默念，家道千万别在孙子手里败落。为了弥补孙子长相平庸的不足，在孙子三岁时他就教孙子认字。他看不出孙子有什么过人之处，也看不出孙子有什么低人之处，除了摇头还是摇头。他对十宝的爷爷老秀才说，估计我的孙子不会有大出息，管教好你的孙子，让他扩展我的这份家业。老秀才从发黄的书本上抬起头，愣愣地看着须发皆白的爹，一脸茫然。看见老秀才一副书呆子相，十宝的曾祖父一脸茫然，只好莫名其妙地说：“罢、罢、罢。”

说来也巧，正如十宝的曾祖父所料，他的孙子真的没有一点出息。十宝的祖父考中秀才没几年，中国废除了科举考试，十宝的爹失去了仕途希望，只好待在家里料理家业。十宝的曾祖父常说：富不过三代，穷不过三辈。他想以此激励孙子奋发图强。他为什么不把振奋家业的希望寄托在儿子身上呢？他看见儿子成天总盯着发黄的书本不放，知道儿子只跟方块字有缘，与圆铜钱无缘。儿子潜心于书本，已被书香迷惑，哪有心思去摸铜钱，更不必说五谷杂粮。不过，他不能摇头，因为儿子毕竟考取了秀才，给这个家挣来了荣耀，他自己没有科举及第的本事。他认为孙子没有科举登第的希望，能打理好这份家业也行。老秀才以识文断字自负，却疏于家业的管理。家里常年顾

着几个长工，春种秋收还要雇佣几个短工，雇佣长短工的工钱就是一笔不小的花销。遇到好年景，家里略有结余；遇到坏年景，入不敷出。老秀才也想改变这种不良状况，无奈识字有方，经营乏术，家境日渐衰落。后来干脆把家业交给十宝的爹打理，他一心只读圣贤书，十宝的爹成了家里的主人。当手头拮据时，他们只好变卖土地，补给家里日用花销。村里有心人发现，近几年来，他家每年变卖四亩地，这成了三财主家的规矩。

这年开春，三财主家照例卖了四亩地，卖了六十块银元。三财主卖地，初时卖差点的地，逐渐开始卖好点的地。初时四亩地卖五十块银元，刚卖的这四亩地是好地，所以多卖了十块钱。村里人习惯称呼十宝的爹为三财主，称呼十宝的爷爷为老秀才。小时候十宝没有在意人们的称呼，稍大之后对村里人的称呼便怀有敌意，认为三财主的称呼应该给爷爷，爷爷是长辈，爷爷才是一家之主。他曾就此事问过爹，为什么人们大小不分，是不是对爷爷怀有鄙视之意。爹告诉他，你爷爷是个秀才，只知道识文断字，不知道春种秋收，家里的大小事情都要我来打理，我才是名副其实的财主。十宝恍然大悟，认为爹说得有理，也就不再计较人们的称呼。

人们每天都要吃喝拉撒，每天都要柴米油盐，只好睁着眼瞎过日子。最可恨的是半月前日本人来村一趟，打劫了大财主五百块银元，抢走了几十石粮食；勒索了二财主的二百块大洋，抢走了几石上好的豌豆；三财主损失最小，只抢走了几石麦子。为此，村里人心惶惶，家家自危。

三财主手里握着沉甸甸的六十块银元，放到爹的面前让他过目。老秀才看一眼银光闪闪的银元，脸上掠过一丝笑意，随即又飘过一朵阴云。这一切，三财主看得清清楚楚。

“你怎么理家？”老秀才说。

“你不也家吗？”三财主说。

“我老了。我就喜欢书上那些字，对银元不感兴趣。”

“你一肚子学问都不行，我半肚子乱字能做什么。”

“保管好银元，供今年开销。”

“不好保管。”

“不会保管吗，你？”

“是的。银元藏哪？”

“放在家里也行，花一块少一块，用不了多久就花完了。关键是家里的那件宝贝，一定要藏好，绝对不能丢，不然我对不起列祖列宗。”

老秀才这才知道，天下乱作一团，藏东西真是件不容易的事。如果藏在屋里，日本人来了会抢，国民党来了会搜。人家用枪随便一扒拉，东西就会到手。如果藏到屋外，他们一时半会儿找不到，倒是安全些。

三财主问：“藏哪？”

“你的意思？”老秀才问。

“藏近点。藏远了，不放心，要经常去看，没有那闲工夫。”

“近处有好地方藏吗？”

“院子的墙根下，怎么样？”

“不行。太近，太惹眼。藏在眼皮底下，你总想看，总看会被别人看出破绽。”

“藏哪？”

“藏院子外面。这样你不会总去瞅它，看起来也方便。”

三财主点头。院子外面倒是有几个好藏处，磨盘底下，枣树根下，槐树根下，墙根下，门墩石下，大门天花板里，瓦窑里，柴窑里。如此多的好藏处，让三财主一时拿不定主意。如此小事，如果是在前些年，他自己就可以处理好。现在家境日蹇，花钱都得仔细算计，何况是藏一件值钱的宝贝。如果没藏牢靠，一旦被人盗走，列祖列宗会钻出棺材兴师问罪。他看了老秀才一眼，征求老秀才的意见。

老秀才有点不耐烦，说：“你自己看着办。”

“那就藏到槐树根下。”

“不好。覆盖的新土容易被人看出破绽。”

“门墩石下？”

“不妥。日本人知道咱是财主，随手一搬石头就露馅。”

“瓦窑里？”

“不行。瓦窑在大路口，日过百人，有人进去撒泡尿就会冲出来。”

“柴窑里？”

老秀才沉吟片刻，然后点头：“那倒是个好藏处。柴窑里柴禾多，容易隐藏，上面多盖些柴禾，很严实。即使有人放一把火，也不会露馅。”

“好。银元放在家里，宝贝放在柴窑。”三财主说。

“银元放在家里，用起来方便，一里一外，免得都丢了。”老秀才说。

夜晚，三财主睡到鸡叫头一遍，一骨碌爬起身，从枕头底下摸出一个小木匣，悄悄开了门。他蹑手蹑脚走到院子里，悄悄抬头向四处张望了一遍，只见周围一片黑，不见一点白。他把小木匣藏在怀里，一只手握着一把小铲子，轻轻打开大门。走出大门后，他再次向四周看看，黑夜里没有一点动静。他轻轻关上大门，转过身，正要移步，突然听见一声响。他缩紧身子，仔细一看，离他几丈远的地方，有一个淡淡的黑影一窜而去。他被吓了一跳，看黑影的大小，估计是一只夜游的猫。他轻手轻脚下了一个小坡，钻进自家的柴窑。

2

“宝贝丢了！宝贝丢了！”

清晨，刚跑出柴窑的三财主急匆匆跑进院子，跑进老秀才的屋，一脸惊慌。

老秀才盥洗完毕，正坐在炕上看书，听见儿子的喊声，忙从书本上抬起头。他看见儿子站在地上，一副惊慌失措的样子。

“什么事？如此慌张。”

“宝贝丢了。”

“不是藏得好好的吗？”

“是藏好了。那也丢了！”

“哦。不翼而飞，其中必有蹊跷，待我看完这篇文章，再行理论。”

“爹！你，你——，人家滚油浇心，你却东吴招亲。”

“什么？”

老秀才从书本上抬起头，一脸茫然。突然似乎明白了什么，说：“东吴招亲的人是刘备，我哪有这艳福。滚油浇心，有那么焦心吗？古人云：失财免灾。毋庸置疑。”

“你就知道抱着那几本破书看，书上有宝贝吗？那些字能当夜光杯用吗？宝贝丢了你都不着急，越老越糊涂。”

“此话怎讲！古人云；书中自有黄金屋，书中自有——。秀才遇到兵，有理说不清。哎！待我看完这篇文章再理论。”

三财主急得直跺脚，最后一脚一使劲，踏坏了半块地砖。三财主气急败坏，转身刚要出门，跟推门进来的婆姨撞了个满怀。婆姨看见三财主满脸火气，问：“出了什么事？”

“天大的事！”

“到底什么事？”

“宝贝丢了！”

“什么？那是件家传宝贝，一夜之间就没了，先人要找我们算账的。我们就是卖几十亩好地也买不来这件宝贝！”

“事到如今，说这些话有什么用。”

“我受不了，我要找三只手算账。”

“你知道哪个是三只手？”

“我有办法。”

三财主的婆姨急匆匆冲出门外，三财主也跟着走出门外。老秀才看见二人出门，知道他们去处理丢宝贝的事，依旧伏在炕桌上读那篇未读完的古文。

三财主在院子里心急火燎，不知道做什么好。突然感到尿急，赶紧跑到茅房，拉开裤子，掏出家伙，等了好久，竟然滴不出一滴尿来。一气之下，三财主骂了一声“不争气的东西”，收拾好家伙，走出茅房，骂了一声：“气死我了！”

院墙上放着一个簸箕，簸箕里晒着一簸箕长虫的小米，那是三财主早上起来做的第一件事。天热了，陈米容易长虫，家里的几斗米长了虫子，只好端出来晒一晒。三财主看见几只麻雀飞到簸箕里，一边叽叽喳喳叫着，一边欢快地啄着小米，一边呼唤树枝上的同伴。三财主骂道：“你们也来算计我，太欺负人了！”

三财主从地上捡起一把笤帚，狠狠地朝簸箕打去。由于使劲过大，笤帚没打着簸箕，“呼”的一声飞出了墙外。麻雀也“呼”的一声，一哄而散，飞到墙外的树枝上，叽叽喳喳，冲着怒气冲冲的三财主叫骂。

三财主看见树上的麻雀不依不饶，还想来吃米，随手从墙上捡起半块砖头向麻雀砸去。麻雀“呼”的一声，飞过三财主的头顶，去别处找食。

三财主余怒未消，正想回屋找老秀才继续说丢宝贝的事，看见几只鸡在院子里的墙根下刨来刨去找东西吃。三财主火冒三丈，骂道：“你们想刨倒我的院墙吗？院墙快被你们这些狗东西刨倒了。墙倒众人推，你们也来欺负老子，瞎了眼的东西！”

三财主捡起地上的一把笤帚向鸡狠狠砸去，一只母鸡被砸中翅膀，嘎嘎叫着飞出墙外。看见砸中了母鸡，三财主有点心疼，又不免高兴，总算出了一口恶气。

转过身子，三财主看见家里的那只白狗正卧在墙根下打盹。三财主看见狗如此安闲，夜里不尽忠职守，不给老子好好看守门户，让我的宝贝被偷，白天还在打盹，养你有什么用。三财主肚子里又升起一股无名之火，火气升腾，不可遏制。三财主到处找东西，要教训一下这个玩忽职守的狗东西。他找来找去，找到了一根木镢把。他操起镢把，向白狗扑去。正在打盹的白狗听见脚步声，赶紧睁开眼睛，看见主人操着家伙，怒气冲冲，直奔自己而来，马上站起来。看见主人步步逼近，来意不善，白狗边跑边扭头看着三财主，似乎在说，你犯了什么毛病，我好端端的，不问青红皂白来打我，算什么鸟主人。

三财主管不了那么多，他认为自己的宝贝失踪，责任全在白狗身上。无用的看家狗，不如一棍子打死算了。他追赶着狗，一直追到大门外，还不罢

手，直到狗跑出五六丈远，才骂骂咧咧停住脚。

三财主回转身，走进院子，看见婆姨一手拿着一块菜板，一手拿着一把菜刀，胳肢窝里夹着一个皱皱巴巴的老南瓜，怒气冲冲向大门走去。三财主不明就里，疑疑惑惑看着对他不理不睬的婆姨，不知道她犯了什么毛病。

"你要干啥？"三财主问。

"我要找出偷宝贝的三只手。"婆姨说。

三财主一脸苦笑，心里骂：你个臭婆姨，你那点本事，能找到盗贼吗？如果你能找到盗贼，我三财主的名字倒着写。他眼睁睁看着婆姨走出大门，不知道她去做什么。他不想搭理婆姨，心想随你去，你能折腾出什么子丑寅卯来。他想回到老秀才屋里，继续跟爹说宝贝被盗的事。

三财主上了台阶，正要推门进屋，忽然听见大门外婆姨的叫骂声。他以为婆姨在跟那个人吵架，连忙转身走下台阶，心里骂道：你个熊婆姨，成事不足败事有余，还在给我添乱，叫我有何心思去找宝贝。

三财主走出大门，看见婆姨坐在大门外的黄土地上，面前放着菜板，菜板上放着的老南瓜，被她剁得七零八落。他看见婆姨一边不停地剁着老南瓜，一边叫骂："村里的老小们，昨天深更半夜，不知道哪个黑心的三只手偷了我家的宝贝。这不是要断我家的生路吗？你们都知道，我家前几天卖了几亩地，换了几个银元，心想日子好过了，不想宝贝却被黑心黑肺的人偷走了，那是几十亩好地都换不来的宝贝！"

村里人听到三财主的婆姨在叫骂，知道她家的宝贝丢了，都赶来看热闹。有的站在她跟前看，有的站在她家的脑畔上看，有的站在远处看，好不热闹。

看见婆姨在叫骂，三财主很不高兴，说："你能骂回宝贝来吗？别丢人现眼了，快点回家去！"

婆姨说："我不回去！我要骂，要骂三只手的祖宗八代，骂得他们在阴曹地府里心慌眼跳，不得安生。我要骂，要骂三只手百病缠身，头上生疮，脚底流脓。我要骂，要骂三只手窑塌财散被褥烧。我要骂，要骂三只手早起出门活蹦乱跳，天黑回家手残腿断肚子痛。我要骂，要骂三只手断子绝孙，人财两空。我要说，老天有眼，先挖去三只手一只眼，再剁去他一只手。我要说，天地间的凶神恶煞，你们没事就找三只手，将他的头变成魔鬼头，将他的身子变成毒蛇的尾巴。我要说，山里的狐狸野地的狼，你们有事没事就来找三只手，他的肉好吃，他的五脏六腑又香又甜。我要说，天上的雷公地府里的鬼，白天出门让他五雷轰顶，夜晚回家让他恶魔缠身。……"

看见婆姨骂不绝口，越骂越狠，三财主一把将婆姨拉起来，喝道："回家！丢人现眼！"

婆姨被三财主拖回院子里，仍然骂不绝口。

3

后晌，十宝怀里揣着一块银元高高兴兴回了村。昨天下午，附近村子里有人请十宝去看病，怀里的一块钱是人家给他的跑腿费。进村后，他看见四羊、五虎、六狗三人坐在一棵大树下抽烟唠嗑。三人看见十宝一脸高兴的样子，相互看了一眼，便跟十宝打招呼。

“十宝，怀里揣着多少银元？”四羊问。

“能有多少，只有一块。”十宝停住脚，从腰里摸出烟袋准备抽烟。

“辛辛苦苦跑一趟，只得到一块银元，太少了吧。”五虎说。

“多少是人家的心意，我不能计较。”十宝说。

“凭你的本事，可以走遍天下，何必为了一块银元跑来跑去。”六狗说。

“铃铃锁子都是铁。一块银元也是钱，多少可以补贴一点家用。”十宝说。

“要是看好你家的宝贝，你吃不愁，穿不愁，神仙过的日子。现在，你只好过穷日子了。你家的宝贝丢了，你知道吗？”

“不知道。丢了什么宝贝？”十宝说。

“夜光杯。”六狗说。

“哦，一只杯子而已。”十宝说。

“到底是件什么宝贝，你说给我们听听。”五虎说。

“我也没有见过，宝贝是我爹保管着，从来没让我看过。即便是宝贝，能值几个钱。”

“看来人们说的没假，老年人说你家有值钱的宝贝。那东西值很多钱，你知道吗？”四羊说。

“不知道。”十宝说。

看见十宝连自家的宝贝都不知道，三人不禁笑起来。他们可怜十宝在家里的地位，不知道他怎会落到如此地步。再看看他身上的穿戴，一身粗布衣服，浑身没有一寸洋布，活脱脱一个落败公子。十宝蹲下身子，装满一袋旱烟，就着五虎的烟锅点燃了烟，嘶嘶地抽起来。四羊看见十宝居然就着五虎的烟锅点烟，自家连根火柴都没有，呵呵笑了。

“笑什么？”十宝问。

“笑你跟我们这些穷鬼没有两样。为什么不拿着你家的黄铜水烟袋抽烟，偏偏拿一根木烟袋抽，寒酸死了。”四羊说。

十宝苦笑一下，说：“现在不比从前了，有烟抽就不错了。前几天卖了四亩好地才得到六十块银元，够做什么，勉强够开长工的工钱。”

“人家给你的那块银元是真的吗？”五虎问。

“当然是真的，财主家给的银元会有假吗？”十宝说。

“看一次病就给这么一点钱，可怜。我看看银元是真是假。”五虎说。

十宝从怀里摸出一块银元，递给五虎。五虎看了看银元的正面，又看了看银元的反面，接着对着银元吹了一口气，放到耳旁听。

“不会假吧？”十宝问。

“是真的。”五虎说。

五虎从怀里一把摸出五块银元，摊在手中，给十宝看。十宝看到五虎一下子掏出五块银元，十分吃惊。他想，五块银元能买一分好地，他哪来这么多银元。

五虎说：“你看我的银元怎么样，是假的吗？”

十宝无心看五虎银元的真假，他在琢磨五虎银元的来路。不过，碍着五虎的情面，十宝还是扫了一眼银元，说：“当然是真的。你哪来这么多银元？”

“挣来的。只许你们财主有钱，不许我们穷人有钱吗？”五虎说。

“当然不是。谁都可以有钱。你一下子到哪挣这么多钱？”十宝问。

“蛇有蛇舌，虎有虎牙，各有各的来钱办法。”五虎说。

看见十宝吃惊的样子，四羊和六狗也从各自的怀里掏出五块银元，也仿效五虎的样子，各自把五块银元摊在手掌上。十宝扫了两眼两人手掌中的银元，拿过来在手里掂掂，沉甸甸的，吃了一惊。

“你们哪来这么多银元？”十宝问。

四羊和六狗嘿嘿一笑，说：“蛇有蛇舌，虎有虎牙，各有各的来钱办法。”

十宝想，我是一个财主家的人，身上只有一块银元，还是刚挣来的，而几个平时只能填饱肚子的穷鬼却揣着五块银元，莫不是他们偷了自家的宝贝，用宝贝换来的银元？十宝推说要早点回家，赶紧离开三人，身后飞来五虎三人一串又一串的笑声。

十宝失魂落魄回到家里。刚进门，他看见娘盘腿坐在炕上，红着两眼，在一针一针纳鞋，也不跟他打个招呼。看见娘这副样子，十宝问：“怎么了，你？”

十宝娘抬起头，叹了一口气，揉了一下红肿的眼睛，说：“咱家的宝贝丢了。”

十宝娘说完，呜呜哭起来。

十宝一听，不解，问："很值钱吗？"

十宝的娘只顾呜呜地哭，并不回答十宝的问话。十宝意识到这件宝贝很值钱。

十宝一时火气冲天，骂道："哪个狼心狗肺的东西偷我家的宝贝，断子绝孙！"

十宝娘哭了一会儿，抽泣着说："那是咱家的传家宝，过去没有跟你讲，怕你嘴不牢，讲给外人。现在宝贝丢了，你说以后我们怎么做人？怎么面对祖先？"

十宝没有理会娘的伤感，推开门走到院子里，踢翻了一只喂鸡碗。十宝走进老秀才的屋，看见爹和爷爷又在议论宝贝的事。

看见十宝进门，老秀才问儿子："你打听没有，估计谁偷走了咱家的宝贝？"

三财主说："没有。"

十宝说："两个大活人都看不住一件宝，你们在家做什么。夜光杯到底是什么模样？做什么用？我怎不知道。"

老秀才叹口气，说："就是酒杯。装在一个小木盒子里，我也说不清是什么模样。"

十宝问："这东西为什么这么珍贵？"

老秀才捋了一把胡子，说："据说，公元前七世纪时，周穆王当政。当时，西域的一个小国送来礼物，以求和平共处。第一年，使节带着产自新疆的和田玉前来觐见，周穆王见到玉石，龙颜大悦，对使节及其随从盛情款待。第二年，西域使节如法炮制，又选出上好的和田玉进献，周穆王却十分冷淡。使节回国后，向国王讲述了周穆王的态度，商量如何才能讨得周穆王的欢心。此时，有人提议，不妨把玉做成酒器，因为周穆王喜欢饮酒，用上等玉做成酒樽饮用美酒，周穆王兴许会高兴。第三年，当西域使节将一盏盏晶莹剔透、薄如蝉翼的杯子摆在周穆王面前时，周穆王喜笑颜开。当杯中斟满葡萄酒时，月光映照，闪闪发光，夜光杯因此而得名。"

十宝一脸惊奇，说："世上会有如此好的东西，太神奇了！哪里出产的？"

老秀才说："夜光杯产于酒泉，采用祁连山的老山玉、新山玉、河流玉等名玉雕琢而成，造型多样，小巧玲珑，晶莹剔透。其纹饰天然，杯薄如纸，光亮似镜，内外平滑。色泽有脆绿、墨绿、鹅黄、羊脂白等。用其斟酒，酒味香甜，日久不变。它抗高温，耐严寒，盛烫酒不炸，斟冷酒不裂，碰击不碎。如在夜晚，对着皎洁月光，把酒倒入杯中，杯体顿时生辉，光彩熠熠。据说西周国王姬满应西王母之邀赴瑶池盛会，席间，西王母赠姬满一只碧光

粼粼的酒杯，名曰‘夜光常满杯’。姬满如获至宝，爱不释手，从此夜光杯名扬天下。古人十分喜欢夜光杯，有古诗为证：‘骚人偏爱夜光杯，湛透泽柔萦月辉。天令纹华生异彩，酒香玉润醉双飞。’”

十宝说：“如此宝贵的东西，值多少钱？”

老秀才说：“无价之宝。何况流传了很多代，更值钱。”

十宝说：“流传了多少代？”

老秀才说：“少说也有十代。”

十宝说：“这件宝贝是怎么来的？”

老秀才说：“我的爷爷的爷爷告诉我爷爷，在宋代，村里的一位祖先去陕西谋生，不巧被抓壮丁，去甘肃一带守边。由于他骁勇善战，升为将领，不幸战死疆场。临死前，他嘱咐一位同乡，将三只夜光杯带回村里，分给后人，权当一份遗产。这件宝贝几经周转，除了我家保留一只外，其他两只不知落在谁的手里。如此宝贵的东西，在我的手上遗失，痛哉！”

十宝说：“别伤心，杯子会找到的。我家这只杯子是怎么来的？”

老秀才说：“据说是先辈用钱买来的。曾因家境不好卖给别人，后来又用钱赎回来。”

十宝说：“看来来之不易。我发誓把杯子找回来，否则愧对先人。先辈从谁家买来宝贝？”

老秀才说：“不知道。这事就靠你了，我老了，无能为力。”

十宝想起五虎三人手里的银元，想说出心里的怀疑，又觉得不妥，无凭无据不能随便怀疑人。

十宝说：“前两天我在村外，家里的情况不知道。你们在家里，没有找到一点线索吗？”

“没有。”三财主说。

十宝将目光投向三财主，期望从他身上能得到点什么。老秀才将目光投向十宝，期望能从十宝身上得到点什么。老秀才不大管家里的事，他把大小事情都交给儿子办，而儿子却把家经营成这个样子，这令他很失望，所以他把振兴家业的希望寄托在孙子身上。现在，儿子居然把家里最值钱的东西丢了，日子难过且不说，还贻笑他人。

“我们三代人一起商量一下，看如何找这件宝贝。对我们家来说，宁可丢钱，不能丢掉这件宝贝，丢了这件宝贝就是丢了我家的命脉。这是世世代代传下来的宝贝，岂能在我们手里断送？我们不能让人白白偷去。”老秀才这时才意识到宝贝的重要。

十宝问爹：“藏宝贝的那天晚上，你没有发现异常情况吗？”

“没有。天地漆黑一片，什么都看不见。我特意四处看了看，没有看到人影，也没有听到什么动静。”三财主想了一下，“我走出大门后，听到一点动静，那是一只野猫。”

十宝说：“猫倒没什么。你藏好宝贝回来的时候，有没有发现动静？”

“没有。静悄悄的，没有一点声响，也没看到人影。”三财主说。

十宝说：“说不定有人暗中盯着你。你们想，我家卖了几亩地，村里的人都知道。人们知道我家有银元，有人会想，我家的银元不一定藏在屋里，兴许会藏到屋外。人们都知道现在世道不安宁，宝贝藏在屋里容易被发现，所以有人估计我们会转移钱财，就在暗中盯着我们。”

老秀才认为孙子的话很有道理，说：“宝儿言之有理，可谁在盯着我们呢？那天晚上你爹并没看到人影。”

十宝说：“人家在暗处，你在明处，人家怎会让你发现。”

三财主说：“那是。做贼心虚。”

十宝问：“昨天晚上有没有发现异常情况？”

三财主搜肠刮肚，想不出异常情况。其实，自从藏了宝贝之后，每天晚上他都格外操心。每到夜晚，他早早关好大门，然后打开狗洞的木板，为的是狗能钻出墙外，照看大门外发生的情况。有时，在村里人熟睡之后，他还要披上衣服，到院子里听听墙外的动静。谁知那只狗不争气，居然没有发现有人偷宝贝。

三财主想了一会儿，说：“没有发现什么。早上我到柴窑里抱生火柴，特意看了一下宝贝，看见宝贝藏得好好的。我们每天早上到柴窑里抱柴，村里人都知道，不会引起怀疑。”

十宝低着头，陷入沉思。

看见十宝不说话，三财主认为十宝也没有找回宝贝的办法，于是丧气地说：“如果宝贝找不回来，大财主和二财主会看我们的笑话，七颗心和八只眼也会看我们的笑话。”

“乐人之祸者必祸。”老秀才愤愤地说。

“对。屄货！”十宝说。

“是必祸，不是屄货。”老秀才纠正。

想到自己会被人取笑，三财主心里不是滋味，嘱咐十宝多费心思。

4

祖孙三代人议论了一通宝贝失窃的事，理不出头绪，找不到一点线索，

心里迷茫窝火，不知如何找回宝贝。不过，祖孙三人都不甘心，都想找回宝贝，因为这件宝贝不同寻常，关乎一家人的命脉。从表面上看老秀才对此事的态度较为淡漠，然而他不得不取消每晚必读两篇古文的习惯，转而静心思考宝贝的事。他躺在炕上，仔细梳理村里的可疑人物。村里游手好闲的人要数四羊、五虎和六狗几人，他们没事时会琢磨别人家的事，有时也会干点偷鸡摸狗的小勾当。然而他们未必知道三财主有夜光杯，除非老年人跟他们提起这件宝。至于藏宝贝的事，除了自家人，没哪个人知道。哪个人不喜欢宝贝？谁不想得到点意外之财？谁都可能意外发现藏宝贝处，从而将它偷走。

老秀才突然想出了招数，不妨试一试。他要占卜，试试运气，看能不能找回宝贝。如果能够找回来，就费一番功夫找；如果找不回来，就不必多费心机。老秀才兴奋起来，忙从炕上爬起来，溜下炕，走到灶台前生火。

三财主睡不着觉，想跟爹说一会儿话。他推开门，看见爹在生火，十分奇怪，问："吃过晚饭了，你生火做什么？"

"自有用处。一会儿你就明白了。"

"到底要做什么？"

"要烧一锅水，洗一洗身子。"

听爹说要洗身子，三财主退出门去。老秀才生着了火，往锅里添了半锅水，任由火舔锅底。他走到门口，拿一根木棍将门顶住，回头走到柜子前。他打开柜门，从一堆衣服中挑出最干净的两件衣服，放在炕上。

一会儿，锅里的水开了。老秀才手里拿着一个金灿灿的黄铜水瓢，将水舀到一个金灿灿的黄铜盆里，脱掉衣服，用一块粗布毛巾将全身擦得干干净净，然后穿上刚拿出来的那两件干净衣服。他盘腿坐在炕上，凝神屏气，遥想空灵缥缈的宇宙。大约坐了少半个时辰，他才伸开腿，舒展了一下身子，随后下了炕。他走到一个躺柜前，打开一个抽屉，从里面拿出三枚黄灿灿的铜钱。他把铜钱放在炕上，又去洗了一遍手，然后上了炕，盘着双腿坐着。他将三枚铜钱放在手心，双手合扣，微闭双目，心想宝贝失窃之事。静默片刻后，他双手摇动手中的铜钱，举到胸前，一松手，"哗"的一声，三枚铜钱同时落在黑羊毛毡上。三枚铜钱蹦了一下，静静停在毡子上。

老秀才俯身一看，卦面：火水未济。阴阳失调之象上下不通之意。失物：不能寻回。

老秀才一看，眉头一皱。

他依照上次的操作程序，第二次抛下铜钱。他低头一看，卦面：密云无雨之象蓄养实力之意。失物：似乎遗失的是金器等贵重物品，有被硬物夹住。

老秀才看了，心中转喜。

老秀才第三次抛下铜钱，卦面：猛处生角之象声威大壮之意。失物：不能取回。

老秀才看了，眉头又一皱。

老秀才第四次抛下铜钱，卦面：山泽通气之象往来无阻之意。失物：尽速找寻，可以取回，延误时机，则找不回来。

老秀才看了，心中一急。

老秀才第五次抛下铜钱，卦面：喉中有物之象夫妻怨怒之意。失物：有被人捷足捡走的可能，寻回的机会不大。

老秀才看了，眉头又一皱。

老秀才第六次抛下铜钱，卦面：鸟焚其巢之象乐极生悲之意。失物：尽快去找，应可寻回。

老秀才看了，心中犹豫。

连续六次占卦，老秀才时喜时忧。他将六次的卦象记在一张纸上，仔细看了一遍，认真分析起来。从卦面上看，其中三次卦象显示没有找回失物的希望，占了一半的概率；两次卦象显示有找回失物的希望，占了少半的概率；一次卦象显示失物依在。总体看，老秀才认为卦象不错，心里燃起希望之火。他抬起头，一只手不停地捋着下巴的胡须，一手抚摸着三枚铜钱，似乎黄灿灿的铜钱已经变成了闪闪发光的夜光杯。他开心地笑了。

老秀才想把刚才的占卜结果告诉儿子，于是喊："十宝爹！十宝爹！"

"有事吗？"

"有。"

自从宝贝被盗，三财主一直心急火燎，不能自已。一天来，他饭没有吃几口，觉没有睡一会儿。一会儿在屋里转，一会儿在院子里转，一会儿从屋里转到院子里，一会儿又从院子里转回屋里：像着了魔。刚才爹在屋里占卜，他在院子里一边转，一边琢磨宝贝失窃的事。他仔细回顾了那夜藏宝贝时的情形，仔细回顾了昨夜宝贝失窃前后的情形，仔细琢磨了宝贝被窃的各种可能。他心里乱糟糟的，像一锅米粥翻滚。听到爹的叫声，他知道爹有好消息告诉他。

三财主进门，看见爹端坐炕上，身着一身十分干净的衣服，面带微笑。三财主知道爹占卜时的习惯。他平时很少占卜，只有遇到重要的事情才占一卦。他占卜时总是依照古人的习惯，沐浴更衣，静心凝神，异常虔诚。他听爹说，占卜时心诚则灵，心不诚则不灵。有次他家地里成熟的玉米被人偷走了一大片，老秀才站了一卦，卦象显示可以找到偷盗的人，后来果真找到了盗贼。自此，三财主对爹的占卜视若神灵。

"结果怎么样？"

"亦好亦坏。"

老秀才将卦面情况向儿子讲了一遍，然后说：“虽然卦面没有显示出大吉，但也不是大凶，事情还有转机，就看自家的主观努力程度如何。既然天意如此，我们只有竭尽人力。失财免灾，失财未必是坏事，说不定免去了我家可能发生的灾难。既然宝贝已失，不必过于焦躁，要坦然面对。如果经过努力，找到了宝贝，那是天助我也；如果找不到宝贝，就当捐助穷困人。明白吗？”

本来，三财主心里焦虑不安，听了爹的一席话，心里轻松多了。爹是清末秀才，要不是溥仪皇帝垮台，废除了科举制度，说不定还能继续登第。他佩服爹书读得多，学问深，遇事想得开，高出自己许多。既然卦面显示宝贝有失而复得的可能，三财主决心找回宝贝。

“你打算怎么办？”老秀才问。

“我要找人帮助。”

“找谁？”

“八只眼。”

“他跟我家有过节，能帮我们吗？”

“事到如今，找回宝贝是第一要事。他是村里最聪明的人，估计他有办法。”

老秀才想，事到如今，只有低声下气求人，颜面固然重要，夜光杯更重要。

5

家道衰落，十宝本来异常失落，被四羊五虎六狗奚落一番不说，又听到丢失宝贝的坏消息，不由怒从心起，发誓要找回宝贝。跟爷爷和爹讨论后，找不到一点线索，他决定另辟蹊径，寻找线索。天黑之前，十宝给邻居放话，今晚他要设坛施法。十宝设坛的消息一出，你传我，我传你，一会儿工夫，传遍全村。村里的人从未看到十宝设坛，都想瞧热闹。刚吃完晚饭，有人便迫不及待，跑到十宝家的脑畔上守候。

听说十宝设坛，四羊五虎六狗三人高兴异常，早早吃饭，早早来到十宝家的脑畔，和其他早来的人抽烟闲聊。平时，他们只知道十宝会给人看病，不知道他还有设坛这一招。这件新鲜事折腾得全村人心花怒放，人人像过年一样开心，都希望看到十宝的神奇魔法。

十宝，何许人也？

村里人都知道十宝是活魂，十宝为何会成为活魂？为何会给人治病？这得从两年前说起。两年前，十宝得了一种怪病，满脸浮肿，成天焦躁不安，吃不进饭，睡不着觉，人日渐消瘦。眼看活脱脱的一个小伙子变成个病秧子，急坏了娘，愁坏了爹，连一向遇事冷静淡漠的老秀才也坐卧不安。为什么老秀才会如此在意十宝的病？原来自老秀才祖父以来都是一子单传，老秀才的祖父希望他的儿子能有个三男二女，不想只有老秀才的爹可以继承家里的香火。祖父也曾希望他的孙子多点，不想也只有老秀才一人可以继承香火。老秀才像他的祖父一样，也希望多生几个儿子，不想只有三财主一棵独苗。老秀才曾寄希望于儿子，希望儿子能一改几代一子单传的遗传，儿孙满堂。三财主倒是生了几个小子，而每个小子长到七八岁，都相继夭折，唯有十宝长大成人。十宝，顾名思义，是三财主生的第十个孩子，而且是个小子，老秀才十分怜惜第十个孙子，因此取名十宝。

眼看十宝被病魔折磨得不成样子，一家人眼巴巴看着，爱莫能助。他们曾经找村里的中医十一指看，吃了几副中药，也不见好转。十宝看见自己把家里人搅得不得安生，就独自跑到野外的一个土窑洞里住。住了几日，病情仍不见好转。这时，村里来了一个游医，自称是山东人，当过兵，会巫术。此人长得五大三粗，让人既羡慕其粗大，又害怕其威武。此人听说十宝得了怪病，提出要为他医治，三财主无计可施，只好同意。游医将十宝带到另一个村子里，找了一间空屋，整天关门医病。五天之后，十宝的病奇迹般好了，从此成了活魂，也为人治病。

十宝家的院子里和脑畔上的人渐渐多了，十宝将自己关在一间空屋里，许久不露面，让门外面的人个个等得心焦，不知他何时能露面。五虎等得不耐烦，就下了脑畔，走进院子，从门缝里看究竟。他看见昏暗的屋里，十宝身着一件黑色长袍，盘腿端坐在炕上。他两手搭在两腿上，微闭双目，似乎在养神。如果是在平时看到十宝这副样子，五虎早就打扰他了，此刻他不敢打扰十宝，怕十宝一旦呼风唤雨，动用神灵，他吃不消。五虎离开窗前，走到院墙边，对院子里和脑畔的人窃笑，摆手，示意人们耐心等待。

半个时辰后，十宝打开门，走出院子。此时已是亥时，有等得不耐烦的人正要回家，看见十宝来到院子里，马上转身盯着十宝。十宝往院子里和脑畔上一看，人黑压压的，有说有笑，十分热闹。十宝不说一句话，没有搭理任何人，又走进屋去。人们一片呼声，不知道十宝进屋又要等多久。此时天气闷热，有人抬头看了看天，生怕下雨耽误看热闹。

一会儿，人们看见十宝两手抱着一张四方四正的八仙桌走出门。十宝把八仙桌放在墙壁的天地爷神龛前，又转身回到屋里。一会儿，人们看见十宝一手拿着一把冒着火苗的香，一个香钵；一手拿着一叠黄表，一只盘子，走到八仙桌前。人们凝神屏气，静悄悄地看着十宝的一举一动。只见十宝将香

钵、黄表和盘子放在八仙桌上，然后跪在八仙桌前。十宝将火苗一闪一闪的香插入香钵，香钵上方青烟袅袅。十宝又拿起黄表，就着仍在冒着小火苗的香火点着黄表，将黄表放在盘子里。黄表火光闪闪，照亮了十宝严肃的面孔，也照亮了周围人的脸。黄表燃尽，化为黑灰，香烟袅袅，弥漫了院子和脑畔。这时，十宝连叩三个响头，然后猛然站起来，口里念念有词：

“天灵灵，地灵灵，太上老君快显灵。昨夜星藏月黑时，歹人踏进我家境。此人不拿吃和穿，只拿宝贝夜光杯。怀揣宝贝黑处去，一路跑回自家门。地上留下多脚印，高处猫儿叫不停。墙里有人看得清，树下有鬼窥得见。心惊胆战脚步快，身后有人看分明。身藏宝物回家去，此中天机老天知。福里藏祸自家明，不知羞耻会倒霉。回心转意是明智，心知悔恨为聪明。三日不现盗贼面，四日有人会失财。若是暗藏三日宝，五天头上必生灾。轻则头痛口生疮，重则出门倒在地。如若不信本神言，坠入苦海难到岸。今天夜里降大雨，初显神灵开天眼。若天显灵人不悟，祸临头顶悔恨迟。啊哈！天神来也，地神来也，风神来也，雨神来也。四神合一，神力通天。助我一臂，还你千金。啊哈！啊哈！啊哈！”

十宝口若悬河，滔滔如天河奔腾。一通念咒之后，猛然从黑长袍里掏出一块二尺见方的白布，一边挥舞白布，一边旋转身子。黑夜里，空中飘着一块白布，白布旋转，升腾，离开十宝之手，徐徐向漆黑的夜空飞去，最后没入天幕。

看到这个情景，有人胆颤，有人呼喊，有人哭泣，有人大笑，有人拥抱，有人倒地，有人飞跑，有人拉屎，有人撒尿，有人头发直立，有人眼睛变绿，有人口眼歪斜。一时间，七情迸发，乱象迭出。

十宝旋转一通后，抓起香钵里的香火，在空中挥舞。一时间，空中火苗飞蹿，如电光火石，似雷霆闪电。火光在院子里旋转，在脑畔上旋转，在半空中旋转，在高空旋转，然后向夜空旋转而去。

人们惊恐地看着飞走的火团，个个目瞪口呆，唯恐出现不测之事。十宝挥舞着两臂，口中念念有词。正在人们发愣之际，突然一股旋风卷来，飞沙走石，沙石裹挟着人们，人们紧闭双眼，呐喊，狂奔，四散逃走。

当十宝停止作法，院子里和脑畔上只剩下几个不知死活的人。十宝在院子里飞转一圈，最后席地而坐，双手合十，静若处子。

突然大雨倾盆，雨水弥漫天地。

回到家里的村人惊魂未定，一边抖擞着，一边议论着十宝的魔法。他们相互劝告，若谁偷了三财主家的宝贝，赶紧送还，不然真会大祸临头。四羊五虎六狗三人凑在一起，也在议论。虽然他们三人和其他村人一样，也曾惊恐，而惊恐过后，马上恢复正常。

“我不怕神鬼，不就是十宝的一番表演吗？”五虎说。

“我不信神鬼，十宝有那本事，他家的夜光杯不会丢。”六狗说。

“我也不信神鬼，我倒想看看他的把戏到底灵不灵。”四羊说。

三财主和老秀才目睹十宝作法，吃惊不小。他们暗想，宝贝回归有望。尤其是老秀才，他从古书上看到的神奇事，却在今晚得到了印证，嘴里不停地念叨：“不可思议！不可思议！”

6

大雨过后，三财主点着家里的那只红灯笼，提着灯笼去找八只眼。他一路走，一路思索，不知这趟去能不能请到八只眼。两年前，两家因为地界的事闹得不可开交，从此结下了怨恨。这次家里丢了夜光杯，三财主想八只眼一定在幸灾乐祸。从本意讲，他不愿意去找这个冤家对头，而冤仇事小，宝贝事大，它关乎自家的财富。为了找到夜光杯，他只好抛弃前嫌，低着头去找八只眼。

八只眼家的大门紧闭，三财主敲了好久才有人出来开门。八只眼一看是三财主，吃了一惊。两年来，虽然两家人低头不见抬头见，可见面之后都互不搭理。现在看见三财主找上门来，八只眼有点尴尬，到底还是将三财主让进门来。其实，八只眼一见三财主，就知道他的来意。八只眼将三财主引进屋，三财主看见家里的人都睡在炕上，有点难为情。

“大叔这么晚来，有事吗？”八只眼明知故问

“无事不登三宝殿，为了我家宝贝的事。”三财主直言。

“你的事村里人都知道了，的确让人揪心，因为那是无价之宝，不是平常的东西。如果卖掉，够你家几年的花销。”

“是的。这件事把全家人都愁坏了，一家人大眼看小眼，谁都想不出好办法。村里人都知道，你是咱村最聪明的人，所以找你帮个忙，帮我找回这件宝贝。”

八只眼沉吟片刻，似有为难之意。八只眼心里琢磨，三财主能不计前嫌，找上门来，一可以看出他的大度，二可以看出他的为难，三可以看出他对自己的信任。毕竟人家是个财主，伸出个指头都比自己的腰粗。人家如此抬举自己，岂有拒绝之理。如果是别的事情，他可以爽快答应，而寻找宝贝不是一件容易的事，万一找不到宝贝，既让三财主失望，又会损害自己的名声，以后人们会小看自己。

“这事有点难。”八只眼婉言。

三财主听出了八只眼的弦外之音，心里知道八只眼的难处，他毕竟不是断案的县太爷。既然自己诚心来请他，就一定要请到，否则失却自己的面子。

“我知道这事很难，不像随手拿一件东西那么容易。我只请你去看看，如果能找到宝贝，当然好；如果找不到，我不会怪罪你。你的名声，村里人都知道，没有谁能比得上你。”

八只眼看到三财主在为自己解除思想顾虑，知道他此行的诚意。大家都是一个村里的人，同踏一块地，同戴一片天，朝夕相见，谁都有事求到别人。既然三财主心意恳切，不妨走一趟，从此解开两家的怨结。

“既然大叔求我，即使我没有一点本事，也会尽力相助。不过，丑话说在前面，我心里真没有多大的把握，恐怕会让你失望。”

“不怕。如果我命里有这件宝贝，自然会找到；如果我命里没有这件宝贝，老天爷也帮不了忙。现在，宝贝已失，死马当作活马医，你不要有什么顾虑。”

闻听此言，八只眼尽失疑虑，打算跟着三财主走一趟，兴许会找到宝贝，再一次成就自己的名声。

三财主在为难之际为什么会求助八只眼，而不求助别人呢？

三年前，二财主家养着一头人见人爱的驴，不慎于夜间被人偷走。二财主丢失爱物，十分痛惜，也十分愤恨。他向村里人发出狠话，若谁找到这头驴，赠送十块银元。十块银元的诱惑，让不少人垂涎，自知无法找到的人只是垂涎而已，并不敢到二财主家接揽这个美差。踏进二财主门槛的只有五个人，八只眼就是其中之一。当时，二财主将十块白花花的银元放在炕上，对五个人说，谁找回驴，谁就将这十块银元拿走。五个人看着白花花的十块银元，眼馋手痒，恨不得马上将这十块银元揣进自己怀里。其他四个人分两路去找，一路两个人，唯有八只眼不愿意跟别人搭伙，独自去找。当天晚上，其他四人相继空手回到二财主家。二财主心里骂道，钱难挣，屎难吃，几个没用的东西。夜半时分，八只眼牵着二财主的那头驴走进二财主的院子。二财主看见心爱的驴回来了，一下子扑到驴头上，一边抚摸，一边垂泪。随后回到屋里，当着其他四人的面，将十块白花花的银元塞到八只眼手里。由于四个人没有胜过八只眼一个人，因此八只眼得到了八只眼的美名。

“我跟着你走一趟，就当到你家串门，算来已有两年没上你家的门了。”

看见八只眼爽快答应了，三财主像落水的人捡到了一根救命稻草，心里有说不出的高兴。他高兴地说：“我知道你是个爽快人，帮人也是帮自己。现在就去我家，怎么样？”

“好。”

三财主提着灯笼在前面给八只眼引路，边走边说着闲话，仿佛夜光杯已经回到他手里。

三财主拿出钥匙，打开自家大门上的锁，把八只眼领进大门。他想把八只眼领到爹的屋里说话，一来说话方便，二来让二人消除隙怨，恰好看见老秀才屋里的灯还亮着。三财主走到老秀才的门外，问："爹，没有睡觉吗？"

"醒着呢，进来。"

三财主和八只眼一起走进老秀才的屋，看见老秀才还在炕桌前的蓖麻油灯下带着老花镜看书。老秀才抬头，看见八只眼进来，先一惊，后一喜，连忙让座。

"你是村里的第一能人，能给我家帮忙，爷爷心里很高兴。长江后浪推前浪，后生可畏。"老秀才说。

看到老秀才如此抬举自己，八只眼心里甜滋滋的。他知道，老秀才是方圆二十里出名的学问人，能得到他的夸奖，是一件十分荣耀的事。

"爷爷过奖了。我见过的字还没有爷爷认的字多，能晓得几分事理？只不过凭着自己的一点小聪明做对了一件事，就得到爷爷这么高的夸奖，实在于心有愧。邻里邻舍，谁家没有急事难事，能帮得上你家的忙是我的运气，别人恐怕爱莫能助。"

"你把情况告诉他。"老秀才向三财主示意。

"你讲得仔细一点。"八只眼说。

三财主将藏夜光杯那晚上的情形和昨天晚上丢夜光杯前后的情形仔细讲了一遍，八只眼边听边思索。待三财主讲完，八只眼问："你们心中有没有怀疑的对象？"

三财主说："我家卖地的事，人人都知道，有人估计我会把卖地的钱藏起来，所以暗中盯上了我，想偷我的银元，结果却偷走了我的宝贝。我藏宝贝，没有任何人知道。至于怀疑对象，很难说是谁。村里人的品性，那个好那个坏，你都知道。"

八只眼点头。

"我们不妨去查看一下柴窑的情形，再做理论。"八只眼说。

"好。从昨晚到现在，没有一个人去过柴窑，我盯着呢。"三财主说。

三财主提着灯笼在前面带路，八只眼跟在后面，出门下个小坡，到了柴窑门口。

"慢！"八只眼让三财主停住脚。

三财主停住脚，心里不解。八只眼走到三财主前面，说："我来看。"

八只眼接过三财主手里的灯笼，低头哈腰，仔细看起来。

7

十宝作法后，洋洋得意，在家静候佳音，他相信自己的话一定会应验。

吃完早饭，十宝放下碗筷，扛着锄准备去锄地。七颗心急匆匆走到十宝跟前，一把拉住十宝，悄悄地说："我有话跟你说。"

十宝问："什么事？"

七颗心说："今天早上我去锄地，走到村口，看见四羊五虎和六狗三人在一起嘀咕，不知道说些什么，很可能与你家宝贝的事有关。我走到他们跟前，故意说有什么好事让大家都知道，何必几个人偷着高兴。你知道他们怎么说？"

"不知道。"

"他们三人异口同声，声称他们手上有宝贝，谁想要，拿两百块银元来换。这是什么话？不就是说他们手上有你家的夜光杯吗？此地无银三百两，不打自招。"

"有这话？"

"有。说假话天打五雷轰！"

"这倒奇了。自古有贼喊捉贼之说，难道还有贼喊自家偷东西之事？难道他们不怕我找上门去，不怕神鬼找他们的麻烦？以你之见，我该怎么办？"

"秃子头上的虱子——明摆着。"

"去找他们吗？"

"当然。"

"你不怕他们找你算账吗？这消息是你透露给我的，他们一定知道。"

"话是他们亲口跟我说的，我为什么要害怕？我既为你家好，也是主持正义，要打要骂我认了。"

看见七颗心如此仗义，十宝深受感动。他想起昨天回村时遇见五虎三人，他们各自拿出几块银元向自己显摆，这不是不打自招吗？七颗心的话证明他们手上有宝贝。前几天他们还是穷得叮当作响的穷光蛋，怎会一夜之间就如此阔绰？除了偷还会是什么？十宝打算亲自验证一下七颗心的话，于是放下锄头去找三人。

七颗心说自己不便陪着十宝去找人，说完上地干活去了。晌午，虽然天热，村里的人依然抓紧时间干地里的活，村里没有几个闲着的男人。十宝先到离他家最近的六狗家找人，结果扑了空。他又去五虎家找人，也没有看见五虎，他向家里人打听五虎的去向，家里人说不知道。他又去四羊家里找人，也没有看见四羊的影子。十宝想，平时游手好闲的几个人，难道今天勤快起来了吗？他们会不会聚在一起干见不得人的事？如果宝贝真是他们所偷，他们一定不会放在家里，必定会把宝贝藏起来。如果他们把宝贝藏起来，即使自己知道宝贝是他们所偷，他们死活不认账，自己也奈何不得他们。怎么能把宝贝弄到手呢？

十宝苦思一阵，没有结果，于是继续挨家挨户找人，结果跑遍了村子，也没有看见三人的影子。俗话说，寻人不如等人。十宝坐在村里的大榆树底下，一边掏出烟袋抽烟，一边等人，一边琢磨着事情的蹊跷。

很凑巧，十宝在树下坐了没多久，看见六狗手里拿着一把小锄向他走来。六狗走到十宝跟前，挨着十宝坐下来。

“独自一人坐在这里做什么，为什么不在家里坐等妖魔给你传好消息？”

十宝正想开口说宝贝的事，不想六狗自己将话题引到这事上，什么意思？是在奚落自己，还是做贼心虚？十宝不想绕圈子，直言：“听人说你手里有夜光杯，真的吗？”

六狗嘿嘿一笑，说：“是真的，怎么样？允许你们财主有宝，不允许穷人有宝吗？”

“当然不是。谁都会发财。我想问，你的宝贝是哪里来的？”

“想知道吗？”

“当然。”

“我只能告诉你，是我捡来的。”

“哪里捡来的？”

“话到此为止，实情不能告诉你。”

“你不是在骗我吧？你想以假乱真？”

六狗又一笑，说：“我知道你不会相信我的话，信不信由你。”

六狗从怀里摸了一下，摸出几块银元，得意地将银元在两只手里颠来倒去，一脸惬意。

“你能把夜光杯拿给我看看吗？”

“当然。”六狗把银元停在手中，抚摸着，“那不行，我怕被人抢走。”

十宝上次看到六狗手里只有五块银元，现在手里变成了十五块银元，明天说不定会变成二十块银元，看来他手里有不少银元。难道他们把夜光杯换成了银元？如果真是这样，寻找宝贝的难度就增大了。他想问究竟，六狗死活不松口，只好眼巴巴看着六狗手里的银元，垂涎欲滴。六狗不愿意跟十宝纠缠，说一声“你好好凉快”就走了。十宝被六狗晾在树下，走不是守不是，傻愣愣地干坐着。

六狗走后不久，五虎大摇大摆来了。五虎看见十宝一人孤零零地坐在树下，一脸失意的样子，便挨着十宝坐下来。

“怎么了，你？一副无精打采的样子。”五虎问。

“没什么。昨天六狗手里只有五块银元，一夜之间就增加了十块，哪来的？”

“时来运转。兴许是捡来的。”

“不可思议。除了——”

“除了什么？”

“除了——，哪有那么便宜的事？你捡几个我看看。”

“这容易。”

说着，五虎从怀里也摸出十五块银元，放在手里，掂来掂去，说；“这就是我捡来的。”

十宝吃惊，没想到五虎的手里也有十五块银元，一夜之间多了十块。他在寻思，谁会平白无故丢钱给他们捡呢？分明是他们拿夜光杯换来的钱，自家的宝贝必定是他们偷走的。

“谁这么傻，专门把钱丢在路上给你们捡？”

“呵呵！偏偏就有这样的傻瓜。”

“你不用蒙骗我，我不是三岁的小孩子，我知道钱的来路。”

“来自哪里？”

“这还用说吗？明摆着。”

“我倒糊涂了。是用你的妖术测出来的吗？”

“天知地知，你知我知。要想人不知，除非己莫为，迟早会露馅。”

“那我就等着露馅。”

五虎站起来，大摇大摆地走了。

十宝独自坐在树下，心里有点失落，又有点愤怒，不明白六狗和五虎为什么这么张狂。直觉告诉他，他们的钱来路不明，除了偷还会是什么？他相信自己的法术一定会显灵，一定会让偷宝贝的人原形毕露。想到真相大白的那一天，他的宝贝再次回到手中，他的法术大显神威，他该有多么神气。十宝禁不住笑了。

正在十宝高兴的时候，四羊轻手轻脚走来。

四羊看见十宝独自坐在树下偷着乐，心里疑惑，难道他的宝贝找到了吗？四羊凑到十宝跟前，挨着十宝坐下，掏出旱烟袋，找十宝借火抽烟。十宝心里高兴，借火给四羊。十宝看一眼四羊，看见四羊嬉皮笑脸，春风得意，心想他和五虎六狗是一路人，说不定是他们合伙偷走了宝贝。四羊看见十宝高兴，问：“你这么高兴，是不是找到了夜光杯？”

“虽说没有找到，我心里已经有八九分的把握了。”

“那就是快到手了，难怪你这么高兴。会不会是空欢喜呢？”

“我十宝是那么容易欺骗的人吗？谁的肚子里有几根蛔虫，我一清二楚。骗天骗地容易，骗我十宝难。”

“这么自信吗？山外有山，天外有天，人外有人，你不知道这个道理吗？”

“当然知道。在咱村里，没有谁能逃出我的火眼金睛。”

“未必吧。真如你所言，你的宝贝就不会丢了。”

“当时我不在家，否则谁都别想偷走，我的神灵会替我守护宝贝。”

四羊的话戳到了十宝的痛处，十宝心里不高兴，强辩几句，使劲吹掉烟锅里的烟灰，不屑与四羊争辩。四羊从怀里摸出十五块银元，在手里抛来抛去，得意地说：“如今有钱的人是我，不是你。我家里还放着几十块银元，等着我花呢。”

四羊呵呵笑起来，笑声激怒了十宝。

十宝气愤了，站起来拍屁股要走，冲着四羊甩出一句话：“有算账的那一天！”

四羊笑得更欢了。

8

八只眼在三财主的柴窑前弯着腰仔细查看地上的脚印，许久才直起身子。按照八只眼的推测，三财主丢宝贝的那夜下了几滴雨，地上应该留下比较清晰的脚印。经过一天的日晒，雨迹不清晰了，人的脚印也不清晰。八只眼把灯笼晃来晃去，寻找可以辨识的脚印。找来找去，找到了两个人的脚印，但模糊不清。八只眼把灯笼放到三财主的脚边，让三财主抬起脚来。三财主知道，八只眼想看他的脚底，于是抬起脚让八只眼仔细看。八只眼仔细看了三财主的鞋底，然后对三财主说：“你先在外面等着，我先进去查看。”

三财主看见八只眼提着灯笼，猫着腰，慢慢走，慢慢查看地上的脚印，比寻找一根绣花针还仔细。

柴窑里堆着半窑柴禾，有麦秸、黑豆秸、玉米秸、高粱秸、谷子秆等，秸秆分类堆着，有条不紊。八只眼查看了好一会儿才叫三财主进去。八只眼看见一堆黑豆秸下露出一堆半干半湿的新土，便问三财主：“这是藏宝贝的地方吗？”

“是的。当时我在地上挖了一个小坑，把宝贝埋进去，然后踩踏实，上面盖上黑豆秸，四周又用其他秸秆围起来。我以为万无一失，不承想只有两天的时间就丢了。”

“当时你仔细查看脚印了吗？”

“当时，我扒开秸秆一看，发现宝贝丢了，头像炸了一样，‘嗡’的一声，懵了。我没有仔细查看脚印，赶紧跑回家告诉十宝的爷爷。”

“哦。”

八只眼仔细查看柴窑的地，看见黄土地面硬硬的，别说没有留下清晰的脚印，就是模糊的脚印也没有，只在那一小堆半湿半干的新土上留下几个模糊的手指印迹。八只眼仔细查看四周，没有发现有参考价值的线索。

“这堆土上是你的手印吗？”八只眼让三财主伸出手来。

“是的。当时我想看看坑里有没有宝贝，所以用手刨了几下，留下了手印。”

八只眼看了看三财主的手，又看了看土上的手印，确认是三财主留下的手印。

二人走出柴窑，又在外面寻找脚印。八只眼找到了那两个较为清晰的脚印，经辨认，一个是三财主的脚印，在柴窑门口附近；一个是陌生人的脚印，脚印延伸到远处。柴窑前面是一个打麦场，很宽阔。打麦场的东西各有一条路通向村里。八只眼发现那个陌生的脚印顺着东面的打麦场走去。二人沿着脚印往前走，到了打麦场的边沿，脚印消失了，因为打麦场的东面是一条大路，来往的人很多，陌生人的脚印淹没在零乱的脚印之中。看不清脚印，八只眼只好说，明天早上再来查看。

二人回到三财主家里，夜已深了。三财主看见一直在家等消息的婆姨已经和好了一块白面，锅里冒着腾腾热气，只等八只眼回来。看见八只眼回来了，婆姨赶紧擀面给八只眼吃。

“天色不早了，你们不用客气，我不是外人。”

“不行。一定要吃碗面，我不愿意白麻烦人。”三财主说。

看见三财主执意让自己吃面，又看见白生生的白面在三财主婆姨的擀面杖下一点点展开，八只眼的肚子叽里咕噜叫起来，不停地咽着口水。

自从上次为二财主家找那头毛驴得到十块银元后，八只眼心里有个不可告人的秘密。每当和村里的人在一起的时候，他总会留意别人的手和脚，看人家的手有多大，鞋有多大；手是什么形状，鞋有多宽，鞋底是什么样子。他为什么要留意别人的手脚呢？原来他为二财主找回那头毛驴，就是靠脚印找到盗贼的。村里的人，无论大人小孩，男人女人，每个人的手脚如何，八只眼心里都有数。村里有几户人家地里的庄稼被人偷了，来找八只眼辨认脚印，八只眼居然根据脚印找到了偷盗的人。自此，村里的偷盗现象少了，人们都害怕八只眼的那双眼睛。虽然八只眼没有多少钱财，但他有一双与众不同的眼睛，对此他颇为自负。

八只眼美美地吃了一大碗面条，摸摸嘴巴，美滋滋地回家。

第二天早晨，天蒙蒙亮，八只眼就来找三财主。二人再次来到了柴窑，将柴窑里里外外仔细看了一遍。八只眼发现，昨夜看到的陌生人的那双模糊的脚印现在清晰多了。他发现脚印从柴窑出来后，先往打麦场的西面走了几步，然后才折而向东，走到打麦场的东面，走上东面通向村里的那条上坡路。昨夜，八只眼只是用手量了一下脚印的大小，脚印的其他情况看不清楚。现在，他手里拿着一把木尺，仔细量了陌生人脚印的大小，同时仔细查看了脚印的其他情况。他发现脚印比较大，应该是一个男人的脚印。脚印很浅，脚后跟着地印迹深，脚尖只能看见一点轻轻的影子。他猜想，此人走路脚跟着地很重，他的鞋尖是翘起的。脚印到了东边的路上，看不见了。八只眼和三财主一起沿着坡路查看，无奈脚印太多，已经辨认不出陌生人的脚印。

“唉！”八只眼停下脚，叹息一声。

“是村里人的脚印吗？”

“应该是，因为脚印伸向村里，而不是村外。”

“熟悉这个脚印吗？”

“还不能确定。”

“怎么办？”

“我自有办法。”

八只眼吩咐三财主去找一张麻纸、一支蘸了墨的毛笔和一根麻绳。三财主问：“做什么？”

“我自有用处。”

三财主回家取来纸笔和麻绳，八只眼将麻绳围在脚印边缘，将麻纸轻轻覆盖在麻绳上，然后用蘸了墨的毛笔轻轻一划，脚印便清晰地显现在麻纸上。八只眼依样拓出了另一只脚印。三财主这才明白了八只眼的用意，不免赞叹一番。

八只眼拿着拓下的脚印，跟着三财主一起走进三财主的院子，想跟三财主探讨一下案情。八只眼隔着窗户看见十宝在洗脸，老秀才已在炕上的书桌前捧书早读。二人直接走进老秀才的屋。看见二人进了爷爷的屋，十宝洗完脸，也进了老秀才的屋。

“怎么样？”老秀才问。

“看了一下。”八只眼说。

“有线索吗？”十宝问。

“有一点眉目。”八只眼说。

“是谁？”十宝问。

“是村里人。脚印从柴窑一直延伸到打麦场东边的路上，盗贼走到村里，而不是村外，因为村外的路上没有留下他的脚印。”

“我猜也是村里人。”老秀才说。

“一定是村里的那几个人，村里人谁不知道他们的德性。昨天，我遇到四羊五虎和六狗，他们每人手里都有一些银元，哪来的呢？他们是穷光蛋，一夜之间哪来那么多钱？四羊甚至说，家里还放着银元，这不是拿夜光杯换来的钱是什么。”

当初，七颗心来家说到五虎三人声称手里有宝贝，老秀才和三财主并不相信，因为他们不相信盗贼会不打自招，除非他们是傻子。五虎三人，个个精明，竟然承认自己手里有宝贝，这不是给自己找麻烦吗？现在，他们手里的确有钱，除了拿宝贝换钱还会从哪里来。三财主对此深信不疑。

“找他们要宝贝！”三财主怒了。

“对。找他们要宝贝！”十宝说。

“这里有蹊跷，事情不会那么简单。”老秀才说。

“事情不合常理，用意何在？是以假乱真，还是以真掩假，难以断定。关键要找到证据，不然不能服人，你们不能贸然上门要东西，空口无凭，会被他们倒咬一口。我们先找证据，然后再走下一步棋。”八只眼说。

“此话有理。如何找证据，就看你的招数了。”老秀才说。

“我自有办法。”八只眼说。

五虎几人听说三财主请八只眼帮忙，又聚在一起嘀咕了半宿，这事传到十宝耳里，十宝等待自己的预言成真。

9

七颗心听说三财主找八只眼帮助寻找夜光杯，心里有几分醋意。他认为八只眼虽有几分聪明，未必每件事都能做好，自己被村里人称为七颗心，说明自己也是有能耐的人。特别是听说八只眼那夜查看柴窑后美美地吃了一大碗白面，第二天早上又吃了两碗白生生的白面，心里很羡慕，也很嫉妒。他认为自己也有吃白面的本事，因此在上地干活之前，先跑到三财主家里打听消息。

前两天，七颗心给三财主提供了五虎几人声称有宝贝的消息，三财主对他心存感激。看到七颗心走进院子，三财主连忙跟他打招呼，示意他坐在台阶的一个凳子上。

“有好消息吗？”三财主问。

“你们有好消息吗？”

“只有你上次说的五虎几人有宝贝的消息，十宝当面证实了你的消息，他们手里的确有钱。另外没有发现新线索，只是看到一个人的脚印沿着打麦场东边的路延伸到村里，估计宝贝是村里人偷走的。”

“八只眼说什么了吗？”

“没有。他要进一步查找。”

“还是我提供的消息可靠，八只眼未必能找到有用的证据。到底是谁的脚印，他能认出来吗？难。依我看，还是紧紧抓住五虎几个人，从他们身上找缺口。听说四羊秋后想买几亩地，他哪来的钱？秃子头上的虱子——明摆着。只看你能不能撬开他们几个人的口。”

三财主点头称是。

“我跟爹商量了，我打算出一百块银元的赏钱，找人帮我找证据。若谁找到证据，一百块白花花的银元就归他，我三财主说话算数。”

七颗心一听，心里一阵激动。那是白花花的一百块银元，放在手里沉甸甸的，多受用！在这穷乡僻壤，挣一百块银元比登天还难，如果找到可靠证据，这一百块银元就能揽入手中。想到这里，七颗心心里乐开了花，脸上露出喜色。

“你这悬赏一出，不知道有多少人给你找证据，你就坐在家里等你的宝贝回家吧。”

“证据会说话，只怕没人能找到可靠的证据。”

“一定能找到，村里能人多着呢。”

七颗心率先得到这个好消息，颇自豪。他知道，要想得到这一百块银元绝非易事。他离开三财主家，顾不得去地里干活，赶紧把这个好消息告诉村里人。村里人一听，炸开了花。

八只眼听到这个消息，既生气，又高兴。他生气的是为什么三财主不把这个消息先告诉他，而是告诉七颗心，分明表示对自己不信任，难道在他眼里七颗心的能耐比自己大吗？高兴的是自己跟别人一样有机会得到这一百块白花花的银元。他想到自己靠本事拿过十块银元的事，心里一阵窃喜，他想靠本事拿到这一百块银元。他思索自己查看所得到的线索，其实他已经思索了一个晚上。

他再次回忆查看柴窑的情形。夜光杯藏在厚厚的黑豆秸下，上面压着别的秸秆，如果不是事先发现三财主将这件宝贝藏在这里，只是胡乱翻，恐怕

翻两个时辰也未必找到。从柴窑门口的脚印看，此人先向打麦场的西面走了几步，然后才折向东面。为什么会出现这种情形？他猜想，此人要么事先没有想好回去的路，要么临时改变了主意。如果是临时改变主意，原因何在？他推测，此人原想从西边走，一来想早点把宝贝带回家，二来怕被别人发现，那么此人的家一定离打麦场的西边近。如果不是这种情形，此人往东走的目的就是为了迷惑人，即万一有人发现他的脚印，以为是离打麦场东边近的人，而不是离打麦场西边近的人。如果是这样，此人一定是个有心计的人。他沿着这条思路，先将住在打麦场西边的男人历数一遍，从中寻找可疑的人。打麦场的西边住着十几户人家，有几十个男人，五虎、六狗和九蛋就在其中。他已从十宝口中证实，五虎几人手中的确有为数不少的银元。难道真是他们所偷吗？他想起了那双脚印。

这双两个脚印并不大，他由此推断，这是一个不太高的男人留下的脚印。从脚印间的距离看，此人步幅并不大，据此推断，此人腿不长，个子并不高，而且是快步离开打麦场。对于打麦场西边的几十个男人的脚的大小，八只眼比较了解，但对鞋底的情况不甚了然，需要进一步了解。当然，他也不排除此人住在打麦场东边的可能。他一一历数了住在打麦场东边的男人，他们的脚和打麦场留下的脚印大小差不多的人有几个，四羊、七颗心和十一指就在其内。按理说，不管是谁发现这样一件意想不到的宝贝都会动心，哪怕是一位君子，但并不是谁都有机会发现这件宝贝。应该说发现这件宝贝的机会是偶然的，因为人们只是听说过这件宝贝而已，至于这件宝贝是否存在，在谁的手里，人们无法知晓。能不能找到盗贼，不仅关乎自己能不能拿到一百块银元，更关乎自己的声誉，他思忖良久，想到了借助神力。尽管八只眼平时不信神，此时却想试一试神力。

村子东面的山上有一座山神庙，山神庙坐落在半山腰的一块平地上，左面是一块巨大的坟地，坟地上古柏森森；右边是一道沟。这里距离周围的村子比较远，平时人们很少来此。在村人的心里，山神庙悠远宁静，神秘奇幻。人们日日远远望着这尊神，心里平静踏实。八只眼是个用智慧思考问题的人，但他和其他村人一样敬畏神灵。黄昏，他爬上村子对面的长长的山坡，到了山神庙前。山神庙周围宁静异常，山神孤寂地蹲守在庙里，只等虔诚的人向他叩拜。八只眼看一眼山神庙，整一整衣冠，定一定神，健步走进庙门。

山神庙，原本是古人将山岳神化而加以崇拜的一种祭祀场所。从山神的称谓上看，山神崇拜极为复杂，各种鬼怪精灵皆依附于山神，最终演变成了每一地区的主要山峰皆有人格化了的山神居住。《礼记·祭法》：“山林川谷丘陵，能出云，为风雨，见怪物，皆曰神。”虞舜时有“望于山川，遍于群神”的祭制，传说舜曾巡祭泰山、衡山、华山和恒山。历代天子封禅祭天地，也要对山神进行大祭。史上最著名的要属秦始皇、汉武帝和武则天对名山大川的祭祀，在中国，有关山神的传说源远流长，成书于二千多年前的《山海经》，就记载了有关山神的种种传说。《太平广记》里也收录了大禹囚禁商章氏、兜庐氏等山神的故事。《五藏山经》里还对诸山神的状貌作了详尽的描述。

山神庙很小，只有一间屋子，一个神像。八只眼虔诚地跪在地上，先点着几炷香，敬献神灵，然后点着几张黄表，表示对神灵的敬畏。他向神灵叩拜三次，然后站起来。神坛的边上放着一个小木桶，桶里装着一些木签。他微闭双目，默念一阵，随手拈出一根木签。他看见木签上写着：

“鱼在小涧生长难，深处安身浅水寒；
清泠香中抱膝吟，夷齐饿死首阳山。
头好尾衰，财气趋淡。”

八只眼看了此签，心中一暗。他不服气，又拈出一根木签，上面写着：

“夫妇有意两相求，绸缪未合各自愁；
心有灵犀一点通，天注姻缘不须忧。
逢春大吉，暗事大吉，凡事有成。”

八只眼看了此签，心里一明，他信心十足，又拈出一根木签，上面写着：

“叶落根深霜不怕，枯木逢春再发芽；
虽是中间多进退，钱财到底属我家。
求财照时吉，事磨但终成。”

八只眼看了此签，心中一亮，他已心领神祇的指示。他走出山神庙，看到西边的落日金红，红霞燃遍了半片天空。他心里一片灿烂，赶紧加快脚步回家。

天黑，八只眼回到村里，端起饭碗吃饭，无意间往东面的山神庙一看，大吃一惊。只见山神庙上亮着一团白光，若星汉灿烂，闪闪烁烁，摇曳不定。他立刻放下碗筷，瞪着那团白光，忘记了吃饭。

10

七颗心从三财主那里得到的好消息不胫而走，消息传到四羊、五虎和六狗耳里，三人兴奋不已。天上掉馅饼的好事谁不高兴。虽说三人手里都有一些银元，谁不想再添几块，揣在怀里沉甸甸的，放在手里银光闪闪的，既好看又实用。银元给每个人的感觉都十分美妙，它不是父母，胜过父母；不是

朋友，胜过朋友。天下之美妙，美在银元闪耀。三人之中，最为兴奋的是五虎。他从七颗心口中一听到这个消息，就乐呵呵地对七颗心说，这下子又能捡一百块银元，没想到今年的运气如此好，好事一个接着一个。

七颗心看见五虎如此张狂，心里不服，心想你得了不义之财，还想得有义之财，难道天底下的好事都让你一个人占尽吗？为什么不想着给别人留一点。再说，凭你的本事，你未必能得到这一百块银元，恐怕你吃进去的也得吐出来。如若不信，且看我七颗心的能耐。

五虎找到四羊和六狗，几人一起来到村里的天官庙前，议论如何得到一百块银元的赏钱。在他们看来，三财主失宝一定是真，而谁才是得到这件宝贝的人呢？虽然三人关系很好，但谁都没有向谁透漏过得到了这件宝贝，也不知道村里人谁得到了这件宝贝。在村人来看，偷人钱财不是小事，不仅会吃官司，更会损害一个人的声誉，乃至于一家人的声誉，会让自己日后无法做人，成为众矢之的。

五虎问："我们之间有谁拿了三财主的夜光杯？"

四羊和六狗齐声说："没有。"

五虎问四羊："你借给我和六狗的那十几块银元是从哪里来的？"

四羊说："是舅舅给我家的，因为我给他家干了一年的活，算是给我的工钱。"

五虎和六狗信了四羊说的话。

原来，那天十宝看见他们三人陆续走到大树底下，每人手里拿着十五块银元，那是他们演戏给十宝看。本来他们手里总共只有二十块银元，六狗从五虎和四羊手里拿来十块银元，去见十宝时手里就有十五块银元；五虎去见十宝时，从六狗手里拿了十块银元，手里也有十五块银元；四羊去见十宝时，从五虎和六狗手里拿了十块银元，手里也有十五块银元。三人颠来倒去，蒙蔽了十宝，十宝信以为真。

四羊说："这些天，我看见七颗心为了那一百块银元跑来跑去，比三财主还忙，似乎这宝贝是他丢的，而不是三财主丢的。他是真忙还是假忙？"

六狗说："七颗心心眼多，他的心眼摸不透，别说我们普通人，就是神仙也未必摸得透。"

五虎说："听说他告诉三财主，我们几个人手里有钱，我们很可能是盗宝的人。会不会是贼喊捉贼，嫁祸于人，掩盖自己呢？"

四羊说："自从三财主家卖了地，我看见七颗心经常站在三财主家的脑畔上，要不和三财主家的人搭话，要不跟其他人闲聊。我还看见他的两只眼贼溜溜的，总往三财主家的院子里瞅，不知道他在瞅什么。"

五虎说："既然七颗心形迹可疑，我们不妨从他身上下手，留心他的一举一动。”

六狗说：“听说三财主请八只眼去查看脚印，不知道脚印大小，是谁的脚印。我们不妨向八只眼打听一下。”

五虎说：“我去打听，想必八只眼不会保密。大家有什么消息，及时交流，不要让一百块银元落入别人手里。”

三人议论一通，五虎和六狗离开天官庙各自回家去了，只有四羊说回家也没事，依旧闲坐着。

七颗心知道村里的人为了三财主一百块银元的赏钱都在忙乎，他一边锄地，一边琢磨人们的心思。他担心八只眼捷足先得，先得到证据，抢走那一百块银元。他知道八只眼手里有最得力的脚印证据，他也听说八只眼去山神庙求签，企图借助神力。当然，他知道八只眼只是在帮助三财主找盗贼，而不会是盗贼，因为八只眼的人品之好尽人皆知。为了了解八只眼查看柴窑的情况，七颗心特意跑到三财主家里向三财主打听情况。他想另辟蹊径，采取与八只眼完全不同的方法找到盗贼。

七颗心最怀疑的人就是五虎三人，因为他们声称自己手里有两百块银元，而且十宝亲眼看到了他们手里的银元。除此之外，他还怀疑住在三财主附近的几个男人，因为他们有可能在无意之间发现三财主藏宝，他们最方便盗宝。

晌午，日头正红，七颗心来到天官庙下。天官庙不只是村里人求神许愿的地方，同时也是人们休息聚会的地方，因为这里有阴凉，人们可以一边乘凉，一边闲聊。七颗心刚坐在台阶上，掏出烟袋准备抽烟，看见五虎和六狗也来了。七颗心一阵高兴，因为他正想找他们说话。

五虎坐到七颗心身边，说：“有言道：不是冤家不聚头。看来真是这样。”

七颗心说：“什么意思？我跟你们一无怨，二无仇，怎么会是冤家。”

五虎说：“你不明白，我明白。人们知道我们手里有钱，都在算计如何从我们身上找到证据，去三财主那里领赏钱。你不想吗？”

七颗心说：“我没有这样的想法。你们手里有钱，那是你们靠本事挣来的，未必是偷来的。再说，你们有偷盗的本事吗？如果有，那也是你们的本事。不过，有句古话：要想人不知，除非己莫为。如果伸手了，一定会留下手印。鸟过留影，雁过留声。”

六狗说：“你话里有话，莫非我们几个人偷了三财主的宝？我们还怀疑你呢。”

七颗心说：“证据何在？”

六狗说：“你听说八只眼看到的脚印了吗？”

七颗心说：“当然听说了。”

六狗说："知道脚印的大小吗？"

七颗心说："当然知道。"

六狗说："据说，那脚印跟你的脚大小一样，而且自三财主卖地之后，有人看见你总在他家附近转悠。"

七颗心说："跟那脚印大小一样的人何止我一人，恐怕少说也有三五人。我喜欢在三财主家附近转悠，那是我跟他家的关系好，关心他们。左邻右舍，人家出了事，就不兴别人去看看吗？听说你们手里有钱，我也想见识一下，可以吗？"

五虎说："当然可以。"

五虎和六狗从怀里各自摸出五块银元，伸到七颗心面前。

五虎说："你看是真的吗？"

七颗心看了看，用手掂了一下，说："是真的。"

话不投机，一番唇枪舌剑之后，各自回家。七颗心亲眼看见了五虎和六狗手里的银元，确信与三财主所失之宝有牵连。为了证实自己的想法，晚上夜深人静时，七颗心再次来到天官庙。他沿着楼梯上了楼，站在天官老爷神像前，静默了一会儿，然后跪在地上，心里默念："天官老爷，七颗心诚惶诚恐，向你祈愿，请你指引我找到窃贼，了却我助人心愿。如果我能随心遂愿，我给你献上公鸡一只，白酒一斤，表达我的感激之心。"

七颗心叩拜三次，起身恭敬站立，等待天官老爷赐教。他站立片刻，毫无动静，以为未必会得到指教，正想转身离开，脚下轻轻一声响。他低头仔细一看，原来是一个白色小纸团。他十分惊异，平常人们来此求神许愿，从来没有求到纸团，自己却得到了纸团，一定是神灵格外眷顾自己。他俯身拾起纸团，赶紧往家跑。快到家时，猛回头，看见天官庙顶一团白光向东缓缓飘去。他惊骇不已，双膝跪地，向着白光飘去的方向连连叩头。

11

村里人都知道八只眼调查脚印的事。茶余饭后，喜欢凑热闹的人主动找到八只眼，故意把脚伸到他面前，抬得高高的，让他仔细看。八只眼也不客气，果真仔仔细细看一番。有人奚落八只眼，如果他找到盗贼，得到一百块赏钱，得给村里人一点好处。八只眼说，我可以给每家每户无偿干一天活，人们嗤之以鼻。

设坛作法后的第二天，十宝的第二个预言并没有应验，但他并不灰心。

有人奚落十宝，看来神仙不愿意帮你的忙，你白辛苦一场。十宝说，不是不报，而是时辰不到，时辰一到，必定会报。人们对十宝的话将信将疑，因为十宝毕竟是一个活魂，他可以给人看病，有的病甚至手到病除，因此他的法力不可小觑。时过三日，十宝的话不见应验，人们又怀疑起来。看到人们将信将疑，十宝当着几个人的面许下诺言，三日之内必见分晓。人们嘲笑一通十宝，翘首以待。

四羊早早起来，扛着锄头准备去锄地。他把锄头靠在院子外边的厕所墙边，准备进厕所小解，无意间侧着身子往二财主家看了一眼，看见二财主正在扫院子。二财主是个很勤快的人，每天总是早起晚睡，一年到头，天天如此，因此六畜兴旺，五谷满仓，田地有几十垧，是名副其实的殷实人家。三财主总是不明白，为什么过去自家跟他差不多，现在二财主日渐兴盛，而自家却走下坡路。其实，村里人都明白，二财主勤劳，而三财主却坐吃山空，自然盛衰不一。山里的土财主，没有意外横财，只靠实打实地苦熬苦挣。二财主很羡慕大财主的财富，决心通过他和两个儿子的苦心经营超过大财主，从而占据村里第一把交椅，因此日日操劳。

四羊小解后，扛起锄头要去锄地，忽然听见二财主在院子里大声嚷叫。四羊没在意，以为二财主在叫骂家里的畜生。后来看见二财主站在院子的墙根下不停地跺脚，不停地大声向家里的人喊叫。一会儿，家里的人都跑出门来，跑到院子外的墙根下，一齐看着院墙上的一个洞。四羊不解，墙上的一个洞有什么好看的，有什么值得大惊小怪。好奇心驱使他走到二财主家的脑畔上，往下一看，他突然明白了，原来院墙里藏着东西，现在却空空如也。

二财主骂："不知道哪个黑心贼偷了我的宝贝，天打五雷轰，不得好死。"

四羊问："丢了什么东西？"

二财主说："值钱的东西。这不是要我的老命吗？"

二财主剁了一通脚，像泄了气的气球，蹲在地上。

二财主的婆姨哭叫着："我家祖辈传下来的宝贝，被黑心贼一把掏走了，太狠毒了！这叫我们以后怎么做人。"

二财主的两个儿子紧握着拳头，怒不可遏，声称找到强盗，要抽筋扒皮。

一会儿，二财主家的院子外聚集了很多人，大家都来看热闹，但被二财主挡在一丈开外。有的瞅着墙上的洞不言语，有的安慰二财主，有的安慰二财主的婆姨，有的为二财主愤愤不平，有的骂强盗太狠心了。

四羊下了脑畔，走到二财主家的院子外面，站在墙根下，仔细看墙上的洞。只见墙上一人高的地方，被挖开了一个洞，洞空空的。原来，强盗在黑夜从墙外挖洞盗走了宝贝，从院子里看，院墙完好无损。人们惊叹，强盗太

聪明了，不知他如何知道墙里藏着东西。人们怪二财主太大意了，怎么能把很值钱的东西藏在一个两面裸露的墙里。

当初三财主家丢了宝贝，二财主一直心神不安。他和三财主一样，知道世道不宁，钱财绝不能放在家里。如若放在家里，无异于给日本人和国民党积攒钱财。世道混乱，最提心吊胆的不是一般老百姓，而是殷实人家。原先，二财主把自家的那件宝贝藏在院子外面的一棵大枣树下，得知三财主的宝贝藏在抬眼看不见的柴窑里丢了，所以他从大枣树下挖出宝贝，转移到院墙里。他以为藏在院墙里，就跟放在眼前一样，家里人随时可以监视，随时可以知晓宝贝的有无。为了找一处藏宝的好地方，他跟两个儿子着实商量了整整一个晚上，没想到道高一尺魔高一丈，到底丢了宝。

二财主愤恨一通后，思考如何找回宝贝，他不能让这件祖传的宝贝落到别人手里，他得想办法找回来。一番思忖后，他对二儿子二老二说："去找八只眼。"

八只眼正在自家地里锄谷子，二老二气喘吁吁跑到地里，说："你快回去，我爹找你。"

"有什么要紧事？我在锄谷子，现在不锄，再过几天就荒了。"

"我家的宝贝丢了，我爹找你。"

八只眼问："什么宝贝？"

二老二说："夜光杯。"

八只眼说："你家也有夜光杯？"

二老二说："是的。祖辈传下来的。"

闻听此言，八只眼心里明白了，赶紧擦掉锄上的泥土，跟着二老二回村。

八只眼赶到二财主家时，看热闹的人早已散了，只有二财主还守在院墙外，眼巴巴地盯着空空的墙洞发呆。看见八只眼来了，二财主像看见了救星，说："我又遇到倒霉事了，宝贝丢了。"

"什么时候？"

"昨天晚上。"

"是夜光杯吗？"

"是的。那东西很值钱，只好又求你帮忙了。"

"别客气，左邻右舍，应该的。墙下有闲人的脚印吗？"

"没有。只有我的脚印。"

八只眼走到洞墙下，低头仔细查看。他查看后发现，一丈开外的脚印很多，已经被看热闹的人踩得一塌糊涂，根本无法辨认，墙洞底下的地面被二财主保护得很好。二财主经过上次丢驴的事，懂得了保护脚印的重要性。八只眼弯着腰仔细查看了一会儿，叹息一声。看见八只眼叹息，二财主心里凉了半截，赶忙问："看不清楚吗？"

"是。只看清楚你的脚印，那个人的脚印只能看清前半截，脚后跟部分看不清，判断不出脚大小。"

"你再仔细看看。"

八只眼又弯着腰仔细看了几遍，还是看不清。他沿着院墙两边的路仔细看了几遍，依然没有发现类似的脚印。

八只眼说："如果没有那么多的人来看，兴许能找到他的完整脚印。"

"我拦不住他们，没有办法。我们进屋合计一下，我一定要找回这件宝。"

八只眼跟着二财主进屋，看见二财主的婆姨在抹眼泪，便安慰了几句。

二财主说："哭有什么用，能把宝贝哭回来吗？赶紧给八只眼和面吃。"

八只眼坐在炕楞上，肚子立刻叫起来。他在等着吃两碗又白又筋道的白面面条。

12

没有几天工夫，村里两个财主相继失宝，人心鼎沸，议论纷纷。家里有几个钱的人都不敢将钱藏在门外，有将钱财藏在门外的都重新挖出来，藏到屋里最隐蔽的地方。人们都说，过去村里平平静静，很少丢失钱财，现在到底怎么了。有人怀疑村里来了江洋大盗，搅乱了平静。有人坚持说，偷盗之事是村里人所为，因世道混乱致人心变态，这才做出种种恶事。村里人议论最多的人莫过于四羊五虎和六狗，因为他们自称手里有几百块银元。七颗心怀疑他们，十宝怀疑他们，尽管八只眼没有吐露口风，似乎也将他们列入怀疑对象。四羊找到五虎和六狗，说我们的日子不好过，村里人的眼睛都盯着我们，我们怎么过日子。六狗说无妨，该干什么干什么，不要听人们的闲言碎语，身正不怕影子歪。五虎也说，他们怀疑我们，有证据吗？口说无凭，何以服人。如果有人血口喷人，我跟他理论，让他吃不了兜着走。

十宝耐心等了两天，一心想从五虎几个人身上应验自己的谶言。第三天眼看也要过去了，还没有一点动静，反倒引出了又一宗失宝案。这几天，他无心去地里干活，只闷在家里琢磨。他把二财主失宝案跟自家的失宝案连在一起，思来想去，想理出头绪。正在他低头沉思的时候，有人推门进来，打乱了他的思绪。他抬头一看，来人是村里九蛋的婆姨大脚丫。大脚丫哭哭啼啼，十宝心里一阵高兴。

“别哭，什么事？”十宝问。

“我家的小儿子病了。早晨还好好的，有精有神，这会儿无精打采，浑身软不邋遢的，一会儿不如一会儿，怕是不行了。你去看看。”

十宝一听，有点泄气，以为是九蛋出毛病了。虽说十宝是财主家的公子，但凡村里有人喊他去看病，无论贵贱，他一口应承，从不推辞。看见大脚丫急得涕泪交流，他赶紧下了炕，穿上鞋，跟着大脚丫走。大脚丫住在后村，要爬一个很长的坡才能到，大脚丫走得快，十宝只好加快脚步。

一会儿，二人到了大脚丫家。十宝进门一看，看见大脚丫的孩子躺在炕上，合着眼，没有一点动静。大脚丫喊了一声孩子，孩子没有任何反应。大脚丫更着急了，又抹起眼泪来。十宝伸手摇了摇孩子的身子，孩子还是没有反应。十宝说，孩子病得不轻，要赶紧施救。

十宝从家走的时候，顺手带了毛笔和墨，这两样东西是他给人看病必带的东西。十宝吩咐大脚丫赶紧拿一碗干净的水和一张黄表来。十宝用清水磨好墨，调好笔，身子伏在炕上，在黄表上画了一个大大的护符。大脚丫低头看，护符像字不是字，像画不是画，看得好奇。十宝吩咐大脚丫再拿一碗水和几炷香来，大脚丫赶紧找来。

十宝走到灶台前，那里有一个神位。十宝口中念念有词，大脚丫听不清楚是什么词。十宝念完词后，点上香，把香插在香炉里，然后点着画有护符的黄表。黄表火燎之后，化为轻飘飘的黑灰。十宝对着黑灰念诵一通，用手将黑灰拈入清水碗里。

“要喝进去吗？”大脚丫战战兢兢地问。

“小孩子，能喝就喝进去。如果喝不进去，也无妨。只是你要对着神位，叩几个响头。”

大脚丫走到灶台前，连叩三个响头，然后站起身。

“会好吗？”

“会好的，不用操心，两个时辰后就会好起来。”

大脚丫笑了。

十宝走到炕楞边，俯身看了看孩子，孩子沉稳地睡着，无声无息。十宝在孩子的手、手腕附近和头上乱捏一通，嘱咐道：“过一会儿把护符水给孩子喝了。”

“孩子到底得的什么病？”

十宝看了大脚丫一眼，说：“天机不可泄露，自然有人代孩子受罪。此人受罪之时，也就是孩子病好之时，莫担心。”

“是孩子的魂被人抱走了吗？”

“不可泄露，否则我会遭殃。一定有人会替孩子受罪，你放心。”

十宝走后，大脚丫给孩子喂了一点护符水，看见孩子依旧要死不活的，便去做家务活。半个时辰过去了，大脚丫又看了一下孩子，孩子依旧不见好转。她又去做家务活。做完活，大脚丫内急，赶紧跑到院子外面的厕所解急。她刚蹲下身子，就听见远处传来隐隐约约的哭叫声。她不想理会，可哭喊声接连不断。她解完手站起来，辨别哭喊声的方向，发现哭喊声来自离她家不远的狗毛家。她很奇怪，大天白日，这混账婆姨哭什么，她听得心烦。女人总是好奇，大脚丫也不例外。她转念一想，这婆姨到底在哭什么？不妨去看看。她提好裤子，快步走到狗毛家的院子里，想看个究竟。

狗毛的婆姨哭骂："好狠心的东西，你饶了我吧。你已经折腾了我半个时辰，还要折腾下去吗？"

大脚丫想，谁在折腾她呢？会不会是狗毛在折腾她？难道晚上没折腾够，白天还要折腾吗？

大脚丫看看四周没有人，便蹑手蹑脚，悄悄走到狗毛家的窗户下。她从窗户上的缝隙往里瞅，看见狗毛的婆姨躺在炕上乱滚，衣衫不整，一边滚，一边唠叨不停，一副痛苦不堪的样子。

狗毛的婆姨哭喊："你饶了我吧，我再也不敢了。我知道自己罪孽深重，你惩罚我，我不怨恨，你不要让我再受苦了。我把他的魂还回去不就行了，我不会有下次了。"

大脚丫一听，火冒三丈，原来是这个不要脸的婆姨抱走了自己孩子的魂。她真想冲进去撕她几把。这时她才明白过来，原来是十宝施法折磨她，她才这么痛苦。也罢，既然有十宝对付她，自己何苦出手。她看着狗毛的婆姨滚来滚去，心里很过瘾，心想谁让你干缺德事。她希望十宝多折腾她一会儿，把她折腾得死去活来才好。

大脚丫回到家，看见炕上的孩子睁开了眼，喊着要喝水。她赶紧给孩子喂了半碗水。喝水之后，她看见孩子眼睛一眨一眨，精神好点了。过了一阵，孩子喊着要起来。她赶紧把孩子扶起来，孩子坐在炕上，愣愣的，如梦初醒。又过了一阵，孩子喊着要吃东西。她赶紧从墙上挂着的竹篮里取出半块干馒头递给孩子，孩子狼吞虎咽，这才想起孩子一天没有吃饭了。看见孩子好转了，她才知道十宝的本事真厉害，她想给十宝几个钱，家里没有钱，于是想蒸几个馒头送给十宝，了却人情。

十宝离开大脚丫家回家，路上碰见五虎挑着一担毛粪。十宝跟五虎打个招呼，说："走慢点，小心伤着腿脚。"

五虎听出了十宝的弦外之音，停住脚，嘿嘿一笑，说："我的腿脚好，伤不了。只是你的宝贝经不起折腾，怕是找不回来了。"

十宝说："骑驴看唱本，我们走着瞧。"

五虎说一声“好”，挑着担子走了。

13

七颗心天官庙求得一纸，跑回家后且喜且惊。喜得是天官开眼，破例给了他一纸，纸内必有玄机；惊得是天官庙上那团从未见过的白光，不知其征兆是凶是吉。他慌忙叫醒已经熟睡的婆姨，婆姨问半夜三更有什么事，搅得人睡不成安然觉。七颗心把天官庙祈愿的事告诉婆姨，婆姨一个激灵，睡意全无，爬起身来要纸团看。七颗心把纸团递给婆姨，心里七上八下，不知上面会有什么东西。婆姨展开纸团，就着灯看了一眼，上面只写几个字，她不认识字，不知道什么意思。七颗心拿过纸来，就着灯一看，上面只写着六个字：六畜烹，狗狼福。

七颗心是个聪明人，可识字不多，盯着纸上的字不知何意。夫妻二人躺在被窝里琢磨了很久，依然不明白其中的意思。七颗心问婆姨，那团白光是凶是吉。婆姨说从来没有听人说过这个现象，为了那一百块赏钱，权当是吉兆，你该干啥就干啥，别前怕狼后怕虎。七颗心认为婆姨的话有理。俗话说：婆姨是个蜜罐罐，不听不听一半半。此话不无道理。

七颗心是个精细人，纸团上有一个字不认识，他想向老秀才请教。七颗心跑到老秀才家里，拿出纸来，指着纸上的“烹”字问老秀才：“这是什么字？”

老秀才说：“读‘朋’，烹者，煮也。”

七颗心不解，问：“猪还是煮。”

“当然是煮，煮南瓜，煮面条。”

“哦。”

这六个字连在一起又是什么意思，他不甚明了。他又问：“这六个字是什么意思？”

老秀才仔细看了一遍，说：“牲畜被蒸煮了，是狗和狼的福气。”

七颗心依然不解，问：“牲畜蒸煮了，人吃它们的肉，高兴的应该是人，怎么会是狗和狼？”

老秀才说：“这——这你要问狼和狗去，看它们如何说。”

七颗心琢磨了半天，依旧不解，恰好十宝走进屋，七颗心又问十宝。十宝说：“这简单，不就是人吃了肉，扔掉了骨头，狗和狼可以啃骨头吗？”

老秀才看了一眼孙子，认为他说得在理，说：“言之有理。”

七颗心拿出一张纸给十宝看，十宝看了不明就里。老秀才突然想起古人的文字游戏，恍然大悟："上句和下句开头的两个字组合在一起——六狗！"

"什么？！"十宝惊疑。

"天意！"七颗心说。

十宝和七颗心吃了一惊，原来天官老爷纸上道出的是如此玄机，二人不禁一阵欢喜。

那天六狗、五虎和四羊一起耍了一通十宝，心里很过瘾。六狗手里有几个钱，感觉手里有钱很滋润，别说花钱舒服，就是向人夸钱也舒服。他知道村里的几个能人都在盯着他们三人，把他们当作窃贼，心里有点不舒服，心想真正的窃贼还不知道是谁。吃完晚饭，他照例到村里串门，东家进西家出，接连串了好几家。看看天色不早，他回家走了一趟，怀里揣着一包东西出了门，在村口徘徊一阵，悄悄向村外走去。

夜深之时，村里深邃宁静，村外沉寂神秘。出村时，六狗回头看了看身后，没有发现人的影子，于是大着胆子，沿着一条小路向村外走去。村外漆黑一片，六狗沿着向西的一条路走去，他哪会想到身后缀着一个黑影。虽说夜路不好走，六狗却毫不费力，也不害怕，因为他对村外的路很熟悉，经常独自走夜路。六狗有个习性，怕人不怕野兽。一会儿工夫，他下了一个坡，到了沟底。他回头看了看身后，依然没有发现人，就折向一条黑洞洞的沟里。尽管他没有发现身后有人，他想身后可能跟着一个人，为了迷惑身后的人，他钻进沟里，躲在暗处。他在暗处躲了一会儿，确认身后没有人，就走出沟，爬上一个山坡。上了山坡，他折而向东走去。走了一会儿，他来到一座古墓前。古墓坐落在半山坡上，身后是一座不太高的山，身前是一条大山沟。六狗向四周看了看，一片漆黑，远处传来两声低沉的狼叫声，近处可以听到沟里黄鼠狼吱吱的叫声。他在漆黑中搜寻着人影，漆黑中只有漆黑，没有人影。他放心地蹲下身子。

这座古墓，只有扁平的土堆，谁都不知道它在这里待了多少年。村里的老人，谁都不知道这座古墓是谁家的，每年清明节也没有人来上坟。坟墓上长了不知道多少年的宿草，异常茂盛。六狗从腰里摸出一把小铲子，拨开茂盛的杂草，将小铲子插进杂草，掀起一块草皮。他把草皮轻轻放在一边，然后用小铲子在掀起的草皮下挖洞。他把挖出来的泥土随手洒在草丛里，一会儿就挖出一个一尺多深的小洞。他掏出怀里的东西，塞进小洞里，然后在附近的地里挖来泥土，填进小洞里，踩踏实，又把掀起的那块草皮原样覆盖在上面，踩踏实。他站起来，想看清楚草皮覆盖得如何，无奈一片漆黑，看不清楚。他蹲下身子，用手抚摸那块草皮，感觉草皮很踏实，这才站起来。他再次看了看四周，四周依然一片漆黑，他放心地离开古墓。

六狗悄悄回到村里，悄悄溜进家里，神不知鬼不觉。

当六狗进入梦乡时，有一个黑影蹲在古墓前，划着一根火柴，找到了那块掀起的草皮，挖出了里面埋着的东西。此人就是一直悄悄跟在六狗身后的七颗心。

七颗心回到村里，连夜去敲三财主的门。三财主看见七颗心夜访，必定有要紧的事，赶紧把他迎进屋里，问："有什么消息？"

七颗心一脸狐疑，不知道说什么好。

三财主催问："不管是好是坏，讲出来，我们仔细商量。"

七颗心说："六狗十分狡猾，今夜他去古墓藏东西，被我发现。他回家后，我悄悄跑到古墓，挖出藏的东西，原来是这东西。"

七颗心从怀里掏出一个小布袋子，把里面装的东西倒在炕上。三财主看后莫名其妙，因为倒出来的是一块砖头，并不是夜光杯。

"一块砖头！他为什么要半夜三更去藏呢？"三财主说。

"这正是我不明白的地方。如果藏得是夜光杯，还值得半夜三更去，一块砖头值得藏吗？只有一个解释，那就是他想迷惑人。如果是迷惑人，他应该让人看得见，半夜三更谁会发现？如果我不盯他，我也不会发现。当然，他知道人们会怀疑他，会盯着他。如果是迷惑人，这样的迷惑有什么意义。难道他想引火烧身，把一切责任都包揽在自己身上吗？"

三财主听了，陷入迷魂阵，不住地摇头。

七颗心问："你看怎么办？他这样做必有用意。"

三财主说："如果去找他理论，我们手中没有证据，一块砖头能说明什么，弄不好，被他反咬一口。"

七颗心说："如果不去找他理论，岂不便宜了他？我岂不让他白捉弄一回？"

三财主说："也是。他太欺负人了。"

七颗心说："依我看，有没有证据，都得跟他理论，绝不能便宜了他。"

三财主点头，心里却不踏实，他不知道六狗葫芦里装得什么药。

14

八只眼应村里两个财主之邀，受命查找盗贼，倍感荣幸。与村里人见面，他总是一脸笑容，现出一副既高兴又谦逊的神色。这样的美差，只有八只眼独得，村里人既羡慕，又嫉妒。羡慕他吃了两个财主两顿白花花的白面面条，那份受用别人只有垂涎的份；嫉妒他不只赢得了两个财主的尊重，将来还可以得到赏钱。如果真能拿到赏钱，那是一笔可观的收入，要抵得上一个男人在地里辛辛苦苦干两三年。虽说八只眼见了人笑嘻嘻的，有说有笑，而独自一人的时候，却一言不发，愁眉紧锁。为什么？他一怕找不到盗贼，辜负了两个财主的期望，坏了自己的名声；二怕得不到赏钱，让别人占了便宜。为此，他必须费尽心思，查找线索，尽快给两个财主一个答复。

八只眼仔细想了一下在三财主柴窑前找到的脚印，根据自己平时的观察，他认定村里与此类似的有三双鞋，他决定一一查实。

吃完中午饭，八只眼抽了两袋旱烟，就到李老六家串门。进了院子，八只眼看见李老六坐在台阶上歇息，饭碗放在身边，嘴里喷云吐雾。八只眼走到李老六跟前，也坐在台阶上，向李老六打个招呼："刚吃完饭吧。"

"是的。"

八只眼打了招呼，看了一眼李老六脚上的鞋，看见两个鞋尖明显向上翘着。李老六是位老者，七十多岁，八只眼不便老盯着人家的鞋看。赤日炎炎，八只眼不在家睡觉歇息，却跑来串门，李老六很清楚他的来意。要么是来跟自己一起探讨两个财主失宝的事，要么是八只眼认为此事与自己有关联。李老六笑着说："两个财主都找你查盗贼，你可是村里第一号能人。"

"人家相信咱，咱就得尽心竭力给人家查。揽活容易做活难，很难找到线索。"

"不是找到了脚印吗？脚印是很好的证明，穿什么样的鞋，踩什么样的脚印，作不了假。"

"虽然道理如此，哪知道是谁的脚印？"

"村里人的脚，想必你了解。照着脚印找鞋，不就是顺藤摸瓜吗？"

"那是。据我了解，村里有三个人的脚印与此相似。"

"哪三个人？"

"九蛋和六狗。"

"还有一人呢？"

"就是你老人家。"

"我？！"

"是。我发现的那个脚印脚尖向上翘起，你没有发现自己的鞋就是这个样子吗？"

李老六低头一看，自己的两只鞋尖果然是向上翘起的。活了七十多年，李老六从来没有注意自己的鞋是什么样子，反而不如别人对自己了解。他摇了摇头，说："我这辈子真是瞎活，连自己是什么样都不知道，枉活一世！"

"你可以脱下鞋给我看看吗？"

“可以。”李老六爽快地答应了，心底无私天地宽。

李老六脱下一只鞋，递给八只眼。八只眼拿起鞋，仔细看了一遍鞋帮，翻过来看鞋底。他用自己的手先量了一下鞋的大小，然后仔细看鞋底的磨损程度，看鞋底的重心，看脚尖翘起的高度。看完一只鞋，八只眼又叫李老六脱下另一只鞋，又依样仔细看了一遍，然后把两只鞋还给李老六。

“怎么样？是我的脚印吗？”

“不是。你的鞋小了半分，而且脚侧部分磨损太大。”

八只眼从怀中取出从三财主柴窑门口拓出的麻纸脚印，跟李老六的鞋比对了一下，的确有差别。

李老六用手捋了一下胡须，说：“爱财之心人皆有之，可要取之有道。即便想去偷人家的钱财，这两条腿也不听使唤了，何况是深更半夜。”

八只眼看见李老六身边放着一根枣木拐杖，知道他心有余而力不足。

告辞了李老六，八只眼向附近的六狗家走去。走进院子，他看见六狗躺在院子里的一棵大树下睡觉。听见院子里来了人，六狗睁开眼睛，看见八只眼嘴里叼着烟袋站在身边。六狗坐起来，示意八只眼坐下。

六狗说：“什么风把你吹来了，我都快要睡着了，惊了我的好觉。”

八只眼说：“无事不登三宝殿。”

“我知道你的来意，不就是想看我的鞋吗？”

“拿人家的手软，吃人家的嘴软。我吃了人家的两碗面，就得给人家办事。实话跟你说，二财主家柴窑门口留下的鞋印特征很明显，与村里三个人的鞋印相似。”

“哪三个？”

“李老六、你和九蛋。”

“我？”

“是。刚才，李老六让我看了他的鞋，他是一个君子。”

“剩下的两个人是小人吗？”

“当然不是。不过，是小人还是君子，要看他的为人处事。是不是？”

“当然。”

“没偷人家的钱财，会害怕看一眼鞋吗？”

“我怕个屌！你要看我的光身子都不怕。”

八只眼知道六狗不好对付，便用了激将法。六狗有点生气，把脚一蹬，将脚上的鞋子甩在地上，说：“你仔细看，看我是不是盗贼。”

八只眼也不客气，捡起鞋来，先用手量了一下大小，然后看鞋帮，看鞋底，特别注意看了脚跟和脚尖部分。看完鞋，他把鞋递给六狗。

“怎么样，是我的脚印吗？”

“我可以看看另外一只鞋吗？”

“可以。”六狗脱下另一只鞋，递给八只眼，“别看歪了眼。”

八只眼仔细看了另一只鞋，把鞋还给六狗。

“是我的脚印吗？”

八只眼摇头。

“痛快点，到底是还是不是？”

“不是。你的鞋大了半分，而且脚尖翘得太厉害，鞋跟磨损不大。”

听见八只眼如此说，六狗不生气了，反倒笑呵呵地说：“脚印就是铁证。我是什么人？我也是君子，不是小人。看来你要另找别人。”

八只眼说：“会找的。”

六狗说：“那你赶紧去找人，我要睡一会儿觉，下午还要去锄地。”

八只眼离开六狗家，寻思九蛋的鞋会是什么样子。九蛋是他的最后希望，如果不符合他找的鞋，怎么办？他心里有点沉。他知道，九蛋是个很老实的人，平时只忙于自家地里的活，不太喜欢串门，也没有偷鸡摸狗的劣迹。按照常理说，九蛋不会去偷别人的钱财，可人心隔肚皮，谁能猜着谁心里想什么。李老六说，爱财之心人皆有之，难道九蛋不爱财吗？爱。傻子也懂得爱财。

八只眼来到九蛋的院子。九蛋住在一个大杂院，院里住着好几户人家。八只眼一进院子，有人跟他打招呼，八只眼应付了一下，便径直走到九蛋门前。院子里的人看出八只眼要找九蛋，心里都在想，一定不是好事，相互递一下眼色，静观结果。九蛋正躺在炕上呼呼大睡，八只眼进了门。九蛋的婆姨正在锅台前涮洗碗筷，看见八只眼进门，知道是来找九蛋的，便喊了一声：“九蛋，快起来，有人找你。”

九蛋听见婆姨叫，爬起身来，看见八只眼站在地上，九蛋一脸茫然。

九蛋的婆姨看见九蛋不开口，便说：“你是村里的贵人，连财主都求你，怎么会登我家的门？”

“有件小事要麻烦一下九蛋。”

九蛋依旧一脸茫然，说：“什么事？”

八只眼不想绕弯子，他想李老六和六狗都让看鞋，九蛋也不会拒绝，便说：“我想看一看你的鞋。”

“为什么？”

“三财主家的柴窑门口留下了一串脚印，跟你们几个人的鞋大小相似。”

“谁？”

“李老六和六狗。”八只眼怕九蛋不让看，“他们都让我看了。”

“我没有偷，你没有必要看。”

“看了对你有好处，免得人们怀疑。”九蛋婆姨说。

九蛋一想，也有道理，于是指着地上的鞋说：“随便。”

八只眼仔细看了一遍，吃了一惊，没想到九蛋的鞋跟三财主柴窑门前的脚印一模一样。难道九蛋就是那个盗贼吗？九蛋和婆姨看见八只眼只顾愣着不吱声，顿时睁圆了眼睛。

15

六狗藏假宝，三财主不知其用意。当初，他相信七颗心的话，认为六狗引火烧身，包揽责任，所以决定去找六狗问究竟。七颗心走后，他独自琢磨了很久，认为六狗的做法并不那么简单。按照常理，既然盗贼偷了宝，就不会把宝还回去，谁会承认自己是盗贼，让人上门来要宝？尽管六狗几个人说自己手里有几百块银元，兴许他们是在搞恶作剧，想搅乱人心，扰乱他寻找宝贝的视线。古有贼喊捉贼之说，从来没有做贼自认之说。即便真是他们偷了宝，现在不到引火烧身的时候，六狗不会自找麻烦，包揽责任。

当然，三财主推想，可能真是他们几人，或者是六狗一人偷了宝，怕露馅，先用藏假宝的办法试探虚实，看有没有人盯着他们，他们偷到的宝贝能不能转移。如果他们把偷到的宝贝藏在家里，或者藏在其他不安全的地方，很可能采用投石问路的办法。

三财主也想到了六狗藏假宝的又一种可能，他想以此引出真正的盗贼，以向他领取赏钱。可能六狗认为盗贼偷他的宝贝得手，还想得到另一件已经失窃的宝贝。因为二财主也丢了宝贝，六狗让偷三财主宝贝的人以为二财主的宝贝是他偷的，他在暗藏偷来的宝贝，从而引出偷三财主宝贝的人。这样六狗找到偷三财主宝的人，可以去三财主那里领赏钱。如果是这样，偷三财主宝贝的人可能发现二财主的宝是六狗偷走的，六狗感到不安全，这才想到了转移宝贝。

还有一种可能，那就是七颗心使用了调包计。不管七颗心是有意盯着六狗也好，还是偶然发现六狗去藏宝也好，他的意图很明显。他悄悄挖出六狗藏在古墓的小袋子，发现里面是宝贝，便用砖头调换宝贝，向他假称挖到的是砖头而不是宝贝。这样他既可以得到六狗的宝贝，又可以到他这里来领赏钱。如此，七颗心就可以得到两样好处。三财主知道，人们叫他七颗心是说他的心眼多，多出了常人的七倍。七颗心是何等聪明的人，不可轻信，不可小觑。

那么到底要不要去找六狗，以什么理由去找六狗，想在六狗那里得到什么样的结果，三财主不得不认真考虑。考虑再三，三财主决定去找六狗。那么去找六狗时要不要带着七颗心，让七颗心同去有利还是有弊，三财主再三斟酌。

二财主失宝，四羊、五虎和六狗欢呼雀跃，因为一来他们有热闹可瞧，二来想得二财主的赏钱。他们知道，二财主是个很慷慨的财主，上次八只眼找驴得了十块银元，这次丢了比驴更值钱的夜光杯，可能出得赏钱更多。加之八只眼实地查看，只看到盗贼的半个脚印，想必很难找到盗贼，这样二财主出的赏钱有可能更多。晚饭后，三人聚在天官庙下商量。

五虎说："兴许我们几人来钱的机会到了，我们没有偷两个财主的宝贝，却可以去领他们的赏钱，就看我们几人的能耐大小。"

四羊说："机会很好，只是不知道从哪里下手。"

六狗说："村里有能人，也有傻人，谁都有可能得到那两件宝贝。能人靠本事，傻人靠运气。哪个傻人能有那么好的运气？依我看，盗走这两件宝贝的人是能人而不是傻人，与其从傻人下手，不如从能人下手。"

五虎问："为什么？"

六狗说："如果说三财主的宝贝靠运气可以得到，二财主的那件宝贝，谁能想到藏在墙里面，谁又能巧妙地把它盗走？"

五虎说："也是。不是能人得不到那件宝贝，那我们就从村里的能人身上下手。"

四羊说："谁是村里的能人？"

六狗说："七颗心和八只眼。"

五虎点头。四羊也认同，并说："我们应该注意这两个人的行踪。"

三人议论一通，看见有人来了，便不再议论。过了一会儿，三人各自回家。

三财主到六狗家时，六狗还没有回家。六狗的母亲问三财主有什么事，三财主只说找六狗说几句话。

一会儿，六狗回家了。看见很少来家的三财主登门，六狗有点惊讶，也有点惶恐，又有点受宠若惊。不过，六狗很快就镇定下来。

六狗说："财主登门，必定喜事临门。"

三财主说："只是来串门，没有什么重要事情。宝贝丢了，找不到一点线索，在家闷得慌，出来串门散散心。"

"有那么多能人帮你找，怎会没有线索，莫非想求我帮忙？"

"如果你能帮忙，当然好。我不会白用人，我出一百块银元的赏钱。"

"你那一百块银元不好挣，能人挣不了，我更挣不了。这事不能口说无凭，要有真凭实据，不然会冤枉好人，人家会跟你拼命。"

“你的话有理。如果你手里有线索，可以悄悄告诉我，我不向外声张，替你保密。”

“我没有线索。如果有线索，我也想得那一百块赏钱。白花花的银元放在手里，沉甸甸的，很受用。”

“听说你手里有不少银元，哪来的？”

“原来是为了这事而来，那是我跟人借来的，来路很正。”

“五虎和四羊手里的钱是哪里来的？”

“不知道。你去问他们。也许是借来的，也许是挣来的。”

“你没有说实话。你们经常在一起，你一定知道他们的钱的来路，你没有必要为他们遮掩。”

“我不知道来路，不能乱说。不然，他们会剥了我的皮。”

“听说你在夜里悄悄藏东西，有这事吗？”

六狗吃了一惊，别人怎么会知道呢？他稍作镇定，说：“谁说的？”

“要想人不知，除非己莫为。”

“你先告诉我谁看见了我藏东西，然后我回答你。”

“这人不能告诉你。”

“那我也不能回答你。”

“看来你真藏东西了。恐怕你藏的东西早被人家挖走了，你还蒙在鼓里，别自作聪明了。”

“谁挖走了？这不要我的命吗？我藏的东西很值钱。那个躲在暗地里想害人的人不会有好下场，他会自作自受。”

“看来你真藏东西了，藏得是什么东西？”

“既然你知道有人挖走了我的东西，你去问他，何必问我。”

“袋子里藏得不会是砖头吧？”

“谁会干那傻事。要藏就藏钱或值钱的东西，藏砖头不是哄骗自己吗？”

“那你藏得是什么？”

“我没有说我藏钱，也没有说我藏宝，你自己猜去吧。”

“我问挖走你袋子的人，他说你藏得是一块砖头，对吗？”

“不对。他是谁？”

“村里盯你们的人不在少数。我的宝贝丢了，二财主的宝贝也丢了，都丢得这么离奇，绝不是一人所为。村里没有哪一个人有这么大的能耐。”

“未必。门缝里瞧人，别把人瞧偏了，能人有的是，只怕你不知道。我知道谁在盯着我。”

“谁？”

“不就是七颗心和八只眼吗？恐怕他们屁股底下也坐着屎，你认为他们是干净的人？”

看见三财主支支吾吾，不置可否，六狗心中有数了。他知道八只眼在忙着查脚印，无暇他顾。再说他已经查过自己的鞋了，认定不是自己的鞋踩下的脚印，那么盯着他的人只有七颗心。他知道八只眼要去查九蛋的鞋，不知道结果如何。看来挖走自己东西的人非七颗心莫属。六狗恨从心起，脱口而出：“我藏得是很值钱的东西，至于是什么东西，你自己去想吧。偷我东西的人决不会跟你说实话，你别被人卖了还跟着人数钱。”

“那他拿给我看的却是一块砖头，难道他——”

“嘿嘿！你上当了！他在演戏给你看，他根本不知道我藏东西，是拿自家的东西哄骗你，目的是得你的一百块银元。”

看见三财主一脸惊异，六狗心里窃笑。三财主回到家里，半宿没睡着，翻来折去，直到鸡叫头遍，才迷迷糊糊睡去。

16

上次十宝设坛施法，曾经许下三个谶言：一是当日夜晚下大雨；二是四日内有人失财，小则丢鸡羊，大则丢牛驴，再大则丢金银；三是五日之内偷三财主宝贝的人灾祸临头。人们相信十宝的治病本事，对于他的魔法则从未领教，因此人们只是一笑了之，不想三个谶言兑现了两个。原本二十天饱受干旱煎熬的庄稼得到了一场甘霖，村里人欢呼雀跃之时，称赞十宝魔法神奇。十宝听了，得意地坐在自家院子里一个蒲团上，光着脚，一边抽水烟，一边跟人们吹牛，神气得不得了。

对于十宝的第二个谶言，原先人们不以为然，有人说谁家不会丢鸡丢狗，丢失鸡狗羊那是司空见惯的事。丢牛的可能性很小，因为牛都在自家院子的牛圈里，一般不会丢失。至于丢失金银倒有可能，因为世道混乱，有人会把钱财藏到屋外。三财主已经失宝，难道要大财主和二财主也丢财失宝吗？真是这样，大财主和二财主岂不恨死他。不料，第四日的早晨，二财主便发现藏在院墙里的夜光杯丢了。十宝在村人面前神气极了，逢人便夸自己的魔法神奇。不过，有人不吃十宝这一套，对十宝说，二财主失宝，难道是他偷走了你家的宝贝吗？十宝张口结舌，无言以对。

对于十宝的第三个谶言，人们将信将疑。信是因为前面的两个谶言都应验了，疑是因为灾祸临头会出事，小则筋断骨折，大则一命呜呼。现在人们都好好的，谁会遭此灾祸？第五天，村里人心惶惶，都怕自己遇到灾祸，有

的人躲在家里，干脆不出门；有的人不信邪，依旧该做什么做什么；胆子大的人甚至大声说，灾祸来吧，我不怕。这天早晨，十宝早早起来，往村子东边的山神庙看了好一阵，往村子北边的天官庙看了好一阵，又往村子西边的华佗庙看了好一阵，然后嘿嘿笑了几声。有人看到十宝的举动和阴笑，毛骨悚然，赶紧躲到家里，对家人说今天村里可能出大事，不要出门。

自前次被四羊五虎和六狗羞辱后，十宝感到十分窝火，被穷鬼羞辱实在无异于胯下之辱。他想，几个穷鬼手里有那么多钱，不是偷还会从哪里来。村里出现盗贼，三个穷鬼必有其一，或者是合伙作案。从八只眼查找脚印的情况看，六狗的脚印跟柴窑的脚印就很相像，尽管八只眼否认了六狗的嫌疑。再从七颗心天官庙得到的纸团来看，明明白白地写着六狗的名字，不信天官老爷还去信谁。七颗心看见六狗深夜古墓藏东西，尽管藏的是一块砖头，很可能在试探虚实，以假乱真。三财主夜访六狗，六狗承认自己藏过东西，并且是值钱的东西，岂不不打自招？当然，十宝没有真凭实据证实六狗盗宝。

二财主失宝，十宝感到意外。因为他知道二财主是个十分谨慎的人，自家丢了宝贝，他应该从中吸取教训，反倒也将宝贝藏在不安全的地方。他知道二财主失宝，一方面有失宝之痛，另一方面会遭到村里人的讥笑，有损他的面子。谁是盗窃二财主宝贝的盗贼，跟盗窃自家宝贝的是一个人，还是另有其人，十宝在苦苦琢磨。有一点十宝十分肯定，那就是盗窃自家宝贝的人和盗窃二财主宝贝的人，不管是一个人还是两个人，他们都是极其精明的人。尤其是盗窃二财主宝贝的人，聪明至极。他怎么知道二财主的院墙里会藏着宝贝？十宝费尽心思，猜不出盗贼如何知道墙里藏宝，又如何盗走宝贝。

眼看第三个谶言的时间将到，这个谶言会不会应验，十宝心里有点茫然。前两个谶言是小谶，第三个谶言才是关乎自家宝贝的大谶。如果这个谶言应验，他家的失宝之事将不攻自破。他估计自己的第三个谶言也能应验。他还想知道盗走二财主宝贝的盗贼是谁，能不能抓住他，二财主的宝贝能不能找回来，因为他有失宝之痛，有同病相怜之心。听说八只眼在为二财主效劳，他认为要从八只眼找到的半个脚印辨认盗宝人不太可能。他想依靠自己的魔力暗中测试二财主的宝贝能不能找到，盗贼是谁。

夜定时分，十宝在村里转了一圈，看到人们都已入睡，便在院子里的神龛前摆上一张桌子，点上香火，焚烧黄表，然后跪在地上，口中念念有词。念了一通咒语后，十宝一言不发，渐渐进入静默状态。一会儿，十宝感觉一朵青云将自己轻轻托起，随云而去。他的魂灵自由游荡，一会儿进入深山，一会儿进入大海，一会儿草原游荡，一会儿太空遨游。他感觉自己的身子轻飘飘的，想到哪里就可以到达哪里。在他魂灵游荡的地方，有时看见金光闪闪，光芒万丈，极其舒泰；有时迷迷茫茫，辨不清天地，如坠云雾；有时如进入暗夜，四周一片漆黑，空空洞洞，不知所在。他在天地间游来游去，仿佛一只飞鸟，随心所欲；又似一个幽灵，到处窜来窜去。游荡了很久，他想找一个落脚之地休息一会儿，无奈天地间没有落脚之地，只好继续漫游。漫游中，他在寻找一个仙山，想在那里落脚。找了很久，他发现在万峰之中有一个小如馒头的仙山，他很自如地落到了仙山顶上。他站在山顶往四周看，看见峰峦如攒，个个小如馒头，嫩若油膏，似乎可以伸手抓起来，甚至可以吞进肚子里。他伸出一只手，想抓住一个山头，突然手被击了一下，他赶紧把手缩回来。是谁击了他的手，他看不见，也摸不着，只有被击的感觉，他想兴许是神仙在阻止他。他不愿多想，只想坐下来休息一会儿。

一会儿，十宝看见一位童颜鹤发的老者手摇羽扇冉冉而至，轻轻落在他的身边，轻若鸿羽。他抬头想向仙人道出心中之事，仙人羽扇一摇，慢吞吞地说："你不必开口，人间之事，小如芝麻，大如西瓜，乃至地陷山崩，本仙无一不知，何须你道出。莫非你看不起本仙的本事？"

十宝说："我哪敢小觑仙人，看你仙风道貌，绝非凡仙，我心悦诚服，顶礼膜拜。"

仙人说："看你态度诚恳，信服本仙，也是循规蹈矩之人，老仙给你指点一二，不枉你千里而来。"

十宝说："小人有一事相求，我的宝贝——"

仙人羽扇一摇，止住了十宝的话。

十宝又说："同村二财主也丢失了宝贝——"

仙人又将羽扇摇了一摇，止住十宝的话。十宝不解，既要给我指点，为何阻止我说话？他看着仙人，想从仙人的脸上找出答案。只见仙人嘿嘿一笑，说："区区小事，本人早已知晓，不必细说。回去看好村里的牲畜，盗宝人自会现身。"

十宝听了，心里茫然，正想问个究竟，仙人遁无踪影。

十宝睁开眼，恍若南柯一梦，只见桌子上的香火已尽，一团红光从桌上飞腾而去。惊异中，十宝慌忙倒地，向远去的红光频频叩头。

17

八只眼看了九蛋的鞋，脸上现出惊异的神色。九蛋看到八只眼的神色不对，慌忙问："怎么样？"

八只眼摇头，不言语。

九蛋说："到底如何，你说出来，让我心里明白，我可不愿意背盗贼的骂名。"

八只眼依旧不言语，从怀里掏出一张麻纸递给九蛋，说："你看。"

九蛋接过麻纸，看见上面画着两个清晰的鞋印，他明白是八只眼从二财主柴窑门口采到的鞋印。九蛋拿起自己的一只鞋对着麻纸上的鞋印比对了一下，一模一样。他又拿自己的另一只鞋比对了一下，也一模一样。九蛋慌了，说："怎么可能？这几天我除了到地里干活，哪也没去，怎么会留下我的脚印。不可能，绝对不可能！我不是盗贼！"

看见九蛋一脸无辜的样子，八只眼无可奈何，眼下他只能承认九蛋的鞋跟麻纸上的鞋印相符的事实。

八只眼说："鞋印是我亲自拓下的，那时我并不知道是谁留下的脚印。现在，你亲自做了比对，我并没有强加于你，你应该承认两者相符的事实。如果你不相信，可以到现场看看你踩出的脚印，有几个脚印我用瓦片盖着，现在依然可以看清楚。"

九蛋摇头，说："不去了，但是你得澄清事实，我的确没有干那丢人现眼的事。如果你不能澄清事实，我没脸见人，我活在世上没有意义。"

看见九蛋信誓旦旦，又如此悲观绝情，八只眼觉得自己有责任把事实真相弄清楚。不然，九蛋万一想不开，有个三长两短，自己担待不起，会惹来大麻烦。想到这里，八只眼安慰九蛋："村里人都知道你的为人处世，人们不会责备你，我也会尽力把事情真相弄明白，不要想不开，更不要寻短见。"

九蛋说："那你给我一个说法，否则村里人知道那是我的脚印，我没脸见人。"

"好。"八只眼说。

八只眼离开九蛋家，一边走一边琢磨，这到底是怎么回事？难道是九蛋故作姿态，演戏给自己看，还是另有原因？这几天九蛋一直在村里，并没有外出，不是他是谁？如果这几天他不在村里，可以把事情推到别人身上，摆脱干系。我可以相信他没有偷，三财主会相信他没有偷吗？村里人会相信他没有偷吗？既然找到了鞋，就可以给三财主一个明确的答复。三财主如何处置这件事，那是他的事。如此一想，八只眼心里一阵轻松，几天费得周折终于有了结果，他可以集中精力思考二财主的案子。

八只眼赶紧赶到三财主家，看见老秀才依旧坐在炕上的炕桌前看书，却没有看见三财主和十宝。八只眼问老秀才："你的儿子和孙子哪里去了？"

老秀才看见八只眼来了，明白与失宝的事有关，问："有眉目了吗？"

"有了。"

"这么快！你去问一下儿媳妇，她知道他们在哪里。"

八只眼到另一个屋问三财主的婆姨，婆姨说："你等着，我去给你找人。"

三财主的婆姨走到院墙边，向墙外大声喊："掌柜的，有人找你，赶紧回家。"

墙外立刻回答："谁找我？"

"八只眼。"

一会儿，三财主手里抱着一捆柴走进院子，问："八只眼呢？"

婆姨说："在爹屋里。"

看见三财主回家，八只眼赶紧走出门，三财主猜到事情有进展了。他把柴放到墙下，说："我们进屋谈。"

进屋后，三财主问："有眉目了吗？"

"有了。"

"谁？"

"九蛋。"

"九蛋？！"

"是。"

"他承认了吗？"

"他自己亲手比对了鞋印，不差一分一毫，他承认是自己的鞋，但不承认偷了你的宝贝。"

"有这等怪事？不是他是谁。"

一会儿，十宝回家，也进了老秀才的屋。十宝听说是九蛋的脚印，也很怀疑，因为他一直以为宝贝是六狗几个人偷的，现在铁证如山，九蛋如何能赖得掉？十宝想去找九蛋要宝贝。老秀才认为不能妄下结论，要慎重处置，不然会出人命。他建议，让三财主到九蛋家走一趟，详细询问情况再做结论。

九蛋扛着锄头正要去锄地，看见三财主、十宝和八只眼走进院子。九蛋明白他们的来意，也想借机把事情讲清楚，卸掉背上的负担，于是把三人领进屋。三财主开门见山，说："八只眼说你的鞋跟我家柴窑的脚印一样，是这样吗？"

"是的。"

"你有什么话可说？"

"虽然我的鞋跟你家柴窑留下的脚印一样，并不一定说明我去过你家柴窑，更不能说明我偷了你家的宝贝。我跟八只眼说过，最近几天我一直在忙地里的活，那也没去。你家的柴窑附近，我有几个月没去了。何况我们两家离得远，我怎么知道你家的宝贝藏在柴窑里，除非我会算命，可我没有算命的本事。"

“你人没去柴窑，你的脚却跑到了柴窑，说得通吗？”三财主说。

“我的鞋印留在那里，并不一定说明我的脚到了那里。”

“难道会有人穿你的鞋去不成？”十宝说。

十宝的话提醒了九蛋，他想尽管自己的鞋的大小和三财主柴窑的鞋印大小一样，未必脚印完全一样，所以提出一起去看脚印，三财主答应了。

四人一起来到了三财主柴窑门前的打麦场上，八只眼找到那两个用瓦片盖着的脚印。八只眼不让九蛋看脚印，而是先让他在打麦场上走几步。九蛋走了几步，留下了几个清晰的脚印。十宝揭开瓦片，瓦片下面的脚印依然清晰可见，九蛋脱下自己的鞋，比对了一下，大小完全一致。九蛋不吱声，只是摇头，说：“真是见鬼了！”

十宝说：“你还有什么话可说？”

九蛋说：“我无话可说，但我的确没有偷你家的宝贝，你们可以到我家去搜。”

十宝说：“好。”

八只眼说：“九蛋，你在鞋印附近走几步，我再看一看。”

九蛋走了几步，地上留下几个清晰的脚印。八只眼弯下腰仔细查看每一个脚印，十宝父子也弯腰查看脚印，九蛋也查看了一番。

八只眼看见三人都仔细看了一遍，问：“怎么样，脚印一致吗？”

三财主说：“看不出多大的差别。”

十宝说：“有一点点差别，但不知道在什么地方。”

九蛋又仔细比对了一下脚印，说：“我踩出的脚印脚尖翘起部分似乎长一点。”

八只眼说：“这个问题很好解决，我来量一下。”

八只眼从口袋里掏出一根细麻绳，先量了一下原先留下的脚印，又量了一下九蛋踩出的脚印，果然九蛋的脚印长一点点，脚尖翘起的部分略尖一点。八只眼又指着脚印跟给大家看，大家看不出究竟。

八只眼说：“原先留下的脚跟印迹重，而九蛋留下的脚跟印迹轻，说明这两行脚印不是一个人踩出来的。不同的人穿同一双鞋，踩下的脚印也不会相同，因为各人的体重和步态不可能完全一样。”

三财主父子二人又仔细看了一遍脚印，果然如八只眼所说，的确有细微差别。

九蛋一听八只眼的话，笑着说：“还是八只眼的眼力好。虽然这脚印似乎是我的鞋踩出来的，但并不是我穿着这双鞋踩出来的，而是别人踩出来的。对吗？”

八只眼说：“对。”

三财主父子二人听了九蛋和十宝的话，叹了口气。眼看着煮熟的鸭子又飞了，不知如何是好。九蛋一脸苦笑，扛着锄头锄地去了。八只眼蹲在地上抽闷烟。

18

二财主墙外的那半只脚印折磨了八只眼老半天不说，还让他不知所措。如果找不到一个完整的脚印，就无法判断盗宝人脚的大小，也无法判断此人的个子高低，最终也就无法找到盗贼。八只眼苦思几日，终于想出一个办法。他先找了一双自己穿的鞋，把鞋分成三十等分，并量出每一等分的长度，然后找出拓下来的那半只脚印，套用自己脚底部位的刻度，从而量出了拓印未显现部位的长度。将已知和未知的长度加在一起，就是此人脚的长度。他知道一般人身体各个部位的长度是有一定比例的，除非特殊情况。量出了此人脚的大小，就可以大致测出此人个子的高低。

二财主为什么会把宝贝藏在院墙里呢？说来与三财主失宝有关。三财主的宝贝丢失后，二财主心里发慌，因为他的宝贝没藏在屋里，而是藏在院子里天地爷下面的砖底下，虽说在暗处，并不安全。三财主跟两个儿子商量了半天，觉得没有一个好藏处。说来也是天赐良机，恰好多年失修的院墙突然倒了半边，在修墙的时候三财主突然产生把宝贝藏在墙里面的想法，他跟两个儿子商量，两个儿子认为这个主意不错，于是找了一块结实的砖，在砖的中心挖了一个洞，把宝贝藏在里面，然后把这块砖悄悄砌在墙上。墙砌好之后，父子三人仔细看了一遍，看不出丝毫破绽，以为万无一失。

八只眼曾经向二财主仔细询问砌墙的经过，问有没有人看到你们把宝贝砌进去，二财主说除了他们父子三人，谁都没有看见。砌那块砖时，他们特意盯着四周，四周没有一个人。八只眼又问有没有谁无意之间走漏了风声，父子三人都说没有。八只眼仔细查看了这堵墙，查看了藏宝的那块砖，看不出有特别的地方。这块砖的位置，只有他们父子三人知道，家里其他人一概不知。八只眼经过仔细分析，确认失窃的可能性只有三个：一是自家人所为，二是外人所为，三是内外勾结所为。

八只眼私下询问二财主，是否观察到两个儿子的异常情况，二财主说没有发现异常情况。难道自家人还会盗窃自家的东西吗？二财主不相信是两个儿子所为，尽管常有兄弟间争夺财产的事。二财主仔细询问两个儿子，都说不是自己所为。八只眼跟二财主说，如果是自家人所为，你自己查实；如果

是外人所为，我会尽力查找；如果是内外勾结所为，我也会尽力查找。

八只眼复原那只脚印后，发现此人的脚属于中等大小，个子也应该属于中等，是一个男人的脚印。这个拼凑起来的脚印，只能测出它的大小，没有明显的鞋底特征，这让八只眼感到很棘手。他来到二财主家，先目测了二财主两个儿子脚的大小，发现两个儿子的脚大小差不多，与他拓下的脚印一般大小。他没有声张，只悄悄嘱咐二财主注意两个儿子的动静。

让八只眼百思不得其解的是盗贼如何轻而易举盗走了宝贝。宝贝藏在墙上的一块砖头里，要撬开砖头并非易事，因为盗贼只能在晚上撬，白天很容易被人发现。即便盗贼知道那块砖头的位置，晚上撬砖头必然有响声，响声必然惊动屋里睡觉的人，院里住着大小七八口人，总有人会听到响声。即便采用挖的方法，难免会发出响声，而且花费的时间会很长，很容易被人发现。如果风大雨大，风雨声可以掩盖盗窃的响动声，免于惊动屋里的人，可失宝的那个晚上，无风无雨，十分平静，无疑为盗窃增添了难度。

如果盗贼事前并不知道墙里藏着宝，他如何判断墙里面有宝呢？假定盗贼在二财主父子砌墙时看见往墙里藏宝，找起来自然容易，可二财主说当时没有外人看见。那么，盗贼只有靠猜想，他猜测二财主不敢把宝贝放在屋里，必定会藏在屋外一个安全之处。假定盗贼猜测墙里藏着宝贝，他又如何发现藏宝的那块砖？

八只眼拿着一把小斧头，在那截新砌的墙上敲来敲去，没有发现明显的异常声音。他挖掉那块破砖，将一块新砖挖成空心，填进一只木盒，然后原样砌好。等墙泥干了后，他再用小斧头敲那块砖，发现这块砖的响声较为沉闷。这时，八只眼猜测，盗贼有可能采用这样的方法发现了藏宝的那块砖。这样，八只眼认为盗贼有可能是外人，未必是自家人。

为了排除自家人作案的可能，八只眼找到二财主的两个儿子，让他们看画出的脚印像谁的脚。两个儿子看后都摇头，因为他们平时根本没注意村里人的脚。八只眼提出将画出的脚印与两个儿子的脚比对，两个儿子说："你莫非怀疑我们弟兄俩吗？"

八只眼笑着说："如果是你俩，岂不更好？"

二老二不解："为什么？"

八只眼说："如果是这样，就不用我劳神费力了，反正宝贝在你们自家人手里。"

两个儿子本来不愿意比对，怕爹怀疑他们，所以只好答应比对一下。八只眼拿出画好鞋印的那张麻纸，递给弟兄俩。大儿子二老大先脱下自己的鞋，对着麻纸上的鞋印对比了一下，他的鞋稍大了点。八只眼说："不是你的鞋印。"

二老二也脱下自己的鞋，对着麻纸上的鞋印对比了一下，他的鞋印略微小了一点。八只眼说："也不是你的脚印。"

排除了弟兄俩自盗的可能，八只眼并不排除他们与外人相互勾结的可能，当然这样的话八只眼不能说出口，他要进一步了解。这只鞋印到底是谁的脚印？八只眼陷入迷茫之中。

二老大说："十宝神通广大，能呼风唤雨，我家的宝贝会不会是他盗走啦？"

二老二说："有可能。他家刚刚失宝，有可能拿我家的宝贝补偿损失，我们不能放过他。"

八只眼听了，不置可否。不过，心生疑窦。

费了一番周折，三财主家的失宝案眼看水落石出，岂料出了意外，竟然不是九蛋所为。九蛋的那双鞋上到底隐藏着什么秘密，八只眼一时猜不透。从上次山神庙抽签的结果看，签面基本向好，结果顺利找到了九蛋的脚印。现在，三财主的失宝案陷入迷局，二财主的失宝案扑朔迷离，八只眼再次想到了山神庙。

黄昏前，八只眼再次来到村子对面的山神庙。山神庙前依然异常寂静，风不动树不摇，斜阳拥抱着这座偏僻小庙。八只眼走进庙，在神像前静默一会儿，先上香，再焚黄表，然后跪在神像前连叩三个响头。他站起来，拿起签筒，轻摇几下，从木签桶里恭恭敬敬地接连抽出三支签，不料签签都是下签。抽签不遂人意，八只眼心里沉沉的，一边往回走，一边思索。能否走出困境，八只眼不得而知。事已至此，他只能勉力而为，别无他法。

19

六狗遭三财主上门追问藏宝的事，心里觉得窝火，就将一腔火气泼到七颗心身上，声称自己藏的是非常值钱的东西，这引起了三财主对七颗心的怀疑。六狗说他藏的是值钱的东西，分明暗示藏的是夜光杯，夜光杯的价值远远高于他出的赏钱。假如六狗藏得真是夜光杯，七颗心怎会无动于衷。他挖到夜光杯，神不知鬼不觉，为何不揣在自己怀里，何苦要那一百块赏钱。另外，如果真是六狗盗走了宝贝，七颗心假托夜光杯变成了一块砖头，既得到了宝贝，还可以来领一百块赏钱，这样他可以一举两得。如此一想，三财主叹服七颗心的心眼之多，心里骂道："你的阴谋休想得逞！"

三财主找六狗后的第二天早上，六狗逢人便说自己的一件宝物被七颗心

盗走了，六狗诉说时涕泪交流，十分痛苦。看到六狗如此动情，人们信以为真，无不为之惋惜。有人问六狗，你哪来的宝物？六狗说是他舅舅给的，人们知道六狗的舅舅是个财主。到底是什么宝物，六狗不说，人们不得而知。

七颗心听人说自己盗走了六狗的宝物，怒火三丈，明明是一块砖头，怎会是一件宝物，岂不血口喷人？

七颗心想找六狗理论，六狗更想找七颗心理论。吃完晚饭后，六狗在天官庙下跟几个人闲聊，看见七颗心走来，六狗心想来得正好，我正要找你算账，真是冤家路窄。

七颗心神情严肃走过来，没跟人们打招呼，直接走到六狗面前，说：“我跟你无冤无仇，你为什么诬陷我？”

“我问你，你是不是在古墓挖走了一袋东西。”

“是的。”

“你挖走的东西是我藏在那里的宝物，无价之宝，你还给我。”

“我挖到的是一块砖头，那是宝物，要我给你那块砖头吗？”

“那是我舅舅托我保存的一件宝物，为保险起见，我藏在古墓，却被你半夜三更挖走了，你想抵赖？”

“我重申，我挖到的是砖头而不是什么宝物。即使你藏的是宝物，我怀疑你的宝物来路不正。”

“我的宝物是怎么来的，那是我的本事，你管不着。现在我跟你要我的宝物。”

“我给你砖头。”

“你挖走我的宝物，却到三财主那里去领赏，想一举两得，还让三财主上门跟我要宝，你干得是人事吗？”

七颗心从怀里摸出一个蓝布小袋子，指着袋子跟大家说：“这是六狗藏东西的袋子，给大家看。”

给大家看了一眼布袋子，七颗心将布袋子甩给六狗。

看见二人各执一词，众人无法插口。这时人们才知道六狗藏宝和七颗心挖宝的事。看到七颗心为了得到赏钱深夜跟踪六狗，并且挖走了六狗的东西，都讨嫌七颗心，同情六狗。

二人争执一番，各不相让，无果而终。到底谁是谁非，旁人无法断定。

七颗心找六狗理论，毫无结果，反倒惹来人们的嫌弃。他心中不悦，便到三财主家诉说冤屈。由于八只眼的线索中断，三财主十分烦恼，正在跟十宝和老秀才议论此事。看见七颗心进门，他以为七颗心有新发现。

三财主问：“有新消息吗？”

“没有。找线索不成，反倒惹了一身臊气。我去找六狗理论，他一口咬定我挖走他的是宝物而不是砖头，这不坑我吗？我有何颜面见人。”

说实在话，三财主知道七颗心的心眼多，那夜他就怀疑七颗心做假，又听到六狗亲口说他藏的是值钱的东西，心里更加怀疑七颗心。现在，他关心的是自己的宝贝到底在谁的手里，而不是六狗和七颗心的话谁真谁假。兴许六狗为了避免嫌疑，声称藏的是舅舅给的宝物，说不定是自己的夜光杯。如果真是夜光杯，假定七颗心掉了包，这件宝贝此时应该在七颗心手里。

三财主说：“这宗事只有天知地知，你知他知，别人难辨虚实。”

七颗心听出三财主话里有话，心里不胜委屈，顿生凄凉之感，说：“我真心实意帮你的忙，本不想从中得到什么。如果连你也不相信我，我就只好退出，我不在乎你的赏钱。我的日子要靠我劳动所得来过，而不是靠你的赏钱来过。我想，你有难，帮你一把，也算为自己积一点德，不枉相互交往一场。”

听见七颗心说得凄楚，老秀才心生怜悯，安慰道：“自古道：行善积德，乃仁人之心。行善必有善报，不要计较旁人说什么，帮人如同帮自己。如果你有新线索，说来无妨。古语说得好：兼听则明，偏信则暗。我们不会冤枉你。”

听得此言，七颗心笑了。他觉得老秀才不愧知书识礼之人，话音让人听着心里熨帖。

七颗心说：“老人家的话说得在理，帮人要帮到底。虽然人们叫我七颗心，我帮你们却是一颗心帮到底。”

看到七颗心言辞恳切，信誓旦旦，三财主也不愿意跟他计较，心里只惦记着宝贝究竟在谁的手里。

一直不曾开口的十宝，心里一直在琢磨七颗心来之前他们三代人之间讨论的话题。本来八只眼在九蛋身上找到线索，原是极好的突破口，不想九蛋不承认，同时也被八只眼否定，这条线索就此中断。十宝爷孙三代对此很遗憾，但无可奈何花落去，只好另找目标。八只眼现在没有新的目标，爷孙三人只好闭门索宝，企图确定新的目标。三财主原来把目标设在六狗身上，结果亲自去查问，没有得到任何结果。九蛋的出现让他转移了目标，对七颗心的怀疑让他首鼠两端，六狗的喊冤让他不辨真假。他仿佛坠入十里云雾之中，眼前一片雾霾。不过，他心里的重点目标是六狗，只是没有找到可靠的证据。至于十宝，他本未把六狗作为嫌疑对象，不承想出现了九蛋。尽管鸡飞蛋打，他仍然确信自己的魔法，认为魔法会应验。他想起了施法中仙人所说的话。

十宝对爷爷说：“我问那位仙人如何找到宝贝，他说要我看好村里的牲畜，他们自会现身。这是什么意思？”

老秀才沉吟片刻，说：“牲畜者，牛羊鸡狗猪也。畜生会盗宝，不可能。”

十宝说："难道这些牲畜会盗走我们的宝贝？我家柴窑的门是锁着的，他们根本进不去。"

三财主说："那是仙人糊涂了，才说出这样没根没底的话。牲畜只喜欢吃的东西，他们要宝贝干什么。"

十宝说："鸡倒是可以钻进柴窑，难道它把宝贝叼走了？"

三财主说："你别胡思乱想，还是把精力集中在人身上，这才靠谱。"

老秀才若有所思，说："神仙的话不是没有道理。"

十宝说："有什么道理？你不是怀疑仙人的话吗？"

老秀才说："你我都是人，又都是牲畜，你属马，我属鸡，不也是牲畜吗？"

十宝说："爷爷，你老糊涂了，你要我在村里找属猪属猴属狗的人吗？岂不找疯！人人都是牲畜，我去找人还是找牲畜？"

老秀才说："孙儿，爷爷不糊涂，是你糊涂。我没让你依照属相去找人，你想想，没有既是人又是牲畜的人吗？"

十宝笑了，说："爷爷，你没有糊涂，是孙儿糊涂了。你老人家的话让我茅塞顿开，四羊五虎六狗不就是牲畜吗？"

老秀才说："对。他们亦人亦畜，岂不正合仙人之意？"

十宝说："仙人说他们自会现身，也暗合我的谶言，我相信我的谶言会应验。我们不用煞费苦心了，坐收成果吧。"

老秀才说："果真应验，以逸待劳，岂能不妙，只怕不如所愿。"

爷孙二人话语投机，三财主却一头雾水，感觉将人、畜和神三者扯在一起，未免滑稽。

20

大财主住在一个四合院里，偌大一个四合院只住着大财主一大家人。上院正屋五孔窑洞，窑洞前一溜台阶；两面侧屋各三孔窑洞；下院是一排瓦房，中间隔着宽敞的院子。白天红漆大门洞开，主人和长工短工进进出出；夜晚大门紧闭，整个院子铁通一般严实。大财主住在正屋中间的一孔窑洞，以显示一家之主的地位。

清早，大财主早早起来，准备带着两个长工到二十里外的集市去赶集，打算买一群山羊。他洗涮完毕，看见院子里的两个长工在等他，赶紧把银元揣进怀里，准备出发。他跟婆姨说："你把炕洞里的东西看好，我早去早回。"

婆姨赶紧爬上炕，打开炕洞的盖子，把手伸进炕洞，想看看里面的东西。婆姨在炕洞里摸了一阵，感觉里面空空的，什么都摸不到。婆姨很奇怪，急忙跟大财主说："炕洞里的东西哪去了，怎么空空的？"

大财主骂了一句："没用的东西，那么大的一件东西都摸不着，只会吃！"

挨了大财主的骂，婆姨不高兴，直起身子，说："你的本事大，你来摸一摸。"

大财主脱下鞋，爬上炕，把手伸进炕洞里摸，摸了一会儿，没有摸着东西，直起身子，说："奇怪。东西呢？"

他不相信自己的感觉，俯身又摸了一会儿，依然没有摸到东西，反而弄黑了两手。

大财主直起身子，说："前天还在，东西上哪去了！"

婆姨揶揄道："我的本事小，原来你的本事也不大，一样摸不着。东西怎没了呢？"

大财主又弯下身子，把手伸进炕洞里摸，摸了一阵又一阵，依然摸不着，直起身子说："没了！一定是丢了！"

婆姨一听，一脸惊慌，说："那是祖传的宝贝啊！"

大财主也慌了，赶紧下炕拿了一根短棍子，把短棍子伸进炕洞里乱搅，炕洞里依然空空如也。大财主吃惊，说："怎么会丢了呢？！"

婆姨赶紧喊院子里站着的两个长工进来摸，每人都摸了一遍，依然没有摸着东西。这时，一直不敢承认事实的大财主才确信东西真的丢了。

两个长工听说丢了东西，赶紧退出屋，以避嫌疑。

藏在屋里的东西不翼而飞，大财主怒火中烧，骂道："藏在屋里的东西会丢，不是家贼是谁？"

婆姨觉得大财主的话有理，偌大的院子，外人很少来。再说，他们住的屋，除了家人随便进出外，长工很少进出。如果主人不在屋里，长工不会进来。东西丢了，不是家贼是谁。大财主说今天不去赶集了，让长工去干别的活。

大财主对婆姨说："把那两个儿媳妇叫来，我问问他们。"

婆姨走出门，把两个儿媳叫进屋。两个媳妇站在地上愣着，只见大财主一脸怒容，个个莫名其妙。

大财主在每个儿媳妇的脸上扫了一遍，正颜厉色："我屋里的东西丢了，你们谁拿走了？"

大儿媳问："什么东西？"

大财主说："一件宝贝。"

大儿媳问："什么宝贝？我怎不知道？"

大财主说："能让你知道吗？是一只夜光杯，非常值钱。"

妯娌二人面面相觑，非常吃惊，谁都不说话，愣愣怔怔站着。

大财主说："你们不说话，这事能了吗？家里的东西丢了，难道会是外人偷走了吗？"

大儿媳说："我不知道你的宝贝放在哪里。"

二儿媳说："我也不知道。怪你没藏好东西，与我们何干！再说我们哪会偷你的宝贝，我们从不知道家里有什么夜光杯日光杯。"

大财主说："难道我偷了自己的东西不成？"

大儿媳说："会不会是你记错地方啦？"

大财主瞪了大儿媳一眼，说："我还没有糊涂到这样的地步，再说你娘看着我把东西放进炕洞里，她也记错了吗？我们几个人都摸了，都没有摸到，难道宝贝会飞不成？"

二儿媳说："宝贝丢了，怪不得我们，怪你没藏对地方。"

大财主瞪了二儿媳一眼，说："屁话！你要我藏哪？像二财主三财主那样藏在院墙里，藏在柴窑里吗？我才不会那么傻。"

二儿媳说："你藏在屋里，不照样丢了，跟他们藏在屋外有什么差别。"

大财主气歪了脸，说："你们拿话噎我，让我好受，是吗？你们到底谁拿走了宝贝？快说！"

两个儿媳齐声说："没拿。"

大财主说："你们不愿意说也好，等我查出来，你们没有好果子吃。出去！别让我看着碍眼。"

两个儿媳出门后，大财主跟婆姨说："把家里几个大点的孙子叫进来。"

一会儿，婆姨领进五个大点的孙子。几个孙子站在地上，哆哆嗦嗦，因为他们看见大财主一脸怒容。最大的孙子问："爷爷，叫我们什么事？"

大财主说："好事！你们谁拿走了我的东西？"

一个孙子问："你的东西放哪？"

大财主说："炕洞里。"

几个孙子一起看着炕洞，只见炕洞的盖子放在炕上，炕洞黑洞洞的，怪吓人。

几个孙子一齐摇头。一个孙子说："我们没有拿你的东西。"

大财主说："一定是谁趁我们不在家的时候悄悄溜进来把东西偷走了。如果不说，小心你们的屁股；如果说了，不追究，改了就好。"

几个孙子还是摇头。看见几个孙子都不承认，大财主举起炕上的一把笤帚，做出要打人的样子，有两个孙子被吓哭了。婆姨看见问不出什么，就说：

“孩子们哪有那心思，他们怎么会知道东西藏在炕洞里，饶了他们吧。孩子们，你们看见谁拿走炕洞里的东西吗？”

几个孙子一齐摇头。

大财主看见审问无果，怒气冲冲地说：“都滚！滚出去！”

几个孙子走后，大财主在屋里转了几个圈，决定问两个儿子，便跟婆姨说：“把老大老二叫进来。”

一会儿，两个儿子相继进屋。本来，两个儿子都在干各自的活，娘叫他们进来，他们只好放下手里的活。二人进门，看见爹的脸色铁青，知道家里出了事。大财主一言不发，一脸凝重。

大儿子大老大问：“出了什么事？”

大财主说：“藏在炕洞里的东西丢了。”

二儿子大老二问：“什么东西？”

大财主说：“一件宝贝。”

大老大说：“什么宝贝？”

大财主说：“夜光杯。”

两个儿子惊呆了，他们从不知道家里有这样一件宝贝。

大老大说：“炕洞里的东西怎么会丢呢？不可能。”

大财主说：“我们几个人都摸了，没有，丢了！你们拿了没有？”

两个儿子都说没有看见宝贝，大财主很无奈。询问一通家里人，都说没有看见宝贝，难道是外人偷走了吗？大财主不相信，因为外人很少进他的屋。他仔细回想了一下这两天的情形，他和婆姨大都在屋里，即便不在这个屋里，就在另外的屋，或者在院子里，并没有走出院子。他认为只能是家贼，不会是外贼，外人没有机会偷东西。家里人都说没有拿走这件宝贝，究竟是怎么回事？

大财主说：“宝贝丢了，确信无疑。家里人都说没有看见，你们怎么看？”

两个儿子相互看看，不知如何回答。过了一会儿，大老大说：“谁都不承认，也不能强加于人。你有没有记错地方？再想想，再找找。”

大财主点头。

大财主边想边找，翻箱倒柜，折腾了半天，仍然没有找到宝贝。他绝望了，只能接受痛失宝贝的事实。晚上，他找两个儿子商量找宝贝的事，两个儿子主张先查内，再查外，不要把事情弄得沸沸扬扬，让村里人看笑话。大财主觉得有理，他打定主意要找到这件宝贝，哪怕花再多的工夫也行。他丢得起宝贝丢不起人，他不愿意像二财主和三财主那样，宝贝至今没有下落，遭村里人耻笑。

21

大财主失宝，没有向外声张，嘱咐长工不要宣扬，有几个长工还是向人们透漏了消息。这消息不胫而走，不到一顿饭的工夫就传遍了全村，村里人个个目瞪口呆。只有几天工夫，三个财主接连失宝，不免让村人震惊。有人说，这是什么世道，日本人和国民党祸害老百姓，盗贼也祸害人，这日子怎么过。好在灾祸降落在三个财主身上，他们承受得起，要是一般人，岂不寻死觅活。有人为大财主惋惜，有人替大财主气愤，也有人为大财主高兴。

为大财主高兴的是何人？四羊、五虎和六狗三人。

听说大财主失宝，三人跟三财主和二财主失宝之后一样，到处宣扬他们手里有宝，谁都可以认领，只要拿钱。对于这种不打自招引火烧身的手法，人们不再为之感到新奇，只是一听了之，一笑置之。三财主对他们的做法颇为怀疑，不知他们故伎重演，到底是真戏假唱，还是假戏真唱，摇头叹息。不过，不管他们变什么戏法，有人一直在监视他们，一旦其中有人稍有动作，就会被人盯上，正如上次六狗藏东西被盯一样。

大财主失宝的消息一直捂着，没有向外人正式透露消息。大财主将消息捂了一天，在家里查了一天，毫无结果。最后跟两个儿子商量寻找宝贝的办法。两个儿子思来想去，没有什么妙法，最后大儿子说依照三财主和二财主的办法，悬赏找宝。大财主别无他法，只好同意。大财主说他们出一百、两百块银元，我出三百块银元，你们跟村里人说，不论何人，只要能告知宝贝的下落，赏钱分文不少。

村里人听到大财主大悬赏的消息，先是震惊，继而怀疑，后是垂涎。人们从大儿子的口中证实了大财主失宝的消息，同时也得知三百块赏钱的消息。村里沸腾了。

大财主失宝之离奇暂且不说，只说悬赏消息一出，人人跃跃欲试，都想使出浑身解数，解读大财主失宝之谜。大财主声称，如果找到宝贝的下落，定叫盗贼缺胳膊少腿。听到此话，有人害怕惹出祸乱，不敢大张旗鼓查找，只在背地里暗访。七颗心和八只眼没有什么动静，只在暗中动作。只有五虎几人说，我们不想去领赏钱，有手头的宝贝就够吃够喝了；若谁有本事，可以到我们手中来找宝，只要他们能够找得到。村里人看到近几天他们几人手头很阔绰，一会儿杀鸡喝酒，一会儿添置新衣，一会儿进城闲逛，许多人看了眼馋。

晚饭后，五虎照例跟四羊和六狗聚在一起说闲话，然后几个人又相跟着去串门，接连串了几家，眼看天色不早了，相互道别，各自回家。五虎回到家，并无睡意，而是盘算着心里的事。盘算了一会儿，他往怀里揣了一样东西，又从门后拿起一根棍子，握在手里，悄悄出了门。

村里静悄悄的，只有几户晚睡的人家还亮着油灯，其余人家的院子里都黑乎乎的。他看看身后，没有人影。再看看村子的四周，漆黑一片，远处的山现出模模糊糊的黑影，仿佛鬼影悄悄站立在大地上。他有点胆颤，毕竟是一个人夜间去野外，万一遇到狼就麻烦了。不过，他想到手中握着一根棍子，可以给自己壮胆，就大胆朝村外走去。

五虎的家住在半山坡上，他走下山，进了一条沟，沟里黑洞洞的，脚下的石头磕磕绊绊，不时发出响声，打破沟里的寂静。他在沟里走了一会儿，正要往一个山上爬，突然听到“吱吱”的叫声，以为是虫子在打斗，接着几只黑乎乎的小动物从他身边一闪而过。五虎的精神顿时紧张起来，不自主地握紧了手中的棍子。小动物过去了，周围安静了。这时，五虎才意识到，刚才那几只小动物是黄鼠狼。在白天他曾经多次见过黄鼠狼，这种小动物并不可怕，尽管它在夜里偷鸡吃的时候令人讨厌，模样却十分可爱。他沿着一条上山的小路继续走，这是他很熟悉的一条路。他回头看沟里有没有人影，沟里黑洞洞的，什么都看不见。他放心地往山上走，山很陡，他走起来似乎并不觉得陡，也不觉得累，只用了几袋烟的工夫，就爬到了山顶。他站在山顶往对面的村子里看，村子黑乎乎的，没有一户人家亮着灯。他喘了一口气，心里轻松了，因为他的目的地快到了。

这时，村子里有个黑影，看到了对面山顶上的黑影。

五虎稍微停歇一下，正要开步走，却听到了不远处传来了狼的叫声。狼的叫声凄厉恐怖，一声接着一声。五虎的头皮顿时紧紧的，仿佛戴上了紧箍咒。他握紧了手中的棍子，准备应付狼的突然袭击。他不敢在此久留，赶紧迈开大步，向山背后走去。一会儿，他走到羊圈，停下脚步。这里是他家的土地，羊圈里圈着他家的一群羊。他打开羊圈门，圈里的羊惊恐不安，赶紧挤在一起，缩做一团。

五虎说了一句：“别怕，是我。”

羊听见五虎的声音，不再紧张，松散开了，有的甚至走到五虎身边，用鼻子嗅着五虎的身子。五虎没有理会羊的反映，而是拿起羊圈里的一把大铁锨，在羊圈的地上挖坑。他挖了很久，挖出一个很深的坑，然后把怀里的东西埋进去。

五虎关上羊圈门，在圈门口放好防狼侵扰的带刺的酸枣树枝，然后离开羊圈。他走到山顶，听见狼依然一声接着一声嚎叫。他往山顶上的一处坟墓

望去，看到一点一点的白光在不停地闪烁，仿佛鬼的眼睛。他紧缩着身子，赶紧快步离开山顶，返回村里。

进村前，五虎仔细观察村口有没有人影。村里漆黑一片，什么都看不见，他知道人们早已入睡。会不会有人在暗里盯着自己？五虎边走边张望着四周，没有发现什么。路过天官庙前时，他无意识地抬头看了看天官老爷所在的二楼，心想天官大老爷，你可得保守我的秘密，若有谁发现我的秘密，你得惩罚他。如果是不怀好意的七颗心，你得重重惩罚他。五虎离开天官庙不远，有一户人家的狗发现了他，汪汪叫了两声，五虎很快消失在暗夜里，任凭狗狂叫。

五虎回家躺在炕上，好久睡不着。他在想，今夜的行踪会不会被人发现？

不料，村里有一个黑影趁五虎熟睡之际，悄悄溜出村外，向村子对面五虎的羊圈跑去。

22

三财主家的人听说大财主失宝，先感叹了一番世事混乱，天下无道，人心浮躁，接着议论了一番案情的离奇，后来又庆幸无独有偶，自家有了两个同病相怜的人。他们想到自家失宝的案子没有多大的进展，又不免叹息一番。这几天，七颗心没有露面，三财主猜测可能因自己怀疑而得罪了他，所以他对一百块赏钱冷淡了。

晚饭后，八只眼来到三财主家，三财主向他询问寻找线索的情况，他说正在进行，还没有明确的目标。

三财主说：“九蛋会不会撒谎，有意装出一副无辜的样子。”

八只眼说：“看样子不是，而且脚印也不完全吻合，有可能有人穿着九蛋的鞋盗宝。”

三财主说：“鞋在九蛋的脚上，谁能盗走他的鞋？难道他光着脚走路不成？”

八只眼说：“我去问了九蛋，近几天有没有人向你借过鞋，或者你的鞋有没有找不到的时候，他说没有，鞋一直在他脚上，不曾离开过他。”

三财主说：“如果真如他所言，或许他在试踩脚印的时候做假，柴窑的脚印有可能是他踩出的脚印。”

八只眼说：“一定是九蛋的鞋印，但未必是他踩出的脚印，有可能别人穿过他的鞋。我问过九蛋最近穿破的旧鞋在不在，九蛋说在家，可是找了半天没有找到，说明他穿过的那双旧鞋被人偷走了，可能盗宝人穿着这双旧鞋盗走了你的宝贝。”

三财主听后，觉得言之有理，接着问：“你找这双丢失的鞋了吗？”

八只眼说：“找了，但没有找到，估计会找到。”

“好事多磨。”三财主松了一口气，似乎在安慰自己，也在安慰八只眼，“二财主的案子怎么样？”

八只眼说：“还没有眉目，不知道是家贼还是外贼，还是内外勾结。”

三财主又问：“大财主没有找你吗？”

八只眼说：“眼下还没有找，估计会找。听说悬赏三百块银元，上手的人一定很多，听说七颗心去了大财主家一趟。”

三财主说：“这人不可靠，三心二意，弄虚作假，把我引入迷途，不知道相信他还是相信六狗。十宝娘为宝贝的事急得病了，已经卧床两天了。”

八只眼说：“女人心胸窄，心里装不下事，我去看看她，宽慰一下。”

八只眼出门进了另一个屋，看见三财主的婆姨躺在炕上哼哼。八只眼问：“怎么了？披头散发，一副痛苦不堪的样子。要紧吗？”

三财主的婆姨听见八只眼来了，强撑着身子坐起来，说：“死不了，可是很难受，不知道哪里出了毛病。今天水米没进一点，照此下去，折腾不了几天。”

“没有那么可怕，别想得太多了。宝贝的事，迟早会有结果，不要挂心。再说，你家毕竟是财主，不是穷得揭不开锅的主户，也不在乎这件宝贝。”

“理虽如此，毕竟是祖传的宝物，心疼。”

“你没有让十宝看吗？”

“十宝说我的病有虚有实，不是单纯的虚症，他只能看虚症，看不了实症，要我去找十一指，吃点中药。”

“吃了吗？”

“没有。”

“那你还是吃点药，不要耽搁了。”

“好。明天去。”

第二天早上，三财主扶着婆姨到了十一指家。十一指正坐在炕上翻看医书，看见二人进来，知道是来看病的。十一指的医道是从爹那里学来的，兄弟几人都跟着爹学医，只有十一指学得好点，村里人病了，大都找他来看。

十一指看了看三财主婆姨的脸色，问：“哪里感觉不好？”

“浑身都不舒服，吃不进饭，喝不进水，昏昏欲睡，浑身像散了架。”

十一指示意三财主婆姨坐在炕上，然后给她号脉。十一指微闭双眼，号了一只胳膊的脉，又号了另一只胳膊的脉，然后说：“你的病积累久了，一

时半会儿难见效，先吃几服药看看。遇事要想得开，命比什么都重要。”

三财主的婆姨吃了三服药仍不见效，三财主陪着她去找十一指。十一指望闻问切一番，说：“既然吃我的中药不见效，你不妨去华佗庙乞药，兴许管用。”

三财主说：“这容易，今天下午就去乞药。”

下午，三财主扶着婆姨来到村西的华佗庙。华佗庙位于村西的沟里，庙宇由一溜五间屋子组成，庙宇对面是一个大戏台。每年清明节前后，总要在这里唱戏，周围十里八村的人都会来此看戏，因此华佗庙的香火很旺。二人走到正中的华佗神像前，焚香，烧纸，然后往钱钵里投了一块钱。三财主的婆姨跪在神像前默念一通，然后起身，把手伸进华佗神像前的一只木盒里。轻轻一声响，木盒里滚出一粒药丸。她拿出药丸，看见药丸包在一张草纸里。她打开草纸，看见一粒黑黑的中药丸，好生惊奇，喜滋滋揣在怀里。

三财主的婆姨吃了乞来的药丸，早早入睡。第二天天刚亮，她叫醒了三财主。三财主问：“不舒服吗？”

“不。感觉很轻松。刚才做了一梦。”

“梦到了什么？”

“梦见一个须发都白的老爷爷来到我跟前，问我有什么疑难之事。我说一是我的身子不舒服，二是我家丢失的宝贝毫无下落，请老人家指点。老人家将手里的羽毛扇子在我的身上拂来拂去，一会儿，我感觉自己的身子舒服了。我问我家宝贝的下落，老人家说有得必有失，有失必有得，失而必得，得而必失，理如此，事如此，几日之内必有分晓。”

“太奇妙了！他没有告诉你谁偷了宝贝吗？”

“老糊涂！神仙会告诉你这些吗？有这几句吉言就不错了。”

天亮后，三财主的婆姨下了炕，精神抖擞，全然不像一个病人的样子。她对十宝说：“昨晚我梦见了一个白发老人家，他羽扇摇了几下，我的病就好了，你看我今天多精神。”

十宝说：“那是你吃了华佗的仙丹才好的，当然老人家也有功劳。”

十宝的娘说：“老人家还告诉我，我们的宝贝失而必得，几日之内必有分晓。”

十宝说：“我梦见的那位老者要我们注意村里的牲畜。爷爷说，牲畜者，人也。我前几天设坛，神魔也说必将应验。如此看来，事情会水落石出，我们等着吧，你不用着急，养好身体。”

十宝的娘说：“如果事情果真应验，我们得好好感谢几位神灵，可惜我们手头紧，拿不出大祭品。”

十宝说：“只要事情应验，给他们献一只羊，日后我们有难事，兴许他们还会帮助我们。”

晌午，十宝把母亲夜里做的梦跟村里人讲了一遍，有人不相信，去十宝家一看，看见十宝的娘精神抖擞，都惊叹不已。

四羊、五虎和六狗则不以为然，他们说三个财主都丢了宝，可见神仙不照顾他们。他们没有得到神仙的保佑，我们却得到了神灵的恩赐，手里有钱有宝，倒想看看谁能从我们的手里把宝拿走。听到此言，三个财主各怀心思，不想激怒了七颗心。七颗心对六狗怀恨在心，听到如此狂言，怒不可遏。他找到八只眼，说：“五虎那几个牲畜太张狂，十宝娘梦里的仙人说的话会应验吗？”

八只眼说：“不可不信，不可全信。现在我的心思在那双鞋上，找到那双鞋，三财主的事就有眉目了。可惜那双鞋很难找，你能帮着找吗？”

七颗心说：“那是你的功劳，自己费力找吧。”

对于八只眼大海捞针的做法，七颗心不以为然，摇头而去。其实，他在暗中找了一天，一无所获。

23

二财主失宝后悬赏二百块银元，引来了不少帮助寻找线索的人。自然，自视心眼比钱眼多的七颗心也来过几次，四羊、五虎和六狗也上过门，另外还有几个人也来过，谁都没有提供有价值的线索。二财主知道他们都是冲二百块赏钱而来的，他除了表示感谢外，没有更多的话可说。八只眼嘱咐他暗中注意两个儿子的动静，他观察了几天，没有发现他们异乎寻常的举动，因此把希望全都寄托在八只眼身上。当然，有时他也在村子里转悠，人们不知道他是在寻找目标还是心情烦躁瞎转悠。

八只眼要干自家地里的活，还要帮着两个财主寻找线索，他往往一边干活，一边思考寻找线索的问题。只要有了好的想法，他就会放下手中的活，从地里跑回村寻找线索。他带着从二财主墙外拓出的那只鞋印，找遍了全村，居然没有找到与之一致的鞋，这让他感到十分困惑，查找陷入困境。难道是外村的人偷走了二财主的宝贝吗？

八只眼找到二财主，问有没有外村的人知道他砌墙的事。二财主说，砌墙只有半天的时间，没有看到外村的人来过，也没有听说邻居出过门。二财主认为，不可能是外村的人作案，作案者一定是本村的人。

二财主问八只眼：“假使你是我，你会把宝贝藏在屋里还是屋外？”

“当然会藏在屋外。”

“为什么？”

“因为屋里最不安全。”

“你会藏在院子外面还是院子里？”

“当然会藏在院子里。你看三财主的宝贝藏在院子外面，结果被人偷走了。”

“这正是我藏宝时的想法。村里的人，谁会猜到我的想法？”

“一定是很会琢磨人心理活动的人。”

“对。谁是这样的人？”

二财主的话点亮了八只眼的心，他的心豁然开朗，称赞道：“还是你琢磨得深，琢磨得透，我会沿着这条思路去查找。”

八只眼从二财主家出来，正要去找人闲聊，大财主迎面走来，拦住了他。八只眼心里明白，大财主找他一定是谈失宝的事。大财主把八只眼叫到家里，递烟，递水，然后说：“你也知道，我的宝贝丢了，你给我找找。”

八只眼很久没有来大财主家，环视屋里，只见横箱立柜龙椅，样样古香古色，甚是华贵，非比常人，心里羡慕大财主的富有。八只眼说：“为什么不早说，我可以查看脚印。”

大财主说：“当时，我以为是家里人拿走了，所以没有及时找你。我向家里的人问了几遍，谁都说没有拿，这才想到找你。”

“你的宝贝藏在哪里？”

“炕洞里。”大财主指一指靠近窗户的墙，那里有一个炕洞。

八只眼回过头，看见炕洞上盖着一块方方正正的木板，炕洞距离窗户四五尺远。他爬上炕，试着拉开炕洞上的木板，感觉木板盖得很紧，不会轻易掉下来。

“你家是大户人家，进进出出的人很多，人多手杂，全都问过了吗？”

“只问了家里人，长工没有问，因为他们很少进这个屋。”

“宝贝藏进去多久了？”

“只有两三天。三财主和二财主的宝贝丢了，我不敢把宝贝藏在外面，寻思眼皮底下比较安全，谁知——”

“家里哪些人知道宝贝藏在这里？”

“就我和婆姨。”

八只眼看看窗户，看见靠近炕洞的窗户上有一小格没有糊窗纸，只糊着一块布，风一吹，布就飘起来。八只眼知道，这是每户人家都有的“猫洞”，供猫进出抓老鼠。八只眼估算，如果从猫洞伸进手来，够不到炕洞。如果用别的东西打开炕洞，猫洞与炕洞的角度极小，无法将炕洞里的东西取出来，他否定了从猫洞偷走的可能。他走到屋外的窗户底下查看，看见窗户下砖砌的墙好好的，没有任何损坏。他试着将手伸进猫洞，手距离炕洞足有二三尺远。他仔细看门窗，窗户都好好的，没有一点破损。他排除了从窗户外面盗宝的可能。他再看门口的台阶，台阶是砖砌成的，不会留下清晰的脚印。何况来往的人很多，不知道有多少个脚印，根本无法查找。他走下台阶，看院子里的情形，只见院子宽宽敞敞，用一色青砖铺成，也看不出清晰的脚印。他再抬头看大财主屋子的墙面，看见窑洞顶端距离脑畔有一人高，人无法从窑洞顶端进入窑洞。他问大财主："可以到另一个屋看看吗？"

"当然可以。"

八只眼走进靠着炕洞的那个屋子，仔细查看靠着大财主炕洞的那面墙，看见墙面完好无损，没有一点凿过的痕迹，他否定了从这个屋作案的可能。如果排除家里人和长工作案的可能，八只眼想到了外人进来作案。他向院子四周看，看见正房和两面的侧房连在一起，除了飞鸟，别说人，就是动物也进不了院子。他仔细看正房对面的瓦房，虽然一个年轻人可以纵身跃下，进入院子，可无法再爬上瓦房。当然，盗贼可以悄悄打开大门溜出去。假使盗贼从房子上跳下来，会发出很大的声音，很容易被屋里的人听见。他的目光从瓦房移到了院子西面侧房的墙上，看见那里有一个通往屋顶的小夹门，夹门上装着两扇木板门，板门上吊着一把锁。通过夹门，可以爬上屋顶，走出院子。

八只眼问身边的大财主："夹门平常是锁着的吗？"

"是的。钥匙在我的屋里。这几天一直锁着，没有开过。"

八只眼和大财主走到大门口。大门有一个很长的门洞，门洞里空荡荡的，没有任何杂物。大门是两扇红漆木门，大门下有一块一尺多高的插板。插板是活动的，白天可以抽出来，方便人出入；晚上可以插进去，防止人和动物爬进来。八只眼把门边立着的插板拿起来，插入大门之下，然后闭上两扇大门，看见大门与其下面的插板严丝合缝。他打开门走出大门外，又把门闭上，然后蹲下身子，试着从外面扶起大门下的插板，发现根本没法扶动。他找到了一根很细的木棍，从下面往起撬插板，插板松动了。他断定，大门下面的插板可以一点点撬起来，撬起插板后，可以由此爬进一个人。

八只眼仔细查看了院子后发现，有两个地方可以方便进入院子，一个是夹门，一个是大门。假使盗贼有办法进入院子，如果大财主的屋里有人，盗贼依然无法得手。那么，从哪里可以进入大财主的屋子呢？很简单，除了门别无他处。难道盗贼会从天而降，直入大财主的屋吗？不可能。

八只眼陷入沉思。思索很久，他抬起头，猛然看见屋顶上竖立的烟囱。

"我们上屋顶看看烟囱。"

大财主不解，他跟着八只眼走出大门，上了屋顶。屋顶也叫脑畔，通常和外界相通，人们可以随便到脑畔溜达，脑畔是人们可以随意来的地方。他们走近大财主屋顶的烟囱下查看。

八只眼问："最近一两天，这里来过人吗？"

"不知道。谁都可以来这里，查看这里有什么用？"

"你的宝贝不是藏在烟囱里吗？"

"是的。有什么关系？"

"可以从烟囱进入你的炕洞，不是吗？"

大财主恍然大悟，说："我怎没有想到这一层，老糊涂。"

八只眼仔细查看，发现烟囱周围是黄土地面，上面有几个清晰的脚印。他赶紧叫大财主回家拿纸墨和笔来，大财主明白他的用意。大财主吩咐院子里的人拿纸墨和笔来。一会儿，大财主的一个孙子拿来了八只眼要的三样东西。八只眼依照过去拓脚印的方法，很快在纸上拓出了几个清晰的脚印。

八只眼欣慰地笑了。

大财主问："有指望吗？"

八只眼看着麻纸上的脚印，说："我尽力而为，估计会有眉目。"

大财主舒了一口气，拍着八只眼的肩膀说："全指望你了。"

八只眼心想，谋事在人，成事在天，全看上天的旨意和大财主的福分。

24

三个财主失宝后，一改以前足不出户的习惯，一有空闲就在村里跑，跟村里人拉闲话。村里人知道他们想从人们的口中了解线索，人们和平常一样，该说就说该笑就笑，并无多大顾忌。不过，尽管他们都出不少的赏钱，即使有人知道线索，也不会为了赏钱而上门说人短长。村里人的性格，三个财主很了解。三财主一家与村里人接触最多，因为他们家的产业越来越少，没有多少可操劳的事，所以家里没事的时候，总喜欢跟村里人闲聊。上次十宝娘把自己去华佗庙求药的事和梦里见到老者的事跟村里人讲得神乎其神，人们听了莫辨真假，心里有几分嘀咕。三财主的心思不在这些真真假假的事上，他更注重实实在在的事。九蛋的事让他从希望跌落到失望，六狗的事让他从兴奋归落到扫兴，七颗心让他从感激转移到怀疑，他在兴奋与失落中沉浮。十宝母子一味相信自己的感觉，企图守株待兔。为此，三财主与十宝母子曾发生过争执。他并不怀疑神的存在，可觉得梦里的事毕竟是虚假的，哪能跟现实中实实在在的事挂钩。十宝坚信自己的谶言，神灵预言下大雨，应验了没有？应验了。有其一，必有其二，有其二必有其三，盗宝的人必遭灾祸的事也会应验。十宝娘深信神灵，声称吃十一指的中药不管用，吃了神医华佗的药，立竿见影，病立刻就好了。至于梦中仙人的话，更应该相信，因为他扇子一摇，身子就感觉轻松，他的话能不灵验吗？对母子二人的话，三财主付之一笑。

老秀才年事已高，家事多不管，村事多不过问，而三个财主相继失宝，不免让他震惊。二财主失宝后，他忙于看《史记》，不忍释手，所以没有占卜测吉凶。这几天消闲了，他跟十宝说，应该先把二财主的这一卦补上。跟上次给自家的事占卜一样，他依旧沐浴，更衣，静心，然后拿出三枚铜钱，端坐炕上，开始占卜。他连掷六次，卦象不错。

十宝看了老秀才占卜，说："爷爷，不管好歹，那是人家的运气，上次你给咱家占卜，如何？"

老秀才说："喜忧参半，吉凶难卜，只有寄希望于你们母子的预言和你爹的寻找。现在家道衰落，要看神祇的保佑，也要看你们的努力。我一介老夫，垂垂暮年，无能为力。"

十宝说："爷爷，你别悲观，我有神魔护驾，我们的家道一定会重整旗鼓，你只管看你的圣贤书。"

老秀才捋着胡须说："圣贤书，经邦济国平天下，是天下最好的东西。古人说：半部《论语》治天下。我读书多，但没有读好，只得一个秀才，连家业都无法振兴，惭愧！"

十宝安慰道："爷爷，你不必忧心，丢失宝贝，固然痛惜，不过一定会失而复得，你安心读书好了。至于振兴家业，那不是一朝一夕的事，得慢慢来，你不必费心。我去村里转一圈。"

晌午，赤日炎炎，只有吃苦耐劳的人不畏酷暑仍在地里干活，大多村人抵挡不住烈日的炙烤，纷纷回家。回家后看到日头尚高，吃午饭尚早，便聚集到天官庙下乘凉。十宝看见这里人多，也凑过来跟人闲聊。人们天南海北闲聊，有人突然问十宝："你的三个预言，如今只应验了两个，第三个会应验吗？"

十宝盯一眼说话的人："你的话太无知了，难道神魔的话会有假吗？天地之间，神老大，魔老二，神魔合在一起，天地敬畏，何况人。当初神魔说，五日之内应验——哦，今天是第五天，必然应验。"

有人问："如果不能应验，怎么办？"

十宝说："神魔负责，我也负责。"

有人问："神魔如何负责，你又如何负责？"

十宝说：“我设坛作法，让神魔认罪，从此我不再信神魔。我家丢失的宝贝，即便找到，我奉还盗贼，给天官老爷披一身金衣。”

有人问：“此话当真？”

十宝说：“本神一言九鼎，决不食言。”

众人哈哈而笑。有人说，如果你的话应验，我愿意出两百块银元表示敬意。人们哄堂大笑。

正在人们与十宝调笑的时候，忽然有个刚从地里跑回来的人气喘吁吁地说：“不好了，九蛋砍树时掉下土崖，摔断了腿，大哭小叫，央求我找人把他抬回来。”

人们听说，立刻有几个人回家拿了家伙，跟着来人去抬九蛋。十宝听到这个消息，心想：神魔预言四天之内必应验，今天正好第五天，这不应验了吗？为什么又是九蛋，而不是别人？上次八只眼找到了九蛋的脚印，九蛋否认自己偷宝贝，究竟如何，悬而未决。现在神魔的谶言在他身上应验，他有什么话可说，事情不可能如此凑巧。

等人们将九蛋抬回家，十宝也来到九蛋家。九蛋摔断了左下腿，咧着嘴一个劲喊疼，看到九蛋痛苦的样子，有人冒着酷热，到邻村找接骨大夫。十宝不顾九蛋的伤痛，说：“今天是神魔谶言的最后一天，别人没事，你出事了，这说明了什么，你心里清楚。”

人们看到十宝落井下石，都现出鄙夷的神色。

九蛋说：“上次你们找到我，说你家柴窑门口的脚印是我的，后来八只眼不是否定了吗？现在你还要缠着我，我不会承认的，去你的王八神魔。”

十宝说：“你骂我可以，不能骂神灵；骂神灵，要五雷轰顶。现在神魔的话在你身上应验，不是我强加给你的。除非今天有人给你当替死鬼，否则，你脱不了干系。”

九蛋说：“老天有眼，他会明白我是清白的人，你把脏水往我身上泼，天理难容。”

十宝和九蛋争执不休，外面有人大喊：“不好了，六狗在家里炕上打滚，哭天喊地。”

有人问：“他怎么了？”

“他肚子疼，疼得跟驴打滚似的，在炕上滚来滚去。家里人去找十一指，灌了一碗汤药，还是喊疼。”

人们赶紧跑到六狗家看情况，十宝也跟着跑去。十宝在路上边走边想，六狗病了，难道我冤枉了九蛋，六狗才是神魔要找的人吗？

十宝在六狗的院子里听到六狗大声喊叫，天一声，地一声，爹一声，娘一声，喊个不停。十宝进门，六狗像得到了大救星，大喊：“十宝，你救救我，让你的神魔救救我，我快要死了。”

十宝说：“要我救你不难，你要答应我一件事，可以吗？”

六狗说：“别说一件事，就是十件事一百件事也答应，只要你能治好我的病。”

十宝说：“君子一言，驷马难追。我给你治，治好了，你要跟我说实话。”

六狗说：“行。”

十宝跟六狗家里人要了几炷香几张黄表，先烧香，后烧表，口中念念有词。十宝要来一碗净水，将表烧后的灰烬拈入净水中，让六狗立刻吞服，然后上了炕，又要来一碗清水，将清水往六狗身上洒。十宝边洒水，一边念念有词。洒水完毕，十宝用手在六狗的手腕、肚子上和腰上点揉一通。一会儿，六狗的喊叫声渐渐小了。又过了一会儿，六狗止住了喊声。后来，六狗昏昏沉沉，呼噜而睡，人们不禁赞叹十宝的魔法。

25

八只眼否定九蛋在三财主柴窑盗宝，无疑给自己出了一道难题，他必须找到真正的作案人，这才可以给三财主一个交代。他只好抓住九蛋的鞋这一条线索寻找新的线索。既然九蛋脚上的这双鞋近几天没有离开他的脚，别人就没有机会用这双鞋来作案，但可以用九蛋穿过的旧鞋作案。鉴于这种可能性，他再次找到九蛋，询问九蛋有没有旧鞋，九蛋说那双鞋破烂不堪，早已扔了。八只眼猜测，这双扔掉的鞋很可能被人捡起来，然后穿着去作案。谁捡走了这双鞋？这双鞋还能找到吗？他问九蛋把鞋扔到哪里，九蛋说扔到门外自家的垃圾堆里。他又问最近垃圾堆清理过没有，九蛋说没有，这给他带来极大的希望。

八只眼连忙拿起九蛋的一把镢头，和九蛋一起去九蛋家的垃圾堆寻找那双鞋。他用镢头刨起垃圾堆的垃圾，在垃圾中仔细寻找，结果把垃圾堆翻了个遍，也没有找到那双鞋，八只眼说一定被人捡走了。八只眼又问九蛋，有没有把那双鞋做别的用处，九蛋说没有。八只眼猜想，如果这双鞋真被人捡走了，用过之后，有可能被扔掉。到哪去找这双鞋？还能找到这双鞋吗？他心里没有底。他想到各家各户的垃圾堆去找，村里那么多的垃圾堆，即便看一眼也得一天的时间。他扛着一把镢头，从村头开始找。每遇到一个垃圾堆，他先在零乱的垃圾里找，然后用镢头刨起垃圾找。他不仅在垃圾堆里找，还

注意查看每家每户的院子里和墙上有没有旧鞋。从下午开始寻找，一直到天黑，他没有看到九蛋那双鞋的影子。

晚上，八只眼躺在炕上，琢磨着九蛋鞋的去处。他知道，寻找这双鞋无异于大海捞针，因为作案人可以把这双鞋藏到任何一个地方，或村里，或村外，可以随便一扔，可以深埋土里。如果这双鞋随便扔到村里，他有捡到的可能；如果扔到村外的深沟里，或深埋了，他就无法找到。第二天天刚亮，他就爬起来，先到四羊、五虎和六狗家的垃圾堆以及院子里找了一遍，没有找到。在路过七颗心家院子外面的时候，他往院子里瞧了几眼，没有看到鞋子。在他正要离开的时候，无意间在院子外面的草丛里发现了一只鞋。他赶紧跨进草丛，捡起鞋一看，让他一阵惊喜，兴许正是他要找的鞋。他仔细寻找另一只鞋，在草丛边缘处又发现了另一只鞋。他如获至宝，赶紧跑回家，把捡到的鞋跟他拓下的鞋印比照，结果一模一样。他喜出望外，感叹功夫不负苦心人。

八只眼拿着这双鞋去找三财主，三财主正在扫院子，看见八只眼手里拎着一双破鞋走进院子，三财主知道他的来意，问："在哪找到的？"

八只眼说："在七颗心院子外面的草丛里。"

三财主说："你确认是九蛋的那双鞋吗？"

八只眼说："我比照过了，一模一样。现在去柴窑，跟柴窑瓦片下的脚印再比照一下，这样更可靠。"

八只眼拎着鞋与三财主一起来到柴窑前，揭开依然覆盖完好的瓦片，把手中的鞋跟地上的脚印仔细比对，发现一模一样。

八只眼说："这正是九蛋扔掉的那双鞋。为什么会出现在七颗心院子外面的草丛里？是七颗心扔到那里，还是别人扔到那里？"

八只眼和三财主回到三财主的家里，仔细分析。八只眼说："根据我的观察，七颗心的脚与九蛋的脚大小差不多，七颗心完全有可能穿着这双鞋去作案，然后随手把鞋扔到草丛里。七颗心是个极其精明的人，不可能在作案后让九蛋的鞋出现在自家的院子外面，这样做岂不暴露自己吗？除非他一时利令智昏，做出了糊涂事。智者千虑必有一失。七颗心未必不会出现这样的失误。"

三财主说："在偷挖六狗古墓东西这件事上，我就怀疑七颗心作了假。他的心眼比常人多，也许是他猜到了我会往柴窑藏宝，或许他看到了我往柴窑藏宝，然后下了手。当然，也有可能是别人穿着这双鞋盗宝后将鞋扔到那里，栽赃于七颗心。"

八只眼说："有这种可能。六狗说七颗心挖走了他藏在古墓的东西，到底是真是假？"

三财主说："真假莫辨。这事只有天知地知，他们二人知道。据说六狗曾上门向七颗心讨要东西，七颗心死不认账。现在这事还是一桩悬案。你的看法呢？"

八只眼说："他们两人都是奸猾之人，谁是谁非，难以确定，还是先处理这双鞋的事，你看怎么办？"

三财主说："把七颗心找来，让他对这双鞋做个解释，怎么样？"

八只眼说："好。不过，他会承认是自己扔掉的吗？为了保险起见，我先去见一下九蛋。"

七颗心找到九蛋，把捡到的鞋递给他看，问："这是你扔掉的鞋吗？"

九蛋接过鞋，翻过来折过去，仔细看了一遍，说："是我的鞋。你在哪里找到的？"

"在七颗心院子外面的草丛里。"

"怎么会跑到他那里？"

"不知道。"

八只眼仍怕鞋有假，让九蛋试着穿一下。九蛋穿上鞋，用脚在地上踩了一下，说："是我的鞋，不会有错。"

八只眼离开九蛋去找七颗心，声称三财主有事找他。二人一起来到三财主家。七颗心并不知道三财主找他的用意，以为找他一起商量找宝的事。古墓挖宝，三财主怀疑七颗心，有意冷淡七颗心，七颗心心知肚明，因此不愿意主动上三财主的门。看见七颗心进门，三财主说："有一件小事想问一问你。"

七颗心说："什么事？"

三财主说："八只眼在你的院子外面找到了九蛋的一双鞋，这事怎么解释？九蛋家离你家那么远，他的鞋怎么会跑到你那里？"

七颗心一愣怔，说："怎么可能？！"

八只眼把九蛋的鞋递给七颗心，说："这是今天早晨我从你家院子外面的草丛里捡到的，经九蛋辨认，这是他穿过的一双旧鞋。"

七颗心看了一眼鞋，说："我没有见过这双鞋，也不是我扔到院子外面的。你们找我来，怀疑这双鞋是我扔掉的吗？不可思议。如果真是我穿着这双鞋盗了宝，我会把鞋扔到自家院子外面吗？我会那么傻吗？何况鞋在九蛋的脚上，我能脱下来穿在我的脚上吗？再说，我家住在大路口，天天都有不少人路过，哪个过路人都可以把鞋扔到草丛里。"

三财主说："你的话不无道理，为什么别人要把鞋扔到你那里，而不扔到别处？"

七颗心说："我怎么知道别人的用意，兴许想嫁祸于我。"

八只眼说："谁跟你有冤仇？谁会这么做？"

七颗心看见三财主盯着自己，分明在怀疑自己，心里极不高兴，站起来要走，但想到一走了之，更让三财主怀疑，便又坐下来，说："我不是别人肚子里的蛔虫，我怎么知道别人的心思。不过，最近六狗找我的麻烦，他不会陷害我吗？六狗的形迹可疑，他有可能是真正的盗宝人。"

看到七颗心十分轻松地把责任推到别人身上，八只眼从心里佩服七颗心的机灵。这样的结果是他意料之中的事。三财主看见七颗心金蝉脱壳，给他留下一个难解之谜，无可奈何。不过，他于心不甘，说："你可以试着穿一下这双鞋吗？"

七颗心本不想试穿，因为他不知道自己是不是能穿上这双鞋，一旦能穿上，会引来更大的麻烦。当着八只眼的面，他不好拒绝，只好勉强说："这有什么，不就试穿一下。"

三财主把鞋递给七颗心，七颗心脱下自己脚上的鞋，把九蛋的鞋穿在自己脚上。真凑巧，九蛋的鞋穿在七颗心脚上，不大不小，合适不过。七颗心心里一惊，怨恨自己何苦试穿。他看了看三财主，又看了看八只眼，不知道说什么好。

八只眼说："你走几步，怎么样？"

七颗心勉强在地上走了几步，三财主嘿嘿一笑，八只眼一声不响。七颗心悔恨自己落入圈套，把鞋脱下，狠狠摔在地上，愤愤而去。

26

六狗得了一场急病，十宝妙手回春，六狗心里有几分感激。十宝给他治病有言在先，要他如实回答问题，他心里明白要问他什么问题。晚上，十宝来到六狗家里，看见六狗的病好了，正坐在炕上吃饭，知道他得的不是大毛病。十宝一边掏出烟袋抽烟，一边等六狗吃饭。六狗知道十宝的来意，吃完饭后和十宝一起走出院子。

十宝的预言又落在六狗身上，十宝自然不会轻易放过他。中午给六狗治病回家后，十宝将六狗的事告诉了爹和爷爷，征求他们的意见。神魔预言灾祸会落在牲畜身上，依照老秀才的解释，牲畜即人。现在灾祸不是落在一个人身上，而是落在九蛋和六狗两个人身上，这让十宝有点为难。六狗是人，人即狗，狗即人，无疑要追问。九蛋不属于牲畜的范围，要不要追问？

十宝问爷爷："现在灾祸在两人身上应验，六狗不必说，自然要追问，九蛋要不要追问？”

老秀才沉吟片刻，说：“狗，名副其实的牲畜，毋庸置疑。蛋者，鸡所生也。鸡者，禽也。虽然禽与兽不同类，禽兽实乃同出一源，应该追问。”

依照老秀才的理论，首先应该追问的自然是六狗，十宝对他有救命之恩，况且十宝有言在先，估计他会实话实说，所以十宝急急找来。

六狗问十宝：“有什么话，说。”

十宝说：“我想说的话，想必你能猜出几分。上次你到古墓藏东西，东西是真还是假？”

六狗说：“当然是真的。那是我舅舅给我的一样东西，能有假吗？”

十宝说：“什么东西？”

六狗说：“这不能告诉你，这是我的秘密。我只能告诉你我藏的是真东西，不是假东西。”

十宝说：“肯定吗？”

六狗说：“肯定。”

十宝说：“你让我如何相信你？”

六狗说：“上有天，下有地，对天地发誓，我的话句句是真。”

十宝说：“我的神魔预言很准，三个预言，两个已经应验，第三个预言落在你的身上，实难相信你的话。”

六狗说：“你无凭无据，要我承认偷了你的宝贝，可能吗？如若不信我的话，你可以到我家搜查。”

十宝说：“我对你有救命之恩，你却不说实话，你愧对神灵。如果将来一旦查实，你将没有后悔药可吃，神灵会让你遭受灭顶之灾。”

六狗说：“不做亏心事，不怕鬼敲门。如果你能从七颗心手里要到我的东西，我奉送给你，以此报答你的救命之恩。”

十宝从六狗口中得不到实话，他坚信六狗与他的宝贝有牵连，心想慢慢跟他理论。眼下，他只好去找九蛋，想从九蛋那里得到一点什么。

九蛋的腿属于骨折，经接骨大夫捏揉和敷药后，疼痛减轻了，但只能坐在炕上，动惮不得。十宝进门，九蛋感到意外，但知道不是好事。十宝问了一下九蛋腿的情况，便进入主题，说：“我的神魔预言期限到了，恰好你的腿断了，不会是巧合吧。”

九蛋说：“八只眼是村里心明眼亮的人，他的眼比镜子还亮，他都认为我与你的宝贝无关，你却抓住我不放，居心何在？我的那双鞋，八只眼费尽周折，在七颗心院子外面找到，你应该找七颗心才是。至于我的腿折，那是我不小心摔断的，与你的宝贝有什么关系。你不能把我当做一个线轱辘缠来缠去。”

十宝说：“难道你怀疑神魔？”

九蛋说：“我是现实中人，不信神鬼，只相信人。如果你能找到真凭实据，我认；找不到真凭实据，我不认。虽然我是穷人，我不会干偷鸡摸狗的事。再说，今天遭难的人不止我一人，六狗也遭难了，难道六狗也偷了你的宝贝？到底是六狗偷了你的宝贝，还是我偷了你的宝贝？还是我俩合伙偷了你的宝贝？”

十宝说：“我相信我的神魔，反正你俩谁也脱不了干系。我不找你，神魔也会找你们。与其让神魔找你们的麻烦，不如自己痛痛快快交代，免得遭受更大的灾难。”

九蛋说：“听天由命。”

十宝看到从九蛋身上追问不出什么，只好离开。回家的路上，他陷入沉思，究竟谁是盗宝人？

倒霉的不只六狗和九蛋，五虎更是心急如焚。那天黑夜，五虎悄悄到野外自家的羊圈里藏了一小袋东西，以为神不知鬼不觉，谁想第二天早饭后去放羊，打开羊圈门一看，看见藏东西的地方有一堆虚土。他连忙弯下腰，用手往下刨，坑里一无所有，不由大吃一惊，骂道：“哪个三只手偷走了我的东西，天打五雷轰！”

五虎顾不得去放羊，爬到山顶，向对面的村子大声喊：“八只眼，快来！有事。”

一会儿，村里有人搭话，说八只眼上地干活去了。五虎往八只眼的地里仔细看，看见八只眼的确在地里干活，于是对着八只眼大喊：“八只眼，有事，快来！”

八只眼听见有人喊他，放下手中的活，大声问：“谁？什么事？”

“五虎。有要紧事，快来！”

“什么事？”

“来了就知道了。”

听五虎说有要紧事，八只眼只好放下手中的活，向五虎所在的山走来。

五虎坐在山顶上，一边看着八只眼一步步向他走来，一边琢磨谁偷走了自己的东西。他仔细回忆昨夜离开村子时的情形，没有发现任何人跟踪他，现在东西丢了，一定是有人暗中盯着自己，不然不会这么快东西就丢了。真是活见鬼！

过了一阵，八只眼从山下爬上来，看见五虎抽闷烟，问：“什么事？”

“昨夜我藏在羊圈里的东西丢了。”

“什么东西？”

“钱。”

“多吗？”

“不多。”

“我们一起去看看。”

二人走到羊圈门口，八只眼止住脚步，问：“注意脚印了吗？”

“注意了。那个脚印我没有破坏，我是顺着我的脚印走来的。你看，这里有一行清晰的脚印。”

八只眼低头仔细看，脚印很清晰，根据脚印的大小判断，此人是中等个子。

五虎问：“这像谁的脚？”

“难说。我们先把它拓下来，然后再仔细研究。手头没有纸墨笔，怎么办？”

“我回去找。”

五虎回村去找纸笔和墨，八只眼独自守在羊圈门口，他本被村里连续发生的几件失窃案弄糊涂了，现在居然又添一桩，几桩案子如乱麻，他不知如何理出一个头绪。五虎本是他的怀疑对象之一，现在却成了受害人，可见事情比他想象的更复杂。

五虎取来纸墨笔，八只眼拓下脚印，将纸小心揣入怀中。

八只眼问：“昨夜你几时来藏钱？”

“大概在子时。当时，我看见村里的灯都灭了，以为人们都睡觉了，没想到有人在暗中盯着我。”

“谁知道你来藏钱？”

“没人知道。”

“你估计谁盯着你？”

“不知道。上次六狗藏东西，被七颗心挖走了，莫非又是他？”

“难说。我在暗处查，你在明处找，有什么线索，相互交流。我手头的事多，简直是光屁股婆姨系腰布——遮前顾不了后。”

五虎骂一声“日他娘”，放羊去了。八只眼便边琢磨着七颗心，边向自己的地里走去。

27

八只眼在大财主家的烟囱旁边拓下脚印，让大财主的难解之谜有了一点线索，大财主将这条线索讲给两个儿子听，两个儿子不以为然，认为纯属臆

造，是八只眼为了骗取赏钱玩把戏。这话传到八只眼耳里，八只眼一肚子不高兴。他找到大财主说，你的事我不管了，你另请高明，我再穷也不会靠讨赏钱过日子。大财主一听，急了，问谁说的屁话。八只眼说，是你家的几个儿子说的话。大财主骂了一通两个儿子，要八只眼继续查下去。八只眼细想一遍，认为大财主的两个儿子产生怀疑不无道理，因为只有一尺见方的烟囱是一个正常人无法出入的，他们自然认为难以从烟囱偷走炕洞里的宝贝。为了证实自己的猜想，八只眼找来大财主的两个儿子。

八只眼说："你们认为盗贼无法从烟囱盗走你家的宝贝，是不是？"

两个儿子齐声说："是的。"

八只眼说："如若不信，我来试一下。你们把类似藏宝的罐子放在炕洞里，然后拿一根绳子和一条铁丝来。"

大儿子拿来一只类似藏宝的瓷罐子放进炕洞，然后拿来八只眼要的长绳子和铁丝。八只眼将铁丝弯成一个钩，用绳子系住，然后将绳子放进烟囱里。两个儿子明白了八只眼的意图，都不住地摇头。八只眼感觉绳子到了烟囱的底部，也就是炕洞里，然后仔细用绳子上的钩子钩瓷罐子上的耳眼。钩了几袋烟的工夫，没有钩进耳眼，八只眼累了，放下手中的绳子休息。这时，好奇的二儿子拿起绳子，仿效八只眼的办法，仔细钩。钩了好久，没有效果，大儿子在一旁讥笑八只眼，说："你的眼再多，恐怕也看不清黑洞洞的炕洞里那个小小的耳眼，三百块赏钱不是好拿的。"

听了这话，八只眼心里极不舒服，碍着大财主的面子，他不愿意说难听的话，只淡淡地说："我不靠挣赏钱过日子，是给你爹帮忙。"

又过了一阵子，二儿子叫起来："钩住了！钩住了！"

大财主和大儿子立刻围过来，头往烟囱里瞧。一会儿，二儿子从烟囱里吊出一个黑瓷罐子，铁丝钩子正好钩在瓷罐耳眼里。人们都笑了，称太神奇了。

八只眼说："老大，你看好了，这是事实，不是做梦。"

大儿子说："你别见怪，我错怪你了，你比我聪明。我家把这事托付你了，你好好去查，若有下落，不会少你一文赏钱。"

八只眼实验成功的消息很快传到二财主耳里，二财主除了叹服八只眼的匠心之外，也感叹盗贼的聪明。他对两个儿子说，村里有这样的能人，我们藏宝干什么，不如放在家里，让人家随便来拿。三财主听了这个消息，对如此聪明的人惊叹不已。村里的其他人不相信村里会有这样的神奇人物。二财主忧心忡忡，担心盗贼是八只眼一样聪明的人，那么，自己丢失的宝贝没有找到的希望。他认为既然人家有高明的办法盗走宝贝，也会有高明的办法掩盖自己，感觉案子破解无望。他找到八只眼，问："我的宝贝有指望吗？"

八只眼说："要费一番周折。"

二财主问："那两个财主的案子查得怎么样？"

八只眼说："三财主的宝贝丢了，很多人在为他找线索，至今没有找到盗贼，说明盗宝的人隐蔽得很深。你的宝贝比三财主的宝贝丢得离奇，不是一般人能想出的妙法，此人可能隐蔽得更深。大财主的宝贝更是丢得出奇，只有神仙才能想出如此妙法。从脚印看，这三桩案子似乎是三个人所为，从作案手法的高明程度来看，似乎你与大财主的案子是一人所为。现在没有别的依据可查，只能从脚印查起。三财主的案子已经有了一点眉目，鞋已经找到了，现在在找穿着这双鞋作案的人。大财主的案子，作案手法只是一种假设，尽管拓出了脚印，未必是真正作案人的脚印，现在正在查找脚印的主人，尚无明确的目标。你的案子，只有半只鞋印可以作为线索，查起来难度会更大。不过，只要是村里人的脚印，逃不出我的眼睛。"

二财主说："你有这个把握就好。"

八只眼说："找脚印容易找鞋难，找穿鞋的人更难。三财主的案子，现在就难在找不到穿鞋的人。鞋是从七颗心院子外面草丛里找到的，如果有人能提供一点线索就好了。三财主怀疑七颗心，因为他曾挖走了六狗藏的东西。十宝则怀疑六狗，因为他的神魔的预言在六狗身上应验。至于九蛋，那是十宝无计可施时随意拨弄的一颗棋子。"

二财主问："你相信神魔的预言吗？"

八只眼说："神的魔力神秘莫测，令人敬畏，不可不信，不可全信，只能静观其变。"

二财主问："六狗丢东西是真是假？"

八只眼说："真假莫辨。不过，挖走六狗东西的人是七颗心，是七颗心自己向三财主透漏了消息，消息不会有假。至于挖到的东西是宝还是砖头，只有他们二人清楚，旁人无法知晓。六狗正在跟七颗心要东西，七颗心弄巧成拙，自作自受。昨夜，五虎藏在野外羊圈里的钱丢了。"

二财主很惊奇，问："丢了多少？"

八只眼说："他不肯说实数，只说钱数不多。"

二财主说："这世道真的乱了，有宝的人丢宝，没钱的人也丢钱，似乎村里有一只魔手，伸手就能偷走别人的钱财，不可思议。找到脚印了吗？"

八只眼说："找到了。脚印很清晰，估计是一个中等个子的人所为。"

二财主问："与前面几个案子的脚印相似吗？"

八只眼说："不一样。是另外一个人的脚印。"

二财主问："几个案子中有相似的脚印吗？"

八只眼说："没有。"

二财主说："村里有那么多盗贼吗？似乎不太可能。会不会是一两个人在变着手法捉弄人？"

八只眼说："有可能。"

八只眼离开二财主家，回家后再次仔细比对这几个脚印，依然没有发现相同的脚印，他认为二财主的话不是没有道理，兴许是一两个人在玩弄戏法。他看遍了全村男人的鞋，除了九蛋的那双鞋可以确认外，其他三个脚印都找不到对应的鞋，这使他的查找陷入困境。会不会是外村的人来作案呢？或者有人借用外村人的鞋作案呢？如果是外村的人作案，他就无能为力了；如果是本村的人借用外村人的鞋作案，还有些许破获的可能。

晚上，八只眼一边坐在院子外面乘凉，一边思考着这几桩案子，一直到夜深。夜色浓浓，村里的人相继睡去，只有八只眼还像一只夜猫子，一会儿思考案子，一会儿看着村子对面黑魆魆的山，他的思绪被黑夜包裹着。正在他起身要回家睡觉的时候，看见沟底有一个黑影缓慢移动。是狼吗？他死死盯着黑影。不像，狼的黑影没有这么大，估计是人。他看见黑影在沟底的石崖下停下来。黑影停了一会儿，爬上石崖，一会儿溜下石崖。黑影停了一会儿，顺着山沟向村外走去。

深更半夜，谁在干什么？八只眼死死盯着黑影，向黑影追去。他在想，莫非又是一桩盗窃案？

28

尽管没有从六狗和九蛋身上找到口实，十宝坚信自己的预言已经应验，只是没有败露而已。正常人都爱自己的面子，偷盗之事是最伤害面子的事，六狗和九蛋岂会轻易承认。十宝坚信，假以时日，他们必将暴露。他将自己的想法讲给人们听，人们听了，一笑了之。有人说，为什么不请你的神魔出来帮忙，让他们早点开口。十宝苦笑着说，神魔不会过分干预人间的事，时分到了，自然会败露。这话传到九蛋耳里，九蛋说什么神魔妖魔，我没做亏心事，怕什么。六狗更是坦言，如果神魔有眼，天下没有人敢做坏事，神魔预测纯属无稽之谈。

大财主失宝后，十宝曾经设坛施法，预测吉凶，事后他跟人们说，大财主的案子是一桩无头案，神魔都不知晓，何况人，此案没有破解希望。此话传到大财主的耳里，大财主大骂十宝是村里的妖魔，搅得村事不宁，人心惶惶，应该除掉这个祸害。此话传到十宝耳里，十宝对人说，我镇妖除鬼，何害之有？如果没有我的神魔压阵，村里会更乱。此话传到大财主耳里，大财主说，自从十宝妖魔粘身，不仅给他家带来灾难，也给我和二财主带来灾难，不驱走这妖魔，其他人也会遭殃。此话传到十宝耳里，十宝说，我除邪扶正，给人治病，是罪过吗？只怕村里人离不开我。大财主怀疑，十宝借助神魔盗走了自己的宝。如果真是这样，自己的宝贝回归无望。

二财主与三财主素有怨隙，他想三财主失宝让他也跟着倒霉，看来十宝身上的神魔是不祥之物，此魔不除，恐怕灾祸连连。此话传到十宝耳里，十宝十分生气，跟人们说，我家跟他有宿怨不假，但我不愿意他有失宝之灾。他失宝后，我私下好心为他设坛施法，预测吉凶，他反倒迁怒于我，此人心地不正。有人问十宝，二财主的案子吉凶如何？十宝说，我无害人之心，实话实说，他的案子有希望破解。只是他心不正，恐怕难以转凶为吉，除非他不与神魔为敌。

八只眼找到二财主，说自己几乎看遍了村里所有男人的鞋，没有找到一双与拓下来的脚印匹配的鞋，对此百思不得其解。二财主听后，心灰意冷，一会儿骂盗贼可恶，一会儿骂自己的运气不好，一会儿骂十宝的神魔引祸，焦躁不安，忧心忡忡，惶惶不可终日。婆姨看到二财主这副样子，好言劝慰，说八只眼不是常人，他一定有办法找到宝贝的下落。婆姨宽慰二财主，其实她的心里也是惶惶的，不知如何是好。

吃完早饭后，二财主在院子里给牛晾晒干草，之后又拿来一把斧头，修理坏了的镢头。二财主找来一块木头，要砍一块木楔子配用场。婆姨在屋里洗涮了碗筷，坐在炕上，拿起一件衣服做针线活。她拿着衣服，没有做几针活，感到心里烦躁。她放下手中的针线活，下地烧点水喝。她以为喝点水后，会好一点，没想到更加烦躁。过了一会儿，她不由自主地在地上扭起来，边扭边嘟囔。

二财主在院子里听见屋里的婆姨在说话，便大声问："你在说什么？"

婆姨说："我是你爹，我在阴曹地府里跟你说话，我身上很不舒服。"

听见婆姨如此说，二财主一身火气，骂道："你是谁的爹！狗东西，老子惹你了吗？"

婆姨说："你不惹老子，老子要惹你。"

二财主骂："你凭什么惹老子！老子打你骂你了吗？"

婆姨说："你不打骂老子，老子就不敢惹你吗？老子是你老子，老子惹得起你。"

二财主听见婆姨说的简直不是人话，想狠狠教训她一顿，于是放下手中的活，拿着一根棍子冲进屋里，恶狠狠地骂道："你的骨头痒了，是吗？"

婆姨说："是的。我的骨头痒痒的，可我是你爹，你敢动手打你爹吗？"

二财主举起棍子，向婆姨打来，突然看见婆姨的眼神痴痴的，脸色煞白，赶紧收起棍子，问：“老东西，你怎么啦？”

婆姨说：“我是你爹，我好好的，阴曹地府很舒服。你舒服吗？”

二财主从来没有看到婆姨这副样子，心想，她一定是着魔了。爹死了好多年了，却把鬼魂附在她的身上，成什么体统，真是家门不幸。二财主急得直跺脚，怕邻居知道了笑话，强把婆姨摁到炕上。没想到婆姨的劲非常大，一把将他推得老远，一个鲤鱼打挺，坐了起来，然后下了地，边走边嘟囔：“二财主，我是你老子，你是我儿子，儿子奈何不得老子。”

二财主明白，婆姨着魔，得赶紧找人降魔。他把婆姨甩在家里，出去找两个儿子。因天热，两个儿子没上地，到村里串门去了。二财主找了好半天，才把两个儿子找回家。看见娘疯疯癫癫，胡言乱语，两个儿子不知所措。

这会儿，二财主的婆姨不走动了，坐在炕楞上挥舞着两只胳膊说：“大孙子，你长成人了，我以为你永远长不大，永远那么淘气。你有儿子了吗？快叫一声爷爷，你还认得爷爷吗？”

二老大说：“你别胡说，你是我娘，哪是我爷爷，你老糊涂了。”

二财主的婆姨说：“我很清楚。老大没良心，早把爷爷忘记了。还是老二好，做事踏踏实实，做人规规矩矩，你一定认得爷爷，叫一声爷爷。”

二老二说：“爷爷——不，娘，你别乱说了，躺下歇一会儿，怎么样？”

二财主的婆姨说：“我不累，阴曹地府没有活干，会累吗？你们成天忙什么？我家的钱是不是越来越多了，告诉我。我走的时候，在屋里的大瓮地下埋了一件宝贝，你们挖出来了吗？那是很值钱的夜光杯，要保存好，祖祖辈辈传下去。”

两个儿子面面相觑，不知如何是好。二财主看见婆姨一半清醒一半糊涂，对两个儿子说：“快找人来看看。”

二老大说：“这不是实症，是邪症，只有找十宝。十宝跟咱家的关系不好，他会来吗？”

二财主说：“不看能行吗？不管来不来，你去跑一趟。”

二老大慌忙去请十宝。村里的人听说二财主的婆姨中了邪，有人上门看情形。十宝正在家里跟爷爷下象棋，看见二老大急匆匆跑来，问：“什么事？”

二老大说：“我娘中邪了，你去看一看。”

十宝说：“不去。另找人看。”

二老大说：“你去看看吧，我们不会亏待你。除了你，这病没人能看好，你就去一趟。”

十宝说：“不去。”

二老大看见十宝决意不去，悻悻回家。回到家里，二老大把十宝的话转给二财主，二财主说："救人如救火，他连这点同情心都没有，还算一个男人吗？我知道他心术不正。死了张屠夫，不吃混毛猪。另请别人，去找十一指。"

二老二说："爹，不行。娘中了邪，是邪症，十一指不管用。我再去请一趟。"

二老二跑到十宝家，十宝依旧在跟老秀才下棋，看见二老二来了，头都没抬一下。二老二说："十宝哥，你给我娘看一下，她病得不轻。过去我家有什么对不住你的地方，大人不记小人过，高抬贵手。村里人都知道你的本事大，你一定能手到病除。"

十宝说："现在用得着我了，说好听的话，管用吗？"

二老二说："我知道你是有气量的人，此前有对不住你的地方，望你见谅，日后我们一定好好待你。"

老秀才看见二老二言语恳切，劝十宝道："去一趟吧。莫以善小而不为。"

十宝听了爷爷的劝告，跟着二老二到了二财主家。这时，二财主家来了不少人看热闹，八只眼和七颗心也来了。

二财主的婆姨对八只眼说："昨夜有个人将我家的宝贝转移了，你看见了吗？"

八只眼一惊。

看见十宝进门，二财主的婆姨说："活魂，你来了，你能把我怎么样？杀？剥皮？煮？"

十宝不计较这疯婆姨的话，焚香，烧表，叩头，口中咒语不绝。十宝让两个儿子给娘喝了表灰，然后对着疯婆姨唾沫飞溅，咒语连连。接着在疯婆姨身上乱点了一通，疯婆姨安静下来，二老大赶紧扶着娘躺在炕上。一会儿，只见这婆姨大汗淋漓，如梦初醒，问："这么多人来我家，出了什么事？"

人们看见她醒过来了，都哈哈大笑。

二财主骂一声："鬼迷心窍。"

十宝得意地扫了一眼众人，说了一句"好好休息"，转身背着手离去。二财主追到大门口，一再挽留十宝吃饭，十宝却惦着那盘未下完的棋。

29

因三财主怀疑，七颗心几天没去见三财主，似乎销声匿迹，不再热心赏钱。其实，他时时刻刻在琢磨村里几个财主失宝的事，只是琢磨不出名堂，所以按兵不动。听说五虎丢了钱，他一会儿迷茫，一会儿兴奋，最终感觉五虎丢的是宝贝而不是钱。五虎不可能有家传的宝贝，本无宝可丢，那么他哪来的宝贝呢？除了偷还会从哪里来。村里几个财主丢的宝贝，哪一个都会落入到他的手里。那么，他偷了谁的宝贝？自从挖到六狗的布袋子，他认定六狗是偷走三财主宝贝的人，大财主和二财主的宝贝会不会是五虎偷走的，七颗心认为二者必居其一。五虎突然失宝，说明他并不清白，或许是独自盗宝，或许是跟六狗合伙所干。十宝信神魔，八只眼信山神，七颗心则信奉天官大老爷。他想求助天官老爷，给他指点迷津。

深夜，七颗心悄悄来到天官庙。他绕着天官庙走了一圈，看人们是不是睡了，周围有没有人。当他转了一圈，确信人们都已入睡，便走上天官庙的二楼，跪在天官大老爷面前，叩了三个响头，然后点上几炷香，说：“天官大老爷，我有一件小事，求教于你，望您指点。穷鬼五虎居然丢了宝贝，这事是真是假？如果是真，他的宝贝是从哪个财主手里偷来的，希望你明示小人。上次求你，我曾经许诺，如果你的指示证实，我给你敬献一只大公鸡，只是你的指示没有完全证实，所以小人没有给你敬供，希望老爷不要见怪。这次希望再次得到你的指示，待事情证实之后，我会加倍敬供。如果老爷的指示灵验，我将经常祈求你，敬供你。”

他静静地等待，期望能得到期盼的指示，哪怕是一点心理暗示。他侧耳静听，听不到一点动静，只感觉周围静得出奇。他在想，难道天官老爷责怪我了吗？难道嫌我没有敬供他吗？不会的，天官大老爷不是小气鬼。为了表示自己的虔诚之心，他又说：“你放心，只要你的指示证实，我七颗心决不食言。如果我违背誓言，天地不容。”

他耐心等了一会儿，突然听见一声轻微的响动，仿佛从哪里滚下一粒白色的东西。他用双手在地上摸，摸了一阵，果然摸到一粒纸丸。他高兴万分，感激天官老爷眷顾平民百姓，眷顾虔诚之人。他连忙叩了三个响头，说：“感谢天官老爷，但愿天官老爷的指示灵验，一解小民心头之忧。”

然后，他站起来，揣着纸丸，匆匆回到家里。

七颗心连忙点亮油灯，展开纸丸，只见纸上写着几个歪歪扭扭的字。他细看字迹，居然辨认不出来。他心里发愁，怎会是如此难认的字，不知是什么鸟字体。他在灯下琢磨了好久，辨不出纸上写得是什么字。他记得似乎从老秀才那里见过这样的字，他想请老秀才辨认。第二天早上，七颗心早早敲开三财主的大门，说有要紧事找老秀才。他进了老秀才的屋，看见老秀才在桌前练字。尽管早已废除了科举考试，老秀才仍保持练字的习惯，每天早上都会早早起来，练一通字，诵读一会儿经书。看见七颗心进门，老秀才放下手中的笔，问："有什么事？"

七颗心说："有几个字请老人家辨认一下。"

老秀才问："什么字？"

七颗心从怀里掏出一张皱皱巴巴的纸，递给老秀才。老秀才接过纸，看见纸上写着八个歪歪斜斜的字，仔细辨认起来。一会儿，老秀才抬起头来，说："这是篆字，非饱学之士，难得认出。"

七颗心问："纸上写得什么字？"

老秀才念道："不入虎穴，焉得虎子。"

七颗心问："什么意思？"

老秀才捋了一把胡须，解释道："虎穴者，老虎的窝也。虎子者，小老虎也。其意为：不进老虎窝，怎能捉到小老虎。此语出自《后汉书·班超传》。知道《后汉书》是什么书吗？"

七颗心说："不知道。我只认得几个字，哪里知道什么前汉后汉的，只知道庄稼人前晌流汗，后晌流汗，天天离不开流汗。"

老秀才说："村里小儿，斗大的字不识几个，只知道日日耕地锄地，流汗不止，哪里知道诗书之乐。"

七颗心说："正因为如此，我才来请教老先生。"

老秀才问："你从哪得来的这几个字？"

七颗心说："实不相瞒，这是我从天官大老爷那里乞来的。"

老秀才问："因什么事而乞？"

七颗心说："因你们几位财主失宝的事。我想得到天官大老爷的明示，助你们一臂之力。"

老秀才说："你明白这八个字的含义吗？"

七颗心说："有几分明白。"

老秀才说："既然明白了，那就照他的话去做，我不必多言。"

看见老秀才又拿起了笔，七颗心只好退出去，匆匆回到家里。

七颗心坐在院子的台阶上，一边抽烟，一边琢磨着纸上八个字的含义。他从"虎"字判断，此事应与五虎有关。"入虎穴"是什么意思？难道要我找五虎藏宝的地方吗？五虎的宝已经被人盗走，难道他手里还有宝？难道五

虎的宝不是藏在羊圈里，而是藏在一个安全的地方？如果是这样，五虎的宝就没有丢，是五虎故意施放烟幕弹，以此迷惑人。如果不是这样，偷走五虎宝贝的人会把宝贝藏在一个安全的地方，那会是什么地方？

七颗心离开家，到了村子下面的沟里，仔细查看那面石崖，只见石崖高两丈许，石崖的中间有一个小洞，距离地面一丈多高，常人很难够得着。他走到石崖底，抬头仔细看，看到小洞下面有一层层薄薄的石层。他踩着石层，想爬上去，结果几次都掉下来。他不相信自己爬不上去，又尝试了几次，终于爬上石崖。他将身子贴在石崖上，战战兢兢，生怕掉下来摔断筋骨。他屏住气，慢慢抬头往小洞里瞧，看见里面有一块一尺大小的石板。他小心翼翼地扶起石板，发现石板下面一无所有，但有很明显的指印。他很奇怪，这里怎么会有指印？他慢慢下了石崖，仔细琢磨，难道这里会有人藏过钱或宝贝？即便藏过东西，对他而言，已经毫无意义，他必须找到“虎穴”。

离开沟底的石崖，七颗心走到离村子有二里之远的一条山沟。山沟里有一面土崖，土崖高十丈许，土崖上有一个洞，洞在距地面八九丈高的地方。平时，人们只看到飞鸟在此出没，很少看到有人上去过。这个土洞是什么时候挖出来的，即便村里岁数最大的老人也说不清楚。土洞下面有依稀可见的小小土坑，不知道何年何月何人所凿。其实，土坑不过是当年留下的一点印迹而已，别说是人，即便是猴子也难攀援上去。看到此状，他心灰意冷，但他又不愿空手离开。他仔细查看土坑，仿佛有攀爬过的痕迹，似乎有人上去过，于是尝试着往上爬。他不是一只可以飞檐走壁的猴子，只试着爬了几下，便摔了下来，碰伤了膝盖。他骂一声“日你娘”，便打道回府。

回到村里，七颗心并没有直接回家，而是来到三财主家。七颗心将自己在沟底石崖的发现跟三财主讲了一遍，并说那里极有可能是盗贼藏匿过夜光杯的地方。三财主叹息一声，说了一声事后诸葛亮，便没了兴趣。七颗心看见三财主没兴趣，便跑到二财主家里，把跟三财主说的话转述一遍，二财主问有线索没有，七颗心摇头，二财主也没了兴趣。七颗心不罢休，跑到大财主那里，把跟二财主说的话转述给大财主。大财主问，你能猜出谁在那里藏过东西？七颗心摇头，大财主也跟着摇头。

七颗心隐藏着土崖洞的秘密。

30

且说八只眼听到二财主的婆姨在病中所说的那句问话，百思不得其解。

二财主的婆姨向来足不出户，一心在家料理家务，她怎么说昨夜他家的宝被人转移了，她怎么知道自己昨夜看到一个黑影。他看到黑影时夜深人静，人们早已入睡，难道世间真有灵魂游荡的事？

昨夜，当八只眼看到那个黑影后，尾随黑影而行。他看见黑影离开沟里的石崖后，沿着村西边的一条小路西去，这条路是通往村子山顶上的一条小路。当时，他料定黑影绕个圈子后会回到村里，所以大着胆子尾随其后。他怕黑影看到自己，与黑影保持着一定的距离。快到山顶了，他躲在一个暗处盯着黑影，突然黑影消失了。他心里一惊，犹豫片刻，摸到黑影刚才所在的地方，不见黑影踪影。他再到周围寻找，也没有看到黑影。他站在高处，谛听附近人家门户的响动，观察附近的动静，结果一无所获。他大失所望，眼看到手的线索断了。

八只眼猜测，此人黑夜行动必然与宝贝或者钱有关，会不会真像二财主婆姨说的那样，与他家丢失的那件宝贝有关，他无法断定。第二天清早，他悄悄来到石崖，查看脚印，发现石崖下有两个人的脚印。他连忙拓下脚印，回家后与自己保存的脚印对比，让他大吃一惊。其中一个脚印竟然与三财主柴窑前的脚印一模一样。怎么会再次出现一模一样的鞋？他知道这双鞋是他从七颗心院子外面找到的，他带着这双鞋让三财主看过，然后将这双一无用处的鞋放在了三财主家的院墙上。难道此人盗走了这双鞋，穿着这双鞋去了石崖下？

另外一个脚印，他仔细比对后高兴地笑了。

第二天早上，八只眼赶到三财主家，往三财主墙头上一瞧，那双鞋果然不见了。他进了院子，问三财主是否扔掉那双鞋，三财主说没有。他想，一定是有人偷偷捡走了这双鞋，然后穿着这双鞋去了石崖。他从石崖拿走的东西，是他偷来的东西藏在那里，还是他偷了别人寄存在那里的东西，他无法断定。他曾将五虎羊圈外拓下的脚印与其他脚印进行比对，发现与二财主墙外的那只脚印相似，那么盗走二财主家宝贝的人和盗走五虎钱的人有可能是一个人。他找到二财主，把这个消息告诉他。二财主高兴了一阵，随后却说，这又能怎么样，除非找到穿过这双鞋的人。八只眼查遍村里所有男人的鞋，没有找到这双鞋的主人。二财主提醒八只眼，五虎的钱来路不正，他哪来的钱？八只眼也觉得奇怪，以五虎的家道来论，只能勉强度日，哪会有多余的钱。如果说丢失得是一只夜光杯，倒在情理之中，因为村里三个财主丢了夜光杯。难道他把夜光杯换成了钱？或丢的是夜光杯而不是钱？

丢钱后，五虎逢人便骂，不知道哪个黑心人偷了他的钱。人们看到他痛心疾首的样子，不像在演戏给人看，而是实实在在的失财之痛。以五虎的能耐，只能骂而已，自己无法找钱，只好把找钱的希望寄托在八只眼身上。当

八只眼把五虎羊圈的脚印和二财主家墙外的脚印相似的消息告诉五虎，五虎一脸震惊，他只好自认倒霉。他拍着自己的脑袋，悔恨不已。

八只眼还告诉五虎，有一个人在黑夜从沟底的石崖拿走了东西，很可能是钱，而且此人的脚印跟三财主柴窑的脚印一模一样。他希望五虎帮忙，能再次找到这双鞋，五虎满口应承。于是他们从村子的东头开始查找，一直查到村子的西头，尽管找到了好几双人们扔到的旧鞋，但是没有一双相似的鞋。

五虎嘲笑八只眼，说："你聪明一世，糊涂一时，人家怎会把鞋放在你看到的地方，遗人把柄。要是我，我会把鞋扔到任何人找不到的地方。"

八只眼听了五虎的话，感喟不已，承认自己糊涂了。当他们再次路过七颗心家门口的时候，八只眼指着草丛跟五虎说，上次那双鞋就是在草丛里找到的。

五虎说："你还想在那里找到吗？不可能。"

八只眼说："不妨找找。"

二人走进草丛，用脚拨开杂草，仔细寻找。突然，五虎叫起来："鞋！"

五虎拿起一只鞋，举到八只眼面前，让他辨认。八只眼接过鞋，仔细一看，正是他要找的鞋。八只眼喜出望外，说："另一只鞋呢？"

五虎继续弯腰寻找，一会儿，又找到了一只鞋。五虎把鞋递给八只眼，八只眼一看，说："这正是我要找的那双鞋。"

同一双鞋，两次被人抛到同一个地方，抛鞋的人是谁？

八只眼和五虎商量一通后决定去找七颗心，探探七颗心的口气。七颗心不在家，到附近的地里去锄地，二人等了一会儿，等不到七颗心回家，只好离开。

二人来到八只眼家里，继续讨论把鞋扔到草丛里的事。八只眼说："把这双鞋扔到草丛里的人，一定是前次穿过这双鞋的人。此人从三财主家的墙上偷偷拿走这双鞋，然后穿着这双鞋到沟底石崖去拿东西，拿了东西后把鞋扔到七颗心院外的草丛里。此人偷走了三财主的宝贝，将宝贝藏在沟底的石崖里，然后又将这件宝贝转移到别处。当然，转移的东西，也可能是从大财主或二财主那里偷来的夜光杯，或许是从你那里偷来的钱。"

五虎说："现在我们应该做两件事，一件是继续寻找扔鞋的人，另一件是寻找转移东西的人。他们或许是两个人，也许是同一个人。寻找扔鞋的人，只有从七颗心和六狗入手，因为他们与三财主的宝贝有牵连，而且相互有怨结。寻找转移东西的人，现在除了鞋这条线索之外，别无依据，只能设想东西可能转移到别的地方。会转移到哪里呢？"

八只眼说："你的话很有道理。以我之见，此人转移东西的地方必定不在家里，因为家里不安全。之所以不安全，一是因为家里值钱的东西随时都有被日本人和国民党抢走的危险，二是怕被人怀疑后到家里去搜查，所以这件宝应该藏在野外。藏在野外的什么地方呢？一是他家的地里，因为别人去的少；二是古墓，因为人们不会轻易挖人家的坟墓；三是躲避日本人的窨子，因为人们很少去那里；四是村外土崖上的那个洞，因为很少有人能爬上去；五是村里的几个庙宇，因为人们不敢扰动神灵。”

五虎说：“我们可以试着去找一遍，你看如何？”

八只眼说：“行。”

眼看中午了，二人再次来到七颗心家里，七颗心刚刚回家。八只眼把手里提着的鞋拿给七颗心看，说：“这是从你院子外面的草丛里捡到的鞋，上次我把它放在三财主家的院墙上，现在又跑到了你院子外面的草丛里，作何解释？”

七颗心说：“很好解释，是别人捡来扔到我院子外面的草丛里。”

八只眼说：“这双鞋印出现在沟底的石崖下，想必有人从那里转移了东西，很可能是偷来的宝贝。穿过这双鞋的人一定与村里丢失的宝贝有关，你怎么看？”

七颗心说：“你怀疑我穿这双鞋去过沟底石崖，然后把鞋扔到自家院子外面，我会那么傻吗？”

八只眼说：“难说。你去没去过，你自己清楚，别人也清楚。也许另有其人，你认为是谁？”

七颗心说：“我没有去过石崖。我也没有亲眼看见谁去过石崖，我不能乱说。不过，六狗藏过一次宝，这次会不会又是他？”

八只眼说：“我会继续查找的。”

听了七颗心的话，五虎找到了六狗，询问他是否去过沟底石崖，六狗一口否认。五虎把这个消息告诉八只眼，八只眼默不作声，苦苦思索。

31

村里的三个财主有钱，但人情淡漠，与村里的人不太亲近。三个财主相互之间的关系一向很淡漠。大财主瞧不起三财主不善理家，致使家道衰落，也瞧不起二财主为人气焰太盛，连自己都不放在眼里。二财主瞧不起三财主祖孙三代撑不起一个家，每况愈下，也瞧不起大财主恃财傲物，不可一世。三财主瞧不起大财主家财万贯，却胸无点墨，也瞧不起二财主只会买地，不知道让后代念书识字。三个财主以己之长瞧人之短，所以素不相能。当三财

主丢宝后，二财主暗自高兴，心想秋后可以买他的几亩好地；大财主言语鄙夷，嘲笑三财主错把宝贝当书本，随便乱扔。二财主失宝后，三财主觉得有人相伴是好事，丢件宝贝何必太伤心；大财主认为二财主不知天高地厚，气盛失宝，自然之理。大财主失宝，二财主仰天大笑，庆幸他也有这一天，九牛一毛而已；三财主嘲笑他只是个钱大爷，而不知道吸取他人教训。

三个财主相继失宝后，眼看几天过去了，谁的事都没有多大进展，都不免有点着急。上次十宝给二财主的婆姨看好了病，二财主对十宝心存感激，十宝对二财主也有了亲近感。上午，天气热，十宝无事，心里琢磨着失宝的事。虽然他确信神魔的预言已经应验，但是一时找不到可靠证据，无法去跟六狗要宝。烦恼之余，他在村里随意溜达，不想溜达到二财主家的大门外。十宝顿想，不如趁此机会进去问问二财主婆姨的情况，也算一点人情，同时可以跟二财主探讨一下寻找线索的事。

十宝走进二财主的院子，院子里静悄悄的，径直走进二财主的屋。看见十宝进门，二财主慌忙让座，笑着说："什么风把你吹来了，平时没事也不来走动走动。上次多亏你救了我婆姨，不然，不知道她会闹到什么地步。你的功夫真是神功，手到病除，赛过神仙。"

十宝谦虚一番后，说："跟人学了一点本事，目的就是为人看病消灾，造福于人，也算为自己积点阴德。我有善心，别人却没有善意，本来手头钱不多，日子过得紧紧巴巴，却让人偷走了仅有的一件宝贝，实在想不通。"

二财主说："你没有钱，我借给你，小事一桩。只是盗贼太可恶了，这不是让你家雪上加霜吗？哪料我的宝贝也丢了，我也为此烦恼。我的这件宝贝是先人花大价钱从别人手里买来的，现在在我手里丢失，我对不起先人，对不起后代。"

十宝说："现在世道混乱，年成又不好，我家入不敷出，只有靠卖地过日子。我家几代人无能，靠吃祖业过日子，能吃几天？你家比我家强多了。你的宝贝有线索了吗？"

二财主说："有一点线索。八只眼说我家墙外留下的脚印与五虎羊圈门口的脚印一样，此外没有别的线索。你家的情况如何？"

十宝说："我家的情况也不妙，一条线是九蛋的那双鞋再次出现，似乎绕了一个弯子又回到起点；另一条是我的神魔的预测落在六狗和九蛋身上，准确一点说，落在六狗身上。现在宝贝紧紧攥在人家手里，我们只有想念的份。"

二财主说："是的。盗贼隐蔽得很深，我们闻不到他们的一点气味。你知道大财主的宝贝有没有线索？"

十宝说："听说只有烟囱旁边的脚印，没有别的线索。"

二财主说："谁叫我们家里有宝，如果像那些穷鬼一样，也不用这样烦恼。事已至此，也不能撒手不管，一定要找到盗贼。"

十宝说："不知道大财主现在有什么想法，应该跟他沟通一下。"

二财主说："此人不好打交道，他瞧不起我们，未必愿意跟我们说话。"

十宝说："没事，我去找他，我是晚辈，我不怕扫兴，权当去他家串一回门。"

二财主说："那你去试试。"

十宝离开二财主家，上了一个小坡，到了大财主大门外。他很久没有踏进大财主的院子，看着洞开的大门有几分生疏。进了大门，他推开了大财主的门，大财主跟正在咳嗽着的婆姨坐在炕楞边说闲话。看见十宝进门，二人很吃惊，因为两家人平时很少往来。大财主的婆姨客气地给十宝让座，大财主打个招呼后只顾抽烟，现出若无其事的样子。其实，他在琢磨十宝的来意，不知道十宝是因手头紧来借钱，还是打问失宝的事。

看见大财主不言语，十宝有点尴尬。不过，十宝有点自信，他觉得自己在村里不是一个普通人，因为他有神魔相助，认为大财主不会小看他。十宝不想绕弯子，直截了当地说："我家丢了宝贝，虽有一点线索，但毫无进展。你家有线索吗？"

大财主说："没有。只有一个人的脚印，简直是一件无头案。可恶！太可恶了！！"

十宝说："我刚从二财主家出来，二财主说他家只有一点线索，没有一点进展。既然我们都丢了宝贝，又都仅有一点线索，不妨坐在一起探讨一下。俗话说：三个臭皮匠，赛过诸葛亮。兴许在一起议论一下，能够理出头绪，尽快破案。你看如何？"

大财主沉吟片刻，说："好。但愿如此。"

十宝说："晚上我和二财主一起来你家，怎么样？"

大财主说："好。"

十宝找到二财主，把大财主的意思告诉他。天黑后，二财主与十宝父子一起跨进大财主的院子。三人走进大财主的屋，大财主一改往日的矜持，很客气地给三人让座。三人客气一番，各自找位子落座。十宝说："平时大家忙于自家的事，很少有机会坐在一起，命运将我们三家人拉在一起，是人意，也是天意。我们一起讨论一下失宝的事，琢磨一下什么人偷了我们的宝贝。"

三财主说："根据八只眼提供的情况，盗走我们几家宝贝的人并非一个人，可能是几个人。因为从脚印来看，并不相同。这几个脚印出现在四个地点：我的柴窑前，大财主烟囱下，二财主的院墙外，五虎的羊圈外。这很可能是几个人所为，因为这些鞋印的大小不一样。大家猜测一下，可能是哪几

个人所为。”

二财主说：“我们村里有这么多盗贼吗？说不定是一个人穿了几双鞋踩下不同的脚印，可能盗贼只有一个。”

大财主说：“现在事情没有眉目，很难说是一个或者几个盗贼。如果能够找出一个盗贼，或许事情就明朗了。我很佩服盗贼，他们盗窃的手段实在太高明了。他们怎会发现我们藏匿宝贝的地方，谁有这样的能耐？”

二财主和三财主摇头，十宝也摇头。

十宝说：“我的神魔指向的人是六狗，加之他曾经藏过一回东西，他的可能性很大。我们应该把精力集中在他身上，争取从他身上找到突破口。至于别人，仅仅是揣测而已，没有依据。”

大财主说：“你说的别人是指五虎几个人吗？”

十宝说：“是的。”

大财主说：“六狗作为重要怀疑对象，无可非议。村里还有几个人也值得怀疑，五虎、四羊和六狗经常聚在一起，难道这两人就不会干偷鸡摸狗的事吗？大有可能。”

二财主说：“我觉得村里有个深藏不露的神秘人物，不知道是谁。你们看，我和大财主的宝贝藏得那么隐蔽，居然被偷走了，即便是神仙也未必如此聪明。这个人是谁，应该弄清楚。你们看谁是这样的人。”

三财主说：“要说神秘人物，七颗心是首选。六狗深夜藏东西，居然被他发现。他怎么发现的？是有意还是无意？我看是有意。他很可能知道六狗手里有宝贝，又想到六狗会藏宝，所以才想到夜里盯着六狗。”

大财主说：“大家仔细想一想，村里还有没有类似七颗心的人。”

三财主说：“听说五虎丢了钱，他哪来的钱？不是偷来的，就是拿宝贝换来的。他是十分可疑的人物。”

二财主说：“三财主的话有道理，五虎是个很有心计的人。”

大财主说：“我们不能只依靠八只眼，大家应该同心协力，注意盯着村里各式各样的人，尤其是刚才提到的那几个人。只要我们留意，他们迟早会露马脚。”

几人点头称是。

三个财主密议的事，村里无人知晓，人们依旧各做各的事，一如往常。

32

村人言：六月六，大水冲羊骨头。六月六应该下大雨，六月没有一场大雨，庄稼收成不会好。为了六月六能够下一场大雨，村里人有个习俗：拜祭龙王爷。为了讨龙王爷的喜欢，要杀猪祭祀。过去，祭祀的猪由村里众人分摊，自从有了三个财主，就由三个财主分摊，村里人只等着吃肉。大财主看到三财主手头拮据，主动提出三财主的那份钱由他来出，这是上次三个财主聚会给三财主带来的好处。三财主为了维护自己的脸面，打肿脸充胖子，坚持自己出钱，大财主白捡了一个行侠仗义的好名声。

三个财主出钱买了一头肥猪，由四羊和几个年轻人把猪赶到一张杀猪桌旁，四羊手操一把刀子，白刀子进红刀子出，肥猪一命呜呼。围观的人都称赞四羊的好本事。四羊得意地在猪身上揩了几下刀子上的血，把刀子噙在口上，开始褪毛肢解。

四羊说："肥猪不吃白不吃，财主的钱不花白不花。财主们的钱多，这头猪的膘多，能吃几口是几口。"

围观的人哈哈大笑，佩服四羊的链子嘴，花里胡哨。

有人说："四羊，是不是三个财主的宝贝都被你偷走了？"

四羊说："我偷走一个财主的宝贝就够花了，偷三件宝贝花不完。"

有人说："怕你都不知道宝贝是什么样子，晚上回家摸你婆姨的那东西还差不多。"

四羊说："你小看我了，那三个财主的宝贝都在我家里，如果不信来家看。"

一个年轻人说："到你家恐怕只能看到你的丑八怪婆姨，宝贝早被别人藏起来了。"

大财主走来看猪肥瘦，围观的人闭了嘴，怕多嘴多舌得罪大财主，吃不到猪肉。

杀好了猪，四羊扯着嗓子向全村人喊："猪杀好了，大家快来祭祀，快来分猪肉，中午美美吃一顿。"

祭祀的地点在村里的天官庙。大财主来得早，他要照看猪肉，安排祭祀。二财主和三财主相继到来，三人打个招呼后一起等村民到来。五虎和六狗早就来了，他们帮着四羊杀好猪后蹲在庙前的打麦场边，一边闲聊，一边看着三个流年不顺的财主。十宝来得很早，因为他要给三个财主帮忙。七颗心和

八只眼听见四羊的召唤，也赶来分肉。九旦和十一指已经守候多时。

看到村民没有来齐，十宝凑到五虎和六狗跟前，想跟他们说话。五虎和六狗不理十宝，十宝甚觉没趣，又不愿意失趣而去，便搭讪道：“五虎，你丢的钱有下落了吗？”

五虎说：“三个财主的宝贝都没有下落，我的钱更不会有下落，说不定我的钱转到三个财主手里。”

十宝说：“什么话！你的意思是我们偷了你的钱？”

五虎说：“这世道，分不清谁是人谁是鬼。六狗的东西被人挖走，有人说他藏得是假货；我丢了钱，有人说我虚张声势。难道穷人就不兴有几个钱，就不会丢钱？我的确丢了钱，不知道哪个龟孙子偷走了。怀疑谁偷走了你的宝贝？”

十宝看了一眼六狗，说：“俗话说：明人不做暗事。即便做了，承认了，东西归还了，也就没事了。有人偏偏不愿意承认，死撑着，结果到手的宝贝没了，白辛苦一场。”

听见十宝话里有话，六狗说：“无凭无据，不能血口喷人。我藏过东西不假，那是我的宝贝，现在被人挖走了，有凭有据有证人，人家还不承认。如果你有本事，找他去要，要到了，宝贝归你。怎么样？”

十宝说：“中间隔着山，我能跟他要吗？再说，谁知道你藏得是什么东西。”

听见这边说话声音大，七颗心也凑过来，想插一嘴。不想恰好听见二人的对话，想转身离开。五虎一把拉住七颗心，说：“别走，他们在说你，你好歹为自己说几句。”

七颗心看了一眼六狗，又看了一眼十宝，说：“我是风匣里的老鼠——两头受气。六狗说我挖走了他的宝贝，那是昧良心的话，你藏的是什么宝贝，敢跟大家说吗？再问十宝，为了你的宝贝，我鞋都磨破了几双，你何时看到我怀里有宝贝，或是有钱？我从不冤枉人，我是一个正直的人。”

十宝说：“你费心思帮忙是真，这点心意我领了，可你与六狗的争执，谁是谁非，我不知道。不管如何，真的假不了，假的真不了，总有真相大白的那一天。”

看见五虎几个人在说话，八只眼也凑过来，说：“你们在说什么？白花花的猪肉不惦记吃，却在这里说闲话。”

五虎说：“我们在说宝贝的事。咱村目前的大事，除了失宝的事，还会有什么事，无非是宝贝来宝贝去。”

八只眼说：“你们发现线索了吗？”

五虎说：“我们能发现什么，全靠你。不过，你不能老是鞋来鞋去，一条道走到底，再加点别的法子。我的钱全靠你，有新线索了吗？”

八只眼说：“没有。你的话有道理，我的确不能老是鞋来鞋去，应该开动脑筋，想点别的法子。有人就比我强，会到处跑，到处找，即使不偷宝贝，却可以寻找别人藏宝贝的地方，我自愧不如。人们称呼我八只眼，看来我的眼多不如心眼多好。”

七颗心听了八只眼的话，心里一震，暗自寻思，难道八只眼发现了自己的行踪？他可不是等闲之辈，有什么事能逃出他的火眼金睛，我得格外小心，千万别露出马脚。

七颗心故作镇静，说：“村里到处跑到处找的人可不少，要不怎么会你丢我丢大家都丢，有的人得了宝贝还不高兴，有的人丢了钱不生气，说怪不怪，说不怪也怪，怪不怪自家心里明白。家有百斗粮，外有千秆称。谁心里藏着什么，外人不是不知道。”

五虎说：“看来村里丢宝贝的事，你明明白白。你说出来，免得大家劳神费力。”

七颗心说：“何须我说，事情自有分晓。时机成熟了，想掩也掩不住。”

八只眼说：“五虎羊圈外的脚印与二财主墙外的脚印一样，你有什么看法？”

七颗心说：“可能是一人所为，也可能是两个人所为。”

八只眼问：“为什么？”

七颗心说：“一双鞋，你可以穿，他也可以穿，你能断定谁穿了这双鞋？”

八只眼说：“除非这两个人都知道这双鞋。”

二财主看见八只眼几个人在说话，也凑过来，问：“你们议论什么？”

七颗心说：“丢宝贝的事。”

二财主问：“谁发现了线索？”

七颗心说：“没有新发现，大家只是议论而已。”

二财主问五虎：“听说偷你钱的人和偷我宝贝的人脚印一样，估计是一个人所为，你估计是谁？”

五虎说：“不知道。我也在寻找这个人，估计这人离我们不远。有人看见一个人深夜溜到沟底石崖，好久才离开，这个人可能在转移宝贝，他把宝贝转移到哪里，现在是个谜。这个人是谁，当然也是个谜。”

二财主说：“会转移到哪里？”

几个人正在寻思，大财主跟十宝说：“人到齐了，开祭。”

十宝大声喊：“开祭了，上香！”

有人点着一把香，插在天官庙前祭桌上的香炉里。几个说话的人赶紧走

入人群。

十宝又喊："上祭品！"

有人把一大块四方四正的猪肉摆在祭桌上的盘子里。

十宝又喊："大家跪地。三叩头！"

村人齐刷刷跪满打麦场，黑压压一片。十宝又喊："礼毕。"

拜祭完毕，大财主吩咐两个人将两块猪肉分别送往山神庙和华佗庙，祭奠那里的神灵。

这时，四羊大喊："分肉了！"

十宝手里拿着一张名单念着，人们上前领取自家的那份猪肉，然后高高兴兴回家。

七颗心手里拿着一块肉，踌躇满志，乐颠颠跑回家。这块稀罕之物，令他生出许多念头。

33

村里四个人失财，许多人找了几天，不仅没有找到盗贼，反而引出一桩转移财宝的事件。尽管此事没有被证实，只是人们的猜测而已，可谁都认为确有其事，因为八只眼亲眼看见了那个黑影。黑影是谁，除了八只眼仍关注此人之外，其他人却把注意力投向被转移的财宝。这份财宝可能是钱，也可能是宝，有可能是四份失财中的一份，有可能是全部，所以谁都想找到这份财宝。本来，七颗心以为这是自己独有的想法，不想在祭奠龙王的时候被五虎几个人点破，这事成为公开的秘密，无疑给它披上一层神秘的外纱，成为众人的向往，特富诱惑力。当然，这为七颗心寻找这笔财富增添了难度，可他岂会善罢甘休。

三财主前两天听到这个消息，把希望全寄托在八只眼身上，所以自己并没有行动。十宝回家再次跟他提起这件事，引起了他的注意，他认为五虎声称丢了钱，极有可能是丢了夜光杯，而且是从他这里偷走的夜光杯。如果自己不主动寻找，宝贝不会自己跑回来，可能会归别人所有。十宝也在想，如果自己不抢先动手，让其他人先动手，可能没有自己的份，还是先下手为强。父子二人找老秀才商议，祖孙三人商议到夜深。议毕，老秀才沐浴，更衣，静坐，占了一卦。

四羊从五虎口中听到这个消息，跟五虎说，恐怕他们难以找到转移的财宝，财宝不会放在他们的眼皮底下。俗话说：一人藏，万人寻。找东西不是那么容易的事，任他们瞎折腾去吧。

早饭后，十宝来到天官庙，看见附近无人，便上了二楼，走到天官老爷面前。他看一眼天官大老爷，见他面目慈祥和善，便悄悄地说："天官老爷，今天对不住你，我要在你的身前身后瞅一瞅，找一样东西，望你见谅。"

十宝围着天官神像找了一圈，没找到任何东西。他离开神像，转到天官老爷背后的后殿，仔细找了一圈，也没有找到任何东西。十宝原以为天官老爷是村民崇拜的神像，有人会把财宝藏在这里，让天官老爷保护自己的财物。这里人来人往，即便有人发现藏着财宝，也不敢轻易拿走，因为这里是神的世界，得罪了神，自己吃罪不起。结果老道失算，他灰溜溜地下了楼，到村外随意溜达。他边走边看着地里的庄稼，尽管时已六月，但依旧看不见旺苗，只有些许的绿苗点缀着黄土地，他为今年的收成担心。他走到自家的一块地边，看着只有二寸高的谷苗，不禁心酸一阵。虽说谷苗不高，也到间苗的时候了，他打算明天叫长工来间苗。离他家不远处有一块地，是七颗心的地。他看见地里的谷苗已经间过了，觉得自家的动作总是慢人一步，所以自家的收成总不如别人。他感叹一番，继续往前走，看见七颗心坐在地头休息。

十宝坐在自家地头，掏出腰间的旱烟袋抽烟，同时注视着七颗心。坐了很久，十宝看见七颗心依然坐在那里一动不动，不知道他累了，还是在思考问题。十宝也不急躁，依旧默默盯着七颗心。又过了一会儿，看见七颗心站起来，他连忙躲起来。七颗心往四周看了几眼，以为十宝回家了。看看四下无人，七颗心手里拿着一把小锄，沿着小道下了山。躲在暗处的十宝纳闷，他已经干完了活，应该回家，为什么跑到沟里去？

沟很深，十宝看不见七颗心的身影，不知道他在沟里干什么。十宝只好往前走，到了沟口，可以看到沟里的情形，他停住脚步，躲在隐蔽处盯着七颗心。他看见七颗心走到沟深处，站在高高的土崖下，抬头往土崖看。十宝很奇怪，人们历来不注意的土崖有什么看头，那是只有飞鸟才能上去的地方。他看见七颗心看了一会儿土崖，然后用小锄在土壁上挖小坑。十宝看出了七颗心的意图，他想爬上去。十宝想，那么高的土崖，怎么能爬上去，如果掉下来，岂不摔死！十宝注意到了土崖上的那个土洞，他明白七颗心想爬上土崖，爬到土洞里去。很显然，七颗心以为土洞里藏着东西。土很硬，七颗心吃力地挖着小坑，一会儿才能挖好一个小坑。挖好几个小坑后，七颗心试着往上爬。爬上去后继续挖，挖好一个，往上爬一点。十宝为他捏着一把汗，紧张地看着他的一举一动。过了很久，七颗心爬了小半截，十宝担心他爬上去，取走洞里的东西。他咒骂自己为什么没想到这个土洞，却到天官庙瞎找，自叹比七颗心的心眼少了许多。正在他焦虑的时候，突然看见七颗心脚下一滑，从半截土崖上掉下来。十宝大吃一惊，连声说："不好了！不好了！要

出事了！”

十宝赶紧往沟里跑，想看七颗心摔得如何。他看见七颗心躺在地上很久没有爬起来，担心他摔坏了，大声喊：“七颗心，怎么样？说话！”

七颗心依旧躺在地上不言语。十宝跑到七颗心身边，用手试试七颗心的鼻息，气息微弱。

十宝问：“没事吧？”

一会儿，七颗心挣扎着说：“没事，摔不死。”

过了好一阵，七颗心才挣扎着坐起来，龇牙咧嘴，异常痛苦。

十宝说：“那么高的地方，你爬上去干什么？”

七颗心说：“没什么，从来没有人上去过，我想上去看看。”

十宝说：“就这么简单？”

七颗心说：“是的。如果你是我，也想上去看看。我摔疼了，你扶着我回家吧。”

十宝扶着七颗心，一颠一簸，艰难回到村里。

十宝回到家，把七颗心的情况跟爹讲了一遍，三财主十分惊讶。他自记事起，那里就有一个土洞，村里人没有谁知道土洞是什么时候挖出来的，也没有人知道是谁挖的，用处是什么。他从来没有看到谁爬上土崖，进入洞内。他只听说洞里曾经放过死人，其他一无所知。七颗心上去想干什么，三财主和十宝的看法一致，认为有人在洞里藏了财宝，他想找到洞里的财宝。难道在七颗心之前有人进入土洞吗？三财主认为不可能。十宝说未必，不然七颗心怎会冒着生命危险往上爬。

七颗心回到家里，休息了半天，除了膝盖和腰上有点酸疼之外，并无大碍。他依然在琢磨着如何进入洞内。显然，从土崖下无法进入洞内，即便能进入洞内，也无法下来，他深知下来比上去更难。既然从下面不能进入土洞，他想到了从上面进入土洞。为了找到可行的办法，天黑前他拄着一根棍子来到土崖的对面仔细观察。土洞距离上面地面的距离不算高，估计不到二丈，如果能从上面吊下一根绳子，顺着绳子下去就可以进入洞内。土洞上面的地面是一块平地，没有固定绳子的东西，他想到了挖一个坑，把绳子系在一块石头上，将石头埋入地内。他又担心万一绳子滑离石头，他就有葬身崖下的危险。当然，如果有人能在上面拉紧绳子，危险会很小。他想到了与人合作来完成这次探险，谁是合适的人选，他边往回走，边琢磨。如果与人合作，得到的财宝就得跟人平分，他有点心疼。既然独自无法进入土洞，只能忍痛与人合作。

七颗心把村里愿意跟他合作的人梳理一遍，感觉甚少，因为一般人不会冒此危险。斟酌再三，他想到了四羊。四羊是个胆大心细而十分灵巧的人，很适合做这样的事。七颗心找到四羊，说明心意，四羊却一口拒绝，说自己不愿意冒这样的风险。如果土洞内没有东西，白辛苦一场；万一出现闪失，更是不划算。七颗心没有想到四羊会放弃大好的发财机会，只有扫兴而归。然而，他不忍释手。

34

七颗心从土崖掉下来，土洞藏宝的消息不胫而走，村民议论纷纷。有人跟七颗心怀有同样的心态，跃跃欲试。年长的人劝告，别为了财宝送掉一条命，世上生财之道千千万，何苦冒此风险。金钱是魔鬼，世上没有任何东西能超过金钱的诱惑力。也有人怀疑，土洞里未必有宝，因为无人能进入土洞。有人问七颗心，既然无人能进入土洞，藏宝的人如何将宝藏进去？七颗心摇头不语，他相信自己的直觉，相信那里藏着财宝。人们日夜议论土洞，土洞前不时有人来观望，土洞成了村里最耀眼的风景。

大财主不信人们的传言，即便传言是真，他认为自己无法得到这笔财宝，所以不作非分之想。再说，村里四个人丢了东西，这里藏的是谁的宝，藏了几个人的宝，无从确定。与其如此，不如别处去找。黄昏，有人看见大财主爬上村子对面的山坡，向山神庙走去。人们议论，估计大财主去祭拜山神爷，想讨个好运；有人说他一定是到那里去找宝贝。三财主到了山神庙，开门进了殿，点了几炷香，叩了几个头，口中念念有词。之后，他便在神像身前身后仔细查找，后来又走出殿外，在墙缝里，乱石下，到处寻找。找了半天，一无所获，然后背着手回到村里。有人问，你到山神庙做什么。大财主没好气，说一声“你管得着吗”，便扬长而去，打问的人讨个没趣。

五虎对土洞的热心不亚于七颗心，因为他猜测土洞藏的是宝贝，不会是自己丢失的那几个钱。他找到八只眼，探讨土洞里究竟有没有宝贝，如果有会是谁的。八只眼说他心里没有底，不妨一起去土洞前看看。二人结伴来到土崖对面的山坡，看见那里站着几个人，边议论，边指指点点。二人走过去，看见六狗、四羊、七颗心、二财主、十宝和十一指在议论。

五虎说：“这里好热闹，跟县城的集市差不多，看来大家都想得到这笔财宝。”

六狗说：“连财主大老爷都来了，我们能不来吗？人家二财主伸出一个指头都比我们的腰粗，人家看得起这笔财宝，我们为什么看不起。意外之财，不得白不得；得了，有好日子过。”

四羊说：“这笔财宝不好得，如果为此搭上你的小命，那时你爹就得哭鼻子。”

二财主说：“别说白费口水的话，说点实在的，你们看见有人往土洞里藏东西吗？”

六狗说：“一定有人看见了，譬如七颗心。我在黑夜藏东西都被他看到了，土洞里的东西一定是白天藏进去的，他能看不见吗？”

七颗心白了六狗一眼，说：“你别哪壶不开提哪壶，我说看见了吗？”

五虎说：“如果你没有看见，为什么你第一个来这里找？”

七颗心说：“这是我的猜想，我是来碰运气的，你们却当真了。”

十宝说：“哪有为了碰运气，不顾自己性命的人。”

十一指说：“如果让你们看见藏财宝，人家不如把财宝送给你们。”

二财主说：“十一指说得对，人家怎么会让你们看见。如果你们真想进入土洞，不如到土洞跟前看看。”

众人觉得二财主说得有理，于是便一起跑下山去，到了土崖下，只有二财主和十一指留在原地。几个人翘首望着崖上的土洞，看见土洞有四五尺大小，像一口悬挂着的大锅。再看土洞下面，上半截只有不知道何时留下的隐约可见的攀登印迹，下半截是十宝攀爬留下的印迹。人们细看后，都佩服七颗心的勇气，没想到他有如此惊人的胆量。险后思险，七颗心也没想到自己有如此大的胆量。

五虎说：“除了飞鸟可以进入土洞外，恐怕再没有别的动物能进得去。七颗心再来试试，我们保护你。”

七颗心说：“别拿人开心了，现在土洞里有座金山，我也不会上去了。”

众人一阵哄笑。

既然从下面无法进入土洞，人们把目光投向土洞上方。土洞距离洞顶的地面不太高，但那是一截悬崖，上面长着一些灌木和杂草。有人提议到上面看看，有人立刻附和。几个人沿着土崖旁边一条弯弯曲曲的小路爬到了土崖顶上。从上往下看，土崖高达三四十丈，令人炫目。看到如此景象，几个人都后退几步，站在距离悬崖一丈开外的地方。尽管这是人们非常熟悉的地方，一旦要近距离查看，人人胆战心寒。

七颗心问：“谁敢前去看？”

五虎说：“我去。”

五虎走到距离崖边三尺远的地方，停下了脚步，不敢向前走。有人催他再往前走一点。五虎往前移了半步，看到了沟底，一阵眩晕，赶紧往后退。

众人哈哈大笑。

人们怂恿六狗前去看，六狗走到距崖边两尺的地方也停下脚步，只踮着脚往外瞧瞧，便缩回身子，说：“往下一看，魂都没了。”

人们又怂恿四羊前去看，四羊说：“你们都是狗熊，我也不是英雄，让我想想办法。”

四羊走到距崖边三尺远的地方，扑通一声，卧在地上，然后往前爬。爬到距离崖边一尺远的地方，停了下来。有人要他再往前爬一点，看能不能看到洞口。四羊说：“你们拉着我的腿，我才敢往前爬。”

五虎上前拉住四羊的腿，四羊又往前爬了一点，就停下来。他往悬崖边看了看，说：“只看见杂草和一株木瓜树，别的看不见。”

人们倒吸一口寒气，毛发直竖，浑身鸡皮疙瘩。

人们悲叹，要从上面进入洞内，真比登天还难。八只眼静静地看着几人表演的一出又一出喜剧，一言不发。他推翻了自己先前认为土洞里只会有几堆鸟屎不会有财宝的想法，眼前划过一道闪电。

十宝问：“八只眼，你有什么好办法？”

八只眼说：“眼下没有。谁要是真有办法把东西藏进洞里，那是神仙一般的本领，大家还是老老实实种自己的地，别在此白费功夫。”

听了八只眼的话，人们只好回返。二财主和十一指站在土崖对面，看着人们的一举一动。等人们越过沟，走到他们跟前，二财主问：“怎么样，能进去吗？”

十宝说：“除了飞鸟和神仙，谁也进不去。别处去找吧。”

人们回村后不久，八只眼宣称他有进入土洞的办法。听说八只眼有进入土洞的办法，人们都很震惊，但谁都不敢怀疑，因为谁都知道八只眼不是等闲之辈，人们都很崇拜他。五虎急匆匆跑来问八只眼：“你真有进入土洞的办法？”

八只眼笑着说：“当然。我不会随便夸海口。”

五虎说：“我们一起去，找到了宝贝，二一添作五。”

八只眼依旧笑着说：“我不愿贪人之财，你有兴趣，找别人去。”

五虎说：“如果是夜光杯，那是一笔不小的钱，不拿白不拿，你跟钱有仇吗？”

八只眼说：“我也爱财，可是不明不白的财我不拿，免得惹麻烦。”

五虎无奈，扫兴而归。

十宝也找到八只眼，说：“土洞里的财宝很可能是我家的夜光杯，我们一起去找。如果真能找到，我分你一半，怎么样？”

八只眼说：“君子爱财，取之以道。我不能夺取不义之财，我怕受惩罚。”

十宝说：“胆小怕事，一事无成，过你的穷日子去吧。”

十宝拂袖而去，八只眼一笑置之。

比五虎和十宝更着急的是七颗心，他费尽心思发现的秘密，现在成了公开的秘密，人人盯着这个秘密，人人可以得到这个秘密。万一有人抢先进入土洞，万一土洞里藏着财宝，自己的一番辛苦就付之东流。他动摇了。他在苦思进入土洞的办法。

还有一个人，比七颗心更着急，他已做好准备，只待天黑动手。

35

十宝向八只眼提出共同寻宝，被八只眼婉言拒绝，心里很不高兴，甚至怀疑他帮自己找宝的诚心，认为自己的事还得自己动手。既然八只眼不愿意与自己合作，也不愿意告诉进入土洞的办法，自己一定得不到这件宝，哪怕真是自己的那件宝。村里几个人丢的财宝不可能都藏在土洞里，有的一定藏在别处，那么会藏在哪里？他跟三财主和老秀才一起探讨了半宿，总觉得狗咬刺猬无法下口。三财主认为盗宝的人会吸取三个财主失宝的教训，即使原先藏在外面，也会转移到家里。老秀才认为所盗财宝仍会藏在外面，毕竟是偷来的东西，做贼心虚，万一漏了风声，被人搜出来，就会惹大麻烦；如果藏在外面，即使被人发现，自己不会承担责任，譬如土洞里的秘密，谁都不会承担责任。十宝认为土洞的秘密被人发现，可见藏在外面的财宝未必完全，他们有可能把藏在外面的财宝转移到家里。老秀才认为当今之务在于留心那几个可疑人物的行踪，从他们的行踪探寻藏宝之处。三财主认为与其坐等，不如自己主动去寻找，兴许有一点收获。十宝认为最好的办法莫过于一边盯，一边寻。盯人不难，难的是到哪里去寻，漫无目的寻找，无异于大海捞针。

十宝看到二财主有点耐不住性子，总在村里走动，跟人们拉闲话，无疑在搜集情况。大财主则稳坐钓鱼台，似乎不太在意宝贝的丢失，也许他财大气粗，不在乎这件宝贝的有无。自从三个财主那次会面后，似乎比过去亲近一点，但十宝总觉得不那么融洽。十宝认为自己是个晚辈，应该主动亲近大财主，说不定以后有用得着他的时候。下午，十宝进了大财主的四合院。大财主在门前的台阶上乘凉，看见十宝来串门，招呼十宝坐在一把椅子上。

大财主说：“听说土崖洞里有财宝，有这回事吗？”

十宝说：“只是猜测而已，到底有没有财宝，谁也说不清楚。再说，也没法进入土洞。”

大财主说：“谁先发现秘密？”

十宝说："七颗心。"

大财主说："他的心眼真多，他怎么发现的？"

十宝说："不知道。他为了进土洞，从土崖上摔下来，几乎出人命，这是我亲眼看见的。"

大财主说："此人不寻常，我们丢的宝贝会不会与他有关？"

十宝说："难以断定。他神出鬼没，令人捉摸不透。"

大财主问："还有没有别的线索？"

十宝说："没有。不过，我觉得五虎的钱来路不正。如果是真丢，其中必有奥妙；如果是假丢，其中必有玄机。五虎手里哪有钱可丢，除非去偷。如果真丢，恐怕与夜光杯有关。"

大财主说："言之有理。你看到他有什么异常举动吗？"

十宝说："没有发现。现在只有七颗心异常活跃，其他人都蛰伏起来了。"

大财主问："八只眼那里有什么发现？"

十宝说："他和我们一起去土崖看过地形，当时他说没法进入土洞，回家后又宣称有办法进入土洞，但不愿意说是什么办法，更不愿意与人合作，太蹊跷。"

大财主说："他是聪明人，也许自有用意，不要怀疑他。你留心土洞的情况，遇到难处跟我说。"

十宝说："好。也许抓到一个盗贼，会引出其他盗贼。你的宝贝有新线索吗？"

大财主说："没有。全指望八只眼。"

十宝离开大财主家，顺便走到附近的天官庙。六月天，是农忙季节，这里没有闲人。十宝想起前几天来天官老爷神像寻宝，一无所获，不免叹口气。他伫立天官庙前，望着高高的庙顶出神，不知到何处寻找宝贝的下落。

夜深沉，山凝重，村寂静。十宝待家里人睡觉后，在院子里设香案请神。他上香，焚表，叩拜，默念，然后进入无我境界。片刻工夫，十宝面前出现一片太虚幻境，眼前光芒四射，一片光明。天空湛蓝，日光融融，星星点点的光芒如潮水不断涌入他的眼帘，他浑身暖洋洋的，十分舒泰。一会儿，远处的天边出现了一片蓝色草地，绿绿的草色是他从未见过的美景，他沉浸在草海之中。一会儿，草海中隐隐出现了羊群，有黑色山羊，也有白色绵羊。羊儿仰着头，望着远处的蓝天。十宝奇怪，这里的羊和老家的羊并没有两样，那么好的绿草，他们为什么不低头吃草，却要眺望远处。正在十宝犹疑之时，羊群霎时踪影全无。十宝惊异，它们到哪里去了？他四处寻找，那也看不见羊群的影子。他想，兴许羊儿吃饱了肚子，回家休息去了。绿野与远处的蓝

天相接，天地一色，美不胜收，十宝心旷神怡。

一会儿，十宝感觉自己在慢慢升腾，仿佛腾云驾雾一般，渐渐离开地面。他在空中漫游，俯瞰大地，一派绿色；仰望晴空，碧天万里，空旷深邃。他不断升腾，升腾，升到只有蓝天，看不到大地的高空。他有点心虚，不知道自己会升到哪里，会不会忘却回家的路。他紧缩着身子，想往下沉，沉到地面，回到自家的院子里。果真，他感觉自己在下沉，沉到可以看到大地的空中。他心里高兴，终于可以回到地面了。他低头往下看，大地茫茫一片，不见绿野，不见高山江河。他缓缓下沉，低头看着低空，渐渐看见了绿野，看见了高山，看见了带子一般的江河。他在降落，他在俯视，他看见峰峦如攒。这是什么地方？峰峦翠绿，为什么如此可爱，而不像老家的山峦一片土黄？他感觉这是异乡他土，不知道自己为什么会流落到这里。他从来没有出远门，不知道外面的世界是什么样子，看到这陌生的地方，心里有点害怕。他身不由己，只能缓缓降落。

十宝降落在群山之中，站立在一座山上，四顾茫茫，不知道自己身在何处，该往何处去。既然身在异土，不知道天南地北，那就随意走。他从山顶往下走，山无路，荆棘遍地。他只好用手拨开荆棘，一步一步，艰难下山。他走了好久，才到达半山腰，他想在此休息一会儿。他选了一块大石头坐下，一边休息，一边看着周围陌生的景致。在森森树林间，他看见庙宇的一角。他奇怪，如此荒野之地，哪来的庙宇，莫非是和尚庙。出于好奇，他想过去看一看。他站起身，沿着一道石脊走过去。一会儿，他到了庙宇的墙外，抬头看，这座庙宇好生熟悉，仿佛村里的山神庙。他奇怪，家乡据此千万里远，哪会有如此相似的庙宇。他怀疑，是不是那个神仙将村里的山神庙移到了这里。不管如何，他要进去看一看。他跨进庙门，看见庙里的神像跟村里山神庙的神像一模一样。他笑了，说山神爷你来到这里我就认不出你了吗？虽说山不是那座山，但你还是你。他乡遇故神，倍感亲切。他上前膜拜，叩头，然后说："山神老爷，你送我回老家吧，陌生之地，我很害怕。"

山神爷问："你因何事流落至此？"

十宝说："不瞒山神老爷，我只为寻找丢失的宝贝，才流落到这荒山野岭。你指一条道，我顺着这条道回家。"

山神爷问："你找到宝贝了吗？"

十宝摇头，说："一路上，只看到了好多美景，哪里看到什么宝贝，恐怕继续寻找下去，也没有收获，还是好生回家。"

山神爷说："你莫急，我与你一根木棍，你拄着它回家，它自会帮你找宝贝。"

十宝说："谢山神爷恩赐，我告辞了。"

十宝接过木棍，猛然睁开眼，眼前的香已经燃尽，周围一片漆黑，如梦初醒。他摸摸身边，发现香案边立着一根枣木棍子。他慌忙对着枣木棍叩头，口中念道：“谢神灵恩赐。”

36

早上，有人看见八只眼穿戴整齐，手里拿着一袋子东西，便问他到哪里去。八只眼说到外村串亲戚，明天回来。七颗心亲眼看见八只眼穿着一身新衣，摇摇晃晃走出村，一副十分正经的样子。他怀疑八只眼在耍花招，因为既然他有进入土洞的办法，怎么会放过这个好机会，难道不怕别人抢了先机？他不愿意把办法告诉别人，自己也不愿意进去，于理不通。他琢磨八只眼一定另有所图。既然八只眼不愿意下手，自己为什么不下手。如果真有人捷足先登，自己后悔莫及。他征求婆姨的意见，婆姨想了老半天，认为只有自家的猫可以上去，除此别无他法。七颗心认为婆姨在有意调侃自己，猫上去不管用，夜光杯不是耗子，猫那会去管。婆姨说有一个很简单的办法，那就是把你从上面吊下去。七颗心认为那是送自己上西天，那是找宝。七颗心自语，罢罢罢，让别人得这笔财宝去吧。

五虎找到六狗，商量进入土洞的办法。六狗认为进入土洞比登天还难，不想白费心思，如果八只眼真有办法，看着他进去好了。洞里的财宝，那是一块天鹅肉，不是谁想吃可以吃到的。五虎又去找四羊商量，四羊不愿意去冒险，说自己想多活几年。不过，四羊认为解铃还须系铃人，如果土洞里真有财宝，一定有人能进得去。五虎只能眼睁睁看着人家发财。

二财主听说八只眼有进入土洞的办法，想找八只眼探听办法，又怕八只眼笑他贪财。二老二认为，别为了那几个钱搭上一条命，不值得，家里不缺那点财宝。二财主叹息一声，觉得自家丢了宝贝找不到，眼看那里放着财宝，却到不了手，心里干着急。他跟两个儿子商量了两个时辰，没有一点结果，只好罢手。

大财主听到土洞里有财宝的消息，觉得不可思议，他不相信有人能把财宝藏在那里。不过，大家都说那里有财宝，他只好姑且相信。他知道那是一笔没有头主的财宝，谁能拿到就是谁的，别人不敢争论。如何进入土洞，他跟两个儿子商量了一个时辰，认为别无他法，只有把人从上面吊下去，可是风险太大。大财主想，即使自己得不到这件宝，一定有人能得到，如果是自己的财宝，一定要夺到手；如果不是自己的财宝，任由他们处置。

黄昏，人们没有看见八只眼回村，有人猜测他可能借走亲戚的名义，乘天黑之机，独吞土洞里的财宝。如果真是三个财主的宝贝，够八只眼花一辈子。想到八只眼怀里揣着珍贵的夜光杯，过着滋润的日子，有人羡慕，有人嫉妒。有人恨自己没有一个好脑子，想不出进入土洞的办法；有人恨自己身无绝技，无法进入土洞。十宝来到八只眼的院子外面，看八只眼回来没有，看见八只眼的大门上吊着一把铁锁，扭头离开。一会儿，五虎来了，看见大门上的铁锁，也离开了。一会儿，七颗心来了，看见铁将军把门，也离开了。一会儿，二财主来了，看见大门紧闭，也离开了。

前半夜，八只眼的大门紧闭，不时有人来瞧，不时有人黯然而去

八只眼到亲戚家待了半天，天黑前悄悄回来，他没有直接回家，而是沿着一道山脊，悄悄溜到土崖侧面的土旮旯里，躲在一丛灌木后面。这里既可以看见土崖对面山坡上的情形，也可以看到土洞和沟里的情形。

七颗心不见八只眼回家，天刚黑就溜到土崖下面的沟里，找了一个隐蔽处躲起来。夜色浓重，沟里漆黑阴森，远处不时传来一声声狼嚎。七颗心听到狼嚎，紧缩着身子，后悔自己没有带一根棍子来。这里距村子不远，他估计前半夜狼不会来，他摸到几块大土块，放在身边壮胆。

夜渐渐深了，五虎和六狗结伴来到土崖对面的山坡上，也躲在暗处等待。

六狗说："会有人来吗？"

五虎说："估计会有，既然八只眼有进土洞的办法，他能不动心吗？"

六狗说："也许。黑灯瞎火，他不会从土崖掉下去吧。"

五虎说："我们管不了那么多，只管看热闹。"

十宝跟三财主说，我找八只眼商量，想跟他一起进入土洞，他拒绝了，想必他想独吞财宝。今夜我们去看看，说不定财宝正是我家的夜光杯。三财主认为十宝的话有道理，父子二人溜到土崖对面的山坡上躲起来。

二财主带着二老二也来到土崖对面的山坡上，他们看看四周，静悄悄的，看不到半个人影，只听到远处的狼叫声。

听见有声音，六狗说："有人来了。"

五虎说："别吱声。他们想得财宝，我们只是看热闹。"

二人透过夜色仔细看，看见两个模模糊糊的影子在移动。六狗说："看模样像二财主父子。"

二老二说："爹，回去吧，怕。"

二财主瞪一眼儿子，说："没出息，有老子在，你怕什么。"

挨了骂，二老二不敢吱声，紧贴着二财主的身子，傻傻地望着沟对面的山。

一会儿，又有两个人向土崖对面的山坡走来。三财主看见模模糊糊的两

个黑影越走越近，心想走到身边就麻烦了。两个黑影在三财主不远处停下来，三财主问十宝：“你看出是谁吗？”

十宝说：“像大财主和他的大儿子。”

三财主嘀咕：“他们也来了，都想抢这笔财宝。”

十宝说：“他们一定是来守望的，看谁到土洞里找财宝。”

各路人马静静地蹲在自己的位置上，谁也不敢走动，都怕惊动了土崖那边随时可能出现的人。他们一起望着沟对面的土崖，黑夜吞蚀了他们锐利的目光。六狗烟瘾发作，打个哈欠，想抽烟。五虎打了六狗一拳，说：“忍着点，别吓跑了土崖那边的人。”

夜深了，也凉快了。猫头鹰在附近的一棵枣树上叫着，叫声怪瘆人。远处不时传来饿狼的叫声。山坡对面的土崖没有一点动静。二老二跟爹说：“是不是人家趁黑把财宝拿走了？”

二财主说：“能那么容易吗？那是在悬崖上取东西，不是在柜子里取东西。耐心等着，莫错过时机。”

八只眼蹲在灌木后面，突然听见响动，接着听见“吱吱”的叫声，随后身边窜过几条黑影。他吓了一跳，估计是几只黄鼠狼掠过身边。

人们等了很久，不见对面有一点动静，渐渐有了睡意。这时，一个黑影在土崖身后的山上晃动。黑影沿着田地中间的路慢慢走下来。山这边的几双眼睛先后发现了黑影，都死死盯着黑影。他们看见黑影一点点移近土崖，个个凝神敛气。他们猜想，这个黑影一定是来取财宝的人。他会是谁呢？

黑影走到土崖边，只站立了片刻，便消失了。

七颗心蹲在沟里，死死盯着土崖，没有发现一点动静。沟里死一般寂静，静得七颗心浑身哆嗦。

黑影突然消失，山这边的人立刻睁大了眼睛，他们惊异，黑影会不会掉下悬崖？一会儿，黑影又出现了，这才让山这边的人喘了口气。他们看见黑影顺着原路返回去。

山这边立刻有人大喊：“别走！你是谁？”

土崖身后的黑影听见喊声，加快了脚步。

山这边有人边跑边喊：“抓住他，别让他跑了！”

山这边立刻有几个人跑下山坡。七颗心蹲在沟里，没看到一点动静，听到人们的喊声，意识到有人把财宝取走了。他悔恨地跺一下脚，赶紧朝山上追去。

一直躲在灌木后面的八只眼突然跃起身，拦住了黑影的去路。

37

七颗心自从土崖摔下来后，腰胯伤痛，跑不快，尽管他竭尽全力往山上跑。他想第一个抓住取财宝的人。当他跑上土崖顶，看见地里有两个黑影在跑。他很奇怪，难道是两个人来取财宝的吗？他停住脚，不敢往前追，怕两个人将他打倒，因为他知道狗急跳墙的道理。他正在踌躇，山这边的人追上来了。

七颗心说："取东西的人在上面，快追！"

五虎听见是七颗心的口音，很奇怪，怎么他也来了。五虎顾不得多想，对身后的六狗和其他人喊："快追！"

当五虎几个人追到半山腰的时候，前面的两个黑影已经停下来了。五虎大声喊："谁？"

八只眼说："八只眼。"

五虎一听是八只眼，又一惊，他也来了。他是去土洞取东西的吗？

五虎问："他是谁？"

八只眼说："不用问，你们上来。"

五虎几个人走到八只眼跟前，看见身边默默站着一个人。五虎凑到跟前仔细看，原来是四羊。五虎说："你怎么在这里？"

四羊不吱声。

五虎问："东西呢？"

八只眼说："在我手里。我们回村。"

一群人押着四羊回到村里。

回村的路上，五虎在想，为什么这么多的人今夜不期而遇，是巧合还是有人刻意安排，他百思不得其解。他知道八只眼宣称自己能进入土洞，一定有人会在夜里蹲守，但是不可能来如此多的人，就连夜里极少出门的大财主也来了。八只眼手里拿着什么东西，是钱还是夜光杯？应该归谁所有？

自从八只眼接受三个财主和五虎的委托以来，虽说侦查有一点收获，但是没有大的进展，这让他感到很为难。他听说七颗心来土洞找东西，猜测他一定发现了什么，不然他不会去冒风险。当他发现土洞根本无法进去时，想到了虚张声势这一招，不想这招果真灵验。另外，他从四羊匍匐查看土洞的细微动作隐隐觉察到了秘密。他想，如果土洞里真藏着财宝，必定有人能取出来，藏财宝的人不会只藏不取。他假借走亲戚的名义离开村里，是让藏财宝的人误以为他真有进入土洞的办法，从而让藏宝人早点动手。他到亲戚家走了一遭，天黑前赶到村子附近，天黑后到土崖后面的山上隐藏起来。

其实，在八只眼走亲戚前，他分别找到三个财主，让他们白天黑夜都注意土崖边的动静。正是听了八只眼的吩咐，三个财主才不期而遇。至于其他人，则是冲八只眼的那句话而来的，他们以为八只眼会在深夜下手。

众人拥着四羊回到村里，走到天官庙下，大财主让大家停下来。十宝问："就在这里审问他吗？"

大财主说："不。让四羊先对着天官大老爷起誓，他后面说的话句句是真，没有半点虚假。四羊，起誓！"

四羊推诿，说："起什么誓，我跟你们说真话就可以了。"

大财主说："不行！你必须起誓。"

十宝打了四羊一拳，说："起誓！"

五虎看见对四羊不利，念着平时交往的情分，劝道："你起个誓，不就说几句话，有什么。"

听了五虎的劝说，四羊只好说："天官大老爷，我四羊没做对不起人的事，我说的话句句是真，不会撒谎。"

大财主说："既然起了誓，后面你说的话要对得起天官大老爷，不能有半句假话，否则天打五雷轰。"

四羊低低应声："嗯。"

十宝问大财主："我们去哪？"

大财主说："外面黑魆魆的，什么都看不见，到我家去。"

众人拥着四羊进了大财主院子，大财主叫人打开一间房子，将四羊推进门去。随后，众人跟着进去。大财主点上一盏油灯，让四羊站在地上，让大家坐在炕上。大财主绷着脸，盯着四羊，好久不说话，其他人也跟着沉默。四羊被大财主盯得心里发毛，强忍着内心的羞辱，等待大财主发落。

大财主说："这么多人看见你去土洞拿东西，你有什么话可说？"

四羊说："东西是我拿的，有错吗？"

大财主说："你从哪来的东西？"

四羊不吱声。

大财主说："八只眼，你把袋子拿过来。"

八只眼把一直握在手里的袋子递给大财主，大财主褪掉袋子，里面露出一个木盒子，众人睁大了眼睛。大财主将木盒子翻来折去，看了几遍，沉默不语，众人猜不透他的心思。其实，大财主心里在想，这件宝贝是谁的，应该如何处理它。看见大财主手里拿着一个木匣子，二财主和三财主眼里放出亮光。二财主连忙凑到大财主身边，想知道这件宝贝是谁的。三财主也想知

道这件宝贝是谁的，也赶紧凑过来。

大财主说：“四羊，这件宝贝是从哪偷来的？”

四羊说：“我没有偷。”

大财主说：“你对着天官大老爷发过誓，说谎会遭报应的。”

四羊说：“我没有说谎，是捡来的。”

大财主说：“从哪捡来的？”

四羊不吱声。

看见四羊不愿意说，十宝说：“你不愿意说，那一定是偷来的。”

四羊瞅一眼十宝，说：“你不要栽赃。”

十宝说：“是不是从我家柴窑偷来的？”

四羊说：“不是。”

二财主说：“说实话，是不是从我那里偷来的？实话实说，大家会原谅你，藏着捂着对你没好处。”

四羊没吱声。

八只眼看到三个财主问不出究竟来，便转了话题，说：“这件宝贝是怎么藏进土洞的？”

四羊犹豫了一会儿，说：“这不难。”

众人很惊异，谁都没有进入土洞的办法，他却说不难，他用了什么妙法？八只眼听了也很惊异，因为他也想不出进入土洞的办法。

八只眼说：“什么办法？”

四羊说：“很简单。我和大家一样，知道从土洞下面无法进入土洞，那里几乎是绝壁。从土洞上面也无法进入土洞，那里也是绝壁，除非你是一只飞鸟或一只虫子。我经过仔细观察，发现土洞上面长着一些杂草和几株木瓜树。我目测了土洞与土洞顶地面的距离，找了一根细细的麻绳，把袋子系在麻绳上吊下去。为了防止掉下土崖，我爬在土洞顶的地面上，然后沿着土洞的右侧，把系着袋子的麻绳一点点放下去。当袋子到了土洞口，我把绳子扬起来，顺力把袋子一晃，袋子就进了土洞。然后我把麻绳牢牢系在木瓜树的根部，再把旁边的杂草拨过来，盖住木瓜树根，这样就看不见麻绳。”

众人听了，恍然大悟，原来如此简单！

看见众人惊讶，四羊补充说：“我怕有人在土洞对面的山坡上看见麻绳，特意选了一根很细的麻绳，麻绳紧贴着土崖，远处看不见。我曾到土洞对面看过，看不出一点破绽。”

众人佩服四羊的聪明，八只眼也在心里叫绝。

三个财主并不欣赏四羊的绝技，他们只想知道四羊的宝贝是从哪里来的，是不是自己的那件宝贝。看到问不出究竟，大财主说：“如果不说，别怪我们不客气。”

四羊看见大财主的脸色铁青，知道他会动手打人。五虎看到架势不好，再次劝说四羊：“好汉不吃眼前亏，说了吧。”

四羊说：“宝贝是从沟底石崖洞里捡来的。”

大财主说：“是你偷来藏在那里的，对吧？”

四羊说：“对天发誓，我没有偷，的确是捡来的，是偶然发现的。”

二财主说：“偶然？会那么容易吗？”

四羊说：“是的。”

众人面面相觑，不知道四羊的话是真是假，唯有二财主和三财主眼巴巴盯着大财主手中的木匣子，都想拿在自己手中看一看，看是不是自己的那件宝。

38

村民得知四羊藏宝的秘密，既惊讶，又兴奋，他们没想到村里又出了一个八只眼一样聪明的人。人们见了四羊，都竖起大拇指，称赞他的智慧，老秀才称赞他青出于蓝胜于蓝，五虎称赞他长江后浪推前浪。八只眼对四羊也有几分佩服，不过觉得他还是嫩了一点，因为四羊败在他的手下。七颗心既钦佩，又嫉妒，还忌恨。虽说平时七颗心已经看出了四羊的聪明，没想到他几乎到了聪明绝顶的程度，着实让他惊叹。他恨四羊提前动手，坏了他的好事。

审问四羊后，七颗心回到家里，婆姨问：“深更半夜，你们做什么？”

七颗心说：“眼看到手的一件宝贝让四羊搅了。”

婆姨问：“怎么回事？”

七颗心说：“四羊偷偷去土崖洞取宝，被众人发现，审问了半夜，他说是捡来的，结果不了了之。”

婆姨说：“你如有四羊的那份聪明，宝贝早已到了你的手里，现在眼睁睁看着落到别人的手里，空悲切。”

七颗心说：“山外有山，人外有人。四羊是高出我一筹，也许是我时运不好，才出现了这样的结果。按理说，这件宝是我发现从沟底石崖转移到土洞的，我应该得到这件宝，只是我没有想出巧妙的办法，功亏一篑。”

婆姨说：“天下什么药都有，就是没有后悔药。找宝不成，几乎搭上一条命。命里没财，就不要穷折腾，老老实实种自家的地吧。”

七颗心说："男人不同于女人，总得干点什么，不然哪来的好日子过。我输在四羊手里，实在不服气。"

婆姨说："你又能怎样？"

七颗心说："我要重整旗鼓，继续查找。我的心眼不比别人少，再说还有天官老爷的帮助，我不会坐视别人发财，自己只有看的份。"

婆姨搭理了几句，鼾声将她带入梦乡。七颗心听着婆姨的鼾声，辗转反侧，不能入眠。他想起了八只眼，妒恨之心骤起，要不是他设奸计骗四羊出手，那件宝贝还老老实实待在土洞里。如果假以时日，他想出良策，这件宝就会落入自己之手。可恶！可憎！他顿时生出既生瑜何生亮的感慨，黑夜中发出一声浩叹。他估计以后八只眼还会出计谋，诱骗盗宝的人上当。三个财主丢了三件宝，现在只找到一件，老鼠拉木锨——大头还在后面。只要自己用心行事，多则可以找到一件两件宝，悄悄揣入自己怀中，心里该有多么滋润；少则可以得到赏钱，不至于白辛苦一场。这两件宝藏在哪里？他在苦苦思索。

七颗心思索着，渐感内急，想在屋里的尿盆撒尿，又想到外面呼吸几口清新空气。他到院子里的厕所小解，正在潺潺流水，听到不远处有脚步声。他猛然收紧尿道，将尿逼回肚里，转头一看，一个黑影从不远处的一条小路窜过去。他很奇怪，刚才审问四羊后，在场的人各自回家睡觉，其他村民早已入睡，谁还在村里游荡？是串门晚归的人，还是行为不轨的人，他一时无法判断。黑影惊走了他的睡意，让他产生好奇之心。他想，何不跟着黑影，看看究竟。

七颗心悄悄沿着小路而去，黑影早已不见踪影，他只好边走边四处张望，寻找消失的黑影。夜色深沉，浓黑笼罩着村子，似乎到处都是黑影，似乎那里都没有黑影。他明白寻人不如等人的道理，与其四处寻找，不如蹲在一处等着，他悄悄爬上一个土坡，蹲在高处。这里不仅可以看见大半个村子，也可以看到村外的情形。他默默蹲在地上，不停地四处张望。一会儿，他看见黑影又出现在一户人家的大门口。黑影在门口停留片刻，突然转身离去。他死死盯着黑影，看见黑影绕过一堵墙，消失在黑暗中。又过了一会儿，黑影再度出现，在另一家脑畔上的一棵大树下停下脚步。他想，大树下会有东西吗？不会。这里人来人往，谁会在这里藏东西。果然，过了一会儿，黑影离开大树，向村子的另一头走去。他很奇怪，难道黑影发现自己在盯他吗？不可能。他也走向村子的另一头，蹲在高处的一棵枣树后面，等着黑影出现。等了一阵，仍然不见黑影，他疑心黑影躲起来了。他想去寻找黑影，又觉得不妥，如果自己惊动黑影，黑影今夜就不会有任何动作。他依旧蹲在原地，过了一会儿，黑影又出现了。黑影走到一户人家脑畔的一个瓦窑口站住了，黑影在瓦窑口站了一会儿，又离开了。黑影又顺着原路返回村子的另一头，他只好跟着返回去。他意识到，黑影似乎在跟他捉迷藏，似乎在试探有没有人盯着他。他决心牢牢盯着黑影，看他要什么花招。

黑影在村里转来转去，七颗心跟着在村里转来转去，转了半夜，黑影朝着村外走去，走出了七颗心的视野。他有点着急，赶紧尾随黑影而去。当他赶到村外，黑影无踪无影。他在村口等了很久，始终没有看见黑影，只好跺一下脚，含恨回家。走到半路，他突然停住脚步，后悔不该返回，一不做，二不休，不如再到村口的暗处等着黑影，哪怕等到天亮。他转回身，回到村口的路边，找了一个隐蔽处躲起来。他想，除非此人绕道别处回村，否则他必然从自己的眼皮底下经过。他靠在一个土塄上静静等着。

夜更深，夜更黑，村口没有风吹草动，没有鬼哭狼嚎，静得像天外世界。渐渐，七颗心不由自主地合上眼皮，进入梦乡。

七颗心像一只飞鸟飞出村口，飞翔在夜空，飞向遥远的地方。所过之处，山峦起伏，江河奔腾，天空明朗。他想停下飞翔的翅膀，找一处安详之处休息一阵，翅膀却不听使唤，总是不停地扇动着。扇动的翅膀终于停下来，他降落在一条河边。河水汤汤，清澈如镜，他想在河里洗一把脸，轻松一下，却听见山上人声嚷嚷，似乎聚集着很多人。他顾不得洗脸，开步向山上走去。山路崎岖，他磕磕绊绊，蹒跚而上，腿累极了。山路长长，他总也走不完，想坐下来休息一会儿，看见遍地蒺藜草，没有落座之处，只好拖着疲惫的双腿努力爬山。他爬到半山腰，看见一座古香古色的古寺庙，庙外聚集了无数善男信女。他猜想，这里一定在举行庙会，不然哪来这么多人。他用手拨开拥挤的人群，想进庙内看看。人群像一面墙，总挡着他的去路，费了好大劲，他终于挤进庙内。庙内香烟缭绕，人头攒动，人声鼎沸，热闹非凡。他抬头想看清楚是什么庙宇，好生陌生，又好生熟悉，他看不清牌匾上写的什么字。他继续往前挤，挤到香烟缭绕处，只见偌大的铁香炉里香火正旺，青烟袅袅，徐徐升入天际。他顺手从香案上拈起几炷香，点着，插在香炉里。他正要叩拜，却被人挤开。他只好离开香炉，向正殿走去。他走进庙门，看见一尊佛像高高矗立，仔细看，很面熟，仿佛村里天官庙的天官大老爷。他跪下双腿，叩了几个响头，听见殿内回荡着一个声音："这位香客，你想询问什么？"

七颗心垂首道："我丢失了财宝，想找到盗宝的人，想知道盗贼把宝贝藏在哪里？"

声音道："你说得是真话吗？心诚则灵，话真则灵，反之，心不诚则不灵，话不真则不灵。"

七颗心道："天官老爷在上，小民一片诚心拜见，句句是真，岂敢在您面前说假话。"

声音道：“我神自东来，盗贼向西去。若问宝去处，何须把头举。”

突然，七颗心身子一震，睁开眼睛，只见东方微明，感觉身子十分酸痛，原来是南柯一梦。他看看四周，没有一个人影，发现自己在路边蹲着睡了半宿。他拖着疲惫不堪的身子往回走，不知昨夜的黑影是否回到村里。

39

四羊被审问时说自己从土洞取来的宝贝是捡来的，三个财主都不相信，认为没有那么碰巧的事。四羊一再声辩，说自己从地里干活回家，路过沟底石崖对面的时候，无意间往石崖那面瞥了一眼，看见石崖的小洞里有块石板，觉得十分奇怪。因为小时候经常到那里玩，经常在石崖上爬上爬下，从没有看见里面有什么东西。当时，他灵机一动，想会不会有人往那里藏东西呢？他把锄头放在路边，攀上石崖，掀开那块石板一看，下面压着一个小袋子。他拎起小袋子，感觉沉甸甸的，把里面的东西掏出来一看，是个木盒子，可能就是人们传说的夜光杯。他悄悄把小袋子揣在怀里。回家后，他担心夜光杯放在家里不安全，于是想到了土洞里藏宝。至于这件宝贝是谁的，他声称一概不知。

对四羊的话，三个财主半信半疑。大财主说四羊没有说真话，说不定家里还藏着宝贝。四羊称天官老爷在上，自己的话句句是真，没有掺半点假。看到夜已深，宝贝已到手，大财主跟两个财主商量后，决定暂且作罢，日后再说。

七颗心盯着大财主手里的木盒子，心里痒痒的，很不是滋味。八只眼心里在想，这只夜光杯到底归谁？他估计，三个财主一定能认出自家的宝贝，到底是谁的，辨认一下就清楚了，只是不知道大财主会不会让另外两个财主辨认。看他把夜光杯紧紧攥在手里的样子，似乎想独吞。如果是这样，三个财主之间一定会有一场争斗。

大财主问：“这件宝贝怎么处理？”

二财主看了一眼三财主，似乎在征求三财主的意见。三财主也看了看二财主，想让二财主先开口。二财主只好说：“你的意思呢？”

大财主略一沉吟，说：“按理说，我们几个失宝的财主人人有份，而这件宝到底是谁的，现在无从确定。”

二财主说：“我的宝贝我认识，让我看一看。”

三财主说：“我的宝贝也认识，而且有明显的标志。”

大财主说："有什么标志？"

三财主说："有'秀才'二字。"

大财主犹豫一阵，扫视了一下众人的目光，众人似乎都在期待他发话，他只好说："二财主过来，看是不是你的宝贝？"

二财主从大财主手里接过木盒子，上下左右看了几遍，说："不像我的宝贝。"

大财主又叫三财主看宝贝，三财主接过木盒子，看了一遍，说："这是我的东西，你们看，木盒子底部有'秀才'二字。"

人们接过三财主手里的木盒子，轮流看了一遍，果真有'秀才'二字。这只夜光杯应该归三财主所有。

大财主问二财主："你的宝贝上面有这样的记号吗？"

二财主摇头。

大财主知道自己的宝贝上没有任何标记，只好说："这件宝贝归三财主。"

大财主把木盒子递给三财主，三财主接过宝贝，说："两位财主如此仗义，那我收起了。日后有需要出力的地方，尽管说。"

大财主说："这件宝贝多亏八只眼费心，不然不会到手。你拿出一百块银元给八只眼作赏钱，这正好是你悬赏的钱数，怎么样？"

三财主犹豫一下，说："好。"

七颗心说："如果不是我先发现藏宝地点，你们能得到这件宝吗？我也应该有一份赏钱。"

大财主说："这件宝贝是八只眼设计诱来的，与你无关，你不应该得赏钱。"

七颗心说："你的话不公平，我发现在先，他设计在后，没有先，哪有后。"

二财主说："你有本事，找到我的宝贝，我给你二百块赏钱。"

七颗心愤愤不平，说："此一事，彼一事，不能混为一谈。"

大财主厉声说："你再争也没用，宝贝不是你找到的，有本事把我的宝贝找来，我给你三百块银元。"

七颗心说："你们不讲道理，日后我找到夜光杯，谁都别想得，我不要你们的赏钱。"

三财主拿着宝贝，看来看去，欣喜异常。人们凑到跟前，想亲眼看一看传说多代的宝贝。三财主说："有什么好看的，不就是一个木盒子吗？"

五虎说："你找到了宝贝，你高兴，应该让大家也高兴一下。"

三财主把宝贝递给五虎，五虎接过宝贝，其他人围上来一起观看。这件

宝贝隐藏在木盒子里，木盒子是用西北特有的胡杨木原木做成的，两端的接口处各箍着一圈铁皮，与盒子中间的三道铁皮连成一个紧密的整体，盒子的底部有一个豆大的小孔，盒壁上有同样大小的三个小孔。透过小孔，可以看见盒子里面的杯子。盒子在人们手里传来传去，人们瞅着小孔，想看出夜光杯的样子。三财主笑了，说：“你们拿到油灯跟前，会看到幽幽的蓝色光芒。”

五虎依照三财主的说法，手里举着夜光杯，凑到油灯前，人们果真看到幽幽的蓝色光芒。人们惊叹：多么美丽的宝贝！

待人们看够了，三财主接过木盒子，揣在怀里。三财主回家后，拿出一百块银元，递在八只眼手里，八只眼喜笑颜开。

三财主没想到一向看财很重的大财主如此仗义。他看出二财主对大财主的处理似乎不满意，但碍着众人的面，他没有吱声。三财主很感激大财主，不过心里有几分不踏实。回家后，三财主叫醒了爹，把今夜的情况跟老秀才讲了一遍，老秀才感慨一番，感叹自己有先见之明，在木盒子上刻了“秀才”二字。不然，这件宝不知落到谁的手里。

几天前，警备队带着日本人到附近的村子扫荡，烧杀抢掠，吓得邻村的人人心慌慌。据说两家财主遭抢，不仅抢走了粮食，还抢走了银钱。一个财主被抢后呼天抢地，几乎气绝。村里人听到这个消息，惶惶不可终日，生怕日本人再来村里洗劫。尤其是大财主和二财主，手里有钱，不知道如何处置。如果放在家里，怕被日本人抢走；如果藏在外面，又怕盗贼盗走。三财主心里想着夜光杯，终日忧愁，不知如何是好。

十宝看见爹为手里的夜光杯发愁，建议卖了买几亩地。三财主说现在买地要掏青苗钱，很不划算，再说祖传的东西哪能随便卖，还是另想办法。三财主找到爹，商量处理夜光杯的事。老秀才盘着腿坐在炕上，把书放在炕桌上，点着一袋水烟，呼噜呼噜抽着，说：“这点小事还要问我？”

三财主说：“爹，这可不是小事。祖传的宝物，一定要保护好，失而复得已是万幸，千万不能再丢。这次大财主开恩，把宝贝给了咱家，是他一时仗义，如果不是碍着那么多人的面，他那会这么慷慨。”

老秀才说：“吃一堑长一智。这次我们一定藏好这件宝。”

三财主说：“三件宝贝，只找到了一件，那两件不知道在谁手里。”

老秀才说：“自有知情人。让那两个财主费心思去吧。我考了个秀才，这么多年的辛苦没有白费，老天长眼，眷顾付出辛苦的人。可惜你们父子二人没有一个比得上我，家道失传。”

三财主说：“宝贝已经找回来了，你不用那么感慨了，我保存好就是了。怎么保存呢？”

老秀才说："的确要费点心思，否则宝贝会得而复失。"

老秀才吸了几口水烟，拔出铜管，磕掉里面的烟灰，又装上一袋烟，呼噜呼噜吸起来。三财主看出爹在思索，也不打扰他，静静地等着爹开口。其实，老秀才被三财主的问题难住了，一时想不出好办法。虽然他饱读诗书，但读的多是圣贤之书，很少看谋略方面的书。他搜肠刮肚，想从自己读过的书中寻找一本可以参考的书。他想到了《孙子兵法》，那是一本率兵打仗的书，其中不乏谋略。他默念道："孙子曰：夫用兵之法，全国为上，破国次之，全军为上，破军次之，全旅为上，破旅次之，全卒为上，破卒次之，全伍为上，破伍次之，是故百战百胜。"

三财主打断爹的话，说："你那是在背书，那是出主意。再说人家讲得是打仗，咱这是藏宝，风马牛不相及。"

老秀才说："非也。儿，你不懂古人之道。读书要读到我这个分上，你就会明白古人的聪明之处。虽说孙子讲的是用兵之道，其实可以用到很多方面，孙子真乃千古奇人。"

三财主不置可否，只顾摇头。

老秀才想到了《三国演义》，其中也有不少谋略，说："《群英会蒋干中计》一回书，周瑜以假乱真，用一封假书骗了蒋干，蒋干自以为得计，其实中了周瑜的奸计，导致曹操杀错了人。周瑜者，英才也。"

三财主有点着急，说："爹，你有什么计谋，竹筒里倒豆子——干脆利索，别绕弯子了。你说的那些东西，远水不解近渴。"

老秀才说："说远，远在千古；说近，近在眼前。古为今用，读书之道。若问良策，莫若将宝贝安安稳稳放在家里。另外，准备三个小袋子，一个装豌豆，一个装玉米，一个装石子，然后将三个小袋子分别藏在院子里的三个地方，看有没有人上钩。"

三财主一笑，说："好办法，不妨试一试。"

老秀才用手捋着胡须，现出十分得意的样子，似乎自己就是当年的孙子和周瑜。

40

八只眼略施小计引出四羊，心里很得意，便找到大财主说闲话。大财主对八只眼的这次表现很满意，虽说没有找到他的宝，但是盗窃案毕竟撕开了口子，为日后继续破案奠定基础。大财主夸奖了一番八只眼，八只眼心里很

受用。

八只眼问大财主："你还有什么吩咐？"

大财主说："破案只开个头，我的那件宝还没有下落，要继续查找。"

八只眼说："你的事我一直放在心上，我会继续查找。你在家人身上没有发现疑点吗？"

大财主说："我仔细询问了，也注意观察了，没有发现疑点。我的宝贝被盗，不是家贼，一定是外贼。"

八只眼说："你如此肯定，我就把精力放在外人身上，迟早会有落音。"

二人闲话一番后，大财主留八只眼吃了一顿好饭，八只眼心里受用，肚子也受用。他离开大财主家，又找二财主说闲话。二财主也对八只眼赞扬一番，但对大财主的做法表示不满。既然是八只眼为大家寻宝，大家合伙抓住了四羊，这件宝贝应该归大家所有，为什么让三财主独自拿走，别人没得一点好处。八只眼认为大财主的做法是公正的，物归原主，理所当然，不要计较。二财主则摇头不止。

二财主说："我丢的那件宝，有希望找回来吗？"

八只眼说："有了四羊这条线索，顺藤摸瓜，相信以后会有眉目，不过需要等待。"

二财主问："你注意四羊那夜穿的鞋了吗？"

八只眼说："是的。不过不像你家墙外的脚印，我会找他核实。"

二财主说："我的宝贝会不会是四羊偷走的？"

八只眼说："难说。根据四羊的话判断，盗贼未必是他，兴许是别人。"

二财主说："你认为找到的那件宝不是四羊偷的，另有其人？"

八只眼说："有可能。当然，四羊的话不可不信，也不可全信，是真是假，需要事实验证。我会注意他，兴许从他身上能发现点什么。"

二财主说："我的事你多费心，我不会亏待你。"

八只眼说："知道。我会尽心的。"

闲话一番后，八只眼又来到三财主家。正在扫院子的三财主看见八只眼进了院子，忙招呼八只眼进屋坐。八只眼走进老秀才的屋，看见老秀才捧着一本书在读。老秀才看见进屋的人是八只眼，赶紧放下手中的书，招呼他坐在炕上。看见父子二人对自己如此客气，八只眼脸上挂满了笑意。

老秀才说："后生可畏，你的才学不及老朽，你的聪明超过老朽。如果有机会读书，你不仅会中秀才，也会中举人，甚至中进士。"

老秀才很少夸奖人，八只眼被夸得云里雾里，但他明白自己有几斤几两。一会儿，扫完院子的三财主进屋，说："多亏你帮忙，让我的宝贝失而复得，保住了我家的面子。不然，地下的老祖宗会骂死我们三代人。"

八只眼说："那是你的造化好，遇上缺点心眼的四羊，遇上了大气的大财主。"

三财主说："也是。这次大财主很慷慨，没计较什么。不过，功劳在你的身上，不在大财主的身上。你说偷宝贝的人不是四羊吗？"

八只眼说："现在难下定论，我要继续查找。你的宝贝一定要藏好，再丢就麻烦了。"

三财主说："是的。依爹之意，放在家里。"

八只眼说："家里家外都不安全，放在家里也要小心，别让日本人抢走了。不过，我有一个主意，你可以采用虚实结合的办法，让人以为你把宝贝藏在家外，这样可以多几分安全。"

三财主说："我也有此想法，因为这么珍贵的宝贝，有不良之心的人都想得到手。现在一定有人在惦记着这件宝贝，如果真能避开人们的耳目，会减少麻烦，减轻我的心理负担。"

八只眼说："你可以让十宝跟村里人说，你的宝贝藏在家外，我不便跟人说。"

三财主说："我知道。如果你跟人说，谁都不敢上手，怕中计。"

老秀才说："我已设下一计，只等有人上钩。"

三人闲话一通，三财主留八只眼吃了一顿好饭，以示感谢。酒饱饭足之后，八只眼心满意得回家，坐在院子里寻思起四羊其人。四羊常跟五虎和六狗在一起，彼此关系很好。五虎大胆，六狗狡诈，四羊聪明。土洞藏宝，就连自己都无法破解，而四羊则如探囊取物一般，这让他刮目相看。四羊到底是如何发现了这件宝，他认为四羊未必说实话。如果他真是无意间发现了这件宝，自然没必要去理会，因为已经物归原主；如果他是费了周折找到的，那么这个盗宝的人是谁；如果是他盗来的，事情有没有破绽？昨夜仔细观察了四羊的鞋，并不像在二财主墙下和五虎羊圈穿过的鞋，四羊矢口否认偷过别人的财宝。既然答应给财主们查找，即便事情再复杂，再艰难，也得弄清楚。

八只眼找到四羊，四羊不屑一顾。八只眼知道四羊在生自己的气，可该说的话要说明白。他递给四羊烟袋，说："这是最近炒的烟叶，很好抽，抽几口。"

四羊是个烟鬼，没钱抽洋烟，嗜好抽旱烟。他接过八只眼的烟袋，装好烟叶，划根火柴点着，抽了几口，说："不错，好烟叶。不过，我不能说你的好话，你坏了我的好事，不然那件宝是我的，我可以高高兴兴地把它卖了，痛痛快快地花钱。现在，你不单让我失去了那件宝，还让我背上一个坏名声，似乎我是盗贼。"

八只眼说："我并不知道藏宝的人是你，是你自己露了馅，不能怪我。"

四羊说："我能怪别人吗？不能，只能怪你。我身上背着黑锅，很沉重，你懂吗？"

八只眼说："当然。如果你想卸掉背上的黑锅，有一个办法。"

四羊问："什么办法？"

八只眼说："让我看一看昨夜你穿的那双鞋。"

四羊说："这有什么好看的，这与我背上的黑锅有什么关系。"

八只眼说："当然有。我看后告诉你。"

四羊脱下脚上的鞋，递给八只眼，八只眼认出是昨夜穿的那双鞋。八只眼把两只鞋拿在手里，翻过来折过去，看了好几遍，然后从怀里掏出一张麻纸，把麻纸上的脚印与四羊的鞋比对了一下，摇摇头。

四羊问："怎么样？一样吗？"

八只眼说："不一样。"

四羊说："那你怎么洗刷我的骂名？"

八只眼说："你的鞋与我拓下的几个脚印对不上号，说明三财主的那件宝不是你偷的，的确是你无意间发现的。"

四羊说："你能给我证明就好，你给众人说清楚，免得我背上沉甸甸的。"

八只眼说："我会给人们说清楚。你不会有什么事瞒着我吧？"

四羊说："不会。"

八只眼说："如果真有事瞒着我，将来一定会水落石出，那时不要怪我，我不会给说假话的人留情面。"

八只眼告别四羊，到村子里闲转悠，总觉得心里有什么事放心不下。他转悠了一会儿，准备回家。在路过六狗大门口的时候，他停住了脚。他走进六狗的院子，看见家里没有人，便随便在柴草堆里翻起来。翻了一会儿，发现柴草堆下面压着一双鞋。他捡起鞋来，仔细看了几遍，然后掏出怀里的麻纸，把鞋和麻纸上的鞋印比对了一下，不禁大吃一惊：鞋和他麻纸上的一个鞋印一般大小。这个鞋印，是从五虎羊圈拓下来的，与二财主墙外的脚印是同一个脚印。

八只眼悄悄把鞋放回柴草下，匆匆溜出院子。

41

虽然三财主的宝贝失而复得，心里很高兴，但对失宝之事总是耿耿于怀，似乎已经到手的夜光杯不是宝贝，而是一腔幽怨。三财主不能释怀，十宝仗着神魔的魔力，更是气盛焰炽。那夜梦游幻境后，他总喜欢回味梦中见到的美景。至于山神老爷赐给他的那根枣木棍，更是视若宝贝，日夜把玩，不忍释手。三财主看见十宝把一根枣木棍当宝贝，觉得很可笑，不就是捅火棍一根，有什么值得玩赏的。十宝跟老秀才讲了枣木棍的来历，老秀才觉得蹊跷，说奇异之事古来有之，说不清道不明，信则神木一根，不信则烧火棍一条。听了爷爷的话，十宝坚信这根枣木棍是神木，而不是随处可见的俗物，因为这是山神爷所赐，家里未曾见过这根棍子。十宝拿着棍子到村里转悠，人们看见他手里拄着一根乞丐讨饭用的棍子，嘲笑他是神痴，走火入魔。十宝则不以为然，认为人们的凡眼看不出神物，尽管炫耀，日夜不离身边。

十宝想，既然枣木棍是神来之物，就不能当做俗物来用，要让它发挥魔力。况且山神老爷曾嘱咐他，可以拿着这根枣木棍去找宝，自己何不试试。到哪去试，十宝心里没底。十宝见到七颗心，讲述了梦中之事，七颗心听了也觉得神奇。十宝跟七颗心探讨用枣木棍探宝的办法，七颗心不置可否，生怕十宝抢了先机。

七颗心说：“山神爷没有给你透漏一点天机吗？”

十宝说：“没有。只说了一句话：用枣木棍可以寻宝。”

七颗心摇头。

十宝找到大财主，讲述了枣木棍的来历，提出用枣木棍帮助大财主寻宝，大财主嘿嘿一笑，说：“那是一根烧火棍，你把它当宝物，那会这么神奇，还是像八只眼那样，实实在在地去找，不要心存幻念。”

十宝在大财主这里碰了一鼻子灰，仍不泄气，看见五虎、六狗和四羊在天官庙下拉闲话，便凑上前去。看见十宝手里拄着一根枣木棍，三人大笑一通。

五虎说：“你真是一个破落户子弟，竟然穷到这样的地步，连一根像样的棍子都没有吗？山东乞丐才拄这样的棍子，你应该拄一根文明棍才对。”

四羊说：“你得了我的夜光杯，应该买一根好点的文明棍来拄，拄这样的棍子不是寒碜自己吗？”

六狗说：“如果你家没有烧火柴，你手里的这根棍子倒可以烧一碗开

水。”

十宝说：“你们这些凡胎俗身，眼前摆着金子，也会当做地里的黄土疙瘩。我的这根棍子是在我作法时山神老爷送的，是一根宝杖，妖魔鬼怪，牛鬼蛇神，都会在它跟前原形毕露。我要早点得到这根宝杖，四羊藏在土洞里的宝贝早已被我发现，何用那么多人去寻找。”

四羊说：“不瞒你说，我们几个手里还有宝贝，如果你手里的家伙是宝杖，就让它找一找。不妨现在验证一下，我们藏的宝贝在东南西北哪个方向？”

十宝说：“有宝物在手，着什么急，自有显神威的时候。你们别得意扬扬，小心为是。”

遭三人嘲笑一通，十宝并不失落，依然对神木充满信心。他明白还有几件宝一定藏在村子的某个地方，但他不知道到哪里去探寻宝贝，他曾想过到山神庙，华佗庙，古墓，但都被自己否决，他认为那么显眼的地方，人们不会将财宝藏在那里。他也曾就此事跟老秀才商量，老秀才只懂方块字，哪懂宝杖神物的奇妙，因此摇头了之。

十宝拄着宝杖信步走到村外，他要看自家几块地里庄稼的长势。前些天下了一场雨后，近些天滴雨未落，烈日烤晒，地表一层干干的黄土，庄稼只有早上精神一点，到了上午叶子就蔫蔫的，有的甚至卷起了叶子。十宝走到一块谷子地里，看见一尺多高的谷苗无精打采，对主人的到来毫不理睬。十宝从地的这头走到那头，看见谷苗耷拉着叶子，实在需要一场好雨，但他只能叹息，实在爱莫能助。

十宝抬头看上面的那块地，地里的谷苗也是干渴难耐。这块地是六狗家的地，六狗的爹是个好庄稼手，这块地里的庄稼几乎年年都有好收成。他想到自家的地，由于上粪少，收成总不好。他突然想到六狗家的地里看一看，便爬上土塄，沿着地边边走边四处瞅。突然看见地头上边的土崖上有一个小洞，他一直怀疑六狗偷了自家的宝贝，认为六狗是个不地道的人。他又一想，这块地离自家的地这么近，六狗怎可能把宝藏在这里。犹豫一阵，他走到小洞前。他知道这个小洞是六狗家用来存放农具或避风雨的地方，洞很小，只能容一个人弯着腰进去。他先往里面瞅了几眼，没有发现异常。他钻进小洞，用手中的宝杖四处戳，也没有异常的感觉，只好失望地钻出小洞。他在地里走来走去，到处看，用宝杖到处戳，最终一无所获。

十宝回到村里，看天色还早，便在村里继续转悠。他转了半个村子，没见着几个闲人，他知道人们这时候都在地里忙农活。他甚觉无聊，而心里一直惦记着夜光杯的事，便走到六狗家的院子外面。六狗的家是一个独院，在村子的边上，院子很大，围墙很高；院子外面的场地也很大，场地上有一块地，平整得整整齐齐，地里栽种着日常蔬菜。十宝看见场地外边的一排枣树绿叶稠密，有几棵树长得很高。他琢磨，六狗会不会把夜光杯藏在枣树地下。他走到枣树底下，正要用手中的宝杖戳地面，听见背后有脚步声。他回头一看是六狗的娘，便收起了宝杖。

六狗的娘知道十宝怀疑六狗，看见十宝在树下神神秘秘，心里不高兴，说："我家的树是结枣子的树，不是宝树，你在树下能寻到什么宝物。"

十宝听出六狗的娘话里含刺，毕竟是在人家的土地上，所以自觉理亏，便敷衍道："你家的枣树结的枣又大又稠，看有什么特别之处。你家的诀窍是什么？"

六狗娘听见十宝夸自家的枣树，心里的气消了一半，说："能有什么诀窍，不过多施肥罢了。别人家舍不得给枣树施肥，把肥都施到庄稼地里，我家不同。枣树跟人一样，也要吃要喝，哪有不吃不喝给你出力的。"

十宝说："难怪你家的枣好，原来真有诀窍。"

二人说了一会儿话，六狗娘回家做饭，十宝则站着不走。他趁六狗娘回家做饭之机，走到枣树下，用宝杖在几棵枣树根部戳来戳去。宝杖传给他的感觉是实实的响声，没有空灵的感觉。他有点不相信自己的感觉，认为六狗上次古墓藏宝败露，并不见得失宝，如果手里有宝，决不会藏在远处，必在家门附近。

一会儿，六狗娘到院子外面倒水，看见十宝依然站着不走，心生疑问，他到底想干什么。倒完水，六狗娘走进院子，躲在墙旮旯偷偷往外瞧。她看见十宝停了一会儿，又走到枣树下，转来转去，不时用枣木棍戳着地面。她明白了十宝的意图，原来他是来寻找宝贝的。她不声不响，继续监视，看见十宝走到那棵高大的柳树下，举头望着树冠。这棵柳树高大不说，而且枝叶繁茂，在树杈处有一个大大的喜鹊窝。十宝似乎想从喜鹊窝看出什么究竟来。他看了一会儿喜鹊窝，便用宝杖敲打柳树。敲打声惊动了树上的喜鹊，扑棱棱飞过他的头顶，头上着了一片黏稠的鸟屎。

十宝骂一声："狗日的，看家鸟，晦气！"

十宝用宝杖在树上狠狠敲了一下，十宝娘在院子里急忙大喊："别敲坏我家的树，日后那是一口棺材料，树上不会有宝贝。"

当天夜里，有一个黑影悄悄爬上大柳树，将手伸进喜鹊窝里。

42

七颗心那夜梦游后，牢记着梦中那个神秘声音，日夜琢磨，总觉其中隐藏着玄机。他跟婆姨说，这是不是告诉我盗贼藏宝的地方？婆姨说梦里的事你也相信，那就成天做梦好了，哪有把梦当做真的人。七颗心讨了无趣，不服气，仍在仔细琢磨着那几句话。他认为东来之神应该是村子东面的山神爷，盗贼西去应该是盗贼盗宝后向西而去，那应该是在村子的西面，宝贝的去处不在高处，应该在低处。如此一想，他喜上眉梢，击股而叹曰："天官大老爷，我的神祇，你给我指出了光明之道，我得感谢你。"

七颗心家里有只大公鸡，他想把这只大公鸡献给天官老爷，因为他曾对天官老爷许过愿，如果能帮助他，他会献牲表示谢意。献只公鸡，权当猪羊。婆姨说一只公鸡没什么，如果他能帮你，献上十只公鸡也行。七颗心得到婆姨的许可，心里十分高兴，马上从鸡窝里拎出公鸡，抱在怀里，又拎了一把菜刀，直奔天官庙。

七颗心来到天官庙，看到庙前没人，很清净，嘴里念道："天官老爷，你的口福好，这里现在清清静静，正好让你领受鲜美的鸡味。"

他把手里的刀放在地上，怀里抱着公鸡，扑通一声跪在地上，面对天官老爷的神像，说："天官老爷，诸神之中，我最信奉你。此前，在你的神力指引下，我成功发现了六狗深夜藏东西，尽管我找到的是一块砖头，但我诚心感谢你的指引。六狗诬陷我，说我偷了他的东西，那是小人之言，害人之话，我不计较。后来，又在你的指引下，我成功发现了四羊藏匿土洞的宝贝。我没有得到那件宝，那是天意，但我要感谢你的指引。那夜梦里，你又引领小民去赶庙会，告诉小民盗贼藏宝的方向，小民当照着你的指示去做，印证你的谶言，哪怕能得到蝇头小利，小民也会感激万分。现在，为了报答你的恩典，我特意将我家的大公鸡献给你，表示我的诚意，望你享用。"

七颗心向天官老爷叩拜三次，然后起身把怀里的大公鸡提在手里，从地上拿起菜刀，往鸡脖子上划去，鸡血一滴滴滴落下来。七颗心跪在地上，说："天官老爷，你来享用小民的礼物吧，祝愿你安康永在，造福子民。"

在七颗心念叨之时，身后站着一个人，等他念叨完毕，转过身来，发现身后站着四羊，让他吃了一惊。

四羊说："你在献牲，看来天官老爷让你得了许多好处。"

七颗心说："天官老爷对我不薄，我给他献一只公鸡，表示一点心意。"

四羊说："天官老爷教导你坏人的好事吗？你深夜跟踪六狗，盗走了人家藏在古墓的东西，还要在天官老爷面前说你只得到一块砖头，天官老爷会相信你的话吗？你不仅坏了六狗的好事，还坏了我的好事。如果不是你往土洞上爬，别人不会发现我藏在那里的宝，我费了好大周折捡到的宝，白白送给别人，我心里舒服吗？"

七颗心说："那是你的事，与我无关。我也不知道你在土洞藏了宝，你失掉了那件宝，是天意。再说，你藏的那件宝来路不正，是不义之财，你能如实说出那件宝的来路吗？"

四羊说："我没有必要告诉你宝的来路，我只知道你坏了我的好事。"

话不投机，二人含怒而去。

七颗心提着大公鸡上楼祭祀天官老爷，又对天官老爷说了一通恭维话，然后说："在你的指引下，我发现了不轨之人的秘密，他们怨恨我，伤害我，希望天官老爷主持公道，保佑我，让我平平安安。"

七颗心提着祭祀后的大公鸡回到家里，不由琢磨着四羊。四羊丢了一件宝，手里还有没有宝？他最怀疑的人是六狗，没想到暴露出来的是四羊，他失掉的那件宝到底是从哪里来的，他不得而知。以四羊的机灵，说不定他手里还有宝。至于六狗，如果他手里没有宝，不会深夜去古墓藏宝，尽管自己找到的是一块砖头，那不过是在试探而已。这两个人不可小觑。再说五虎，他声称自己丢了钱，他的钱是从哪里来的？他们几人口口声声声称自己手里有宝，兴许不是用来迷惑人的，而是真有宝在手。至于他们是各自下手盗宝，还是联手盗宝，尽管不得而知，但是三个财主的失宝必定与他们有关。对付他们几人的办法，一是注意他们的行踪，二是继续秘密寻找藏宝地点。

对于梦里天官老爷的话，七颗心原本当真，经婆姨一说之后，他将信将疑，一时没了主意。这时候，他想到了老秀才，他识文断字，可以准确断定话中的意思，何不求他解释一下。他嘱咐婆姨杀鸡，自己跑到三财主家。

七颗心径直走进老秀才屋里，老秀才依旧坐在炕上看书。看见七颗心来了，老秀才放下手中的书，说："好久没有看见你的影子，在忙什么？"

七颗心说："除了到地里干活，不忙什么。你家得到了夜光杯，今后的日子好过了。"

老秀才说："那是家传宝贝，不能当饭吃。我家的运气好，宝贝失而复得，真是万幸。"

七颗心说："我手里有四句话，不知道什么意思，特来向你求教。"

老秀才说："什么话？"

七颗心说："我神自东来，盗贼西向去。若问宝去处，何须把头举。"

老秀才沉吟片刻，问："此话从何而来？"

七颗心说："梦里赶庙会，遇见天官老爷，天官老爷跟我说了这几句话。"

老秀才说："日有所思，夜有所梦，人之常事。信则实，不信则空。古来就有周公解梦的传说，想必梦未必虚，兴许虚中有实，虚实相依。你真想知道其中的奥妙，不妨给你查一下。"

七颗心说："想从你这里得到一个说法，正是我的来意，麻烦你查考一下。"

老秀才起身，在书箱里翻了半天，找出一本发黄的旧书，递给七颗心看，说："这是一本《周公解梦》，我给你查一下。"

老秀才戴上老花镜，仔细翻了半天书，跟七颗心说："梦见赶庙会，这是一个吉祥的梦，表示你最近将发一笔意外之财。好梦！好梦！"

一听是发财梦，七颗心喜不自胜，说："梦中竟有这样的好事，如果不来求教你，我真不敢相信梦里的话。上有神助，下有失宝，我何愁找不到宝。有神仙助我，这是天意。"

老秀才说："有神助是好事，但是有天意难违一说。到底神大还是天大，兴许只有玉皇大帝才知道。你若是替天行道，兴许有收获；若是为了中饱私囊，就很难如愿。你要洗心革面，去除私心，兴许能有收获。古人云：洗心而革面者，必若清波之涤轻尘。去除私心杂念吧。"

七颗心知道老秀才的言外之意，他在暗讽自己从六狗古墓拿来的那块砖头有假，以为自己使了调包计。他心里觉得冤屈，但自己是来求教的，不能以怨报德，只好轻描淡写地说："六狗古墓藏宝的事，是真是假，以后必有分晓，现在我泡在冤海里，说不清道不白。"

老秀才说："那就只好扪心自问了。"

七颗心说："盗贼西向去。何须把头举。这两句话是什么意思？"

老秀才说："西向者，向西也。意思是盗贼向西走了。何须者，那须也。意思是不需要抬头。联系这几句来看，意思是盗贼向西走了，要问宝的去处，不需要抬头看。言外之意，你找不到盗贼，要寻找财宝，低头去找就行了。不过，如果盗贼向西去了，会把宝贝留下吗？如果盗贼把宝贝带走了，你低头寻找一番，只有空手而归。难说，难说，说不清。你不妨寻找一番，看天意如何。"

七颗心回到家，决心寻找一番，即使空手而归，也要试一下。他不相信天官老爷会欺骗他。

43

大财主失宝，至今没有下落，急坏了大财主的婆姨。她日夜思虑宝贝，焦虑成疾。他们原本把寻宝的事托付与八只眼，尽管八只眼尽力去寻找，除了找出烟囱下面的脚印，再没有任何进展。尽管土洞一事暴露了四羊，大财主审问四羊却没有得到预期的结果。不过，大财主相信，事情总会有进展，着急不得。而大财主的婆姨却想不开，刚开始觉得头重脚轻，渐渐四肢麻木，乃至卧床不起。福不双至，祸不单行，这让大财主心里很着急。他跟两个儿子商量，如何给婆姨治病。大老大说母亲得的是虚症，病起因于焦虑，应该依邪看，找十宝或者别人看。大老二认为母亲得的是实症，因为她一向身体弱，应该找十一指看。大财主认为婆姨虚实两症兼有，或先医实后医虚，或先医虚后医实，两症难以同时医治。父子三人讨论一番，莫衷一是，最后大财主决定先医实。于是大财主打发大老大去请十一指来家看病。

十一指来家后，望闻问切，开了三服中药，嘱咐卧床静养，几日后便有起色。虽说十一指只是一个村医，三服药服下去，大财主的婆姨身体见好，精神也好了一点，但是依然念念不忘那件丢失的宝贝，乃至夜里噩梦连连，又喊又叫。看到婆姨这副样子，大财主决定再医虚症。找十宝还是找邻村的师婆，父子几人又出现分歧。两个儿子认为找十宝好，因为十宝治好了村里好几个同类病人。大财主则认为找师婆好，可以根治婆姨的病，免得以后麻烦。胳膊拧不过大腿，最终大财主决定找邻村的师婆。

听说大财主找师婆给婆姨看病，村里人顿时兴奋起来，因为人们很少看到师婆治病，都想看稀奇。

晚上，为了增添人气，大财主破例开着大门，让村里人来看热闹。当七颗心来到大财主院子的时候，看见四羊、五虎和六狗站在院子里有说有笑，似乎大财主的院子是他们的娱乐场所。院子里还有很多人在说笑，小孩子跑来跑去打闹。七颗心走进大财主的屋，看见屋里挤满了人，于是退出屋子，和院子里的人闲聊。过了一会儿，八只眼也来了，看见这么多的人来看热闹，也凑到四羊五虎几个人跟前说笑。人们等了很久，才看见大财主的两个儿媳妇引着师婆进了大财主的屋。院子里的人知道，师婆就要开始治病了，有的钻进屋里，有的站在门口，眼巴巴等待师婆治病。

师婆进屋后，看了一眼躺在炕上的大财主的婆姨，便吩咐两个媳妇拿香、黄表来。两个媳妇恭恭敬敬地把香和黄表递给师婆。师婆吩咐再舀一碗清水，

放在灶神前。所用之物准备就绪，师婆虔诚地烧香。她把香插在灶神前的香炉里，然后把黄表点着，口中念念有词。黄表烧尽后，师婆把灰烬拈入清水碗里，然后跪倒在地，恭恭敬敬地给神灵叩了三个响头。师婆站起来，面对神灵，微闭双目，絮叨不绝。有看过师婆治病的人悄悄地说：“师婆在请神，请到神之后，才能开始治病。”

果然，师婆絮叨一通后，示意要上炕，人们赶紧给她让出一条通道。师婆上炕后，一边絮叨，一边把碗里漂有表灰的清水洒在躺着的大财主婆姨身上。然后在大财主婆姨的身上乱摸，从头摸到脚，又从脚摸到头，如此反复几遍。突然，师婆大喊一声，扑通一声倒在炕上。人们大吃一惊，以为师婆出什么毛病了。只见师婆一个鹞子翻身，猛然坐了起来，用朦朦胧胧的双眼扫了众人几眼，倒身躺在炕上，口中絮叨不绝。有人悄悄地说，师婆鬼神附体，非人非鬼，是鬼也是人。人们仔细听师婆的絮叨，但谁也听不清楚她在絮叨什么。师婆絮叨了一通，话音渐渐清晰起来。有人悄悄地说：“师婆前面在跟神灵说话，所以我们听不懂；现在又跟人说话了，所以我们能听懂了。”

师婆拉开调子，似在说，也似在唱，如怨如慕，如泣如诉，音调苍凉。师婆道：“我是高山神灵，神力无比，上达天庭，下及黄泉，往来于天地，易如反掌。能呼风唤雨撒豆成兵，能消灾祛病，延年益寿。信服本神的人，能超凡脱俗，逢凶化吉，长命百岁。不信本神的人，恶魔缠身，百病附体，朝出门满面红光，晚归家面如土色。本神能拉你出苦海，带你上天堂。大财主之妻，面色晦暗，神气低落，气如洞里游丝，血如地底暗泉，身子动百处疼痛，气血凝千处受阻。前生作恶今世还，今世积德来生善。她老人家前生寄身于一个贫穷人家，因不满贫困，害死男人和婆婆，另嫁他人。今世来到富贵人家，安分守己，辛苦持家，但是前生的婆婆嫉妒她的富贵生活，故而夜里趁她熟睡之机，扇阴风，点鬼火，使她邪魔附体，恶鬼缠身。本神位居高山之上，俯瞰大地，把她的情况看得清清楚楚。如果不请本神来医治，三日之内病情加重，五日之内魂不附体，七日之内一命呜呼。悲哉！本神一来，鬼魂藏匿院中旮旯，企图伺机缠绕病人，本神要将鬼魂驱逐出大院，纳入西岳华山之下十八层地狱，让它永世不得翻身。啊哈！我将烧火棍，金刚锤，千刃剑，一齐向它打去。啊哈！鬼魂去也！鬼魂去也！本神提着鬼魂的二两魂魄，将它抛入华山的十八层地狱了。三日之内，病人气血复原，五日之内病体康复，七日之内活蹦乱跳。如若众人不信，且看灶神前的那碗清水，已经红如血染。”

有人立即去看灶神前的那碗清水，果然红如血水，众人见了，个个毛骨悚然。

大媳妇问："神灵，我婆婆的病起因于我家丢的那只夜光杯，是什么人偷走了？这件宝能不能找到？"

师婆说："你家的宝贝是一个小毛贼偷走了，此人不高不低，不胖不瘦，五官端正，眉清目秀，聪明伶俐，人间仅此一人。若问宝贝的来去，来是你家的福，去是你家的灾，来则来也，去则去也，来来去去，对你家有益无害。金银财宝，生不带来，死不带去，舍财取命，才是大理。"

大媳妇说："我听不明白，我家丢的那件宝贝到底能不能找回来，请神灵明示。"

师婆说："你家有贵人扶持，那件宝去无踪，来无影，来了也会归入他人之手。你们固然可以期盼，可宝贝到手之日，也是出手之时，来去与你们没有多大关系。修身保命，才是你家的要事，切莫过分追求财宝。"

大媳妇叹息一声，嘴里嘟囔："说来说去，那件宝贝还是找不到，婆婆的病几时才能好。罢了，宝不要了，人命要紧。"

师婆说："多则五日，少则三日，你婆婆的病一定会好。"

看完师婆治病，人们各自回家。天空乌云密布，地上漆黑一片，人们躺在炕上，不知今夜是风是雨，是神来云端，还是鬼游世界。

七颗心回家后，并没有入睡，而是蹲在院子的一个木墩上，似有所期待，又似无所期待。

四羊、五虎和六狗结伴回家，一路上有说有笑，说那师婆是个混世魔王，她的预言说清楚又糊涂，说糊涂又清楚，模棱两可，跟没说一样。我们还是该干啥干啥，管那婆子的屁话。

六狗说："我倒想看看那婆子的话到底如何。"

五虎说："你想干什么？"

六狗说："没想好干什么，只是想干点什么。一个无聊想法而已。"

四羊说："回家好好睡觉吧，别胡思乱想了。"

十宝没有去看师婆治病，而是在家里生闷气。他认为自己对大财主不错，他的婆姨生病，不找他看病，偏偏找一个外村的婆子看病，分明是瞧不起自己。他跟老秀才说，我在村里治好了不少病，大财主也清楚，他找别人看病，分明是让我难堪，看他以后还用不用我。

八只眼回家后，并没有入睡，而是坐在院子里琢磨师婆的话，似乎在等待着什么。

44

在村里人去看师婆给大财主婆姨治病之时，三财主把老秀才和十宝叫在一起，仔细商量藏夜光杯的事。三财主听从老秀才的话，决定把毫不费力得来的宝贝藏在家里。同时为了迷惑和警戒盗贼，三财主吩咐婆姨缝制了三个小袋子，分别装了豌豆、玉米和石子，准备分几处埋藏。这三袋东西埋哪呢？老秀才说，虽然是为了迷惑警戒盗贼，也要当做真金真银来藏，不能露出丝毫破绽，否则会被盗贼识破，威胁宝贝安全。祖孙三代人讨论了半宿，才决定了藏宝地点。

等到去大财主家看师婆治病的人们回家睡觉后，三财主去藏准备好的三个袋子。为了易于被人发现，三财主将三个袋子分三个晚上藏。人定时分，三财主把第一个袋子藏在院子下面的柴窑里，藏好袋子后将柴门上了锁，俨然严密防守的样子。第二天晚上人定时分，三财主把第二个袋子藏在院墙外的大磨盘底下，并且有意用一些破砖头伪装起来，似乎在掩人耳目。第三天晚上人定时分，三财主拎着袋子和一把镢头，悄悄打开大门，在大门外的一棵大枣树下停下来，用镢头轻轻挖出一个小坑，把袋子埋进去。埋好袋子后，他向四周看了一遍，天漆黑一片，地静悄悄的，不时吹来阵阵微风，像要下雨的样子。他有意低声咳嗽了一声，咯吱一声，闭上大门，走进院子。

从头一天晚上藏宝以来，三财主没有睡过好觉，人定之后一个时辰内，他隐藏在院子里的角落里，观察墙外的动静。一连两个晚上，夜夜如此。早上天蒙蒙亮，他就从炕上爬起来，在院子里悄悄观察院外的动静。两天过去了，一直没有发现任何情况，他怀疑盗贼不会上当。今晚，他埋好袋子后，特意在上面盖上半块砖头，一是为了掩盖新土的痕迹，二是为了引起盗贼的注意。他回到院子里，放下镢头，心里骂道："老子不信你不上钩！"

三财主回屋躺了一会儿，感觉天色不早，爬起来，悄悄打开门，到院子里躲起来。

七颗心回家后，一时无眠，心里琢磨着师婆的话。师婆说盗走大财主宝贝的人是一个不高不低，不胖不瘦，五官端正，眉清目秀，聪明伶俐的人。他会是谁呢？他认为四羊最符合师婆所说的这个人的特点，可四羊手里的宝贝已经露馅了，难道他手里还有宝贝吗？六狗跟师婆说的那个人也比较接近，他一直怀疑六狗手里有宝，上次到古墓藏东西就是例证，尽管他藏的是假宝。至于五虎，他认为五虎没有这样的特点，五虎想不出盗走大财主宝贝的奇招。

他又想到了三财主，他从四羊的手里得到了宝贝，会藏在哪？屋里还是屋外？一朝被蛇咬十年怕井绳，谁都会吸取以前的教训，估计他会把宝贝藏在屋里。如果有人以为三财主还会把宝贝藏在屋外，很可能会惦记着这件宝。尤其是四羊，别人把他到手的宝贝抢走，他一定不甘心，兴许他想重新夺回这件宝。

窗外风声告诉七颗心，云黑风起之夜，有可能下雨。本来他已昏昏欲睡，这时候却清醒了，他站起来，走出门外。

八只眼回家后，看见天上阴云密布，时有风起，便坐在院子里抽烟消磨时间。虽然他最相信自己看脚印的本领，但对神魔鬼怪也有几分敬畏。他认为师婆的话未必有什么依据，然而冥冥之中似乎存在着超越人的意志的东西，这种东西说不清道不白，难以言传，只能在心里体味。自从在大财主家的烟囱下面得到脚印以来，再没有发现新的线索，这让他感到有点难堪，师婆的话似乎可以作为一种参考，但虚无缥缈，难以入手查实。他想到了三财主，尽管自己没有直接为他查清案子，毕竟给他找回夜光杯，也算给了他交代。上次三财主提出，想设计引诱盗贼上钩，以示警诫，不失为一个不错的办法。因为在他看来，既然三财主有过在外面藏宝的先例，有人会根据这个先例再次盗窃，这恰好可以成为发现盗贼的机会。这两天他没有去三财主家，估计他已经设下了圈套。

阴云不散，夜雨不来，唯有小风时起。七颗心走出院子，先后村溜了一圈，没发现异常情况。他又溜达到前村，居高临下，看着夜幕里三财主的院子。院子黑魆魆的，什么都看不清楚，他只好走下一截小坡，溜到三财主家脑畔上的烟囱旁蹲下来，烟囱跟他合为一个黑影。他悄悄低头往身下的院子里瞅了一眼，看见院子的拐角处立着一个黑影，他看不清楚是人是物。他目不转睛地盯着黑影，一会儿，他看见黑影移动了一下，据此断定黑影是人不是物。这么晚了，三财主家的人不会无缘无故站在这里，一定有所图。黑影隐蔽得很好，不仔细看很难发现。如果黑影真有所图，一定在等待什么。他在等待什么，七颗心无从知道。

这时，前村出现了一个黑影，黑影从前村走到后村，然后站在村子的高处，俯视着村子的各个角落。看了好一会儿，他又到后村徘徊了一阵，然后沿着一条小路走到前村。他站在一户人家的墙角，居高临下，四处搜寻着。夜深深，仿佛一口古井，远处的山现出粗大的轮廓，恶鬼一般。黑影像一只夜游的狼，等了很久，慢慢地移向三财主家。黑影到了三财主家上面的那户人家，停下来，仔细观察三财主家脑畔和院子里的动静，一动不动。

八只眼无心入眠，想出去看看三财主家周围的动静。他披了一件衣服，悄悄溜出院子。八只眼住在半山腰，可以俯瞰三财主家的院子。他蹲在一棵大枣树下，默默看着下面。等了一会儿，他看见三财主家上面的一户人家的

墙角有一个黑影闪了一下，立刻警觉起来，尽管他没有看清楚黑影是人还是动物。一会儿，黑影出现在三财主家附近，他看出是一个人影。他立刻断定，此人一定以为三财主把夜光杯藏在屋外，想趁黑去偷。他心里暗笑，如果此人真去盗宝，必然落入陷阱。

正在八只眼寻思的时候，无意间看见三财主家脑畔的烟囱跟前有个黑影闪了一下。他很奇怪，难道这里也有一个人吗？他盯着黑影，看见黑影离开烟囱，走到旁边的一棵树下。一会儿，黑影又回到烟囱跟前蹲下身子，八只眼估计此人憋不住腹中的尿，到树下撒了一泡尿。此人是七颗心，他蹲在烟囱下，丝纹不动。一会儿，七颗心看见三财主家大门外有个黑影闪了一下。他死死盯着那个黑影，黑影却紧靠着一面土墙，一动不动。七颗心知道，有人来三财主家下手了。他把头转向三财主的院子，看见墙角的人依然站在那里一动不动。他想，一旦来人下手，必定会被院子里的人发现。谁这么没头没脑，干如此蠢事？

又过了一会儿，七颗心看见黑影向三财主院子外面的石磨移动。黑影到了石磨旁边，稍作停顿，便猫着腰钻进石磨底下。七颗心猜测，三财主的宝贝可能藏在石磨底下，如果来人运气好，可以很快得手。自己为什么没想到三财主会把宝藏在这里？他悔恨自责，痛苦万分。

突然，三财主家的大门咯吱一声开了，有人大吼一声："别走！"

石磨底下的人立刻钻出来，撒腿就跑。院子里的人立刻追上去。七颗心在脑畔上也大吼一声："往哪跑！"也立刻追上前去。

八只眼站在高处，听出了两个人的话音。

45

早上醒来，七颗心睡眼惺忪，揉揉眼睛才感觉清醒一点。昨夜他半宿无眠，身子乏困，强打精神扛起锄头去锄地。他想起昨天晚上的事，深感懊悔，为自己没有抓住那个黑影而叹息。不过，他不埋怨自己，只怨那个黑影跑得太快了，他根本追不上。至于三财主和后面赶来的十宝，更是无法追上。黑影像一只惊弓之鸟，飞一般向村外跑去，一会儿就无影无踪。他和三财主、十宝守候半宿，无功而返，七颗心难免为此惋惜。当然，他也有几分欣慰，因为事实证实他的猜测是对的，他确信三财主石磨下藏着宝。想到这一点收获，他身上似乎有劲了，对继续寻找宝贝充满信心。

七颗心到了自家地里，放下锄头抽烟，缓解一下爬坡的劳累。他想起上次梦中天官老爷的那四句话，不琢磨意思倒很清楚，经老秀才一解释，反倒扑朔迷离，似乎向西寻找宝贝希望与失望各占一半。对于这种喜忧参半的事情，他想还是宁可信其有，不可信其无，因为信则有一分希望，不信则没有一点希望。他决定锄完地后去寻找一番，兴许有一点收获。

其实，比七颗心更懊悔的是三财主父子。三财主精心设计的陷阱，眼看有人掉进坑里，又让他跑了。此人是谁，竟然因为天黑而无法知晓。追赶失败后，父子二人回到家里，点着油灯，仔细讨论起来。

三财主说："那黑影比兔子跑得还快，如果我再年轻十岁，一定追上他。你看他的影子像谁？"

十宝说："我出来时他已经跑远了，看不清楚。不过，从他跑得速度来看，像六狗，也有点像四羊，别人不会有这样的速度。"

三财主说："看来这人猜到了我们的心思，以为我们还会往门外藏宝，我家宝贝被盗有可能与他有关。母猪寻见萝卜窖，他以为还可以得到这件宝，太得意了。磨盘地下的袋子，是我昨天晚上藏进去的，今天晚上就有人下手，可见他一直在盯着我们的举动。他到底是谁？"

十宝说："我家一直怀疑六狗，不是没有道理。我家失宝后，他就去古墓藏宝，不管他藏的是真宝假宝，说明他居心不良。如果藏的是真宝，那是为了保住这件宝；如果他藏的是假宝，那是为了试探有没有被人发现。上次我去他家院子外面查看，六狗的母亲看见后很不高兴。我在几棵枣树下戳了几下，没有发现什么，我正要查看那棵大柳树上的喜鹊窝，却被六狗母亲发现了，她现出一脸不高兴的样子，生生把我赶走，其中必有蹊跷。第二天，我再次到那棵大柳树下看，喜鹊窝仿佛与前一天不同，想必有人动过喜鹊窝。"

三财主说："既然如此，我们明天注意他的动静，看有什么异常，你去观察一下。"

十宝说："好。不过，七颗心怎么会知道黑影来我家盗宝，究竟他们是一伙，还是他偶然发现了黑影，或者他一直在盯着黑影，难以捉摸。"

三财主说："可能七颗心在盯着黑影，否则不会如此凑巧。问一问他，就知道是怎么回事。"

十宝说："七颗心神出鬼没，像暗鬼一般，没有瞒得了他的事情。"

昨晚，看见黑影溜掉，七颗心不甘心，他想黑影往村外跑去是为了掩人耳目，并不能说明他是外村人，所以决心在村里等黑影回村。他告辞三财主父子后，走到六狗家的院子外面，想看六狗在不在家。六狗家的院子没有大门，七颗心径直走进院子，想到窗户底下问一问六狗在不在家，又停住脚步，觉得不妥。他走出院子，躲到附近的一个柴窑里，暗暗守候着六狗。他认定

黑影一定是六狗。他守了许久，仍然不见六狗的影子，困意渐渐袭来，不禁打起盹来。他不知道自己打了几次盹，不知道自己醒了几次。当最后一次醒来的时候，他感觉夜深极了，于是到六狗院子里瞧了一眼，没有看到六狗回家的迹象，便回家睡觉。

七颗心一边锄地，一边琢磨，难道昨晚的黑影不是六狗，而是别人吗？否则，为什么那么晚不回家。如果真是别人，自己就失算了。但他又不愿意否定自己，因为他从黑影的模样看像六狗，他相信自己的眼睛和感觉，可他没有抓到六狗的一根毫毛。他想暂时不去考虑六狗，等有时间再接触六狗。他抬头看，红日当头，已到吃饭的时候，但他心里想得是到哪去找宝。他放下手中的锄头，向西边看着，西边是一条长长的深沟，沟两边是山地。山地的庄稼已经见绿，偶尔可以看见几棵高大的柳树和杨树。他在山上搜寻着，一块地一块地，一棵树一棵树，没有发现有寻找价值的地方。他的目光投向沟里，沟是一条石沟，青青石板铺垫着长长的沟，靠近沟底的地方是土壁，有时可以看见几截断断续续的石壁。沟里有一座庙，就是华佗庙，它填补了山沟的空虚，使山沟不再空空荡荡。他的目光聚焦在那座古庙上，看了许久，扛着锄头奔向华佗庙。

华佗庙已有近百年的历史，他走到庙前，看着有点破旧的庙宇，不知道前人为什么在离村子这么远的地方修一座庙。当然，他知道修华佗庙是为了保佑村民的安康。这庙距村子有二里远，平时很少有人光顾。虽说华佗庙为一座庙，其实它的规模比较大，它由上下两层组成。村里人称上层为正殿，上层五间房子一溜排开，房前有一条回廊，是典型的清代建筑。正中一间房子供奉着华佗神像，其余几间房子供奉着别的神。正殿前是一块宽阔的地面，地面其实是下面一层房的房顶。一层也是一溜五间屋子，由青石砌成。屋里没有供奉神像，是供远来烧香的人和戏班住的，因为一层对面是一座很大的戏台，每逢清明必唱戏。戏台依山而建，与一层之间由一座拱桥连接起来。拱桥就在戏台下面，人们可以在宽大的拱桥上看戏，也可以在二层正殿前的场地上看戏，甚至还可以在正殿后面的山坡上看戏。每年清明前后，这里锣鼓喧天，咿咿呀呀，周围村民都来看戏。

七颗心看了一眼正殿，又看了一眼对面的戏台，打算先从正殿开始查看。他先走进供奉华佗神像的房子，看见华佗端坐房中，身前有香炉，身后靠着墙，左右空无一物。他查看一番，发现没有可以藏匿宝贝的地方。他依次查看了五个房间，并没有发现宝贝的影子，只好走到一层来看。一层的屋子，屋门紧闭，他推门进去，一间间仔细查看，看见每间屋子空荡荡的，只有炕和火灶，墙是白灰抹成的，光溜溜的。他走出屋子，远望对面的戏台，只见戏台空旷冷落，异常寂静。他从戏台的侧门走进去，看见前台空空如也，只有木柱矗立，木梁高悬，梁柱高不可攀。他走进后台，看见戏子们化妆的台子布满了尘土，供休息坐的砖台子积了半寸厚的尘土。再看地面，没有一个人迹，只有鸟兽的爪印。他看出近时没有人来过这里，自然无宝可找。他只好走下戏台，四处张望，寻找可以藏宝的地方。他白费一番工夫，只好扛着锄头回家。

在路过村子底下的那截石崖的时候，七颗心停住了脚步。上次他在这里发现了蹊跷，结果被旁人捷足先登，此时他叹息复叹息。他仔细瞅着石崖的小洞，看见洞里依然放着一块小石板，看不清楚石板下面有没有东西。他想再试一下，说不定有人会故伎重演。他走到石崖底下，脚踩着石层往上爬。结果一次次攀爬，一次次掉下来，最后骂一声“狗日的”，失望而归。回家的路上，他琢磨着爬上石崖的办法。

46

那夜三财主设计赚盗贼，八只眼站在高处，看见三财主和七颗心追赶黑影，结果还是让黑影溜走了。他本想也去追黑影，无奈距离黑影比较远，自知无济于事，只好看着他们追赶。他等七颗心离开三财主家附近，便悄悄溜下去，敲开三财主的大门。三财主父子正在讨论黑影是谁，听见八只眼敲门，感到很吃惊。刚才与七颗心不期而遇，现在又有八只眼赶来，原来有这么多的人在惦记着他的宝贝。当然，三财主事先已经跟八只眼讲过他的计谋，八只眼关心这件事在情理之中。

八只眼进了院子，跟三财主说：“拿一盏灯，我们出去看脚印。”

三财主明白八只眼的意思，赶紧端着一盏灯，和十宝一起跟在八只眼身后。到了石磨旁边，八只眼接过三财主手里的油灯，弯下腰仔细看地上的脚印。因为脚印是新踩的，非常清晰。八只眼吩咐十宝，赶紧回家取麻纸和笔墨来，他要拓脚印。十宝赶紧从家里取来麻纸和笔墨，八只眼很快拓下脚印，然后三人一起回到三财主屋里。

三财主问：“这个脚印熟悉吗？”

八只眼说：“很熟悉，但是还要确认，回去跟家里拓下的脚印比对一下就清楚了。”

十宝问：“你刚才看见那个黑影了吗？像谁？”

八只眼说：“只看见一个模模糊糊的影子，连大小都看不清楚，不知道是谁。”

三财主说：“我看见像六狗的身影，不知到底是不是六狗。”

十宝说：“我看也像，可惜让他溜掉了。”

八只眼说：“七颗心没有看清楚吗？”

三财主说：“他也没有看清楚。”

八只眼说：“虽然他跑向村外，我断定他是村里人，他跑不掉。没想到略施小计，真有人上当。”

八只眼告辞三财主回家，回家后赶紧拿出那几张麻纸，认真比对。比对后，他惊奇地发现，这个脚印与五虎羊圈的脚印，二财主墙外的脚印完全相同。这让他颇为不解。如果土洞的宝贝是四羊藏在那里的，那么沟底石崖底下的脚印应该是四羊的脚印，二财主家墙外的脚印也应该是四羊的脚印，今夜三财主家石磨下的脚印也应该是四羊的脚印，而三财主和十宝却认为黑影是六狗。他想起了六狗家草垛下的那双鞋，他已经把那双鞋的大小拓下来了。他找出那个脚印比对，果然一致。看来那个黑影一定是六狗。八只眼很兴奋，他想到六狗家附近等六狗回来，进一步证实自己的推断。

八只眼走出家门，想去蹲守，转念一想，没有必要，因为他猜想七颗心一定在隐蔽的地方蹲守，自己何必耗神费力。他认为要紧的是找到草垛下的那双鞋，这样脚印和鞋俱在，六狗只有低头认盗。想到这里，八只眼转身回家。

第二天早上，八只眼早早起来，准备去锄地。他刚走到村外，看见远处一个人向村里走来。来人走近了，一看是六狗。

八只眼问：“这么早，上哪去了？”

六狗说：“昨天去亲戚家，刚回来。”

八只眼看见六狗一脸憔悴，眼圈都有点黑，不知道六狗在哪过了一夜；他低头看六狗的鞋，正是他见过的藏在柴禾堆下面的那双鞋，心里不由一阵高兴。为了稳住六狗，八只眼暂时不想跟他多讲什么，只嘿嘿一笑，说：“昨晚你熬夜了。”

六狗说：“夜里帮亲戚干活，没有睡好觉。”

六狗说完，匆匆回村。

六狗回家，赶紧换了鞋，也扛起锄头去锄地。

八只眼寻思，六狗回家后必然要换鞋，他的那双鞋还会放在柴堆底下吗？如果还藏在那里，就可以去找三财主，一起去查证。吃饭时分，八只眼扛着锄头回村。他没有直接回家，而是径直走到三财主家。看见八只眼来了，三财主连忙问：“怎么样，是他的脚印吗？”

八只眼说：“我认真比对过，的确是六狗的脚印。我早上锄地的时候，在路上碰见他回村，想必是在外面过了一夜。不过，口说无凭，得找到证据，他才可能低头。”

三财主说：“还要什么证据，鞋印不就是很好的证据吗？”

八只眼说：“光有鞋印他一定不会承认，因为这双鞋不是他平常穿的鞋，而是必要时才穿的一双鞋。”

三财主说：“能找到他的这双鞋吗？”

八只眼说：“很难说，过去我在他家院子里的柴堆下面见过，不知道今天会不会藏在那里。”

三财主说：“如果他换了藏匿地点，就不好找了。不过，我们还是去找一趟他，宁可错了，也不能误过。”

三财主连忙叫十宝跟着一起去找六狗。三人一起走到六狗家的院子里，十宝叫了一声六狗，六狗的娘说锄地还没有回来，三人只好走出院子，到大门外等六狗回家。等了一会儿，十宝有点不耐烦，说：“我到地里去找他，看他如何抵赖。”

十宝走了一会儿，三财主有点不放心，怕十宝跟六狗打起来，于是和八只眼一起去找十宝。他们走出村没有多远，看见十宝和六狗站在路边说话，二人连忙赶过去。

十宝说：“六狗，你昨晚到我家的石磨旁做什么，当着这几个人的面说清楚。”

六狗说：“我没有去。”

十宝说：“我看见你的影子了，你不要抵赖。”

六狗说：“你们看见我，为什么不抓住我。”

三财主说：“你跑得快，我们没有追上，可你留下了脚印，这是抹不掉的。”

六狗说：“脚印能说明什么，人才是实实在在的。再说，我只有这双鞋，你看是这双鞋踩下的印子吗？”

三财主说：“你的脚印我们拓下来了，要不要比对一下？”

六狗脱下自己的鞋，说：“拿去比对，看一样吗？”

八只眼看出六狗现在穿的鞋不是早上他看见的那双鞋，明白他换了鞋，他担心六狗换了藏鞋的地方。

三财主看了一眼八只眼，想让八只眼马上进行比对。八只眼明白他的意思，说：“六狗另有一双鞋。”

六狗说：“没有。我只有这一双鞋。”

八只眼说：“如果我找出你穿过的另一双鞋，怎么办？”

六狗说：“我成天就穿着这双鞋，哪有另外的鞋。”

八只眼说：“如果我找出来，怎么办？”

六狗说："我认了。"

三财主说："我们一起到你家去找。"

四人一起来到六狗家，六狗指了一下院子，说："你们随便找。"

八只眼并没有进屋，而是走到柴禾堆边。八只眼看了一眼六狗，看见六狗愣怔了一下，八只眼心里有底了。八只眼弯下腰，掀起柴禾，从里面拖出一双鞋来，拿在手里看了看，正是他早上看见的那双鞋。

三财主说："这是你的鞋，对不对？"

六狗不吱声。

三财主对八只眼说："你回家把我们拓下来的脚印拿来，比对一下。"

八只眼回家取脚印，一会儿，拿着麻纸走进六狗的院子，拿起那双鞋认真比对，结果和昨夜三财主石磨下的脚印一模一样。

八只眼说："六狗，你看，完全一样。"

三财主和十宝盯着六狗，十宝说："你还有什么话说？"

六狗说："那不是我的鞋，是我从别处捡来的。"

三财主说："你从哪捡来的？"

六狗支支吾吾，不愿意说。八只眼说："既然不是你的鞋，说出来怕什么。"

六狗死活不愿意说出鞋的出处，三财主只好说："你为什么要到我家石磨下，我那里藏着夜光杯，你是不是想偷？"

六狗说："我看见石磨底下多了一些砖头，跟平时不一样，所以想去看看，哪知道你在那里藏了宝贝。"

三财主说："我知道这次你没有拿到宝贝，我家上一次丢的宝贝是不是你偷的？"

六狗说："不是。别冤枉我，我手里没有宝贝。"

三财主说："你先吃饭，晚上再说。"

六狗看着三人走出院子，不明白八只眼如何知道自己的藏鞋之处，不禁一阵凄凉。

47

听说六狗被三财主审问，四羊心里也不高兴，为六狗打抱不平。自从被大财主一伙拿走土洞的宝贝后，他心里一直很郁闷，埋怨八只眼多管闲事，厌恶七颗心到处插手。对于三财主从他手里得到的宝贝，他耿耿于怀，也曾猜测他如何保管这件宝。他知道三财主会吸取上次失宝的教训，不会再把宝藏在门外，因此没有费心思去想。他没想到六狗会动心思去找，上当受骗也在情理之中。早上，他去锄地，汗水涔涔，看见日头已高，便扛着锄头回家。在路过六狗门口的时候，他想找六狗说话，六狗锄地没有回家，他只好先回家吃饭。

五虎每天忙着放羊，青草长高了，羊的膘也渐渐肥了，每天黄昏赶着羊群归圈，看见每只羊的肚子吃得鼓鼓的，心里很欣慰。有时候想到在羊圈里丢的钱，心里很失落。他托八只眼去查找，除了找到脚印，什么都没有找到。想自己去查找，狗咬刺猬无法下口，只好听天由命。他也曾琢磨过偷钱的人，也想到过四羊和六狗，但一来他们二人不知道他在羊圈里藏了钱，二来即便知道也未必会下手，因为毕竟彼此关系不错。除了他们二人，七颗心是他最怀疑的人，虽然表面看来他是一个仁人君子，内里的心眼却特别多，让人难以捉摸。四羊土洞藏宝败露，让他对四羊产生了怀疑，他不知道四羊从谁手里偷了宝贝，他手里到底还有没有宝。至于六狗，三财主两次找他理论，都没有结果，他对六狗是否偷钱心存怀疑。他想找四羊和六狗，请他们打听自己钱的下落。

六狗再次被三财主追问，脸面不光彩，心里郁闷。他怨恨自己没有仔细思考便贸然行动，结果被人抓住了把柄，处于有口难辩境地。尚且三财主不依不饶，还会上门讨说法，他不知如何应对。虽然他和五虎、四羊宣称手里有宝，想吸引人们的注意，人们都知道是一场闹剧。村里几个财主丢了宝贝，到底谁偷了他们的宝，他猜测不到。五虎居然丢了钱，出乎他的意料，因为他知道五虎手里没有几个钱。五虎丢的钱是从哪里来的，六狗不得而知。至于四羊，虽然很聪明，可比他更聪明的七颗心和八只眼却让他吃了苦头。四羊的那件宝到底是如何来的，四羊一直守口如瓶，六狗也不去问。

七颗心盯着想偷三财主宝贝的人，不承想又让此人逃走了，他感叹自己的运气不好。他想不到这次偷三财主宝贝的人是六狗，也没有想到六狗竟为不动声色的八只眼所发现，心里暗暗佩服八只眼的精明。机会每次在他眼前擦肩而过，他认为这是天意，不免埋怨天官老爷不帮自己的忙。

吃完饭，四羊去找六狗，在路上碰见五虎。四羊看见五虎手里拿着羊铲，问："要去放羊吗？"

五虎说："前几天爹放羊，这几天我去放。爹年岁大了，腿脚不好，上山下山到处跑，受不了，让他做点手头活，轻松点。"

四羊说："原想找你跟六狗聊一聊，如果你去放羊，晚上回来再聊。"

五虎说："好。听说六狗又被三财主审问了，他真倒霉。"

四羊说："是的。所以我想找他聊一聊。"

五虎拿着羊铲走了，四羊抬头看看天，太阳毒辣，不想到地里遭晒，想找六狗说话。六狗锄地回家很晚，吃完早饭已经不早了，因此上午不打算去地里干活。四羊走进六狗的院子，看见六狗坐在一块大石头上抽烟，便说：“我们到天官庙下坐一会儿，那里凉快。”

二人一起来到天官庙前，看见那里有几个人在乘凉。四羊说：“我们到别处去说话。”

六狗说：“先坐一坐，正好跟他们说几句，不然心里太郁闷了。”

看见四羊和六狗来了，七颗心老远就大声说：“两个神盗来了，小心怀里的钱。”

四羊和六狗近前，找了个空位坐下来。看见几个人在窃笑，他们明白这几个人笑的意思。

四羊说：“你们笑什么，怕我们偷你们的钱吗？”

七颗心说：“六狗，你够倒霉了，怎么又让三财主上门审问，好像他是县官派来的副县官，专门审问你。”

六狗说：“如果当时不是你大喊大叫，他们会知道是我吗？你总盯着我干什么。”

七颗心说：“黑咕隆咚的，我怎知道是你。如果知道是你，保证放你一码，你把宝贝偷到手，兴许会分我一半。”

六狗说：“你总干缺德事，积点阴德好不好。咱村的三个财主，哪个缺钱花，人家伸出个指头都比我们的腰粗，你怎老向着他们，老跟我过不去？”

七颗心说：“我闲着干什么，总得找点事做，再说不是想得几个赏钱嘛。我不想坏你的好事，是无心之错。要说厉害的人，还是人家八只眼，村里的什么事能逃过他那双火眼金睛。”

八只眼没有正眼看六狗，而是盯着七颗心，说：“你别挑拨是非，我哪有你厉害，村里什么事能逃出你的算计。你是天宫的如来佛，事事掌控，我只是事后诸葛亮，捡人家剩下的东西，没味道。”

九蛋说：“要说厉害，还是十宝的魔法，不仅让我含冤一次，还让我跌折了腿，吃了大亏。六狗被审问，四羊失宝，都是鸡毛蒜皮之事，我却是皮肉之苦。”

九蛋的话揭了四羊的伤疤，四羊对六狗说：“他们在这里乘凉，说风凉话，却让我们受煎熬，我们到别处乘凉。”

四羊和六狗起身走了。

晚上，五虎放羊回家，四羊和六狗找到五虎，一起来到天官庙下。夜晚的天官庙静悄悄的，白天喜欢来这里乘凉的人都在院子里说闲话。三个人边抽烟边聊天。

六狗说：“我真倒霉，又叫三财主父子审问一通。这次三财主使奸计欺骗了我，没想到这老东西老奸巨猾。”

五虎说：“人家这叫吃一堑长一智，哪像你那么傻，给个诱饵就上钩。你怎么发现石磨底下藏宝？”

六狗说：“自从三财主从四羊那里拿走宝贝后，我就琢磨着他怎么藏宝，并且注意他家的一举一动。昨天上午路过石磨边，看见那里的样子和平常不一样，我寻思里面可能藏着宝贝，所以晚上就去看，不想被躲在院里的三财主和脑畔上的七颗心发现了。”

四羊说：“他家的动静我也注意了，我看见三财主家的柴窑又上了锁，还看见三财主往院子外面的枣树下埋东西，可我没敢动手，我怕上当受骗。因为三财主不是傻子，谁都懂得吃一堑长一智的道理，何况还有十宝和老秀才做参谋。再说，他上次在屋外藏宝丢失，这次还会往屋外藏吗？”

五虎说：“四羊的话有道理，见个棒槌就纫针，能不上当吗？三财主的宝贝，当初是不是你偷走的？”

六狗说：“三财主三番五次找我的麻烦，硬说我偷了他的宝贝，他没有真凭实据，我自然不会承认，谁愿意平白无故认盗贼，盗贼的骂名比一座山还重。”

五虎问四羊：“你藏土洞的宝，真是捡来的，还是从哪里弄来的？怎会让他们发现。”

四羊说：“这件宝的来路我不便说，天知地知我知，暂时不能泄露。这世上，为什么准许他们有钱，不准许我们有钱。他们有生财之道，我们也有生财之道。你看大财主多横，平常总一副盛气凌人的样子，好像谁欠他的一样，看着就不顺眼。七颗心也不是好东西，像一只野狗，到处闻来闻去，是他坏了我的好事。当然，八只眼也不是好人，是他伙同大财主夺走了我的宝贝。”

六狗说：“五虎，听说你丢钱了，你的钱是从哪里来的？”

五虎说：“各人有各人的来钱之道，我要是直说了，兴许会给我惹来麻烦，彼此心照不宣好了。我的钱的确丢了，不知道落入谁手。如果能找到固然好，如果找不到，就当我白辛苦一场，反正不是我腰包里的钱。不过，我很纳闷，谁会发现我把钱藏到羊圈里呢？仿佛我的身后有一双眼盯着我一样。螳螂捕蝉黄雀在后，真有比我更精明的人。不怨天怨地，只怨我没有财运。会不会是你们拿走了我的钱？”

四羊说：“你别瞎猜，我们不是那样的人。”

六狗附和着，狡黠地笑了。

五虎说：“六狗的手不老实，真是你拿走了就还给我。”

六狗说：“真没拿你的钱。如果真拿了，我会还给你的，别疑神疑鬼。”

夜深了，三人打着哈欠各自回家。

48

大财主请师婆给婆姨治病，师婆说不日就会好转。第二天，大财主的婆姨果真好了许多，脸上现出了笑容，一家人十分高兴。为了让婆姨的病体尽早康复，大财主吩咐长工杀了一只羊，给婆姨滋补身子，又叫十一指开了几服补药。不想，第三天早上，婆姨萎靡不振，又回到原来的状态。到了下午，婆姨的病情更加严重，这让大财主十分焦急。几个媳妇围着婆婆递汤递水，大财主一会儿看看躺着的婆姨，一会儿在院子里走来走去。两个儿子看见母亲病情严重，跟大财主说，还得请人看，不然凶多吉少。大财主问请谁看，两个儿子愣愣的，不知道请谁看好。大老大说还是请十一指看，中医是地地道道的医道，比较可靠，师婆之类是邪医，不着调。大财主说，已经请十一指开了几服药，不是没有见好吗？这次还得请邪医看。大老大问请谁看好，大财主想来想去，只有找十宝看。大儿子拗不过爹，只好同意试试。大财主打发大老二去请十宝。

大老二来到十宝家，十宝正坐在院子里呼噜呼噜吸水烟。看见大老二来了，十宝有点惊奇，因为大财主家的人很少串门，总在家里忙家务。大财主之所以能够发家致富，全靠一家人的勤劳。三财主也有点惊奇，问："有事吗？"

大老二说："有。我娘的病又重了，爹让我请十宝去给娘看病。"

十宝说："不是请师婆看了吗？师婆不是说三两天就会好吗？"

大老二说："只好了一天，第二天就严重了。师婆的话不可靠。"

十宝说："我早就知道她看不好，她的道行浅，哪会治病，只不过哄骗几个钱花而已。当初要是找我，现在兴许好了。事到如今，恐怕我也治不好。"

三财主听出十宝话里的意思，知道他心里不高兴。俗话说，卖石灰的见不得买面粉的，同行难免相互嫉妒。想到上次大财主十分慷慨地把夜光杯给了自己，十宝不去对不起人家，三财主劝道："你去一趟，人家对咱不薄。"

十宝说："不是我不想去，我怕去了治不好。如果早两天请我，我会痛快答应。"

老秀才在家里听见几人在院子里的对话，放下手中的书，走到院子里对十宝说；"投桃报李，处世之道。我家是书香门第，不要让人家说咱家的闲话，你去一趟，举手之劳，何苦之有？”

听了爹和爷爷的劝导，十宝说：“不是我不想去，而是行有行规，同行之内有忌讳，谁愿意吃别人嚼过的馍？看在两家交情的份上，我下午去一趟，好与不好，没有把握。”

看见十宝答应去，大老二十分高兴，说：“我们等着你。”

听说大财主婆姨的病又重了，二财主且喜且忧，喜得是给大财主出了一道难题，看他如何应对；忧的是他的婆姨人品不错，待人好，万一有个三长两短，人们会遗憾。其实，二财主心里的几分喜，主要出自上次大财主私自决定把四羊手里的夜光杯给了三财主，因此心里不高兴。他认为大财主自恃财大气粗，任意处事。在众人看来，大财主对此事的处置并无偏颇。二财主丢了宝贝，至今不明下落，心里郁闷。听说三财主再次找六狗的麻烦，他怀疑自己丢的那件宝贝也与六狗有关，所以盼望三财主能在六狗身上找到破绽。

听说十宝要给大财主的婆姨治病，人们又是一阵兴奋。有人说，师婆治不好的病，十宝去治，自找麻烦。如果治不好，今后还会有谁找他治病。有人说，师婆给大财主婆姨治病，轻轻松松拿了十块银元，请十宝治病，大财主也少不了这个数目，十宝是冲着十块银元去的。这话传到十宝耳里，十宝心里很不舒服。不过，既然答应了人家，还是得去。俗话说：没有金刚钻，不揽瓷器活。十宝感觉自己的能耐大，再说既然揽下了瓷器活，就得有金刚钻，自己得拿出绝活，否则会遭人们的嘲笑。大财主婆姨的病，主要来自精神因素，家里丢了宝贝，始终没有下落，这才使她抑郁成疾。如果解不开这个心结，她的病难以痊愈。

后晌，红日西斜，十宝手里拿着一件法器，肩上背着一面红皮鼓，走进大财主的院子。看见十宝这副武装，院子里的人都感到新奇。听说十宝要来看病，院子里早已来了不少人，准备看十宝的表演。十宝进了院子，不跟人们打招呼，径直走进大财主的屋。大财主坐在椅子上抽烟，看见十宝来了，赶紧吩咐两个儿媳妇准备治病需要的东西。

大财主问：“需要什么东西，你尽管说。”

十宝说：“准备香、黄表、红绳子和一碗清水。”

趁两个儿媳妇准备之机，十宝看着躺在炕上的大财主的婆姨，只见婆姨面色如蜡，眼皮低垂，无精打采。十宝问：“你感觉哪里不舒服？”

婆姨抬了一下眼皮，又闭上，说：“浑身都不舒服，软弱无力，身子散了架。不如早点死了，省得受折磨。”

十宝说：“看你的样子没什么大毛病，我给你治一治就好了，你要挺起腰杆。”

婆姨说：“浑身酸疼，不知道什么鬼魂附体，你把他们全都赶走。”

十宝说：“我会使出浑身解数驱赶妖魔，你放心，今天晚上他们就会远离你，我会把他们压在大山底下，让他们永世不得翻身。”

婆姨说：“那我放心了。”

两个媳妇进屋，跟十宝说：“一切都准备好了。”

十宝说：“开始！”

十宝从大媳妇手里接过香和表，走到灶神前，口中念念有词，烧表、燃香，然后叩头。之后，十宝手里端着一碗清水，走到炕前，一边念着咒语，一边用手蘸了清水往大财主婆姨的身上撒。他对一直闭着眼的婆姨说：“我到院子里施法驱赶妖魔鬼怪，你在家静静躺着，不要害怕，赶走妖魔鬼怪，你的病就好了。”

婆姨抬了一下眼皮，说：“去吧。有你在，我什么都不怕。”

十宝身披一袭红袍，端着那碗清水走出门，将碗中的清水往空中一泼，水滴自天而降，洒湿了地面。他让人搬来一块石头，把手中的碗往石头上一摔，“啪”的一声，碗片四溅，众人立刻为之一惊。十宝把红皮鼓挎在腰间，使劲擂着鼓。鼓声咚咚，响震院子，惊心动魄。鼓点时缓时急，时轻时重。十宝一边擂鼓，一边念着咒语。人们听不清楚十宝念什么咒语，只见他闭着双眼，嘴唇张合，唾沫飞溅，神情激动。似游荡在天宇，如穿行在地狱，时而绝顶怒吼，时而壑底长鸣，时而驾着长风远航，时而倚着天柱攀爬，时而蛟龙海底潜游，时而苍鹰天空翻飞。围观的人看见十宝这副样子，魂飞魄散，噤若寒蝉，任由十宝领着他们到处游荡。突然一阵激鼓，鼓声戛然而止，院子里静得能听到遥远天宇传来的天籁之音。片刻寂静之后，十宝又摇动手中的铜铃，铃声清脆悦耳，十宝的咒语尖利高亢。铃声与咒语交合，撞击着院子里的每一个角落，回音与人们的耳膜碰撞，荡涤着人们的心灵，震颤着人们的躯体。有人突然浑身震颤起来，有人突然心跳加速，有人突然嚎叫起来，有人突然狂奔起来，有人突然哭泣起来，有人拉屎，有人撒尿，有人喊着老天，有人喊着爹娘，有人地上打滚，有人手舞足蹈，有人高歌，有人呐喊，一时间院子里群魔乱舞，乱成一团。

婆姨在炕上大喊一声，猛然坐了起来，揉揉眼睛，仿佛从另一世界走来，顿时精神振奋。

十宝在院子里大喊一声：“妖魔鬼怪逃走了！”

十宝一手擂鼓，一手摇铃，鼓声撞击铃声，铃声碰撞鼓声，铃声鼓声飞出院子，冲向天宇。十宝突然停止击鼓摇铃，哈哈一声大笑，院子里恢复了平静。

49

十宝施法惊心动魄，人们离开大财主院子时红日西沉，个个心里冷飕飕的，仿佛经历了一场寒冬。八只眼也来看十宝施法，不过他没有像其他人一样在院子里看，而是蹲在大财主脑畔上的烟囱边看。居高临下，他把院子里的情形看得一清二楚，为十宝的魔法所震惊，没想到世间竟有如此法力之人。他身后的烟囱，正是他发现脚印的地方，他想起大财主委托他寻找盗贼，至今没有丝毫进展。如果自己有十宝那样的法力，就不愁找不到盗贼。现在，他新的收获就是六狗的那双鞋，而这双鞋与大财主的宝贝又没有联系。他寻思，只有找到六狗，继续追问那双鞋的来龙去脉，才可能找到新的线索。

在八只眼之前，三财主和十宝再次找到六狗，追问前次丢宝的事。

三财主说："六狗，上次八只眼查脚印，查到你这里，你死活不承认，事情不了了之。后来，你深夜藏东西被七颗心发现，说明你手里一定有宝，不管这件宝现在在不在你的手里，当初你手里的确有宝，宝从哪来的？不就是偷来的吗？这次，你又来到石磨，目的是什么？很清楚，还是盗宝，不巧被我们发现了。三番五次，事实证明你盗走了我家的宝，你有什么话可说？"

六狗说："你查脚印查到我这里，可鞋并不是我的鞋，我不会承认我是盗贼。上次七颗心偷走我的宝，反倒说我陷害他，谁让他深夜盯着我不放。你们跟他要宝好了，现在我两手空空。至于那件宝是从哪里来的，你们管不着，反正不是你家的宝，你们没有亲手抓住我，不能强迫我承认。这次我是去你家的石磨了，但是我没有得到任何东西，你们跟我要什么？"

十宝说："有次我到你家院子外面的大柳树下查看，你娘满脸不高兴，为什么？如果你没有偷，我看看有什么，你娘没有必要赶我走。当时，我看见喜鹊窝里似乎有什么东西，如果不是你娘赶我走，兴许我从那里找到了你偷的宝。第二天，我再次到大柳树下查看，喜鹊窝的情形显然与头一天不同，有动过的痕迹。显然，有人在喜鹊窝里藏过宝，后来又被他取走了。如果真藏过宝，不是你会是谁呢？别人敢往你家的柳树上藏宝吗？"

六狗说："那是你的臆想，我没有往喜鹊窝里藏宝，也不知道其他人在那里藏宝，猜测不等于事实。"

三财主说："你手里一定有宝，不是偷了我家的，就是偷了别人的，总之来路不正。如果你实在不承认，我只好把大财主和二财主找来，我们一起对质，看你如何说。"

六狗说："我不怕，除非你们在我手里找到宝，否则我不会承认。没有证据，哪怕你们告到县官那里，我也不会承认。"

三财主和十宝奈何不得六狗，又自感理屈，无功而返。

八只眼找到六狗，六狗在为三财主的审问气恼，在院子外面抽烟解闷。看见八只眼走到跟前也不搭理，只顾抽烟。八只眼找过三财主，三财主把找六狗的事跟他讲了，看到三财主一无所获，八只眼感到自己找六狗说事的难度也很大，但他不愿就此罢休，所以还是找到六狗。看见六狗对他不理不睬，八只眼知道此刻六狗的心理，别说六狗，就是自己摊上这样的事也会如此。八只眼没有搭理六狗，掏出烟袋，坐在一旁抽烟。烟过二巡，六狗耐不住性子，开了口。

六狗说："十宝装神弄鬼，不是在骗人钱财吗？还要硬说我偷了他家的宝，不知羞耻。如果真治好了那婆姨的病，是他的本事；如果治不好，不是十足的骗子吗？他有什么脸面来找我。"

八只眼说："鬼神之事我不懂，我只对人间的事感兴趣。不过，十宝作法让好多人失态，惊天地泣鬼神，太神奇了。"

六狗说："那是妖言惑众，世间哪有什么鬼神。如果他真有动用鬼神的本事，他家的宝贝不会丢。"

八只眼说："你的话有道理，鬼神管得了阴间的事，管不了阳间的事。阴阳两隔，是两码事。他们又找你了吗？"

六狗说："是的。他们无凭无据，强迫我承认盗宝，我会那么傻吗？他们扬言，要找大财主和二财主一起整我。死猪不怕开水烫，我等着他们来烫。"

八只眼说："不过，你的那双鞋的确让人产生疑问，你很难自圆其说。"

六狗说："不管怎样，三财主靠这双鞋制服不了我，不能定我盗窃罪。"

八只眼说："如果你愿意，我给你解释一下你的这双鞋，可以吗？"

六狗说："你说。"

八只眼说："其实，你穿过两双鞋，而不是一双鞋。九蛋的鞋不翼而飞，最后在七颗心的院子外面的草丛里发现，这是你穿着九蛋的鞋盗宝后特意扔到那里，目的是转移人的视线。在你抛弃了九蛋的鞋后，又从别处找来一双鞋，然后穿着这双鞋到二财主的墙上盗了宝，其后又穿着这双鞋到五虎的羊圈偷了钱，你盗走三财主的宝后把宝藏在沟底的石崖里。结果沟底石崖的宝被四羊发现，四羊取走了石崖的宝，然后藏在土洞里。你又穿着这双鞋到三财主的石磨下查看，结果被三财主发现。这双鞋就是藏在你家院子柴堆下面的那双鞋。对吗？"

六狗说："你这是推理，并不是事实。事实往往有出人意料的地方。照你这么说，我盗了三财主的宝，也盗了二财主的宝，还偷了五虎的钱，这么多财宝都在我的手里。如果真是这样，我岂不成了四财主？”

八只眼说：“有可能。尽管我的话是推理，难道不符合事实吗？”

六狗说：“你的话与事实相距甚远。我没有盗三财主的宝，也没有盗二财主的宝。我实话告诉你，我柴禾底下的那双鞋是从别人那里捡来的？”

八只眼说：“谁？”

六狗说：“五虎。”

八只眼吃了一惊，盯着六狗说：“是实话吗？”

六狗说：“当然。如果骗你，天打五雷轰。”

八只眼不相信自己的耳朵，一个劲地摇头。不过，他相信自己的推理至少有部分是对的。看见八只眼发愣，六狗笑了，说：“天下的蹊跷事多得很，你再聪明，也有你想不到的地方。”

为了证实六狗的话，八只眼去找五虎。五虎出去放羊，八只眼只好等五虎回家。晚饭后，八只眼再次去找五虎，看见五虎吃了饭，正在抽烟，八只眼拉着五虎的手说：“我们到外面说一会儿话。”

二人来到院子外面，抽起烟来，烟锅里的两点星火在黑夜里一闪一闪。五虎说：“有什么话？”

八只眼说：“今天我找了六狗，发现他有一双鞋，这双鞋去过三财主的石磨，去过你的羊圈，甚至还去过二财主的院墙。”

五虎大吃一惊，没想到他羊圈的钱与这双鞋有关。五虎说：“这么说是六狗偷了我的钱。”

八只眼说：“是的。”

五虎说：“二财主的宝也是他盗走的吗？”

八只眼说：“如果这双鞋是六狗穿着去的，就应该是他盗走的；如果是别人穿着这双鞋去的，那就不是他盗走的。”

五虎说：“谁还会穿过这双鞋？”

八只眼说：“六狗说这双鞋是从你这里拿到的。”

五虎说：“是一双什么样的鞋？”

八只眼说：“是一双虎口鞋，破旧的。”

五虎说：“有一次一个要饭的来我家，我看见他脚上穿着一双虎口鞋，怎么会到了六狗的手里。我没有这样的鞋。”

八只眼说：“你和六狗，有一个人的话是假话。谁的话真谁的话假，只有你们知道。”

八只眼揣着满腹狐疑离开了五虎。

50

闲来无事，晚饭后八只眼到三财主家串门。三财主和十宝正坐在院子里乘凉，看见八只眼进来，递给他一个草蒲团。八只眼把草蒲团放在台阶上坐下来，一起拉着闲话。一通闲话后，他们谈到了寻找宝贝的事。三财主问八只眼有没有新的消息，八只眼抽了两口烟，看着夜色中烟锅里的火星，说："我找了六狗和五虎，发现六狗的那双鞋大有蹊跷。我原以为这双鞋是六狗的，六狗却说从五虎那里捡来的。我去问五虎，五虎却说他没有这样的鞋，他看见那个经常来村里要饭的山东乞丐穿着这样一双鞋。的确，我没有看见五虎穿过这样的鞋，极有可能是那个山东乞丐的鞋。乞丐的鞋怎么会留在五虎的家里，五虎为什么会说没有看到这双鞋，六狗又如何从五虎家拿走这双鞋。这个谜团，兴许只有他们二人知道谜底。"

十宝说："六狗的嫌疑最大，五虎盗走我家宝贝的可能性不大。从我的神魔的暗示和你找到的鞋印，还有七颗心发现他藏宝，以及夜里到我家石磨下的情况看，非他莫属。只是我们找不到确凿的证据，对他无可奈何。我想，迟早有一天他会露馅，兔子的尾巴长不了。"

八只眼说："如果这双鞋五虎没有穿过，只有六狗穿过，那么，这双鞋到过五虎的羊圈，也到过二财主的院墙。这样，二财主的宝，五虎的钱，就是六狗所偷。至于你家的宝，现在我们只能从六狗身上找到间接证据，那就是他穿着这双鞋来过你家的石磨下。"

听了八只眼的分析，三财主很吃惊，原来二财主的宝贝和五虎的钱都可能是六狗所偷，六狗简直是个神盗。

十宝说："我们应该想办法找到有力证据，或者死死盯着六狗，不能让他逍遥自在。你有什么办法？"

八只眼说："暂时没有办法，除非六狗有新的动作，否则无可奈何。"

三人说了一会话，八只眼说要到别处串门，便离开了三财主家。

八只眼走后，三财主和十宝继续谈论夜光杯的事，父子二人仍在琢磨着六狗。

七颗心自上次到华佗庙寻宝失败后，愁眉不展，一副很失落的样子。他心里嘀咕，天官老爷怎么会误导他，让他白费功夫。他从心里信奉天官老爷，为什么这次天官老爷的话不灵验，他百思不得其解。他思来想去，觉得还是自己的思路或方法有问题，不应该埋怨天官老爷。找宝不如找人，他想还是盯着六狗和其他几个可疑的人，看他们有什么异常举动。八只眼想到村里闲转悠一会儿，不想在路上碰见了七颗心。七颗心拦住八只眼，要跟他说话。八只眼无奈，只好跟他聊起来。

七颗心问："最近几天你发现新情况了吗？"

八只眼说："白天一直在地里干活，夜里黑咕隆咚，能发现什么情况。"

七颗心说："你不说实话，听说你从六狗家里找到一双鞋，这鞋与几个人的宝贝有关，是不是？"

八只眼说："这双鞋不是六狗的鞋，是常来村里要饭的山东乞丐的鞋，这能说明什么？你不要胡乱猜疑，我并不知道六狗做了什么。"

七颗心讨了没趣，但他不相信八只眼的话，认为他隐瞒着什么。不过，这也给他提了醒，让他觉得六狗身上有戏，说不定是引人入胜的戏。八只眼随便说了几句话便走了，七颗心却站在路边琢磨。

八只眼走进四羊家的院子，进屋看见四羊不在家，便转身出来到别处串门。八只眼又走到一户人家，开门看见四羊在和这家人闲聊。看见八只眼进门，四羊说："几天都没有看见你了，地锄完了吗？"

八只眼说："快了。每天起早贪黑，身子很乏。"

四羊说："那你到处跑什么，不在家歇着。"

八只眼说："串门也是休息，跟人说话也缓解劳累，在家待着憋闷，到处走走心里舒服。"

四羊说："我看你串门另有目的。"

八只眼说："你想多了。串门不带目的，消遣而已。"

四羊说："未必。你真正的目的是为了寻找线索。最近有收获吗？"

八只眼说："没有。成天忙着锄地，没有时间去寻找。"

四羊说："你只知道让我进你的圈套，如果不是你设计，土洞的宝贝还在我手里。到手的鸽子飞了，我心里很郁闷，为什么偏偏遇到你呢？是天意吗？"

八只眼说："也许。我不得不为之。"

四羊说："听说你在六狗那里找到了新的线索，一双鞋，对吗？"

八只眼说："我们到别处转一下，怎么样？"

四羊说："好。"

二人走出这户人家，找了一个土塄，坐下来说话。八只眼把烟袋递给四羊，说："最近买的烟叶，很好抽，你试试。"

四羊装好烟，抽了几口，说："的确很好，我也买点。六狗的鞋有秘密吗？"

八只眼说："一言难尽。这双鞋到过几个地方，有可能与几个人的财宝

有关。你土洞里的宝贝真是从沟底石崖找到的吗？”

四羊笑着说：“是的。我没有偷，的确是捡来的，捡和偷是两码事。”

八只眼说：“知道。如果你真是从石崖捡来的，那就是有人把三财主的宝贝藏在那里。这个人是谁？”

四羊说：“不知道。”

八只眼说：“你知道五虎丢了多少钱？”

四羊说：“不知道。他没有告诉我。”

八只眼说：“你知道五虎的钱是从哪来的吗？”

四羊说：“钱财之事，都是很隐秘的，他不可能告诉我，我自然不知道。”

八只眼没有从四羊口里得到想要的东西，有点失望。不过，这是意料之中的事。和四羊分手后，他想回家睡觉，明天要早点起来去锄地。在回家的路上，他听见五虎的歌声，知道五虎串门后要回家睡觉。他停下脚步等着五虎，想跟五虎说几句话。五虎一边走，一边唱，似乎很高兴的样子。等五虎走到跟前，八只眼说：“有什么好事，这么高兴。”

五虎说：“没什么好事，唱一唱图个高兴。你去哪了？”

八只眼说：“我随便走了几家，闲转悠。刚才跟四羊说了一会儿话。”

五虎说：“你没看见六狗吗？我想跟他说一会儿话。”

八只眼说：“没有看见。想跟他说什么？”

五虎说：“没什么，闲聊。你认为我羊圈的钱是六狗偷走的吗？”

八只眼说：“当然。除非羊圈的脚印是你自己踩的。”

五虎说：“他怎么知道我在羊圈藏了钱，不知道他看见了还是猜测。”

八只眼说：“不知道。兴许两者兼有。你真的没有穿过那双虎口鞋吗？”

五虎说：“没有。我自己有鞋，何必穿一个乞丐的鞋，我没有穷到如此地步。”

八只眼说：“如果山东乞丐把鞋脱在你家，你没有穿，而是六狗捡去穿，六狗不单去过你的羊圈，也去过二财主的院墙。”

五虎说：“照你这么说，六狗手里有宝又有钱，赛过三财主了。”

八只眼说：“未必。估计他从你羊圈偷的钱不多，二财主的宝贝可能在他手里。”

五虎说：“依照你的说法，六狗发了。穷鬼翻身，真要刮目相看了。”

八只眼说：“是的。”

五虎说：“如果真是六狗偷了我的钱，我要从他手里要回我的钱，我也是一个穷鬼，来钱不容易。知人知面不知心，没想到他会对我下手。”

八只眼说：“你到底丢了多少钱？”

五虎说："以后再告诉你。你为我找到了盗贼，真心感谢你。不过，还得六狗承认才算数。他会承认吗？"

八只眼说："不知道。"

夜深了，二人各自回家睡觉。

51

六狗到三财主石磨下盗宝被发现，给自己带来很大麻烦，后悔莫及，郁郁寡欢，成天只知道到地里锄地，不到日正中天不回家吃饭，似乎只有这样拼命劳作才能消减悔恨。然而，树欲静而风不止，当他锄地回家刚端起一碗饭，手里捏着一条玉米面窝头大口咀嚼时，五虎大摇大摆走进院子。五虎一边抽烟，一边说："这么晚才吃饭。这么热的天，何苦自己折磨自己，早上早走一会儿，下午早走一会儿，活就干出来了。我放羊，冬天上午出去黄昏回来，而夏天则不同，上午出去中午就回家，我不愿意被热辣辣的太阳烤。"

六狗只顾大口咀嚼，没有吱声。看见六狗狼吞虎咽的样子，五虎没有继续说下去，而是一边抽烟，一边看着花坛里的海南花，等到六狗两碗稀饭和两个窝头下肚，这才走到六狗跟前。两人说了一会儿闲话，五虎把话题引到八只眼身上，说据八只眼的分析，你手里有宝又有钱，其中包括自己丢的钱。

六狗说："你相信八只眼的话吗？"

五虎说："八只眼是村里的大能人，他的话总有道理。你果真拿走了我羊圈里的钱？"

六狗说："八只眼根据鞋印来推测事理，也有出错的时候。当初三财主失宝，他带着三财主找上门来，说盗贼是我，结果如何？不是错了吗？现在他根据那双虎口鞋推测，我去过你的羊圈，你的钱被我偷走了，他的结论不可靠。村里比我精明的人多的是，人家可以用很巧妙的方法盗你的钱，而且不留丝毫痕迹，譬如掩盖脚印。你说不是吗？"

五虎说："有可能。不过你的脚印很明显，别人的脚印却看不见，你让我相信你，能说得通吗？"

六狗说："反正我没有偷你的钱。如果你没钱花，我借你两块钱。"

五虎说："如果你真拿走了我的钱，你应该归还我。"

六狗说："你何必苦苦相逼。我是明白事理的人，知道如何为人处事。"

五虎说："我没想到你会盯着我，从我手里拿钱。如果你真需要钱，可以说一声，我借给你，何必偷偷摸摸。据八只眼的分析，你穿着虎口鞋还去

过二财主院墙，果真如此吗？”

六狗说：“纯粹是胡说，绝无此事。”

五虎诡谲地笑着说：“你怕泄露秘密。”

六狗说：“原本没有这回事，是八只眼栽赃陷害。你想想，我哪有那么大的本事，人家把宝贝藏在墙里，会告诉我吗？盗走二财主的宝贝，另有其人。”

五虎说：“你猜是谁？”

六狗说：“猜不出来。如果二财主墙下的脚印也是这双虎口鞋踩下的，如果我没去，就是你穿着这双鞋去了，或者是山东乞丐穿着这双鞋去了。”

五虎说：“尽管道理如此，可我没有去，那就是山东乞丐去了。他们要追问，去问山东乞丐好了。”

六狗说：“只能如此了。过去我是一只瘦狗，谁都不愿意瞧一眼，现在我是一只肥羊，谁都想吃我的肉，恐怕谁都吃不着。”

五虎说：“我不想吃你，我手里有宝，谁想吃谁就来吃。”

六狗吃了一惊，问：“你果真有宝？”

五虎半真半假地说：“我真有宝，你可以跟人讲，只怕他们不来吃。”

六狗呵呵笑着，看看五虎的脸，不知道他的话是真是假。不过，凭对五虎的了解，凭感觉，六狗认为五虎的话未必是假，可他不想从五虎手里谋宝。如果五虎手里真有宝，他的宝是从哪里来的，六狗心里似乎有了底，但他不愿意点破。

六狗笑了。看见六狗笑，五虎也笑了。

经过六狗的宣传，五虎手里有宝的消息人人皆知。四羊见了五虎，问：“你真有宝？”

五虎说：“既然我说有宝，那就是有宝，有什么值得怀疑的。即便是偷来的，无凭无据，谁奈何得了我。”

四羊说：“的确如此。他们找不到凭据，能怎样。不过，你有宝，也让我和六狗饱饱口福。”

五虎说：“小事一桩。那天有时间我们喝几盅酒，把你家那这只公鸡杀了下酒。可以吗？”

四羊说：“这不难，我通知六狗。你这么慷慨，我们应该感谢给你捐献宝贝的财主。如果有机会，我也请你们喝两盅。”

五虎说：“这么说来，你手里也有宝？”

四羊说：“上次被八只眼夺走了夜光杯，心疼死了。你跟人们说，我手里还有宝贝，看他们能不能再从我手里夺去。”

五虎笑着说：“我俩都有宝，只有六狗在哭穷，我们大吃大喝，让三个财主羡慕去吧。”

天公作美，下起了连阴雨，一连两天，天阴沉沉的，不时下着小雨，人们不能下地锄地，也不能出去放羊。四羊找到五虎，说下连阴雨正好在家休息，我们不妨喝点酒。五虎说你杀鸡，我去叫六狗。三人杀鸡炖鸡，忙乎了半天，终于把酒肉摆上了桌子。三人推杯换盏，喝了半天酒，然后各自倒头睡去。

村里人看见三人在一起喝酒，知道他们一定有好事，因为他们往常一年喝不到两次酒。十宝、七颗心和九蛋闻着酒香，很羡慕，无奈囊中羞涩，只有咽口水的份。村里人贫穷，除了春节可以喝到几盅酒，平时绝少有人喝酒，喝酒乃是奢侈之事。

十宝说：“几个穷小子，穷显摆，不知天高地厚，不知自己有几斤几两重，似乎别人都是穷光蛋。”

七颗心说：“你这话不对，他们手里没有钱会在一起喝酒吗？过去他们不如我，现在他们比我强。他们可以喝酒，我连一盅酒都喝不起。村里几家丢了宝，宝不在他们几人的手里会在谁的手里。”

九蛋不吱声。

十宝说：“他们口口声声说自己手里有宝有钱，看似虚张狂，其实可能真有。只是不知道他们偷了谁的宝，要套出他们手里的宝，别人没有这个本事，只看八只眼再显神通了。”

八只眼说：“他们个个像猴子一样精明，我没有孙悟空的本事，奈何不了他们。”

七颗心说：“骑驴看唱本，走着瞧，说不定哪天他们败在我的手下。智者千虑必有一失。现在兵荒马乱，他们不可能把宝时刻揣在怀里，总要找一个地方藏，难道敢藏在家里吗？”

十宝说：“那就看你的本事了。上次如果不是你先发现了四羊藏到土洞里的宝，人们还不知道那里藏着宝，我也不会得到那件宝贝，我的宝贝回归，也有你的一份功劳。”

七颗心说：“我劳而无功，没有得到一点报答，只怪我的命运不好，也正好应了那句话：谋事在人，成事在天。”

三人议论一通，各自揣着心事回家吃饭。

昨天，日本人扫荡了附近的一个村子，听到这个消息，村里一片慌乱。五虎和四羊六狗喝酒的时候说过，现在局势不好，要设法藏好宝，决不能让日本人搜刮去。人定后，五虎悄悄走出院子，在村里转了一圈，看周围有没有动静。村里静悄悄的，没有一户人家亮着灯，似乎人们都已入睡。五虎徘徊了一会儿，便走出村外。村外一片漆黑，他下了一个坡，钻进一道沟，又

爬上一个坡，向自家的祖坟走去。走到一个高处，他回头看了看村子，村子一片宁静，没有鸡叫狗咬，没有一个人影。他放心地走向坟地。他家的祖坟在一个山坳里，离村子比较远，平时除了来地里干活，很少有人来。他拨开坟地上的杂草，用小铲挖开一个小洞，埋进一个小袋子。他站起来，看看四周，四周静悄悄的，没有任何异常。他悄悄溜进村里，听见黄鼠狼抓鸡，鸡嘎嘎叫，有人开门出来追赶黄鼠狼。

52

说来也巧，黄鼠狼偷七颗心家的鸡，七颗心拿着一根棍子跑到院子里赶走了黄鼠狼，骂道："多好的鸡，老子都舍不得吃，你倒想吃，黄鼠贼。"

七颗心骂骂咧咧往回走，无意间抬头往院外看了一眼，看见有一个黑影在眼前晃了一下，他又骂一句："贼，人贼！"

随口骂了一句黑影后，七颗心回家躺下睡觉。第二天醒来，猛然想起昨天晚上看见的黑影，那么晚了，谁还在外面游荡？是串门晚归的人，还是干坏事的人？他想起了白天五虎几个人喝酒的情形，认为他们之间一定有秘密事。他们扬言自己手里有宝，眼下局势又乱，他们会不会议论藏宝的事？在他看来，村里三个财主失宝，现在只找回一件宝来，还有两件宝在贼手里，极有可能在他们三人之手。他们绝不会把宝藏在家里，让日本人白白拿走，一定会把手中的宝秘密藏起来。虽说天旱，地里的草却在疯长，必须尽快锄草。他没顾得上多想什么，扛起锄头上地锄草。

七颗心的这块地在离村很远的山上，离村足有四里路，当他上气不接下气赶到地里，日头已经高了。他坐下来掏出烟袋抽了几口烟，便起来干活。周围一片寂静，远处的山层峦起伏，像大海的波涛包裹着他。他挥舞着锄头，只想多锄一点地。这么远的地，来一趟很不容易，他打算锄到正午回去。当他大汗淋漓时，旁边树上的黄鹂叫了，叫声婉转流利，他不禁停下锄头，看着树上可爱的黄鹂。他说，鸟儿，看你活得多自由多潇洒，你看我日出而耕，日落而归，面朝黄土背朝天，多苦多累。人啊，活得还不如一只鸟。看着鸟儿，他叹了一口气，继续锄地。

锄禾日当午，七颗心大汗淋漓，饥肠辘辘，他摸一把脸上的汗，看看眼前的庄稼，只锄了一半，还得半天的时间才能锄完。热辣辣的太阳烧烤着，他只好回家吃饭。这时候，他想起了昨晚的那个黑影，会是谁？会不会是他们三人中的一人？极有可能。三人当中，他一向怀疑六狗，他会不会又在行动呢？当然，其他两个人也不会闲着。他琢磨六狗会干什么，会往哪里藏宝。他设想了六狗藏宝的几个地方：古墓，门前的瓦窑，大柳树，废弃的羊圈，大枣树下。他想，不如趁着此刻天热无人，先到古墓走一趟，不会有人发现，兴许有所收获。

他扛着锄头下了山，进了一道沟，又爬上一个坡，到了一块坡地上。坡地的顶上有几座坟，这是六狗家的祖坟。他走到坟地边，看见坟上长满了杂草。村里人说，祖坟草木茂盛，后人的福气就大，可而今的六狗却是一个穷光蛋，看来前人的话未必准确。他用锄头拨开坟上的杂草，看有没有异样的地方。他从坟地的一边到另一边，拨开所有的杂草，仔细查看了一遍，没有任何发现。他举起锄头，想在有点可疑的地方挖下去，可想到不能挖人的祖坟，又放下了锄头。日头毒辣辣地晒着，他汗流满面，只好扛着锄头回家。不巧，听见有人喊他，抬头一看，喊他的人是四羊。

四羊说："大热天，你在这里干什么？"

七颗心说："这里苦菜多，我来拔一点苦菜，回家拌菜吃。昨夜你出去了吗？"

四羊说："串了一会儿门。有什么事？"

七颗心说："没有。昨夜黄鼠狼偷我家的鸡，鸡嘎嘎叫，惊得我半宿没有睡着。"

四羊说："你惦记着别人的宝，黄鼠狼惦记着你的鸡，这世界真好玩。"

七颗心说："我哪有心思惦记别人的宝，我地里的草长那么高，锄都锄不完，我只惦记着早点锄完地休息一两天。"

四羊看见七颗心的手里果真握着一把苦菜，也就没有多想，两人结伴回村。

午后，七颗心又扛着锄头去锄地。路上，他想起了四羊，认为四羊手里可能还有宝，尽管上次三财主从他手里拿走了一件宝。如果他真有宝，会藏在哪里？他想起了四羊土洞藏宝，可昨夜天那么黑，如果那个黑影是四羊，也不可能到土洞那么危险的地方去藏宝。不过，他又想到四羊是个聪明绝顶的人，没有他想不出的办法。他想下午锄完地后再去土洞看看，兴许能发现一点蛛丝马迹。

黄昏前，七颗心锄完地，急匆匆赶往土洞。他下山后钻进一道深沟，走了两袋烟的功夫，到了土洞下面。土崖依旧高高耸立着，土洞依旧高挂着，像天上的圆月，可望不可即。他仔细查看土洞下面的那一溜似有若无的土坑，没有任何攀爬过的痕迹。再抬头查看洞口，也没有发现异常。再看土洞的上方，看不见什么东西。他想，看来四羊没有来过土洞，土洞里不会藏着宝，只有到别处寻找。他设想四羊可能藏宝的地方，除了土洞，还有他家院子外

面那口废弃的枯井，脑畔上的菜窖，院子里的牛圈。这几个地方都是容易被人发现的地方，即便真找到了宝，也会被人看见。他爬上一道坡，一边往回走，一边想着到哪里找宝，不知不觉想到了五虎。

五虎放羊回家时，天已黑了，匆匆吃了两碗面，去找四羊说话。四羊正想出门逛一会儿，看见五虎来了，便一起坐在院子里说闲话。四羊说："今天中午看见七颗心在六狗家的祖坟地里转悠，看似在拔苦菜，不知道真实意图是什么。"

五虎说："你聪明一世糊涂一时，他那会在热辣辣的中午拔苦菜，分明是有别的目的。上次他去六狗的祖坟，挖走了六狗的东西，这次去恐怕也是同样的目的。你没有看他怀里有没有东西？"

四羊说："没有注意。"

五虎说："估计他没有找到宝，他可能在找宝。他找宝的心思如此迫切，我们不妨将计就计，让他上一回当，吃一点苦头。"

四羊说："你有妙法吗？"

五虎说："当然。"

四羊说："他那么聪明，不可能上当。"

二人说了一会话，又想到别人家串一会儿门，便一起走出院子。半路上，他们恰好看见了七颗心。七颗心问："你们到哪串门，一起去。"

五虎说："好。我们正想找个说话人。"

三人相伴串了一会儿门，五虎说："我要早点回家，家里有事，你们待着。"

七颗心说："天还早，回家有什么事？"

五虎告辞二人，独自回家了。过了一会儿，七颗心也说，家里有事，告辞了四羊。四羊看着七颗心的背影，嗨嗨一笑。

五虎回家后，先躺在炕上睡觉。七颗心之所以告辞四羊，是因为他猜想五虎一定有事，想看五虎到底有什么事。他离开四羊后并没有回家，而是直接走到五虎的院子外面。他在院外站了一会儿，看见五虎屋里的灯灭了，故意叫了一声"五虎"，五虎没有吱声。他知道五虎很少这么早睡觉，心想其中必有蹊跷，于是到附近的枣树林躲起来。

果然，半夜十分，五虎走出院子，向村外走去。七颗心踩着黑，紧跟其后。五虎出村后进了一条沟，然后爬上一个山坡。七颗心知道山坡的方向是五虎的羊圈，半夜三更他去羊圈干什么？他知道这时候母羊都已生了羊羔，不会有看护母羊生羊羔的事，那他去干什么？他想起了上次五虎往羊圈藏钱，结果丢了钱。难道他会往羊圈藏宝吗？他想紧跟着五虎，又怕被五虎发现，所以站在远处看着五虎。过了一会儿，他看见一个黑影下了山坡，估计是五虎回来了。他躲在暗处，看着五虎走回村子。

估计五虎睡觉了，七颗心便快步向五虎的羊圈走去。

53

说来也怪，每到夏天，三财主有个习惯，晚上不在家里解手，一定要到院子里的厕所解手。尽管有诸多不便，他不在乎，一旦形成习惯，反倒觉得是一份乐趣。这份乐趣就是解完手，可以环顾天地，欣赏夜晚的万籁俱寂。很凑巧，这夜当三财主解手的时候，偶然看见一个黑影从沟里爬上来。他吃了一惊，立刻收住尿了一半的尿。他看着黑影一点点走近，知道是人而不是动物，于是继续撒尿。当他撒完尿，黑影已经走到院子外面的路上。三财主想知道来人是谁，于是喝问："谁！"

黑影答道："我。"

三财主说："是七颗心吗？"

黑影答道："是的。"

三财主说："这么晚了，干什么去了？"

七颗心说："没干什么，到地里跑了一趟。"

三财主也不深究，说："天不早了，快点回家睡觉吧。"

三财主撒尿被惊，回屋后躺在被窝里睡不着觉，琢磨七颗心到底去哪里。天这么黑，他不可能因为一点小事往地里跑一趟，一定有什么秘密的事，明天不妨找他问一问。

第二天上午，七颗心锄地回来，走到三财主院子外面时，正在院子里扫地的三财主叫住七颗心，喊他进来坐一会儿，七颗心把锄头靠在三财主院子外面的墙上，走进了院子。

三财主问："昨夜你到底干什么去了？"

七颗心嘿嘿一笑说："到地里去了。"

三财主从七颗心不自然的笑看出七颗心没有说真话，于是继续问："你到底干什么去了，不可告人吗？"

七颗心看见瞒不住三财主，只好说真话："我去五虎羊圈了。"

昨夜，七颗心尾随五虎走出村子，待五虎回村后直奔五虎的羊圈。他边走边想，五虎一定往羊圈藏了东西，今夜自己一定有所收获。他急匆匆爬上一座山，走到五虎的羊圈门口，想直接去开羊圈的门，不想被羊圈门口用来防狼的酸枣树枯枝绊了一下。他摸黑轻轻拉开酸枣树枝，打开羊圈门，走进

羊圈。羊群看见突然闯进一个人来，吓得挤在一个角落里，紧缩着身子。七颗心从怀里摸出一盒火柴，划着一根。羊群看见不是他们的主人，依旧挤在一起，惊恐地看着七颗心。七颗心看了一眼惊恐的羊，说："我不吃你们，怕什么。"

七颗心拿着划亮的火柴，在地面上照了一遍，看见垫了一层干土的地面上没有一点挖过的痕迹。他把聚在一起的羊群赶到另一边，把刚才羊群聚集的地方看了一遍，也没有发现挖过的痕迹。他很纳闷，难道他没有往这里藏东西吗？他从门口拿来一把大铁锨，在羊圈地面戳了一遍，感觉到处实实的，没有空虚的感觉。他叹了一口气，又划着一根火柴，将羊圈的四壁找了一遍，也没有发现什么。他只好关上羊圈的门，放好门口的酸枣树枯枝，迷茫而归。

三财主问："怎么样？"

七颗心说："什么都没有。"

三财主说："又让你白跑一趟。他会把宝藏在哪里？"

七颗心说："很难捉摸，也许昨晚是一场空城计。"

三财主说："不会的。我估计他手里有宝，只是不知道藏在哪里。"

七颗心说："我们盯着他们，他们总有露馅的时候。"

五虎上午去放羊，走到羊圈门口，看到酸枣树枝的摆放形状跟昨晚不一样，再看地上的脚印，也不是自己的脚印，知道昨夜有人来过。原来，昨夜五虎在羊圈门口用酸枣枝在地上划了印子，只要有人走过，就会留下清晰的脚印。五虎依照八只眼的方法拓下脚印，晚上回家后交给八只眼。八只眼看后嘿嘿一笑。

五虎问："谁的脚印？"

八只眼说："七颗心。"

五虎说："本来我就是让他上当，他果然上当了。呵呵！过瘾。"

八只眼说："你还是管好自己的东西，隔墙有耳。"

五虎说："我不怕。我还会继续说。"

夜里，五虎找到四羊，说了七颗心上当的事，二人高兴了一通。一会儿，六狗、九蛋、十一指和七颗心看见二人在高兴，也凑过来。

六狗说："你们有什么高兴事？"

五虎说："昨夜有人到我的羊圈去，不知道想偷我的羊，还是想偷我的宝。"

五虎看一眼七颗心，七颗心知道五虎说自己，并不吱声。

六狗说："我知道谁去了。不过，你的羊圈里有羊，也会有宝吗？"

五虎说："当然有宝。我的宝就藏在那里，可惜他们找不到。"

九蛋说："如果是真话，我也去找，我不相信找不到。"

五虎说："除非你有透视眼，并且掘地三尺，否则找不到。我明白告诉你们，我的宝就藏在羊圈里，谁有难耐就去找。"

看见五虎哈哈大笑，九蛋说："你不会在骗人吧？"

五虎说："我那会骗人。如果骗人，天打五雷轰。"

七颗心跟几个人说了一会儿话，推说到别处走走，便离开这几个人去找三财主。七颗心把五虎刚才说的话跟三财主讲了一遍，三财主沉吟一阵，不置可否。七颗心看见三财主不吱声，不知道他心里想什么。

七颗心说："你认为他不会往羊圈藏宝吗？"

三财主说："既然他敢于发那样的毒誓，说明他的确在羊圈藏了宝，只是我们不知道他藏宝的具体位置。兴许没有藏在羊圈里面，而是藏在羊圈附近。"

七颗心说："羊圈附近没有好藏宝的地方，那里都是成片的地。我认为他在骗人。"

第二天上午，三财主跟家里人说，要去地里看禾苗的长势，扛着一把锄头上地去了。他到自家的两块地里看了看，然后锄了一会儿地，看见日头高了，估计五虎赶着羊离开了羊圈，于是扛着锄头来到五虎的羊圈。五虎的羊圈在接近山顶的地方，放眼望去，可以望见二十里远的地方，眼界十分开阔。羊圈附近，是一片接着一片的坡地，地里的庄稼已经一尺多高了，绿绿的。他站在羊圈口，看着羊圈周围的地问自己，难道五虎会把宝藏在地里吗？不可能。如果记不清楚藏宝的具体位置，有可能找不到宝，村里曾有过这样的例子。他一定藏在一个既容易找，又不易被人发现的地方。他再扫视羊圈的四周，的确没有藏宝的好地方。难道五虎把宝藏在羊圈里了吗？不妨进去看看。他扛着锄头走进羊圈，羊圈里垫着一层干土，这是五虎放羊走的时候必做的一件事，目的是为了羊夜晚能够休息好，不致因圈湿而生病。他看着空荡荡的四壁，没有哪一处可以藏宝。他把目光集中在垫了干土的地面，他边走边看，看不到有挖过的痕迹。他用手中的锄头在地面上试着挖，到处都硬硬的，不像藏着宝。他抬起头来，看见羊圈顶上有一个洞，阳光从洞里直射进羊圈。他知道，那是羊圈的气眼，通风用的，每个羊圈都有。难道五虎会把宝藏在那里面吗？他抬头看着气眼，阳光穿过气眼照在他的脸上，他眯缝着眼睛看，看不出里面有什么名堂。再说气眼离地面很高，一条直直的洞，不足一尺宽，下面够不着，洞直通羊圈顶上的一块地。他眼前突然一亮，连忙跑出羊圈，跑到羊圈顶上。

羊圈顶上是一块玉米地，玉米一尺多高。他走到气眼旁边，往气眼里瞅，里面光溜溜的，没有挖过的痕迹。他失望了。他再扫视玉米地，也没有好地方藏宝。他走到玉米地边，看见地边距羊圈口有一丈多高，长着一些杂草。

他用锄头拨开一株株杂草仔细查看，也没有任何发现。他骂一声“人精”，灰溜溜回家。

54

黄昏，五虎赶着羊群回到羊圈门口，他先吆喝了一声，让羊群停下脚步。他走到羊群前面，查看羊圈门口的地面，发现有陌生人的脚印。自他诱骗七颗心后，每天出去放羊时都要把羊圈门口清理一下，用酸枣枝在地面划出印迹。他沿着脚印查看，看见脚印一直延伸到羊圈里。他走进羊圈，看见垫上的那层干土上也留下清晰的脚印，地面上还有挖过的痕迹。他走出羊圈，先把羊赶进羊圈，关上门，然后在外面继续查看。他又发现脚印沿着羊圈门口的一侧延伸出去，他顺着脚印走，一直走到羊圈顶上的玉米地。玉米地里留下了更清晰的脚印，脚印到了羊圈的气眼口停了下来。他明白了，有人趁他出去放羊之机，偷偷来查看，一定是来找宝的。这会是谁呢？难道还是七颗心吗？

五虎回到家，赶紧吃完饭，然后去找八只眼。八只眼正端着碗吃饭，看见五虎走进院子，明白五虎一定有事。五虎没等八只眼开口，便说：“吃完饭后跟我走一趟。”

八只眼问：“去哪？”

五虎说：“羊圈。”

八只眼说：“有人去了吗？”

五虎说：“是的。不知道是谁，脚印很清晰。”

八只眼几大口吃完饭，跟着五虎来到羊圈，天已经黑了。五虎划亮火柴，让八只眼拓下脚印，然后返回村里。路上，五虎问：“这是谁的脚印？”

八只眼说：“不好说，象三财主的脚印。不过，回去比对一下就知道了。”

五虎说：“他的宝贝已经找到了，还贪心不足，真是人心不足蛇吞象。”

八只眼说：“世界上最诱惑人的是钱财，钱再多，也不会满足，何况他家道衰落，手头紧，想多得点钱财是情理之中的事。”

二人回到村里，到了八只眼家里，八只眼拿出一张原来拓好的脚印，跟刚才拓出的脚印仔细比对，完全吻合。八只眼呵呵一笑，说：“三财主。”

五虎说：“老狐狸出洞了。他为什么要盯着我？以为我手里有宝贝吗？”

八只眼说：“可能。可能有人向他透漏了消息，不然，为什么过去不来今天来。”

五虎说：“有可能。谁会给他提供消息？”

八只眼说：“不是十宝就是七颗心，不会是别人。”

五虎说：“他休想从我这里拿走一文钱。”

八只眼说：“你手里还有钱吗？”

五虎说：“我会有吗？只有那么一点钱，也被六狗拿走了。”

八只眼说：“你真有宝贝吗？”

五虎说：“你说呢？会有吗？”

八只眼说：“如果你有宝贝，一定与那双鞋有关。”

五虎说：“没有关系。那双鞋我只见过，并没有穿过，不知道怎么到了六狗手里。”

八只眼在琢磨五虎宝贝的来路，如果他手里真有宝贝，不是大财主的就是二财主的，二者必居其一。如果六狗的那双鞋真来自五虎，这双鞋曾去过二财主的墙下，五虎的宝贝可能来自二财主。当然，他没有直接证据证明五虎盗了二财主的宝，他决定去找二财主。

近日，因丢失的宝贝没有丝毫线索，二财主和婆姨闷闷不乐，本来寄希望于八只眼，却一直听不到八只眼的好消息。看见八只眼推门进屋，二财主知道他一定带来了好消息，便连忙让座，递烟。当八只眼坐定后，二财主问：“有消息吗？”

八只眼说：“不算什么消息，只了解到一个情况。上次从六狗那里找到一双鞋，六狗说这双鞋是从五虎院子里捡来的，五虎说他只见过这双鞋，并没有穿过，这双鞋曾经来过你的院墙下。这样就有三种可能，一是六狗穿着这双鞋来过你的院墙下，二是五虎穿着这双鞋来过你的院墙下，三是山东乞丐穿着这双鞋来过你的院墙下。三者必居其一。到底是谁，现在无从确定。”

二财主说：“原来是这样。只要确定了目标，迟早会弄清楚，你慢慢查。”

八只眼说：“现在要弄清楚谁穿这双鞋来过你的院墙下。五虎和六狗的话，必有一人的话真，一人的话假，谁真谁假，难以辨清。不过，假以时日，会弄清楚的。山东乞丐偷盗的可能性不大，估计是他们二人中的一位。”

二财主说：“现在没有任何证据，奈何不得他们，你慢慢查。”

八只眼说：“只能如此。今天，三财主去了五虎的羊圈。”

二财主说：“他去干什么？”

八只眼说：“估计是找宝。上次七颗心去五虎羊圈找宝，没有找到。三财主听说后，也去找。”

二财主说：“他找到没有？”

八只眼说："没有。五虎那会那么傻。如果他们能找到，五虎就不会宣称自己有宝了。"

二财主"哦"了一声，沉吟起来。

八只眼起身要回家，二财主叮嘱，多注意五虎和六狗的动向，八只眼点头。

八只眼在回家的路上遇见了十宝，相互招呼后，八只眼说："上你家坐一会儿。"

十宝说："好。"

二人到了十宝家，八只眼说："我到你爹屋里坐一会儿。"

八只眼推门进了三财主的屋，三财主正在抽闷烟，屋里云遮雾罩，看样子在思考问题。

八只眼说："你的烟瘾真大，满屋子烟。"

三财主说："闲来无事，只有抽烟。"

三财主叹息一声，八只眼看出了他的心事，故意说："你的宝贝到手了，还有什么忧愁？"

三财主说："宝贝到手了，也不能当钱花，那毕竟是祖宗留下的宝，不能卖。日子过得紧巴巴的，不能不忧愁。"

八只眼说："你忧愁，我们穷人岂不要上吊吗？你比我强千倍。"

三财主说："道理如此。各人有各人的愁。"

八只眼说："你听说五虎手里有宝吗？"

三财主一惊，说："听说他自己宣称手里有宝，没有从别处得到消息。"

八只眼说："你认为他手里真有宝吗？"

三财主说："不好说。五虎跟六狗一样，都奸得很，即便手里有东西，也别想得到。"

八只眼说："五虎说你去过他的羊圈。"

三财主说："他怎么知道？"

八只眼说："你在羊圈门口和羊圈顶上的玉米地里留下了脚印，他能不知道吗？"

三财主说："他怎么看出来的？"

八只眼说："他在地上做了标记，你没有发现。"

三财主"哦"了一声，没想到五虎如此有心计，然后叹息一声，说："看来我奈何不得他，道高一尺魔高一丈。"

八只眼说："既然如此，你没有必要打他的主意。再说，你的宝贝到手了，没有必要煞费苦心。"

三财主说："我只是一时兴起，没抱多大的期望，去看看而已。"

八只眼说："他会提防你。"

十宝走进门来，听见爹和八只眼在谈论五虎的事，便说："五虎、四羊和六狗，都不是吃素的，估计他们手里还有东西。五虎虚张声势是假，要人们上当才是真。我不会上五虎的当，我只注意六狗。"

八只眼说："你的话不是没有道理，还是适可而止好。"

八只眼了解了三财主父子的心意，知道以后会出现一出又一出好戏，他会好好欣赏难得的戏剧表演。他知道十宝时刻盯着六狗，六狗心里明镜一般，岂会让十宝得逞，而十宝岂会罢休。

八只眼想找个机会去一趟大财主家。

55

二财主得知五虎与他的失宝有关，对五虎格外关注。一天，二财主到地里转了一圈，在回村的路上遇见了五虎，主动跟五虎打招呼。五虎看见二财主如此殷勤，知道黄鼠狼给鸡拜年，没安好心，可一个村子里的人，低头不见抬头见，总得照顾情面，只好笑脸相迎。

二财主说："听说三财主到你的羊圈找东西去了，有这回事吗？"

五虎说："你怎么知道的？"

二财主说："听人说的。他已经得到了宝贝，还贪心不足，想从别人嘴里掏食，不近人情。"

五虎说："是的。他想把天底下的财宝都揽入他的怀里，怎么可能。想从我手里拿走东西，没有那么容易。"

二财主听出了五虎的弦外之音，看似说三财主，实际上说给自己听。自觉心虚的二财主敷衍道："大意失荆州，你要小心。不过，手里拿着不义之财也不安心。"

五虎也听出了二财主的弦外之音，看起来是说三财主，其实在敲打自己。五虎心里想，莫非他认为我偷了他的宝贝？如果他真这么想，他也会像三财主一样偷偷摸摸吗？他对二财主产生了戒心。

五虎也不甘示弱，说："夜光杯上没有刻着任何人的名字，也不刻着义与不义的字，它到了谁的手里就是谁的宝贝，别人想偷去抢去，没有那么容易。你的宝贝有线索了吗？"

二财主说："有。别人不知道，我心里有数。雁过留声，鸟过留影。做了不光彩的事，总会留下蛛丝马迹。我墙下的那个鞋印告诉我他是谁。"

五虎说："他是谁？"

二财主说："现在我不能明说，因我没有十足的证据，迟早我会说出来的。信吗？"

看见二财主咄咄逼人，五虎说："信。你有八只眼帮忙。"

二财主说："是的。我的本事不大，可八只眼有火眼金睛，谁都别想逃过他的那双眼睛。你看，四羊是何等聪明的人，不也在他面前露相？依我看，不单是四羊，其他人也会在他面前露相。不光彩的事情做不得。"

二财主的话句句含刺，五虎心里不舒服，说了一声我要做事去了，就离开了二财主。二财主看着五虎越走越远的背影，心里浮起一个念头。

午睡后，二财主起身走出院子，婆姨问他去哪，二财主说去村里转悠一会儿。二财主从后村走到前村，径直走到五虎的大门外。他往院子里瞅了一眼，院子里静悄悄的，他走进院子，喊了一声五虎。原来五虎的娘在家，五虎娘应了一声，喊二财主来家坐。二财主正想到家里看看。进屋后，二财主坐在炕楞上。

五虎的娘说："二财主哪来闲工夫串门？"

二财主说："地里的活两个儿子干，我只管家里的事，家里没事，出来散一下心。"

五虎娘说："你们财主家家大业大，忙里忙外，哪有工夫闲逛，有什么事？村里有你们三个财主，也是一份荣耀。"

二财主说："没什么事。家里有钱是好事，也是坏事，总有人惦记着我们的那点钱财。"

五虎娘说："这年月，丢点钱财很正常，你丢一件宝，对你来说只是九牛一毛。"

二财主说："谁家的钱都是一文一文攒起来的，每一文钱上都有几滴汗水，别说丢了一件宝贝，就是丢几个钱也心疼。"

五虎娘说："你们有钱人能丢得起宝，我们穷人家几块钱都丢不起。不过你的话倒也在理。"

二财主说："你家五虎在外面说，他手里有宝贝，他从哪来的宝？"

五虎娘说："他口无遮拦，在吹牛，那会有宝。真有宝，我不用穿这破衣烂裳。"

五虎娘说着，撩起破烂的衣襟。二财主打量着她，看见她穿着一身灰布衣裳，上身有几处破烂，纯乎一个贫穷人家的女人。再看看家里的陈设，炕上只有席子和几床铺盖，连一块像样的毡子都没有铺。地上的家具，除了一个破旧的立柜，只有几个粗大的瓮。虽然地上铺着砖，但是破破烂烂，坑坑洼洼，人走起来都硌脚。他溜下炕楞，从前屋走到后屋，边走边看着屋里的犄角旮旯。他仔细看了一遍，没看出什么。

二财主走到院子里，五虎娘出于礼貌，也跟着走到院子里。二财主看见院子里有个小花坛，里面的韭菜和葱嫩绿嫩绿，花坛边上有几株海南花，正开着红红的花。二财主走到花坛边，借着看花，仔细查看了花坛的四周。他回转身，看着院子的四周，只见除了一个角落里堆着一些干柴，还有几只供羊饮水的大瓷盆。

五虎娘看见二财主盯着墙角的那堆柴禾，不知道他有何用意，便解释说："去年秋天从地里捡来的柴禾，做饭时往炉灶里放几根，火旺。"

二财主点头，说："穷日子穷过，穷人家只能少吃一口饭，多添一把柴，勤俭过日子。不然，日子怎么过下去。"

五虎娘说："是的。能节省一点就节省一点，可惜省来省去还是过着穷日子，不知道穷日子什么时候是个头。我这辈子没有指望了，只望五虎手上能翻过身来。哪像你运气那么好，几辈人都过着好日子，而且日子越来越红火。"

二财主没有心思听她啰唆，知道她是村里有名的啰唆婆，一旦她的话匣子打开，一旦成为她的忠实听众，她会啰唆不止。再说，听一个女人家啰嗦很乏味，不如溜之大吉。

二财主"嗯嗯"应承着，一边向院门口移动脚步，一边留意着院子里的一点一滴。五虎娘看见二财主想走，依然在身后不停地啰嗦，直到看见二财主走出院子，才关了话匣子。

"有空再来串门。"五虎娘看着二财主的背影，补充说。

二财主道："嗯。"

二财主来此一趟，本来期望有点收获，不料一无所获，还听了五虎娘一通没完没了的啰唆，心里很不舒服。他走出院子，停下脚步，若无其事地向四周环顾一遍，其实想发现一点什么。看见二财主停下脚步，五虎娘看到又有了说话的机会，刚开口，二财主却移动了脚步，到嘴边的话只好咽回去。听见背后的五虎娘吭了半声，没有下文，二财主吃惊地回过头来。看见二财主回过头来，五虎娘尴尬地干笑了一下，又添一句："有空再来串门。"

二财主看见五虎娘转身回到院子，进了家门，于是停下脚步。

五虎家位于半山腰，恰逢路口，院外是一条大路。二财主回头再次看了一遍五虎的院子，依然没有发现什么，只好转身向上走。他吃力地爬着坡，无意间往五虎家的院子瞥了一眼，眼前猛然一亮。他不知道自己看见了什么，吃惊地停下脚步，居高临下，仔细看着院子。他仔细看了一遍，没有发现什么，怀疑自己出现了错觉，便又开始爬坡。他走了几步，不经意间又瞥了一眼身后的院子，眼前又一亮，他又停下脚步。他怀疑自己的眼睛出了问题，

赶紧用两手揉了一下，睁开眼，眨巴眨巴，觉得很正常，并没有什么异常。他再次看着五虎家的院子，眼前又一亮。他再次仔细看，看见窑洞墙上供奉天地爷的神龛被砖封上了，白白的石灰缝十分醒目，明显比别处白。

二财主激动地一拍大腿，嗨嗨一笑。他庆幸自己踏破铁鞋无觅处，得来全不费功夫。他暗喜：这里一定有秘密。

二财主一路笑着回家。

56

近几天八只眼忙于地里的活，除草，间苗，忙得不亦乐乎，无暇他顾。眼看活快要忙完了，他松了一口气。他白天忙地里的活，早出晚归，累得浑身疼，晚上吃完饭便倒头睡去，没有心思找人说闲话。今天下午，他锄完地，不到黄昏就回家了。回家早，他心里轻松，身子也不怎么累，吃完晚饭便走出家门，想找人聊天。他来到村里人们最喜欢聚集的地方——大榆树底下。他看见树下没有人，只有茂盛的大榆树静静地站在那里，似乎在等着他的光临。他坐在大榆树下，掏出烟袋，一边抽烟，一边等着来人。果然，没有多久，看见四羊端着一碗饭走过来。四羊边吃边走，走到八只眼身边，问道："吃饭了吗？"

"吃了。"八只眼说。

四羊蹲在地上，大口吃饭。八只眼看见四羊贪婪地咀嚼着一大碗豆面面条，口水直溢，因为他晚饭只吃了两碗小米稀饭，此时腹中似乎有点饿。看见四羊的贪婪吃相，八只眼想起了四羊得而复失的夜光杯。其实，他一直在想，四羊手里一定还有不义之财，无奈找不到让他显露的办法。他想从四羊的口中套出四羊内心的秘密，又觉得四羊是个极其聪明的人，绝对不会中他的圈套。每次见到四羊，他都想开口，每次都打消了念头。此时，他又萌生出打探的念头，想待四羊吃完饭后再开口。四羊的面条只吃了半碗，就见十宝摇摇晃晃走来。

十宝看见四羊狼吞虎咽，说："急什么，慢慢吃，别人不会抢你的。"

四羊说："今天下午干活累，肚子空空的，怎能不急。"

十宝说："你太贪婪，活不能少干，饭不能少吃，女人不能少睡，财宝不能少拿。"

听十宝一说，四羊先扑哧一笑，一口面条喷出口，撒了一地，继而一怔，收起笑容，一副嘴脸僵持在那里，仿佛定格一般。

八只眼听到十宝的最后一句话，心里高兴了。他想十宝真识时务，正好暗合自己的心意。他心生一计，想把十宝作为一枚石子。

四羊把手中的面碗放在地上，看着十宝，板着面孔，说："你别话里带刺，我贪谁的财宝了？"

十宝看见四羊急了，连忙说："我不过随便一说，没有别的意思，你别在意。算我嘴臭，说错了，行吗？"

四羊闻得此言，脸色渐渐和缓，又端起了饭碗，回击了一句："我看最贪婪的是你们财主，不是我们穷人，别只知道戳别人的脊梁骨，怎不拿面镜子照照自己。"

十宝本不想挑事，但四羊话里的刺刺伤了他华丽的面皮，他想回击一下，又一想，何必与他见高低。本来到这里图开心，何苦寻烦恼，不如忍一忍，退一步海阔天空。因此，他欲言又止。

看见十宝把到嘴边的话咽下去，八只眼有点失望，又不便扇动十宝，怕得罪了两个人，转而笑着说："大家都在说闲话，没有什么可计较的。四羊的面条真香，我都流口水了，也想吃一大碗。"

四羊说："这容易，让你的婆姨挽起袖子，撅起屁股，和半斤面，你就可以快活嘴巴了。"

八只眼说："眼馋，心馋，嘴不馋。吃过饭，不再吃了，说说而已。"

看见八只眼为自己圆场，岔开了话题，十宝心里有点感激。不然，他有可能遭受四羊更伤人的话。看见四羊吃完了面，十宝掏出烟袋，装满一锅烟，递给四羊，说："我的烟叶不赖，过几口瘾。"

四羊也不客气，接过十宝递过来的烟袋，猛吸一口，吐出一股浓烟，说："味道不赖，毕竟是财主，舍得花钱买好货。"

把刚刚燃起的火亲手熄灭了，八只眼心里又有点悔恨，不知道为什么要做违背自己心愿的事。四羊说十宝的烟叶香，八只眼心里痒痒的，也想尝几口。看见八只眼眼巴巴的馋相，十宝把四羊递过来的烟袋递给八只眼，说："你也尝几口。"

八只眼毫不客气，把自己的烟锅伸进十宝的烟袋里，装了满满一锅烟叶，就着四羊的烟锅点着，嘶嘶地抽着："好烟！好烟！"

正在几人吞云吐雾之时，一双破鞋的声音由远而近，三人回头看，看见六狗拖着疲惫的腿脚走过来。看着六狗走到身边，三人都没理会，只顾抽烟。看见没人理会自己，六狗掏出烟袋，也抽起烟来。六狗知道，十宝不跟自己打招呼，是因为他一直怀疑自己偷了他家的宝贝，而且一次次上门讨说法。其实，他对十宝也没好感，因为他们空口无凭侮辱人，毕竟是很伤面子的事。至于八只眼，贪图好处，暗中帮着十宝，六狗对他也很反感。四羊看了一眼

六狗的破鞋，很不顺眼，说：“你走路不能把脚抬高点吗？总是趿拉趿拉响，人听着很烦。”

六狗说：“习惯了，难改。恐怕这辈子就这样了。”

十宝正好找着话茬：“娘胎里带来的东西，那会说改就改，那叫胎毒。”

八只眼和四羊听出十宝话里带刺，都不吱声，一齐看了看六狗。六狗心里不悦，但碍着自己的不清不白，也没有吱声，而是一屁股坐在地上，对四羊说：“趁天没黑，我俩定方玩。”

六狗一边说，一边顺手从身边捡来几根细枣枝，用手折成一小节一小节。四羊也顺手从身边捡来一块破碗片，在黄土地上画好方格，准备玩几把。别看六狗人邋遢，但是他精于计算，定方却是一把好手，村里很少有人居他之上，这也是六狗在村人面前颇为得意的地方。看见二人开始定方，八只眼顾不上自己先前的心计，也凑过来观战。十宝看见六狗又想显摆自己，心里颇为不悦，鼻子哼了一声。一会儿，十宝也凑过来看热闹。

正在四羊和六狗酣战之时，五虎打着饱嗝一路走过来。五虎大声说：“天黑了，能看见定方吗？”

听到五虎的声音，几个人都抬起头来，看见天的确黑了，都不知道自己刚才怎能看清方子。四羊用手一把抹掉方子，说：“不下了，说一会儿话。”

八只眼看见又有了机会，便对五虎说：“你的羊羔多吗？我想买几只羊。”

五虎说：“不多。人算不如天算，母羊都交配怀孕，有好几只早产，所以羊羔不多。今年我的运气不好，羊羔不多，钱被人偷走，现在又有人算计我的宝贝，真不知耻。”

六狗说：“是不是在说我？旧事莫提。”

五虎说：“我在说某些有钱的人在算计我，不想露出了狐狸尾巴。”

六狗说：“这种有钱人猪狗不如。”

十宝心怀鬼胎，听出六狗在骂他的爹，便反唇相讥：“你以为自己是好人，你屁股底下也是一摊屎。你家院外大柳树上的喜鹊窝里藏过什么东西，你自己清楚。”

六狗说：“如果藏着你的夜光杯，你为什么不掏走？”

十宝说：“你以为我怕从树上掉下来摔死吗？当时我在照顾你娘的那张老脸。”

八只眼一惊，原来六狗身上真有秘密，看来此前自己怀疑六狗并没有错，只是没有找到真凭实据而已。

没待八只眼多想，四羊开了口：“喜欢算计人的人岂止有钱人，有些穷人不也喜欢算计人吗？我就栽在他的手里。他能得到多少好处呢？为了从别人牙缝里找点东西吃，费尽心思，不值。有人还想从我身上捞到什么，做梦！”

八只眼吭了一声，自知理亏，没有言语。他没想到抓蛇反被蛇咬了一口。在村人当中，让他感到最不可捉摸的人就是四羊。凭他的直觉和四羊刚才的话，他认为四羊手里还有东西，这让他心头一喜。

不远处，七颗心在听几人的谈话。

57

二财主从五虎家回到自己家里，乐不可支，婆姨见他高兴，不知道他碰到了什么好事，便问：“你捡到宝贝还是得到二亩好地，那么高兴？”

二财主说：“哪会有这样的好事。不过，我发现了一个秘密，可能与咱家的宝贝有关。”

婆姨问：“什么秘密？”

二财主说：“我刚才到五虎家串门，发现他家的天地爷神龛被封上了，白白的石灰缝很清晰。他们为什么平白无故封天地爷神龛？天地爷神龛是随便可以封的吗？那是得罪天地爷的事情，是要遭报应的。他家不怕得罪天地爷，敢于这样做，只有一个解释，那就是里面藏着宝贵的东西。是什么东西呢？他家是穷人家，没有值钱的东西可藏，只能是意外之财。”

婆姨说：“不会吧。听说上次他的钱被六狗拿走，他还会有钱吗？除非得了意外之财。”

二财主说：“藏的不是钱是宝贝。我家的宝贝和大财主的宝贝都没有找到，说不定与这两件宝贝有关，五虎不是等闲之人，毒得很。”

婆姨说：“即便人家有宝贝，未必是你手里的宝贝，宝贝上面没有刻着你的名字。即便是你的东西，人家不认账，你能怎么样？”

二财主说：“如果里面藏着宝贝，不是大财主家的就是我家的，哪怕给了大财主，我心里也高兴，决不能让五虎高兴。”

婆姨说：“现在宝贝在人家手里，难道你去抢吗？”

二财主说：“自然不能强取，如果强取扑空，五虎不会饶过我，只能智取。”

婆姨说：“你有什么计谋？”

二财主说：“等两个儿子从地里回家，跟他们商量后再说。”

不久，两个儿子扛着锄头回到院子里，等他们吃完晚饭，二财主把他们

叫进屋里。两个儿子看见爹一脸神秘的样子，不知道发生了什么事。

二财主说：“五虎家的天地爷神龛封上了，为什么？”

二老二看看二老大，一头雾水，二老大也疑惑不解。两个儿子盯着爹的脸，想从这张老脸上得到答案。二财主看着两个儿子傻乎乎的面孔，摇摇头，说：“你们仔细想想，为什么？”

二老二挠挠头，眼盯着墙缝，琢磨了好一会儿，慢吞吞地说：“会不会怕山墙不结实，加固山墙？”

二财主使劲盯了一眼二老二，二老二缩了一下脑袋，不再吱声。二财主把目光移向二老大，询问他的意思。二老大怯生生地说：“该不会里面藏着什么宝贝？”

二财主脸上露出了笑意，深深地吸了一口烟，眼睛转向二老二，问：“你说呢？”

二老二说：“有可能。五虎是很奸猾的人，说不定他手里真有不义之财，这财就藏在山墙里。这个地方人们不会注意，也不容易偷走。”

二财主笑了，在炕楞上磕去烟锅里的残灰，又装上满满一锅烟，深深吸了一口，眼睛盯着二老大。二老大看出爹在询问自己的意见，说：“老二的话有道理，他不会无缘无故封堵，极有可能藏着宝贝，我们不妨把它弄到手。”

二老二说：“怎么弄到手？容易吗？”

二财主说：“应该弄到手，但没有好办法弄不到手。你们出个主意。”

二老二想了一会儿，想不出妙法，不停地看着二老大。二老大一边抽烟，一边思索，好久不吱声。看见两个儿子一言不发，二财主心里想，两个没有出息的儿子，都笨得要死，真是一代不如一代，祖辈留下来的一份产业，以后会丧失殆尽。其实，二财主自己也没有什么良策。看见爹一脸不高兴的样子，二老二说：“爹，你的主意呢？”

二财主说：“我要有好主意，会找你们商量吗？”

二老大看见爹不高兴，为了安慰爹，说：“我跟老二去看看，看能不能找到好办法。”

二财主无奈，只好说：“好吧。注意点，别露了马脚。”

二老二说：“知道。”

弟兄二人出门后直奔五虎家，一会儿工夫到了五虎家的院子外，二老大说：“你留在外面，我进去看看。”

二老二说：“好。你别多说什么，只说来串门。”

二老大说：“知道。”

二老大走进五虎家的院子，看见屋里亮着灯，就大胆走到门口。他停下脚步，抬头看看天地爷神龛，的确被封得死死的，天黑看不出任何痕迹。他推开门走进屋里，看见五虎的爹和娘坐在灯下说闲话，五虎不在家。

二老大问：“五虎出去了吗？”

五虎娘说：“吃完饭就出门了，他哪能待在家里。”

二老大：“他出去做什么？”

五虎娘说：“黑灯瞎火的，能做什么，不就是出去串门。你找他有事吗？”

二老大说：“没事。找他一起去串门。”

五虎娘说：“你到外面找他去吧。”

二老大转身走出门，又往墙上看了一眼，因为天黑，只看见一面墙。

二老二看见二老大出来，上前问：“发现什么了吗？”

二老大说：“天地爷神龛的确封上了，封得严不严，看不清楚，明天再说。”

二财主在家等了半天，看见两个儿子回到家，急忙问：“怎么样？”

二老大说：“黑乎乎的，看不清楚。”

二财主这才想起，此时是晚上，看不清楚。他拍了一下脑袋，说：“我老糊涂了，现在去能看见什么，只能看见一面墙。”

第二天早上，天刚亮，二老大来到五虎家的院子外面往里瞧，的确看见了天地爷神龛被封的清晰痕迹，但是想不出撬开封砖的办法，因为五虎家经常有人，尤其是五虎的娘，平时很少出门，很难找到下手的机会。白天没有指望下手，只有晚上才有一丝机会，而晚上同样会被屋里的人发现。在他看来，想得到神龛里的东西，简直难于上青天。他回到家里，把自己的想法告诉爹，二财主一口口愁着闷烟，无计可施。他叫来二老二，问他有什么好办法，二老二挠了一会儿头，说：“实在没有好办法，只好强取。”

二财主骂道：“混账！万一里面什么都没有，我这张老脸往哪搁。”

二老大说：“入水要看出水，莽撞不得，我们再好好合计，天下没有走不通的路。”

二财主几次去五虎家附近观察，发现五虎娘总在家里，看见她在家里家外进进出出，总不出院门。有一次看见二财主站在远处，五虎娘跟二财主打个招呼，说没事来我家串门。二财主心怀鬼胎，推说家里有事，只出来转一会儿，随后走出五虎娘的视野。二老大也到五虎家的附近瞭望过几次，想从中找到下手的机会，无奈没有空子可钻，次次讪讪而归。晚上，父子三人再次密议，寻找良策。

二财主问：“谁有好办法？”

二老大说：“那头母猪不离窝，没有好办法下手。”

二老二说：“白天不行，那就夜里下手。等他们熟睡以后，悄悄下手，兴许可以得手。”

二财主思考再三，认为既然天地爷神龛里藏着东西，五虎娘绝对不会离开家，除非有不得已的事。如果智取不行，只有强取，否则得不到宝贝。强取有可能损害自家的声誉，这个损失远远超过宝贝的损失。权衡再三，二财主想就此作罢，二老二说不能让五虎占便宜，你们害怕我不害怕，我来下手。看见二儿子雄心勃勃，二财主心里又燃起希望之火，兴许二儿子看似冒险的做法，说不定真会得到意外的收获。俗话说：舍不得孩子套不住狼。与其坐失时机，不如放手一搏。

58

一天来，八只眼的耳边总回响着昨晚几个人的谈话声音，他既为自己受到的奚落而感到羞辱，也为自己得到的消息而高兴。他从五虎四羊和六狗的口中得知他们手里有宝贝，尤其是最后的几句话。五虎冲着他和十宝说，我手里有的是值钱的东西，谁想取就来取，只看你们有没有这个本事。四羊也扬言自己还藏着一件宝贝，只怕这次没人能找见。六狗也说自己手里有东西，东西藏在野外某个地方，谁有眼力就去找。

八只眼知道这是他们惯用的以假乱真以真乱假的手法，真真假假，让人真假莫辨。尽管六狗和五虎没有显露宝贝，四羊手里却有过宝贝。从五虎做事的手法来看，未必不如四羊。至于六狗，虽然没有看见他的宝贝，但是种种迹象表明，他有盗走宝贝的重大嫌疑，只是人们没有抓到真凭实据而已。

下午，八只眼收工早，一来因为地里的活不多了，二来听说有个瞎子来村里说书，时间在晚上，和村里许多人一样，他很爱听书。书里的很多故事让他学到了不少古人的智慧，与村里人谈论古人故事是他的乐趣。他早早吃了晚饭，早早来到说书的现场。说书的地点在一户人家的院子里，他看见院子里没有人，跟屋主打了个招呼，便到附近闲逛。

屋主的隔壁就是四羊的家。四羊的家有三孔窑洞，没有院墙和大门，院子外面是一条大道，来往行人可以将院子的情形一览无遗。八只眼路过时，仔细把院子浏览了一遍，看见院子的东边立着一个井架，井架上吊着一块沉甸甸的大石头，井口盖着一块大石板。院子的正中是三孔砖窑洞，这是四羊的爹费了九牛二虎之力修建的。窑洞的山墙上有个天地爷神龛，神龛里的香钵里残留着几炷黄香。院子的西边是个闲置的土滩，靠墙挖了一个土洞，洞口装着一个简易门，门上经常吊着一把锈迹斑斑的铁锁。他从没有看洞里到底放着什么东西，按村里人的习惯，这样的土洞里通常放着一些杂物。

八只眼身不由己，信步走入院子，先到四羊的门口瞧了一眼，看见四羊一家人正在吃碗饭。四羊问："有事吗？"

八只眼说："没事。去听书，现在没人，出来溜达一阵。"

四羊"哦"了一声，继续吃饭。看见四羊一家人吃饭，八只眼转过身来，走到东边的水井边，抬手摇了摇井架，井架牢牢的，很结实。他仔细看井架，上面只有简单的几根柱子，没有什么秘密可以隐藏。他想打开井盖看看，又怕被四羊看见，说三道四，自己脸上无光。他不甘心就此离开，犹豫一下，回头看了看四羊家的门口，看见门口没有人，于是大着胆子弯下腰，掀开井口的石板盖子。他刚要往井里面瞧，听见四羊在喊："你想做什么？"

八只眼直起身子，一脸尴尬，敷衍着说："我想看看你家井里的水有多少，我家的井水快要吃完了。"

四羊说："我家的井水只够自家吃，不会给别人，你赶紧盖上井盖。"

八只眼无奈，只好弯下腰，盖好井盖，随后讪讪离开。本来，八只眼查看水井后想再看看院子西边的土洞，看见四羊手里端着一碗饭，直勾勾地盯着自己，只好走出院子，身后传来四羊的话："没安好心。"

看看天色未黑，八只眼信步走到另一户人家，本想进去坐一会儿，说几句闲话，抬头看见四羊家屋顶上面的土洞口有一样醒目的物件，到底是柴禾还是木门，看不清楚。他一个激灵，想去看个究竟。他爬上一个土坡，顺着一户人家的屋顶后面的一条小路，绕到了四羊家屋顶后面。他低头俯视，看见四羊家的院子里没人，于是走下一个小土坡，走到土洞前。他知道四羊家的这个土洞，平时放着一些烧火用的柴禾，每天早上生火，四羊的娘都要来这里抱柴禾。他看见刚才自己在远处看到的白白的物件，原来是一副新装的简易门，门上吊着一把旧铁锁。他纳闷，一个柴窑有必要装一个门吗？而且还吊着一把锁，难道里面真会藏着什么东西吗？不可能。精明的四羊不会做这样的傻事，因为这个土洞在四羊家人的视野之外，真有人钻进土洞，他们在院子里很难发现。尽管如此想，八只眼依然想进去看个究竟。他探头往四羊的院子里瞧了一眼，看不见院子里有人，伸手扭门上的旧铁锁。虽说铁锁旧，可很结实，他使足力气没有拧开。他从地上捡起一根结实的树枝，想用树枝撬开锁，这时听见远处传来了脚步声。他只好快步离开土洞口，装出若无其事的样子，向四羊家的院子走下去。这时，他才发现，天已经黑了，陆续有人向说书的院子走去。走到四羊家的院子里，他抬头往上看，想知道刚才是谁留下了脚步声，隐隐约约看见是七颗心。

因为天气热，所以说书的地方设在院子里，院子里挂着一盏亮亮的马灯。

八只眼走进书场时，书场站着不少人，说书人坐在一张条桌后面，一边喝水，一边等人。看看人渐渐多了，有人说开始吧，人们马上就到齐了。说书的瞎子吭了两声，清清嗓子，弹起了三弦。三弦“嘣嘣”的声音在院子里传响，浑厚圆润。说书人腿上绑着的木板有节奏地“踏踏”作响，十分和谐地与三弦相伴，膝盖上的半爿钹，被瞎子手指缝中夹着的一根筷子敲击，发出清脆的伴奏声。三样乐器同时奏响，三种声音同时传出，三种节奏各显奇妙。乐器悠悠扬扬响了一会儿，瞎子用低沉而浑厚的嗓音拉开了场子，开始说书前的开场白。

瞎子的书说得十分动听，以至说完了一段，三弦停了，人们还沉浸在故事中，偌大的院子静悄悄的，似乎掉一根针都能听见。瞎子端起桌子上的碗喝水润嗓子，人们静静的等待着下一段书。这时，八只眼看见七颗心走出院子。八只眼很奇怪，这么动听的书不听，却离开书场，他去干什么？八只眼耐心等了片刻，不见七颗心进来，心生疑窦，也走出院子。他在院子外面找了一遍，没有看见七颗心，他知道七颗心是个书迷，认为他一定有事，不然这么好听的书不会离开。他沿着来时的路寻找七颗心。

四羊看见七颗心离开了书场，接着八只眼也离开了书场，二人出去好一阵不见归来，心中疑惑。瞎子又弹起了三弦，下一段书马上就要开始，四羊顾不得听书，尾随而去。

黑色中，八只眼悄悄盯着七颗心的身影，不让他发现自己。他看见七颗心几次回头，似乎在看身后有没有人。七颗心走过四羊家的院子，爬上一个小土坡，直奔四羊家屋顶上面的土洞。八只眼着急了，心想土洞里一定藏着东西，不然七颗心不会离开书场。他痛恨七颗心捷足先登。八只眼躲到四羊院子旁边的一棵大枣树后面，紧紧盯着七颗心的行动。

四羊在八只眼身后，看见八只眼行动诡秘，不知道他在注视什么。他看见八只眼躲在枣树后，自己也躲到一棵枣树后。他没有看见七颗心的身影，心想八只眼可能在盯着七颗心。他到处搜寻七颗心的影子，不知所踪。他想，只要盯住了八只眼，七颗心也跑不了，他们都有不可告人的目的。

59

二财主夺取五虎夜光杯的欲望之火在两个儿子的煽动下熊熊燃烧，如果真能得到自己日思夜想的宝贝，一定好好祭祀祖先，感谢祖先的阴德。婆姨却日夜发愁，认为这是比登天还难的事。她劝二财主谨慎行事，小心被五虎发现，打断父子几人的脊梁骨，因为五虎不是好惹的。二财主却认为自己的两个儿子不是吃素的，何必怕他。婆姨的冷水浇不灭二财主的欲火，晚饭后，二财主找两个儿子密议了很久。

密议中，二老大坚持智取，反对强取，二老二力主强取，二财主首肯，二老大只好放弃自己的主张。二财主寻思，夜长梦多，万一五虎转移了宝贝，他们就会坐失良机，只有兴叹的份。果真如此，岂不遗憾？

三更天，二老大在村里转了好几趟，看见村里人入睡，回家跟爹和弟弟说，现在是时候了。爹说还早，再等一个时辰，等人们熟睡以后再动手。父子三人一直熬到四更天，二老二手里拿着一把杀猪刀，二老大手里拿着一根枣木棍，悄悄走出家门。

月黑夜，凉如水，沉如石，静如洞。五虎的院子里一片安谧，仿佛和主人一起睡着了。院子外同样静静的，偶有夜猫窜出，寻找食物。二老大让弟弟停在远处，自己先前去刺探动静。他蹑手蹑脚走到五虎的大门口，伸长脖子往院子里瞧，只见院子里一抹黑。他侧耳细听，可以听见五虎子父二人的鼾声。鼾声此起彼伏，极有韵律，一个像深谷中的闷响，一个像长空中的滚雷，震得院子格外宁静。他静静待了一会儿，蹑手蹑脚离开，回到弟弟所在的地方。

二老二低声问："可以动手吗？"

二老大说："他们睡得像死猪一样，我看可以动手。你进去动手，我在这里放哨。如果附近出现情况，我咳嗽一声，你赶紧往出跑。"

二老二说："好的。"

虽说五虎家有个大门，但是破旧不堪，晚上只用一块栅栏堵着，只要轻轻移动栅栏就可以进入院子。二老二走到大门口，停下脚步，仔细听了一会儿屋里的动静，随后轻轻移动栅栏，进了院子。

二老大躲在不远处，时而看看五虎院子里的动静，时而四处张望，注意周围的动静。他心里忐忑不安，如临大敌，因为毕竟从来没有干过这种偷鸡摸狗的事。窃人财物，虽说为了自家的宝贝，看似有几分道理，毕竟是不光彩的事，一旦被村里人发现，会大失颜面。此时，他只盼弟弟的手脚麻利一些，早点动手，早点走出院子。正在他忐忑之际，隐隐约约听见远处有脚步声。脚步声由远而近，他想轻轻咳嗽一声，给弟弟传个信息，又怕远处的人听见，只好学猫轻轻叫了一声。

眼看来人走近，二老大没有看见弟弟走出院子，估计弟弟听到了自己的信息，会隐藏起来，又怕弟弟没领会自己的意思。他想前去看究竟，又怕来人发现，急得在暗处直挠头。一会儿，他看见弟弟出现在院外，犹豫一阵，又走进院子，这才安下心来。

脚步声渐渐近了，二老大估计是过路人，细看暗夜中模模糊糊的黑影，辨出黑影是十宝。他很惊奇，这么晚了，他在做什么？

原来，十宝到村里玩牌，回来晚了。上次跟五虎、四羊和六狗几人有点小龃龉，毕竟是一个村子里的人，又都是年轻人，没过几天，龃龉消失，一如从前。上午，他去五虎家串门，也发现了五虎家的天地爷神龛封堵了，当时他问五虎的爹，为什么要封堵，五虎的爹说山墙出现了裂缝，为了保护山墙才封堵神龛。十宝觉得五虎爹说得在理，便没有深究。不过，临走的时候，他用手指关节敲了几下神龛，想探听里面的虚实。厚厚的砖头，手关节哪能敲出虚实。在回家的路上，十宝突然怀疑其中有诈，想找机会弄个水落石出。

夜里，十宝和几个人在一起玩一种民间纸牌，回家时恰好路过五虎门口，十宝停住了脚步，想趁此机会弄个明白，又觉得没有好办法，于是站在大门口踌躇起来。踌躇一会儿，十宝蹑手蹑脚进了院子。

躲在远处的二老大看见十宝进了院子，急得像热锅上的蚂蚁，退不得，进不得，心里直怨弟弟，何必要强取？一旦让十宝发现秘密，枉费心机。事已至此，无可奈何花落去，听天由命吧。

二老二进入五虎家的院子，听了一会儿动静，从腰间掏出杀猪刀，要撬开天地爷神龛上封堵的砖块。他用锋利的刀尖顺着砖缝一点点挖着缝里的石灰，刚挖了几点，突然听见院子外面有响动。他回头一看，看见一个黑影站在大门口，于是赶紧蹲下身子，躲到井架后面。他在井架后窥视大门外站着的人。他埋怨哥哥不给他发消息，让他处于尴尬境地，其实是他没有听到哥哥传来的消息。他细细观察之后，确认大门外的人不是哥哥，而是别人。他看见黑影有点像十宝，又不能确认。他屏着呼吸，一动不动。一会儿，他看见外面的人居然走进院子。他想，夜深人静，他来这里干什么？难道和自己一样，想得到天地爷神龛里的夜光杯吗？

进入院里的十宝猫着腰，溜到天地爷神龛下，伸手摸着砖，似乎想抠掉砖缝里的石灰。二老二眼睁睁地看着黑影的一举一动，不敢吱声。如果任由他抠下去，万一里面真有夜光杯，岂不让他拿走？他思来想去，绝不能让他得手。

“谁？”二老二压低声音问。

“你是谁？”黑影惊回首。

“二老二。”

“哦。你来这里干什么？”

“我来听房，听五虎跟婆姨亲热。你来干什么？”

“我也来听房。”

二人怕屋里的人听到声音，悄悄退出院子。十宝说，天不早了，我们回家吧。两人各怀鬼胎，各自回家。

弟兄二人回到家里，二财主忙问："得手了吗？"

二老二说："没有。"

"没有？！"二财主一骨碌从炕上爬起来。

"没有。"二老大说。

"十宝搅了我们的好事。"二老二说。

"他？"二财主不解。

"是。"二老大说。

"两个没用的东西，一点小事都办不成。早点睡觉吧，明天再说。"

第二天，二财主找来八只眼，向八只眼问计。八只眼听说五虎的天地爷神龛里可能藏着夜光杯，很吃惊。他认为五虎是个精细人，怎可能把夜光杯藏在那么显眼的地方。此前，他丢过一次钱，应该吸取教训，应该把值钱的东西藏在安全的地方。不过，他想起古语：智者千虑，必有一失；愚者千失，必有一得。也许，五虎认为最危险的地方也是最安全的地方。不管怎样，八只眼都想亲眼看一下，他告辞二财主，说我去看一眼。

八只眼来到五虎的院子，五虎和五虎爹都到地里去了，五虎的婆姨去娘家了，只有五虎娘在家里。八只眼一进五虎的院子，就盯着天地爷的神龛，果然发现是新近封堵的。他进屋跟五虎娘打了个招呼，便走出门，用手指轻轻敲敲封堵神龛的砖，声音实实的，没有空旷的感觉。他想捡一块石头敲敲，又怕五虎娘疑心，只好走出院子。他认为神龛里未必藏着夜光杯，因为敲出的声音没有空旷感。如果神龛里真藏着夜光杯，是给二财主出谋划策，还是告诉五虎秘密已经被人发现，他犹豫不决。他跟五虎的关系不错，他与二财主只是雇佣关系。他心事重重，向二财主家走去。

八只眼走进二财主的屋，二财主笑着问："怎么样？"

八只眼摇头说："很难确定里面藏着东西。"

二财主问："应该怎么办？"

八只眼说："智取。"

二财主问："如何智取？"

八只眼说："容我想想。"

二财主说："似乎十宝也发现神龛里藏着东西，也在想办法。"

八只眼十分惊讶，"哦"了一声。

60

瞎子说书的那个晚上，四羊紧紧盯着黑夜里的八只眼和七颗心，看他们要什么花招。

八只眼看见七颗心接近柴窑，也轻轻移动脚步，慢慢靠近柴窑。七颗心接近柴窑后并没有立刻动手，而是站在柴窑前，查看周围的动静。这让八只眼有点不安，似乎七颗心发现了自己，不敢动手。如果真是这样，就给自己留下了机会。他生怕七颗心动手，又盼七颗心立刻动手。七颗心在黑暗中站着，迟迟不动手，八只眼不知他在犹豫什么。八只眼回头看了看身后，发现一棵枣树似乎变粗了。他很奇怪，怎么平时看起来不粗的一棵树，黑夜里会变粗，会不会树后隐藏着人？他正想去看，发现七颗心的影子不见了，他不禁紧张起来。

四羊看见八只眼一动不动地藏在枣树后面，心想七颗心一定在附近，但不知道七颗心的具体位置，他会不会去自家屋顶上面的柴窑？平时四羊认为自己有几分聪明，但在七颗心和八只眼面前却自愧不如。七颗心去柴窑干什么？无非是想找夜光杯。他很想看这两个人在他面前演一出什么戏。螳螂捕蝉黄雀在后，他心里得意地笑了。

八只眼心里嘀咕，如果柴窑里真藏着夜光杯，这下四羊惨了，他会再次失掉一笔可贵的财富。如果四羊的这件宝贝是从二财主那里偷来的，应该物归原主，不应该让七颗心揣进腰包。出于正义，他必须阻止七颗心得到这件宝贝。想到这里，他轻轻移动脚步，靠近柴窑，想在七颗心揣着宝贝出洞时将他抓住。

看见八只眼慢慢向前移动，逐渐靠近柴窑，四羊确信七颗心想进柴窑找宝贝。上次七颗心让自己失去了一件宝贝，现在仍不放过自己，还想让自己吃亏，实在是奸佞之人，猪狗不如。四羊想立刻冲上去，当场抓住这个贼，让他当场出丑。转念一想，即便自己想放过七颗心，恐怕八只眼不想放过他，他答应给几个财主找宝贝，而今只找到一件，他正愁没有机会。这样的良机，他不会放过，会抢先抓住七颗心。四羊想看一场龙虎斗，这比听瞎子说书有趣多了。四羊心里坦然了。

“吱——”，黑夜里一声轻响，犹如一根针在八只眼的心上划了一下。

八只眼估计，七颗心打开了锁，推开了柴门。不着急，等一会儿，等他得手之后再上去。

四羊猜想，这狗日的真进去了。他撬坏了我的一把锁，一定要索赔。如果他进去找不到东西，会不会放一把火？如此一想，四羊不寒而栗。如果真是这样，要上前跟他拼命。又一想，七颗心不是傻子，他不会干这样的蠢事，还是稍作等待。

八只眼靠近了柴窑，可以清晰地听到柴窑里柴禾的响声。柴窑那么黑，他靠两只手能摸到东西吗？八只眼讥笑七颗心愚蠢，何不划一根火柴。不过，一旦七颗心划亮火柴，远处的人会看到，他的谋划就会落空，估计他不会划火柴。八只眼眼巴巴地盯着柴窑口，只听见沙沙的柴禾响，不见光亮。一会儿过去了，柴禾响动的声音停止了，八只眼立刻警觉起来。难道他得手了吗？如果他一旦得手，会立刻离开，自己必须在他离开之前抓住他，否则他会像兔子一般溜掉。

四羊看见八只眼又开始向前移动，自己也悄悄向前移动。两个看似堂堂正正的人在他眼皮底下干坏事，无论谁想拿走他的东西，他都会当场抓住，然后大声喊叫，让他们暴露无遗，无地自容。他看见八只眼移到柴窑口，悄悄地站在门口。他猫着腰，静静地隐藏在一棵大枣树后面，静观眼前的情况。

一会儿，“吱——”。四羊立刻警惕起来，他知道这是闭门发出的声音，七颗心要走了，他想冲上去抓住七颗心。他看见八只眼依旧站在那里，一动不动，他佩服八只眼的沉静。他看见一个黑影走出柴窑，几乎和站在门口的八只眼相撞。

“谁？！”八只眼压低声音说。

“我。”七颗心低低地说。

八只眼确认眼前的人是七颗心，说：“你在柴窑里干什么？找到了吗？”

“没有。”七颗心说。

“我看一下你的手。”八只眼说。

“有什么好看的，两手空空。”七颗心伸出了两手。

八只眼伸出两手，摸摸七颗心的手，空空的。

“我摸摸你的怀里。”八只眼说。

“摸什么，怀里空空的。”七颗心说。

八只眼不相信，用手摸了七颗心的怀。

“你在找什么？”八只眼问。

“不找什么。”七颗心支吾。

“不会吧。你是不是在找夜光杯？”八只眼说。

七颗心不吱声。一会儿，说：“你盯着我干什么？也想得夜光杯？居心不良！”

四羊再也按捺不住自己，几步跑上前来，大声说：“七颗心，原来你还

在算计我！黑天半夜，你跑到我的柴窑里干什么？能干好事吗？现在有八只眼作证，你深更半夜进了我的柴窑，你要干什么龌龊事？”

“我没想干什么，随便看看。”七颗心自知理亏。

“说得那么轻巧，鬼才相信，我看看你的手。”四羊说。

“八只眼已经看过了，什么都没有。”七颗心说。

四羊问八只眼：“他身上没有东西吗？”

“没有。”八只眼说。

看出七颗心没有找到东西，只弄坏了一把锁，四羊说：“你弄坏了门锁，赔！”

七颗心不吱声。

八只眼拍拍四羊的肩膀说：“算了，你没有丢失东西，就放他一马，让他以后注意，不要再干偷偷摸摸的事。”他又转向七颗心说，“你如此聪明的人，为什么要干偷偷摸摸的事？邻里邻舍，干这样的事不光彩，好好反省吧。”

看见八只眼数落七颗心，七颗心又没有拿走东西，四羊不想穷追猛打，只说了一句：“如果再看见你鬼鬼祟祟，我不会放过你，一定让你名声扫地。”

八只眼说：“我们回去听书，这个瞎子的书说得很好听。”

八只眼拉着四羊去听书，七颗心独自站在柴窑口，好久才离开。

听完书回到家，夜已深了，四羊躺在炕上久久不能入睡，他不明白七颗心为何像蚊子一样盯着自己。其实，四羊给柴窑装一个门，上一把锁，原本为了转移村里人的视线，让人以为柴窑里藏着值钱的东西。不想，果然引起了七颗心的注意。小小的圈套让七颗心中计，四羊心里有几分得意。他不仅让七颗心中计，而且当着八只眼的面，当场教训了七颗心，让七颗心颜面全无，他很开心。难道七颗心还会盯着自己吗？四羊知道，七颗心是个利欲熏心的人，只要有利可图，他不会放过任何机会。俗话说：不怕贼偷，就怕贼惦记着。如果老让他惦记，自己还能有好日子过吗？与其藏着掩着，被他牵挂，不如敞开门扉，看他如何表演。

第二天早上，四羊来到柴窑，看见被七颗心弄坏的锁子虚挂在柴门上，窑里的柴禾被翻得乱七八糟，禁不住骂了一声，然后钻进窑里把凌乱的柴禾整理了一下。他摘下坏锁子，掩上柴门，回到院子里。他把坏锁子仍在门外的窗台上，走到院子东面的井架旁。他瞅着井架，琢磨七颗心和八只眼会不会打水井的主意。八只眼曾经掀开井盖看井水，其实是在查看井里是不是藏着东西。他心里惧怕鹰犬一样的两个能人，感觉只有自己想不到的，没有他们想不到的。

四羊走到院子的西面，看着放杂物的土洞，猜测他们会不会盯上这个杂物洞。他走到洞口，看见门上的旧铁锁安闲地挂在门环上，他用手摸了一下铁锁，铁锁摇摆了一下。四羊琢磨，铁锁会平安无事吗？不会的。一定有人会来找它的麻烦。与其让它担惊受怕，甚至粉身碎骨，不如让它安逸一些。四羊回家拿来一把钥匙，打开铁锁，摘下来，拿回家里。四羊自言自语：你到家里过安逸的日子吧，不用在这里守着不值钱的杂物。四羊顺手从地上捡起一根细木棍，插在门环上，代替铁锁守门。

夜晚，一个黑影来到杂物洞门前。

61

八只眼之所以没有告诉二财主如何智取五虎的夜光杯，一来他无从确定五虎家的天地爷神龛是否藏着夜光杯，二来顾惜五虎的情面。五虎几次找他查看脚印，说明他在五虎心中有一定的地位。如果他做了伤害五虎的事，会失去五虎对他的信任。他不愿意为了得几个赏钱，失去自己在村里人心目中的地位。

吃完早饭，五虎扛着放羊铲走到村口，与刚下地回来的八只眼恰好碰面。五虎看见八只眼一脸疲惫，说：“怎么这时候才回家？”

八只眼说：“想趁太阳不毒辣赶着锄完那块地，所以回来晚了一点。庄稼人，吃饭是小事，干活才是大事。为了多干活，迟回家吃饭是家常便饭。有件事我想跟你说几句。”

五虎问：“什么事？”

八只眼掏出烟袋，蹲在地上，点上一锅烟，说：“你得提防着，小心出现不该发生的事？”

五虎不解，问：“什么事？”

八只眼说：“有人在关注你。”

五虎问：“谁？”

八只眼说：“我只给你传个信，信与不信在乎你。你手里真有宝贝吗？”

五虎沉吟一会儿后说：“我知道了。”

八只眼从五虎的表情看出，五虎手里的确有宝贝。五虎的宝贝到底藏在哪里，五虎不会告诉他，八只眼也不会去问，但他想自己会弄清楚。

那夜，十宝回到家，把夜里看见二老二的事告诉三财主。三财主听了很吃惊，对于五虎手里有宝贝的消息，他并不感到吃惊，因为他一直怀疑五虎

手里有宝贝。他吃惊的是二财主怎么知道五虎的天地爷神龛里藏着宝贝。他问十宝："你确信二老二是去找宝贝的吗？"

十宝说："肯定是。不然半夜三更去做什么。他如何发现神龛里有宝贝，我无从知道，估计看到神龛封堵了，所以猜测里面藏着宝贝。"

三财主说："你也这么猜测的吗？"

十宝说："是的。"

三财主说："五虎吃过一次亏，如果他手里还有宝贝，他一定会十分小心，未必会藏在显眼的地方，他不会这么蠢。"

十宝说："爹的话也许有道理，我宁愿去撞一下运气，也不愿意失掉机会。"

三财主说："是。不过，有被五虎发现的危险。"

十宝说："是的。只是不能肯定里面到底有没有宝贝。让我爷爷占一卦，看看卦象如何。"

十宝走到老秀才屋里，跟老秀才说："爷爷，我猜测五虎的天地爷神龛里藏着宝贝，你认为会不会，给我占一卦，看卦象好不好。"

老秀才说："把宝贝藏在神龛里，未免太惹眼了。五虎是个精明人，他未必出此下策。不过，用砖封堵严实，人们很难偷走，因为神龛在门口，稍有动静，屋里的人就会发现，不失为一个安全之地。"

十宝说："你给我占一卦。"

老秀才说："好。"

十宝从柜子里拿出几枚铜钱，递在老秀才手里。老秀才说："不急。我洗把手，这样占卦会准一些。"

老秀才下炕洗了手，重新爬上炕，拿起铜钱，抛撒了几次，然后仔细分析了一下卦象，说；"从卦象看很不错，里面极有可能藏着宝贝。不过，平白夺人财宝，不义，不如免夺，以防生出事端。"

十宝说："你别怕这怕那，遇事我担着，你尽管放心。你老人家再占一卦，假使我去找这件宝，是凶是吉。"

老秀才说："非礼勿动。我不能助纣为虐，否则天理不容。"

十宝说："不管好歹，你占一卦，让孙子心里明白。"

老秀才无奈，只好再次抛撒铜钱，接连三次抛钱，卦象都不好。老秀才说："龟孙子，这事做不得！做不得！"

十宝说："爷爷，你不用管，只管读你的圣贤书，我心里自有主张。"

二财主的两个儿子夺财失败后，二财主不死心，用心琢磨着八只眼给他留下的两个字：智取。如何智取？他绞尽脑汁，想出一个办法，就是趁五虎父子不在家的时候，引诱五虎娘离开家里，然后趁机下手。如何实施调虎离山之计，二财主琢磨了好久，没有想出好办法，于是找来两个儿子商量。

父子三人坐在炕上，手里拿着三支烟袋，吞云吐雾。二财主看见两个儿子只管一口口抽烟，谁都不开口，心里不高兴。

“怎么不开口？”二财主说。

“我们认为这不是一件容易的事，一个活人不是一件东西，可以随便搬动。除非外面有人吵嘴打架，她兴许出来看热闹，但不一定走很远，兴许只站在院外看一看。”大老大说。

“要不撒个谎，把那死老太婆骗出家门，然后下手。”二老二说。

“这倒是个办法。用什么借口骗？”二财主说。

两个儿子思索了好久，都没开口。二财主想了很久，没有好办法。因为他知道，一旦借口露馅，即使把宝贝夺到手里，五虎也不会放过他们，他会拿着刀子逼着他们交出宝贝，那时麻烦就大了。

上午，五虎和爹一起去锄地，那是一块玉米地，离村子很远。五虎娘看家做饭。五虎娘坐在窗前做针线活，给五虎补一件旧衣裳。突然听见有人喊：“五虎娘，在家吗？”

五虎娘听见喊声，在家应了一声：“在。有事吗？”

有人在五虎院外的土坡上喊：“你家地里的南瓜被人糟蹋了，糟蹋得很惨，你去看看吧。”

五虎娘听说自家的南瓜被糟蹋，很着急，急忙溜下炕来，跑到大门口，说：“哪个伤天良的祸害人？”

“不知道。反正糟蹋得一塌糊涂，你去看看。”

五虎娘看见告诉他消息的人是二财主，估计他不会说假话，于是顾不得多想，赶紧往地里跑，而且一边跑，一边骂：“谁糟蹋了我家的东西，不得好死！”

二财主看见五虎娘往地里去，想起人们说的一句话：再护子的母鸡也有离开窝的时候。他来到五虎的院外，向院里喊：“有人吗？”

院里没有人应声。二财主知道院里没有人，于是回到刚才站着的高坡上，向五虎娘远去的方向望着。同时，二财主看见二儿子走出自家的院子，向五虎家走来。

十宝心里惦记着五虎家的天地爷神龛，爹让他去地里看庄稼长势，十宝推说有事，不愿意去。看见十宝心不在焉的样子，三财主知道十宝惦记着五虎的宝贝，说你死了那条心吧，五虎的宝贝不是那么容易到手的。十宝不听劝告，吃完饭到村里闲转悠，这家门进那家门出，似乎闲得慌。其实，他一直在注视着五虎的院子。刚才，二财主喊五虎娘的话，他在一户人家的屋里听得清清楚楚，赶忙走出来在暗中看究竟。他看见二财主到了五虎的院子外

面，往里瞧了一眼，就返回高坡。他知道，二财主骗五虎娘离开家，一定不安好心，说不定他在诱骗五虎娘，趁五虎娘离家之际趁机下手。想到这里，十宝急了。

十宝立刻做出决断，决不能让二财主得手。一会儿，十宝看见二老二向五虎家走来。十宝预感，他们果真要下手了。他看见二老二快步走进五虎家的院子。

十宝走出暗处，一边走，一边唱着小调，向五虎家走来。站在高坡的二财主看见十宝也向五虎家走来，连忙喊："老二，家里有事，快回家。"

十宝走到五虎家的院子外面，看见二老二手里拎着一把没有来得及藏的铁锤，向院门口走来。

十宝说："你拿着铁锤做什么？"

二老二恨恨地说："你也不是什么好人。"

十宝看着二老二远去的身影，笑着说："五虎不是吃素的，小心自家的脊梁骨。"

62

四羊打开杂物洞门的锁后，心里很坦然，因为杂物洞里只放着一些日用杂物和农具，没有什么可担心的。再说，杂物洞在院子里，即便有风吹草动也能听得见看得见。四羊的这一招被六狗发现了，六狗问四羊，为什么把杂物洞门上的锁卸掉。四羊笑而不答，六狗觉得其中必有蹊跷，一再追问，四羊只好把七颗心在柴窑里寻找宝贝的事跟六狗讲了一遍，六狗这才明白。六狗劝告四羊不要掉以轻心，七颗心和八只眼都是鹰犬，要想断绝他们的念想，必须让他们吃点苦头。四羊认为不无道理，否则他们像屎壳郎一样，会永远盯着粪蛋。

不仅六狗看到了四羊摘掉了杂物洞门上的锁，八只眼扛着锄头去锄地，路过四羊院子时，无意间一看，也发现了这个小小的变化。八只眼在琢磨，四羊这样做是什么意思？他的柴窑摘掉了锁，杂物洞门也摘掉了锁，难道这两个地方都不会有秘密吗？还是四羊学习诸葛亮的空城计，有意这样做？他本想进杂物洞看一眼，又觉得没必要，说不定有人比自己更想进去，不妨像上次跟踪七颗心那样，来个螳螂捕蝉黄雀在后。

发现四羊杂物洞秘密的不止六狗和八只眼，七颗心也发现了，但他没有轻举妄动。上次行动被八只眼和四羊发现，他十分难堪，无颜见四羊。尽管他比八只眼更想进杂物洞，但怕中了四羊的奸计。他猜想，四羊这样做是在设圈套，里面未必藏着宝贝。如果真藏着宝贝，万一被胆子大的人进去拿走了，岂不可惜？尽管如此想，他心里还是痒痒的，他一再告诫自己，不要重蹈覆辙。

十宝不单怀疑六狗和五虎，同样怀疑四羊。他两次发现二老二行动诡秘，认为二财主在背后指使二老二。无论白天还是黑夜，他经常监视着二财主家的动静，自然也不会放过五虎和六狗的动静。家里没事的时候，他总要到村里到处溜达。上午，八只眼遇见十宝，把七颗心被四羊捉拿在手的事告诉他，十宝很吃惊，没想到七颗心的鼻子真灵，那里有气味都能嗅出来，这提醒他必须关注四羊。

十宝问："四羊柴窑真藏着东西吗？"

八只眼说："难说。四羊诡计多端，柴窑先上锁，后卸锁，捉摸不透。"

十宝说："会不会是明修栈道，暗度陈仓，以此吸引人，而东西却藏在别处？"

八只眼惊讶，说："你真聪明，我都没有想到这一层，你的话有道理。"

十宝说："如果四羊的宝贝没有藏在柴窑，会藏在哪里？"

八只眼说："不知道。上次他把夜光杯藏在土崖洞里，被七颗心发现，我略施小计，让他原形毕露，这次他未必会藏在野地，他会警惕七颗心比狗还灵的鼻子，极有可能藏在家里。宝贝藏在家里，他容易看守。"

十宝说："有道理。"

八只眼说："五虎那里怎么样？"

十宝说："二财主盯上了五虎，我两次发现二老二到五虎的院子里转悠，似乎盯上了被封堵的天地爷神龛。"

八只眼说："那里会有秘密吗？"

十宝说："如果没有，二财主为什么盯着不放。"

八只眼说："难怪你爹上次在五虎的羊圈没有找到东西。"

十宝说："你认为神龛里会有宝贝吗？"

八只眼说："我去看看再说。"

十宝从八只眼口中知道了四羊和七颗心的情况，心里很高兴，认为自己又有了一个关注对象，多了一个寻找财宝的机会。下午，他到四羊家的柴窑看了一眼，然后到四羊家的院子里转了一圈，发现平时紧锁着的杂物洞门没了锁子，只虚掩着。他很奇怪，轻轻推开门，悄悄走进洞里，看见洞里堆着乱七八糟的东西，看不出藏匿东西的痕迹。他正想仔细瞧，听见洞外传来说话声，赶紧出洞，装出若无其事的样子，然后进屋跟四羊的娘搭讪。

夜晚，四羊院外出现了一个黑影。

趁着四羊一家在屋里呼噜，黑影东张西望一会儿后走进院子，悄悄靠近杂物洞。黑暗中，黑影伸手摸摸门关，跟白天一样，没有上锁，黑影一阵高兴。黑影正想打开门关，忽然听见屋里有人说话，赶紧缩回手，连忙蹲下身子，缩作一团。一会儿，黑影听见屋里安静下来，这才知道刚才屋里的人是在说梦话，悬着的心放了下来。黑影直起身子，伸手轻轻打开门关，准备开门。黑影又停下了手，犹豫起来，他怕聪明的四羊在门上设了机关，伤害了自己。怎么办？黑影犹豫了一会儿，终于离开洞口，走出院子。黑影在院子外面徘徊了一会儿，重新回到杂物洞口。他想先检查一下门，有没有设机关。他用手小心翼翼地摸索着门框，从上到下，小心抚摸了一遍，没有发现任何机关。于是，黑影慢慢开门，生怕发出一点声响，惊动了屋里的人。他一点点地推开门，估计推开了一半，可以钻进去，便缩着身子往里钻。原来门缝太窄，他钻不进去，又用手轻轻推门。突然，当啷一声响，一样东西从天而降，正好落在黑影的头上。随后又一声当啷，东西跌落在地上。黑影一惊，以为有人给他当头一棒，脑袋嗡的一声响，摔倒在地，晕了过去。

不远处另外一个黑影吃了一惊。

一会儿，黑影醒来了，原来从门上掉下来的是一块木头，虽然正好打在了黑影的头上，并不致命，其实黑影是被吓晕了。黑影从地上爬起来，摸摸自己的头，感觉无大碍，心里骂了一句，悄悄溜走。

原来，精明的四羊摘掉了杂物门上的锁，为了防止东西被偷，略施小计，用来吓唬别有用心的人，不料真有人中计。第二天早上，四羊到杂物洞门口看了一下，发现门框上的木块掉在了地上，心想一定有人来过。他看见门开着一条很大的缝，确信有人来过，因为昨夜他亲手关上了门。他钻进杂物洞，看有没有丢了东西，仔细查看一番，发现并没有少东西。他琢磨，夜里谁来过这里？他低头看，发现地上有一些杂乱的脚印。

八只眼从地里回来，路过四羊院外时，四羊恰好在院子里端着碗吃饭。看见八只眼扛着锄头经过，四羊喊了一声。八只眼停下脚步，问：“有事吗？我还饿着肚子呢！”

四羊说：“昨晚有人来我家的杂物洞，你看是谁的脚印。”

八只眼放下肩上的锄头，走进院子，轻描淡写地说：“有什么看头，里面又没有值钱的东西。”

四羊说：“不管怎样，你先看一下脚印。”

八只眼只好跟着四羊走到杂物洞口，他仔细查看脚印，脚印十分清晰。

四羊问：“谁的脚印？”

八只眼说：“不会是别人。”

四羊说：“还是他吗？”

八只眼说："是的。"

四羊说："不会错吗？"

八只眼说："不会错，相信我。昨夜我亲眼看见他进了你的院子，偷偷摸到洞口，还会有错吗？"

原来，黑影在杂物洞门口倒地时，远处的那个黑影就是八只眼。

四羊问："你看真切了吗？"

八只眼说："不会错的。他拿走东西了吗？"

四羊说："没有。"

八只眼乘机往洞里看了几眼，只看见一些零乱的杂物，说："他被砸倒了，后来又爬起来，估计没大碍。我回家吃饭去了。"

四羊说："我算被他盯上了。不过，我吃亏在前，他吃亏在后，他自讨苦吃，怨不得我。"

八只眼嘱咐四羊多加小心，吸取前车之鉴。四羊明白这两个人都在惦记着自己，他要提防的是两个十分精明的人，心里忐忑不安。

63

好久得不到八只眼的消息，大财主心里很着急，尽管他婆姨的病有所好转，依然不见大的起色。大财主认为婆姨的病根在自家的那件宝贝上，只要找到宝贝，婆姨的病就会好。一天，他让二儿子去叫八只眼，想了解案情的进展情况。八只眼来到大财主家，看见大财主的婆姨精神萎靡，还是一个病秧子。相互寒暄之后，大财主问："宝贝的事，有进展吗？"

八只眼说："现在村里的事很复杂，一时找不到头绪。不过，你不要着急，迟早会有眉目的。"

大财主问："二财主的宝贝有线索了吗？"

八只眼说："有一点。他正盯着五虎。"

大财主问："五虎手里有宝贝吗？"

八只眼说："不知道。反正二财主打五虎的主意。"

大财主问："他知道五虎的宝贝藏在哪里吗？"

八只眼说："他怀疑藏在天地爷神龛里。"

大财主没想到五虎手里会有宝贝，更没有想到二财主会发现五虎的宝贝，觉得自己太闭塞了。

大财主说："四羊的宝贝已被我们弄到手了，难道五虎手里也有宝贝？

他从谁手里得来的宝贝？”

八只眼说：“不知道。”

大财主说：“七颗心的鼻子真是一副狗鼻子，什么东西都能嗅出来，这次是不是又是他先发现的？你认为五虎有没有宝贝？”

八只眼说：“不知道。二财主只看见天地爷神龛封堵，就认为里面藏着宝贝，恐怕是一厢情愿。那么显眼的地方藏宝贝，容易遭人猜疑，五虎未必那么傻。”

大财主说：“六狗有没有动静？”

八只眼说：“没有。你耐心等待，我会尽力而为。”

大财主说：“你多加用心，你看我婆姨的病一直不好，病根就在那件宝贝上，兴许找到宝贝，她的病就好了。丢失宝贝是小事，人是大事。”

八只眼说：“我明白。”

八只眼从大财主家出来，在回家的路上碰到了五虎。五虎肩上扛着放羊铲，边走边唱，正要去放羊。看见八只眼迎面而来，五虎停住脚步，说：“我正要找你。”

八只眼说：“有什么事？”

五虎说：“我家的南瓜被人祸害了，不知道哪个狗日的下此狠手，我带你到地里看一下，看是谁的脚印。如果找到这个人，我不会饶他。”

八只眼有点犹豫，他怕这一去惹出麻烦来；如果不去，又抹不开五虎的面子。犹豫一阵，他说：“我有言在先，我可以为你辨认脚印，但你不能说是我告诉你的，也没有必要为了一点小事大动干戈，免得惹出事非来。”

五虎一想，说：“可以。我只想知道这是谁做的伤天良的事。”

八只眼说：“一言为定。”

五虎说：“好。”

五虎领着八只眼到了自家的瓜菜地里，看见有两颗南瓜被打得稀巴烂，显然是有人故意所为。八只眼仔细看了地上的脚印，欲言又止。看见八只眼犹犹豫豫，五虎说：“你但说无妨，我不会惹事。”

八只眼说：“是二财主家的人。”

五虎问：“是二财主还是他的那两个儿子？”

八只眼说：“不用细问，反正是他家的人。”

五虎说：“你敢肯定吗？”

八只眼说：“我不会乱说话。”

其实，八只眼不去地里也知道是谁干的，去地里只是验证一下自己的猜测而已。他知道二财主一心想得到五虎的宝贝，强取不行，只有智取，而智取最大的障碍就是家里有一双明亮的眼。只有把这双眼引开，才有机会下手，二财主用了调虎离山计。不想，此计被十宝干扰了，五虎并不知道实情。

五虎说："狗日的，人面兽心。一个堂堂的财主竟然做出如此无耻的事，下贱！"

八只眼说："你跟他无冤无仇，按理说他不应该做这样的不义之事。不过，你的气量大一点，放他一马。再说，你何必把天地爷神龛封起来。"

五虎心里一惊，原来有人在盯着天地爷神龛。他恍然大悟，二财主祸害瓜是虚，想探出天地爷神龛的秘密才是真。看来盯着天地爷神龛的人不止二财主，八只眼在注意，可能还有人在注意。

五虎轻描淡写地说："我封堵天地爷神龛是为了保护山墙，并没有什么秘密。他们真要敲开神龛，我的屋子就要倒塌，这几块砖真害人。"

八只眼笑着说："你敢保证神龛里没有秘密吗？"

五虎说："对天发誓，没有一点秘密。"

八只眼是聪明人，他自然知道五虎起誓的目的，不愿意挑破他的心理。他知道此时无须自己费心，自然有人上心。八只眼的心理恰好在大财主身上应验了。自从八只眼将二财主垂涎五虎宝贝的消息告诉大财主后，大财主心里翻腾起来。三财主已经得到了宝贝，只有自己和二财主的宝贝还没有下落，如果五虎手里真有宝贝，不是二财主的宝贝，就是自己的宝贝，不能让二财主独吞。他怨恨二财主手里有线索，却不和自己商量，独自下手，太不仗义。他把两个儿子叫来，跟他们商量如何处理此事。两个儿子认为，二财主不仁，我们不义，我们也去夺取，看宝贝最后落到谁的手里。大财主认为，如果自己强取，必然引起两家人的冲突，还不一定得到宝贝，可能造成两败俱伤。与其如此，不如找来二财主，一起商量办法。两个儿子勉强点头。

大老大跑到二财主家里，说："我爹有事找你。"

二财主心里纳闷：大财主叫他会有什么事？

二财主走进大财主的屋，大财主给二财主让座后说："有件事想跟你商量一下，不知道你心下如何？"

二财主说："请讲。"

大财主说："听说五虎的天地爷神龛里有秘密，你知道此事吗？"

二财主说："有所耳闻，不知道是真是假。"

大财主说："既然你也知道此事，我们不妨商量个办法，争取把这件宝贝弄到手。如果五虎手里真有宝贝，一定是不义之财，不是你的，就是我的。如果是你的宝贝，你拿走；如果是我的宝贝，我拿走。三财主已经得到了宝贝，他没有必要参与此事。你意下如何？"

二财主说："你的话有道理。你有什么好办法？"

大财主说："我们是村里有脸面的人，自然不能强迫他交出来，那会让

我们丢面子，应该想个巧妙的办法。”

二财主说：“我没有妙法，不妨借鉴从四羊手里取宝的办法。”

大财主说：“引蛇出洞吗？”

二财主说：“是的。”

大财主说：“还有没有别的办法？”

二财主说：“也可以把那臭婆姨引出家里，乘机下手。”

大财主说：“调虎离山，不失为办法。”

二财主说：“你是高人，如果你有更好的办法，我协从。”

两个财主正在商量，有个长工突然闯进门来，说：“地里的玉米苗被羊吃了一片。”

大财主说：“谁有这么大的胆子！谁的羊吃掉的？”

长工说：“五虎的羊。”

大财主的两个儿子一听，火冒三丈，声称要找五虎算账。大财主眉头一皱，说：“不要动武，把五虎叫来。”

五虎正在野外放羊，被大财主的两个儿子拉回村里。五虎知道不听话的馋嘴羊给自己惹了祸，只怪自己没有看守好羊，只能任人处罚。大财主看见两个儿子押着手拿放羊铲的五虎走进院子，便现出一脸怒气，说：“你的胆子越来越大了，故意让羊吃我的玉米苗，看我老了不成？该怎么处罚？”

五虎嗫嚅：“任凭你处罚。”

大财主说：“罚你玉米两石。”

五虎惊讶：“两石？！这不是要赔偿，是要人的命。一点玉米苗能值那么多粮食吗？”

大财主说：“认罚不认罚？”

五虎说：“不认。只认两斗。”

大财主说：“不行。”

五虎说：“要命一条！”

大财主说：“我不要你的命，犯法。如果你不愿意交粮食，你得答应我一件事。”

五虎说：“什么事？”

大财主说：“让我看一下你的天地爷神龛。”

五虎震惊，说：“你要我的命可以，不能砸我的山墙，山墙倒了，会要我全家人的命。”

大财主说：“认罚不认罚，由不得你。”

五虎说：“休想！”

这时，大财主院子里来了几个围观的人，人们都为五虎捏一把汗。看到双方的态度都很强硬，人们预感一场恶斗不可避免。

64

七颗心从四羊杂物洞回家的第二天早晨，婆姨看到他的脑门上有个血痂，很惊讶，问："昨天晚上你做什么去了？"

七颗心说："没做什么。"

婆姨说："你回家那么晚，一定没干好事。是不是上哪个婆姨的身被人家打了。"

七颗心骂："放你娘的狗屁，老子连你都伺候不过来，哪有本事上别的女人的身。"

婆姨挨骂，没有再吱声，害怕七颗心动手，知道自家男人不是寻花问柳的人。

上午天热，七颗心去大榆树下乘凉，十一指看着七颗心脑门上的血痂，问："怎么弄的？"

七颗心说："砍树划破了。"

六狗说："看你馋兮兮的样子，恐怕是上人家女人的身，被男人棒子打伤了。"

七颗心说："那也是我的本事，恐怕你还没有这样的本事。不信试试，看看那个女人会让你上身。撒泡尿照照自己，看你那熊样。"

六狗缩缩脑袋，自惭形秽，没有再吱声。

九蛋说："他是被自家炕上的那头母猪啃伤的，不疼。"

树下的人笑成一团。怒不责众，七颗心先怒后笑，心里好气又好笑。

十宝说："你到底怎么弄成这样？不妨告诉大家，让大家跟你一起高兴。"

看见大家拿自己开心，七颗心转笑为怒，一声不吭。

八只眼也来到树下，看见人们嘻嘻哈哈，问有什么高兴事。六狗用手指指七颗心头上的血痂。八只眼一惊，难道是昨夜受的伤？他仔细回忆昨夜的情景，没有听见打斗的声音，只听见很细微的一声响，可能是他不小心碰伤的。

九蛋说："八只眼是高人，你认为他的血痂是怎么弄的？"

八只眼说："别人的闲事你莫管。小伤小痛算什么，只要没有大灾大难。天有不测风云，人有旦夕祸福。世上的事情说不清楚，谁能知道明天自己是

什么样子。”

一会儿，四羊也来了，看见树下坐着一大群人，笑着说：“十八罗汉齐聚，莫非有什么重要事？”

九蛋说：“又来了一个高人，你猜猜七颗心头上那个红印是怎么来的？”

四羊看了一眼七颗心头上的血痂，吃了一惊，说：“挂花了，怎么可能？不会是哪个婆姨啃伤了吧？”

六狗听出了弦外之音，追问：“你知道其中的秘密吗？”

四羊说：“我哪里知道什么秘密，如果他自己不说，其中必有秘密，到底什么秘密，人家自己心里明镜似的。是不是？”

七颗心听出四羊在调侃自己，心里不悦，说：“你别幸灾乐祸，说不定灾祸也落在你的头上，做事不要太绝。”

人们看见两人在较劲，莫名其妙。八只眼自然知道其中奥妙，看见势头不妙，怕二人嘴斗演变成打斗，赶紧圆场，人们这才把话题转移到别处。

七颗心和十宝结伴回家，七颗心一声不吱。十宝看出七颗心有心事，拍了一下七颗心的肩膀，说：“你跟四羊的话话中有话，到底什么原因，可以讲给我听吗？”

七颗心说：“四羊手里有东西。”

十宝很惊奇，说：“不可能，他手里的宝贝不是交出来了吗？”

七颗心说：“我估计还有。”

十宝说：“他从哪来的？”

七颗心说：“不知道。”

十宝说：“你有依据吗？”

七颗心说：“没有。凭我的直觉判断，他一定有宝贝。如果你愿意，我俩一起盯着他，准能弄到手。”

十宝说：“好。”

十宝回到家，把七颗心的话跟三财主说了一遍，三财主惊讶之余，鼓励十宝暗中察访。三财主把十宝的话告诉老秀才，老秀才说，贪人之财，不义。自家丢失的宝贝已经到手，何苦去贪不义之财，安贫乐道，还是过自家的清净日子为好。三财主哪里听得进老秀才的话，极力支持十宝去找。

虽然十宝一直盯着六狗，六狗却像一只缩着脑袋的刺猬，令十宝无法下手。十宝在六狗的院子外溜了一圈，转到四羊家的院子外。他在院子外往院子里瞧，一如往常，似乎没有什么变化。他又到屋顶的柴窑看了一眼，只见柴门虚掩，里面堆着几样烧火用的柴草，他仔细查看一番，看不出什么秘密。他走下一个土坡，走进四羊的院子，摸摸院子东面的井架，用脚踢踢井盖，没有发现异常。他走到门口的灶台前，看见灶台上的锅正烧着水，便揭开锅盖，看见热气腾腾，连忙喊："四羊娘，锅里的水开了。"

四羊的娘连忙出来，把锅里的开水灌进水壶里，然后说："你进屋坐一会儿。"

十宝走进屋，仔细环顾陈设极其简陋的屋子，没有能引起他感兴趣的地方，闲坐一会儿便告辞。他走到院子里，往西面的杂物洞看，看见平素上锁的洞门上依然吊着一把旧锁子。他走上前往里瞧了一眼，看见里面堆着各种杂物，没有秘密可言。他很奇怪，七颗心为什么会看中这样的地方。不过，他深信七颗心的嗅觉是独一无二的，兴许他有自己的道理。杂物洞里没有秘密，秘密会在什么地方？他走出院子，再次将院子扫视一遍，心里一片茫然。

七颗心之所以盯着四羊，既凭他的直觉，也凭四羊反常的举动。四羊给柴窑装门本让他起疑心，又听说四羊的杂物洞门又上了锁，更觉异常。他抽空去看了一下，果然看见杂物洞门上吊着一把锁。他纳闷，四羊到底在耍什么花招，是在有意捉弄自己，还是真有秘密，他捉摸不透。他每天都要忙地里的活，不愿意把精力花费在无谓的事上，又总克制不住自己。他再次想到了自己信奉的天官老爷。趁着黄昏的凉意，他来到天官庙，周围一片寂静，偶尔传来远处的人语。他通过楼梯，登上二楼，进入天官老爷的神像殿里。他抬头看看天官老爷，见他神态端庄，面目安详，似乎早已等着他来求拜。他喃喃自语：人世间，我最信奉的是天官老爷，这次求拜，希望您再给我明示，我到底应该怎么去做。他跪在天官老爷面前，连叩三个响头，然后双手合十，举在胸前，闭着双眼，虔诚地说："神啊，给我旨意吧。"

七颗心跪在地上微闭双目，等了一会儿，没有听见任何响动。他睁眼看了一眼地面，地面没有任何东西，他怀疑天官老爷不愿帮助自己。他再次闭上眼睛，再次念道："神啊，给我旨意吧。我不会亏待你。"

七颗心在默默等待。殿里一片宁静，他能清晰地听到自己的呼吸声，也能感受到天官老爷慈祥的目光。他等待了许久，忽然听到一个细微的声音，猛然睁开眼睛。他低头看，地上什么都没有，再看供桌上，也没有什么。他再次微闭双目，静静地等待着。又过了许久，他又听到一个细微的声音，又睁开眼睛。他低头看地上，地上空空的；抬头看供桌，供桌上也是空空的。正在他灰心时，突然看到了香炉。他站起来，拿起供桌上的香炉，看见里面有一个纸团。他急忙捡起纸团，欣喜若狂。他轻轻打开纸团，看见纸上写着几行清秀的字，他轻轻念道："东头洞里洞，西头洞里洞，若寻洞里洞，从西跑到东。"

七颗心读后，一脸茫然，不知所以。他把纸团揣进怀里，像揣着一粒灵丹妙药，乐颠颠地跑下楼，直奔家中。他把此事跟婆姨讲后，婆姨鄙夷道："你知道那是什么意思吗？"

七颗心摇头，说：“总之，与洞有关。洞，不就是藏宝的地方吗？”

婆姨说：“你还是找个明白人，弄清楚其中的意思。”

七颗心觉得婆姨的话有道理，真应该弄清楚“洞”的意思，不然会枉费心机。

65

大财主强势胁迫五虎，索要重赔，意在叫五虎答应敲开天地爷神龛。五虎不答应重陪，正中大财主下怀，大财主提出砸开五虎的天地爷神龛，步步紧逼，将五虎逼到绝境。看见五虎一脸吃惊，大财主大声喝问：“答应不答应？”

五虎说：“我死也不答应。”

大财主看出其中必有隐秘，毫不退让，说：“如果你答应，我们之间的这点恩怨一笔勾销；如果你不答应，我不会轻饶你。你别以为我奈何不得你，我会把你告到官府，看你吃罪得起！”

五虎说：“什么狗屁官府，我不怕！现在的天下是日本人的天下，不是中国人的天下，官府奈何不得我。”

大财主说：“官府奈何不得你，我奈何得你。长工们，上，把他吊起来！”

立刻，有几个长工和大财主的两个儿子一拥而上，将五虎的胳膊反拧在背后。有人拿来一条长麻绳，三下五除二，把五虎严严实实捆起来。五虎敌不得众人，拼命挣扎一番，只好就范。

大财主大声喝问：“服不服？”

五虎说：“我死也不服！”

大财主厉声喊：“把他吊在大门上，重打二十棍！”

几个长工立刻簇拥着五虎，连推带搡，将他押到大门口。

四羊听见村里的吵闹声，闻声跑来，看见五虎双手被反绑着，眼看要挨打，连忙跑到五虎家，告诉五虎的娘。四羊听说五虎的爹在地里干活，又急匆匆跑到地里去找五虎的爹。这时，大财主的大门外聚集了很多人，人们都来看热闹。看见五虎被一条麻绳紧绑着，人们都在窃窃私语，却没有人敢上去劝解。

大财主喊：“把他吊起来！”

这时，有人把五虎背后的绳子扔到大门的横梁上，随即使劲拉动绳子，只听见“哧哧”几声，五虎悬在空中。

大财主喊：“拿棍子来！”

有人跑到院子里，拿来一根五尺长的枣木棍，只等大财主下令。大财主看见枣木棍，顿时眼红，跺着脚，大声喊：“使劲打！”

一个长工举起枣木棍，冲着五虎一棍一棍打起来。看见儿子挨打，五虎娘扑到五虎身上，护着五虎，哭喊着说：“你们要打就打我，打死我算了。”

大财主急忙叫人拉开五虎娘，五虎娘又扑到五虎身上，又被人拉开，按在地上，动弹不得。

随着棍起棍落，五虎不迭声地喊叫，喊叫声惊动了全村人。二老二急急忙忙跑回家，跟二财主说：“大财主在毒打五虎，五虎叫得杀猪一般，你快去看，会不会发生其他事。”

二财主闻听，立刻赶往大财主家。他远远看见大财主的大门口围着很多人，五虎的叫骂声接连不断。他三步并作两步，急忙赶上前去。他看见大财主杀气腾腾，站在一旁看着长工挥舞着棍子。围观的人都紧绷着脸，眼睁睁地看着眼前的一切。

五虎挨了十几棍子，毫不示弱，一个劲地叫骂。大财主叫长工停下棍子，走到悬着的五虎面前，问：“这滋味怎么样？”

五虎说：“好得很！我喜欢！”

大财主说：“继续打！”

五虎又挨了十几棍子，血浸湿了背上的白衣服。大财主又叫停下棍子，又走到五虎面前，问：“你答应不答应？”

五虎说：“我死也不会答应，你打死我吧。”

二财主低声问身边的人：“大财主要五虎答应什么？”

身边的人说：“大财主要看五虎的天地爷神龛，估计大财主以为里面有东西。”

二财主一惊，本来说好一起动手夺宝，没想到大财主自食其言，独自下手，二财主心中不悦。如果五虎的天地爷神龛里真有东西，绝对不能让大财主独吞，说不定正是自己丢的那件宝贝，因此二财主决定守在这里，看大财主如何处理此事。

四羊把五虎挨打的消息告诉了正在地里干活的五虎爹，五虎爹边骂边跑，赶回村里。五虎爹手里握着锄头，跑到大财主的大门口，看见五虎吊在大门上正在挨打。他不顾一切，边跑边喊，冲上前去，挡住了长工的棍子。

看见五虎的爹来了，大财主让长工停下手中的棍子，说：“你养的好儿子！”

五虎爹说：“你凭什么打我的儿子？”

大财主说："五虎的羊吃了我家的玉米苗，还不愿意赔偿，天下哪有这样的道理？这样的人不应该教训一下吗？"

五虎爹说："打了盆说盆，打了碗说碗，为什么要打人。凭你有钱有势，就随便打人，天底下有这样的道理吗？"

大财主说："他要乖乖陪我两石玉米，我何苦打他。"

五虎爹说："羊吃你几棵玉米苗，就要赔你两石玉米，大家听听，一个财主小气到什么地步！"

大财主说："你还想纵容你的儿子，你跟你儿子一样，都不是好东西。我再说一遍，五虎必须赔我两石玉米。"

五虎爹说："我不赔，也赔不起。你不能打人！"

大财主说："不是我愿意打人，而是五虎既不愿意赔偿，也不愿意答应我提出的条件，迫不得已我才动手。"

五虎爹说："你先放人，其他再说。"

围观的人群中有人说："看在五虎爹这么大岁数的份上，把五虎放下来吧。"

看到有人为五虎爹求情，再说五虎也挨了不少棍子，解了心中之气，大财主跟长工说："放下来。"

五虎爹看见五虎背上的血迹，说："好狠心的财主，就这样对待穷人！五虎犯了什么法，遭这大罪！"

大财主说："你别护着你的儿子，你儿子出了事，还要护短，难怪会有这样的儿子。你不愿意赔两石玉米也可以，但是得答应我一个条件，否则我饶不了五虎。"

五虎爹说："什么条件？"

五虎抢着说："爹，你不能答应他的条件。"

大财主说："我要看一下你家的天地爷神龛。"

五虎爹吃了一惊，愣着不吱声。

五虎说："爹，你不能答应。"

大财主问："你答应不答应？"

五虎爹说："你打了人，应该抵偿了，你还要我答应别的条件，不觉得太过分吗？我封堵天地爷是为了保护山墙，你撬天地爷，不是成心要弄垮我的屋子吗？你好狠心！"

大财主说："如果你不答应，我不会放过五虎。长工，再把五虎吊起来，使劲打！"

五虎爹看见长工摆弄手里的棍子，怕五虎又挨打，连忙夺过长工手里的棍子，说："你们要打就打我，我不要这条老命了！"

看到五虎爹的样子，大财主越发觉得其中有蹊跷，说："如果你心里没有鬼，我看看有什么，大家说是不是？"

众人不吱声，唯有二财主说："如果神龛里没有秘密，看一看怕什么。"

大财主说："恕我直言，我怀疑你家的天地爷神龛里藏着我们的宝贝，你不让看，显然是做贼心虚。"

五虎说："爹，你不能答应。我家就这点东西。"

五虎爹哭丧着脸，心想如果不答应，儿子要挨打，自己还要背上做贼的名声；如果答应，觉得自己太软弱。五虎爹愣着不说话，木偶一般站着。

看见五虎爹不答应，大财主说："你不答应也得答应，由不得你。"

五虎爹无奈，蹲在地上，双手挠头。

大财主吩咐长工："你们押着父子二人，我们去砸神龛！"

五虎子父二人被几个长工押着往家走，后面跟着很多看热闹的人。十宝看到这副架势，连忙跑回家里，跟三财主说："爹，不得了，大财主要砸五虎家的神龛，你快去助他们。上次大财主把宝贝给了我们，现在人家有事，不去帮忙不义气。"

三财主急忙跳下炕，朝五虎家跑去。

五虎子父二人被押到自家的院子里，眼巴巴地盯着天地爷神龛。五虎爹看到大势已去，神龛是保不住了，只好对大财主说："你打了我儿子，又要砸我家的神龛，做事太绝了。我知道，你势力大，我拦不住你。你一定要砸，那就砸吧。不过，当着这么多父老乡亲的面，我要跟你讲个条件。如果你答应我的条件，你砸；如果你不答应我的条件，你就砸我，我的命不值几个钱。"

大财主说："只要你答应砸，我什么条件都答应。"

五虎爹说："神龛是我家的守护神，我不能让你白砸。你口口声声说五虎偷了你的宝贝，如果里面有你的东西，你拿走；如果没有你的东西，你得赔我一石小米。"

大财主说："你的胃口不小！不行，我只给两斗小米。"

五虎说："爹，两石小米也不能答应，别说两斗小米，那是我们的全部家当！"

五虎爹无奈，说："两斗就两斗吧，总比一粒没有好。"

大财主说："既然你答应了，那就砸。长工，拿把铁锤来，给我砸！"

围观的人目瞪口呆，惊看风云又起。

66

七颗心怀里揣着从天官庙乞来的纸团，兴冲冲跑到三财主家。十宝正在院子里闲坐，看见七颗心急匆匆而来，知道他一定有事。十宝正想开口，七颗心早已急不可耐，说："十宝，我们到屋里说话。"

七颗心推开十宝的门，十宝随后跟进门，七颗心随手关上门。

十宝说："什么事，这么神秘？"

七颗心不言语，从怀里掏出一个纸团，递给十宝，说："你看一下，这些字是什么意思，我看不甚明白。"

十宝接过纸团，慢慢展开，低低念着纸上的字。念完，十宝皱着眉头，仔细琢磨着。琢磨了一会儿，十宝问："从哪来的纸团？"

七颗心说："先别管从哪来的，你说说纸上的意思。"

十宝皱着眉头说："像在云里雾里，不知道什么意思。"

七颗心接过纸条，说："看来你跟我一样笨，还是问问你爷爷吧。"

十宝说："好。"

二人一起走进老秀才的屋，老秀才赤着脚坐在炕上，带着一副老花镜，正在看书。七颗心问："老人家在看什么书？"

老秀才摘下眼镜，看着七颗心，说："《孙子兵法》，知道吗？"

七颗心笑着说："《孙子兵法》能好吗？为什么不读《老子兵法》？"

老秀才说："你不懂，孙子懂打仗，老子不懂打仗，所以没有老子兵法。"

七颗心说："原来老子还不如孙子，枉做先辈，看来一代比一代强。"

老秀才笑了，摇头说："你理解错了，不是那意思。这么聪明的人，你爹为什么不叫你多识几个字，可惜啊。"

十宝说："你说的那些我不懂，我有事找你。"

老秀才说："什么事？"

十宝从怀里掏出一张纸条，递给老秀才，老秀才看了看，问："哪里来的？"

七颗心说："天官老爷给的。"

老秀才满腹狐疑，急忙戴上老花镜，展开纸条看。看了两遍，老秀才不得其解，不知道讲得什么事。

七颗心看见老秀才为难，便说："老先生，我给你提示一下，我问的是寻找财宝的事。”

老秀才说：“你没有失宝，到哪里去找宝？难道要贪人财宝吗？那是不义之举！”

七颗心说：“我没有宝可失，我帮那两个财主寻找宝。你家的宝贝，不是别人帮你们找回来的吗？依我看，四羊、五虎和六狗几人不地道，尤其是四羊。上次你家的宝贝不就是从四羊手里得到的吗？现在，我和十宝想从四羊手里找到另外两个财主的宝贝。我怀疑，四羊的宝贝没有藏在门外，就藏在院内。你看纸上的话是什么意思。”

七颗心的一番提示，将老秀才的心思引到四羊的院子里，他在四羊的院子里跑来跑去，跑了几圈，然后又回到七颗心面前。七颗心看见老秀才的眼珠转来转去，也不追问，只是直勾勾地看着，希望从老秀才的脸上找到答案。片刻，老秀才开言道：“依老夫之见，这四句话里看起来有六个洞，其实归纳起来只有四个洞。”

七颗心不解，说：“怎么六个洞会变成四个洞？”

老秀才说：“你听我言，洞中洞，乃一洞也。东边一个洞，西边一个洞，二洞也。还有一洞，窑洞也。”

七颗心茅塞顿开，笑着说：“百思不得其解的难题，经你点拨，原来这么简单，还是多识几个字好。”

老秀才捋了几把胡须，说：“看来你知道这几个洞了？”

七颗心说：“我试着说给你听，你看对不对。东头那洞，是四羊院子东边的那口水井；西头那洞，是四羊院子西边的杂物洞，从西到东还有一洞，那就是四羊的窑洞。对不对？”

老秀才笑了，说：“难怪人称你为七颗心，你能钻到我的肚子里，明白我心里的意思，真是一个聪明人，可惜读书太少。”

七颗心笑着说：“斗大的字，我只识几个，说不上聪明人。我还想问，那个洞中洞指哪个洞？”

老秀才说：“古人云：狡兔三窟。非此窟即彼窟，非彼窟即此窟，三者必居其一。”

十宝说：“爷爷，你别卖关子了，直说吧。”

老秀才说：“爷爷不是四羊肚子里的蛔虫，岂能知道他藏在那个洞里。难道还要我带着你去找吗？再者，不必贪财，财与色是祸源，离远点。”

十宝说：“爷爷，我明白。你继续读书吧，且看你孙子的兵法。”

老秀才说：“不听老人言，吃亏在眼前，好自为之吧。”

四羊家的杂物洞摘掉锁子不到两天，又上了锁，十宝把这个消息告诉七颗心，七颗心疑惑不解。他们不知道四羊的宝贝真藏在杂物洞，还是四羊有

意捉弄他们。十宝认为，不入虎穴焉得虎子，不妨试探一下。七颗心也想再试一次，可担心上当受骗。尽管他没把老秀才的忠告放在心上，抬手摸摸脑门，还有点疼，血的教训让他心有余悸。再说，白天四羊家里有人，无法下手；夜晚黑咕隆咚，撬锁会有响动，容易被发现。如果不冒险尝试，价值连城的宝贝在洞里空自闪耀美丽光芒，想起来手痒。舍不得孩子套不住狼，宝贝不会自己跑到手里，只有再次冒险。

四羊锄了一天地，晚上在村里窜了一会儿门，回家到杂物洞安顿了一下，便上炕睡觉。早已盯着四羊的十宝跑到七颗心家里，给七颗心使了个眼色。看见二人挤眉弄眼，七颗心的婆姨说：“你们不要干见不得人的事，偷偷摸摸不是正人君子的作为。”

七颗心说：“女人家，懂什么，好好睡觉，莫管闲事。”

知夫莫如妻，奈何不得七颗心，婆姨只好吹灭了灯。

夜静时分，等候了多时的十宝和七颗心在村里转了一圈，看见人们都灭了灯，便一起来到四羊家的院子外。白天，七颗心忙于地里的活，无暇他顾；十宝闲来无事，到四羊家的院子外观察了两遍，院子里的一切了然于心。二人凝神静听屋里的动静，除了四羊的鼾声，再无别的声音。十宝想进院子，七颗心拉住了十宝的胳膊，说：“再等等，不急。”

七颗心在路边乱摸一阵，摸到一块土块，掰成两半，将一半轻轻扔进院里。院里立刻传来轻轻的一声响。十宝不解，说：“干什么？打草惊蛇。”

七颗心说：“这叫投石问路。万一四羊假睡，在屋里悄悄盯着我们，我们会被暴露。”

十宝觉得七颗心的话有道理，便不吱声，默默蹲在路边。

一会儿，七颗心又将土块扔进院里，院里又传出一声响。二人依旧在路边听动静。过了一阵，没有听见院里有任何响动，七颗心低低对十宝说：“你进去还是我进去。”

十宝说：“我进去，白天我来过两次，熟悉。”

七颗心嘱咐：“别弄出响动。”

十宝说：“知道。”

七颗心依旧蹲在院外的路边，十宝猫着腰悄悄从东边走进院子。在路过水井旁时，十宝被一根秸秆划了一下腿，发出一声响。十宝赶紧蹲下身子往窑洞看，生怕屋里有人出来。一会儿，没听见屋里有响动，十宝伸出手一摸，摸到一些秸秆，感觉是玉米秆。他疑惑，白天井上只有一块石盖，现在石盖上还堆着一些秸秆，四羊在耍什么花招，难道是有意放在这里绊人，让秸秆给他传递消息吗？如果真是这样，屋里的四羊一定听到了响声。他悄悄离开水井，走出院子，走到七颗心身边。

七颗心问："怎么样？"

十宝说："水井上盖着玉米秸，你看什么意思？"

七颗心说："先别管它，去杂物洞，我也去。"

十宝在前引路，七颗心随后，向杂物洞摸去。二人猫着腰，蹑手蹑脚，绕过水井旁，穿过窑洞前，到了窑洞西边的杂物洞前。突然，十宝被横在路中间的一根绳子绊了一下，一个狗吃屎，趴在地上，低低哎哟一声。七颗心受到惊吓，脚踩着一截木棍，一个仰面朝天，也低低哎哟一声。这时，他们听到屋里有了响动，立刻逃散，身后传来四羊的叫骂声。二人逃到七颗心家里，嘴里直哎哟。七颗心点着灯，四只手伸到灯前，每只手都沾满了蒺藜刺，满手血点。

原来，四羊临睡前往杂物洞口洒满了早已准备好的蒺藜刺，洞前的路中间扔下几截木棍，还横着一根麻绳，麻绳的另一端连着屋里的一个火柴盒，只要有人碰到麻绳，屋里的火柴盒就会发出很大的声音。

二人齐声骂道："不得好死！"

二人琢磨，四羊是在捉弄他们，还是为了保护宝贝。

67

听说大财主要砸五虎家的天地爷神龛，从地里回到村里的人都聚集到五虎家的院子周围，有人进入院子，有人站在院外，有人站在脑畔上，气氛十分紧张。四羊、六狗、七颗心、八只眼、九蛋、十宝和十一指也先后赶来，挤入人群。看见五虎爹答应砸天地爷神龛，二财主站在大财主身边，眼巴巴地盯着神龛，希望砸出自家的那件宝贝。不久，三财主也气喘吁吁地赶来，挤入人群，站在大财主的身后。看见村里的三个财主都赶来了，有人窃窃私语："几个财主都来了，都盯着神龛里的宝贝，里面藏着谁的宝贝？"

六狗凑到四羊身边，低低地说："五虎真傻，怎么把东西藏在这么显眼的地方，这不是此地无银三百两吗？"

四羊说："你真认为五虎会那么傻吗？我看未必。天底下大得很，那里藏不下一件宝贝。别说他手里有一件宝，就是十件八件也不愁藏。俗话说，一人藏万人寻。藏东西容易寻东西难，有时候东西在你眼前你也找不到。大财主不是神算子，他怎能算得那么准。"

六狗说："我听说早有人盯上他了，不只大财主，还有二财主。按说，这事与三财主无关，他为什么跑来？你看他紧贴着大财主，是来助威，还是想得一点好处？”

四羊看了看三财主的样子，说：“像是来助威。即使有好处，应该二财主得，轮不到他。”

九蛋凑到十一指身边，悄悄地说：“五虎真傻，上次被人偷走了钱，这次藏宝又让大财主发现，这下他身无分文了。大财主怎么会知道神龛里有东西？”

十一指说：“人家是财主，手里有钱，钱可通天，能不知道吗？”

九蛋说：“早知道这里有东西，我也下手，容易得很。”

十一指说：“你只有一双前眼，没有后眼，让你娘把你重生一次，兴许你也有知晓古往今来的本事。”

九蛋说：“来世再说吧，今生没有这本事了。二财主真蠢，为什么不早点下手，让大财主抢先上手？”

十一指说：“哪像你想得那么简单，怎能随便砸人家的墙。大财主要不是抓住了五虎的把柄，我看他也不能这样做。有钱有势，也得讲个理，是不是？”

九蛋说：“是。”

大财主的长工从大财主家拿来一把铁锤，问：“砸吗？”

大财主说：“砸！”

大财主话音刚落，五虎一下子窜出来，跳到天地爷前，挡住神龛，说：“你们要砸就砸我，砸死我算了。”

大财主命令几个长工把五虎拉开，一个长工举起铁锤，向神龛砸去。这时，五虎的爹从地上站起来，扑向神龛，怒气冲冲地说：“口说无凭，立字为据。大财主，当着这么多人的面，你给我立一个字据。不然，你不能砸。”

五虎说：“爹，你糊涂了！不能立字据！不能砸！”

大财主怕出人命，铁青着脸，大声说：“长工，给我回家取笔墨，我给他立字据。”

一个长工立刻冲出人群，去取笔墨。人们骚动起来，猜测谁胜谁败。

七颗心挤出人群，凑到十宝跟前，一脸疑惑，说：“神龛里真有东西吗？”

十宝说：“我看有。”

七颗心说：“你怎知道？”

十宝说：“天下的事没有我不知道的，我早就猜到了，只是没机会下手。”

七颗心心里很懊悔，似乎尽人皆知的秘密，为什么自己不知道。他想，凭自己的能耐，如果早知道这个秘密，一定能弄到手。他用失望的眼神看着十宝，一脸无奈。

七颗心说："这样的好事，你为什么不早说。"

十宝说："我只是猜测，没有十分的把握。"

七颗心说："现在大财主抢了先，没有你我的份了。"

其实，十宝心里何尝不后悔，他比七颗心更懊悔，他恨自己没有把握良机，眼睁睁看着宝贝要落到别人手里。

七颗心看见八只眼蹲在五虎家的花台上，像一尊石雕，神色凝重，便凑过去搭讪道："你知道神龛里的秘密吗？"

八只眼说："不知道。"

七颗心说："真不知道？"

八只眼说："是的。"

七颗心说："看来糊涂的人不只我一个，你不比我聪明多少。我失掉了一个好机会，你也失掉了一个好机会。看来老天不眷顾我们，只眷顾那些有钱人。"

八只眼说："命里没钱，就不要有太多的想法，顺其自然为好。"

七颗心看见三财主紧贴着大财主，一脸讨好的神色，二财主神色严峻，站在大财主身边，似在冷眼旁观，实则心有所图。七颗心说："你给二财主查脚印，有没有下落？"

八只眼说："没有。"

七颗心说："五虎神龛里的东西，未必是大财主的宝贝，也许是二财主的宝贝。"

八只眼说："难说。"

七颗心说："这就看哪个财主的运气好。听说三个夜光杯一模一样，如果神龛里的宝贝没有明显的标记，会引发两个财主争斗，那时又有一幕好戏看。可惜五虎枉费心机，到头来两手空空。"

八只眼说："不用为别人担忧，事情马上见分晓，我们等着瞧吧。"

七颗心说："如果不是大财主的宝贝，他会给二财主吗？"

八只眼说："难说。他已经让过三财主一次了，还会再让一次吗？我看难。"

七颗心说："这就要看五虎了，五虎会说出宝贝的来处吗？"

八只眼说："肯定不会说。"

七颗心说："那么宝贝归谁为是呢？"

八只眼说："估计大财主说了算。"

一个长工跑来了，手里拿着纸墨笔砚，递给大财主。

大财主接过纸墨笔砚，把纸铺在窗台上，挥毫写下了字据：

凭 据

兹从五虎爹神龛寻取一样东西，以两斗小米为酬报。特立字为据。

立字人：大财主
公元一九四四年六月十日

大财主把墨迹未干的字据在空中一扬，说："字据立好了，大家看见了。众人作证，我决不食言。"

大财主把字据递给五虎爹，说："你还要什么，说？"

五虎爹说："不要了。要砸就砸吧。"

五虎爹接过大财主递过来的字据，捏在手里，热泪滚滚。

五虎看见爹答应了，挣脱几个长工的手，跳到天地爷神龛前，双臂展开，挺身护着神龛，说："砸我吧，我什么都不要！"

大财主喊道："把五虎拉开！"

几个长工上前拉开了五虎，一直拉到院子外面，死死摁住。

大财主喊："砸！"

一个长工举起铁锤，向神龛砸去。一锤，二锤……

随着锤声"当当"，人们的心像紧绷的弦"嘣嘣"作响。眼看着砖片纷纷落下，砖上的坑越来越大。

五虎爹瘫坐在地上，嘴里喃喃："欺人太甚！欺人太甚！"

砖被砸开了一个小洞，长工停下铁锤，眼睛对着小洞往里瞅，想看清楚里面的东西。

有人问："里面有东西吗？"

长工说："洞太小，看不清楚。"

大财主喊："砸！全部砸开！"

长工举起铁锤继续砸，洞口越来越大，"哗啦"一声，砖块掉在地上，里面露出一个小陶瓷罐。人们齐声惊呼："啊——"

大财主看着地上瘫坐的五虎爹，说："老东西，你还有什么话可说！"

五虎爹哀号不止。

大财主上前，伸手从神龛里取出陶瓷罐，觉得手里沉甸甸的。陶瓷罐上盖着一个盖子，盖子和罐子被麻绳紧紧捆着。人们紧盯着大财主手里的罐子，不知道里面是虚是实。看到大财主的手有点吃力的样子，人们确信里面有东西。大财主把罐子递给一个长工，说："打开，给大家瞧瞧。"

长工用手解麻绳，解了一阵解不开，就用牙撕咬。绳子撕咬开了，麻绳脱落在地，长工把瓷罐递给大财主。大财主接过瓷罐，并不急于打开，而是把瓷罐举在大家面前，说："如果里面有宝贝，我要五虎说出宝贝的来处，否则绝不饶他。"

说罢，大财主打开盖子，看都不看一眼，把瓷罐举在空中，说："大家都来看，看五虎偷来的宝贝！"

人们围上去，往瓷罐里瞧。

有人大喊："石子！"

大财主听到喊声，不相信，低头往瓷罐里一瞅，果然是石子。他不相信自己的眼睛，干脆把瓷罐倒过来。石子从瓷罐里哗啦啦掉下地，直到瓷罐底朝天，没见到宝贝的影子。

人们一阵惊呼："啊——"

听见人们惊呼，拧着五虎胳臂的几个长工松了手，五虎像一头狮子冲进院里，看到地上撒着一堆石子，惊呆了。

大财主也惊呆了。

68

清早，八只眼扛着锄头去锄地，这块地在一个山顶上。到了地里，他放下锄头，坐在地上掏出烟袋抽烟，两眼却看着远处。这个山头地势高，可以看到方圆十几里的地方，几个村子尽收眼底。看着远处的山山岭岭，看着村村炊烟缭绕，不觉心绪烦乱。他感慨自己日出而耕，日落而歇，总在自己的村里转圈子，很少到远处走走，不禁感叹庄稼人的穷苦命运。歇了一会儿，他站起身来锄地。锄了一阵地，他直起腰来，摸摸脸上的汗，想稍微歇一会儿。他坐在地上，掏出烟袋抽烟，两眼向远处望去。他看见远处刚来时炊烟袅袅的一个村子，烟雾在树林间盘桓，此刻树林间却浓烟滚滚，还不时听到零星的枪声。他为之一震，知道日本鬼子又在扫荡，他想这个村子又要遭殃了。他看了一会儿，感叹一声，继续弯腰锄地，直到吃饭时分。他捡起几根干枯的草，把锄头擦干净，扛着锄头回家，想把这个不幸的消息告诉村里人。走到半路，他看见迎面走来一个陌生人。

未等八只眼开口，陌生人说："不好了，石峁村遭殃了，日本人烧死了村里几十口人，太惨了！"

八只眼说："消息确实吗？"

陌生人说：“我亲眼看到的，能不确实吗？日本人烧杀之后扬长而去，我偷偷进村看了一下惨象。”

八只眼告辞陌生人，快步走回村子。七颗心看到八只眼神色紧张，说：“你的脸色不好，出了什么事？”

八只眼说：“石峁村被日本人扫荡了，死了不少人。”

七颗心说：“当真？”

八只眼说：“一个过路人亲口跟我说的，能有假吗？”

八只眼把这个消息告诉村里人，劝告村里有亲戚关系的人赶紧去看一下。村里人听到这个消息，一片惊慌，不知如何是好。去，怕日本人杀回马枪，自己也遭殃；不去，又挂念亲戚。

大财主强砸五虎家的神龛，没有找到夜光杯，大失颜面，还蚀掉了二斗小米，正在懊恼之中。突然，八只眼走进门来，向他报告石峁村被扫荡的消息。听到石峁村人遭到残害的消息，大财主惊慌不已，赶紧把两个儿子叫到屋里，商量应对办法。大财主说：“听说石峁村财主家的粮食被烧，银钱被抢走，人被烧死，悲惨得很。我们一大家子人，可不能发生这样的惨剧，我们要及早想办法。你们看怎么办？”

大老大说：“日本人势力大，我们无法对抗，最好的办法只有一个字：逃。”

大财主说：“往哪逃？我们家大业大，人可以逃走，东西能带走吗？”

大老二说：“你和娘去远处的亲戚家躲避一阵子，我们弟兄俩看家，怎么样？”

大财主说：“如果我和你娘不走，一旦日本人来，我俩跑不动，只能任人宰割。如果我俩走了，我们的粮食怎么办？钱财怎么办？”

大老大说：“只有一个字：藏。”

八只眼把石峁村的坏消息告诉二财主，二财主也心惊胆战。虽说他的家财没有大财主的多，毕竟囤积着不少粮食，还有一些银元。他怕日本人的淫威，怕人财两空。怎么办？走不得，守不得，左右为难。

富人忧，穷人忧，各有所忧。富人忧命忧财，穷人只忧命。村里人无心去地里干活，在家思考着如何躲避日本人的袭击。胆子小的人，干脆站在高处，监视着远处的动静。五虎家里有几十只羊，他不能让羊在圈里饿肚子，依旧赶着羊到山上放羊。爹嘱咐他，放羊时多长个心眼，注意瞭望。四羊、六狗和九蛋几个人聚在一起，说着闲话。七颗心在村里到处跑，打听这家的动静，又打听那家的动静，最后踏进三财主的院子。三财主嘱咐十宝，不要到处乱跑，在家乖乖待着。十宝坐在院子的台阶上一口口抽闷烟，无聊至极。看见七颗心走进院子，十宝似乎有了救星，连忙把手中的烟袋递给七颗心。

七颗心也不客气，接过烟袋，点上烟，吞云吐雾，大过其瘾。

七颗心说："怎不到村里走走？"

十宝说："掌柜的不让出去，要我照顾家里。"

七颗心说："真那么害怕？"

十宝说："本来没有什么可害怕的，不就是几个人吗？日本人来了，我们撒腿跑就是了。"

三财主听见十宝和七颗心在院子里说话，走出门，坐在台阶上跟七颗心闲聊起来。

三财主说："人心惶惶，魂不守舍，不知道这日子怎么过。狗日的日本人，太狠毒了！这日子何时是个尽头。一旦日本人来村里，我们怎么办？"

七颗心说："怕没用，躲有用，你要害怕，到别处躲躲。"

三财主说："哪有那么容易，拖家带口，到哪去躲？躲三日五日可以，时间长了能行吗？家里有地要种，有东西要看管，哪能说走就走了。富日子比穷日子更难过，什么世道。"

七颗心笑着说："这样的日子，穷人怕，富人更怕。今天早上我打发婆姨到娘家去了，那里偏僻，你们不妨出去躲一躲。"

老秀才听见院子里有人说话，放下手里的书，也走出门。

七颗心说："你老人家出去躲一躲吧，免得待在家里吃亏。"

老秀才说："家徒四壁，老命一条，怕什么。要钱没有，要命一条，还想要，只有破书几本。是祸躲不过，是福自然来。自古乱世多于治世，何止今日不安！撒泡浊尿，冲冲这乱世的浊气，解解心头之恨。"

老秀才边走边解裤带，看样子尿急。十宝看着爷爷的背影，笑着说："我爷爷神仙一般，仙风道骨，洒脱一世，贫穷一生，我们比不上。"

三财主说："爹是有福之人，饭食不饱诗书饱，一辈子逍遥自在。"

日落时分，五虎放羊回到村里，看见有人带着妻儿老小，抱着被褥，到村子外的野地里躲避。他没想到人们如此惊恐不安，又觉得人们这样做也有道理。如果人们都聚集在村子里，一旦日本人来了，谁都逃不脱，大家都得遭殃。他回到家里，爹嘱咐他赶紧吃饭，饭后去野外躲避。五虎刚吃完饭，四羊和六狗就赶来了。看见四羊和六狗每人胳膊里夹着一卷被褥，五虎笑着说："你们多像逃难的！"

四羊说："本来就是为了躲避灾难，你快点收拾一下，我们一起走。"

五虎说："天黑不要紧，日本人不会在这时候来，待我收拾好再走。"

三人结伴出村，一起来到五虎的羊圈。五虎的羊圈在一个山包的背后，三里之内没有一户人家，平时除了上地干活，人们很少来这里。由于这里地势高，可以尽揽四周的动静，五虎说这里是最好的躲避处。他们安顿好住处，

便一起来到山顶上，一边看着远处，一边闲聊。

六狗说：“今天下午看见大财主家的几个女人夹着包袱走了，不知道到哪里躲避去了。平时不可一世的财主，现在像一条丧家犬，真好玩。”

五虎说：“他也有怕的时候？他几乎把我杀了，他的胆子到哪去了？”

四羊说：“砸神龛的那阵子，我真以为你完了，东西肯定会被大财主拿走，没想到只砸出个装着石子的罐子。里面的东西到哪去了？”

五虎说：“我也不知道，那得问我爹。当时，我以为完了，没想到绝处逢生，老天开眼保佑了我。过几天，有了空闲，我要到天官庙上几炷香，感谢神灵。”

六狗说：“大财主的面子丢大了，不过他的脸皮厚，你看他当时脸不红心不跳，只是撅着一张嘴，像猪八戒一样，毫无羞耻。现在他倒怕了，狗熊一个。”

四羊说：“别说财主，就是我们穷人都心惊胆战的。他们会把家里的钱财都拿走吗？”

六狗说：“不可能。我想他们会带走一部分，一部分藏起来。”

五虎说：“盯着他们。”

四羊和六狗说：“是的。”

四羊说：“他们又何尝不会盯着我们。还有更让人操心的七颗心，他的鼻子比狗还灵，大家要提防他。”

村里人忙，七颗心闲。他看见人们手臂里抱着被褥，一个个走出村外。他却站在村口，嘴里叼着烟袋抽烟。有人路过身边，他咧嘴一笑，跟人打个招呼，问一声到哪里过夜。直到到村外过夜的人走了，他才慢慢悠悠走出村。

一夜沉寂。

69

晌午，八只眼发现邻居家的那只老白狗仰着头对着村子对面狂叫，十分讨厌，随口骂了一声：“有事没事叫什么？嚎魂吗？老疯子！”

老白狗没有理会八只眼的无理取闹，依旧狂叫不止。八只眼捡起一块石头，冲老白狗砸去。老白狗只跑了三步，就停下来，照旧狂叫不止。八只眼不解，以为老白狗老糊涂，当他向老狗狂叫的村子对面望了一眼，看见一个人手里拉着一根棍子，从路上走下来。

“错怪你了，老白狗。看来你没有糊涂。”

得到八只眼的安慰，老白狗叫得更凶了。

对面山上的人没有理会老白狗的狂叫，反倒低声哼起来。老白狗听见来人的唱声，怒不可遏，叫得更凶了。来人下了山，跨过了沟，爬上坡，进了村。老白狗立刻冲向来人，来人并不慌张，只将手中的棍子一扬，老白狗立刻后退几步。

“老伙计，不认识我了吗？规矩点！”来人说。

老白狗不叫了。“呜呜”两声，迈着方步走了。

“原来是你！我正想找你。”八只眼说。

“我只知道狗会找我，没想到你会找我，太抬举我了。”来人说。

“乞丐，你的话不中听，我找你是抬举你，跟狗找你是两回事。”八只眼说。

“你给我吃什么东西？”乞丐说。

“给你两个窝窝头，不错吧？”八只眼说。

“不错。我已经一天没有吃东西了。”乞丐说。

“跟我来。”八只眼说。

乞丐跟着八只眼到了家门口，停下脚步，八只眼进了屋。一会儿，八只眼从屋里拿出两个窝窝头，递在乞丐手里，乞丐如狼似虎吞咽起来。

八只眼打量着乞丐：五十岁上下，秃头；一身白布衣服，破烂不堪；手中一根枣木棍，光滑如磨；脚上一双平头布鞋，四个脚趾露在鞋外。

片刻，两个窝窝头钻进乞丐肚里，不见踪影。乞丐摸了一把嘴，说：“有水吗？喝几口。”

七颗心立刻转身回到屋里，从水缸里舀了一碗凉水，出门递给乞丐。

“如果不够喝，再给你舀。”七颗心说。

“够了。”乞丐喝完水，摸了一把嘴。

“我有两句话问你，你可以如实回答吗？”八只眼说。

“拿人的手软，吃人的嘴软。我能不说实话吗？”乞丐说。

八只眼走到院子的一角，从一个砖洞里拿出一双鞋，摊在乞丐面前，问：“你认识吗？”

“当然认识。这是我穿过的一双牛鼻子鞋，怎么到了你的手里。”乞丐说。

八只眼把鞋递给乞丐，说：“你穿一下，我看合适不合适？”

乞丐接过鞋，穿在脚上，走了两步。八只眼看见鞋穿在他脚上的确很合适，说：“脱下吧。你把这双鞋给人了吗？”

“是的。我给了五虎。”乞丐说。

“你为什么要给五虎？”八只眼问。

“五虎看见我的这双鞋有点破，用他的一双比较新的鞋跟我的这双鞋交换，我同意了。”乞丐说。

“你可以跟着我到一户人家去吗？”八只眼说。

“我周游四海，没有我不能去的地方。去哪里？”乞丐说。

“你跟我走。”八只眼说。

八只眼领着乞丐，爬上一个坡，走过几户人家，来到一个沟壑前。八只眼指着沟壑对面的一户人家说：“你上次来的时候，去过这户人家吗？”

“没有。”乞丐说。

“你没有经过他家的院墙吗？”八只眼说。

“没有。当时院墙下站着一条狗，我不想被咬，绕过去了。”乞丐说。

“你的话当真？”八只眼说。

“如果有假，天打五雷轰！”乞丐说。

“去吧。”八只眼说。

八只眼看见乞丐走远了，便绕过沟壑，走进刚才指给他辨认的人家——二财主家。看见八只眼来访，二财主有点意外，因为八只眼是个很勤劳的人，白天一般都在忙地里的活，如果没有事，不会闲逛。二财主将八只眼让进屋里，问：“有好消息吗？”

八只眼说：“有消息。我刚才看见乞丐了，跟他核实了一下鞋的事，原来我从六狗柴禾下发现的那双牛鼻子鞋，的确是乞丐给了五虎，六狗又从五虎那里捡来的。我原以为六狗说了假话，现在看来六狗的话没有假，到底是五虎穿着这双鞋来过你家墙下，还是六狗穿着这双鞋来过你家墙下，不得而知。不过，二者必居其一，不会有第三个人。如此看来，你丢失的宝贝，不在六狗手里，就在五虎手里。六狗死活不承认自己偷你的宝贝，看来五虎的嫌疑最大。不过，真相大白之前，不能完全排除六狗盗窃的可能。你多留意五虎，我会进一步查实。待查实后，你不妨采取必要的行动。”

二财主说：“总算有了确切的消息，你没有枉费心机，功夫不负有心人。你的建议我会考虑。今天中午就在我家吃饭。”

八只眼说：“饭就免了。我给了你消息，算是给了你一个交代，你看赏钱——”

二财主说：“我不会亏待你，既然你给了我一个比较可靠的消息，我给你三分之一的赏钱，因为我还没有得到最可靠的消息，至今不知道宝贝在谁的手里。如果最终确认是谁盗走了我的宝贝，我会把剩下的赏钱如数给你，决不食言。”

二财主跟婆姨说：“你拿六十块银元给八只眼。”

八只眼从二财主婆姨手里接过六十块沉甸甸的银元，面带喜色，说：“你我都留神，你的宝贝一定会找到的。”

二财主想，自己几次在五虎身上下手，都没有得手。大财主大动干戈，似乎稳操胜券，结果不仅没有得到宝贝，反而大失颜面，可见想从五虎手里取宝难乎其难。二财主知道八只眼和五虎的关系不错，他不会给自己出好主意损害五虎。现在村里人心慌慌，自身难保，二财主想保住家里现有的钱财，如果有机会继续跟踪五虎。

八只眼回到家，把六十块银元递给婆姨，说是从二财主那里得到的赏钱，婆姨说得赏钱事小，不要做伤天害理的事，让村里人唾骂。八只眼说我做事有底线，不会胡乱行事。晚上，八只眼把婆姨和孩子打发到村外躲避，自己则在家里看守门户。他蹲在自家院子外面的一块石头上，嘴里不停地抽烟，看着村里的人陆陆续续经过自己眼前走出村外。老人和小孩子都到村外躲避，村里只剩下为数不多的年轻人看守门户。八只眼在院子外面坐累了，想进屋睡觉，又担心发生情况，于是走出院子。他向村子四周看了几眼，四周一片寂静，没有一点亮光。白天热闹的村子，此时变成一个沉寂世界。

八只眼突发奇想，想找个人说话，散散心，于是信步转悠。他走到五虎家的大门口，喊了一句：“五虎，在吗？”

屋里没有人应声，八只眼走进院子，走到门前，伸手摸了一把门环，没有上锁。他爬到窗户上往屋里瞧，什么都看不见。他又喊了一声“五虎”，依旧没有人应声。他带着满腹狐疑离开院子，不知道五虎上哪去了。

八只眼以为六狗在村里看家，所以想找六狗说一会儿话。由于为三财主找宝，八只眼得罪了六狗，使得六狗对他心怀芥蒂。他只想找个人消遣解闷，此时村里人少，因此想到了六狗。他走到六狗的大门口，喊了一声：“六狗，在吗？”

屋里没有人应声。八只眼很奇怪，为何六狗也不在家？他只好再找别人。他走过一家又一家，看见家家的窗户都是黑洞洞的，心里有点瘆人。他不禁骂道：“狗日的日本人！你们搅得鸡犬不宁，老子连个说话的人都找不到。”

八只眼边走边吹着口哨，用口哨给自己壮胆。他看见二财主家的灯亮着，心里一亮，想找二财主说一会儿话。他走了几步，突然看见二财主家的灯灭了，希望变成失望，只好收住脚步。一会儿，他看见一个黑影从二财主的院子里走出来，然后沿着一个小坡走出村外。他想此人必是二财主，半夜三更，他上哪去？他到村外躲避日本人，还是另有事情？出于好奇，八只眼悄悄跟在二财主身后，向村外走去。

70

五虎被大财主强暴，大财主未能如愿，五虎神气活现，一边说大财主仗势欺人，自讨没趣；一边依旧大吹大擂，说我五虎手里有夜光杯，谁有能耐谁来取，只看你的手好使不好使。看到五虎口出狂言，大财主七窍生烟，怒不可遏，决心与五虎一见高低。回家后，大财主立刻把两个儿子叫到自己屋里，商量惩治五虎的对策。

大财主说："五虎气焰嚣张，不把我们放在眼里，你们看怎么对付他。不扼制他的气焰，有损我家的颜面，不能让一个穷小子将我们置于死地。"

大老大说："看样子，他的手里真有东西，不然不会这么嚣张。只是我们不知道宝贝的藏匿地点。如果不能确定藏宝之处，我们不好下手，总不会再揍他一顿吧。"

听了大儿子的话，大财主十分生气，把手中的烟袋使劲在炕楞上敲了几下，瞪着眼对大老大说："没出息的东西，难道连一个穷鬼都治不了吗？他现在这样张狂，岂不是看不起我们吗？我们是什么样的人家，能让一个穷鬼侮辱？我们一定要杀一杀他的威风，把我们的宝贝找回来。你们有什么办法，说一说。"

大老二看见爹生气，只好逢迎："他让我家在村人面前丢脸，应该收拾他，让他知道我家是不好惹的。至于惩治他的办法，得等机会，现在重要的是找回我们的宝贝。他把宝贝藏在哪里，现在是个谜。"

大财主说："那就让他逍遥自在吗？我老了，行动不方便，不能亲身去查找，你们弟兄俩想办法查找他的藏宝之处。"

大老大说："这不是容易的事，村子这么大，可以藏宝的地方多得很，谁知道他藏在哪里。"

大财主说："你们慢慢找，总会找到的。"

大老二说："有点难。不如把二财主和三财主找来，几家一起对付他，你看怎么样？"

大财主一听，觉得二儿子的话有道理，他想起上次从四羊手里夺宝，就是集中了几家的力量才弄到手。现在再次联手，不失为妙法。他看着大儿子，说："你看怎么样？"

大老大说："老二的话有道理。我去叫他们二位，怎么样？"

大财主说："好。去吧。"

一会儿，二财主和三财主先后走进门，他们都不知道大财主邀请的用意。二财主看见大财主十分殷勤地接待他们，知道他必定有求于他们，所以也不着急问，只是接过大财主递过来的铜管水烟袋，“呼噜呼噜”抽着。三财主却直愣愣瞅着大财主，等大财主开口。

大财主说：“找你俩来，有一件事相商。你们亲眼看见我栽在五虎手里，大失颜面，这是我不曾料到的。看五虎的嚣张气焰，他手里一定有宝，他的宝必定是我的宝或二财主的宝。二财主想找回自己的宝贝，我也是如此，与其各自为战，不如联合起来，共同对付他。如果从五虎手里找到宝贝，我绝不会独吞，是谁的宝贝归谁所有。你们意下如何？”

三财主瞅着二财主，看见二财主一声不吭，看出他心中不悦。二财主还在为大财主不跟自己商量，把从四羊手里得到的宝贝给了三财主而生气。大财主对五虎采用武力夺宝的办法，打草惊蛇，影响了二财主暗取宝贝的好梦。二财主认为大财主做事莽撞，担心跟他合作，坏自己的好事，因而一声不吭。

大财主看见二财主不动声色，知道二财主有心结，便说：“二财主，你不要多虑，这次我决不食言，如果不是我的宝贝，我绝对不会独霸；如果是你的宝贝，我一定给你。”

再次听大财主如此说，二财主转念一想，多一个人多一份力，兴许合作能带来好处，脸上露出些许喜色，说：“既然如此，我们几方同心协力，争取夺回宝贝。这小子不知天高地厚，以为我们奈何不得他，我倒要看他有多大的能耐。大家各尽其力，有消息及时传递，必要时联合行动。”

大财主说：“现在，首要的问题是了解五虎藏宝的地方，你们估计他会把宝藏在哪里？”

三财主说：“我估计藏在家里，要不为什么五虎的娘死守着家，寸步不离？”

二财主说：“不一定。按理说天地爷神龛是最安全的地方，偏偏宝贝没有藏在那里。现在兵荒马乱，如果把宝贝藏在家里，万一被发现，五虎知道是什么结果，他不会那么傻。”

大财主说：“难道他会把东西藏在野地吗？”

二财主说：“如果说过去他不会藏在野地，现在却很有可能，他不会让日本人白白把宝贝抢去，也不会让你再上门强取。”

大财主说：“既然有各种可能，那么家里家外都注意，谁有线索，及时交流，我们一起商量对策，不要让他逍遥自在，让村里人看我们的笑话。”

二财主和三财主一齐答应。

看到五虎神气活现的样子，六狗也很高兴，心想你们财主也有丢人现眼的时候，仿佛是自己战胜了大财主。他扛着锄头经过大财主家脑畔的时候，

骂了一句："老东西，仗势欺人，不是好东西。"

六狗走到大财主的脑畔上，往院子里瞧了一眼，恰好看见二财主和三财主相跟着走出大门。他马上意识到几个老东西聚在一起肯定没有好事，一定在一起商量事情。他们要干什么？六狗回到家里，赶紧去找五虎。五虎拿着羊铲，正要去放羊，被六狗喊住。

五虎说："有什么事？"

六狗说："我刚才看见二财主和三财主从大财主家出来，他们一定在一起商量见不得人的事，你估计他们想干什么？"

五虎听到这个消息，有点吃惊，因为他知道三个财主平时很少往来，今天聚在一起，一定没有好事。昨天大财主在自己和村人面前失了面子，一定会想办法报复。他们会怎么报复自己？无非想从自己手里得到夜光杯。

六狗说："他们会不会在想法对付你，或者对付你我和四羊呢？"

五虎说："有可能。"

六狗说："他们到底想干什么？"

五虎说："不就是为了那几件宝贝吗？他们想跟我们较量，想夺回失去的宝贝。"

六狗说："怎么办？我们得想办法对付他们，不然，我们会很惨。"

五虎说："是的。"

六狗说："看见你被大财主折磨，我有点害怕。你是天不怕地不怕的人，我不如你。你说他们只针对你，还是把我和四羊也卷进去？"

五虎说："不知道。总之我们应该认真对付，不然我们会吃亏。"

六狗说："怎么办？"

五虎说："你不要怕，听我的。今天晚饭后我们见面，记住。"

六狗说："好。我把四羊也叫来吧。"

五虎说："好。"

晚饭后，三人如约见面，见面后各自回家。

天黑，七颗心让婆姨孩子出村躲避，自己看家。他坐在自家院子外，看见村子里空荡荡的，很无聊，想找人说话。他走进五虎的院子，看见五虎坐在门前的台阶上抽闷烟。

七颗心说："你在想什么心事？"

五虎说："没想什么。今晚你也看家吗？"

七颗心说："是的。"

五虎说："我们到大榆树底下坐着去吧，那里人多，热闹。"

七颗心说："好的。"

二人一起来到大榆树下，八只眼、四羊、九蛋和十宝早已坐在那里。看见又来了两个人，八只眼说："今晚你俩都看家吗？"

七颗心说："是的。"

五虎说："一会儿我还要出去一趟。"

八只眼说："出去干什么？"

五虎说："家里有点东西，拿到野外寄存，放在家里不安全。"

八只眼说："为什么不让家里人带出去？"

五虎说："不放心，我自己带出去保险。六狗也要出去，我俩一起出去。"

七颗心说："该不是出去藏夜光杯吧？"

五虎说："你真说对了。放在家里不安全，总有人惦记着，不如藏在野外，没有人会知道我藏在哪里。"

七颗心说："谁信你的鬼话。"

五虎说："信不信由你。"

几人说了一会儿话，五虎果然告辞。五虎回到家里，忙乎了一会儿，哼着小曲走出院子。走到村口，看见六狗早已站在那里等他，二人一起走出村外。

看见五虎和六狗走出村，十宝赶紧尾随其后。七颗心望着十宝的背影暗自发笑。

71

八只眼看见二财主黑夜出村，心中疑惑，以为他另有所图，其实二财主想出村躲避，身上带着二百块银元。

那夜六狗和五虎一起出了村，想找个安静的地方说话，然后再回村看家。六狗胆子小，却有点小聪明，最近日本人疯狂，他既担心自己的性命，又担心几个财主收拾他，所以想找胆子大的五虎说话解忧，并为他壮胆。他们走到一个小山梁上坐下来，看着远处黑魆魆的山野，宁静而深邃，仿佛到了另外一个世界。这里听不见村里的人语和鸡叫狗咬，只能偶尔听见山野的狼嚎。他们哪知附近有一个人躲在暗处偷听他们的谈话。

六狗说："如果村里时时刻刻像现在这么宁静多好，不用寝食不安，不用四处躲藏，不用担心自己和家里人的性命，可惜老天不遂人愿，偏要让我们担惊受怕。"

五虎说："没有什么可害怕的。既然我们遇到这样的乱世，只能面对现

实。虽说村里的人大都躲到野外，日本人照样可以找到，躲到那里都不安全。前天邻村的秃子不是在野地里被日本人开枪打死了吗？还搭上了一条大黄牛。”

六狗说：“他的命运太不好了。当时我正在地里锄地，听见远处有喊声和枪声，接着看见对面山上耕地的人赶着牛跑起来，我赶紧躲起来。那个耕地的人不知道日本人让他站住，一个劲地跑，结果日本人先朝着牛开了几枪，牛倒下了。耕地的人看见牛死了，蹲在牛身边哭，日本人给了他一枪，他立刻倒下了。”

五虎说：“现在你还怕吗？”

六狗说：“想起来心惊胆战。”

五虎摸了一下六狗的裤裆，笑着说：“是不是现在裤子还是湿的？”

六狗说：“你别说，当时几乎尿裤子。”

五虎说：“你真是狗熊一个。”

六狗说：“你知道我的胆子小，天生的。如果日本人烧了我们的家，我们怎么活下去？”

五虎说：“不怕的，车到山前必有路，老天不会断绝我们的生路。”

六狗说：“我还担心村里的那几个财主，他们随时都可能对我们下手，你看上次你被他们整的多惨。”

五虎说：“是啊。当时我真想拿刀宰了大财主，无奈他们人多，我敌不过他们。”

六狗说：“为什么天地爷神龛罐子里装的不是夜光杯，而是一堆沙子，可以告诉我吗？我不会向外人说，会为你保密。”

五虎说：“天知道。只能说大财主没有财运，不然夜光杯怎么会变成沙子。”

突然，他们听见附近有响动，于是立刻停止了说话，四处张望。五虎移动脚步，猫着腰，寻找响声的来处。六狗跟在五虎身后，也猫着腰四处找。找了一会儿，他们没有发现人，也没有发现野兽，于是又回到原位坐下来。

五虎说：“好像不是人的声音，估计是经过的野兽。”

六狗说：“是狼还是狐狸？如果是狐狸不怕，如果是狼，我们得小心。”

五虎说：“是狼也不怕，这里离村子近，狼不敢下手。”

六狗说：“如果是人，我们也得小心。”

五虎站起身，往四周看了看，没有发现人的踪影，又回到原位坐下来。

五虎说：“我不怕野兽，怕日本人。近几天人心惶惶，那几个财主一定也害怕，你说他们手里的钱财会怎么处理？”

六狗说：“以我的看法，他们一定会分成两拨，一拨藏在家里很秘密的地方，另一拨则藏在野地里，否则被日本人发现，他们一夜之间就变成穷光蛋。”

五虎说：“你的话有道理，我也这么想。如果藏在野外，会藏到哪里？”

六狗说：“我想他们只能往自家的地里藏，不会往别人家的地里藏。”

五虎说：“我们注意他们的行动，寻找下手的机会。他们不仁，我们不义。”

六狗说：“好的。”

五虎说：“你手里有东西吗？”

六狗说：“没有。”

五虎哈哈笑起来。六狗不解，说：“你笑什么？”

五虎说：“你总是前怕狼后怕虎，有就说有，怕什么。”

六狗说：“我真没有东西。你的东西藏好了吗？”

五虎说：“我不像你那么胆小，该藏就藏，该花就花。如果手里有东西，还是早点藏起来，免得被人抢去。那几个财主，虎视眈眈，说不定哪天也会对你下手。”

六狗说：“自你被强暴后，我心里一直胆战心惊，生怕他们对我下手。你提醒了我，我要早点做准备，免得措手不及。”

五虎说：“有备无患。我们回村，天不早了。”

五虎和六狗起身回村，他们在前面走，有一个黑影尾随其后。

二财主怀里揣着沉甸甸的一包银元，本想出村藏起来，不想看见不远处有一个黑影在晃动，赶紧蹲下身子隐藏起来。他在暗处仔细观察着黑影，发现黑影并没有发现他，因为黑影时走时停，时隐时现，鬼鬼祟祟。出于好奇，二财主悄悄尾随着黑影。

回村后，五虎回到家里，倒头睡去。六狗回到家里，没有点灯，屋里屋外跑了几趟，然后走到院子里坐下来，抽烟寻思。不远处的黑影悄悄注视着黑暗中的六狗，远处的二财主悄悄注视着黑暗中的黑影。

六狗在院子里坐了很久，一直在思索，最后站起来向村外走去。看见六狗走出村外，黑影紧追不舍。二财主发现了两个黑影，两个黑影一前一后，隔着不太远的距离。他仔细观察着两个黑影，想辨出他们到底是谁，因不敢接近黑影，看不清两个黑影是谁。他琢磨着，黑影从村外回到村里，又从村里走到村外，而且还多了一个黑影，他们之间一定有着不可告人的目的。看见一个黑影紧跟着另外一个黑影，时隐时现，鬼鬼祟祟，他决定跟随到底。

二财主看着前面的黑影下了一个坡，到了沟里，不见了踪影。紧随其后的黑影没有下沟，而是躲在坡上的一个地楞边悄悄蹲着。过了一会儿，二财主看见沟里的黑影爬上另外一个坡，一点一点往山上移动。初时二财主想，

往山上移动的黑影可能是去野地里躲避，后来看见地楞下躲着的黑影也下到沟里，也往对面的山上移动，他这才意识到，山上有一块六狗家的地，那里并没有可以过夜的土洞。他据此推断，前面的黑影可能是六狗。他想起了三财主一直盯着六狗，以为六狗盗走了他家的宝贝，还怀疑六狗盗走了自己或者大财主的宝贝。那么，后面的黑影可能是十宝或者三财主。六狗会不会到自家的地里去藏东西？想到这里，二财主也下了坡，跳过沟，向对面的山坡爬去。如果六狗去藏夜光杯，说不定正是自己丢失的那件宝贝，决不能让那个鬼鬼祟祟的黑影拿走自己的宝贝。

二财主看见六狗在一个地楞下站立了很久，先站着，后来蹲着。他知道那里有一棵小榆树，兴许六狗在树下藏东西。后来，六狗离开树下向别处走去。黑影向小榆树慢慢靠近，二财主急了，大喊："谁？！"

听见喊声，黑影站住，六狗回身，二财主跑上前去。

离村口不远处的八只眼看见三个黑影向对面的山上爬去，知道第一个黑影是六狗，因为六狗回过家；第三个黑影是二财主，因为他眼看着二财主从家走出村外；第二个黑影是谁，他不知道，但知道他们一定各怀鬼胎。

72

五虎对大财主怀恨在心。四羊知道五虎心中有恨，就跟五虎商量，对于如此霸道的财主，不能跟她们硬碰硬，可以以恶制恶，以狠制狠，让他们也尝尝穷人的厉害。五虎觉得四羊的话有道理，于是苦思三日，终无计施恶施狠，只好把它当做一句闲话。跟六狗村外闲话后第二天，六狗哭丧着脸找到五虎，说自己的日子没法过，胆小被人欺。五虎细问情况，六狗讲了事情的经过。

那夜六狗去自家地里，结果被七颗心暗中盯着。六狗哪里知道七颗心一直在盯着他，总以为没人发现。正在他以为神不知鬼不觉高兴而返的时候，偶回头，看见一个黑影向小榆树冲去。接着他听见有人喊，随即发现另一个黑影也向小树冲去，他跑过去一看，发现第一个黑影是七颗心。他正要跟七颗心理论，第二个黑影赶来，一看是二财主。

五虎说："你的东西被抢走了吗？"

六狗说："没有。我本来就没有东西。"

五虎说："那你去地里干什么？"

六狗说："我试试有没有人盯着我，果然有人暗中盯着我。"

五虎心里恨恨不已，他没想到在这乱哄哄的世道，不仅要对付日本人，也要对付这些可恨的财主。他嘱咐六狗把四羊找来，一起说话。

这几天，四羊正在忙着锄谷子，每天锄到日中才回家，晚上才有空闲。晚饭后，四羊打发家人出村之后，独自坐在院子里抽烟解乏。六狗嘴里叼着旱烟袋走进来，坐在四羊身边。六狗知道四羊这几天很忙，因为他在自家的地里干活，远远看见四羊在锄谷子。六狗问："家里的人都走了吗？"

四羊说："是的。我想让爹娘在家里睡几个晚上，免得在野地里辛苦，爹说在家睡不安全，该受的罪要受。"

六狗说："是的。我爹也这么说，在家照样招人欺负。"

四羊不解，问："你招人欺负了吗？"

六狗说："是的。"

四羊问："谁欺负你？"

六狗说："二财主和七颗心。"

四羊问："为什么？"

六狗说："别问了，一言难尽。五虎找你说话，我们一起找五虎。"

四羊说："好的。"

五虎吃完晚饭，看见水缸里没水，趁着天未黑，赶紧从水井里吊了几桶水倒进水缸，然后坐在院子的台阶上抽烟。四羊和六狗结伴走进院子，坐在五虎身边。四羊看见偌大的院子，现在只坐着他们三个人，心里有几分凄凉。

四羊说："你一个人住着这么大的院子，晚上不害怕吗？"

五虎说："说不怕也怕，我不怕野兽来，怕日本人来。"

四羊说："听说六狗招人欺负了，这不是专找软柿子捏吗？"

五虎说："是啊。我的骨头就硬，人家不是照样捏吗？谁叫咱们是穷人。幸亏六狗手里没东西，不然一定被二财主抢走，这两个天杀的。"

四羊说："七颗心一直盯着我，几次上我的门找东西，结果被我捉弄了一次，最近没看见有什么动静，似乎乖巧了。他们一心想找我们的茬，我们为什么甘愿遭殃？为什么不回击一下他们？"

五虎说："怎么回击？"

四羊说："七颗心打我家杂物洞的主意，结果第一次头上砸个疤，第二次满手扎了刺。有一天我特意到他家串门，看见婆姨正在给七颗心用针挑手上的刺，七颗心哎哟哎哟直叫。我故意问，你怎弄成这样，婆姨说狗吃屎被屎主人捉弄了。"

五虎和六狗听后哈哈大笑，着实开心了一番。六狗说："四羊，你真聪明，什么绝招都能想出来，可你手里的东西照样被人家拿走。"

四羊说："老马失蹄，不足为怪。我看着七颗心头上顶着一个大血痂，

在人前抬不起头来，心里真高兴。”

六狗说：“我想不出整人的办法，只能任人捏来捏去。”

四羊问五虎：“你想不出办法吗？”

五虎说：“你给我出个主意。”

四羊附在五虎耳朵上说了一阵子，五虎听完，哈哈大笑，说：“好主意！照你的办法办。”

十宝在远处听见几个人哈哈大笑，叼着烟袋凑过来，说：“有什么开心事，这么高兴？”

五虎看了看十宝，说：“穷人穷开心，能有什么好事。日本人欺负我们穷人，财主们也欺负我们穷人。我几乎被大财主打死，幸亏没从我家找到夜光杯，否则我都变成鬼了。当时，我看见你和你爹也在场，是不是还想得一件宝？”

十宝听见五虎的话音不对，自感羞愧，淡淡地说：“我们跟其他人一样，只不过去看热闹而已，哪会有得宝的心思。我家的宝贝回来了，不再期望得别人的宝。”

五虎说：“你们子父二人真是太善良了，能这么体谅人，实在难得。只怕是嘴上说的和心里想的不一样。”

十宝自知没趣，搭讪了几句，便告辞回家。回到家，十宝跟爹说起了大财主强暴五虎的事，三财主感慨：“没想到大财主也有看走眼的时候，他的人丢大了。不过，依我看五虎手里有宝贝，只是不知道他藏在哪里。你估计他会藏在哪里？”

十宝说：“如果他手里真有宝，我想他不会藏在家里，一定藏在野地。他会吸取大财主突然砸天地爷神龛的教训。把宝藏在野地里，就像一根针插进大海，谁都捞不到。”

三财主说：“那是。看来藏在野地的可能性很大。”

十宝说：“我家的那件宝贝很安全，因为藏宝的地方是谁都想不到的地方。”

三财主说：“我们的日子不好过，得想办法弄点钱。你认为五虎手里有宝贝吗？”

十宝说：“我估计有。四羊手里的宝贝回到我们的手里，估计他手里不会有宝贝了。另外两件宝贝极有可能在五虎和六狗的手里。”

三财主说：“如果真在他们手里，我来找。如果找到宝贝，我想大财主和二财主会报答我们。”

十宝说：“你别找了，白天人多眼杂，容易被人发现；晚上又不安全，何苦！上次你去五虎的羊圈扑了空，何必再去。听五虎的话音，他知道有人在算计他，他能不提防吗？”

三财主说：“我自有主张，你看好咱的家。”

夜半，三财主从住在野地里的土窑里爬起来，跟婆姨说了一声：“我出去一下。”

婆姨说：“半夜三更，你不要老命了吗？”

三财主说：“没事。你好好睡觉。”

三财主手里拄着一根棍子，摸黑来到五虎羊圈附近，停下脚步听动静。他静听了一会儿，近处没有丝毫动静。他看见远处的村子黑黑的，没有一点亮光，一片宁静。他告诉自己，可以行动了。他慢慢移动脚步，顺着一个小坡向上走，渐渐逼近五虎的羊圈。突然，脚下被一样东西绊了一下，手脚着地，摔了一个狗吃屎。他爬起来，摸摸绊倒他的东西，原来是横在路中间的一把铁锹。他低低骂了一句：“黑心贼，想绊死老子，没那么容易。”

三财主怕这条路还有埋伏，退回原路，从另一条狭窄的小道靠近五虎羊圈，心想你五虎诡计再多，能奈我何。白天，他已观察好，估计五虎把宝贝藏在羊圈旁的一棵小树下。他小心翼翼往前走，生怕滑倒，掉下身边的土崖。他走了一截，没有碰到任何障碍，于是大胆往上走。突然，脚下一滑，身子在路上滚了几滚，滚下土崖。

73

前天晚上六狗在地里被两个黑影发现，待两个黑影离开他后，独自在地里待到很晚才回家。

七颗心和二财主盯着六狗，被蹲在村边的八只眼发现，他一直坐在村边，期望等到其中一个黑影归来。果然，过了很久，一个黑影从他脚下的坡路走上来。他掏出烟袋，抽着烟，等着黑影。烟锅里的火星一闪一闪，八只眼琢磨黑影是谁。一会儿，黑影气喘吁吁地走近八只眼，问：“谁在抽烟？”

八只眼说：“我。”

听黑影的口音，八只眼知道是七颗心。七颗心听出是八只眼，凑过来，掏出烟袋，也抽起烟来。

八只眼问：“你们几个人在那里做什么，又喊又叫。”

七颗心说：“可能你没有料到吧，六狗在那里偷偷摸摸藏东西，被我和二财主发现了，结果东西没找到。我知道，你一直在怀疑六狗，又找不到真凭实据，没想到他在我的眼皮底下露馅了。”

八只眼说："那又怎么样，没有拿到宝贝，也就没有证据，能把他怎么样。"

七颗心说："我自然不能把他怎么样，可有人能把他怎么样，你说不是？"

八只眼说："不知道。你怎么知道六狗去那里藏东西？"

七颗心说："直觉。你知道村里人最怕谁？"

八只眼说："不知道。"

七颗心说："村里人不怕大财主，更不怕二财主和三财主，怕的是你我二人。你有火眼金睛，村里大事小事逃不过你的眼；我有顺风耳，村里人的一举一动都能传到我的耳里。村里没有什么事能瞒得了你，没有什么人能骗得了我。正像《三国》里的故事那样，既生瑜又生亮。不过，有些事情我没有听到你却看到了。"

八只眼说："恐怕没有你说的那么玄乎，今晚我只是偶然发现，并不是有意盯着你们。如果六狗真是去藏宝，你估计他的宝是从谁的手里得来的？"

七颗心说："这话应该问你，你最清楚。我只是感觉他手里有宝，感觉他会藏宝而已。至于他得的是谁的宝，我不得而知。你能确定吗？"

八只眼说："不能。"

七颗心说："你有办法把他的宝弄到手吗？"

八只眼说："没有。我不做夺人钱财的事，我只帮助人。夺人钱财，是不仁不义之事，我无脸面对世人。"

七颗心说："那你任由这几个浑小子夺人财宝吗？听之任之，也对不起世人。"

八只眼说："我只知道帮助人，能帮到什么程度，帮什么程度，不勉强，不过头，不然对不起自己的良心。"

七颗心说："良心二字，难用秤来称，难用斗来量，难用钱来买。人活一世，不知道到底为什么。你看村里人，有钱人为藏钱苦，没钱的人为找钱苦。快半夜了，你我还在这里熬着，为了什么。唉！"

七颗心浩叹一声，装好一锅烟，点着，抽着，瞅着，愁着。

八只眼说："世人的事，不用我们多操心，诸事自有结局。多费心，有时候是枉费心，不如顺其自然。回家睡觉吧，眼下盯着日本人才是最重要的事。"

二财主没有抓住六狗的把柄，不仅没有泄气，反倒激起了他更强烈的夺宝愿望。他睡在野地的土洞里，辗转反侧。他想横下心，像大财主强暴十宝一样，强夺六狗手里的宝，又怕像大财主一样，偷鸡蚀米，落得欺强凌弱的骂名。他内心焦躁不安，突然想到了借助大财主和三财主的势力，强行制服六狗。

二财主上了大财主的门，大财主很惊奇，以为二财主得到了好消息。自强夺五虎财宝落空后，大财主心里一直不高兴，不仅为丢失的宝贝苦恼，也为家里的钱没有合适的藏处苦恼。婆姨听到日本人乱杀人的消息，旧病复发，病怏怏的，更为大财主增添了烦恼。看见二财主进门，大财主知道他必是有事而来，便开门见山问："有什么事？"

二财主坐在炕楞上，掏出烟袋，装好一锅烟。大财主递过去一把火镰，二财主"嚓嚓"几下，火花四溅，引棉着了，用手指将引棉摁在烟锅上，点着了烟。二财主抽了两口烟，说："前天晚上我抓到了六狗，他去野地藏宝，被我发现了。"

大财主说："你拿到宝贝了吗？"

二财主说："没有。"

大财主说："为什么？"

二财主说："没找到。"

大财主说："你能认定他手里有宝吗？"

二财主说："如果不是藏宝，他半夜三更去地里干什么。七颗心也在盯着六狗，当时七颗心也在场。"

大财主说："如果是藏宝，一定是你我二人的宝。你想怎么办？"

二财主说："既然他不仁，我们就不义，我想强迫他交出宝来，你看怎么样？"

大财主沉吟一会儿，说："如果你有十分的把握，我们就动手，千万不能像上次那样，让村里人看我们的笑话。你再去问问三财主，看他的意思如何，顺便再向八只眼打听一下消息。"

二财主说："好的。这次我们一定做成功，看他们日后如何嚣张。"

二财主离开大财主家后，直奔三财主家。虽然三财主日渐没落，家里还有百十亩地，依然雇着几个长工。十宝刚打发长工去地里干活，正在吆喝毛驴磨面，看见二财主走进院子，赶紧把他让进屋里。三财主说："稀客进门，真是难得，有什么事？"

看见三财主坐在炕上，脚腕肿得像馒头，二财主十分惊讶，问："怎么弄的？"

三财主欲言又止，最后还是忍不住说："昨晚经过五虎的羊圈附近，不小心摔下土崖，弄成这个样子。"

二财主说："半夜三更你去那里干什么，幸亏只崴了脚。"

三财主说："五虎不是好东西，一定是他往路上撒了石子，才把我摔成这个样子。人穷心黑，可惜大财主没有制服他，让他得意猖狂。你有什么

事？”

二财主说：“无事不登三宝殿。有件事情想跟你商量一下。”

三财主说：“什么事？”

二财主说：“长话短说。前天晚上六狗去他家的地里藏东西，结果被我和七颗心发现，我和七颗心找了一通，没有找到任何东西。他藏什么东西？不就是从我们手里盗走的夜光杯吗？这样的穷鬼，一定要好好惩治一下。我跟大财主商量了，大财主也主张惩治，我们打算强行夺回宝贝。你看怎么样？”

三财主说：“好。依你们的意思办，我动不了了，让十宝协助你们，宜早不宜迟。”

二财主说：“好。到时候我通知你。你不要向外人透露消息。”

三财主说：“好。”

二财主离开三财主家，又去找八只眼。八只眼在院子里闲坐抽烟，看见二财主找上门来，不知道有什么事，因为二财主很少上他的门。二财主把八只眼拉进屋里说话，八只眼知道二财主有悄悄话，于是把婆姨打发到门外。

二财主说：“你知道六狗藏宝的事了吗？”

八只眼说：“知道了。听七颗心讲的。”

二财主说：“你能确定六狗手里有宝吗？有没有发现别的情况？”

八只眼说：“我早就怀疑六狗，到现在为止，没有确切的证据。上次从四羊手里弄到的那件宝贝，如果真是四羊捡来的，有可能来自六狗手里。如果真是这样，六狗手里就没有宝贝。如果四羊手里的那件宝贝是从别人手里得到的，六狗手里可能有宝贝。今天没有看到他有异常举动，既然他藏东西被发现，必定有所防备。你有什么打算？”

二财主说：“我想强取，你不要向外人说，替我保密。”

八只眼“嗯”了一声，心里却在琢磨，二财主未必能从六狗手里夺得宝贝。二财主没有告诉他如何夺宝，他翘首以待。

74

夜里三财主摔下土崖，初时被摔蒙了，不省人事。过了一会儿，他清醒了，发现自己还活着，又惊又喜。他想用手撑地爬起来，一只手腕却疼痛难支，只好尝试用另一只手撑地。当他试图站起来的时候，发现一个脚腕疼痛难忍，整条腿无法站立。幸好地是软的，他没摔出大毛病。他不能在这里过夜，他要离开这里。没有人搀扶，他无法离开这里。他想找十宝来，而十宝在村子里看家。他只好向对面的村子喊："十宝！十宝！"

夜深人静，三财主的叫喊声十分清晰地传到村里。村里有两个人听到了对面山上的叫喊声：一个是八只眼，一个是五虎。

八只眼正在睡梦中，隐隐约约听到有人叫喊，竖起耳朵细听，听到声音来自远处。他以为有异常情况，赶紧爬起来，走到院子外细听，听出有人在叫喊十宝。他听出是二财主的叫喊声，赶紧跑到十宝家，叫醒了十宝。十宝听说爹在喊自己，知道事情不妙，赶紧向对面的山上跑去。

五虎在睡梦中隐隐约约听到有人喊叫，竖起耳朵听，听出有人在对面的山上喊十宝。他细听了一会儿，听出叫声低沉颤抖，心里一阵高兴，心想这老东西一定摔着了，而且摔得不轻。他想亲眼看看这个老东西疼痛的样子，于是朝三财主走来。当五虎走到途中，看见十宝背着死猪一样的三财主，正气喘吁吁往村子里走。

五虎问："怎么了，你？"

十宝说："他掉下土崖了。"

五虎说："厉害吗？"

十宝说："不能走路。"

五虎说："你累了，我来替你背。"

三财主说："不用！"

五虎说："客气什么，谁没个三灾五难。"

看见十宝气喘吁吁，实在走不动，三财主只好让五虎背。三财主伏在五虎背上，五味杂陈，暗暗骂道："黄鼠狼给鸡拜年！"

五虎知道六狗佯装藏宝被二财主发现，心里为六狗担忧。他想二财主绝不会放过六狗，想找六狗商量对策，一整天都没有看到惊魂未定的六狗。五虎找到四羊，向四羊打听六狗的踪影，四羊说不知道他躲到哪里去了。五虎知道六狗胆小，遇到事情一定会找自己商量，便只等六狗上门。五虎一直等到人静，也没有看见六狗上门，几个哈欠之后便上炕睡觉。刚睡着一会儿，五虎听见有人敲门，接着听见低低的声音："五虎，在家吗？"

五虎说："在。"

五虎下炕打开门，六狗钻进门来，把门掩上。

五虎说："有事吗？"

六狗再次提起被二财主和七颗心发现的事，战战兢兢地说："我怕他们收拾我，你给我出个主意。"

五虎说："你手里真有宝贝吗？"

六狗说："没有。"

五虎说："那你怕什么。不过，他们看见你鬼鬼祟祟，一定以为你手里有宝，一定会对你下手。你不要怕，静观其变。如果有事，你找我，我帮你。"

六狗沉默了一会儿，说："好。我找你就是希望你能帮我。"

六狗等着二财主找麻烦，眼看一天过去了，没有一点动静。白天，他依旧上地干活；晚上，他依旧在村里看家。

二财主跑到大财主家里，把自己了解的情况跟大财主讲了一遍，征求大财主的意见。大财主说，既然有确切的消息，就应该早点动手，不然夜长梦多。二财主想让大财主出面主持，自己和十宝协助。大财主慷慨答应，说我的长工多，不怕治不服六狗。二财主找来十宝，三人悄悄商量了半晌。二财主回到家，把三人商量的情况告诉两个儿子，让他们做好准备，父子三人又商量了一通。

五虎把六狗的担心跟四羊讲了，询问四羊有没有办法保护六狗。四羊沉吟良久，找不到对付的良策。四羊认为，既然六狗手里没有宝贝，不必惊慌。如果我们搭救他，有可能纳入财主们的打击对象，反受其害。如果坐视不管，既对不起六狗，又让这几个死对头遂愿。四羊建议把六狗找来，一起商量对策。

五虎和四羊一起去找六狗，六狗刚下地回来，等六狗吃完饭，几人一起来到五虎家。五虎对六狗说："我们推测你有灾难，有心帮助你渡过难关。"

六狗说："我知道，既然他们发现了我，就不会放过我。五虎比我厉害，他们都敢下毒手，何况是我。躲得了初一，躲不过十五，要宝没有，要命拿去，我什么都不怕。"

六狗的话，惹得五虎和四羊哈哈大笑，六狗说："笑什么，我只能如此。"

五虎说："没想到六狗的胆子大起来了，我看你是嘴硬骨头软，怕到时候嘴也软了。如果你手里有宝，把宝交给我们，我们不会吞你的宝。如果没有，另当别论。"

四羊说："五虎的话没错，否则你会后悔。"

六狗说："我真没有宝贝，我哪有本事偷人的东西。"

四羊说："道理讲明白了，听不听在你。"

黄昏，村里的老弱病残陆续出村躲避，六狗的父母也不例外。六狗吃完饭，坐在院子里一边抽烟，一边琢磨着对付二财主的办法。突然，二财主带着几个人走进院子，一齐围住六狗，随后十宝和大财主也来了。六狗知道不妙，也不慌张，因为是意料中的事。他盯着二财主说："你们想干什么？"

二财主说："你自己心里明白。如果你乖乖交出夜光杯，既往不咎；如果你顽抗，我们绝不手软。吃软还是吃硬，你自己选择。”

六狗说：“没什么可选择的，要宝没有，要命一条，要杀要剐，任由你们。”

看见六狗态度强硬，二财主看了一眼两个儿子，两个儿子会意，立刻转到六狗身后，拧着六狗的双臂，将六狗反剪起来。

大财主大喝一声：“将他拧到天官庙，让他对着神仙发誓。”

几个人立刻拧着六狗，走出院子。六狗拼命挣扎，无奈寡不敌众，被推上一段小坡，推搡到天官庙前。有人拧着六狗的双臂，有人摁着六狗的头，六狗弯着腰，两眼憋得血红，嘴里不停的喊着：“你们杀了我吧！你们杀了我吧！”

二财主说：“我们要宝不要命，你的一条狗命能值几个钱。交出宝贝，给你一条生路，否则让你皮开肉绽。”

六狗号叫着：“要宝没有，要命一条！”

大财主看见六狗宁死不屈，倒想看六狗的骨头有多硬，喝道：“把他绑起来，吊在门框上，看他要宝还是要命。”

立刻有人把六狗绑起来，将绳子搭在门框上，“哧溜”一声，六狗悬在空中，哇哇乱叫。

75

五虎回家晚，正端着碗吃饭，四羊急匆匆跑进院子，大声说：“不好了，六狗被二财主吊起来了，逼他交出夜光杯，看样子六狗免不了遭打。我们想办法救救他，否则他会很惨。”

五虎说：“好。稍等，等我吃完这几口饭。这倒可以验证一下他的豪言，看他是嘴硬还是骨头硬，是要宝还是要命。”

四羊看见五虎一副毫不在意的样子，心里很着急。他看见五虎只吃了半碗饭，只好坐在台阶上催五虎快吃饭。

听说二财主将六狗吊在天官庙下的门上，八只眼和七颗心也赶来看热闹。二人看见悬在空中的六狗大喊大叫，都很吃惊，他们都没想到二财主会大动干戈。七颗心看见六狗一副宁死不屈的样子，有几分佩服，也有几分快意。他没想到胆小的六狗会如此强硬，为六狗遭到这样的毒手而快意，因为六狗曾让他在三财主面前丢脸，让他失去三财主的信任。八只眼则站在远处，琢磨着二财主面对负隅顽抗的六狗会采用什么办法，六狗会不会撑得下去。

七颗心凑到八只眼跟前，低声说："我早就知道六狗手里有宝，二财主这时候下手，一定很有把握。我看六狗逃不过这一劫，你说呢？"

八只眼说："不知道。六狗今天的表现不同平常，除非二财主下毒手，否则难得手。"

果然，二财主看见六狗不愿意交出宝贝，就对大儿子说："给他上刑。"

大财主也喊："上刑！"

二老大操起手中的一根棍子，朝六狗的屁股上打去，连打两棍子，打得六狗嗷嗷叫。

二财主说："六狗，说出藏宝的地点，我饶你。否则，决不放过你。"

六狗喊："你打死我，我也不说。"

二财主对大儿子说："再打！"

大财主喊："继续打！"

二老大操起棍子，朝六狗的腰上打去，连打两棍子，打得六狗哭喊起来。

二财主对六狗喊："说不说？"

六狗喊："不说！"

二财主对大儿子说："用棍子敲他的腿！"

大儿子朝六狗的腿打去，连打三棍子，六狗哀号不止，哭着说："你们真要我的命吗？"

二财主说："是的。你要命还是要宝？"

六狗担心自己死在二财主的棍下，哀号了一阵，说："我说。宝在茅坑边，你们去挖，把我放下来，我快死了。"

二财主一边吩咐人去挖宝，一边对六狗说："你想下地，没那么容易，等挖到了宝再说。"

六狗说："二财主，你的心好黑，你不怕天打五雷轰吗？"

二财主说："我不怕。你以为别人的宝贝那么好偷吗？"

六狗说："我没有偷你的宝贝，老天作证，天官老爷作证。"

四羊等五虎吃完饭，一起跑到天官庙。他们看见天官庙前围了不少人，悬在空中的六狗又哭又叫，二财主站在旁边逼问。五虎拨开人群，站在二财主面前，一脸怒气。

五虎说："你这样做，是要宝还是要命？要宝说宝，要命说命，有你这样折磨人的吗？有钱人的命金贵，穷人的命就不值钱吗？你为什么要把他吊起来？"

二财主说："这不关你的事，用不着你瞎操心。我这样做自有我的道理，用不着你多管闲事。"

五虎说："你把人放下来！"

二财主说："该放的时候我自然会放。"

五虎看见二财主不放人，立刻走上去解门上的绳子，要将六狗放下来。不料，二老二挡住了五虎。正在剑拔弩张之际，一群人回到了天官庙前，只见二老大走在最前面，手里拿着一个蓝布小袋子，交给二财主，说："只找到一个破袋子，里面只有几块银元。"

听了二老大的话，六狗一直低垂着的头抬了起来，看了看二老大手中的袋子，丧气地低下了头。

二财主把小袋子在六狗面前晃了晃，说："穷鬼，就这点东西吗？这是银元，那是宝贝。宝贝藏到哪里去了，如实说。"

五虎知道六狗的骨头软，经不住二财主的拷打，一定会说出藏宝的地方，到时候既失财又伤人。他走到二财主面前，说："你先把六狗放下来，再说宝贝的事。"

大财主说："五虎，没你的事，你别干预，否则对你不客气。"

五虎说："我不怕你，你还要仗势欺人吗？还要丢面子吗？你们打死他也没有用，他手里就有那几块银元，此外什么都没有。你丢人不说，还要让二财主也丢人吗？"

大财主说："你和六狗串通一气作弄我们，我会相信你的鬼话吗？六狗不说，继续打！"

二财主继续追问，六狗死不开口。二老大又举起棍子，五虎上前一把夺下棍子，二人扭打起来。二老二冲上去，朝五虎劈头盖脸打来。四羊怕五虎吃亏，上前拉住了二老二。二财主怕惹出大麻烦，上前拉住二老二，这才停下手来。

二财主说："六狗，你说不说实话？不说，老子打死你，老子给你准备一口棺材。"

六狗看见五虎为自己助威，胆子大了，说："我从来没有睡过棺材，正想睡一睡，你打死我吧。"

二财主看见从六狗嘴里掏不出实话，突然心生一计，说："你不肯说实话也好，你能说出谁偷走了我的宝贝也行。"

六狗说："我会那么傻吗？做你的美梦！要死，我自己死，不拖累别人。"

二财主对大儿子说："继续打！"

二老大和十宝几个人拥上前，举起了棍子。五虎看到六狗又要挨打，站在六狗身前，大喊："你们要打就打我，我替六狗受过。"

二财主说："不行！"

立刻有人拉开了五虎，举起了棍子。

正在此时，突然一声闷雷，人们这才意识到要下雨了。接着，又是一声炸雷，人们不禁抬头看天。炸雷过后，天上划过一道闪电。闪电过后，四羊突然大喊：“不好了！天官老爷来了！”

人们听见喊声，再次抬头，只见天官庙顶上出现了一团白光。白光绕着庙顶飞了三圈，然后闪电一般向空中飞去，划出一道长长的白光。人们惊呆了。在场的人谁都没有见过这样的阵势，不知如何是好。四羊又喊：“神仙降临，要出事了，赶紧逃！”

七颗心也喊：“神仙现世，不是好事，快放人！”

人们听到喊声，各顾性命，四散逃走。二财主活了几十年，从来没有看见这样的怪事，一时不知所措。大财主看见一团白光朝北飞去，大吃一惊，对二财主说：“快点放人！逃命吧！”

二老二正要放下六狗，接着又是一声炸雷，赶紧撒手。二老大拉着二财主的手赶紧逃走，大财主早已不见踪影。六狗抬起头，看见人们四散逃走，哈哈大笑，说：“狗财主，你们要遭报应了！”

五虎和四羊看见人们逃走了，赶紧把六狗放下地来。

七颗心站在远处，惊魂未定。八只眼蹲在地上，望着白光远去，沉默不语，石佛一般。

五虎和四羊扶着六狗，将六狗护送回家里，然后陪着六狗说话压惊。六狗的家人都出村躲避去了，不知道六狗在家所受的迫害。六狗经不住折磨，交出几块银元，五虎并不感到意外，因为他很熟悉六狗的脾性。他又想起大财主折磨他的情景，对六狗更加同情。他很后悔，后悔自己迟到了一步，让六狗遭到毒打。想到两个财主如此对待他们，他忍受不了这等羞辱，恨意从心底渐渐升起。

六狗躺在炕上喊疼，只要移动一下身子，就龇牙咧嘴。四羊看见六狗这副惨象，无计可施，直骂二财主心狠手辣，禽兽一般。五虎为了分散六狗的注意力，跟四羊拉着闲话。

五虎对四羊说：“原来二财主也这么毒辣，跟大财主是一路货色。”

四羊说：“大财主也到场，他们私下一定串通好了，二财主才这么胆大。”

五虎说：“十宝也来参与，他们的确是串通一气。”

四羊说：“三财主已经得到宝贝，也来参与，似乎想得一点好处。”

五虎说：“是的。依你的看法，大财主和二财主会不会藏钱，会藏在哪里？”

四羊说：“我估计他们会藏钱，会把一部分藏在村外。”

五虎说：“既然如此，我们合计一下，免得他们高枕无忧。”

四羊和六狗点头。五虎让六狗解开衣服，看伤情重不重。五虎看见六狗腰上腿上有好几处棍伤，问："疼得厉害吗？"

六狗咬咬牙，说："能忍受。"

四羊和五虎和衣倒在六狗炕上，陪六狗睡了一夜。

76

八只眼躺在炕上，久久不能入睡。他回想着二财主毒打六狗的那一幕，多日来的心结依然没有解开。当六狗被打的时候，乃至二财主拿到六狗的几块银元的时候，六狗一口咬定没有偷二财主的宝贝，最终二财主没有得到他期盼的宝贝。如果六狗真的没有偷二财主的宝贝，那么二财主的宝贝就应该在五虎手里。

七颗心回到家里，既开心又害怕。开心的是他看到六狗挨打，二财主替他出了一口气；害怕的是那一团远去的白光，是凶是吉，他无法判断。他对天官老爷极其敬畏，认为天官老爷头顶上出现的白光是神灵给村人的某种暗示，非吉即凶。会有什么吉？他想了好久，想不出来。尽管二财主从六狗那里挖出了几块银元，并不能显示吉，因为六狗再穷，也会有几块银元。他认为神灵昭示公正，自己会来好运。会有什么凶？他认为六狗恶有恶报就是凶，二财主施暴会有恶报，村里的人可能遭到日本人的屠杀。想到这里，他不寒而栗，披衣而起，眼睁睁看着窗外黑魆魆的夜空，没有一点睡意。

二财主只挖到六狗几块银元，十分恼怒，他跟着两个儿子急匆匆往家走。刚走到大门口，二财主突然停下脚步。两个儿子不解，不知道二财主在想什么。二财主说："你们先回家，我去一趟大财主家。"

二老大问："去干什么？"

二财主说："我跟大财主讨论一下那团白光的事。"

二老二说："多此一举。我们不明白，他也不会明白。"

二财主说："白光出现，不知是凶是吉。"

两个儿子只好回家，二财主独自往大财主家走去。大财主回家，惊魂未定，看见二财主进门，不知道他的来意。二财主说："你看那团白光预示什么？是凶？是吉？"

大财主正要发表自己的意见，十宝走进门来。大财主看了看十宝，说："你认为那团白光意味着什么？"

十宝说："那是神灵的暗示，凶多吉少。"

二财主说：“为什么？”

十宝说：“我们在惩罚六狗的时候突然出现这种异常现象，说明惩罚不当，要谨慎对待，不然会引出大麻烦。”

大财主说：“我一辈子都没有见过这种怪异现象，实在不可思议。我们不要为了两件宝贝，惹出大麻烦，那样得不偿失。以我之见，暂时不要胁迫六狗，尤其不要施用暴力，可以采用别的办法。另外，也许六狗真没有偷你的宝贝，是我们错怪了他。”

二财主不置可否，喃喃自语：“难道我会错怪他吗？不可能。种种迹象表明他有宝在手，只是他不肯认账，我们才无能为力。”

十宝说：“他们的宝藏得太深，不容易到手。我们没有得手，并不意味着他手里没宝，依我看应该想别的办法，不能再用武力胁迫。只要方法得当，不愁找不到宝贝。”

二财主说：“你有什么妙法？”

十宝说：“容我慢慢思考。”

大财主说：“不管采用什么办法，别冒犯神灵，切记！”

十宝回家后，把刚才发生的事讲给爹听。

三财主听后惊讶不已，认为二财主得罪了神灵，神灵会惩罚他。十宝认为没有那么严重，不过要当心。十宝把刚才的事讲给爷爷听，老秀才手捋胡须，沉吟良久，然后说：“古时天象往往预示人事，古有天人合一之说。古人常用天象解释人事，人事有吉凶，天象往往提前显示某种迹象，譬如某地紫气氤氲，必有贵人出现，所以不可小看今天的预兆。当然，我没有看见白光，不知道是什么样子，古书上记载过出现白光的现象，那是一种偶然现象。至于吉凶，我看凶多吉少，因为白黑均为凶兆。你们以后不要参与二财主的事，小心引火烧身。慎之！慎之！”

第二天，二财主找来八只眼，询问白光的预兆。其实，八只眼在家琢磨了好久。

二财主说：“依你之见，白光是凶是吉？”

八只眼说：“其实白光是一种自然现象，你们没有见过，我见过几次。至于白光预示吉还是凶，我看凶多吉少，因为白光是在你毒打六狗时出现的，这是一种警示。”

二财主问：“你在哪里见过白光？”

八只眼说：“山神庙。”

二财主说：“你比我年轻，你的见识却比我多。我只听说鬼火，但没有亲眼见过。至于白光，更是闻所未闻，太奇异了。如果白光预示凶，我宁可失宝，不愿意带来伤害，我想就此罢休。”

八只眼说："那倒不必，只是做事不要过分，过犹不及。"

二财主说："罢罢罢，我想了结此事。"

二老二走进门，听见爹的话，说："此事不能了，你怕事我不怕事，我不会就此罢休。"

八只眼说："你们父子好好商量，权衡利弊，然后再做定夺。如果你们继续寻找，我还愿意为你们出力；如果不愿意，我就不花费精力了。"

二财主说："事到如今，你认为谁偷走我的宝贝？"

八只眼说："五虎。"

二财主说："你有证据吗？"

八只眼说："没有。只有线索，只是推测而已。"

二财主说："你能确定五虎手里有宝吗？"

八只眼说："当然。三财主为了从五虎手里得到宝贝，几乎摔断了腿，他不会无缘无故去吃亏，可能他有线索。"

八只眼走后，二财主寻思，六狗一口咬定没有偷他的宝贝，也许宝贝真的不在他手里。如果五虎手里有宝贝，为什么大财主大动干戈而一无所获？五虎手里真没宝贝，还是把宝贝藏得很深？他认为八只眼的判断不无道理，可八只眼没有足够的证据，只能当做一种参考。他想向三财主打听一下消息，又怕三财主不肯透漏信息。他思考再三，不愿放过五虎。

七颗心得知二财主找八只眼问计，特意来到八只眼家，跟八只眼说："听说二财主向你问计，你有什么好计？"

八只眼很佩服七颗心的耳灵，真是一双顺风耳。八只眼不吱声。看见八只眼不说话，七颗心笑嘻嘻地说："你婆姨给你做了件新衣服，怎么不穿？"

原来八只眼得到二财主的赏钱后买了几尺洋布，婆姨给他做了一件褂子，却被七颗心知晓了。他心里暗暗佩服七颗心的眼力，难怪四羊和六狗总被他盯着。由此看来，自己的一举一动都在七颗心的眼中。

七颗心看见八只眼心中不悦，便转移了话题，说："六狗的嘴真硬，二财主下此毒手都奈何不得他，他长志气了。"

八只眼说："没有不能说有，说有也没有，不如干脆说没有，只是苦了那一身皮肉。"

七颗心说："皮肉没有夜光杯值钱，为了保住夜光杯，受点皮肉之苦，值。"

八只眼鄙视一眼七颗心，说："如果是你，愿意受那皮肉之苦吗？"

七颗心说："我不做贼，也不会受皮肉之苦。"

八只眼想试探一下七颗心，问："你认为谁偷了二财主的宝贝？"

七颗心说："不好说，或许是四羊，或许是五虎。"

八只眼说：“不会是六狗吗？”

七颗心说：“不会是六狗。过去我认为六狗偷了三财主的宝贝，现在也这么看，但是没有证据。二财主的宝贝藏得那么隐蔽，六狗没有那么聪明的脑子。”

八只眼过去只知道七颗心在盯着四羊，没想到他也关注五虎。他大胆估计，七颗心不只关注这三个人，兴许关注更多的人，谁都别想逃出他的视野。他推想，七颗心可能还关注几个财主。为了证实自己的想法，他试探道：“三财主的宝贝失而复得，可以过安心日子。另外两个财主找不到宝贝，应该死心了。”

七颗心说：“未必。日本人猖狂肆虐，人人自危，财主们也害怕。他们不只怕丢掉性命，也怕丢掉财宝。他们能安心吗？”

八只眼说：“这好办，把银元使劲攥在手里不就行了吗？”

七颗心说：“能攥得住吗？他们一定会想办法藏起来。”

八只眼说：“往哪里藏？藏在哪里都不安全。”

七颗心说：“那倒是。不过，目下藏在野外比藏在家里安全。藏在家里会被日本人搜出来，藏在野外就无人知晓了。”

八只眼说：“藏在野外也不安全，四羊和六狗不会惦记吗？”

七颗心说：“当然会惦记。那是白花花的银元，谁不惦记。”

八只眼了解了七颗心的心思，推说要上地干活，支走了七颗心。身边有七颗心如此聪明的人，八只眼不知是福是祸，他不得不提防七颗心。

77

大财主施威，五虎受到打击，但他的锐气未减丝毫。他把对大财主的刻骨之恨化为一股豪气，依然对人宣称手里有宝贝，招人羡慕。听到五虎充满仇恨和挑战性的话，大财主自然不会示弱，对众人扬言，只要有依据，还会对五虎下手。对于这场众寡悬殊的搏斗，村里人既期待，又担心。期待的是有一场热闹可看，担心的是怕五虎又遭毒手。有人劝告五虎，何必那么强硬，免得吃了亏而无处诉说，小胳膊拧不过大腿。五虎反说，人生在世，为钱财，也为面子，为一口气。大财主依仗财势，欺负穷人，损伤我的面子，我咽不下这口气。树活一张皮，人活一张脸，看谁的脸皮厚，难道赤脚的怕他穿鞋的不成？看到六狗被二财主强暴，五虎更是愤愤不平。

五虎向来信任八只眼，八只眼也愿意帮助五虎办事，二人关系融洽。晚上闲来无事，五虎找到八只眼闲聊。由于二财主夺宝失利，八只眼陷入沉思。看见五虎来找他，提出跟五虎定方消遣，五虎说天黑看不清方子。二人掏出烟袋边抽烟，边闲聊。

五虎说："二财主没找到宝贝，你也得不到赏钱。"

听到赏钱二字，似乎揭了八只眼的短，八只眼心里很不自在。虽说八只眼聪明，而家境却不好，所以不自负，也难以在人前显摆。靠拿别人的几个赏钱度日，实在不是他的意愿，迫于生计，只能借以凑点油盐之费。不过，在五虎面前，他稍显自信一些，因为五虎信任他，有时候有求于他。

八只眼说："不瞒你说，得点小钱，靠人施舍，也是迫不得已。对此，心里很不自在，又无可奈何，谁叫我们是穷人。再说，人家找上门请求帮忙，我不好拒绝，只好勉强为之。这实在不是人做的事，这边讨好，那边得罪人，心里总像负罪一般。大家都是村里人，低头不见抬头见，实在无颜从人前走过。"

五虎说："我理解你的难处，只是别把事情做过头，照顾大家日日见面的情分。大财主伤了我的面子，我不服气。我知道，他也不甘心，他还在惦记着我的东西，想把我手里的东西夺走，我不会让他的野心得逞。你的眼界开阔，村里人还有没有人在惦记着我？"

八只眼说："你屡次扬言，说你手里有宝贝，别人能不在意？即便是假话，别人也会当真，何况还有几分真。大概你只知道大财主和二财主在惦记你，别人呢？"

五虎说："不知道。我白天早早出去放羊，直到天黑才回家，有些事情自然不知道。"

八只眼说："你知道上次二财主为什么要砸你家的南瓜吗？"

五虎说："有几分明白。"

八只眼说："那是为了骗你娘走出家门。"

五虎说："然后下手，对吗？"

八只眼说："是的。当时我告诉你实情，你能沉住气，真不容易。"

五虎说："君子报仇，十年不晚，等着瞧！"

八只眼说："你别急着报仇，还是看好自己手里的东西，别因小失大。"

五虎说："人心难测啊！还有人注意我吗？"

八只眼说："前段时间晚上睡觉，你没有发现窗外有动静吗？"

五虎说："没有。我睡得像死猪一样，即使天塌下来也不知道。有什么动静？"

八只眼说："不单有动静，还有龙虎斗。"

五虎说："真这么玄乎？"

八只眼说："当然。"

五虎说："谁跟谁斗？"

八只眼说："二财主的两个儿子跟十宝。"

五虎惊呆了，如梦初醒，好久没有吱声，原来自己一直蒙在鼓里。

五虎说："遭人强暴可恶，遭人惦记可怕。认了，谁让我手里有东西。那几个人是不是还在惦记我？"

八只眼说："当然。"

五虎说："谁最热心？"

八只眼犹豫了一会儿，说："二财主。"

五虎说："知道了。"

八只眼说："六狗遭毒打却不屈服，我佩服他的坚强和聪明，我比不上他。"

五虎不解，问："他有什么聪明之处？"

八只眼说："他把那几块钱藏到那么隐蔽的地方，是我没有想到的。你能想到吗？"

五虎说："的确出人意料。不过，他太软弱了。要是我，那几块钱也不说。该死的二财主！不过，现在不会再有人惦记他了，以为他软弱。"

八只眼说："也许。"

二财主失望而归，十分懊恼。他把两个儿子叫到自己屋里，叫婆姨炒了几个鸡蛋和一盘土豆丝，摆在一张炕桌上，拿出一壶烧酒，放在炕桌上。两个儿子知道爹心里郁闷，默默坐在爹身边，陪爹说话解闷。

二财主说："我去了大财主家，他认为那团白光不祥，劝我们不要使用武力，兴许我们错怪了六狗。为了这件宝，我们好多天没有睡好觉，你们兄弟俩也费了不少心，尤其是你娘，成天为这事操心。现在大财主和十宝都劝我们采用别的办法。你们有什么好办法？"

两个儿子看见父母不高兴，不知如何安慰他们。

二老二说："我们不能就此罢手，武力不行就想别的办法。我们要紧紧盯着那几个穷鬼，下次争取弄到手。"

二老大说："有那么容易吗？人家不是傻子，不会把宝贝摆在地上等着你去取。要多看少动，瞅准机会，一举成功。"

二财主说："看来急不得，大财主栽了跟头，没想到我也栽了跟头，以后的确要谨慎行事，不能让村里人看我们的笑话。这几个穷鬼奸猾得很，你们弟兄二人多加用心。"

二老二说："你管好家里的事，我多关注他们，世上没有不透风的墙，我不信找不到宝贝。"

二财主说："还有一件担心的事。"

二老大问："什么事？"

二财主说："钱。"

二老二说："藏钱的事？"

二财主说："是。家里的钱不能总放在屋里，外面成天杀人放火，钱放在屋里不安全。我们合计一下，看如何处理。"

二财主一家边吃边聊，合计了半天，谋划藏钱办法。为了做到万无一失，二财主再次登门拜访大财主。大财主看见二财主再次进门，迷惑不解，不知道他因何事登门。二财主看见大财主有点迷茫，掏出烟袋，边抽烟边说："有钱是好事，钱多了也是愁事。"

大财主不解二财主的话，说："谁嫌钱多，给我，我不怕愁。世界上居然还有这等怪事。"

二财主不想绕弯子，直截了当问："你的钱藏好了吗？"

大财主说："原来你是为没处藏钱而发愁。天下这么大，可以藏钱的地方多得是，还为这点小事发愁。"

二财主说："钱放在家里不安全，一会儿国民党来搜刮，一会儿日本人来抢掠，家里藏不住。如果藏在外面，不放心，怕村里的那几个眼馋人偷走。你说往哪藏好？"

大财主说："照你这么说，手里的钱只好拱手送给别人，不至于如此发愁吧。各人有各人的办法，何必向我讨教。你觉得藏在哪里都不安全，那是你自己心里有鬼。俗话说：一人藏，万人寻。藏钱容易找钱难，你把钱藏在隐蔽的地方，别人那会找到。我不为藏钱发愁，只嫌钱少。"

二财主说："你屋里屋外都藏了，还是只藏在屋里，或都藏在屋外？"

大财主说："这我不能告诉你，你自己琢磨。俗话说：隔墙有耳。我得小心为是。你我都是丢过宝贝的人，你应该明白这个道理。"

二财主讪讪而归，没想到大财主如此保守，连句知心话都掏不出来。

78

七颗心亲眼看见二财主栽在六狗手里，喜从心起。晌午，他独自坐在大榆树下乘凉，踌躇满志。他想自己在六狗身上花了不少心思，没见到宝贝的影子，反而在三财主面前损了面子，却让三财主得了那件应该归自己所得的宝贝。他自信自己有良好的判断力，而运气却偏向别人。他不明白为什么运

气跟自己作对，现在二财主失利又给自己留下了机会，他认为六狗身上依然有文章可做，只看自己的运气如何。他掏出烟袋，用烟雾开发思路。

六狗在家无聊，也来到大榆树下。他坐在七颗心身边，看见七颗心只顾抽烟，不搭理他，不知道七颗心中了什么邪。他拍了一下七颗心的肩膀，笑嘻嘻地说："在想什么心事？看你闷闷不乐的样子。"

七颗心抬起眼皮，瞥了六狗一眼，猛抽一口烟，说："呸！"

六狗不解，说："我得罪你了吗？"

七颗心说："如果你得罪了我，我也会把你吊起来揍一顿，解一解心头之恨。"

六狗说："为什么如此恨我？"

七颗心看着六狗一脸茫然的样子，转怒为笑，说："你把钱藏在茅坑边，藏得那么隐蔽，你的宝贝藏得更隐蔽吧。"

六狗笑着说："我早知道你在算计我，可是人算不如天算，宝贝没有落到你的手里，也没有落到二财主手里，你们谁都别想得到我的宝贝，我宁可送给国民党日本人，也不给二财主。二财主欺负人，不得好死！"

七颗心说："我知道你藏东西的本事大，可你是软骨头，一旦日本人来了，人家不要你也会主动交出来，看你那熊样。"

十宝嘴里叼着烟袋，迈着八字步，也来到大榆树下。看见七颗心和十宝笑嘻嘻地说话，插嘴道："六狗，你的宝贝保住了，难怪这么高兴。"

七颗心说："现在六狗是一条死狗，没有人会打他的主意，他只配给自家看门。"

十宝说："我想聘请六狗当军师，帮助我寻找人们藏宝的地方。你看，六狗的钱藏得多好，恐怕七颗心的心眼再多，也不会想到那么绝妙的地方。"

看见十宝在夸自己，六狗得意地笑了。

六狗说："我六狗除了胆小之外，别的方面不会比谁差。如果你俩的本事比我大，宝贝早落在你俩手里。你不要自作聪明，要有我的那点本事得跟我学几年。"

十宝说："如果你真有本事，就跟着我干，我不会亏待你。"

六狗说："你找别人，我不愿意再挨打，我想过舒心的日子。"

七颗心说："国民党刮，日本人杀，财主们打，你能过上舒心日子吗？做梦。"

三人调笑一通，六狗回家吃饭，七颗心和十宝低头密语，直到七颗心的婆姨喊七颗心吃饭方才罢了。

黄昏，五虎放羊回家，狼吞虎咽一通后，摸了一把嘴巴，摸了一下肚皮，掏出烟袋，点上一锅烟，长吸一口，受用烟香。饭后一口烟，赛过活神仙，五虎无比惬意地享受着烟草的草香。家人看见天色不早，出村躲避去了，只有五虎享受着烟香和院子里的宁静。偌大的院子，原本住着几户人家，现在只有五虎留守。他坐在门前的台阶上，犹如在山野放羊时独自面对山野一样，似乎天地属于自己一人，可以任由思想之马驰骋。他处于似想非想的境地，仿佛进入佛家所说的入定境地一般。

脑畔上有人探出头，喊了一声："五虎。"

五虎抬头，看见是四羊，便招手让他下来。四羊进了院子，坐在五虎身边，掏出烟袋抽烟。五虎说："白天有什么消息？"

四羊说："我看见二财主从大财主家出来，不知道去做什么。"

五虎说："你估计他去做什么？"

四羊说："不知道。你说呢？"

五虎说："不知道。"

四羊说："一定有猫腻，不妨留意一下。"

二财主的淫威没有压服六狗，没事的时候六狗就爬上一个小坡，走到高处的小树林里，蹲在树林边上，像只猫头鹰，死死瞅着二财主的院子。有时候，一瞅就是半个时辰，直瞅得二财主心里发毛。他不知六狗遭毒打后脑子出了毛病，还是有意折磨他，让他心里极不自在。二财主去大财主家，六狗看得清清楚楚。他认定二财主主动上大财主的门，必定没有好事，因此把这个消息告诉了四羊。五虎和四羊找到六狗，一起嘀咕了好久。

黄昏，二财主打发家里人出村躲避，自己和二儿子留在家里。六狗蹲在枣树林边，直勾勾地瞅着二财主的一举一动。二财主瞅着蹲在枣树下的六狗，恨不得拿一杆枪将他崩了。二财主在院子里走来走去，焦躁不安。六狗看出二财主有心事，便起身离开。二财主抬头，不见六狗的影子，赶紧叫了一声："老二，快走！"

二财主走在前面，二儿子紧跟在后面，父子二人沿着一面坡，向黑森森的一条沟里走去。顺着这条沟进去，可以走进村里最偏僻的另一条山沟，也可以走向村外。他们到底去山沟，还是去村外，尾随其后的六狗辨不清。六狗赶紧找到五虎和四羊，说二财主出了村。五虎和四羊很纳闷，那是野兽经常出没的一条山沟，那里土壁裸露，崖壁直立，没有隐蔽的地方，他们去干什么？难道他们要出村吗？他们立刻兵分两路，五虎和六狗一路，直接紧追二财主。四羊则独自一路，冲向通往另一条山沟的入口，在那里等待二财主父子出现。

五虎和六狗不敢走快，怕发出声响被二财主发现。沟壁千回，沟道百折，走了一阵，他们没有看见二财主父子的身影。五虎说："他们是不是走远了？"

六狗说："不可能那么快，是不是怕人发现，躲起来了？"

五虎停住脚步，向四周看，只见黑洞洞的深沟，像一口千年枯井，阴森袭人，无人影也无鬼影。六狗惊恐地看着四周，生怕跑出一只野兽。恰巧，远处传来一声狼嚎，六狗说："有狼！"

五虎说："莫怕，有我在，你不用担心。只是看不见二财主的影子，估计走远了，我们继续往前走，怎么样？"

六狗战战兢兢地说："好吧。"

二人摸黑在沟里走了一阵，始终没有发现二财主父子的影子。黑魆魆的山沟像要吞噬他们，将他们紧紧含在嘴里。二财主和儿子不知去向，六狗心里一片茫然。二人在黑暗中摸索着，走向山沟的深处。

四羊走到山沟的另一头，蹲在路边的暗处，死死盯着山沟的出口。

十宝和七颗心都在家里留守，十宝找到七颗心，说我们到村里转一圈，看看动静。二人在村里转了一圈，没有看见四羊、五虎和六狗的身影。他们到处寻找，依然不见三人的踪影。他们疑惑，三人每天晚上都在家留守，从不出村躲避，今晚到哪里去了？

七颗心说："看来今晚他们有事。"

十宝说："不就是看家吗？会有什么事。"

七颗心说："凭我的直觉，他们一定有事，我们不妨四处找找。"

十宝说："反正闲来无事，就当遛腿，说不定会有一点收获。去哪？"

七颗心说："先去大财主那里。"

二人走到大财主家的脑畔上，看见大财主家亮着灯，知道大财主在家。他们又走到二财主家的院外，看见院子里黑洞洞的。二人悄悄走进院子，溜到二财主的窗户底下，屏住呼吸谛听，没听到屋里的鼾声。他们悄悄溜出院子。

七颗心压低声音说："二财主不在家，会去哪？"

十宝说："不知道。"

七颗心说："可能出了村，一定有事才出村。"

十宝说："出村干什么？"

七颗心说："不知道。"

十宝说："要不要去找那三个人？"

七颗心说："不用找，守株待兔。你跟着我，我们到村头的路边等着，他们一定会回来。"

十宝跟着七颗心，向村头走去。

79

五虎和六狗硬着头皮，走到山沟的最深处，始终没有发现二财主父子的影子，也没有听见二人的一点声音。山沟的尽处是一个陡坡，连接着一座山。他们抬头看山不见山，只见黑咕隆咚的天。远处不时传来狼的叫声，附近有时听见窸窸窣窣的声响。六狗以为是二财主父子发出的声音，提醒五虎注意。五虎仔细听了一会儿，发觉不是人的声响，于是大喊了一声。这时，听见附近有轻微的跑动声，估计是狐狸或者黄鼠狼在跑动。

“回去吧。”六狗有点害怕。

“不急。半山腰是二财主家的坟地，说不定他们到坟地去了。”五虎说。

听说要去坟地，六狗心里更害怕。狼可以吃掉人，鬼可以吓死人。六狗宁要自己的小命，不愿意要几个沾着鬼魂的银元，五虎则一副不达目的不罢休的架势。听不见六狗吱声，五虎说：“莫怕，有我在。我们上山。”

有五虎壮胆，六狗勉强说：“你不怕我也不怕，不过，你在前面走，我紧跟着你。”

五虎笑了，说：“狼来了，先吃我。我能填饱狼的肚子，你会囫囵回到家里。”

六狗也笑了，似乎不害怕了。六狗紧跟着五虎，爬上陡坡，上面是一大片地。五虎摸了一把头上的汗，停下脚步。六狗也跟着停下脚步，低低地说：“歇一会儿，看坟地有没有动静。”

五虎说：“看不见坟地，再往上走几步，离近点才能看清楚。”

二人顺着地边的路，继续往上走。村里的地，二人都很熟悉，只因天黑，走起来难免深一脚浅一脚。走了一会儿，二人大汗淋漓。这里距离山腰不远，五虎停下脚步，尽力望着黑洞洞的山腰，想看出点什么。六狗也停下脚步，望着山腰，只看见一片漆黑。

五虎说：“你能看见什么吗？”

六狗说：“哪能看得见，我们别靠近了，就在这里看吧。”

五虎说：“不行，还得靠近点。天这么黑，距离山腰又远，即使二财主在那里，我们也看不见，靠近点才能看清楚。”

六狗只好附和着说：“你不怕，我也不怕。如果有鬼，你得挡着。”

五虎说：“怕死鬼一个，哪有神鬼，自己吓唬自己。”

六狗说：“知道你天不怕地不怕，不然不会跟着你来。”

五虎说："那我们继续往上走。"

六狗说："好的。"

六狗边走，边往山腰看。二人走了一会儿，六狗突然停下脚步，低声喊："鬼！"

听见六狗的喊声，五虎立刻停下脚步，抬头往山腰望去。五虎惊呆了。他看见山腰的坟地附近出现了一点亮光。亮光小小的，像一个香头，也像夜空中的一粒星星。亮光飘动着，忽上忽下，像一只蜻蜓轻盈，像一个幽灵诡异。五虎从来不相信鬼，从来没有见鬼，眼前的情景却让他感到真有鬼。为了稳住六狗，五虎说："莫怕，那不是鬼。如果是鬼，你我都逃不了，怕是有人在那里，我们不妨等一会儿，看他有什么变化。"

六狗战战兢兢，浑身发抖，说："我们还是下山吧，鬼真会吃了我们。"

五虎说："不会的。莫怕，有我在。"

突然，六狗又叫起来："鬼！鬼！两个鬼！"

五虎仔细看，的确是两个亮点在晃动。他顿时头皮发麻，似乎真的遇到了鬼。为了消除六狗的恐惧，免得坏事，五虎安慰道："那里是鬼，是人，恐怕是二财主父子。"

六狗说："但愿是二财主父子，不然我们会没命的。"

五虎笑了，说："鬼来了，先吃你。"

六狗吓得蹲下身子，不敢抬头看，又忍不住要往山腰看一眼。五虎死死盯着山腰，等待情况的变化。一会儿，亮光不见了，空旷的山野传来狼的叫声。六狗听着一声声的狼嚎，头皮一阵阵发麻，仿佛针刺一般。

五虎说："鬼火不见了，鬼跑了，不用害怕了。"

六狗说："鬼不吃我们，狼会吃我们，我们还是回去吧。别为了几个银元丢掉性命，我的头皮直发麻，腿有点软。"

五虎笑了，说："摸摸裤裆，尿裤子没有？"

六狗果真摸了一把裤裆，说："裤子是干的。"

一会儿，鬼火再次出现，几点白光在坟地上时隐时现，闪烁不定，似乎在瞭望着远处的五虎和六狗。看见鬼火像恶鬼的眼睛，阴险莫测，六狗战战兢兢，浑身鸡皮疙瘩。他颤抖着说："我从来没有看见过这样的阵势，太恐怖了，我们赶紧回家吧。"

五虎身上也起了一层鸡皮疙瘩，喃喃自语："今晚真的遇到鬼了！"

六狗一听，更害怕了，连忙说："快走！"

二人飞一般跑下山，窜出沟，逃回村里。

四羊蹲在山沟的另一头的一条小路边，一边抽烟，一边默默等待着二财主父子。过了一阵，他灭掉了烟，躲到一棵桃树后面，身子靠着树干，盯着沟里的动静。

七颗心和十宝找不见五虎三人，七颗心提出在路边等他们回村，十宝不以为然。十宝认为不知道五虎三人的去向，干等不会有结果。七颗心不容十宝分辨，拉着十宝的手走到村东的一个路口。七颗心拉着十宝坐在路边，掏出烟袋，抽起烟来。

十宝说："为什么在这里等，能等到他们吗？"

七颗心说："论求神，我不如你，你可以呼风唤雨，撒豆成兵，我做不到；论心计，你不如我，我能知道别人肚子里有几根蛔虫，你不知道。我的话对不对？"

十宝质疑："对？未必。"

七颗心看见十宝不相信自己的话，说："不必说未来的事，先说过去的事，你就会认为我的话对。我早就怀疑六狗盗了宝，你看二财主也上手了，说明六狗手里一定有宝。四羊的宝贝藏在土崖洞里，村里无一人知晓，是我最先知晓，可惜不慎漏了消息，白忙乎一场。这些情况有假吗？"

十宝说："没假。"

七颗心在鞋帮上得意地磕掉烟灰，把烟袋别在腰间的腰带上，说："你还得跟着我学几招，单靠你的那些虾兵蟹将办不成事。我也信神，知道神有神的魔力，人有人的魔力，有时候人的魔力不是神的魔力比得上的。信不信？"

十宝不服气，说："你别总美化自己，总美化人，人哪能比得上神？大财主婆姨的病不是我呼唤神灵治好的吗？村里谁家有个大病小灾不找我？你没有神力，只有人力。你的心眼多，这点我的确比不上你。不过，就今晚五虎三人的事，我们不妨赌一赌，敢吗？"

七颗心说："有何不敢，只怕你输不起。赌注，十个银元，怎么样？"

十宝说："好。你说他们到哪去了？去做什么？"

七颗心说："他们找二财主去了，去的方向是村东的那条沟里，最终的目的地是二财主的祖坟。"

十宝说："能这么肯定？"

七颗心说："当然。"

十宝说："如何验证你的话？"

七颗心说："可以找他们几人询问。"

十宝说："如果他们不说呢？"

七颗心说："那就没办法。不过他们会说的。"

十宝说："今晚我们在这里会等到他们吗？"

七颗心说："会的。我们耐心等一会儿。"

十宝说："那就听你的。"

二人正在说话，身后传来脚步声，二人立刻警觉起来。

80

四羊在沟口蹲了很久，不见二财主父子的影子，也不见五虎和六狗的影子，心想事情不妙，于是回到村里看究竟。四羊先跑到二财主家，看见二财主家的窑洞黑洞洞的，知道二财主还没有回家。再到五虎出村的路口，想等五虎和六狗归来，不想听见七颗心和十宝在密谈。他细听了一会儿，没听出什么秘密，这才大声说："你们在等什么？"

二人听出了四羊的话音，惊回头，四羊已经站到了他们身边。

十宝说："你像一个鬼，吓了我一跳。"

七颗心也有点惊奇，说："你从哪里来？他们呢？"

四羊说："谁？"

七颗心说："五虎和六狗。"

四羊说："我不知道。"

七颗心说："装糊涂！不过，我们会等到他们的。"

三人一起说话抽烟，渐渐夜深。十宝打了个哈欠，伸了个懒腰，说："我困了。看来七颗心的预言要落空了。"

四羊故意问："什么预言？"

十宝说："七颗心说五虎和六狗会经过这里回村，你说会吗？"

四羊担心他们知道五虎和六狗的行踪，说："不可能。他们一直在村里，我刚才还看见他们，别在这里傻等了。"

七颗心说："不可能。他们一定出村了，这里是他们回村的必经之地，他们不是飞鸟，飞不过我的头顶。"

十宝说："你的话失灵了。我困了，要回家，明天再验证吧。"

十宝站起来，拍拍屁股上的土，转身回家。七颗心一把拉住十宝，说："我可不愿意白白失掉十块银元，你还是耐心等一会儿。"

十宝说："快半夜了，能等到他们吗？"

七颗心说："一定能等到，你别走。"

四羊说："你等不到他们，他们在村里。"

十宝听了二人的话，犹豫不定，站着不动。正在此时，他们的身后传来人声。三人回头，看见身后站着两个黑影。

七颗心喊："谁？！"

有人嘿嘿笑了，四羊听出是五虎的笑声，也跟着笑，说："我说他们在村里，怎么样？寻人不如等人，等人不如人自来。"

七颗心十分惊奇，心想他们怎么会出现在身后，难道他们真是飞鸟吗？

其实，当他们三人在谈话的时候，正巧回村的五虎和六狗听见他们在谈话，五虎吩咐六狗，绕开他们，免得他们知道我们的行踪。两人悄悄退回原路，从附近的另一条小路回到村里，躲过了三人的目光。

五虎说："你们坐在这里做什么？"

十宝说："没事闲聊。"

五虎说："闲聊的地方多得是，为什么坐在这里闲聊，这里不是闲聊的地方，恐怕另有企图吧。"

七颗心问五虎："你们看见二财主了吗？"

五虎说："二财主在家里睡大觉，我们到哪去看他。"

七颗心说："你们到沟里干什么？"

五虎说："我们在村子里，哪会跑到沟里。你以为我们去沟里了，所以坐在这里等我们，对吗？"

七颗心不吱声。

十宝说："我们不会多管闲事，你去干什么，自己清楚。"

回家的路上，四羊问五虎："怎么样？"

没等五虎开口，六狗抢着说："我们几乎被鬼吃了。"

四羊说："有那么可怕吗？到底怎么啦？"

五虎说："明天再说。我们早点回家睡觉，免得二财主发现我们的行踪。"

二财主和二老二悄悄回家，悄悄关门睡觉。被窝里的二老二一时睡不着，翻过身来问二财主："爹，我们今夜的行动会不会被人发现？"

二财主说："估计没人知道，好好睡觉，不要疑神疑鬼，沉住气。"

第二天早上，二财主的眼皮直跳，初时他没在意，后来觉得不对劲，会不会发生什么事？他突然想起昨夜二儿子的话，急忙吩咐要上地干活的二老二去坟地看一下。二老二走了不一大会儿，七颗心走进了院子。二财主跟七颗心打个招呼，领他进屋。七颗心进屋，环顾了一下屋子，说："财主家的屋子就是不一样，家具好，铺盖好，瓮里的粮食多，殷实得很。"

二财主说："这年月，性命不保，财物不保，有什么好。"

七颗心说："是的。你昨夜去哪里了？"

二财主心里一惊，他想七颗心一定知道自己昨夜的行踪了，否则不会如此问。他自然不敢说实话，敷衍道："天黑我就睡觉了，会去哪里。"

七颗心知道二财主没说真话，也不愿意把事挑明，只淡淡地说：“昨夜，我看见有人去沟里了，很晚才回来。”

二财主问：“谁？”

七颗心说：“五虎和六狗。”

二财主说：“又是他们。”知道自己说漏了嘴，补充道，“他们去做什么？”

七颗心说：“你不知道吗？那条沟直通你家的坟地，你要警惕。”

二财主想，自己昨夜的行动，看来不只五虎和六狗知道了，七颗心也知道了，感觉事情不妙，心里紧张起来。他担心昨夜他们下手，那样自己的银元就完蛋了。不过，想到已经打发儿子去看了，二财主心平和下来。二财主又想，即便昨夜五虎和六狗没有下手，如果今早走在二老二前面，银元也不安全。想到这里，二财主平和下来的心又紧张起来。

二财主说：“你和家里人说话，我去一趟地里。”

七颗心知道二财主的心思，说声地里有活，便告辞了。

天刚亮，四羊便穿好衣服下炕，然后急匆匆走出村，直奔二财主的祖坟。他没有从沟里走，而是沿着一道不易被人发现的山梁前去。他走到坟地，一边往村子所在的方向瞭望，一边在长满杂草的坟地上仔细查看。他拨开每一丛杂草，查看每一个坟墓。他看遍了坟墓，没有发现什么。他不死心，又搬开每一个坟墓前面的墓石查看。他低头查看时，忘记向村子方向瞭望，突然听到远处传来喊声：“谁在坟地？！”

那人边喊边跑，向坟地冲来。四羊赶紧离开坟地，跑到地里，佯装在拔苦菜。一会儿，二老二跑到坟地，大声喝问：“你在我家坟地干什么？没安好心。趁早给我滚，你以为我不知道你的企图。”

四羊说：“你家坟地会有什么？除了坟墓还会有什么？难道路过这里都不能停一下吗？”

二老二说：“地是我家的，坟是我家的，你不要打坟地的主意。”

四羊觉得没有必要跟他纠缠，手里握着一把苦菜离开了坟地。二老二回到家，把四羊鬼鬼祟祟的事跟二财主讲了一遍，二财主沉吟良久。

四羊回到村里，把刚才的事跟五虎讲了，五虎说你去迟了，如果去得早，说不定会得手，看来二财主按捺不住了。五虎认为四羊去坟地的事被发现，二财主一定怀恨在心，说不定会找机会报复。六狗得知此事，找五虎和四羊商量，怕自己再次遭到迫害。

五虎到村里跑了一圈，逢人便说，自己手里有宝贝，放在家里提心吊胆，想让四羊和六狗为自己保管。下午，这话传到二财主耳里，二财主寻思，五虎故伎重演，说不定他手里真有宝贝，也想藏在野外。他们暗中勾结，偷了宝贝不说，还想偷钱，可恨至极。他们不仁，我不义，小心栽在我的手里。

天黑后，五虎怀里揣着一包东西出了村。出村后，五虎向自家的一块玉米地走去。

五虎出村后，四羊和六狗在村子里到处寻找五虎，逢人便问，都说没有看见五虎。四羊在村里到处喊，喊声传到二财主的耳里，二财主心里暗自高兴，便跟二儿子说："你好好看家，我出去一趟。"

二老二说："你去做什么？天黑不安全，我陪你去。"

二财主说："不用你陪，我一会儿就回来。"

二财主手里拿着一根棍子，出了家门。

81

星光黯淡，玉米长到齐腰高，地里一派深绿。五虎站在自家的玉米地里，看见玉米长势不错，心里一阵阵高兴。每年玉米成熟了，他总想掰几穗玉米棒吃，总也舍不得掰，直到秋后收获时才捡几根嫩一点的玉米煮来吃。今年玉米成熟了，一定先掰几穗玉米棒吃，尝尝那香甜可口的滋味。

四羊和六狗在村里找了一通五虎，然后蹲在村子的最高处，一边闲聊，一边留心观察村里人的动静。

三财主听见四羊不迭声地喊五虎，心里很不舒服，暗自骂道：这个狼不吃的东西，该早点让狼吃掉，害得老子摔断了腿，他却在一边偷着笑。骂了一通五虎，三财主突然想到，四羊找五虎干什么？五虎去哪了？五虎每天晚上都在村里看家，今晚他去了哪里？五虎是个狡诈的人，此时突然消失意味着什么？难道又在玩花招？他仔细琢磨了一会儿，心里一片茫然。他不甘心内心的迷茫，一心想弄个明白。他不由自主地移动了一下身子，想到外面看看，透彻心扉的腿疼让他打消了下炕的念头，脱口骂道："狼不吃的东西！"

十宝听见爹骂，问："爹，你骂谁？"

三财主说："骂五虎。"

十宝说："为什么？"

三财主说："你没有听见四羊像嚎魂一样，不迭声地叫五虎吗？"

十宝说："听见了。这有什么。"

三财主说："你不觉得有点奇怪吗？"

十宝若有所悟，他回想起昨天晚上他们三人神神秘秘的样子，似乎意识到了什么。让他不解的是昨天三人在一起，今天晚上却分开了，甚至连四羊

和六狗都不知道五虎的去向。五虎去了哪里？四羊和六狗急于找到五虎，他们要干什么？

十宝说："昨天晚上，据七颗心猜测，他们去沟里跟踪二财主，似乎想从二财主那里得到什么。"

三财主说："还不是想得到财宝。二财主会那么傻，让他们的阴谋得逞吗？二财主还想从他们身上找钱花。你说五虎会去哪里？"

十宝说："中午在大榆树底下乘凉，五虎说大财主还在打他的主意，他打算把手里的宝贝藏到野外去，不知道他的话是真是假。"

三财主说："五虎的话不可不信，也不可全信。他手头有宝贝，我想是真的，他会不会把宝贝藏到野外很难说，说不定他又在设法骗人上当，你看我被他骗得下不了炕，这腿不知道什么时候才能好。五虎是个可恨的东西，你千万不要上他的当。"

十宝说："我知道他惯用虚虚实实的诡计，他打二财主的主意可能是真，可能想为六狗报仇。二财主毒打六狗，六狗嘴上不说，心里恨死了二财主，岂能让二财主过安生日子。今晚五虎独自出去，不知道去做什么。"

三财主说："你别去凑热闹，在家好好待着，随他要什么花招。"

十宝没有马上睡觉，跟三财主打了个招呼，便到村里去逛。十宝走到五虎的院子外面，迎面碰见二财主，二财主没跟十宝打招呼，从十宝身边一闪而过。十宝觉得很奇怪，等二财主走出几步远，十宝忍不住说："五虎在打你的主意，知道吗？"

二财主没有回头，也没有吱声，径自走了。十宝心里不高兴，心想为了你好，反而不理不睬，好心当作驴肝肺，不可理喻。十宝转念一想，二财主出现如此不近情理的表现，必定有原因，看他急匆匆的样子，似乎想去做什么事。天黑了，他会去做什么？他站在黑暗中，仔细想了一会儿，想不出究竟，只好信步而行。他想起刚才听见四羊和六狗的叫声，想去找他们说话，于是看见亮灯的人家便走进去寻找。一连走了好几家，都没有看见他们的身影，他停下脚步，琢磨他们会在哪家。他想到了几家，一户一户去找，最终还是没有看到二人的影子。他看见大财主家的灯亮着，犹豫了一下，走进大财主的院子。

最近，局势混乱让大财主忧心忡忡，不知如何是好。他家大业大，既担心日本人烧杀，也担心日本人抢掠。两个儿子让他到别处躲一躲，他出去只躲了几天就跑回来，坚持要自己看守家，哪怕为此丢掉老命。他正守着孤灯抽烟，看见十宝推门进来，不禁一阵高兴，因为有人说话，可以解闷。

十宝说："你这么大年纪看家，何苦？万一有情况，你跑不动。"

大财主说："你的话没错，我丢不下经营了一辈子的家业，这份家业来之不易，只有亲眼看着才放心。”

十宝说：“你不放心两个儿子吗？他们都是成人了，将来这份家业都得交给他们。”

大财主说：“最放心的是自己，我亲自守着这份家业，心里踏实。如果真有意外，我不知道会怎样。你们年轻，不知道挣家业的艰辛，不信问问你爹。”

十宝说：“你的宝贝有消息了吗？”

大财主说：“没有。前几天八只眼来过，依旧没有新线索，他仍在寻找。看来找回的希望不大，乱世财宝，有去无回，能保住性命，保住现有的钱财，就算不错了。”

十宝说：“不要灰心，谁都逃不过八只眼的火眼金睛，你的宝贝会找回来。”

大财主说：“但愿如此。”

十宝走出大财主的院子，又在村里转了一圈，依旧不见四羊和六狗的影子，也没有看见二财主回家，只好带着满腹狐疑回家睡觉。

二财主出村后，沿着村子底下的一条沟西去，四羊和六狗在高处窃笑。

五虎蹲在玉米地，一会儿瞅着玉米，一会儿瞅着村里。突然，他看见村子里有一缕红光在空中划了三个弧，然后熄灭了。五虎心里一阵高兴，走出玉米地，蹲在路边，仔细看着周围的动静。周围黑黑的，静静的，没有一丝风，没有虫叫狼嚎，只有默默相伴的庄稼和群山。远处，连绵不绝的影影绰绰的群山，剪影一般；村里星星点点的灯光，夜里的星辰一般：静夜被装饰得无比美丽。他静静地等着。一会儿，由远而近，传来似有若无的脚步声，五虎立刻提高了警惕。他站起来，躲在一个暗处，观察着脚步声的方向。一会儿，他看见一个模模糊糊的黑影在移动。他窃笑，低低哼着小曲：“三十里青阳县，百十里李家庄，有一个好闺女，生得好人样。”

听见五虎哼小曲，黑影立刻站着不动，继而慌张地躲到一个土坎后面。黑影的一切，五虎看在眼里，他依旧低低哼着小曲，沿着一条小路，走下山去。他走了一会儿，回头往山上看，发现黑影悄悄跟着自己，走走停停，停停走走，始终保持着一定距离。走到半山腰，五虎停下脚步，划着一根火柴，将火柴抛入空中。黑影看见空中突然出现一点火光，吓了一跳，立刻停下脚步，蹲在路边不动，以为看见鬼了。黑影在地上蹲了一会儿，听见五虎又哼起小曲，这才放下心来，悄悄跟着五虎。

五虎下了山，沿着山下沟边的一条小路走回村里。黑影停下脚步，犹豫了一会儿，也想进村，不料村里走来一条黑影。村外的黑影看见黑影走下一条小路，走到一处断崖下。这是一处石崖，由于雨水长年累月的冲刷，沟底

的石层裸露，形成一段石崖。石崖高高的，足有三四丈高，平时淘气的小孩偶尔在石崖上攀爬，都会遭到大人的喝骂。即便大人路过此地，偶尔瞅一眼，也会胆战心寒。黑影走到石崖下，轻轻划亮一根火柴，然后顺着只能停留脚尖的小小石级，慢慢往上爬。黑影接连划了几根火柴，终于爬到离地一丈多高的一个大石缝处，然后从怀里掏出一包东西，塞进石缝中，并用石缝中一块一尺见方的石板压在那包东西上。黑影小心翼翼地溜下石崖，朝村里走去。

这一切，村外的黑影看在眼里。待村里来的黑影走后，村外的黑影溜到石崖下，摸黑爬上石崖。

突然，几条乱棍向石崖上的黑影打来，黑影被打落在地，嗷嗷乱叫。

82

早上，二财主被打的消息不胫而走，村里人议论纷纷，不知道什么人敢对二财主下此毒手。有人猜测是外来的仇人干的，有人猜测是村里的人所为，甚至有人猜测是恶鬼所为。有人不解，半夜三更，二财主为什么跑到那么危险的地方，其中必定有隐秘。七颗心和其他人一样，也持有这种猜测。他跟婆姨议论此事，婆姨说你操什么心，你想揭秘，小心再吃亏。七颗心淡然一笑，没有再言语，扛起锄头走出院子，边走边琢磨着这件稀奇事。

中午，八只眼从地里回家，刚放下锄头，婆姨便对他说，二财主被恶人打个半死，躺在炕上直哼哼，好多人都去看了，你也去看看，毕竟你从他手里得过赏钱。八只眼一听，吃了一惊，没想到有人竟敢对二财主下手。吃完午饭，八只眼走进二财主的院子，听见二财主在家里一边哼哼，一边骂人。看见八只眼进门，二财主收住骂，摇摇头，说：“你看我被打成这个样子，不知道什么人造的孽。”

八只眼坐在炕沿上，看着痛苦不堪的二财主，说：“严重吗？”

二财主撸起衣服，让八只眼看他身上的棍伤，八只眼看见二财主身上有八九处紫色棍伤，的确伤得不轻。

二财主说：“都快打断我的老骨头了，能不严重吗？这辈子头一次遭此祸害，如果找到祸害我的人，我会抽他们的筋，剥他们的皮。”

八只眼说：“你跟我把经过讲一遍，我听听。”

二财主叹了一口气，低着头说：“你是我信任的人，我把情况如实告诉你。昨夜，我听见四羊和六狗到处找五虎，知道五虎出村了，于是我去盯五虎。我知道五虎夜里很少出村，一直在村里看家，一旦出村，必有要紧的事情，所以才去盯他。我看见五虎到了他家的玉米地附近，我原以为他会在玉米地藏东西，没想到他转回村里。后来从村里走来一个黑影，走到沟底的石崖下。我看见黑影往石崖缝里藏东西，等黑影走了以后，我爬上石崖找东西，不想遭人暗算。”

八只眼说：“哦。黑影是不是五虎？”

二财主说：“天黑，看不清楚。”

八只眼说：“谁打你，看清楚了吗？”

二财主说：“没有看清楚。如果看清楚，我不会饶他们，现在只有吃哑巴亏了。你认为谁对我下毒手？”

八只眼说：“不知道。我会了解的。你注意保重。”

八只眼回家后，躺在炕上琢磨二财主挨打的事，乃至误了午睡。

下午，十宝在村里闲逛了一会儿，一路逛到二财主的院子。听见院子里鞋底嗒嗒响，二财主直起身子往外瞧，看见十宝摇摇晃晃走进来。十宝进屋，坐在一把椅子上，看着炕上坐着的二财主，说：“我来看看你，不要紧吧？”

二财主说：“总算没有丢了命，还囫囵着，只是身上疼痛难忍。”

十宝说：“谁干的？应该千刀万剐。”

二财主说：“不知道。”

十宝说：“你仔细打听，打听清楚了，我帮你出气。”

二财主说：“谢谢你的好意。”

其实，十宝只是嘴上说说而已，一来他没有多少力气，二来为了保住这棵独苗，三财主决不会让他担风险。再说，十宝看见一向瞧不起自家的二财主受害，心里有几分幸灾乐祸。另外，二财主对六狗下毒手，十宝认为二财主仗势欺人，太过分。说了几句宽心话，他趿拉着鞋，走出二财主的院子，边走边哼着小曲。

十宝走后不久，七颗心踏进二财主的门。七颗心一进门就说：“我来晚了，刚才得知你的消息，哪几个没长屁眼的人干得这等狠毒的事！你这么大年纪，遭他们的毒手，真是太不幸了！他们竟然对你下毒手，天理不容。你怎会遭他们的毒手？你知道是哪些人干的吗？”

二财主面有赧色，低着头说：“我哪能知道是谁干的，知道就好了。”

七颗心说：“他们为什么要对你下手？”

二财主说：“不知道。”

七颗心说：“听说你是在沟底石崖遭得毒手，你到那里做什么？”

二财主沉吟了一会儿，说：“我路过那里，几个黑影对我下了毒手。”

七颗心说：“我估计是那几个人干的。”

二财主说：“谁？”

七颗心说："五虎那几个人。"

二财主说："我看见五虎回村后，从村里来了一个黑影，悄悄往石崖藏东西。后来的事我就不知道了，只觉得棍棒乱飞，像雨点一般打在身上。"

七颗心说："原来有人往石崖藏东西，除了那几个人会是谁？"

二财主说："也许是。"

七颗心安慰一番二财主，高高兴兴离开二财主家，刚走出院子大门，便哼起小曲来。

黄昏，大财主拄着手杖，走进二财主的院子。大财主有两年没有踏进二财主的院子了，进了院子后停下脚步，先将院子打量了一番，然后才走进二财主的屋子。看见大财主进门，原本躺着的二财主立刻坐起来，示意大财主坐在炕上。大财主客气一番，坐在靠墙的椅子上。大财主光临，二财主心里感激，一再招呼大财主坐炕上，大财主推辞不过，只好坐在炕沿上。

大财主说："能挺得住吧？"

二财主苦笑一声，说："能。只是他们太心毒了。要不是我身子骨结实，会死在他们的棍棒之下。也许是老天照顾我，我不该死在乱棍之下。"

大财主说："世事艰难，保命为上，不要为了钱财丢掉性命。钱是身外之物，命才是自己的，要爱惜自己的性命。看见你无大碍，我放心了。好好保养几天就会好，我不打扰你了。"

二财主千恩万谢，目送大财主走出院子，叹息一声，又躺下身来。他悔恨交加，后悔自己太贪财，恨死了毒打他的人。刚才大财主的话，分明在规劝他不要贪财，规劝中含着几分嘲讽，这让他感到十分羞愧。

七颗心回家后，把二财主的情况跟婆姨讲了一遍，吩咐婆姨拿几根香和几张黄表。婆姨问要做什么，七颗心只说有用处。婆姨只好拿来香和黄表，递给七颗心，待天黑后，七颗心走出家门。

夜很静，天空星光闪烁，有点闷热。近几天，外面的风声小了，野外夜宿的人都回到村里。人们或坐在院子里说闲话，或在灯下做针线，倒也安闲自在。大财主在院子里坐了一会儿，觉得有点闷，便走出院子信步。院子外面黑，大财主去茅房小解后，信步向天官庙走来，想到天官庙前的打麦场上闲步。他绕着打麦场走了一圈，便停在场边，居高临下，望着前村人家的灯火，身上有了些许凉意。看着窑洞里透出的点点微弱的灯光，他享受到了安宁的温馨。看了一会儿村景，他又把目光转向远处，东边的邻村灯火微微，西边的邻村灯火熹熹，如苍穹的星火，似野外的鬼火，让他心里十分惬意。看了一会儿夜景，他折转身回家，隐隐听见天官庙的楼上有细微的声响，他立刻停下脚步谛听。他只听见天官庙里低微的人语，不见人影。天高月黑，谁在求神？他仔细盯着天官庙，看有什么动静。

一会儿，大财主看见天官庙顶上闪着红光，不禁大吃一惊，难道有人要烧掉天官庙？！转念一想，村里没有如此胆大妄为的人，一定有人在求神，他释然了。为什么白天不来求神，偏偏夜里来，不合常情。他惊奇又好奇，悄悄走到天官庙下，立在墙根谛听。他听见楼上的人喃喃细语："天官大老爷，你是我最信奉的神仙，村里有人盗走了别人的财宝，你若有灵，告诉我藏宝的地方。如果找到了他们藏匿的宝贝，我会把宝贝还给失主，并杀生祭拜你。我这样做不是为了中饱私囊，而是替天行道。天官老爷，你显灵吧，给我一个暗示，或者给我托一个梦。"

大财主嗅着楼上飘落的缕缕幽香，听完楼上人絮絮叨叨的念叨，便躲到暗处，看他还会做什么。突然听到一声炸雷，天官庙四周卷起一股旋风，飞沙走石，绕着天官庙盘旋不已。大财主被旋风缠绕着，睁不开眼，脱不得身。楼上的人一声狂喊，不顾一切，冲下楼来，冲出旋风，狂奔而去。

83

大财主踉踉跄跄回到院子里，惊魂未定。婆姨看见他步履蹒跚，魂不守舍，心中疑惑，赶紧问："怎么啦，你？"

大财主坐在院子里的一条板凳上，好久才说："刚才出去，不知道遇到人，遇到鬼，还是遇到神了。天官庙的旋风将我围在里面，使尽浑身解数脱不得身，以为旋风会把我卷走。从未见过这么大的旋风，太可怕了。"

婆姨说："不会吧。院子里风平浪静，离院子几十步远的天官庙怎会有狂风，你在说胡话吧。"

大财主说："你不信，看我身上的尘土。"

婆姨起身进屋，端来一盏灯，照着大财主，果然发现他身上和头上满是尘土，蓬头垢面，不像人样。婆姨吃了一惊，怀疑大财主到地狱走了一遭，认为是不祥之兆，连忙问大财主看到什么，听到什么。大财主把刚才的所见所闻仔细讲述一遍，两个儿子不解，两个媳妇惊恐，婆姨嘤嘤哭泣。看见一家人如此不安，大财主厉声说："有什么大不了，天塌下来我顶着，怕什么！"

听到大财主的断喝，一家人才安定下来，可人人心里都觉得事情太蹊跷，都在琢磨着那个奇异的许愿人。

七颗心从天官庙跑回家，失魂落魄，久久不能入睡，他思索着刚才的奇异事，觉得不可思议。入睡后，他做了一个奇异的梦，梦见一个乞丐拄着一

根枣木棍来到村里，直奔他家。乞丐须发皆白，衣衫褴褛，神清气爽，口齿清晰。他问乞丐有什么事，乞丐淡然一笑，用手指指天，直直地，不置一语，便飘然而去，眨眼工夫不见踪影。夜半，七颗心醒来，梦中的情景依然历历在目。他仔细琢磨，不明白乞丐指天指地是何等意思，想天亮后找个明白人讨论一下。这时，他突然想起夜里在天官庙遇见的炸雷和旋风，身子立刻颤抖起来。一会儿，他镇定下来，琢磨起旋风与乞丐之间的联系，想从中得到一点启发。他坐在炕上，光着身子，呆坐着，直至天亮。

天亮后，婆姨看见七颗心愣愣怔怔的样子，以为昨夜中了邪，低声问："没事吧？"

七颗心回过神来，揉揉眼睛，赶紧穿衣服，说："没事。只是昨夜被吓着了。"

婆姨说："出了什么怪事？"

七颗心担心婆姨听了害怕，便说："没什么大事。"

中午，七颗心远远看见好几个人坐在大榆树下乘凉，也来凑热闹。大榆树下坐着四羊、五虎、十宝、八只眼和其他几个人，他们正在嘻嘻哈哈说笑。看见大家笑个不停，七颗心也跟着笑起来。十宝看见七颗心跟着傻笑，笑着说："你知道我们笑什么？"

七颗心说："我哪知道你们笑什么，一定是好笑的事才笑。"

四羊说："还是人家七颗心聪明，知道好笑的事人们才笑，真是聪明绝顶。"

七颗心知道四羊在嘲笑自己，心里不舒服，但不好意思当着这么多人的面翻脸，坐下来不吱声。

十宝说："今天我的眼皮跳个不停，村里一定有人身子不舒服。"

五虎说："是不是神魔告诉你的？"

十宝说："昨夜我做了一个梦，梦见一个乞丐来到村里，走到天官庙前，用手里的枣木棍在空中划了几个圈，立刻阴风大作，飞沙走石，将天官庙团团围住，足足围了两袋烟的功夫。乞丐看着旋风哈哈大笑，随后用枣木棍在空中划了几圈，阴风立刻散了。如果阴风缠着了谁，今天必定遭殃。"

七颗心听了，大吃一惊，十宝的梦竟然跟自己的梦和昨夜的经历如此相似，莫非自己今天要遭殃？十宝身上带着神魔，神鬼之事往往先知先觉，他的话大多会应验。想到这里，七颗心面如土色，不寒而栗，浑身不住颤抖。

五虎说："你在瞎吹，现在中午了，大家都好好的，谁会遭殃。"

十宝看见七颗心脸色不好，只顾呆坐着，一言不发，说："你没事吧？"

七颗心强打精神，说："没事。"

大家正在说笑间，六狗跑来了，说："报告大家一个好消息。"

八只眼说："什么消息？"

六狗说："大好消息，大财主中风了，半块身子动不了。十一指正在把脉开方子。"

大家一时目瞪口呆，连最憎恨大财主的五虎也愣着，七颗心本已和缓的脸色又现出土色。他突然想呕吐，怕在众人面前丢脸，便使劲卡住喉咙，满脸憋得通红。大家都在沉默，谁都没有注意七颗心的异常神情。

八只眼喃喃自语："真有这等奇异的事。昨天夜里有谁看见天官庙的旋风了吗？"

大家都说没有，唯有七颗心不吱声，低头沉默着。

五虎说："十宝真神了！兴许昨夜旋风缠住的不是别人，正是大财主。大财主命该如此，谁让他仗势欺人，这是老天的报应。"

十宝得意地说："本仙南柯一梦，变成现实。国事天下事且不说，村里的事，事事瞒不过本仙，事事如本仙所料。那些怀揣不良之心的人，别想在我面前耍花招，本仙会一一戳破你们的花招。"

五虎说："听你话里有话，莫非有人在你面前耍花招？"

十宝说："是的。二财主被打，是谁干的，我心里很清楚，只是不想点破而已。"

四羊说："你直说何妨，让暗中打二财主的人睡不得好觉，也遭二财主一顿毒打。"

缓过劲来的七颗心插口："二财主心里自有怀疑的人。"

五虎说："谁？"

七颗心说："二财主在夜里看见五虎出了村又回了村，不久就遭人毒打，这是巧合吗？你能脱得了干系？"

五虎说："我没有看见二财主，他倒看见我了。我是出村后又回村了，但我并没有再出村，我在村里遇到了十宝，十宝可以为我作证，是不是？"

十宝"嗯"了一声。

五虎说："看来我得去看一眼二财主，解除他老人家心里的疑虑，不然我会背黑锅。"

八只眼盯了七颗心一眼，不知道他从哪得到的消息。八只眼没料到十宝的预言会那么准，昨夜他睡得早，不知道村里发生了什么事。

五虎哼着小曲走进二财主的院子，一进院子就大声说："二财主，好点了吧？"

听见五虎的声音，二财主从炕上坐起来，他没想到五虎会来看他。他不明白五虎是黄鼠狼给鸡拜年，看他的笑话，还是真的无辜。五虎进屋，坐在椅子上，看见二财主挪了一下身子，显得很吃力，估计伤得不轻。

五虎说："夜里我从玉米地回到家就睡觉了。回到村里时刚好遇到十宝，还跟十宝说了一会儿话，所以你不要怀疑我干了对不起你的事，十宝可以为我作证。"

二财主说："你来看我，我感激。这事也怪自己不小心，权当一回教训。"

五虎说："我看一下你的身上，伤得厉害吗？"

二财主说："如果伤轻，我不会躺在炕上，家里有好多事要做。"

五虎离开二财主家后找到了四羊和六狗，笑嘻嘻地说："老家伙伤得不轻，至今还蒙在鼓里。看见他龇牙咧嘴的样子，心里真痛快。"

六狗说："冤仇不报，我心里不踏实。他为什么不想想自己是如何对待我的。他不仁，我不义，咎由自取，怨不得别人心狠手辣。"

三人大笑一通，笑声震天。

84

二财主挨打，八只眼不知何人所为，猜测是村里的人所为，因为二财主跟村外的人没有结怨。为了弄清事实，他跑到沟底的石崖探究竟。沟底有两处石崖，这处是大石崖，平时人们只是拿眼瞧瞧，很少有人来这里。八只眼顺着石崖边的一条土路走下去，一边走，一边查看地上的脚印。他走到石崖底下，仔细辨认脚印，确认来过此地的人是三人。再看石崖下的脚印，多了一个脚印，他认出这是二财主的脚印，因为他对二财主的脚印非常熟悉。从脚印看，二财主挨打后没有沿着土坡回家，而是沿着比较平坦的石阶走，随后走上大道，沿着大道回家。他猜想，当时二财主一定被打得很重，因此没有选择近而陡的小土路，而是选择了远而平坦的大道回家。他把三人的脚印一一拓下来，小心收在怀里。

八只眼仔细端详着石崖，石崖几乎壁立，石崖中间有一个小小的台阶，石崖南边连着一块坡地，北边连着一个陡坡。靠着陡坡，有一块大石头鸟嘴般凸出，大石头中间有一条石缝。他抬头看着这条石缝，确认这条石缝给二财主惹了祸。他猜测，二财主看见有人在这里藏了东西，所以趁黑来找，不想被打了。打二财主的人会是谁呢？他不愿意妄加猜测，要让自己怀里的鞋印告诉真相。不过，他可以确定，打二财主的人一定是藏东西的人。

八只眼回到家里，拿出怀里的脚印与过去收集的脚印一一比对。他发现其中两个脚印居然是第一次发现，不像村里人的脚印；另外一个脚印却让他吃了一惊，因为这个脚印竟然跟大财主烟囱边的脚印一模一样。真是踏破铁鞋无觅处，得来全不费功夫。他一时高兴得手舞足蹈，连喊：“找到了！找到了！”

七颗心来家串门，在院子里听见八只眼连喊“找到了”，进门后看见炕上铺着好多拓下的脚印，问：“你找到什么了？”

八只眼喜形于色，没有搭理七颗心，依旧说：“找到了！找到了！”

七颗心又问：“找到什么了？”

八只眼回过神来，平静地说：“没什么，在看鞋印而已。”

七颗心看着满炕的鞋印，一片迷茫，说：“找到有用的鞋印了吗？”

八只眼说：“难以确定，也许找到了，也许没有找到，也许是闹剧。”

七颗心说：“你说是谁打了二财主？二财主为什么会挨打？”

八只眼说：“自然是为了钱财挨打，至于打他的人是谁，眼下无法判断。”

七颗心不解，说：“难道有人在石崖藏钱，二财主去找钱才挨打的吗？”

八只眼说：“应该是这样。”

七颗心说：“石崖有藏钱的地方吗？”

八只眼说：“那块大石头下面有条大石缝，石缝里可以藏东西。”

七颗心说：“那里是有条石缝，很难爬上去，而且石缝又在明处，谁都能看得见，怎么能藏得住东西，不可思议。”

八只眼顿悟，原来二财主挨打，是有人利用他急于找回宝贝的心理，诱骗他上钩，以致挨打。诱骗他上当的人，一定是村里的人，是仇恨他的人。他心里历数对二财主有恨的人，恨之深的人当然要数六狗，可诱打二财主的不是一人，而是三个人。从拓下的脚印看，两个脚印是陌生的脚印，一个是他曾经见过的脚印，其中并没有六狗的脚印。村里人的脚印他大都熟悉，尤其是四羊、五虎和六狗的脚印，熟悉至极，而三个脚印中没有他们任何一人的脚印，这让八只眼很困惑。

七颗心看见八只眼不言语，以为他在琢磨脚印。七颗心不喜欢研究脚印，喜欢揣摩人们的心思。他对八只眼既欣赏，又不屑一顾，欣赏他的一双眼睛胜过几个人，不屑一顾的是至今他没有找到盗走大财主和二财主宝贝的盗贼。他认为人的心思是真的，而人的脚印可以做假。人的心思有时写在人的脸上，人的鞋印却可以用别人的鞋踩。

八只眼说：“偏偏有人往那里藏东西。”

七颗心说：“真有这样的人？除非是大傻瓜。我看没有这样的大傻瓜。”

八只眼说：“未必没有，也许真有。”

七颗心说：“你敢肯定？”

八只眼说："当然。"

七颗心说："那会是谁？"

八只眼说："不知道。"

七颗心离开八只眼的家，回家后琢磨往石崖藏东西的人。有人在这处石崖的附近藏过夜光杯，却丢了，此人决不会重蹈覆辙。如果四羊手里有东西，决不会往如此显眼的地方藏。七颗心估计六狗手里依然有宝贝，但他也不会往这里藏。至于五虎更不会。二财主不会遭人误打，一定是有人蓄意为之。他想到了跟二财主有仇的人，想到了五虎和六狗夜里盯二财主的事。如此一想，他把怀疑的目标集中到六狗身上。

二财主挨打，寝食不安的人不止七颗心，十宝也不例外。他把二财主挨打的情形跟三财主和老秀才讲了一遍，两个长辈都唏嘘感叹，感慨世事混乱，人心不古，伤财害命。十宝要老秀才占一卦，看谁打了二财主，谁的手里还有宝贝。老秀才摇晃着脑袋，连连说使不得，使不得，不能淆乱人心，不能让我的孙子魂不守舍，还是安心持家为好。十宝又跟三财主商量，想听听他的分析。三财主一边抽着水烟，一边摸着余肿未消的小腿，打开了话匣子。

三财主说："二财主吃亏，根由在于他的贪心。他从六狗手里强取宝贝失败，仍不死心，仍想从别人身上得到宝贝，所以费尽心机寻宝。他会从谁身上寻宝？他可能还在打五虎和六狗的主意，因为四羊的宝贝到了咱们手里。二财主是个聪明人，没想到我在六狗身上虚掷一注，他栽在六狗的手里。打他的人一定是六狗一伙，不会是别人，因为六狗恨死他了。你还是罢手吧，你爷爷的话没错。你是家里的独苗，万一有个闪失，我们不好向列祖列宗交代。"

十宝嘴上答应了三财主，心里却不死心，他想借助神力。夜里，他独自来到野外自家的一块地里，点上香，烧了几张黄表，随后双腿跪地，默诵起来。夜静山空，没有虫声，没有风声，没有野兽的咆哮声。十宝默诵着，渐渐忘却自己。他感觉身边出现了一股旋风，轻轻将他托起，在太空幻游。

十宝一夜未归，急坏了三财主，他想去找十宝，腿脚不便，只在家里干着急。第二天早上，三财主打发十宝的婆姨去找。十宝婆姨来到地里，看见十宝端坐在地里，大喊一声："十宝，没良心的东西，急死全家人了，你却在这里逍遥自在。"

十宝不吱声，依旧端坐着。十宝婆姨生气，飞起一脚，踢在十宝的屁股上。十宝如梦初醒，惊呼："我坠地狱了！我坠地狱了！"

十宝被婆姨揪回家里，站在怒气冲冲的三财主面前，一声不吭。老秀才摇着头道："竖子不可教也！竖子不可教也！"

正在十宝进退维谷之际，大老大走进门来，向三财主和老秀才打招呼。

三财主说："你爹好些了吗？"

大老大说："吃了十一指的中药，没见好，所以爹让我来请十宝。"

老秀才说："富贵病，好好保养吧。"

老秀才依旧捧起书看书，三财主面色温和了，嘱咐十宝："认真给大财主看，让他早点康复。"

十宝跟着大老大走后，三财主对老秀才说："你的孙子就有这一招，这是什么本事啊！"

父子二人叹息一番，感叹家道衰落，一代不如一代。

85

虽说十宝答应给大财主看病，心里却有几分不悦，他认为大财主先请了十一指看病，显然是不相信自己的本事；十一指无力回春才请自己，莫非在看自己的鞋大脚小。大财主婆姨的病十一指也曾看过，没有多大效果，经自己看后渐渐好转，现在基本康复。如此一想，十宝颇为自负，兴冲冲踏进大财主的门。

虽是大白天，大财主的炕上依旧铺着被褥，大财主斜躺在被褥上，脸色蜡黄，一脸疲态。看见十宝进门，大财主半哭半笑，极难堪地说："一夜之间，你看我变成一个要死不活的人，实在丢人。你看我这副样子，能治好吗？"

十宝看见平时不可一世的老财主，现在躺在炕上，有气无力，有几分怜悯。听了大财主的哀求，十宝安慰道："人是吃五谷杂粮的动物，哪有不生病的，有点大灾小病很正常，你不要着急。看你的气色不错，恢复健康没问题，你要树立信心。"

大财主说："过去常听老人说，月有阴晴圆缺，人有旦夕祸福，看来真是如此。昨天活蹦乱跳，今天就卧病在床，祸福不跟人商量，说来就来，来了还不走。如果病好不了，成天躺在炕上，生不如死，不如早点死了算了。"

十宝说："你老人家福大命大，不会有事的，要安下心来。"

听了十宝的安慰，大财主平静下来，说："使出你的浑身解数，把我的病治好，我不会亏待你。你需要什么，让家里人准备。"

十宝说："先小动，看效果如何。如果小动效果不好，再大动。"

大财主的婆姨和媳妇们忙乎了一会儿，准备好了十宝用的物件。十宝走到灶台前，焚香，烧黄表，闭着双目，默念一通，然后把表灰拈入一碗清水

中，嘱咐家人，在午夜让大财主面北而服，家人答应。他要求家人先到屋外静候。家人走出屋后，十宝上了炕，坐在大财主身边，让大财主闭上双眼，静心躺着。十宝微闭双眼，口中念念有词，如呼似唤，如歌如泣。一会儿，大财主如幻游天际，安然入静。十宝感觉大财主完全入静，便端起身边的一碗清水，将碗中的清水用一根羽毛撩起，轻轻洒在大财主的身上。

十宝说："我从王母娘娘那里取来几滴甘露，滴滴洒在你的身上，消除你的病根。一滴甘露就是一滴圣水，圣水进入你的体内，将病魔一一驱走。你感觉很舒服吧？"

十宝看见大财主面容恬静，如醉如梦，似醒非醒，仿佛在美妙的天国遨游。十宝继续念叨，声音悠长轻缓，似从高山轻轻飘来，又似在空谷微微震荡。他引领着大财主翻高山，跨江河，在草原徜徉，在林荫漫步，在花海流连。大财主眼前一会儿风和日丽，一会儿彤云密布，一会儿电闪雷鸣，一会儿猛浪若奔，一会儿山呼海啸，一会儿天崩地裂，一会儿飞沙走石，一会儿风平浪静。大财主的呼吸时缓时急，脸色时和时愠。

一番诱导后，十宝抬起双手，将十指悬在空中，不停地点压大财主的身子。十宝从大财主的脚部开始点压，经由腿部，腰部，颈部，直到头部。十宝的点压手法，一会儿如敲击钢琴的琴键，时缓时急；一会儿如飞龙遨游太空，忽上忽下；一会儿似潜龙入海，搅动龙宫地府。一通点压后，十宝收住双手，停止念叨，睁开双眼，瞅了一眼大财主，便飘然而去。

大财主的家人守候在院子里，大约过了半个时辰，看见一股青烟从大财主的屋中飘出，飘出院落，飘出视野。家人齐声惊呼，连忙跑入大财主的屋里，只见大财主安然入睡，却不见十宝的踪影。家人惊愕不已，不知如何是好。大老大说："老二，赶紧报告三财主，十宝失踪，事情不妙，速去速回。"

大老二答应一声，飞一般向三财主家跑去。大老二跑到三财主家里，看见十宝端坐在自家炕上，面带微笑，问大老二："有什么事？"

大老二说："十宝，你吓死我家的人了，以为你出什么事了。你没事吧？"

十宝说："本仙来去自如，担心什么，这不好好的吗？你爹的病，三天之内会见好。"

大老二说："真会这么灵验？"

十宝说："当然。"

大老二粲然一笑，离开三财主家，心想十宝的能耐这么大，爹的病有救了。

听说大财主病了，八只眼本想去看一眼，可大石崖下的三个脚印让他寝食难安，所以打算过两天再去看。多日来一直困扰他的事初现端倪，他既兴奋，又困惑。兴奋让他燃起希望之火，困惑令他不知如何深入了解，只好走一步看一步。

晌午，天热如火，八只眼锄了半晌地，扛着锄头回村。路过六狗门口时，他把锄头放在大门口，走进六狗的院子。院子里静悄悄的，他走到窗户前，往屋里瞧了一眼，看见六狗和父母都在睡觉。天热，人们容易犯困，再说还没到做饭的时候，村里人这时都有休息一会儿的习惯。他本想进屋坐一会儿，看到屋里的人都在睡觉，打消了进屋的念头，回过头扫视了一下院子，看见他曾经在里面发现乞丐鞋的那堆柴禾，经过这段时间的使用，已经少了不少。他走近柴禾旁，用脚轻轻撩起柴禾，低头看柴禾下面有没有东西，结果并没有看到他想要找的东西。

八只眼离开柴禾堆，扫视着院子里的其他地方，看见水井架静静地伫立着，花坛里的西红柿红红的，海南花红红的，韭菜绿绿的，葱绿绿的。他走向曾经被二财主挖出几块银元的厕所，看见极其简单的厕所里，除了一个茅坑，两只茅桶，一股臭味，别无他物。他不像二财主掘地三尺找夜光杯，他要找的不是宝贝。他走出茅房，看到墙根扣着一个大瓷盆，他想打开看看，又犹豫起来，担心六狗家的人发现后责备他。他走到窗户下，瞅了一眼屋里，看见屋里的人依旧酣睡，于是大胆走到墙根，一把掀起瓷盆，见里面空无一物，又轻轻放下盆来。他又扫视四周，除了一把扫帚，几把锄头，一棵枣树，没有别的。他只好失望地走出院子，扛起锄头回家。

八只眼走到半路，又想到四羊家看看。他扛着锄头走进四羊家的院子，听见屋里有人说话，便走到门口，把锄头放在门外，走进屋里。他看见四羊在睡觉，四羊的父母在说闲话。看见八只眼走进来，四羊爹说："什么风把你吹来了？"

八只眼说："锄地回来，进来坐一会儿。"

四羊爹说："大热天锄地，受罪。谁让我们是受苦人，我也刚锄地回来。"

八只眼坐在炕楞上，打量着地上的大瓮。靠墙一溜大瓮，大瓮间只看见一把斧头，再没有别的东西。闲坐一会儿，八只眼出门，扛起锄头，边走边瞅着院子里的犄角旮旯，也没有发现他要找的东西。他有点失望，但转念一想，谁会把可以作为证据的东西放在人眼前呢？自己煞费苦心去找，无异于大海捞针。他本想绕道五虎家看一眼，立刻打消了念头，扛着锄头回家。回到家里，刚放下锄头，猛然想起上次无意间在七颗心院外的草丛里发现了自己要找的鞋。不过，那毕竟是凑巧的事，如果再去也会那么凑巧吗？想到这里，他不顾烈日烘烤，转身离开家，向七颗心家走去。他走到七颗心院外的

草丛旁，看见四周无人，便用手拨开草，仔细寻找起来。他找遍了每一棵草，结果一无所获，只好带着满头大汗回家。

八只眼渴望找到那三双鞋，哪怕找到其中的一双也好，可到哪里去找呢？

86

二财主被打，七颗心一直心系施暴的人，因为他知道他们手中一定有东西，否则不会去藏东西。他的怀疑对象无非是四羊、五虎和六狗。二财主强行向六狗索宝未果，因此七颗心不再关注六狗。他曾经多次寻找机会，想在四羊身上捞到好处，无奈四羊的防范铁通一般，让他无法下手。他一向惧怕五虎的威慑，因此从来没敢打五虎的主意。最近几天，他实在按捺不住内心的躁动，想在五虎身上碰碰运气，可一直没有付诸行动。这让他焦躁不安，总对婆姨发脾气，婆姨骂他为了财宝发疯了。

内心焦躁的人岂止七颗心，八只眼也是如此。他本想早点去看大财主，给大财主带去找到线索的好消息，可费了一番功夫，只找到一个线头，找不到鞋的踪影，对鞋的主人一无所知。他找机会到五虎家里寻找鞋，也是空手而归。他十分困惑，十分焦躁，不知道如何继续寻找那三双鞋及其主人。他想另辟蹊径，从人身上打开缺口。有一次，他对五虎说自己拓下了打二财主的三个人的脚印，想看五虎的反应。五虎不以为然，认为那又怎么样，找到人才算数。八只眼声称掌握了鞋的大小，顺藤摸瓜，一定能找到踩下鞋印的人。五虎嘲笑他为了一点赏钱，快折磨出毛病了。八只眼从五虎口中没有探出半点口风，就采用同样的办法找四羊和六狗探口风，依旧没有一点收获。

八只眼在村里转了一圈，找遍各个角落，企图找到他期盼的鞋，结果无功而返。正在他一筹莫展的时候，在回家的路上遇到了七颗心。他灵机一动，拉住七颗心，说有悄悄话说。七颗心嘿嘿一笑，说："我知道你会说什么？"

八只眼说："你莫非是我肚子里的蛔虫？说说看。"

七颗心没有说话，弯腰拾起一截树枝，在地上写了一个字：鞋。然后说："对吗？"

八只眼说："不对。"

七颗心说："不会是别的事，一定是鞋。"

八只眼说："为什么这么肯定？"

七颗心说："不为什么，凭我的感觉，你知道我的心与众不同。"

八只眼只好说："那就说说鞋的事，你有什么想法？"

七颗心说："我知道你在寻找鞋，但是没有找到，这才想到找我。不过，这鞋可不容易找，没有火眼金睛恐怕找不到。虽然你的眼多，但不是火眼金睛。"

八只眼说："莫非你能找到那几双鞋？"

七颗心说："我也没那能耐。要找那几个人的鞋？"

八只眼说："目前不知道。不过有一点可以确定，那就是村里人穿过的鞋。"

七颗心说："不知道找哪几个人的鞋，那就无法找。"

八只眼说："你的估计呢？"

七颗心说："无非是四羊、五虎和六狗几人。"

八只眼说："从脚印来看，没有一个是他们的脚印，而是别人的。"

七颗心说："不可能。难道他们会穿着别人的鞋打人？"

八只眼说："可能是这样。我找遍了全村的每一个角落，都没有找到那几双鞋，不知道他们藏在什么地方。你能找到吗？"

七颗心说："你的眼力那么好都找不到，我岂能找到。"

八只眼说："你别拿架子，我知道你有这本事。如果你能找到其中一双，我给你一份赏钱，怎么样？"

七颗心说："既然如此，那就试试，不过未必会有结果，因为他们几个人心眼多得很，一定有防范。"

其实，在八只眼拓脚印的时候，七颗心站在远处偷偷观察。他知道八只眼会顺着脚印找人。他暗中看见八只眼到处找鞋，说明他不能确定鞋的主人，或者另有所图。八只眼找不到鞋，难道自己能找到吗？尽管七颗心答应了八只眼的请求，心里却没底，但又相信自己能够找到。七颗心感到八只眼把一个难题交给自己，是对自己的信任，也是对自己的考验。不过，即使找到鞋和主人，又能怎么样。难道二财主想雪恨，才委托八只眼寻找打他的人吗？

晌午，烈日高悬。七颗心坐在自家的大门洞里，一边乘凉，一边沉思。他在琢磨着寻找对象。他首先想到了五虎，却让他不寒而栗，因为大财主在他身上碰壁，二财主可能栽在他设的陷阱里，自己也难免掉进他挖的坑里。他望而却步。他又想到了四羊，想从比狐狸都狡猾的四羊手里弄到鞋，恐怕比登天还难，因为此前他曾企图在四羊的院子里找到藏匿的宝贝，不仅没有找到，反而遭到四羊的暗算。最后他想到了六狗，虽然六狗手里不会有宝贝，他会跟五虎一起暗算二财主，因为他跟二财主有仇。想从六狗手里找鞋，也非易事，因为他和六狗曾经交锋，结果败在六狗手里，使得三财主不再信任他。如此一想，仿佛狗咬刺猬无法下口。想到八只眼答应给他赏钱，他只好碰碰运气，兴许有意外收获。

七颗心找遍了四羊、五虎和六狗的院子，也找遍了三人的每一块地，甚至找遍了村里的每一个角落，处处落空。看见七颗心失魂落魄的样子，婆姨骂道："看你魂不守舍的样子，像恶鬼缠身，要不要找十宝来看看，驱走你身上的恶魔？"

七颗心骂道："放你娘的狗屁！老子正常得很。恶鬼想缠我，没那么容易，我还想缠恶鬼。你少言语，老子心里烦着呢！"

婆姨看见七颗心恼怒，不敢多言语。绝境之中，七颗心想到了五虎的羊圈。五虎的羊圈，位于五虎家的地里，它是五虎的领地，仿佛也是一块禁地。这块领地里不仅圈着一群羊，还有五虎全家人躲避日本人的一孔土窑。羊圈地处偏僻，平时很少有人来，七颗心感觉这里隐藏着秘密。想到自己侵入这块领地，有可能被五虎发现，会招来不测之祸，他不寒而栗。他想起了老秀才常说的一句古语：不入虎穴，焉得虎子。七颗心做完地里的活，扛着锄头，趁着中午烈日当头，村里人休息之机，悄悄向五虎的羊圈走来。

突然，七颗心感觉头皮发麻，打了一个冷战。他十分奇怪，如此热的天，怎么会打冷战，莫非是不祥之兆？他不由得停下脚步，犹豫起来。他站了片刻，浑身大汗淋漓，想打退堂鼓。想到顶着烈日走来，空手而归，辜负初衷，何不一搏，管它结果如何。他知道五虎是个十分敏感的人，怕五虎发现自己的踪影，于是脱下鞋，在地里拔了两把草，缠在脚上，走近羊圈。他回头看自己的脚印，只是一团模糊的草印，心里不禁一笑。他先到羊圈口看了一眼，看见幽暗的羊圈里除了一团幽暗和一股臭气，别无他物。他又走到那孔躲避日本人的土窑前，往里瞅了一眼，只见不值一看的几件杂物。他又走到羊圈的四周，到处查看。在一丛蒿草前，他停下脚步。这丛蒿草位于一个土畔，土畔下面是几丈高的土崖。蒿草十分茂盛，手够不着，他用锄头小心拨开蒿草，没有发现什么。他弯腰往蒿草下面瞅了一眼，发现蒿草下面有一个雨水冲出的小洞。他把锄头伸进小洞，搅了一下，感觉里面有东西。他小心翼翼地把里面的东西勾出来，居然是一只鞋。他欣喜过望，又把锄头伸进去，一连勾出四只鞋。他比对一番，发现是两双鞋。他从每双鞋中各选一只留下，把另外的两只鞋用锄头勾着放回原处。

七颗心绕道回到村里，走进八只眼的家里，把两只鞋摆在八只眼的面前，让八只眼鉴定。八只眼拿出一沓拓下的鞋印，挑出几张比对。八只眼惊奇地发现，有一只竟与其中的一个鞋印相同，他开心地笑了。他没想到七颗心真有一手，大财主都栽在五虎手里，他却可以从五虎那里得到有价值的东西，他庆幸自己的计谋成功了。其中一只鞋正是八只眼踏破铁鞋无处找的鞋，因为这只鞋跟二财主挨打有关，也跟大财主的宝贝有关。

七颗心看见八只眼脸上现出笑意，也开心地笑了。他看出了八只眼的鉴定结果，只待从八只眼手里领取赏钱。

87

黄昏，五虎赶着羊群回到羊圈，把羊赶进羊圈，关好圈门，放好防狼的酸枣枝，转身准备回家，无意间往自己熟悉的那丛蒿草瞅了一眼，发现有点异常。他仔细看，发现蒿草附近有明显的踩踏痕迹。他赶紧走到蒿草跟前，看到好几个踩踏的痕迹，却看不出明显的脚印。他马上意识到，一定有人来过这里，顿生不祥之感。他用羊铲拨开蒿草，低头看里面有没有东西，结果看见一只鞋头。他舒了一口气，这才放下心来，庆幸自己藏在里面的东西还在。

回到村里，五虎吃完晚饭，出去串门，见到了四羊。五虎跟四羊提起有人去他的羊圈，在他藏鞋的蒿草边留下脚印。四羊突然想起刚才看见七颗心的时候，七颗心的眼神有点异样，当时并不明白七颗心的心思。现在听五虎一说，四羊觉得不对劲，问道："你敢肯定鞋在吗？"

五虎说："我都看见鞋头了，能不在吗？我藏的地方安全，神不知鬼不觉。"

四羊说："别那么自信，说不定你被别人耍了，还高兴得屁颠屁颠。"

五虎说："我会那么傻吗？"

四羊说："不一定。别以为自己最高明，明天去羊圈仔细看一下，看有没有问题。"

五虎说："我会看的。不过，七颗心不敢打我的主意，除非他吃了豹子胆。"

四羊说："我知道他怕你。有时候老鼠也会咬人，不小心会让你中鼠疫。小心驶得万年船，对不对？这不单是你的事，还关系到我们。"

五虎说："我明白，明天我会仔细看。七颗心有没有异常行动？"

四羊说："没有发现。"

五虎说："别人有没有？"

四羊说："没有。"

第二天上午，五虎拿着羊铲，边走边唱，一路来到羊圈，似乎把昨天四羊说的事抛在脑后，其实他牢记在心里。到了羊圈，他赶紧走到藏鞋的蒿草边上，用羊铲拨开蒿草，把羊铲伸进蒿草下面的小土洞里，凭着手感寻找洞里的鞋。他摸索了一会儿，只摸索出两只鞋。他继续摸索，感觉里面空荡荡

的。他有点不相信自己的感觉，因为明明藏进去四只鞋，怎么只剩下两只鞋？他查看蒿草的周围，只见蒿草距离地面五六尺，人够不着，蒿草的下面是几丈高的绝壁，蒿草左右两侧距地面足有七八尺，没有比较长的工具根本够不着。他没有发现明显的寻找行为，只看见地上模模糊糊的脚印。他看出脚印经过伪装，此人来此一定是为了找鞋。洞里到底还有没有鞋，他必须弄清楚。他又用羊铲找了一通，还是没有找到鞋。直觉告诉他，鞋被人偷走了，他不由得骂了一声："狗东西！"

他查看了一通模糊的脚印，想辨认出鞋的大小，但实在看不清楚。他知道发现这个秘密的人一定不是村里平常的人，而是极有心机的人。他感觉自己的秘密被发现，心中恼怒，决心找到发现这个秘密的人。他想到了昨晚四羊的话，他把怀疑的对象集中在七颗心身上，他认为只有七颗心这样的人才可能发现他的秘密。七颗心寻找两只鞋干什么？他拿走了不同的两只鞋，而不是同一双鞋，其中必有奥妙。七颗心不喜欢识辨脚印，拿走鞋有什么用？既然他拿走了不同的两只鞋，必定有用处，一定想从鞋找到人，而能识别鞋的人不是七颗心而是八只眼。五虎认为他们无法从鞋辨认出主人，这双鞋对他们没有多大的用处。五虎偷偷地笑了。他拿着羊铲，唱起小曲来。听见五虎的小曲，羊圈里的羊"咩咩"叫起来。

当五虎走进八只眼家的院子的时候，八只眼正在大口吃晚饭。八只眼抬头看见五虎，打了个招呼，继续低头吃饭，因为他干了一下午重活，又累又饿。他心里明白五虎的来意，只等五虎开口。八只眼吃完饭，用手抹了一把嘴，把碗放在地上，向婆姨喊了一声："出来拿碗！"

看见婆姨出来拿碗，八只眼和五虎一起走出院子。二人一起走到天官庙下，坐在台阶上乘凉。这段时间，日本人不太嚣张了，村里人的心渐渐平静下来，人们的脸上渐渐现出了喜色。七颗心知道五虎有话要说，所以约他来这里说话。夜色渐近，天官庙下十分宁静，可以看见远处晚霞隐退，山尖、树木变成剪影，可以听到附近村子传来的人语犬吠。二人摸出各自腰间的旱烟袋，咝咝抽起来。

八只眼说："日本人消停了，我们不用心惊胆战了，还是太平日子好。"

五虎说："太平日子也不太平，昨天有人到我的羊圈去了。"

八只眼故作惊讶："谁去的？去做什么？"

五虎说："天知道是谁，天知道他去做什么。"

八只眼说："既然去了，一定有意图，哪会无缘无故地跑腿。留下脚印了吗？"

五虎说："如果留下脚印就好了，只留下几个模模糊糊的骆驼蹄子般大小的脚印，根本无法辨认是谁的脚印。太奸猾了！你说这样奸猾的人，会是谁？”

八只眼说：“不知道。因为我看不到脚印，无法断定是谁。你丢东西了吗？”

五虎说：“羊圈最值钱的东西是羊，羊倒是没有丢，丢了无关紧要的东西。”

八只眼说：“丢了什么？”

五虎说：“两只破鞋，本来预备着用它擦铁锹，不想这么不值钱的东西，有人居然看在眼里，也许这人另有所图。”

八只眼说：“是你自己的鞋吗？”

五虎说：“不是，是在村里随便捡来的。”

八只眼说：“真是村里的吗？”

五虎说：“这还有假吗？难道我会到别的村捡两只破鞋回来吗？”

八只眼沉吟一声，知道五虎的话是假话，便不再追问。其实，他知道这两只鞋一定是五虎从外村捡来的。那么，这两只鞋是五虎和六狗穿过的鞋，还是五虎和四羊穿过的鞋，他无法断定。如果能确定，那么暴打二财主的人和偷走大财主宝贝的人也就知晓了。

五虎说：“依我看，这两只鞋极有可能是七颗心拿走了，别人没有这个本事。你说呢？”

八只眼说：“我看重的是证据，没有证据，我不能随便说，尽管我们的关系很好。”

五虎看出八只眼不愿意证实他所猜测的人，只好作罢。他们闲聊了一会儿，五虎告辞八只眼，去找四羊和六狗。五虎走到六狗家里，六狗正坐在院里抽烟，几句闲话之后，五虎把六狗拉到院子外面，低低地说：“我羊圈藏的鞋被人拿偷了。”

六狗有点惊讶，说：“那么隐蔽的地方，恐怕只有神仙才会知道，难道这人跟神仙一样厉害吗？”

五虎说：“我看差不多。你说谁有这么大的能耐？”

六狗低头沉思了一会儿，说：“依我看，只能是七颗心，他的心眼比神仙的心眼都多。”

五虎说：“我也这么想，可八只眼不愿证实。”

六狗说：“他只知道看脚印，没有脚印，他只有一只眼，其余七只眼都没了。”

五虎笑了，说：“没想到你能说出如此精辟的话，我要刮目相看了。”

六狗得意地笑了，说：“你以为我傻吗？我不过胆小一点而已，我心里明镜似的。七颗心拿走两只破鞋做什么？”

五虎说："不知道。不过，这两只鞋涉及二财主，拿走鞋的人一定是想讨好二财主的人。依七颗心的奴性，他就是这样的人。"

六狗说："只要有好处，让他去吃屎也不拒绝，他是个利欲熏心的贱人。过去为了从三财主那里得到一点赏钱，把我害得好苦。他一定以为我打了二财主，因为二财主毒打了我。不过，八只眼也在讨好二财主，你要注意他，不要被他的话迷惑。"

五虎说："你的话有道理。难道找到打二财主的人，七颗心能得到好处吗？"

六狗说："当然。你想，二财主被打，一定想找到打他的人，拿出几个赏钱是理所当然的。为了几个赏钱，七颗心不择手段，也是理所当然的。八只眼也不例外。"

五虎说："你的分析有道理，我们一起去找四羊，看他有什么想法。"

二人向四羊家走去。

88

七颗心从八只眼那里得到证实，他从五虎羊圈偷来的鞋居然和八只眼拓的两个脚印相同，从而证明了打二财主的三人中，一人就是五虎，这让他如获至宝，欣喜若狂。他自信，在村子百十号人中，自己是人杰。既然找到了有用之物，何苦让它束之高阁，应该物尽其用，充分利用其中蕴含的信息，既不浪费自己的苦心和才智，还可以得到些许好处，至少可以得到别人的几句美言。如此一想，七颗心走出家门，跑到二财主家里。

大热天，二财主蜗居炕上，筋骨之痛且不说，莫名其妙挨打，着实窝火。心里窝火，身体上火，眼赤，嘴唇起泡，口干舌燥。七颗心进门，看见二财主如此上火，知道由心火而发，不禁产生怜悯之心。二财主看见自己这副样子，既恼火又惭愧，宁愿自己暗暗受苦，不愿意村里人来看，觉得让人瞧自己的苦相丢人现眼。

七颗心看见二财主面带愧色，劝慰道："遇事不必着急，着急就会上火。凡事总有个了结，不是不结，而是时间未到，时间一到，自然会有分晓。看你上火的样子，心里不好受。我家院子里栽着一株黄连，是从十一指那里移栽过来的，我马上回去给你揪几片叶子来，先清清火，怎么样？"

二财主看到七颗心如此热心，心里有几分感动，说："这几天的确很难受，如果能清清火，我会好受一点，麻烦你回去一趟。"

听到二财主发话，七颗心仿佛得了圣旨，立马出门，身后留下一句话：“我马上就回来。”

一会儿，七颗心手里拿着两片硕大的大黄叶子返回来，对二财主的婆姨说：“拿一片叶子熬了给二财主喝，保证明天早上二财主神清气爽，内火祛尽。虽说我没有十一指治病救人的本事，但知道大黄的好处。”

二财主的婆姨从七颗心手中接过大黄叶子，马上烧水熬药。二财主咂巴着干裂的嘴唇，似乎他的内火立马就可以去掉。看见二财主喜形于色，七颗心坐在一把椅子上，打开了话匣子：“我不仅可以祛除你的身火，也可以祛除你的心火。”

二财主惊奇，说：“我有什么心火？”

七颗心笑着说：“你莫名其妙挨打，知道谁打了你吗？”

二财主说：“不知道。”

七颗心说：“你不想知道是谁打了你吗？”

二财主说：“当然想。”

七颗心说：“这不就是你的心病吗？你的心火由心病而发，身火由心火而发。”

二财主说：“我的运气不好，也怪我自己。”

七颗心说：“怪自己？”

二财主欲言又止，七颗心看出他有难言之隐，没有继续追问，只淡淡地说：“打你的人，我知道其中之一。”

二财主说：“谁？”

七颗心说：“五虎。”

二财主说：“我跟他无冤无仇，他竟然对我下毒手，真是虎狼之心。你怎么知道是五虎？”

七颗心说：“我从他的羊圈捡到两只鞋，让八只眼鉴定了一下。八只眼拓下了打你的人的脚印，这两只鞋正好与八只眼拓下的脚印吻合。鞋是从五虎羊圈捡来的，五虎能脱干系吗？八只眼的眼睛赛过孙悟空的火眼金睛，不会有错的。”

二财主捶胸顿足，骂道：“狗日的五虎，不得好死！”

二老二听了，立刻操起一把板斧，说：“爹，我去劈了五虎！”

七颗心看见二老二操起板斧，大吃一惊，脸色骤变，他担心出命案，给自己惹祸。

二财主说：“放下！你要犯人命案吗？浑小子。乖乖在家待着，君子报仇，十年不晚，怕没有机会收拾他吗？”

听了二财主的话，二老二放下了板斧，嘴里骂骂咧咧，七颗心这才放下

心来。

二财主说："你知道另外的两个人是谁吗？"

七颗心说："不知道。八只眼也不知道。"

本来，七颗心想说出他心里猜测的另外两个人，怕惹出大祸，只好埋在心里。

五虎和六狗一起找到四羊，四羊听说五虎藏起来的鞋被人拿走，知道事情不妙。五虎让四羊分析一下，是不是七颗心拿走了鞋，他的意图是什么？

四羊说："七颗心是诡计多端的人，极有可能是他拿走了鞋，别人拿一双破鞋有什么用。既然他看中的是鞋，必然会在鞋上做文章。他的目的是什么？六狗认为他要从鞋找到打二财主的人，从而得一点好处，我认为六狗的话有道理，因为七颗心本是一个见钱眼开的人。他不会看脚印，拿到鞋有什么用？除非去找八只眼，否则毫无用处。"

六狗说："四羊的话有道理，我没有想到七颗心与八只眼相互勾结。五虎，你说呢？"

五虎说："你们的话都有道理，我笨，没有想这么多。你们看见七颗心找八只眼了吗？"

四羊和六狗齐声说："没有。"

三人陷入沉思，都觉得蹊跷，七颗心怎么会不找八只眼呢？

四羊说："七颗心一定找过八只眼，只是我们没有看见而已。五虎跟八只眼关系好，不妨探探八只眼的口风。"

五虎说："好。"

八只眼从七颗心拿来的鞋确定了毒打二财主的人，心里很高兴。同时，他还得到了一个意外的收获，其中一只鞋恰好与大财主丢失夜光杯时烟囱旁边留下的脚印相同，意外的收获让他高兴得像个孩子欢笑不止。他断定五虎必是打二财主的人之一，其余二人极有可能是四羊和六狗。那么，偷大财主夜光杯的人必定是他们之中的一人。这一个人会是谁呢？通过鞋与鞋印比对，他发现其中一只鞋的大小与五虎的脚的大小一样，这只鞋与大财主烟囱旁留下的脚印不同。这样，他断定偷大财主夜光杯的人不是五虎，而是其他人。从七颗心拿来的另外一只鞋的大小看，跟四羊和六狗的脚大小差不多。如此看来，四羊和六狗必居其一。

八只眼要去大财主那里报喜，走到半路，被五虎拦住。五虎看见八只眼兴冲冲的样子，说："你去做什么，这么高兴？"

八只眼说："想去看大财主，他生病后我还没有去看过。邻里邻舍，不去看看，心里过意不去。"

五虎说："那个老东西，我恨死他了，恨不得他今天就死去，他几乎夺走了我的命。”

八只眼说：“那是你们之间的恩怨，恩怨宜解不宜结，慢慢淡忘吧。我可以劝劝大财主，让他以后不要加害你。”

五虎说：“他仗势欺人，恶毒至极。狗改不了吃屎，那会发慈悲，除非太阳从西边出来。”

八只眼说：“我知道江山易改本性难移，不过，一个村里人，低头不见抬头见，少结恩怨好。”

五虎说：“听说七颗心找过你，有这回事吗？”

八只眼一惊，略迟疑，说：“没有。他找我有什么事。”

五虎说：“真没有？”

八只眼说：“没有。”

观察八只眼的表情，五虎感觉八只眼没有说实话，他怀疑其中有隐情，于是说：“你去忙吧。”

八只眼离开五虎，快步走到大财主家。大财主坐在炕上的被褥上，精神萎靡，脸色苍白，头发比前几天更白了。看见八只眼走进来，大财主面含羞涩，说：“你看我人不人鬼不鬼的样子，活着有什么意思。前几天还活蹦乱跳的，现在成了一个活死人。”

八只眼坐在炕楞上，靠近大财主，说：“看你气色不错，你的病会好的，不要灰心丧气。人是吃五谷杂粮的动物，谁不生病。再说，你有富贵相，神仙会照顾你的。”

听了八只眼的话，大财主脸上露出一丝笑意，用能活动的那一只手把没有知觉的那只手移动了一下，现出一副无可奈何的样子。

八只眼说：“听说你吃了十一指的药，管用吗？”

大财主说：“吃了几服药，不太见效，所以又请十宝来看。”

八只眼说：“十宝看后怎么样？”

大财主说：“似乎有点好转，但是不太明显。哎，谁知哪年哪月才能好。不知道前世我做了什么缺德事，今世才遭到这样的报应。”

八只眼说：“既来之，则安之，不要着急。俗话说：病来如山倒，病去如抽丝。你吉人天相，不会有危险。我今天来，一来看看你的身子，二来给你带来一个好消息。”

大财主说：“什么好消息？”

八只眼说：“偷你宝贝的人，有了眉目。”

大财主说：“谁？是五虎吗？”

八只眼说：“不是。是别人。”

大财主听到这个好消息，两只手挥舞起来，说：“我的宝贝要回来了！”

大财主的婆姨看见大财主挥舞双臂，惊呆了。

89

没想到八只眼探望大财主引起了村里的骚乱，八只眼冷眼旁观，村里人却乱作一团。没想到八只眼的一则好消息，让半身不遂的大财主手之舞之，足之蹈之，不仅能自如地挥动胳膊，婆姨还扶着他下地走了好几步。婆姨情不自禁，哈哈大笑，连说病好了病好了；大财主情不自禁，嘤嘤哭泣，老泪纵横；大财主的两个儿子面带微笑，笑个不止。大财主骤然好转的消息不胫而走，村里人纷纷来看稀奇，大财主的院子里，屋里，人头攒动，闹市一般。

十一指听到大财主好转的消息，也跑到大财主家，因为这段时间大财主一直在吃他开的药。十一指进了大财主的门，挤开众人，挤到炕边，拉着大财主的手，笑呵呵地说："看见你康复，我真高兴。我的这一个指头真没有白长，身有奇异之处，必有奇异本领。像你这样的病，谁能这么快治好呢？妙手回春，功劳全在这一个多余的指头上。"

十一指说完，哈哈大笑，众人也跟着哈哈大笑。

众人的笑声刚止，门外传来话音："贪天之功为己有，这是我的功劳，那是你的功劳。"

众人回头，看见十宝满脸怒气，怒视着十一指。十一指收住笑脸，迷茫地盯着十宝，说："大财主一直在吃我开的药，是我的药起了作用，是你神魔的作用吗？"

十宝说："你的药没有作用，大财主才请我看病，明明是我的魔法起了作用，偏偏要把功劳归于自己，害臊不害臊？"

十一指说："中药流传了几千年，治好了很多人的病，你那神魔在骗人，没有丝毫作用。"

十宝说："中药流传了几千年，神魔不也流传了几千年吗？村里好多人的病不是我治好的吗？你那十一个指头，能绣出什么好花。"

看见十一指和十宝唇枪舌剑，互不相让，有人说："我看是人家大财主福大命大，病才好得那么快，你们不要争功劳了，人好了就好。"

十一指和十宝依然互不服气，依然怒视着对方。看见二人怒目相视，有人打趣道："要说功劳，是人家八只眼的功劳，那是你们的功劳，是人家八只眼的一席话激活了大财主的身子。"

有人说："此话有理。"

大财主高兴，当着众人的面说："你们别争了，你们三个人都有功劳，各赏银元十块。"

众人一阵欢呼。

七颗心看见大财主大发慈悲，赏了三人各十块银元，垂涎欲滴。看到三人接过白灿灿的银元，他眼睛睁得溜圆，口水直流，心跳加快，呼吸急促，恨不得将银元夺过来揣入自己怀里。回到家里，他倒在炕上，灰心丧气，没有一点精气神。婆姨看见他像掉了魂一样，不知怎么回事。七颗心一言不发，唉声叹气。知夫莫如妻，婆姨知道他受了刺激，心里不平衡，劝道："别看见别人手里的银元就眼馋，没有银元不也照样过日子吗？生死由命，富贵在天，不要过分追求。这年月，能保全家平平安安就不错了，不要时时刻刻做发财梦。"

尽管婆姨的话很有道理，却难以慰藉七颗心受了刺激的心，他感叹自己命运不济，事事落在人后，日子过得紧紧巴巴。一阵颓废之后，他一个鲤鱼打挺，猛然坐起来，走出门外。他走进三财主的院子，看见三财主在扫院子，知道他已经康复了。看见七颗心进来，三财主赶紧扫完院子，坐在台阶上陪七颗心说话。七颗心告诉三财主，有可靠证据表明四羊、五虎和六狗是暴打二财主的人。三财主听后十分惊奇，不明白这几个人为什么要毒打二财主。七颗心说道理很简单，一是为六狗雪恨，二是警告二财主别打他们的主意。由此可以说明，他们几人手里一定有东西，否则不会设计教训二财主。

三财主暗想，二财主如此精明的人，由于寻宝心切，也掉进了五虎挖的陷阱。为了贪人钱财，吃了哑巴亏，徒有精明。当他听说五虎手里有东西，又勾起了他的财瘾。他跟七颗心说，五虎的宝贝来路不正，是昧心财，不应该归他所有，应该设法夺过来。七颗心来找三财主，正是想从五虎身上捞取宝贝，想跟三财主联手，让五虎尝苦头。二人气味相投，于是密谋起来。

十宝得了大财主的赏钱，高高兴兴回到家里，看见七颗心正与爹密谈，低声问："你们在说什么？"

七颗心说："你知道五虎几人为什么要打二财主吗？"

十宝略加思索，说："无非是教训一下二财主，报仇雪恨。"

七颗心说："你只说对了一半，还有一层意思你没想到，那就是五虎几人提醒二财主别从他们手里夺宝贝，因此给二财主设了一个陷阱，二财主不留神掉了进去。这说明五虎几人手里有宝贝，二财主和大财主的宝贝很可能都在他们的手里。"

十宝曾经盯梢六狗，终无所获；也曾觊觎四羊，无功而返；对于五虎，他只知道爹念念不忘，而他却没有念想。十宝为什么对五虎没有念想？一是有点惧怕五虎的横，二是没有依据证明五虎手里有宝贝。至于五虎口口声声声称自己手里有宝，初时十宝有几分相信，听得多了就不在意了。家道衰落，致使他手头拮据，总想捞一点意外之财。七颗心的话燃起了他的欲火，他跃跃欲试。

十宝说："你能肯定五虎手里有宝贝？"

七颗心说："当然，只是没有良策找到他藏宝的地方。"

十宝说："三个臭皮匠赛过诸葛亮，我们几人合计一下。我看再狡猾的狐狸也会露出尾巴。"

三财主说："过去我猜测他把宝贝藏在羊圈，可找不到，看来他把宝贝藏在别处。他把羊圈看得死死的，不过是个幌子而已。"

七颗心说："五虎的羊圈我没有仔细找过，却找到了他藏得很隐蔽的鞋。如果他把宝贝藏在羊圈，逃不出我的手心。"

十宝说："你那么自信？"

七颗心说："当然。他的心再多，没有我的心多。再说那么简陋的地方，藏不住秘密，只怕他把宝贝藏在别处。"

三财主说："你估计他会把宝贝藏在哪里？"

七颗心说："不知道。需要仔细寻找。"

老秀才听见三个人的谈话，插了一句："狡兔三窟，知道吗？五虎不是等闲之辈。不过，你们不要贪人财宝。五虎盗人财宝，是他的错，你们不要错上加错。谋人者必自谋。"

七颗心听了老秀才的话，呵呵笑了，说："你老人家的话没错。如果五虎没有这一手，现在是个两手空空的穷光蛋。至于谁错谁对，没有评判标准，你老人家别多操心，认真读你的书就是了。"

老秀才摇头，摇掉了鼻梁上的老花镜，引来几人的哈哈大笑。

三财主说："我们多费心，仔细找找，兴许能找到宝贝。"

七颗心说："好。"

五虎听说八只眼的一句话让大财主高兴万分，居然让大财主的中风病好了。五虎不解，八只眼说找到了偷大财主宝贝的人，他从哪里找到证据？他找到了四羊，跟四羊一起探讨八只眼的话。对于八只眼的话，不仅五虎不解，四羊也很费解。

五虎说："八只眼花费很多精力，一直没有找到偷大财主宝贝的人，现在突然说找到了，他真的找到了吗？"

四羊说："未必。他说此话的原因可能来自七颗心从你羊圈偷来的那两只鞋，八只眼可以通过比对这两只鞋确定打二财主的人是谁。这两只鞋是你和六狗穿过的鞋，八只眼至少可以确定你是打二财主的人之一，至于另外一个，他可以根据鞋的大小，做出大概的推测。兴许其中的一只鞋，跟大财主的失宝案有关联。”

五虎说：“难道我和六狗之中，有一个人偷了大财主的宝贝？”

四羊说：“根据八只眼的推测，可能是这样。”

五虎说：“天哪！我都糊涂了。我没有偷大财主的宝贝，难道是六狗偷了吗？”

四羊淡然一笑，不置可否。五虎陷入迷茫之中，他想探探六狗的口风。

90

五虎听说村里的几个能人得了大财主的赏钱，心里暗暗骂道，你们那算什么本事，不就是得了几个小钱吗？如果有本事捞大钱，那才算真正的男人。五虎随便一想，早上起来去锄地，回家吃饭后扛起放羊铲，唱着小曲离开村子。太阳热辣，五虎把羊赶到一面土坡上，羊低头吃了一会儿草，便直往背阴地里跑。五虎骂道，刚吃了几口草，你们就不想吃了，难道你们等着我喂你们吗？你们不是吃奶的孩子，还要人喂吗？他摸摸自己头上的汗，抬头看一眼毒辣的太阳，明白羊不吃草是嫌天太热。五虎心疼羊，赶着羊下山，到沟里找水饮羊。羊低着头喝水，对面土坡上窜出一只兔子，五虎铲起一颗石子，铲子一扬，兔子骨碌碌从坡上滚下来。五虎赶紧跑过去，从地上捡起兔子，说：“可怜的小东西，你怎么会死在我的羊铲下。你不请自来，怨不得我，我吃了你，才算对得起你。”

中午，五虎羊铲上挑着兔子回到家，把兔子的皮剥掉，然后吩咐娘把兔子放锅里炖，准备晚上吃。五虎寻思，偌大一只兔子，何不让众人享用，于是想到了四羊和六狗。他找到四羊，说自己打死了一只兔子，晚上来尝几口，可惜没有几口酒。四羊说不用你操心，你只管炖好兔子。五虎心里惦记着锅里的兔子，太阳刚落山就回了家。五虎正想去叫四羊，六狗手里拿着多半瓶子烧酒走进院子。五虎笑着对六狗说：“一副狗鼻子，真灵！”

六狗说：“你别忘记，我本来就是一只狗，要不为什么叫六狗。”

五虎说：“正愁没有酒，有几口酒就着吃，才能吃出肉味。你看见四羊了吗？”

六狗说：“这么好的事，他不会误过，都半年没有沾膻味了，谁不想解馋。”

两人正说话间，四羊手里拎着少半瓶烧酒跑来了，边跑边说：“炖好了吗？”

五虎说："一只嫩兔子，好炖，早炖好了。"

三人一起把兔子肉一块一块撕下来，一部分给五虎的家人吃，一部分端来就着酒吃。四羊说："五虎，你的运气真好，活蹦乱跳的兔子连狗都很难逮住，却落在你的手里，真是天上掉馅饼。"

六狗说："人的运气好，狗都往茅坑里撒尿，地里不愁没粪。"

四羊说："运气好了，什么都挡不住。"

三人把酒倒在三只碗里，各自端起酒碗，一起祝贺五虎的好运气。六狗喝了一口酒，说："村里那几个小气鬼，得了大财主的好处，也不买几口酒喝，真屌毛。"

五虎说："他们就有捞小钱的本事，有本事捞笔大钱，他们行吗？"

四羊说："你别小看那几个人，各有神通，能在大财主身上捞钱，够厉害的。"

六狗说："我最讨厌八只眼，凭着自己的一点小聪明，跟在几个财主的屁股后面舔人家的屎吃，不嫌恶心。"

五虎说："听说八只眼报告大财主好消息，他从哪里找到证据？"

六狗说："听说是鞋，恐怕就是五虎丢的那两只鞋。那两只鞋是五虎和我的，反正我没有偷大财主的宝贝，随他怎么说。"

四羊说："如果真是以那两只鞋为证据，你们二人之中必有一个人是贼。贼的名声不好听不说，还可能惹火烧身，你们小心点。"

六狗说："那两只鞋是我和五虎的，你倒脱了干系，你的运气真好，就我的运气背，总让他们抓把柄。"

五虎说："没什么好怕的，没做亏心事不怕鬼敲门。你没偷，我也没偷，他们有本事来家搜，看能不能搜出来。不过，到底是谁偷了大财主的宝贝？为什么我俩做冤头？是不是四羊偷了人家的宝贝？"

四羊说："我有心无胆，再说也没有那么大的本事。不过，大财主那么厚的家当，应该出点血，可惜我喝不着。"

五虎说："如此说来，咱三人都没有偷大财主的宝贝，我得找八只眼问明白，凭什么让我们背黑锅。"

六狗说："你跟八只眼的关系比较好，只有你去辩白，我可不想让他再找我的麻烦。"

五虎说："我问过八只眼，他不愿意说，他为了得赏钱，不会顾及我们的情面。"

酒香飘出五虎的院子，在村里绕来绕去。七颗心闻到酒香，口里噙着烟袋走进五虎的院子，老远就喊："有好事也不吱声，自己在家偷着喝酒，邻里邻舍，不够意思。"

五虎说："哪来的馋猫，鼻子太灵了。"

七颗心进屋，看见几个人在喝酒，炕桌上只剩几块兔子肉，只有五虎的碗里还有一点酒，说："只有残席了，我的运气不好。"

四羊说："你不是已经赶上了吗？你的运气向来不好，恐怕不只这一次。"

五虎让七颗心坐下来，把自己的酒碗递给七颗心，说："喝两口，也算你没有白来。"

七颗心也不谦让，端起酒碗，一饮而尽，摸摸嘴巴，说："好酒，好酒，只可惜少了点。"

六狗说："白吃白喝还嫌少，贪心不足。"

七颗心说："人生在世，吃穿二字。能多吃一点，多喝一点，毕竟是好事，谁不是这样？你们二人例外吗？"

五虎想起八只眼得银元的事，便对七颗心说："你要有人家八只眼的那点能耐，酒有的喝，何用喝我的残酒。"

七颗心说："我没有八只眼的本事，如果有的话，我也有十块银元进账。不过，八只眼十块银元里应该有我的一份。"

三人都惊了，一齐看着七颗心，希望七颗心能说明白。看见七颗心打住话，没了下文，五虎迫不及待地问："为什么有你的一份？"

七颗心摇头，说："没必要说，总之他应该给我分几块银元。"

当七颗心亲眼看见八只眼从大财主手里接过白花花的十块银元，便打定主意跟八只眼要几块银元。八只眼揣着银元回家，半路上被七颗心拦住。七颗心跟八只眼讨要银元，八只眼给了七颗心两块银元。七颗心心中不悦，说："就这几块？打发要饭的吗？不仁不义之人！"

看见七颗心不想说出心里话，四羊说："人家不愿意说，不要勉强，就让话在他肚子里憋着，他总有一天会说出来。"

七颗心说："还是四羊聪明，也许有一天憋不住，我会说出来。今天，你们休想让我说，因为这关系到一个人的名声，甚至命运。"

五虎说："你不说也罢。我知道你不愿意说，其中必定有隐情。你估计是谁偷了大财主的宝贝？"

七颗心说："我不知道，你去问八只眼，他知道。"

四羊说："强扭的瓜不甜，他不会说实话，我会打问清楚的。"

六狗吃完了最后一块兔子肉，四羊把碗底的最后一滴酒倒进嘴里，二人一起下了炕。看见酒席将散，七颗心不愿意久留，也下了炕。四人一起到了院子里，坐在门前的台阶上说闲话。突然，传来几声猪叫声，猪哼哼叽叽，叫个不休，五虎骂了一声："你找死吗？不是给你喂食了吗？"

七颗心想看个究竟，独自走到下院的猪圈前，瞅着圈里的猪。一会儿，七颗心转过头对五虎说："你的猪肥了，可以杀了。"

五虎说："它是我家的宝贝，得养得肥肥的再杀，现在不能杀。"

七颗心不解，要是别人家，这么肥的猪一定杀，为什么五虎不愿意杀？他把头伸进猪圈里，东瞅瞅，西看看。看见七颗心的行动诡异，五虎心里不高兴，说："那是我家的猪圈，你在那里瞅什么？"

七颗心听出五虎的话音不对，愣了一下，讪讪离开猪圈，嘴里喃喃："我不过随便看看，你就动气，我不看不就行了。"

四羊和六狗看见七颗心居心不良，互相看了一眼，然后一起走出院子。六狗跟四羊说："七颗心那是来喝酒的，分明是来探虚实的，小人一个。"

四羊说："你的话没错，他吃了喝了不说，还想再得点好处。"

一会儿，七颗心走出院子，直奔三财主家。三财主看见七颗心急匆匆走进门，问："有事吗？"

七颗心压低声音说："好事！大大的好事！"

三财主问："到底什么事？"

七颗心说："刚才我到五虎家，无意间瞅了几眼他家的猪圈，五虎很不高兴，依我看其中必有蹊跷？"

三财主说："会有什么蹊跷，不就是猪圈里关着一头猪吗？"

七颗心无奈地笑了，说："你不明白，十宝在家吗？"

三财主说："在。"

七颗心到隔壁叫来十宝，十宝问什么事，七颗心将刚才的话讲给十宝听，十宝一愣，思考片刻，说："猪圈里有文章。"

三财主说："胡说！猪圈里会有什么文章。"

七颗心故意不说，拿眼睛看着十宝，希望十宝能说出来。十宝明白七颗心的意思，对爹说："八只眼说找到了偷大财主宝贝的人，他的依据无非就是那两只鞋，而这两只鞋是从五虎那里找来的，说明五虎手里拿着大财主的宝贝。如果五虎的宝贝没有藏在羊圈里，一定藏在家里。猪圈是个隐蔽的地方，一有风吹草动，猪就会喊叫，家里的人就会觉察。猪圈不正是藏宝贝的好地方吗？"

七颗心高兴地说："还是十宝聪明，英雄所见略同。"

三财主将信将疑，说："即便猪圈里真藏着宝贝，又能怎么样？猪圈在人家院子里，又有猪看着，弄不到手。"

十宝说："天无绝人之路，办法总会有的，我们不妨合计合计。"

七颗心说："道高一尺，魔高一丈。我不相信我们想不出办法，三个臭皮匠，顶个诸葛亮。"

三人在屋里密谋了很久，直到夜深，七颗心才揣着兴奋的心回家。

91

四羊经过仔细分析，认为七颗心在酒桌上不愿意说出自己应该从八只眼手里分银元真相的原因，必定是他给八只眼提供了信息，否则他没有道理当着几个人的面说这样的话。四羊找八只眼问原委，八只眼闭口不说，这更加证实了他的猜测。四羊想在聪明的八只眼面前探口风，谈何容易。看见掏不出一点东西，四羊只好单刀直入，笑着对八只眼说："我来道出事情的原委，怎么样？"

八只眼说："你未必知道事情的真相，不过说说无妨。"

四羊说："这事本来与我无关，我只是澄清事实而已。我知道你是个堂堂正正的人，不会做偷鸡摸狗的事，一定是七颗心从五虎那里偷了鞋，然后把鞋交到你的手里，让你辨认鞋的主人。你把鞋和鞋印比对后，发现与盗走大财主宝贝人的鞋印正好吻合，由此你断定找到了盗走大财主宝贝的人，对吗？"

七颗心笑而不语。

四羊说："我还想问，你从七颗心手里接到了几只鞋？一只？两只？三只？四只？"

八只眼看见瞒不过四羊，只好说："两只。"

四羊说："你能断定是谁穿过的鞋吗？"

八只眼说："我只知道鞋的来路，不知道是谁穿过的。"

四羊说："七颗心从哪里弄来的鞋？"

八只眼说："这要问他。"

四羊说："你一定知道鞋的来路。你不说，我来替你说，是七颗心从五虎羊圈偷来的，对吗？"

八只眼说："是七颗心告诉你的，还是你看见了？或是你的猜测？"

四羊说："七颗心不会告诉我，我也没有看见，是我分析出来的。"

八只眼说："凭空分析是站不住脚的，你有什么依据？"

四羊说："我只依据七颗心的一句话。"

八只眼说："什么话？"

四羊说："八只眼说他应该从你手里分银元。"

八只眼笑了："原来如此。"

四羊说：“我的分析不会没有道理吧？”

八只眼笑着说：“再聪明的人也有糊涂的时候。”

四羊说：“你给他银元了吗？”

八只眼说：“你去问七颗心。”

晚饭后，七颗心在村里闲逛了一圈，感到天色不早，便悄悄溜到三财主家里。十宝早早就在家等着七颗心，看到他这时候才来，责怪他不把事情放在心上。七颗心说我来得晚是为了掩人耳目，不是对事情漠不关心。十宝觉得七颗心的话不无道理，也就不再责难。三财主惴惴不安，问：“你们到底有几分把握？”

十宝说：“八分。”

七颗心说：“五分。”

三财主叹息一声，说：“如此看来，成功的希望不大，只怕偷鸡不成反蚀把米，那就不划算了。你们三思吧。”

十宝说：“前怕狼后怕虎，什么事都做不成。有七颗心在，我不担心。”

十宝如此信任七颗心，七颗心心里甚是欣慰，他只担心十宝的侦察不可靠。白天，七颗心委托十宝去五虎的院子查看情形，为晚上行动做准备。如果他得到的情况不可靠，不仅得不到想得的东西，还会被五虎辱骂，乃至遭打。七颗心向十宝询问了有关细节，犹豫一阵后决定去一趟，即便得不到东西，也可以探一探虚实。当然，他知道从五虎手里夺宝，无异于虎口夺食。三财主看见七颗心下定决心，马上增添了几分信心，说我等着你们的喜讯。

十宝和七颗心走后，三财主走进老秀才的屋里，看见老秀才仍在灯下看书。老秀才抬头，看见儿子走进屋，说：“这么晚了，还不睡觉？”

三财主说：“睡不着。”

老秀才说：“有什么事？”

三财主说：“十宝去五虎家，不知道是凶是吉。我的眼皮直跳，跳得心慌。”

老秀才问：“半夜三更去人家干什么？莫非干偷鸡摸狗的事？”

三财主说：“十宝和七颗心觉得五虎家的猪圈里有文章，所以想去看一看。”

老秀才直摇头，说：“过去你吃的亏还少吗？你让他们也去吃亏，于心何忍？竖子不可教也！不知书不达理，只怪我没有教你多读几本书。虽说我是一介秀才，实则一介朽才。羞煞我也！羞煞我也！”

三财主看见老秀才一副羞愧难当的样子，不好意思直面老父，便回自己屋里等消息。

十宝和七颗心悄悄溜到五虎的厕所背后，想从此进入院子。五虎的院子是一个四合院，三面是窑洞，一面是瓦房，将院子围得水泄不通。偏偏厕所在院子的外面，为了出入方便，院内有一条仅能容一人通过的小巷与厕所相连，厕所垒着高高的石墙。夜晚，五虎的大门通常关得紧紧的，就连夜里偷鸡的黄鼠狼也只好从厕所进去。十宝和七颗心走的是黄鼠狼的路，他们偷偷猫在厕所的高墙底下，静听院子里的动静。

七颗心说："你敢肯定那块砖里有文章吗？"

十宝说："别婆婆妈妈的了，我说有文章就是有文章，怀疑什么。"

原来，七颗心为了做到十拿九稳，让十宝借串门之机去五虎的猪圈侦察一番。本来他想自己去侦察，怕引起五虎一家人的怀疑。十宝乘五虎出去放羊之机，溜进五虎的院子，家里只有五虎的娘。十宝向五虎的娘打声招呼，说想看看她家猪的肥瘦。十宝走到猪圈旁，只看了一眼猪，便用目光在猪圈里扫来扫去，最后看见墙上有一块砖有点异常。他想钻进猪圈看一看，不想五虎娘走过来了，他只好作罢。

十宝小心翼翼地爬上厕所的石墙，正要跳进厕所，七颗心低声说："轻一点！"

十宝说："知道。"

十宝跳进厕所后，躲在墙角听院子里的动静。他确信院子里没有动静，往厕所墙外扔了一颗石子。墙外的七颗心会意，立刻跳进厕所。十宝蹑手蹑脚钻进通向院子的小巷，示意七颗心在巷内给他看动静。十宝顺着墙根往猪圈走，边走边张望着五虎爹娘住的屋子。他溜到猪圈前，松了一口气，因为这里有一堵墙挡着猪圈，屋里的人看不见。十宝定了一会儿神，正打算抬脚进猪圈，突然听到猪"哼哼"两声。十宝悔恨，为什么不先安顿好猪，然后再下手。他的眼睛死死盯着五虎爹娘住的屋子，生怕猪叫惊动了屋里的人。他躲在墙后，瞅着门口的动静，感觉屋里的人没有动静，便从怀里掏出两把苦菜，悄悄放进猪食盆里。猪看见有青草吃，高兴极了，低头吃起来。十宝乘机纵身一跃，跳进猪圈。看见生人进来，猪抬起头，哼哼起来。十宝慌张，正想跳出猪圈，听见屋里有了动静。

在厕所巷里放风的七颗心也听到了屋里的动静，他几乎喊出声来。情急之中，他没有忘记怀里早已准备好的石子，连忙摸出几粒，投向猪圈。十宝听到石子的声音，心知不妙，想纵身跳出猪圈。他听见脚步声越来越近，心知此时出去，必定被发现，只好蹲下身子，躲在猪圈的墙角。他知道自己已是一只笼中之鸟，如果有人走到猪圈外，往里瞧一眼，必定会被发现。事已至此，别无选择，只能任命运支配。

来人是五虎的爹，他平常睡觉很轻，院子里稍有风吹草动就能听到。他听到猪的哼哼声，初时并不在意，听到猪第二次哼哼，觉得不对劲，于是披

衣出来看究竟。他走到猪圈前，骂道：“狗日的，半夜三更哼哼什么，让老子不能安心睡觉。”

五虎爹老眼昏花，往猪圈里瞧了一眼，没发现什么，又骂道：“我以为黄鼠狼找错了门，即使它来了，只吃鸡不吃你，叫喊什么。如果狼来了，你的小命就难保了。听话，好好睡觉，别嚷嚷，让我睡个好觉。”

听见五虎爹的脚步声远了，十宝冲着猪悄声骂道：“蠢货，你几乎坏了我的好事，等着挨刀子吧！”

躲在厕所巷口的七颗心看见五虎爹回了屋，心里舒了一口气。他想危险已经过去，与其在这里干着急，不如前去帮十宝。他悄悄走到院子里，向猪圈摸去。

十宝听见五虎爹的闭门声，知道危险过去了，心想这下子可以放心下手了。他看不清白天发现的那块有点异样的砖，摸出怀里的火柴，想照一照，又犹豫起来，他怕火光惊动了猪，让这个蠢货大叫起来。他把火柴放回怀里，凭着白天观察的记忆，在墙上摸起来。

七颗心走到猪圈旁边，刚躲到那堵墙后，突然听到五虎的屋顶上传来一声咳嗽，他颤抖了一下，看见屋顶上有一个黑影闪了一下。他马上意识到，自己的行踪被人发现了。他掏出怀里的石子，投向猪圈，然后逃离猪圈，钻进厕所，跳出墙。

92

二财主得知毒打自己的人是五虎一伙，七窍生烟，骂不绝口。两个儿子跟他说，此仇不报，誓不为人。二财主瞪着两个儿子说，你们就会说大话，有本事想出几套办法来。两个儿子想了三天三夜，终于想出一个办法，面告二财主。二财主听了，直摇头，说笨儿子想不出妙办法，实在没有办法，那就依你们的想法去做。

二老大操劳地里的活，身子乏，夜里早早就睡了。盯五虎的差事落在了二老二身上。二老二生性好动，偏偏二财主管得紧，总让他忙这忙那，一直没有自由支配时间的机会。弟兄二人商定，主要由老二盯五虎几个人。十宝和七颗心到五虎院子里盗宝，恰好被站在屋顶上的二老二看见。二老二看见两个人半夜三更溜进五虎的院子，除了盗宝还会是什么。他把院子里发生的一切看得一清二楚，赶紧跑回家，把二老大叫起来，如此这般一番。

第二天早上，二财主把二老二看到的情况分析一番，兴奋不已，于是让二老二扶着兴冲冲地去找大财主。大财主正拄着拐棍在院子里练习走步，看见二财主兴冲冲走进来。二财主腆着笑脸说："这段时间没有来看你，你走路好多了。用不了几天，你就和正常人一样。"

大财主说："这功劳全在人家八只眼身上，没有八只眼的好消息，我的病不会好得这么快。"

二财主说："也是你老人家的命大福大，老天才会开眼。老天总是光顾有福之人，你福如东海，寿比南山，遇点小沟小坎，一抬腿就迈过去了。"

大财主说："你就会捡好听的话说，不过你能这么说，我心里高兴。进屋说话吧。"

二财主伸手扶着大财主的胳臂走进大财主的屋，大财主的婆姨坐在炕上做针线活。大财主知道二财主有事找他，说："你来有什么事？"

二财主说："无事不登三宝店，我直说。昨天夜里，我家老二在五虎家的屋顶看见两个人溜进五虎的院子，直奔猪圈，不想被五虎的爹发现了，出门看动静，惊走了二人。你看这里有什么蹊跷。"

大财主问："看清楚是哪两个人了吗？"

二财主说："没有。老二没有跟住那两个人，他们溜走了。"

大财主问："你们估计是谁？"

二老二说："不知道。"

大财主问："你们估计这两个人到猪圈干什么？"

二老二说："无非是知道猪圈里藏着宝贝，想偷走。"

大财主说："不会有别的意图吗？譬如想把猪毒死。"

二财主说："不会的。毒死猪只能出口气，捞不到什么好处。"

大财主问："这两个人怎么知道猪圈里藏着宝贝，你们怎么相信猪圈里会藏着宝贝？"

二财主父子二人摇头，他们佩服大财主考虑问题周全，感觉自家想问题太简单。

一会儿，二财主说："我知道五虎手里有宝贝，我和你的宝贝一定是五虎几人偷走的，我到五虎的羊圈去过几次，没有发现藏宝贝的地方，想必他把宝贝藏在院内，所以让老二夜里盯着五虎的动静。"

大财主说："五虎很狡猾，他的宝贝一定藏在我们想不到的地方。如果我们能想到，五虎就不是五虎了。"

二财主说："猪圈也够隐蔽的了。虽然猪不会说话，可是它会叫喊，等于他把宝贝藏在自己的眼皮底下。"

大财主说："你的话有道理，这几天我也在琢磨五虎。"

二财主不解，说："难道你也有预感？"

大财主说："我没有什么预感，我是根据事实琢磨他。"

二财主问："你有五虎的把柄吗？"

大财主说："如果没有他的把柄，我不会琢磨他。"

二财主问："此话怎讲？"

大财主说："据八只眼讲，他发现了偷我宝贝的鞋，这鞋与五虎有关。八只眼找到了两只鞋，其中一只和我家烟囱旁留下的脚印一模一样，这只鞋藏在五虎羊圈附近，被七颗心发现。所以，我估计五虎手里有宝贝，但不知道他藏在哪里。"

二财主说："既然如此，我们何不联合起来，好好收拾他。"

大财主说："联合很有必要，毕竟人多智慧多，人多力量大。我已经老到如此地步，只能动嘴，不能动手了。"

二财主说："何劳你动手，你动动嘴就行了。我和我的两个儿子都可以动手，只是不知道如何动手，我们好好合计一下。"

大财主说："五虎是舍命不舍财的人，他和四羊六狗不一样。四羊奸猾而不硬气，六狗无赖而胆小，五虎狡诈不要命。对付五虎这样的人，一定要有充分的准备，不打无把握的仗。五虎手里到底有没有宝贝，如果有宝贝，宝贝藏在哪里，一定要弄清楚，千万不能像前两次那样，让你我在众人面前丢人现眼。"

二财主说："你放心，我会弄清楚的。如果摸清了他的底细，我们一定要弄到手，哪怕是抢也要抢到手。"

大财主说："最好是巧取，如果强夺，村里人会说我们仗势欺人，会遭人唾骂。如果巧取不得，只有强取了，我们不是面团，不能让这穷小子捏来捏去。"

二财主说："说的是。我们不惹他，他倒先找我们的麻烦，不知天高地厚。八只眼那面的消息可靠吗？"

大财主说："应该没有问题。为了得到可靠的线索，他花费了不少工夫，他不会拿一条虚假消息糊弄我。不过，他只找到了那只鞋，还不能确定是谁的鞋，或者说是谁穿过的鞋。他要进一步落实鞋的主人，落实穿过这双鞋的人，然后才能确定真正的盗贼。"

二财主说："如果事情只到这一步，只有七八分的火候，要他弄到十分的把握才好。"

大财主说："他弄他的，你弄你的，分头行动。你不能一味依靠他，万一他找不到真正的盗贼，这事就耽误了。"

二财主说："明白。"

自从得到大财主的十块赏钱，八只眼信心十足，决心把事情查个水落石出。然而事情的发展并不顺利，反而让他陷入困境。虽然他庆幸自己找到了盗窃大财主宝贝的那只鞋，却不能确定这只鞋是谁的，是谁穿过的。从鞋的来处看，五虎无疑是最大的嫌疑人。如果找到的只是一双鞋，可以把五虎确定为唯一嫌疑人，因为别人不会往他的羊圈附近藏鞋。当然有人要陷害五虎也有可能，在他看来，村里没有谁有如此大的胆子。他仔细比对两只鞋，它们的大小差不多，除了五虎之外，另一双鞋是谁的鞋，或者说是谁穿过的鞋，如果不能找到这只鞋的主人，五虎就不是唯一的嫌疑人。五虎和四羊曾经向他打问过鞋的情况，看来这两只鞋与这两个人有关，也可能与六狗有关。

八只眼想找最容易下手的人。晌午，八只眼扛着锄头回到村里，路过六狗家的时候，看见六狗坐在院子外面的树荫下乘凉，于是把锄头放在地上，一屁股坐在锄头把上。他掏出烟袋，装上烟，也不说话，直勾勾地盯着六狗的鞋。六狗被盯得心里发毛，说："我的鞋上没有绣花，有什么好看的。"

八只眼说："比绣了花还好看。"

六狗说："你这是人话吗？"

六狗知道八只眼居心不良，干脆把鞋脱下来，扔到八只眼面前。八只眼也不嫌弃，把鞋捡起来，翻过来折过去，看了好几遍。

六狗心里没好气，说："看出花来了吗？"

八只眼说："何止看出花来了，看出比花更值钱的东西来了。"

六狗说："你这是人话还是鬼话？"

八只眼说："是人话，不是鬼话。"

六狗说："既然是人话，你说明白，别让我心里黑黑的。"

八只眼说："既然如此，我就直言了。有人从五虎羊圈旁边的小洞里找到了两只鞋，其中有你的一只，你怎么解释？"

六狗说："你凭什么说有我的一只鞋，拿来看看，是不是我的鞋？你觉得我好欺负，因此来诬陷我。"

八只眼说："我不会诬陷你，我只让事实说话，你跟我一起去，看看是不是你的鞋。"

六狗瞪着眼说："好。"

六狗不服气，气狠狠地瞪着八只眼，一起向八只眼的家里走去。六狗想，如果八只眼诬陷他，一定要臭骂他一顿。经过上次二财主的毒打，六狗不再惧怕任何人，疼痛锤炼了他的脾性。

93

七颗心和十宝图谋盗走五虎的宝，不料被人发现。五虎的爹不曾料到有人会光顾他家的猪圈，屋顶上咳嗽了一声的那个人却清清楚楚看着十宝和七颗心的一举一动。七颗心和十宝躲在厕所外的高墙下，十分懊恼。他们不怨五虎的爹出门看动静，因为他并没有发现什么，怨恨屋顶上那个阴阳怪气的咳嗽人，是他坏了二人的好事。

十宝咬牙切齿："那个咳嗽的人是谁？我想剥了他的皮。"

七颗心说："这么晚了，会是谁，难道是鬼不成？"

十宝说："屁话！明明是人的咳嗽声，那会是鬼。"

七颗心说："不知是哪只夜猫子，我们盯着他，莫非他也盯着猪圈？"

十宝醒悟，说："有可能。我们分头去追，别让他逃脱，不然他会坏我们的好事。"

七颗心说："一旦他认出我们怎么办？"

十宝说："怕什么。他认出我们，我们不也认出了他吗？让他躲远点。"

二人沿着两条不同的路线包抄咳嗽的人。十宝身子灵巧，没几步就窜到五虎家的屋顶上，屋顶一片空旷，没有黑影。他低低骂了一声："魔鬼！眨眼工夫就没了。"

七颗心从另一条路走上屋顶，听见十宝的骂声，说："你看！"

十宝抬头，看见一个黑影从高处人家墙外一闪而过，灵巧得像一只猴子。十宝气急败坏，又骂道："一定是后村的魔鬼，追！"

七颗心说："那里追得上，我知道他是谁。"

十宝问："谁？"

七颗心说："回家睡觉，明天再说不迟。"

十宝不肯罢休，沿着黑影逃跑的方向飞奔而去。

七颗心回到家里，十分郁闷，没想到设计好的事被人搅局，慨叹天有不测风云。他在炕上辗转反侧，决定天亮后去找八只眼。天刚亮，七颗心就敲开八只眼的门，八只眼睡眼蒙胧，骂七颗心不长心，自己的身子困乏得很，本想多躺一会儿。八只眼坐在炕上边穿衣服边问："你有什么破事，不能过一会儿来说，偏要搅人的好觉。"

七颗心说："没什么要紧的事，只跟你说几句话。"

八只眼披上衣服，走到院子里，问："什么事？"

七颗心沉吟一下，说："我给你的那两只鞋，你能确定其中一只是五虎的吗？"

八只眼说："你怎想起这事，不管有没有五虎的鞋，都与你无关。"

七颗心说："毕竟是我捡到的鞋，我应该关心一下，了解事情的真相。"

八只眼觉得七颗心的话不无道理，毕竟他给自己提供了重要线索。不过，他心里的确没有十分的把握，还不能确定五虎是不是穿过其中一只鞋的人。他只好如实告诉七颗心："尽管我已经跟大财主说过，我找到了偷他宝贝的线索，你会猜到线索正是你提供的那两只鞋。尽管鞋是从五虎那里找来的，按常理说应该有五虎的鞋，经过核实，并没有发现五虎的鞋，也无法证明五虎穿过这两只鞋。"

七颗心听后很吃惊，说："不可能。怎么不会是他穿过的鞋，拿来我再看看。"

八只眼无奈，只好从瓮里取出两只鞋递给七颗心。七颗心把鞋拿在手里，看了许久，一脸茫然。他疑惑地瞅着八只眼，问："你记得五虎没有穿过这样的鞋吗？"

八只眼说："我不仅对五虎很熟悉，对五虎穿的鞋也很熟悉，五虎的确没有穿过这样的鞋。"

七颗心有点着急："这么说，这里面没有五虎的鞋？"

八只眼说："没有。即便不是他的鞋，他可能穿过这两只鞋。不过目前不能确定他穿过这两只鞋。"

七颗心像泄了气的皮球，哀叹一声，一屁股坐在炕楞上。看见七颗心这副样子，八只眼不解，说："有没有五虎的鞋都与你无关，何必唉声叹气。"

七颗心说："你不懂。"

八只眼说："什么？我不懂？"

七颗心说："是的。"

八只眼说："到底有什么事，你说出来。"

七颗心苦着脸，摇头不语。

八只眼知道其中必有秘密，因此也不多问，他想这秘密以后一定会揭开，用不着自己现在去询问。他看见七颗心抬起头来，脸上充满笑意。八只眼看着七颗心的笑脸，一脸困惑，不知道七颗心为什么突然笑起来。

八只眼说："你一阵哭一阵笑，葫芦里卖的什么药？"

七颗心说："假药！"

七颗心认为八只眼没有说真话，用假话蒙骗他。

七颗心问："另一只鞋是谁的？"

八只眼说："不知道。"

七颗心说："难道不是四羊或者六狗的鞋吗？"

八只眼说："不是。我对他俩的鞋跟对他俩一样熟悉。"

七颗心惊奇不已，他不相信这两只鞋不是他们几人的鞋，天底下不可能有这样离奇的事。单凭这两只鞋的出处至少可以断定与五虎有关，也可以断定与四羊或六狗有关。如果说别人把鞋藏在五虎羊圈旁边极其隐秘的地方，几乎没有可能，因为这个暗洞除五虎之外，其他人不可能知道。

七颗心说："这么说，我捡了两只毫无用处的鞋？枉费心机。"

八只眼说："不。有用处，至少可以断定穿过这鞋的人与大财主失宝有关。"

七颗心说："你应该继续了解，究竟谁是鞋的主人，把事情弄个水落石出，也给我一分安慰。"

八只眼笑了，笑七颗心如此天真。不过，为了安慰七颗心，八只眼说："你放心，我会继续查下去，事情会有水落石出的那一天，到时候请你喝二两烧酒。"

七颗心笑了，说："你本不应该忘记我，你只给我两块银元的赏钱，太少了。少给的赏钱，权当日后换酒给我喝。"

七颗心走出八只眼的院子后，步履沉重，他本来想找八只眼探听一点好消息，没想到碰了一鼻子灰，心里蔫蔫的。回家后骂了一声院子里刨东西吃的鸡，扛着锄头上地去了。

七颗心把自己私下从八只眼那里了解来的情况跟十宝说了，十宝一脸不高兴，对七颗心说："虽说你的心眼多，但在这件事上你少了心眼，八只眼会发现我们打五虎的主意。幸亏我们没有被五虎发现，否则他会打断我们的腿，我们因此成为村里遭人唾骂的窃贼。"

七颗心苦笑一下，说："智者千虑必有一失。兴许日后还有机会。"

十宝说："机会难得。别人手里的宝贝不会摊给你看，你知道人家藏在哪里。"

七颗心说："你有妖法在身，何不露一手？"

十宝说："我的妖法对治病有效，对别的作用不大。我家失宝后我的那次作法，虽说在几个人身上得到了印证，找到了一些线索，可没有真凭实据，奈何不得人家。"

七颗心说："未必不管用，我看有用，不妨如此这般。"

十宝心领神会，立刻回家准备。他准备好了所用之物，然后乘着月色出了村。他沿着一条沟走进去，走了几袋烟的功夫，又沿着沟里的一条小路，向村子对面的山神庙走去。

七颗心反复琢磨，认为八只眼对他说了假话。因为他知道五虎有事总找八只眼，两人走得近，如果八只眼有心保护五虎，会说五虎没有穿过这只鞋，村里人一般不会留意别人脚上的鞋，会相信八只眼的话。这样五虎就脱了干系，然而八只眼总得找一个替死鬼。八只眼判断的依据是两只鞋，如果五虎是其中一只鞋的主人，必然还有另一个人。他会是谁呢？他推测，如果大财主的宝贝不在五虎手里，就会在另外一个人手里，或者他们二人共同占有这件宝贝。为了验证自己的想法，夜深后他再次悄悄来到天官庙，祈求天官老爷的帮助。

94

天黑后，七颗心吃完饭就去找八只眼。八只眼正端着碗吃饭，看见七颗心走进院子，依旧低着头吃饭。七颗心看见八只眼扒拉稀饭，一副异常干渴的样子，也不理会八只眼，从腰间掏出烟袋，坐在台阶上抽起烟来。八只眼扒拉完稀饭抬起头来，把碗放在台阶上，看见七颗心抽闷烟。八只眼用手抹了一把嘴，也抽起烟来。他一边抽烟，一边琢磨七颗心的来意。他看见七颗心只顾抽烟不言语，估计心里有不顺心的事，便对七颗心说："怎么一副心事重重的样子，遇到什么难事了？是不是没钱花了？"

七颗心说："我的钱没有够花的时候，经常两手空空。穷人力不少出，苦不少吃，钱却没几个，以前你不也是这样吗？"

八只眼说："如果你需要钱，我借给你两块银元，怎么样？"

七颗心说："现在我不需要钱，只想从你嘴里掏句实话。"

八只眼说："实话？我从来不说假话。你想问什么，直说。"

七颗心说："那两只鞋里真的没有五虎的鞋吗？"

八只眼说："没有。真没有。"

七颗心说："也没有四羊和六狗的鞋吗？"

八只眼说："没有。"

七颗心说："这两只鞋是谁的？"

八只眼说："不知道。"

七颗心说："难道是天上掉下来的吗？你对村里人的鞋都熟悉，不会不知道吧。"

八只眼说："如果我知道是谁的鞋，事情真相就大白了，我就可以从大财主那里领取那份可观的赏钱，何苦折磨自己。"

七颗心认为八只眼的话有几分道理，就不再追问，又抽了几口闷烟，便走出院子。

看着七颗心的背影，八只眼有点好笑，心想人家的宝贝你操什么心，不是瞎子点灯白费蜡吗？他自然知道七颗心的为人，他再次来追问鞋的事，必定有意图。他低头想了一会儿，抬头笑了。他知道七颗心不是为了得赏钱，就是为了得宝贝。如果只是为了得赏钱，不会这么忧心忡忡，极有可能在打宝贝的主意，看来他在寻找持有宝贝的人。

七颗心离开八只眼后跟人们闲聊了一阵，恰好碰见到前村闲逛的二老二，两人有一搭没一搭地闲聊起来。七颗心说："这阵子你总喜欢往前村跑，莫非这里是块宝地？"

二老二说："在家里憋闷，出来散散心。整个村子都是穷苦之地，哪有一块宝地。"

七颗心说："你们三个财主的院子不就是宝地吗？"

二老二说："也算不上宝地，我家仅有的一件宝都被人盗走了，能算是宝地吗？我看见有人半夜三更鬼鬼祟祟，爬人家的墙，进人家的院子，跟鬼一样。"

七颗心说："看清楚是谁了吗？"

二老二说："没有，但我猜到是谁。"

七颗心说："莫非你有夜光眼？"

二老二说："看人那用眼看，要用心看。"

七颗心说："没想到村里又出了一个能人，二财主的家业会兴旺发达了。"

二老二说："发达不发达那是天意，只是不要总打别人的主意，这对自己不好。"

七颗心看见话不投机，推说家里有事，离开了二老二。他从二老二的话里得知，那夜二老二发现了他和十宝夜入五虎院子，五虎屋顶的那个黑影就是二老二。回到家后，他准备好了香和黄表，单等夜深。婆姨看到七颗心总喜欢搞神神道道的事，怨从心起，说你有那精力做点正经事。七颗心骂一声女人家头发长见识短，便坐在院子里抽烟，一直到夜深。

七颗心走出自家的院子，爬上一个小坡，站在高处往村里看，家家的灯都灭了，村里静悄悄的。他悄悄走到天官庙下，抬头看看黑魆魆的庙，心里有点虚。上次深夜求神，遇到从未经过的大旋风，着实吓了他一跳，至今余悸未消。这么黑的夜，要独自与天官老爷见面，心咚咚跳。既然要求得天官老爷的真言，只能大着胆子拜见。想到几次拜见天官老爷，大多很顺利，便不再害怕，抬起迟疑的腿，沿着台阶往上走。台阶是砖铺的，年代久了，有的砖缺角少棱，他慢慢用脚摸索着走。快爬到头的时候，他脚下一滑，几乎摔倒。他低声自语："求神不容易，难免磕磕碰碰，不过动摇不了我的诚心。"

他穿过一个平台，钻过一个门洞，走到天官老爷的神殿门外。他借着微弱的夜光，看见殿门闭着，门内黑魆魆的，他的身子不由颤抖了一下。他稍站片刻，伸手去推门，门吱扭一声，他的头皮一紧。他知道门虚掩着，便小心跨过门槛，进入殿内。他没敢抬头看天官老爷的脸，扑通一声跪倒在地，口中念道："天官老爷，这么晚了还来打扰你，让你不得安生，我有罪。我给你烧几炷香，化几张表，一来赎我的罪，二来表示我的诚心。"

天官老爷默不作声。七颗心等了片刻，听见没有动静，便从怀里掏出几张黄表，几根香。他摸黑划着火柴，先点着黄表，黄表燃出一小片火光，火光照亮了天官老爷的面目。他快速扫了一眼天官老爷的脸，赶紧就着火，点燃了香。他就着火光，把点燃的香插在桌子上的香炉里，然后低头三叩拜。叩拜之后，他默不作声，静静跪在地上，似乎在听天官老爷发话，然而殿内静悄悄的，没有一点声音。静默了一会儿，他想自己是来求神的，应该自己先发话，不能让神猜心思。他双手合十，对天官老爷说："天底下的神灵，我最敬佩你，所以又来拜你。前几次拜见你，你都赐予真言，让我受益匪浅。这次也希望你再赐真言，了却我的心愿，日后我当好好祭拜你。"

七颗心稍作停顿，等待天官老爷发话，殿内依然一片沉寂。一会儿，他说："我有一事相求，村里有人盗走了别人的宝贝，我找到了他们的鞋，不知道是谁的鞋，不知道宝贝在谁手里，希望你给我明示。"

殿内依然一片沉寂，渺无声息，七颗心又叩了三个响头，静候声音，然而殿内沉寂复沉寂。他有点着急，前几次他提出请求后天官老爷都会有所动作，都会给予暗示，此时则悄无声息。他连续叩拜三次，依然没有反应。他坚信天官老爷会眷顾他，绝不会弃他不顾，又耐心等了一会儿，殿内还是一片沉寂。他沉不住气了，于是从怀里摸出火柴，"嚓"一声，划亮火柴。他借着火柴的光亮看了天官老爷一眼，看见天官老爷慈眉善目，一脸慈祥。他顿时觉得自己错怪了天官老爷，不觉羞愧难当，低下了头。低头之际，他发现地上有几个小小的羊脚印。他觉得很奇怪，这里是神仙之地，平时村里的人来的很少，羊更不会来。若是谁家的羊冒犯了天官老爷，天官老爷会惩罚谁，没人有如此大的胆子。他再仔细看，地上有一层薄薄的尘土，尘土上的羊脚印清晰可见。他不相信这是天官老爷给他的暗示，以为这是淘气的孩子带着羊来这里玩时踩下的脚印。他静静地等待着，等了很久，依然没有声音，只好站起身，走出殿内。

天蒙蒙亮，村里人听见村子对面的山上传来隐隐约约的鼓点声。早起的人循着声音望去，声音来自山神庙，人们很惊奇。人们看见晨曦中一点灯火

指引着鼓点由远而近向村子移来。灯火渐移渐近，鼓点渐响渐近，人们看见一个黑点随着灯火在一起移动。熟睡的人被突如其来的鼓点惊醒，纷纷走出门远瞭。渐渐，人们看见一个人一边走，一边敲着身上挎着的鼓。立刻有人喊："十宝！十宝！"

于是人们一起喊："十宝！十宝！"

十宝头上缠着一块红布，腰间挎着一面红鼓，两手挥舞着，鼓点如急雨。十宝沿着山坡往下走，眼看与村子只有一箭之遥，有人喊："十宝念着咒语！"

等十宝走到村子底下，人们看见十宝鼓点不停，咒语不停，张牙舞爪，似天神降临。十宝走进村里，昂首挺胸，旁若无人，敲着鼓走进自家的院子。这时人们纷纷跑来看热闹，只见十宝家的院子里早已摆好了香案，香烟缭绕，灰烬飘飞。十宝走到香案前，擂了一通急鼓。渐渐，鼓点稀了。人们看见十宝口中念念有词，不知道说些什么。有大胆的人喊："十宝，声音大点，说清楚点，我们不知道你在说什么。"

初时，十宝没有理会人们的话，后来吐字渐渐清楚了。十宝念道："我是天上的雷神，昨夜下凡巡视，看见你们村里妖气弥漫，小鬼出没，人神不安。我特来惩治那些妖孽，让他们恢复原形，不再害人。"

人们闻听此言，毛骨悚然，一个个缩着脑袋，敛声屏气。有胆子大的人问："他们做了什么恶事？"

十宝说："偷人财宝，隐蔽在家，装作天不知地不晓，其实我看得清清楚楚。这些人人面兽心，狐群狗党，与畜生无二。如若深藏不露，必遭灾祸，轻则伤身，重则丧命。守财不如抛财，抛财不如与神财宝，从此安身保命，恢复村里太平。盗宝之人，就在我眼前，藏宝之地，本神清清楚楚，如果不交出宝贝，必有大祸临头。今夜必有大雨，如若不信本神的话，本神将钻入十八层地狱，自愿受罚。"

人们战战兢兢，不知大祸降临谁的身上。有人赶紧捂着头跑回家去，有人窃窃私语，生怕十宝的天神找上身来。

95

八只眼看了十宝的表演，明白十宝请天神下降是为了解决村里的大事。他联想到昨天七颗心的话，明白十宝想借助神灵惊蛇出洞，这下子村里有好戏看了。各路神仙各显其能，其结果如何，他不好预测，只能静观其变。他打算白天少干点活，蓄养精神，晚上仔细查看村里的动静。

看完十宝的表演，人们依旧去地里干活，有人只当看了一场猴子表演，并没有当作一回事。也有人把这场表演看得很重要，认真琢磨其中的奥秘。把这事看得最重的当属二财主，他看完十宝的表演，急匆匆赶回家，把两个儿子叫到跟前，跟他们议论一通。其次，当属六狗，因为六狗一向胆子小，遇到异常的事总是思想再三，生怕祸事临身。六狗认为十宝不同寻常的表演分明是要找自己的麻烦，因十宝曾经三番五次找他理论，扰得他心乱如麻，夜不安寝。三财主已经得到了他丢失的宝贝，十宝还要装神弄鬼，其目的到底是什么？他一头雾水，惶惶不可终日。再次当属大财主，当他听说十宝表演，不知道这小子在耍什么花招，不过有一点可以认定，他的花招与几个财主丢失的宝贝有关。三财主已经拿到了他丢失的宝贝，难道还想得他和二财主丢失的宝贝不成？如果是这样，那就太贪心了。世上的人谁不爱财，谁不贪财？一时间他心烦意乱，担心十宝抢走他的那件宝贝。

吃晚饭时，人们一边大口吃饭，一边议论早上十宝的表演。有人说过去十宝请神仙下凡是为人治病，这次显然不是为了治病，而是为了村里丢失的那两件宝贝。有人怀疑十宝得了大财主的好处，在为大财主找宝，也有人说十宝跟二财主密谋一个晚上，在为二财主效劳。当然，也有人说三财主想独吞大财主和二财主的宝贝，自己不出面，让十宝出面搅乱局面，浑水摸鱼。更有人说三财主家里坐着一个老秀才，十宝表演是老秀才出的主意。

晚饭后，四羊嘴里叼着旱烟袋，晃晃悠悠走进五虎的院子。五虎放羊回家，天色已晚，他正端着碗吃饭，看见四羊走进院子，便打了一声招呼，然后问："我一整天在外面放羊，村里有什么消息？"

四羊说："人们对十宝的表演议论纷纷，但没发现有什么动静。不过，我想不会没有动静，十宝的表演不就是要闹出一点动静来吗？"

五虎说："你的话有道理，十宝的话意思很明显，就是想让人交出宝贝来，可能吗？如果乖乖地交出宝贝，盗宝干什么，他的想法太天真了。他在独自表演，还是与人合谋？"

四羊说："不知道，我没有注意观察。二财主的宝贝没有下落，大财主的宝贝没有着落，他们能无动于衷吗？八只眼口口声声说自己找到了盗窃宝贝的人，可至今没有下文，继续拖下去，他无法向大财主交代，他会无动于衷吗？七颗心看见八只眼拿钱，眼红红的，不想弄出点动静来吗？恐怕十宝的表演只是一个开头，后面还有一出出好戏表演。十宝与人合谋的可能性很大，与谁合谋，仔细观察就会得知。"

五虎点头。

六狗急急忙忙走进院子，看见五虎和四羊正在说话，说："我想找你们

说话，十宝没安好心，他想找我的麻烦。”

五虎说：“他找你了吗？”

六狗说：“到现在为止还没有，感觉他一定会找我。前段时间因为他家丢宝贝的事，他伙同八只眼几次找我的麻烦，今天早上他说的那些话，不就是想找我的麻烦吗？”

五虎说：“你别怕，他未必是冲着你来的。你想，他的宝贝已经到手了，现在还要大张旗鼓找宝贝，不就是为别人找宝贝吗？他为谁找宝贝？无非是大财主和二财主。你没偷他们的宝贝，怕什么，安心过你的日子。不过，要注意这几个心怀叵测的人的举动，不要上当受骗。”

四羊说：“不管怎样，我们得小心，别让他们抓住把柄。现在八只眼手里已经有我们的把柄，千万不敢再出差错。”

六狗说：“我还是怕他们找麻烦，到时候你们帮我撑腰，不然我的麻烦不小。”

四羊说：“别怕，他们找不到证据，你安下心来。”

八只眼叼着烟袋走进院子，看见五虎几个人正在说话，也凑到跟前。四羊看了一眼六狗，又看了一眼五虎，示意他俩注意八只眼，六狗和五虎明白四羊的意思。

八只眼说：“你们在议论什么，是不是十宝的表演？”

四羊看一眼八只眼，知道他不怀好意。凭四羊的经验，村里一般人说话做事的目的很清楚，八只眼说话做事的目的却很隐蔽，人们往往在不知不觉中钻入他的圈套。

四羊说：“你是十年早知道，什么事情都逃不出你的眼。你会不会跟着十宝找人的麻烦？”

八只眼说：“那里的话，十宝是十宝，我是我，我并不明白十宝的用意，谈何合伙找麻烦。”

四羊说：“你不也找过我的麻烦，找过六狗的麻烦吗？”

八只眼面有愧色，说：“那是过去的事，不要翻旧账。看十宝说话的意思，他已经发现了盗宝的人，甚至还知道他们藏宝的地方。”

四羊说：“他会了解得那么准吗？如果真知道宝贝藏在哪里，何必装神弄鬼，早下手了。”

八只眼说：“如果他不了解，不会说那样的话，说不定他真找到了证据，或者受了高人的指点。”

五虎说：“我想他没有证据，如果他真有证据，早联合大财主和二财主找人的麻烦了。如果说受高人的指点有可能，他受了那位高人的指点？”

八只眼说：“不知道。村里能人多，再说大财主和二财主也不会闲着，说不定是他们指使十宝出面，惊蛇出洞。”

六狗说：“我看未必是大财主和二财主指点，要说村里的高人，不还有你八只眼和七颗心吗？你们二人的鬼点子不比谁的多？”

八只眼瞪一眼六狗，说：“你说话要有根据，不要血口喷人。你屁股上有屎没有屎，你自己清楚，别怪别人找你的麻烦。”

六狗说：“我清楚自己，也清楚别人。有些人扇阴风点鬼火，不就是想从中捞点好处吗？”

八只眼说：“我得人好处，是靠自己的本事，不是靠偷靠抢。既然话说到这里，恕我直言，六狗你脱不了干系，我不找你的麻烦，别人会找你的麻烦，小心点。”

六狗说：“不做亏心事，不怕鬼敲门。你再找上门来，我也不怕。我是只狗，不怕人咬，逼急了，我也会咬人。”

五虎瞅着八只眼说：“看来十宝的这把火是你点的？”

八只眼说：“谁手里有宝贝，我心中有数。十宝的这把火的确不是我点的，我以我的人格做担保。不过，村里的能人不止我一个，其他人对盗宝的人也有所了解，说不定比我知晓得还多。”

四羊说：“在有些人眼里，我们几个人就是盗宝人。上次你从我手里弄走了那件宝，那是我捡来的，不是偷来的。现在我们手里还有宝贝，看谁能弄走？有些人贼心不死，天天盯着我们，打我们的主意，我看得一清二楚。”

听了四羊的话，五虎和六狗吃了一惊。不过，五虎马上回过神来，说：“天下的财宝像流水，总在流动，不在你的手里，就会在别人的手里。能不能找到宝贝，全看他们的能耐大小。手握宝贝的感觉真好，可惜有人只有流涎水的份。”

尽管听惯了五虎几人的话，八只眼还是为他们的话惊奇。为了搅乱他们平静的心，八只眼说：“有人看见盗宝人把宝贝藏在什么地方，只是不好下手而已。如果保管不好，迟早会落到别人手里，兴许有人已经动手了。”

五虎说：“村里真有这样的能人？你从哪里得来的消息？”

八只眼说：“我的八只眼不是白长的，别人看不见，我看得见。”

四羊说：“晚上睡觉，你闭着两只眼，睁着六只眼吗？”

八只眼说：“你说对了。”

五虎说：“莫非你看到有人动手了？”

八只眼说：“看到了。”

五虎说：“谁？”

八只眼说：“恕不相告，不然有人会恨死我的。”

正在五虎家屋顶上偷听的七颗心闻听此言，吃了一惊，庆幸八只眼没有

说出他的名字。他惊疑，难道八只眼真的看到自己那夜的行动了吗？不可能。那夜，他看到的那个黑影是二老二而不是八只眼。难道二老二向他通报了消息？他哪里知道，那夜暗中盯着他行动的人岂止二老二，当然还有八只眼。

96

偷听了五虎几人和八只眼的谈话，七颗心既惊又喜，赶紧逃离。

十宝在院子里抽了一会儿烟，起身正要到村里逛，看自己早上的魔法有没有反响，恰好碰见七颗心急匆匆跑进院子。十宝把七颗心拉进屋里，说：“看你急匆匆的样子，有什么事？”

七颗心说：“没什么大事，有一点儿小事，容我慢慢道来。”

十宝说：“卖什么关子，有话快说，我还想到村里转一圈。”

七颗心说：“第一件事，我去天官庙求助天官老爷，天管老爷给我指示，我不明白什么意思。”

十宝说：“你怎相信天官老爷，不相信自己，天官老爷能知道我们村里的事吗？”

七颗心说：“你的话差，天官老爷高高在上，天上人间的事没有他不知道的，何况我们村里发生的事不是小事，岂能瞒过他老人家。你不也相信那些神神鬼鬼吗？”

十宝说：“我自有我的道理。天官老爷告诉了你什么？”

七颗心说：“不知道为什么，这次他没有给我暗示，只是在我将要离开的时候，看见地上的尘土中有几个羊脚印，不知道是不是天官老爷给我的暗示。”

十宝说：“很难说，说不定是谁家的小孩子带着羊去神殿里玩的时候踩下的，你怎么当真了。”

七颗心说：“我也曾这么想，仔细一想，我认为这种怀疑没有道理。神殿是神圣的地方，平时很少有小孩子去玩，更不必说带着羊去玩。我认为这是神仙给我的暗示。不过——”

十宝说：“不过什么，快说！”

七颗心说：“为了验证这个暗示，今天上午我又去了天官庙，神殿里的羊脚印不见了，看来我看到的羊脚印不是羊踩下的，一定是天官老爷给我的暗示。”

十宝说：“你的天官老爷不灵验，一会儿有，一会儿无，折腾人。”

七颗心说："前几次去求天官老爷都很灵验，凭我对他的诚心，我想这次他不会骗我，只是我没有领会他老人家的意思。我找老秀才给我解疑一下，他老人家知书识礼，见多识广，一定能破解。"

十宝说："好吧。去求我爷爷破解。"

老秀才的炕上摆一张桌子，桌子上时时放着一盏蓖麻油灯，老秀才戴着老花镜在看书。看见十宝和七颗心进门，放下书，隔着老花镜盯着二人说："有事吗？"

十宝说："有点小事，麻烦你破解一下。"

老秀才说："什么事？"

七颗心说："我去天官庙求神，天官老爷居然没有给我任何暗示，只看见殿内有羊的脚印，你说这是什么征兆？"

老秀才摘下眼镜，思考片刻，说："你向神仙问什么事？"

七颗心说："村里人盗宝的事。"

老秀才说："羊者，动物也，非人也。动物盗宝有什么用，显然与动物无关。羊乃人的饲养之物，可见与羊的主人有关。"

七颗心说："你老说得对，五虎不就是饲养羊的人吗？恐怕他就是那个盗宝的人。"

老秀才说："也许。羊，非人也。然则羊亦人也。"

七颗心说："羊就是羊，怎么会是人，你糊涂了吧。"

老秀才说："我糊涂？非也。你的属相是什么？不就是动物吗？"

七颗心拍着自己的脑袋，说："你老一点不糊涂，是我糊涂了，人的确是动物转世。羊会是谁呢？"

十宝说："你聪明一世，糊涂一时，四羊不就是一只羊吗？"

七颗心恍然大悟，说："我的确糊涂了，也许是四羊。不过，盗宝人是五虎还是四羊，还是他们二人合伙，你给我明示。"

老秀才说："老夫只能给你们说到这一步，你自己琢磨下一步吧。"

七颗心说："我还有一个疑问，为什么我今天一早去天官庙，羊脚印居然不见了，难道羊脚印不是神仙给我的暗示？"

老秀才说："你莫疑心。你想一下，几个时辰过去，不可能没有一点变化。变是永恒的，不变是暂时的，此乃天理。明白乎？"

七颗心如获至宝，向老秀才抱拳作揖，退出门去。

二人回到十宝的屋子里，七颗心说："十宝，拿你的水烟袋来，我过一把瘾。"

十宝说："看你高兴的样子，好像得到了宝贝一样。"

十宝把黄灿灿的铜水烟袋递给七颗心，七颗心接过水烟袋，用手疼爱地

抚摸一遍，装上烟，呼噜呼噜过瘾。

十宝说："这么看来，我们盯着五虎，找错人了吧？"

七颗心说："没有错。第一个目标是五虎，第二个目标才是四羊。我估计天官老爷的暗示指的是第二个目标。唉！要不是那个咳嗽人捣鬼，我们得手了。"

十宝说："你说过你知道那个人，他是谁？"

七颗心说："二财主家的老二，我已经核对过了。你没有看见这段时间他总在村子里乱跑吗？不是他会是谁。我估计他也在盯着五虎，因而发现了我们。"

十宝说："他真发现了我们？"

七颗心说："是的。岂止他，别人也可能发现了我们的秘密。"

十宝说："还有谁？"

七颗心说："八只眼。"

十宝说："难道他也看见我们的行动了？"

七颗心说："有可能。我偷听八只眼和五虎几个人的谈话，说到了有人打五虎的主意，不就是指我们和二老二吗？你应该知道八只眼不同寻常，即使他足不出户，也会尽知村里的大小事情，他有千里眼。"

听了七颗心的话，十宝很不安，说："我们应该尽早下手，不能让二老二和八只眼抢了先。发现五虎的宝贝很不容易，我们要紧紧盯着五虎，别让他发觉。如果他把宝贝转移了，我们的功夫就白费了。眼下的好机会千载难逢，千万不能错失良机。"

七颗心说："说得是。你去不方便，我去一趟。"

七颗心猛吸几口水烟，把水烟袋递给十宝，说："你在家等着，我速去速回。"

七颗心走进五虎的院子，看见屋里的灯亮着，知道五虎家里的人还没有睡觉。他蹑手蹑脚，迅速溜到猪圈前，然后划着一根火柴。他看见墙壁上的那块砖有明显的移动痕迹，因为糊上的黄土泥巴都是新的。他把火柴扔进猪圈里，低低骂道："猪！"

一会儿工夫，七颗心回到十宝家里，十宝问："怎么样？"

七颗心叹一口气，说："完了，全让那个死老二搅了，五虎把宝贝转移了。"

十宝说："何以见得？"

七颗心说："我看到那块砖有移动的痕迹，砖缝里的泥巴是新糊上去的。五虎跟狐狸一样狡猾，我们失误了。"

十宝说："怎么办？"

七颗心说："看来暂时从五虎那里得不到东西，只有从四羊那里下手了。你去睡觉吧，让我好好想一想。"

七颗心离开十宝家，天色不早了，他想回家躺在炕上好好琢磨一下。走到半路，突然听到头顶上一声炸雷，接着下起了瓢泼大雨，顿时将他淋得落汤鸡一般。他抱着头跑回家，骂道："连雷雨也欺负老子，老子倒了八辈子大霉。"

刚骂完，七颗心后悔了，他猛然想起今天早上十宝的预言，他的预言应验了，不觉哈哈大笑起来。阵雨来得快走得也快，眨眼工夫，雨停了。七颗心感觉天气凉快了，想到炕上睡个好觉，又迟疑起来。他琢磨，既然十宝的预言应验了，必然有人惊慌，惊慌必有动作，何不看他们有何动作。

七颗心乘着夜色，踏着湿漉漉的地，爬到高处，蹲在一棵枣树背后，像一只夜游的猫头鹰四处张望。

四羊躺在炕上眼看就要入睡，雷声和雨声将他惊醒。他从炕上爬起来，打开窗帘往外看，看见窗外大雨倾盆。他想起十宝早上说的话，心里佩服他的魔法。他估计，既然十宝的话应验了，一定有人会趁机做文章。他至少知道十宝和八只眼怀着这样的心思，至于其他人不得而知。他一直怀恨八只眼，一心想让八只眼吃点亏，总找不到机会，说不定此时八只眼正在暗处盯着自己。他一骨碌爬起身，跑出门，看到雨还在下，便站在门口等雨歇。一会儿，雨歇了。看见地上湿漉漉的，他又等了一会儿。他抬头往远处看，看见枣树后面有个黑乎乎的东西，莫非是人？真会这么巧吗？不可能。他试着走出院子，躲到暗处观察。一会儿，他看见黑东西动了。他不由一阵高兴，用脚搓搓地，感觉地皮利索了。他急忙回到屋里，拿了一根棍子，走出院子，向村外走去。

97

七颗心看见四羊出了村，赶紧尾随而去，刚走出村口，看见前面有一个黑影，立刻收住脚步，紧盯着黑影。他估计这个黑影就是四羊。他躲在暗处观察，看见黑影站着不动。过了一会儿，发现黑影往前走，他也跟着往前走，心想今晚四羊别从我的眼皮底下溜走。他跟着黑影走了一会儿，正好遇到一段下坡路，蓦然看见黑影前面又出现了一个黑影。他怀疑自己的估计出了错，估计离他近的这个黑影不是四羊，而是另外一个人。那么，离他远的那个黑影才是四羊，四羊身后的这个黑影跟他一样，是盯四羊的人。他嘲笑这个黑

影愚蠢，居然被自己盯上了。他看见四羊朝坡下的沟里走去，那个黑影紧随其后。突然，他听到那个黑影哎哟一声，不见了人影，他立刻意识到此人一定掉在路旁的坑里。怎么办？他看见四羊停住了脚步，似乎在犹豫该不该看身后盯着他的人。七颗心想去看谁掉进坑里，又怕被四羊发现，所以躲在暗处，观察四羊的动静。四羊停了一会儿，往回走，走到一个坑边停下脚。他往坑里瞅一眼，不见有任何动静，便问："谁掉进坑里？"

立刻有一个声音回应："是我，我崴了脚，快来救救我！"

四羊问："能上来吗？"

坑里的人说："我的脚疼得厉害，使不上劲，你下来扶我上去。"

四羊说："好。"

四羊跳进坑里，使劲扶坑里的人，扶不上去。四羊没办法，只好说："我到村里叫人救你，否则你会被狼吃掉。"

坑里的人说："你快去快回，我的脚疼得很厉害，来晚了就喂了狼。"

四羊说："你耐心等待，我一定找人来。半夜三更，不知道你跟在我身后做什么，我真有心让狼啃你的骨头。"

七颗心看见四羊走出坑，沿着原路往回走，知道四羊回村找人，他躲在暗处一动不动，眼看着四羊从不远处走过去。坑里的人是谁，要不要去救，他犹豫起来。如果去救，必然让坑里的人和四羊知道自己的行踪；如果不去救，一个村子里的人遇难不救，太缺道义。犹豫一番后，他决定在四羊和村里人回来之际去救人。他耐心等了一会儿，听到了四羊和村里人的说话声，随即听到了他们的脚步声。等四羊一伙人走到坑边，七颗心才从后面赶过来。七颗心瞅着黑洞洞的坑，问："你是谁？"

坑里的人说："是我。"

七颗心听出了坑里人的话音："半夜三更，你到坑里干什么？"

坑里人说："好像中了邪，不知不觉掉进坑里。"

七颗心笑着说："我看你是财迷心窍了。不要怕，我们会把你救出去。"

七颗心率先跳进坑里，使劲扶坑里的人，无济于事。随后又跳进几个人，一起扶坑里的人。一会儿，人们把坑里的人拉扯到路上。四羊发现七颗心也在场，十分奇怪，说："你怎么知道有人掉进坑里？"

七颗心说："我夜观天象，知道今夜有人会遇难，不然我怎么会来。你知道八只眼怎么掉进坑里？"

四羊说："不知道。或是中邪了，或是踩上了迷魂草。"

七颗心笑笑，说："他踩上了夜光杯，这才滑进去。"

人们笑了。

第二天，八只眼夜里掉进坑里的事传遍了全村，人们并不觉得奇怪，只当是一次偶然事故。然而此事传到十宝耳里，又经七颗心一番演绎，十宝深信自己的妖术起了作用，就连八只眼如此冷静的人也注意到了他的妖术的效果，看来手握宝贝的人坐不住了。十宝当着七颗心的面断言，几日之内必有风吹草动，事情必有分晓。七颗心认为十宝的话极有道理，决心抓住这个机会。

四羊把八只眼掉进坑里的事跟五虎讲了，五虎认为此事十分蹊跷。半夜三更，八只眼到村外干什么？他问四羊："你到村外干什么？"

四羊说："你没有明白十宝的意思吗？他认为盗宝的人一定是我们几个人，所以借神鬼引诱我们行动。八只眼看破了十宝的伎俩，想借题发挥，那晚他对我们说的话就是证明。为了教训一下心怀歹意的人，所以我有意乘着雨后出村，果然有人上钩了。我估计，我的行动不只八只眼注意到了，兴许另外一个人也注意到了。"

五虎说："谁？"

四羊说："七颗心。"

五虎说："有什么依据？"

四羊说："救八只眼的时候，我发现七颗心也到场，我并没有找他救人，难道他有先知先觉吗？不可能。他一定注意到了我的行动，所以在身后盯着我，自然看见了八只眼掉进坑里。"

五虎叹息："事情这么蹊跷，原来八只眼和七颗心都在盯着你，我小看了七颗心。"

五虎琢磨，恐怕被盯上的人不只四羊，他和六狗也在其内。难道真让那几个人的阴谋得逞吗？只要自己稍有动作，他们就可能紧盯不放，与其被动挨打，不如主动出击，让盯梢的人吃点苦头，不然自己别想过安生日子。当着十宝、八只眼和其他几个人的面，五虎声称自己手头的宝贝要挪窝，可惜找不到好地方。八只眼认为五虎在故弄玄虚，其目的在诱人上当。吃过亏的人知道亏不好吃。五虎看出八只眼不相信，说我会提防盯梢的人。七颗心与十宝私下议论，五虎的话到底是真是假。七颗心认为五虎做事向来如此，不可相信，应该把注意力放在四羊身上。十宝认为自己的魔法起了作用，让五虎一帮人害怕了，所以才动起来。他认为五虎的话不可不信，当然也不能放过四羊，二人之中应该把五虎作为重点。

早饭后，五虎扛着放羊铲出了村，有人看见他腰间吊着一个蓝布袋子，袋子鼓鼓囊囊，在腰间晃来晃去。这个消息立刻传开来，有人猜测袋子里放着干粮，因为有时五虎中午不回家吃饭，喜欢带一点干粮充饥。此话传到十宝耳里，十宝赶紧把消息告诉七颗心，要七颗心盯紧五虎，认为五虎今天必有动作。七颗心原本怀疑五虎，听了十宝的劝说，觉得宁可信其有，不可信

其无，还是盯着为好。十宝特意嘱咐七颗心，今天别去地里干活，死死盯着五虎。七颗心说地里草多，要抓紧时间锄草。十宝急了，说如果你锄不完我帮你锄，七颗心这才呵呵一笑，答应去盯五虎。

五虎赶着羊边走边唱，歌声撩得七颗心心里痒痒的。五虎赶着羊过了一个山包，人影消失在山后。在远处一直盯着五虎的七颗心急了，担心五虎转过山包后藏东西，自己却看不见。他赶紧跑下山，向五虎所在的山包跑去。他怕五虎发现自己，一边跑一边望着五虎所在的山包。他一口气跑到五虎所在的山顶，然后趴在地上，悄悄观察着五虎的一举一动。他看见五虎从腰间解下布袋子，放在手里掂来掂去，总不肯舍手。他真想喊一声，让五虎赶快出手，而五虎好像明白他的心思，偏偏不出手。眼看红日当空，该到吃饭的时候了，五虎却把布袋子又挂在腰间，没有一点要吃东西的意思。七颗心据此判断，袋子里装的东西不是食物，而是他想得到的那件东西。日头毒辣，七颗心趴在地上，头上汗水直流，却不敢动一动，生怕五虎乘他不注意，将腰间的布袋子藏起来。直到日落西山，七颗心始终没有看见五虎有任何动作。他看着五虎赶着羊回到羊圈，关好圈门，然后唱着歌回到村里。

七颗心回到家里，狼吞虎咽，两顿饭并做一顿饭吃。吃完饭，七颗心跑到十宝家里，埋怨十宝害他耽误了锄地的功夫。十宝嘴里直骂五虎，七颗心这才好受一点。其实，即使十宝不叮嘱七颗心盯五虎，七颗心也会盯着五虎，因为七颗心和十宝都到五虎家的猪圈看过，墙上的那块砖的确有移动痕迹，他们都认为五虎转移了宝贝。晚上，七颗心想好好休息一下，嘱咐十宝盯着五虎。

晚饭后，五虎依旧当着八只眼等人的面，声称自己手里握着宝贝，却找不到藏匿的地方。四羊说你不要发愁，我给你找好了地方，单等你出手。听了二人的话，八只眼置之一笑，七颗心和十宝心里痒痒的。

98

七颗心跟踪五虎失败，心灰意冷，感叹运气总跟他开玩笑。八只眼不曾想到自己会弄伤脚，暗恨运气太差。五虎声称要藏宝的消息传到二人耳里，又燃起了他们的希望之火。八只眼暂时不能行动，只能在家里干着急，有时拄着一根枣木棍走出家门，与人们闲聊。七颗心与十宝商量，说自己的运气欠佳，希望十宝替代自己盯着这几个人，十宝一口答应。四羊声称为五虎寻找藏宝的好地方，只是随口一说而已，并没有把此事放在心上，没想到五虎趁身边没人之际，悄悄地问四羊："你真能找到藏宝的好地方吗？"

四羊一愣，说："你真的要藏宝吗？"

五虎说："是的。你给我找一个安全的地方。"

四羊说："你手里真有宝贝？"

五虎说："当然。不是跟你开玩笑。"

四羊皱着眉头沉吟一会儿，说："容我好好想一想，一定要做到万无一失。你看七颗心和八只眼这几个人居心叵测，一直盯着我们，千万要小心。"

五虎说："我明白。他们时时都在盯着我们，你我都得小心。"

四羊回到家，躺在炕上认真琢磨了半夜，认为五虎的宝贝还是藏在家里稳妥。虽然藏在家里有被日本人抄走的危险，可遇到危险可以迅速转移。藏在家里不用时时担心，因为家里时时有人照看。四羊找到五虎，问："你找到藏宝贝的地方了吗？"

五虎说："我独自琢磨了半天，拿不定主意。不过，我认为藏在家里比较保险，你的意见呢？"

四羊说："我的想法也是藏在家里，因为有人看着总比没人看着好。"

五虎说："你认为藏在屋里好还是藏在屋外好？"

四羊说："当然是藏在屋外好，因为你家的院子有大门和围墙，比较安全。如果藏在屋里，万一日本人突然来了，东西来不及转移，那就便宜了日本人。与其便宜日本人，不如便宜了村里的人。"

五虎说："你的话有道理，我再仔细琢磨，你一定要为我保密，千万不能泄密。"

四羊说："我明白。"

其实，四羊怀疑五虎的话，说不定他瞒着自己挖陷阱。

十宝答应七颗心的请求之后，心里暗暗讥笑七颗心无能，为自己一招妖术便让五虎几个人坐立不安而骄傲。不管五虎的话是真是假，不管四羊有没有动静，他都会盯着他们。地里的活，他安排长工去做，白天自己养精蓄锐，晚上牢牢盯着这几个人。十宝不在乎四羊和五虎讨厌自己，晚饭后总喜欢找四羊和五虎凑热闹，四羊和五虎自然知道十宝的不良用心，高兴时假意敷衍，不高兴时一走了之。有时，实在气愤不过，五虎会拉着脸说："别总惦记着别人手里的东西，小心自家的那件宝贝。"

十宝说："我的宝贝藏得很牢靠，没有什么好担心的，我不像你怀里揣着宝贝，找不到藏宝的地方，日日为藏宝贝发愁。我看你随便找个地方藏了，让人心里有个想头。"

五虎说："做你的春秋大梦去吧。我即便把宝贝扔到沟里，决不会让你找到。"

二人唇枪舌剑一番，博得在场的人一通好笑。

五虎出了一口恶气，回家睡觉。四羊知道五虎睡不着觉，夜里一定有动作，所以他想看个究竟。十宝也知道五虎不会早早入睡，一定有所动作。五虎知道十宝不会甘心，一定会在暗处盯着自己。今天出去放羊，听人说日本人这段时间到处扰乱，有的村子连遭不幸，这让五虎心焦。面对日本人的淫威，他想与其无奈，不如顺其自然，回家后倒头便睡。

四羊在远处观察了半夜，看到五虎没有任何动静，也回家睡觉。十宝的行踪，四羊看得清清楚楚，他不明白七颗心为何躲在家里不出门。为了掩人耳目，十宝假装回家睡觉，其实不久就走出家门，躲在五虎家的屋顶附近窥探。十宝从人定一直等到鸡叫头遍，实在熬不住，悄悄骂了一声，便想回家睡觉。突然看见五虎院子里有一个黑影在移动，看样子像五虎的爹，又有点像五虎。他揉揉困乏的眼皮，骂眼睛不争气。眼皮好像听懂了他的骂，眨几眨亮了。他定神仔细看着黑影，黑影走到萝卜窖边，揭开窖上的石盖，钻进窖里。十宝心里不由一阵高兴，骂道："终于露出了狐狸尾巴。"

过了一会儿，黑影钻出窖，把窖盖盖好，蹑手蹑脚走到门口。

十宝看见黑影走到门口，以为黑影回家睡觉去了，心想这下五虎别想有活路了，等着看他在村人面前哭鼻子。他立刻离开屋顶，快速回到家里，倒头便睡。

黑影在五虎的门口停留片刻，便蹑手蹑脚溜到厕所，随后翻墙而去。鸡叫二遍，五虎从睡梦中醒来。他悄悄打开门，手里拎着一个布袋子，向院子的石槽走去。他站在石槽边，向四周瞭望了好久，才弯下腰去。他直起腰，又向四周瞭望了一会儿，才蹑手蹑脚回到屋里。

十宝和那个黑影的举动，还有五虎的举动，远处的一个黑影都看在眼里，此人是守候整整一夜的二老二。

二老二回到家，兴奋得睡不着觉，认为自己发现了惊天大秘密，可仔细一想，又悲观丧气，因为他并没有看清楚五虎在做什么。如果自己和前面的两个黑影一样，只是一厢情愿，以为自己找到了秘密，那只能空欢喜一场。他忧心忡忡，昏然睡去，一觉醒来，日上三竿。他睡眼惺忪，急急忙忙去了一趟厕所，又想起昨夜的事。他正要走出院子，二财主叫住了他，说："昨夜为什么回来那么晚？"

二老二说："我看到有几个人盯着五虎，看到五虎似乎在藏东西，所以回来晚。"

二财主说："你看真切了吗？"

二老二说："你想夜里黑黢黢的，能看真切吗？只看见一个模糊的影子。"

二财主说："那跟没有看见没有两样，为什么不凑近点看。"

二老二说："你说得轻巧，有人在那里盯着五虎，我能凑近看吗？"

二财主说："有几分把握？"

二老二说："七八分。"

二财主说："既然如此，那就把事情弄清楚，别冒冒失失闯祸。你想怎么办？"

二老二说："我想去一趟五虎家。"

二财主说："去了又能怎么样，你能在人家院子里看来看去吗？"

二老二说："我自有主意，你看这样做怎么样？"

二老二凑在二财主的耳朵上低语一阵，二财主点头。

二老二摇摇摆摆走进五虎家的院子，一进院子就喊："谁在家？"

一会儿，五虎的娘走出门，看见是二老二，说："大清早来家，有事吗？"

二老二说："没什么事。五虎和他爹呢？"

五虎娘说："他们都上地去了。"

二老二说："我家的牲口多，石槽少，想买一口石槽。你家的石槽空着，卖不卖？"

五虎娘说："不卖。我家也有用得着的时候。再说这口石槽是祖辈留下来的东西，不到万不得已不会卖，不然五虎爷爷在阴曹地府骂死我们。"

二老二说："这话有道理。虽说祖上留下来的东西不宝贵，毕竟是祖传的东西，的确不能随便卖。这口石槽在这里放了好多年，我看还能不能用。"

二老二说着走近石槽，前后左右看起来。

五虎娘说："石头货，还能放坏吗？有什么好看头，你到别人家打听去吧。"

二老二没管五虎娘的唠叨，围着石槽仔细看了一遍，说："石槽可以用，你们卖了能换几个钱花，何苦空着。"

五虎娘说："我们是穷，可不指望这口石槽过日子。"

二老二知趣，说："我真想买，这才来看，不是来闲逛。"

二老二走出五虎的院子，心里一阵窃喜。五虎娘心里极不高兴，认为财主瞧不起穷人。

八只眼待在家里，盼着脚好，闲来无事，拄着枣木棍走进二财主的院子。二财主看见八只眼一瘸一拐走到门口，知道他一定有事，慌忙迎进屋里。八只眼进屋，坐在炕楞上，气喘吁吁。

二财主说："脚好点了吗？"

八只眼说："还疼。"

二财主说："有新消息吗？"

八只眼说："说不上新，也说不上旧，还是我此前告诉你的消息。不过，你要紧盯五虎，你的宝贝极有可能在他的手里，到该下手的时候了。我等着领赏钱呢。呵呵。"

二财主说："你有多大的把握？"

八只眼说："八成。"

二财主说："既然你的把握如此大，我就动手了。赏钱不会少，你放心。"

八只眼点头。

99

七颗心睡了一夜，仍然感到身子乏困，但他依旧早早起来，扛起锄头上地干活。路过三财主门口的时候，他把锄头靠在墙外，只身走进院子，喊了一声："十宝！"

十宝正在酣睡，没有听见喊声，依旧呼噜大睡。七颗心走到十宝窗户下，又喊了一声："十宝！"

十宝朦胧中答应："谁？"

七颗心说："我。"

听见十宝已醒，七颗心推门进屋，摇着十宝的脑袋说："昨夜怎么样？"

十宝说："你先去地里干活，回来再跟你说，让我再睡一会儿，行吗？"

七颗心说："简单点说，有没有收获？"

十宝说："有。"

听说有收获，七颗心不再追问，打声招呼出了门。上地的路上，七颗心喜滋滋的，心想可以看五虎的好戏了，可又不知道十宝看到了什么情况，看到的情况可靠不可靠。他想起昨夜自己的倒霉事。他趁着夜深，悄悄翻墙进了五虎的院子，听见屋里的人在酣睡，悄悄揭开萝卜窖盖子，钻进了萝卜窖。他划着一根火柴，仔细看窖里的情形，只看见几颗干枯的山药蛋和几根干枯的胡萝卜。再看窖壁和地上，没有发现挖过的痕迹。他据此断定，萝卜窖里没有藏宝贝。他灰心丧气钻出萝卜窖，盖好盖子，翻墙溜出了五虎的院子。原来，白天他站在五虎的屋顶上仔细看了一遍院子，就连犄角旮旯都没有放过，都没有看出可能藏匿宝贝的地方。最后，他决定到萝卜窖里碰碰运气，不想空手而归。他的这次行动，并没有告诉十宝，他想独吞宝贝。十宝说晚上有收获，他不知道十宝发现了什么秘密。他琢磨了好久，始终琢磨不透。

午饭后，七颗心找到十宝，继续打问情况。十宝说："半夜，我看见一个黑影悄悄钻进萝卜窖，估计是五虎把宝贝往萝卜窖里藏，或者担心已经藏在窖里的宝贝，乘夜深进去看一看。"

七颗心说："你什么时辰看到的？"

十宝说；"过半夜了。"

七颗心苦笑一声，说："那是我，怎会是五虎，你误会了。"

十宝说："你不是说自己累了要休息吗？独自去打探，也不跟我说一声。"

七颗心说："我想两人分头行动，得到的情况会多点。"

十宝说："你找到东西了吗？"

七颗心说："没有。我划火柴看了一遍，什么都没有，看来我们还得另想办法。"

十宝说："只能如此了。五虎这只狐狸，尾巴夹得够紧的。"

二老二离开五虎的院子，喜不自禁，边扫院子，边哼着小曲，单等天黑。二财主看儿子如此高兴，以为老二这趟没有白跑，一定得到了可靠消息。他问二老二："有眉目吗？"

二老二说："只能说有八分的把握。"

二财主说："有眉目就好。不过，那两分是什么问题？"

二老二说："昨夜，我看见一个黑影钻进了五虎家的萝卜窖，然后逃出了院子，不知道他是不是盗走了宝贝。"

二财主说："看清楚是谁吗？"

二老二说："没有看清楚，不知道是哪路神仙。不管是谁，各行其道，井水不犯河水。"

黄昏，五虎回到家里，他娘跟他说，二老二来了一趟，要买那口石槽。五虎一听，心里一惊，感觉事情有点蹊跷，为什么偏偏今天来买这口石槽，难道他发现了石槽下面的秘密吗？他认为自己的行动很秘密，不会有人看到。他跟母亲说，如果他再来买，出再多的钱也不卖，就说这是家里的传家宝，卖不得。

晚饭后，五虎到村里串门，碰巧看见了二老二。二老二笑呵呵地对五虎说："我正想找你，你家的那口石槽卖吗？"

五虎说："我家的东西不少，为什么偏偏想买石槽？"

二老二说："我家牲口多，石槽不够用，所以想买一口石槽。我会给你出好价钱。"

五虎说："我知道你不会出好价钱，恐怕不是想买那口石槽，而是想要

别的东西。”

二老二说：“你想多了。你会有什么好东西，我就看上这口石槽，你家的这口石槽空了好多年，与其空着不如卖几个钱花。”

五虎说：“人心隔肚皮，谁知道你心里想什么。”

二老二听出五虎的弦外之音，心里一阵紧张，忙说：“石槽你留着吧，我到别处去买。”

七颗心和十宝也到村里串门，听见五虎在一户人家和几个人闲聊，推门进去。看见二人进门，五虎对七颗心说：“最近看不见你的动静，晚上在家里能待得住吗？”

十宝说：“七颗心家里有婆姨，搂着婆姨总比在外面乱跑有趣。如果你们不相信，早早去他门外听房，保证能听到动静。”

在座的人哈哈大笑，七颗心也跟着笑。十宝又说：“人家七颗心在家搂婆姨，五虎在家做什么？莫不是时时看着你的宝贝，怕人偷了不成？”

五虎说：“不怕贼偷，就怕贼惦记着。我家里是有宝贝，不过不是你家的宝贝，有人敢到我家里偷不成？”

十宝说：“宝贝藏在家里不保险，不如藏在外面。偌大的天地，贼知道你的宝贝藏在哪里。”

五虎说：“你的话很有道理。如果藏在家里，贼偷不走，日本人会抢走，宁可便宜了自己人，绝不会便宜日本人，说到头还是自己人亲。”

几人斗了一番嘴，各自散了。五虎回到家里，早早睡觉。二老二却没有一点睡意，刚才听了五虎的话，感觉五虎似乎知道了他买石槽的真实意图，担心五虎转移了石槽底下的宝贝。他知道五虎是个奸诈的人，刚才可能在有意套自己的意图。这说明他手里有宝贝，做贼心虚，才会时时提防着别人。看来，他家的石槽底下的确有东西。

七颗心和十宝在一起斟酌五虎的话，一致认为五虎的东西藏在院子里。既然宝贝从猪圈转移，会转移在哪里？七颗心在萝卜窖里扑了个空，那又会在哪里？七颗心想到了院子里的那口水窖，十宝眼前一亮，认为七颗心的猜测极有道理，因为没有谁在夜晚可以从水窖盗走东西。

二老二趁五虎熟睡之机，悄悄翻墙进入五虎的院子。他悄悄走到五虎的窗户下，仔细听屋里的动静，听见五虎鼾声如雷。他离开门口，溜到石槽旁边，小心抽出石槽底下垫着的一块砖头，把手伸进去，立刻摸到一个软绵绵的东西。他摸出东西，摸一摸，是个布袋子，沉甸甸的。他来不及多想，赶紧把布袋子揣在怀里，溜进厕所，翻墙而出。

五虎睡梦中突然醒来，心里虚虚的，于是走出门，走到石槽旁边。他摸到那块砖头，慢慢抽出来，把手伸进洞里，发现里面空无一物。他不由骂了一声："狗日的，谁造的孽！"

他把砖放回原处，骂骂咧咧走进屋。

一直守候在远处的七颗心和十宝听到五虎骂骂咧咧，不知道发生了什么事。他们只看见五虎从石槽前走回屋里，点着灯，表明五虎的心情很不平静。二人一时疑惑不解，难道五虎会把宝贝藏在石槽底下吗？如果他到石槽下藏宝贝，为什么还要骂人？二人离开五虎家附近，走到远处，分析五虎的行为。

十宝说："五虎的宝贝一定藏在石槽底下，而不是水窖里。"

七颗心说："为什么？"

十宝说："他一定是不放心，所以半夜起来看一看。"

七颗心说："为什么他要骂人？难道有人盗走了他的宝贝？"

十宝说："这个疑点的确不好解释，不知道他有什么意图。不管是虚是实，我们进去看一看，不能错过机会。"

一向疑心很重的七颗心说："看来五虎手里的确有宝贝，宝贝到底藏在哪里，真不好说。你的话有道理，不能错过机会。老办法，你先进去，我放风，怎么样？"

十宝说："不。我们一起进去，速进速出。"

七颗心说："好。"

二人翻过厕所的高墙，先后进入院子，十宝向石槽走去，七颗心向水窖走去。十宝把手伸到石槽下面，摸来摸去，突然摸到一个洞。他把手伸进洞里，摸了一会儿，感觉空空的。他伸出手，又在其他地方摸，摸了一会儿，摸不到什么。他试着摇动每块砖，发现每块砖都紧紧的，一点都挪不动，这令他很失望。七颗心轻轻揭开水窖上的石盖，把手伸进水窖里，划着一根火柴。他看见圆圆的井壁上没有一点挖过的痕迹，水面上也没有任何东西。十宝凑过来，借着火光仔细看，也没有发现什么。十宝低声说："走！"

二人刚走进厕所，听见身后传来急促的脚步声。

100

八只眼崴了脚，请十一指开了点中药，自己在家熬中药泡脚，脚肿渐渐消了，只是走路还要拄着枣木棍。看见脚无大碍，他拄着枣木棍，挣扎着到地里干活。看见八只眼走路一瘸一拐的样子，四羊很开心，心想头上长着八只眼都看不见路，白长了。每次遇见四羊，八只眼都不好意思抬眼看，只低着头走过去，身后传来呵呵的笑声。八只眼设计让四羊丢了宝贝，四羊经常

怀恨在心。现在八只眼掉进了四羊挖的陷阱，哑巴吃黄连，无处向人诉说。六狗装出一副关心的样子，总问八只眼怎么摔伤的，八只眼说掉进坑里。六狗笑着说，头上长了八只眼居然看不清路，应该再长几只眼。八只眼狠狠盯一眼六狗，不言语，心想老子有叫你叫苦的那一天。

天刚亮，五虎敲开八只眼的门，哭丧着脸说："我的宝贝丢了，你去看一下脚印。"

八只眼穿好衣服，边下炕边问："什么时候丢的？"

五虎说："昨天夜里。"

八只眼拄着枣木棍，跟在五虎身后，走进五虎的院子。五虎指着院子里的石槽，说："我的宝贝就藏在石槽底下，昨夜被人偷走了。你看，那块被盗贼抽出来的砖还在那里放着"

五虎走到石槽前，指着石槽下面的一个洞说："宝贝就藏在这个洞里。"

八只眼走进石槽前，低头仔细看洞，只见洞小小的，只是一块砖大小，刚好能伸进一只手。他又低头看脚下，院子的地是用砖铺的，没有一点脚印。五虎让八只眼仔细看一遍，希望能看到一点脚印。八只眼看了半天，摇头说："这么硬的地面，留不下脚印。"

八只眼问："昨夜关大门了吗？"

五虎说："关了。"

八只眼说："那么盗贼只能从厕所进来，我们去厕所看一下。"

二人走进厕所，厕所的地面也是用砖铺的，也看不出脚印。八只眼说："我们再到厕所的墙外看一下。"

二人走出院子，绕到厕所的墙外。墙外的地面铺着石板，石板缝里长着杂草，也看不出脚印。五虎骂道："哪来的飞贼，什么痕迹都没有留下。如果让老子找到了，剥他的皮。"

八只眼在墙附近仔细搜寻，没有发现明显的脚印，因为这里有一条路，路过的人多，脚印杂而模糊，加之晚上有风。二人一起进入院子，愣愣地坐在台阶上。五虎的娘看见八只眼没有找到任何脚印，大声号起来。五虎娘的嚎叫声惊动了村里人，好多人赶来看热闹。四羊和六狗来了，七颗心和十宝也先后赶来了，二老二最后赶来，就连大财主也拄着拐棍，站在远处听风声。有人看见五虎娘哭得很伤心，问："丢了什么东西？"

五虎娘说："值钱的东西。如果不值钱，我不会大号小哭。"

七颗心问："到底什么东西？"

五虎说："宝贝！"

十宝说："谁让你夸自己手里有宝贝，不然不会丢。"

五虎看一眼十宝，说："我知道，如果我说一文没有，照样有人惦记着我，是不是？”

十宝讪讪地说：“惦记和偷是两码事，惦记怕什么，怕偷。”

二老二挤入人群，向身边的人打问怎么回事，有人说五虎遭偷了。二老二挤到五虎跟前说：“你那么谨慎，居然让人偷了，实在不可思议。不知道谁有这么大的胆子，敢来偷五虎的东西，我看他不想要自己的小命了。”

人们议论一通，各自散去，院子里只留下五虎一家人和八只眼。五虎坐在台阶上咬牙切齿，八只眼在一旁说：“恨没有用，还是想办法寻找。”

五虎说：“深更半夜，怎能知道谁偷走的。没有发现明显脚印，如何去找？”

八只眼说：“如果丢得东西不值钱，只当没丢，慢慢查找。如果值钱，另当别论。”

五虎说：“值钱不值钱一个样，反正是丢了。不过，如果有人问到你，你就说丢了宝贝。”

八只眼说：“什么意思？”

五虎说：“让偷东西的人明白，我不会放过他。”

八只眼心里嘀咕，五虎到底丢了什么？看似丢了不值钱的东西，因为他并没有看出五虎太伤心；又似丢了宝贝，因为他后面的那句话够狠。总之，五虎丢了东西。那么谁偷走了五虎的东西？五虎嘱咐八只眼，帮他寻找盗宝的人。此时，八只眼心里最想知道的不是谁偷了五虎的东西，而是五虎丢了什么东西。他知道从五虎口里掏不出实话，五虎不会那么傻。趁五虎出村放羊之机，八只眼来到五虎家，家里只有五虎的娘。八只眼想从不甚精明的五虎娘口里探出可靠的消息，问：“昨夜几时发现宝被偷？”

五虎娘说：“后半夜。”

八只眼说：“五虎要我帮他寻找盗宝的人，真是宝吗？我心里有个数，好帮你家查找。”

五虎娘支支吾吾，用手比画了一下，说：“是一件宝，装在一个小袋子里。”

八只眼说：“看来真丢了东西。”

五虎娘叹息一声，说：“不知五虎从哪捡来的破东西，硬说值很多钱。那个狠心的贼，不偷财主的东西，偏盯着我家的那件东西。”

看五虎娘说话的语气和神情，八只眼心里有了八九分的底，于是告辞。黄昏，五虎放羊回家，八只眼找到五虎，如此这般一番，五虎点头。八只眼坐在大榆树下，一边抽烟，一边等着来说闲话的人。一会儿，四羊和六狗嘴里叼着烟袋，一起来到大榆树下。看见八只眼坐在大榆树下抽闷烟，并不搭理他们，都很纳闷。四羊忍不住问：“有什么心事，闷闷不乐？”

其实，八只眼在琢磨五虎和五虎娘的话。听母子二人的口气，五虎的确丢了东西，究竟丢了什么东西，他捉摸不定。如果五虎丢的是夜光杯，五虎不仅会背上盗贼的骂名，还会引来大麻烦。五虎已经吃过大财主的亏，难道他不怕再吃亏吗？如果丢的不是夜光杯，那又是什么？是钱？不可能，五虎手里没钱可丢。

八只眼说："只怪我的眼睛少，看不清路边的坑，至今脚还不好，地里草旺，等着我锄地，心里能不急吗？"

四羊说："急什么，你发财的机会来了。"

八只眼不解，说："哪来的发财机会？"

四羊说："五虎没有让你帮他寻找盗宝的人吗？这不是你大显身手的机会吗？"

八只眼淡然一笑，说："一来没有留下脚印，我无从下手；二来你看我的脚，走不了路，我能帮什么忙。"

几人正说着话，十宝和七颗心也来了。八只眼只当这二人没在眼前，接着说："没有金刚钻不揽瓷器活，我倒真想帮他找出盗宝的人，可惜没有这本事。你们知道五虎的宝装在什么里面吗？听说装在一个破布袋子里。那么宝贵的东西装在一个不像样的袋子里，委屈了，难怪要丢。"

七颗心说："看五虎娘哭得死去活来的样子，像是丢了值钱的东西。"

八只眼说："人说女人的眼泪不值钱，五虎娘的眼泪是值钱的。"

七颗心说："女人的心琢磨不透，兴许五虎什么都没有丢，故意让他娘演戏给人看。"

十宝说："看五虎的狠样子，简直想把贼吞进肚里，我看丢了值钱的东西。"

四羊说："丢一文钱也会狠，别说丢的是一件宝。你家那时丢了宝贝，你爹都气红了眼，何况五虎这样的穷人。"

七颗心说："五虎有没有发现线索？"

八只眼说："如果发现线索，他早找上门去了。这个做贼的人真厉害，居然能知道五虎的宝藏在石槽下，居然能轻轻松松地把宝盗走。"

四羊说："天下的能人多得是，岂止五虎一个？"

八只眼说："当然。你们猜谁是这样的能人？"

七颗心摇头，说："心里明白也不敢说，何况不知道谁是这样的能人。"

八只眼说："你等于没说，让想说的话在你肚子里沤粪吧。"

四羊说："不敢说话的人一定心虚，说不定这样的人才是干坏事的人。"

七颗心从嘴里拔出烟袋，说："你别血口喷人！五虎剥我的皮，我挖你的五脏！"

四羊嘿嘿一笑，说："你急什么？我不就说一句闲话吗？"

八只眼说："我看眼前的几位都没有这样的胆量和本事，这样的人在别处。"

十宝说："难道是后村的人？"

八只眼说："如果不是你们几位，还会是谁。"

七颗心说："你有依据吗？"

八只眼说："没有。只是猜测。"

七颗心说："那会是谁呢？"

八只眼说："你们自己琢磨去吧。"

八只眼站起来，推说要回家用药泡脚，拄着枣木棍，一瘸一拐走了。看着八只眼的背影，七颗心说："八只眼喜欢故弄玄虚，不就是想让我们帮他找人吗？我才不上他的当，有本事自己找去。"

十宝说："我看他一定得了五虎的好处，这才替五虎说话，说不定五虎没丢宝，故意让八只眼放烟幕弹迷惑人。"

四羊说："既然如此，你们就别上他的当，看来你们也惦记着五虎的宝。我认为五虎的确丢了宝，有人正拿着宝嘿嘿笑。如果二位喜欢宝，不妨到别人手里去找。"

七颗心说："我不做昧良心的事，有本事自己去挣，为什么要盯着别人手里的东西。"

六狗笑着说："你这话说得好，抬头看看天就知道你说的话句句是真。"

七颗心白了六狗一眼，知道六狗在嘲讽他，说："看看地上的狗，哪有不吃屎的狗？"

看见五虎走来，几个人哑了声，五虎却想听他们的议论。

101

二老二从五虎家的石槽底下摸走一个布袋子，心里喜滋滋的，回家的路上一路小跑，不时捏一捏布袋子，听见哗哗作响，心里不由得咚咚跳。他知道袋子里装得不是宝贝，可能是银元，虽有几分失意，多少有一点收获。他走进院子后，看见爹的屋子没有灯光，知道爹早已睡觉了。他走进自己的屋子，进屋后划根火柴点着灯，把布袋子里的东西哗啦啦倒在炕上，顿时脸上一片阴云。原来布袋子里装得既不是夜光杯，也不是银元，而是红铜元。二老二数一数，只有十几块，并不值几个钱。二老二把布袋子一摔，骂一句：

"狡猾的狐狸！"

本来，二老二想把今天晚上的喜讯告诉二财主，让盼宝心切的父亲高兴一阵，现在喜讯没了，他只好躺在炕上骂五虎，牙齿咬得咯咯响，说："老子找得着你的铜元，照样找得着你的夜光杯，有你哭鼻子的那一天。"

第二天，二财主看见二老二的脸阴沉沉的，知道昨天晚上他没有遇到好事，但想知道发生了什么事。他和颜悦色地问儿子："昨晚没有一点收获吗？"

二老二没好气，冲着二财主说："别问了，那家伙比狐狸还狡猾，本以为找到了夜光杯，其实是十几个臭铜元。真晦气！"

二财主说："在哪里找到的？"

二老二说："石槽底下。"

二财主说："哦。看来他手里的确有东西，他把不值钱的东西藏在不惹眼的地方，把宝贝藏在更安全的地方，你能找到他的铜元够不错了。看来你小子有点本事，如果多用点心思，兴许能找到那件深藏的宝贝。"

二老二说："难。他把铜元藏在如此隐蔽的地方，除了我恐怕谁也不会想到，狐狸再狡猾还是露出了尾巴，我要他把我家的宝贝吐出来。"

二财主笑着说："那就看你的本事了。不过，到底谁偷走了我们的宝贝，现在还是一个谜，但愿你能破解。"

二财主到村里转了一圈，人们都说五虎丢了宝，有人猜测是大财主的宝贝，有人猜测是二财主的宝贝。二财主只是呵呵笑着，不置一词。二财主还听说五虎已经放出话来，说他知道谁偷了他的宝，他会剥了那人的皮。二财主回到家里，把听来的话告诉了二老二，要他这几天不要出门，免得惹出事来。二老二说："难道我怕他不成，他有什么证据证明我偷了他的东西？我不怕。"

二财主说："多一事不如少一事，少一事不如无事，在家待几天憋不死你。一旦让他知道了，真会剥你的皮，他什么事干不出来？"

七颗心听了八只眼的话后，知道五虎并没有怀疑他和十宝，心里坦然了。他找到十宝，一起琢磨八只眼的话，到底有多少可信度。其实，十宝也在琢磨八只眼的话，对八只眼的话，他和七颗心一样，半信半疑。十宝对七颗心说："看来五虎丢宝毋庸置疑，你的七颗心加上我的一颗心，八颗心都比不上别人的一颗心，村里的确有能人。过去五虎是一个穷光蛋，现在还是一个穷光蛋。八只眼说后村里的人偷了五虎的东西，而并没有怀疑我们，说明他有线索，他靠鞋印找人的本事不能小看。你说后村谁是这样的能人？"

七颗心说："六狗。"

十宝说："六狗熊样，他有那本事？你我都没有这本事，他能有吗？再说，他会打五虎的主意吗？不可能。”

七颗心说：“那会是谁？大财主家的两兄弟成天忙里忙外，能有机会出来吗？不可能。难道是二财主家的那两个儿子吗？”

十宝说：“二老大一直忙地里的活，最近看到二老二很闲，晚上到处串门，会不会是他？”

七颗心说：“有可能。那家伙是个愣头青，没有他不敢干的事。村里谁敢打五虎的主意，除了我俩就是他。八只眼不是提到了后村的人吗？二老二就是后村的人。八只眼这家伙真奸猾，他一定知道是二老二干的，又怕得罪二财主，所以不出面，撺掇别人出面。这样，他既为五虎找出盗宝的人，还不得罪人，甚至还能到二财主那里领赏钱。再说，上次我们进五虎的院子，二老二看到了，说明他一直在打五虎的主意，何况有八只眼为他家做参谋，盗走五虎宝贝的人一定是他。”

十宝说：“你的话不无道理，不管是真是假，我们应该探一下虚实。如果二老二真没有偷，那么就可以断定宝还在五虎手里，我们还可以打五虎的主意；如果二老二真是贼，我们可以打他的主意。”

七颗心说：“有道理。如何下手？”

十宝说：“容我想一想。”

晌午，八只眼拄着枣木棍，走进二财主的院子。二财主在家抽烟，听见院子里有声音，抬头往窗外看去，看见八只眼拄着枣木棍走进来。八只眼走进二财主的屋子，二财主赶紧让座，八只眼谦让一句，坐在一条板凳上。

二财主说：“听到什么传言了吗？”

八只眼听出了二财主的意思，说：“听说了。”

二财主说：“听说五虎丢了宝，是真的吗？”

八只眼说：“是真的。”

二财主说：“谁有这么大的本事偷他的东西，虎口夺食啊。”

八只眼说：“是啊。五虎是个防范意识很强的人，有人居然能偷了他的东西，这人真是一个大能人。”

二财主说：“知道谁偷的吗？”

八只眼说：“他请我去看脚印，我看出了眉目，他心里本来就有谱。”

二财主说：“能看出脚印吗？”

八只眼说：“能。”

二财主说：“知道是谁吗？”

八只眼说：“五虎说可能是后村的人。”

二财主说：“谁？”

八只眼说：“他不明说，但我知道他怀疑的人。我不愿意参与此事，让

他自己去找吧。”

二财主说：“你不参与好，不然会给你惹麻烦，多一事不如少一事。”

八只眼说：“我也这么想。不是什么事都可以参与的，有的事可以帮人一把，有的事则不能，你说是不是？”

二财主说：“这事你别帮他了。”

八只眼说：“嗯。如果五虎这次丢的是夜光杯，事情真相就大白了；如果五虎丢的不是夜光杯，不值一提。你估计五虎丢的是不是夜光杯？”

二财主说：“估计不是。五虎那么奸猾，那会丢宝，丢别的东西倒有可能。”

八只眼说：“哦。这么说来他没有失宝。”

二财主略迟疑，说：“也不一定。谁都有疏忽的时候。”

其实，八只眼是来向二财主探虚实。听了二财主的话，他心里有了底。

六狗从地里回家，看见八只眼从二财主家走出来，好生奇怪。他想，八只眼不顾脚疼，特意来二财主家跑一趟，必定有事。他向来对八只眼怀有戒心，时时提防着八只眼。他回家放下锄头，跑到四羊家里，找四羊说话。一会儿，四羊从地里回家，看见六狗早已来家，知道六狗一定有事。

四羊说：“有事吗？”

六狗说：“八只眼去二财主家，不知道有什么事情，他不会平白无故上二财主的门。”

四羊说：“是的。可能与二财主失宝的事有关，也许与五虎失宝的事也有关。五虎失宝找八只眼帮助找人，可能五虎失宝的事与二财主有关。既然如此，就让事情真相大白。”

六狗说：“你有办法吗？”

四羊说：“有。”

六狗说：“什么办法？”

四羊说：“你跟着我走一趟，到时候让你看一场好戏。”

四羊和六狗到大榆树下乘凉，看见七颗心正坐在树下抽烟。二人走到七颗心跟前，七颗心只抬头看了一眼，也不说话。四羊看出七颗心在想心事，便说：“你在琢磨什么？”

七颗心说：“没有什么事值得琢磨，庄稼人只考虑种庄稼的事，无须琢磨别的事。”

四羊说：“我得到一个消息，八只眼认为二财主家的人不正经，做了不该做的事。”

七颗心说：“什么事？”

四羊说：“你一定猜得着，不就是五虎失宝的事。”

七颗心故作惊讶，说：“会有这样的事吗？”

四羊说：“八只眼的眼路宽，什么事能逃出他的眼？现在，说不定二财主正在家高高兴兴欣赏宝贝。他丢了宝贝，又从别人手里找回宝贝，好运气啊！”

七颗心说：“难怪——”

四羊说：“难怪什么？”

七颗心说：“没什么，没什么。”

四羊和六狗看到七颗心欲言又止，知道他心里有话想说，只是因为忌讳他们二人才把想说的话咽回去。七颗心推说有事，立刻离开四羊和六狗，直奔三财主家。见到十宝后，七颗心悄悄跟十宝说：“有要紧事。”

十宝说：“什么事？”

七颗心把四羊的话说了一番，十宝说：“难怪二老二每天晚上到处乱跑，原来他真知道五虎的藏宝处。他好厉害，居然超过我们二人。我们不妨探探虚实，你看如何？”

七颗心说：“即使探出虚实又能怎么样，还不是眼睁睁看着人家高兴。”

十宝说：“你不明白其中的道理，你仔细琢磨一下，该去不该去。”

七颗心心里蔫蔫的，非常失意，他感到自己不仅比不上八只眼，就连愣头青二老二也比不上，太丢人。他带着十宝提出的问题走出院子，打算回家好好思考。

102

天黑后，四羊在村里串了一会儿门，信步走进六狗的院子。六狗明白四羊的来意，便递给四羊烟袋，让四羊抽烟。六狗说：“我刚炒的烟叶，很好抽，多抽几口。”

四羊装好烟，抽了几口，赞道：“好！”

六狗说：“今晚能看到一场好戏吗？”

四羊说：“能。七颗心逃不出我的手心，他听了我的话，不会无动于衷。”

六狗说：“我相信你的话。你说五虎那么精明，居然让二老二这个浑小子得手，真不可思议。二老二怎么知道五虎藏宝的地方？”

四羊说：“我也说不清，这是一个谜。不过，五虎一定露出了破绽，这才让二老二得逞。别看二老二愣头愣脑，确长一双火眼金睛，我自叹不如，

更不必说七颗心。”

六狗说：“二老二发财了，不知道是不是他家丢的那件宝贝。”

四羊说：“天知道。”

二人抽烟说闲话，不知不觉夜深了。六狗催促四羊早点出去看动静，四羊说不急。六狗急着上厕所，急忙跑出院子。四羊说：“动静小点，别让他们发现。”

六狗站在厕所，一边小便，一边扭头看着厕所下面不远处的动静。六狗家的厕所距离二财主家很近，也就一箭之地。六狗看见没有什么动静，有点失望。他站在厕所看了一会儿，仍然不见人影，便想回到院子。他刚走出厕所，忽然看见远处出现了两个黑影。黑影走一会儿，停一会儿，好像在不停地观察周围的动静。六狗赶紧钻进厕所，蹲下身子，只露出一个脑袋，往外看着黑影的动静。他看见黑影径直向二财主家的院子走来，心想四羊这小子真猜对了，他像七颗心肚子里的蛔虫，把七颗心的心思摸得一清二楚。另外一个人是谁？他看不清楚，想找四羊一起来看。

四羊在院子里抽烟，烟锅里的星火一闪一闪，烟雾被黑暗吞噬。他一边过着烟瘾，一边等六狗回来。等了几袋烟的功夫，不见六狗回来，心想外面一定有动静。他吹掉烟锅里的烟灰，走出院子，看见六狗蹲在厕所旁边一动不动。他赶忙猫着腰往远处看，看见两个黑影已经走到二财主家的院子外面，心里不由一阵高兴。四羊悄悄溜到六狗身边，低低地说：“别弄出响声来。”

两个黑影在院子外面停留片刻，先后走进院子，一个蹲在二财主的窗户下，一个蹲在二老二的窗户下。四羊悄悄跟六狗说：“怎么样，有好戏看吧？”

六狗说：“他们想盗窃还是想偷听？”

四羊说：“估计院子里没有东西可偷，恐怕只是听听而已。”

六狗说：“人家屋里人会说给他们听吗？夜这么深了。”

四羊说：“明天就知道了。”

蹲在二老二窗户下的黑影，紧挨着门口，将身子紧贴着墙，默默谛听。初时，屋里没有一点动静，门外的黑影毫不在乎，依旧静静等待着。不久，黑影听到屋里有些许动静，赶紧把头移向窗户，竖着耳朵。他听见屋里有被子响动的声音，接着听到一个软软的声音：“这么晚了，我困。”

一个愣愣的声音：“不晚，我给你揉一下就不困了。”

屋里飞出一串脆脆的笑声：“好痒痒！”

接着，黑影听到屋里一阵骚动，一阵疾风暴雨，一阵和风细雨，一阵悄无声息。黑影一阵躁动，想笑，想跑，脸上留下一个黑黑的笑影。一会儿，他听到一个声音：“你就知道晚上折腾我，有本事出去弄点钱回来，我们手头宽裕点。”

又一个声音：“不是给你弄回来了吗？”

一个声音：“几个破铜元，能用吗？值几个钱？有本事把咱家的夜光杯弄回来。”

又一个声音：“不要急，我迟早会给你弄回来。他是孙悟空，我是如来佛，他出不了我的手心。”

一个声音：“我看你只有吹牛的本领，如果真有本事，家里的宝贝不会被人偷走。”

又一个声音：“旧账别提了，彼一时此一时，我不是吃素的。”

蹲在二财主门下的黑影纹丝不动，像钉子钉在地上一样。他等了很久，屋里没有一点动静，只有二财主的鼾声。他有点不耐烦，想到二老二的窗户底下听，二老二窗户底下的黑影却走了过来，两个黑影凑到一块儿，静静听动静。过了一会儿，屋里有了动静，听见撒尿的响声，两个黑影高兴了。果然听见了二财主的话音：“老二不知道出去没有？”

婆姨嘟囔：“没有。他也该歇两天了，老是深更半夜出去，折腾坏身子，得不偿失。我盼他晚上多下点功夫，再给咱生个孙子。”

二财主说：“你就知道生孩子，没有钱怎么养活孩子，他应该把五虎手里的宝贝给我弄回来，别让那小子卖掉换钱花。”

婆姨说：“东西到了人家手里，要想再回到自己手里不容易，再说老二没那本事。”

二财主说：“要从五虎手里弄宝贝，比上天还难，只能尽力而为，可惜老二没有长一个好脑子。”

两个黑影听到这里，一个黑影溜出院子，另一个尾随而去。出院子后，两个黑影直奔前村。四羊和六狗赶紧离开厕所，跑到高处瞭望，看见两个黑影走进十宝家的院子。

六狗说：“一个是十宝，另一个是谁？”

四羊说：“除了七颗心还会是谁，一定是他。估计他们听到了什么，不然不会一起到十宝家。回家睡觉，明天再说。”

四个人的动静，让一直蹲在枣树后面的八只眼看得一清二楚。他和四羊一样明白十宝和七颗心的用意，知道二老二惦记着五虎的宝，也知道十宝和七颗心也惦记着五虎的宝。究竟谁偷走了五虎石槽下的东西，此时他更明白了。二老二到底偷走了五虎什么东西，现在还是个谜，因为五虎尽管找他帮忙，并说丢失的是一件宝，可他并不相信五虎的话。从他对二财主的试探得知，五虎丢得不是夜光杯，而是钱或别的东西。他推测，如果七颗心和十宝各自回家，可能没有探听到消息，他看见七颗心跟着十宝到了十宝家，一定

听到了有用的消息，这才聚在一起商议。他暗笑一声，只等天亮后见机行事。

五虎丢了东西，心里疑惑不解，不知道谁有如此眼力，竟然发现他藏匿东西的地方，并且轻而易举偷走了。他找不到丝毫线索，只有寄希望于八只眼。八只眼的脚伤没有好利索，晌午一直坐在大榆树下乘凉，有过往的人就招呼陪他闲聊。四羊下地回来，扛着锄头路过大榆树，八只眼赶紧向他招手。四羊正想歇一会儿脚，于是走到大榆树底下和八只眼一起抽烟。两人正在抽烟闲聊，七颗心也扛着锄头路过此地，八只眼赶紧向七颗心招手，七颗心只好过来，三人一起抽烟闲聊。四羊瞅着七颗心笑，七颗心不高兴，说："有什么好笑的，我不是一个俊俏婆姨。"

四羊说："你比一个婆姨更好看，你身上有十分可爱的地方。"

七颗心笑了，说："婆姨可以供你玩耍，我能给你什么好处。"

四羊说："你的身子不值钱，你会挣钱。"

七颗心说："如果我会挣钱，不至于这么穷。"

八只眼急于了解昨夜的情况，不愿意听二人闲扯，便说："五虎的东西被偷了，他成天忙着放羊，没有时间关心一下，我看只有让人家白拿了。"

四羊说："不可能。五虎的东西比别人的东西值钱，他决不会放过偷东西的人。不过，他没有丝毫线索，要找出偷东西的人不容易。"

七颗心说："听说五虎找八只眼帮忙，总会有办法。"

八只眼说："我实在无能为力，脚伤不好，走不了路，不能帮他查访。"

四羊说："五虎找错人了，应该找七颗心帮忙。"

七颗心不高兴，瞅着四羊说："我能帮他什么忙？我的本事哪有人家八只眼的本事大。"

四羊说："你别贬低自己，你一定知道偷五虎东西的人是谁，而且知道偷了什么东西。"

七颗心更不高兴，说："偷钱是暗地里的事，我怎能知道，我不是神仙。如果我有十宝的那两下子，兴许能找到线索。"

四羊笑了，说："你不是经常跟十宝在一起吗？难道就没有沾一点仙气？我看沾了。你昨夜蹲在人家窗户底下做什么？"

七颗心知道昨夜偷听的事被四羊发现，明知赖不过去，只好说："我们去听二老二的房事，图个好玩而已，没有别的用意。"

八只眼说："还有谁？"

七颗心知道说漏了嘴，只好说："十宝。"

四羊说："听到了吗？"

七颗心笑着说："二老二那家伙猛得很，如狼似虎。"

四羊说："二老二的本事岂止这一点，还有大本事，不然怎会吸引你们去偷听。”

七颗心说：“二老二有什么大本事，我不得而知。不过，人不可貌相，海水不可斗量，别看他愣头愣脑，其实真有两下子。”

八只眼说：“那副傻乎乎的样子，能有多大的本事，到地里干活倒是有点蛮劲。”

七颗心白了八只眼一眼，说：“你以为就你的本事大吗？你做不到的事，人家做到了。”

八只眼说：“他真有这么大的本事？”

七颗心说：“当然。”

八只眼说：“他得到宝了？”

七颗心说：“如果得到的是一件宝，他发大财了，可惜他的运气不好，只摸到几个铜元。人算不如天算，命里不该他得人家的宝，还是得不到。”

四羊笑了，说：“你轻而易举探出了二老二的秘密，真有两下子。”

七颗心说：“我没有挣钱的本事，但是有一点小聪明，别认为我一无是处。不过，我只是说说而已，到底人家得东西没有，我并不清楚，你们不要认真。如果这话传到五虎耳里，五虎会剥二老二的皮，那样我惹的麻烦就大了，我吃罪不起。如果别人找我的麻烦，我就找你们的麻烦。”

四羊和八只眼笑了，齐声说：“我们会为你保密。”

四羊为自己的小计实现而高兴，心想七颗心再聪明也有上当的时候。八只眼了解到五虎丢东西的真相，可以给五虎一个交代，也很高兴。

103

五虎一心想找到偷东西的人，看谁有这么大的胆子和本事，可一直没有找到可靠的线索。他问八只眼有没有找到线索，八只眼怕惹出麻烦，只好推说找不到任何线索，让五虎耐心等待。同时安慰五虎，如果丢的东西不值钱，不要太费心思，权当让日本人抢走了。五虎不死心，说一定要找下去。五虎找到四羊，跟四羊诉说苦衷，让四羊给自己拿主意。四羊是个聪明人，也怕惹出麻烦，主张五虎看好手里现有的东西，不要再丢就可以了。五虎仔细斟酌八只眼和四羊的话，觉得二人的话有相似之处，似乎二人隐藏着不便言传的秘密。他不得其解，找六狗问情况。六狗告诉五虎，他也没有具体的消息，只看到十宝和七颗心在二财主门下偷听。五虎莫名其妙，不知道二财主和十宝、七颗心之间有什么瓜葛，与自己丢东西又有什么关联。

八只眼从七颗心口中知道，二老二只偷走五虎的几个铜元，二老二是冲五虎的宝贝去的，而不是冲五虎的钱去的。二老二知道五虎手里有宝贝，与他给二财主传递消息有关。自从他得到七颗心给他的两只鞋，一直怀疑五虎与大财主的宝贝有关，至少是怀疑对象之一。如何能够确认五虎的宝贝是从谁手里得来的，是摆在他面前的一个难题。他只要能够确认，无须自己亲自动手，只需把消息告诉大财主或二财主，让他们自己动手，就可以得到可观的赏钱。

当然，八只眼从那两只鞋也做了另外一个推测，盗走大财主宝贝的人不是五虎，而是另外一个人。从鞋的大小来看，除了五虎之外，最适合穿的人是六狗。从大财主烟囱下留下的脚印来看，盗宝的人只有一个人，而不是两个人。到底是谁穿着这只鞋去盗大财主的宝，他需要弄明白。自然，还有他找到的那双乞丐留下的鞋，到底是五虎穿着它去盗二财主的宝，还是六狗穿着它去盗二财主的宝，他也无从知晓。四羊、五虎和六狗三人关系很密切，可从鞋的来处和大小来看，都将四羊排除在外，难道四羊真的与此无关吗？

八只眼找到四羊，说：“你如何看十宝和七颗心偷听二老二这件事？”

四羊说：“他们二人想知道二老二是不是偷了五虎的东西，偷了什么东西。”

八只眼说：“人家二老二偷的是五虎的东西，又不是偷走他们的东西，他们没有必要去管闲事，五虎并没有让他们二人帮忙，他们得不到五虎的一点好处，何苦呢？”

四羊说：“难道他们不想得五虎手里的东西吗？”

八只眼说：“想。看来事情的真相大白了。”

四羊说：“是的。”

八只眼说：“你认为十宝和七颗心会下手吗？二老二还会下手吗？”

四羊说：“都有可能。”

八只眼说：“如此说来，我们有好戏看了。”

四羊说：“是的。”

八只眼说：“七颗心给了我两只鞋，是从五虎那里找来的，其中一只鞋与大财主的宝贝有关。”

四羊说：“另一只鞋呢？”

八只眼说：“无关。不过，我看出是谁穿过的鞋。”

四羊说：“谁？”

八只眼说：“暂时保密，日后就知道了。”

四羊寻思，八只眼心中的那个谁是谁？是自己还是别人？

八只眼说：“你认为五虎手里有宝贝吗？”

四羊说："不知道。"

八只眼采用敲山震虎的方法，试探四羊的反应，四羊佯装糊涂。四羊看到八只眼怀疑五虎，心里为五虎担忧，因为大财主是个强硬人物，什么手段都敢使。四羊找到五虎，提醒他小心遭人暗算，五虎却一点不害怕，如果大财主再找他的麻烦，他会以死相拼，现在想弄清楚谁偷了他的东西。不过，他仔细琢磨四羊的话，认为有人还在惦记着自己。

晚饭后，不少人聚在大榆树下说闲话，五虎看到十宝在场，开门见山说："听说你最近发财了，是不是？"

十宝说："我会发什么财，我没有偷你的东西，哪来的财可发？"

五虎说："不一定吧。贼喊捉贼的事毕竟很少。"

听见五虎如此说，十宝怒了，瞪着眼睛说："你别血口喷人，我十宝身正不怕影子歪，你到我家去找找，看有没有你的东西。"

五虎看到十宝愤怒的样子，看出十宝没有偷，偷自己东西的人应该是二老二。五虎笑着说："跟你开个玩笑，不要当真。你没偷，是好事，不会招来麻烦。你们知道我是不好惹的人，大财主我都不放在眼里，何况别人。听说你知道偷我东西的人，是不是？"

十宝说："我不知道。"

五虎说："我知道你知道，只是不愿意说而已，是不是？"

十宝笑了，说："我知道又怎么样，我不会告诉你，你自己去查访。"

五虎笑了，说："我知道，是后村里的人，对不对？"

十宝说："不知道。"

五虎说："我正告居心不良的人，谁惦记着我的东西，没有好下场，我不会轻饶他们。我希望他们管好自己的手，别到处乱摸。"

十宝找到七颗心，把五虎的话跟他讲了，七颗心说要小心行事，不可冒失。不过，如果我们不下手，二老二会下手，那就没有我们的份了。十宝认为与其让人得好处，不妨冒点险，兴许有一得，反正五虎的东西是不义之财。如果得到的东西是夜光杯，即便被发现五虎也无话可说，因为原本不是他的东西。

有人把五虎说的话传到八只眼耳里，八只眼眼睛一眨，计上心来，赶紧拄着枣木棍去找二财主。二财主看见八只眼来了，忙问："有消息吗？"

八只眼说："看来五虎发现了偷东西的人，并且正告打他主意的人，看样子他手里的确有东西，他质问十宝是否偷了他的东西，十宝矢口否认。看来十宝也在盯着五虎手里的东西，说不定会下手。"

二财主说："那我也没有办法，我不可能去偷人家的东西，哪怕是五虎从我手里盗走的那件宝，只能看着人家高兴。"

八只眼说：“如果五虎手里的东西是你的宝贝，让十宝拿走岂不可惜。不过，五虎会提防，十宝不容易得手。”

二财主嘴上不在意五虎的东西，却不停地吸着烟，现出一副很着急的样子。八只眼看出了二财主的心思，安慰道：“你别着急，如果你有办法就别让他们抢走，没办法只能顺其自然，千万别闹出乱子来。”

二财主说：“你的意思我心领了，我自有主张。”

八只眼高高兴兴离开二财主，单等看一场好戏。不巧，六狗又看见八只眼从二财主家出来，心里又犯了嘀咕。

下半个月，夜里村子里总是黑黑的。自从丢了那几个铜元，晚上五虎时刻注意院子里的动静，一心想抓着再来光顾的贼。然而一连几夜，院子里静悄悄的，没有一点动静。渐渐，五虎松懈下来。五虎跟村里人说，我的东西藏在院子里，居然没有人敢来拿，我可以高枕无忧了。听到五虎的话，有人窃笑，有人牙齿咬得咯咯响。八只眼有点沉不住气，难道真的没有人敢动五虎的东西吗？他不相信。有次看到七颗心，八只眼说：“你这么清闲，也不弄出点动静来。”

七颗心说：“你是说五虎那里吗？我可没那本事，让有本事的人去动静。不过，我想自然有人会弄出动静来。”

八只眼说：“据我看，有人已经蠢蠢欲动了，先下手为强，落到后面就没有份了。”

七颗心说：“有人在打五虎的主意吗？”

八只眼说：“当然有。”

七颗心闻听此言，心里有点慌，嘴上却说：“让人家动静去吧。白天干活累，晚上我还想睡个好觉，不想熬坏身子。”

自从看到八只眼走出二财主的院子，六狗心里不安，估计村里一定会出现动静。他认为八只眼是村里最可恶的人，需要时时提防。他跟四羊说村子里不会安宁，因为有八只眼和七颗心这样的人作祟。有次六狗看见七颗心和十宝在一起嘀嘀咕咕，更加确信自己的判断。

二老二下地回家，二财主把他叫到屋里，把八只眼的话告诉他，二老二咬牙切齿，骂道：“这盘子肉不是别人的，居然有人想抢走，没那么容易，小心我砸断他们的手！”

二财主劝告儿子，要学会用脑子处理事情，不要只靠那股蛮劲，担心二老二把事情弄砸。

104

半夜，下起了大雨，五虎睡得特别死。白天满山跑，夜里一觉香。五虎的呼噜声山呼海啸一般。

七颗心睡不着觉，心里老想着五虎手里蓝莹莹的夜光杯。他从八只眼的口中得知二老二依然在打五虎的主意，说不定那一刻就将五虎的夜光杯揣入怀中。他心事重重，想独自下手，苦于没有线索，又怕被五虎发现不得脱身。他去找十宝商量，把八只眼的话跟十宝说了一遍，十宝心里也着急。二人都知道，要想盗走五虎的宝贝，必须先知道五虎的宝贝藏在哪里，这个难题让二人在油灯下挠头不已。眼看一盏灯油快熬尽，二人叹息复叹息。

七颗心说："白天你去五虎家，连一点线索都没有找到吗？"

十宝说："我在院子里转了一圈，没看出什么。我又到屋里坐了一会儿，也没看出什么，五虎娘的眼滴溜溜转，死死盯着我，生怕我看这看那。"

七颗心低头抽闷烟，好久不出声。十宝看见七颗心这副样子，泄了一半气。为了给七颗心鼓气，同时也给自己鼓气，十宝说："没有不透风的墙，既然五虎不敢把宝贝藏在屋里，一定藏在院子里的某个地方，只要我们仔细观察，仔细琢磨，总能找到。你说二老二是怎么发现五虎的钱？难道他真有一副天眼？"

七颗心说："二老二的确很神奇，不是你我比得了的。我们再分头去五虎家观察一下，看能不能找到一点线索。如果找不到线索，只有盯着二老二，看他如何下手。"

十宝说："如果二老二下手了，还有你我的份吗？"

七颗心说："你听过这样一句话吧，螳螂捕蝉黄雀在后。"

十宝依然不明白，说："难道你从人家二老二手里抢宝不成？"

七颗心说："当然不会。你没有看见人们赶麻雀吗？只要你喊一声，麻雀就会飞走，到口的食不就扔下了吗？那时，我们可以顺手牵羊。"

十宝说："你想得太美了。二老二得不到东西，他会让你抢走吗？二老二怕喊声，难道我们不怕喊声？"

七颗心说："到时候再说，随机应变。"

十宝说："依你看，二老二知道五虎藏宝的地方吗？"

七颗心说："有可能。他家住的高，可以随时看到五虎家的动静，上次说不定就是被二老二看到了，否则他不会吃得那么准。"

十宝说："那我们就静观其变，看二老二又演一出什么戏。"

六狗住的地方高，走出院子几步远就可以看见半个村子的情况。晚上，他看见七颗心走出自家院子，去了十宝家，于是跑去跟四羊说七颗心鬼鬼祟祟。四羊说他向来如此，不值得大惊小怪。听四羊一说，六狗也就没有把此事放在心上，只管到村子里闲逛。半夜，突然下起雨来，刚刚睡着的四羊被大雨惊醒，莫名其妙地惊坐起来，愣愣怔怔，感觉要发生什么事。他坐了一会儿，觉得自己想多了，就躺下来睡觉。

躺了一会儿，四羊觉得心里烦躁，干脆出门站在屋檐下。雨潇潇，四羊感到很凉快，想多享受一会儿凉意，突然想起了六狗的话，意识到七颗心和十宝可能乘下雨做点什么。又一想，这样的天气他们能做什么，难道他们不怕雨浇吗？不妨看一看。他等了一会儿，看见雨小了，就披着衣服走到院外。透过雨幕，他隐隐约约看见五虎家的院子里有黑影在移动。他觉得奇怪，难道他们真下手了吗？他小心翼翼走下一个小坡，尽量靠近五虎家的院子。这时他真真切切看见两个黑夜在移动。怎么办？要不要惊动他们？凭着与五虎的交情，他不愿意让五虎失掉财宝，不愿意让这两个人阴谋得逞。一旦五虎的东西丢失，即使自己告诉五虎是谁偷了他的东西，也未必能要回来。与其让他们偷走，莫如让他们空手而归。四羊躲在暗处，轻轻咳嗽两声。四羊的咳嗽果然奏效，看见两个黑影赶紧溜到五虎家的厕所。他们要逃走，还是暂时到厕所躲避一会儿？四羊想观察一会儿。一会儿过去了，毫无动静，四羊估计他们听到咳嗽后以为被人发现，溜出了院子。天依旧下着雨，四羊被雨淋湿了，身上觉得有点冷，便转身回家。途中，他下意识往五虎院子里看了一眼，看见两个黑影又出现在院子里，四羊发火了，低低骂道："两个不要脸的东西！"

四羊转回身，又小心翼翼靠近五虎的院子，看见两个黑影悄悄移到五虎的窗台底下。四羊知道窗台底下有个灶台，平时五虎家在此生火做饭。四羊琢磨，难道五虎的东西藏在灶台里吗？仔细琢磨，四羊觉得灶台下面的灰膛的确是个藏东西的好地方。他看见两个人爬在灶台下，不知道在做什么。决不能让他们得手，四羊大声咳嗽了两声。听见咳嗽声，两个黑影爬起身来，离开灶台，再次溜进厕所。四羊笑了，笑他们的胆子不大，两声咳嗽就把他们吓走了。这次他要多等一会儿，看他们是真走还是假走。四羊蹲在暗处一动不动，死死盯着五虎的院子。过了好久，四羊没有看见动静，他转移地点，到别处看这两个黑影的动静。四羊走到能看见五虎家厕所的高处，看见两个黑影在厕所的墙外待了一会儿，向十宝家走去。四羊心想，明天得提醒五虎，让他一定注意防范，否则会出娄子。四羊放心回到家里，脱下湿淋淋的衣服，准备睡个好觉，认为自己两次吓走了盗贼，他们绝不会再有动作。一会儿，四羊进入了梦乡。

雨停了一会儿，又下起来了，潇潇雨声没有惊醒四羊。五虎在酣睡，全然不知道院子里发生的事情。雨幕中出现了一个黑影，这个黑影仿佛从地里钻出来一样。黑影在雨中停一会儿，走一会儿，走走停停，一直走到五虎家厕所外的墙底下。好久，这个黑影没有一点动静，似乎粘在了墙根下。雨依然在下着，黑影突然在五虎家的院子里露面了。黑影轻抬脚步，生怕院子里的积水弄出大声音来。他紧紧贴着门前的台阶，猫着腰，慢慢往五虎家的窗台前移动。院子里除了哗哗的雨声，听不见其他声音。黑影渐渐靠近灶台，在离灶台不远的门口停下脚步，把耳朵贴在门上，听屋里的动静。屋里除了均匀的鼾声，再没有别的响动，黑影慢慢走到了灶台跟前。黑影蹲在灶台底下一动不动，静听着屋里的动静，突然黑影离开灶台，快速向厕所走去。

一会儿，五虎的门开了，走出一个人影，站在门口，向院子的四周看了一会儿，然后蹲下身子，把手伸向灶台下的灰膛里。一会儿，人影回到屋里，屋里一片沉寂。

躲在厕所里的黑影把灶台前人影的动作悄悄看在眼里，尽管雨幕没有让他看清楚人影的具体动作，但他知道人影在做什么。待人影进了屋，关上门，又过了很久，黑影再次出现在院子里。他依旧猫着腰，轻手轻脚，向五虎的门口走去。

黑影在院子里的行动，被五虎屋顶上的一个黑影看在眼里。屋顶上的黑影卧在地上，头微微露出屋檐，院子里的动静尽收眼底。

院子里的黑影把耳朵贴在五虎的门上，静听了一会儿，然后蹲下身子，爬到灶台跟前，把手伸进灶台下面的灰膛。突然，黑影的头上掉下一块小小的土块，土块恰好掉在黑影的头上。黑影的头猛一缩，直起身子，想撒腿逃离，又蹲下了身子，显然怕自己的跑步声惊动屋里的人。他摸一摸头顶，黏糊糊的，是一团泥巴。他抬头看屋檐，看不到什么东西，原以为有人在屋顶往他的头上抛东西，看来是雨水将屋顶的泥土冲下来掉在了头上。他又将手伸进灰膛，一会儿快速离开院子，溜进厕所，翻出墙外。

黑影离开墙外，有意绕到别处，然后脱下脚上的鞋，换了另外一双鞋，向村外走去。

屋顶上的黑影尾随在黑影的身后，也向村外走去。

鸡叫头遍的时候，五虎的院子里又出现了两个黑影。他们悄悄走近五虎门口的灶台，一个黑影的头紧贴着门，一个黑影蹲下身子，把手伸进灰膛。一会儿，一个黑影站起来，悄悄走下台阶，向厕所走去。另一个黑影紧跟其后，一起走进厕所，翻墙而去。

105

天刚亮，五虎的爹就叫醒五虎，说刚下过一场雨，锄地省力了。五虎爬起身，扛着锄头，跟在爹身后，向自家的地里走去。

早上，天气很凉快，人们都睡得很死。四羊起身，突然想起昨夜的事，急忙穿上衣服，走到院子外面，朝五虎家望去，只见五虎家的大门敞开着，院子里很安静，他猜想五虎和爹一定早起锄地去了，母亲还没有起来。他点着一袋烟，过着烟瘾，同时看着五虎家的院子，看五虎娘起床后有什么反应。他看了一会儿，看见院子里没有什么动静，就扛起锄头，到自家地里去锄地。他估计五虎一家人一定不知道昨夜院子里发生的情况。

七颗心醒来，已经日出一竿了。他睡眼惺忪，揉揉困乏的眼睛，打着哈欠，扛起锄头走出院子。在路过五虎大门时，他停下脚步，往院子里瞅瞅，不见有任何动静。

八只眼起来的时候，也是日上一竿了。他走出门，抬头看一眼日头，已经很高了。虽然他的脚没有好利索，看见如此好的墒情，还是扛起锄头，拄着枣木棍，走出家门去锄地。路过五虎大门时，他往院子里瞅了一眼，院子里静悄悄的。他有点奇怪，昨夜两拨人走进他家的院子，他们居然不知晓。他扛着锄头走到大门口，看见五虎家灶台下的炉灰遍地，赶紧离开大门，向村外走去。八只眼看见七颗心在自家地里锄地，便大声说：“墒情怎么样？”

七颗心搭讪着：“不错，雨大，地下透了，只是地还有点湿，土总沾锄头，有点不太好锄。”

八只眼说：“总比你昨天锄地省力吧。要感谢老天爷下了一场透雨，庄稼喝饱了水，可以快长了。昨夜你睡得好吧？”

七颗心看了八只眼一眼，继续锄地，说：“下雨凉快，自然睡得香。”

八只眼说：“我可没有睡好觉，雨下得大，我睡觉轻，总睡不着，我天生没有睡好觉的命。不过，睡不着觉也有好处，村里有什么响动都能听见。”

七颗心说：“昨夜你听到什么？”

八只眼笑着说：“没有听见什么，谁会在雨夜淋自己？除非有要事的人。”

七颗心说：“快点去锄地吧，已经日上三竿了。”

八只眼说：“今天早来早回，回来要看一场好戏。”

七颗心说：“哪来的戏？”

八只眼说："你会看到的。估计你也知道。"

说完，八只眼匆匆离开，一路走，一路哼着小曲。

吃饭时分，七颗心回到村里，果然看到了一场好戏。他看见人们聚集在五虎家的周围，有的站在院子里，有的站在屋顶上，有的端着饭碗，有的叼着烟袋，都在看五虎一家人表演。他看见五虎的娘坐在院子的砖地上，一边哭，一边骂："不知道哪个没良心的东西，昨夜偷了我家的东西。谁偷了我家的东西，让全家人头上生疮，脚底流脓，一年三百六十五天，从早流到晚，从年头流到年尾。大年初一，别人家欢天喜地，他家窑塌财散人病死。遇到打雷，打死他家的牲畜；遇到下雨，冲走他家的粮食；遇到下雪，冻死他家的孩子。"

七颗心挤在人群里，嘴里叼着烟袋，知道五虎家又丢了东西。他看到五虎的爹坐在院子的台阶上，骂道："不知道哪个没良心的东西，上次偷了东西还不知足，这次又来偷我家的东西，老子连自己的日子都过不好，还得养活他，难道老子是罪人吗？天生是来服苦役的吗？"

七颗心看见八只眼端着一碗饭，蹲在院子的台阶上，一边大口吃饭，一边听五虎的爹娘大骂，似乎一切都在他的意料之中。他凑到八只眼跟前，说："你说的话好准，真有一场好戏。你是不是昨夜看到了什么？"

八只眼边吃边说："我能看不到吗？我长着八只眼，要这么多眼干什么，不就是看东西吗？"

七颗心说："那你看到什么了？"

八只眼说："该看得我都看在眼里，谁做了亏心事，谁心里不安。五虎娘骂得对，骂得好。"

七颗心说："这么说你心里有数，你告诉五虎了吗？"

八只眼说："没有。这次的贼不是一个人，是几个人。有的人会做贼，隐藏得很深。"

七颗心看见五虎从屋里出来，手上端着一碗稀饭，扒拉了几口，骂道："上次偷了我的东西，我饶了他，这次我要挖出他的五脏六腑，等着瞧！"

七颗心看了一会儿，肚子咕咕叫，心里慌慌的，赶紧回家吃饭。

早饭后，五虎找到八只眼，要他帮助找脚印。八只眼跟着五虎在院子里和墙外找了一通，一无所获。院子是砖地面，哪会留下清晰的脚印。五虎伤心地说："这是天杀我啊，为什么让我遭这么大的难！"

看见五虎痛不欲生的样子，八只眼只好安慰一通。

听说五虎丢了东西，四羊跑来，说："真的丢东西了吗？"

五虎说："能有假吗？真是又气又恨，不知道说什么好。都怪我睡得太死，其实半夜我还出门看了一次，哪知道会有人来。"

四羊把五虎叫到屋里，悄悄跟五虎说："昨夜我看到了两个人，在你家院子里鬼鬼祟祟，我咳嗽了两声，才把他们惊走。他们贼心不死，又来了一次，又被我惊走，我以为他们不会来了。如果知道他们会再进来，我叫醒你。"

五虎说："你看出是谁了吗？"

四羊说："没有。"

五虎叹息一声，说："我命该如此。不过，我会查找的，不能便宜了他们。"

四羊说："是的。"

二老二站在远处，居高临下，看着五虎一家人又哭又叫。

饭后，十宝找到七颗心，想跟他议论昨天晚上和眼前的事。昨夜折腾了多半宿，一无所获，他知道有人得手了，心里非常失意。

七颗心说："你傻啊，这时候来找我，会让人怀疑，赶紧回去，有机会我去找你。"

十宝觉得七颗心的话有道理，站着看了一会儿热闹，看到五虎身上没戏了，心里蔫蔫的，随后讪讪离开。

二老二回到家里，跟二财主讲，五虎一家开了花，真热闹。听了儿子的话，二财主捋着嘴巴上的山羊胡子，说："他也有这一天。他应该知道别人的东西是不好拿的，好吃难消化。现在，让他也尝尝失宝的痛苦滋味。"

二财主看着愣头愣脑的二老二，没想到他有常人没有的本事。他瞅着儿子圆圆的脑袋，脸上现着笑意，眼中露出爱怜的目光。他联想到八只眼七颗心等人，虽说他们很聪明，但他们没有老二的实干本领，认为自己养了个好儿子。

晚上，二财主父子依然处在兴奋之中，二老二要喝点酒，二财主挡住了，说："你别显摆，让五虎知道后找上门来要东西，丢人现眼，让村里人小瞧我们。"

二财主一家人正在油灯下说说笑笑，八只眼走进门来。二财主有点惊讶，为什么五虎刚丢东西他就跑来。二老二更是吃惊不小，他连忙给八只眼让座。看见二财主父子如此客气，八只眼心里明镜一般。

二财主说："听说五虎丢东西了，真丢了吗？"

八只眼说："如果说上次丢东西是假，看样子这次真丢东西了。五虎娘哭得那么伤心，骂得那么恨，没丢东西会这样吗？上次丢了几个铜元，不值钱。这次丢的是真家伙。"

二财主很惊讶，感觉什么事都瞒不住他，说："他有没有线索？"

八只眼说；"下雨天，五虎睡得死，听不见院子里的动静。院子铺着砖，没留下明显的脚印，厕所墙外铺着石头，也没有留下脚印，倒是墙外的土路上留下了清晰的脚印。”

二财主说：“五虎找你了吗？”

八只眼说：“找了。”

二财主说：“你跟他怎么说的？”

八只眼说：“其实土路上的脚印很清楚，只是五虎看不出来。我看到这个脚印一直延伸到村外，给人的假象是村外的盗贼。这个人到了村外后换了一双鞋，变成了另外一个脚印，我看得出来。这说明这个人怕被村里人发现，所以有意出了村，给人留下外村盗贼的假象。这个脚印在村外转了一圈后又回到村里。”

二财主说：“这些你都告诉五虎了吗？”

八只眼说：“没有。”

二财主说：“为什么不告诉他，人家有求于你。”

八只眼说：“做事要慎重，涉及钱财的事，莽撞不得。”

二老二说：“你知道这个人是谁吗？”

八只眼笑而不语。二财主看出了他的心思。

二财主说：“看来你知道这人是谁。”

八只眼说：“我怎能不知道，只是不说而已。你知道五虎的脾气，弄不好会出人命。不过，五虎不会善罢甘休，他会查找这个人。”

闻听此言，二老二说：“他能找到吗？除非你告诉他。不过，你只是从脚印进行推测而已，你并没有看到盗东西的人。”

八只眼笑了。

二老二说：“你笑什么，难道不是这样吗？”

八只眼说：“对于这件事，我有十分的把握。我不单看见了脚印，我还看见了人。”

二老二说：“深更半夜，你能看得清楚吗？”

八只眼说：“我看得很清楚，如果你不相信，我把事情的经过给你讲一遍，怎么样？”

二老二说：“你讲，我当听戏。”

八只眼说：“昨夜进入五虎院子的盗贼有两拨人，第一拨人是两个人，第二拨是一个人。第一拨人两次进入五虎院子，两次被一个咳嗽人惊走了，没有得手。第二个盗贼也是两次进入五虎的院子。第一次进去后，在五虎家的门上听了一会儿，然后蹲下身子，走到灶台跟前。五虎的屋里有了动静，有人从屋里走出来，这时听见动静的盗贼已经溜到厕所。待到五虎家的人回到屋里后，盗贼再次进入院子，溜到五虎的门口，听见屋里没有动静，再次

摸到灶台跟前，把手伸进了灰膛。得手之后，此人赶紧溜进厕所，翻墙而去。我说得对不对？”

二老二不吱声。

二财主说：“看来你一清二楚。你为我家丢宝贝的事费心不少，我不会亏待你。”

二财主从屋角的大瓮里拿出一百四十块银元，递给七颗心，说：“当初说好给你二百块银元，扣除先前给你的六十块银元，再给你一百四十块银元，满意吧？”

八只眼也不谦让，接过一百四十块银元，揣进怀里，说：“满意。”

二财主说：“我们之间的事情到此为止，两清了。别给我惹出麻烦来，知道吗？”

八只眼点头。

106

五虎丢了东西，愤怒，郁闷，丧气，感叹自己的命运不好，他恨那场夜雨，恨自己睡得太死，恨自己麻痹大意。事已至此，只能面对现实，但他不愿意善罢甘休。

七颗心的失意并不亚于五虎，他淋了那场夜雨后受凉感冒，鼻涕不断，喷嚏连天。他憎恨那场夜雨，自己不仅无功而返，还生了病。他无法排遣内心的失意和痛苦，跑到十宝家解忧。

十宝的失意自然也不亚于七颗心，他坐在门前的台阶上，手里拿着黄铜水烟袋呼噜，一连呼噜了半天也不罢休。看见七颗心来了，才把水烟袋递给七颗心，七颗心求之不得。十宝起身，进了屋里，七颗心也跟着进去。二人坐在炕上，一言不发。十宝实在憋不住，开了口：“我们的运气怎这么背呢？眼看到手的东西被人抢走，不知道哪里出了差错。”

七颗心不急于回答十宝的问题，他的思绪依然在那个雨夜。他记得第一次到灶台前时，并没有感到有什么异常，第二次到灶台前时，他发现地上有几块泥巴，因为脚下感到有点滑。他把手伸进灰膛，发现炉灰满膛，他在黑洞洞的灰膛里仔细摸，摸不着东西。他一把一把扒开炉灰，继续寻找，不想又听到了咳嗽声，只好惊慌而逃。

七颗心说：“估计问题出在第二次走了之后，可能有人看见我们走了，所以下手了。”

十宝想了想，说：“一定是这样。当那个咳嗽的人将我们赶走后，发现我们好久没来，以为我们不会再来了，所以乘机下了手。”

七颗心说：“应该是这样。这人是谁，太可恶了。”

十宝说：“你感觉那个声音是谁的声音？”

七颗心说：“似乎是四羊的声音。”

十宝说：“如果是四羊的声音，是不是他乘机下了手？不可能，因为他不会对五虎下手。”

七颗心说：“人心难测，人人见钱眼开，四羊也不例外。”

十宝说：“会不会是别人下了手？”

七颗心说：“如果不是四羊下手，一定另有其人。会是谁呢？”

十宝说：“极有可能是二财主家的老二。”

七颗心说：“你有什么依据？”

十宝说：“感觉而已。”

七颗心说：“我们应该找出这个人，这对我们有好处。”

十宝说：“有什么好处？东西已在人家手里。”

七颗心说：“尽管如此，我们可以乘机帮五虎一把，说不定从五虎那里能得一点好处。”

五虎想找到盗贼，他认为最得力的人非八只眼莫属，而八只眼却不愿意真心帮助他，并不告诉他实情。他出去放羊的时候，总在琢磨偷东西的人，盗贼是谁呢？他想到了七颗心和十宝，也想到了二老二，甚至想到了八只眼和六狗，由于没有一点线索，他不能确定谁是嫌疑人。郁闷之中，他找到四羊，向四羊问计。四羊说：“你仔细回顾一下，你藏东西的时候是不是被人发现了？”

五虎说：“我在半夜藏得东西，应该没有人看见，当时我在院子里转了一圈，没有发现人。”

四羊说：“如果没有人发现，不可能瞅得那么准，一伸手就把东西拿走。我估计一定有人看见了。当时，我睡不着觉，偶然发现你院子里的那两个黑影，总以为咳嗽惊走了他们，就回屋睡觉去了。”

五虎说：“这两个黑夜是谁？你真没有看清楚吗？”

四羊说：“看不清楚，因为隔着雨。本来我想看个究竟，由于下雨怕滑倒。”

五虎说：“会不会是七颗心和十宝呢？只有他俩才喜欢结伴行事。”

四羊说：“有可能。从当时的情况看，估计他们没有得手。”

五虎说：“你回去睡觉之后，难道他们不会再来吗？”

四羊说：“有可能。不过，可能性不大，因为他们知道被我发现了。”

五虎说：“如果不是他们，又会是谁呢？”

四羊说：“除了十宝，七颗心不大可能跟别人搭伙，而十宝有可能跟别人搭伙，譬如大财主和二财主。不过，也许偷东西的人只有一个人。”

五虎说：“那又会是谁？”

四羊说：“很可能是后村的人，尤其是二老二，这段时间他总在前村转来转去。再说，他家丢宝贝，总想捞回去，有可能下手。”

五虎点头。

四羊说：“我不明白，他们如何发现你的东西。按理说，藏在灰膛里很安全，既在门口，好看管，又不是埋在灰里，一扒拉就可以到手，而是藏在炉膛壁里。”

五虎说：“我把东西藏在膛壁里，膛壁上还砌了一层砖，砖被炉灰覆盖着，很隐蔽。”

四羊说：“此人真有一双好手，如此厉害。”

八只眼得到了二财主的奖赏，心里十分高兴，然而有一个问题困惑着他，那就是十宝和二老二两拨人是如何发现五虎的藏宝之处。为了弄明白这个问题，他站在五虎的屋顶上观察了好久，找不到问题的答案，只好留待以后破解。他又想到了七颗心给他的两只鞋，其中一只鞋正是偷大财主宝贝的那只鞋，既然这只鞋来自五虎，五虎就是重要的嫌疑人。他从六狗那里得到的那双鞋，据六狗说来自五虎，这双鞋恰好和二财主墙下的那个鞋印吻合，五虎也是嫌疑人之一。那么，如果五虎丢得东西是夜光杯，是大财主的那件宝还是二财主的那件宝？如果他偷走的是二财主的宝贝，物归原主，事情到此已经了结。如果他偷的是大财主的宝贝，二财主的宝贝又在谁的手里？看来只有六狗。这段时间八只眼没有去找大财主，心里愧疚。

八只眼走进大财主的院子，大财主赶紧把他迎进屋里，热情招待。八只眼受宠若惊，心里更加愧疚。五虎丢东西后，大财主也想知道一些消息，由于行动不便，不便去打听消息，但他想八只眼一定会来，一定有消息告诉他，说不定是好消息。

看见八只眼只顾抽烟，并不开口，大财主有点着急，说：“听说五虎丢了东西，是谁偷走了他的东西？他丢了什么东西？”

八只眼说：“五虎不肯说丢了什么东西，估计是值钱的东西。到现在为止，五虎还不知道是谁偷走了他的东西。”

大财主说：“他哪会有值钱的东西，除了夜光杯。听说五虎找你了，你心里有底吗？”

八只眼点头。

大财主说：“谁有这么大的胆子偷五虎的东西？”

八只眼说："五虎不怕死，有人死不怕。"

大财主说："谁？"

八只眼说："二老二。"

大财主说："你看到脚印了吗？"

八只眼说："看到了，可我没有跟五虎说，怕惹麻烦。"

大财主说："有时候单凭脚印也不可靠，要有真凭实据。"

八只眼说："我有真凭实据，因为我亲眼所见，二财主也默认了。"

大财主说："你找过二财主吗？他怎会承认？"

八只眼说："我有我的办法，不由他不承认，我有他给的银元为证。"

大财主很惊奇，说："他果真兑现了诺言，够义气。你发财了。"

八只眼说："我给他提供过消息，他们才下手。他事前曾许诺，事成后给我赏钱。再说，他怕我把消息传出去，怕五虎找他们的麻烦。"

大财主说："五虎的东西是二财主的那件宝贝吗？"

八只眼说："不知道。他没有给我看，也没有跟我说。"

大财主说："他一定不会给你看，如果不是他的那件宝贝，他怕我找麻烦。"

八只眼说："是的。现在还不能确定二财主墙下的脚印是谁踩下的，兴许是五虎，兴许是其他人。"

大财主说："还会有谁？"

八只眼说："六狗。因为这双鞋在六狗手里，六狗是从五虎那里找来的。如果六狗偷了二财主的宝贝，现在二财主手里的宝贝就不是他的那件宝贝，而是你的宝贝。"

大财主说："哦。我的宝贝有眉目了吗？"

八只眼说："没有把握，估计在五虎和六狗身上，也许还涉及别人。你放心，我会弄清楚的。"

大财主说："麻烦你多费心，我不会亏待你。"

中午，五虎坐在大榆树下，闷闷不乐，借抽闷烟解闷。本来平时出去放羊，五虎很少中午回家吃饭，这几天心情不好，日日中午回家。四羊吃完午饭，信步来到大榆树下。看见五虎闷闷不乐，四羊坐在五虎身边，劝道："丢了东西自然很痛苦，也要想得开，万物乃身外之物，丢了还可以再挣。如果能找到盗贼固然好，如果找不到，权当一件往事。做贼的人恐怕未必有好下场，老天不会饶他们。"

听了四羊的劝导，五虎心气缓和了一点，说："七颗心和十宝一直鬼鬼祟祟，看着就让人生气。我想找他们讨个说法，不能便宜了这两个坏蛋。"

四羊说："你没有足够的证据，奈何不了他们。"

二人正说话间，七颗心嘴里叼着烟袋走过来，坐在了五虎身边。五虎瞥了一眼七颗心，一脸不高兴。看见五虎的脸色不好，七颗心笑嘻嘻地说："五虎，你的事有眉目了吗？"

五虎盯了一眼七颗心说："谁做贼，谁知道。有的人人前是人，人后是鬼，什么龌龊事都做出来。"

七颗心莫名其妙，说："你在说谁？"

五虎说："谁在意我说谁。做贼的人总会心虚。"

七颗心板着脸，说："我是贼吗？你看见我偷你的东西了吗？"

五虎说："谁偷了我的东西，谁清楚。有人进了我的院子，别人看得清清楚楚，这能赖掉吗？"

七颗心不吱声。

看见七颗心不吱声，五虎心里有底了，更加气愤了，说："为什么不吱声？莫非雨夜进我院子的人是你？"

七颗心说："谁看见我进去了，让他站出来说话。放屁！"

听到七颗心出言不逊，五虎怒火中烧，挥起拳头，雨点般向七颗心砸去。

看见五虎动手，四羊赶紧出手解劝。五虎哪里听四羊的话，只顾挥舞拳头。七颗心只有招架之功，没有还手之机。这时，十宝也叼着烟袋来了。看见五虎打人，忙上前拉架。五虎不管三七二十一，将拉架的十宝打在一起。人们听到大榆树下一片喊声，急忙跑来拉架。看见来人多，拳头也打痛了，五虎终于停了拳头，怒视着七颗心和十宝，说："老子手里还有东西，有本事再偷偷摸摸进我的院子，到时老子打断你们的腿。"

七颗心和十宝挨了一顿拳头，终因心虚，嘟囔几声后不再作声。

107

五虎泄了愤，心里舒服多了，回家大睡一觉，下午唱着小曲去放羊。听见五虎的歌声，四羊为五虎的豪爽折服。五虎的歌声让七颗心牙齿咬得咯咯响，心里骂道："小心你的小命！如果你手里还有值钱东西，老子还要去偷，气死你！"

十宝挨打，三财主不依不饶，黄昏时刻找到刚回村的五虎，大吼："你凭什么打十宝，他偷你的东西了吗？从小到大，我没有碰过十宝一指头，你有什么权力打他？"

一通乱拳，拳拳泄愤，五虎心里平和多了。面对三财主的指责，他说：

"我从来不打好人，我打的是我该打的人，谁叫他半夜三更进我的院子，不是来偷东西是干来什么？"

三财主说："你看见了吗？为什么不当场抓住？"

五虎说："如果我当场抓住，你的这根独苗早没命了。虽然我没有看见，可别人看见了，十宝敢说他夜里没进我的院子吗？"

三财主说："眼见为真，耳听为虚。谁看见十宝进去了，让他站出来作证。"

闻听吵声，人们纷纷赶来劝架，看到与五虎见不出高低，三财主只好含怒而去。

村里人知道七颗心和十宝与五虎的失财有关，都站在五虎一边，不管五虎的东西来路如何，都很同情五虎。五虎的心态因此平和了，不再闷闷不乐。二老二自盗夜光杯得手，一连几天不到前村来串门，一心在地里干活。七颗心挨了打，默默承受着羞辱，也不跟五虎计较，照旧上地干活。一场风波之后，村子里平静了，没有一丝风吹草动。白天，八只眼想和人们说几句闲话，也遇不着人，只好走门串户找人说话。如此寂静的村子，让八只眼感到有些沉闷。八只眼不是喜欢热闹的人，但也不喜欢如此沉闷，他找到了七颗心。看到八只眼搭理自己，七颗心顿时心里热乎乎的，似有知遇之恩，因为这几天没有任何人搭理他，他饱尝冷落的滋味。

七颗心说："五虎不算人，硬把清白人当贼对待，我要是真偷了他的夜光杯，别说让他打一顿，打十顿也愿意。谁看见我进五虎的院子，谁看见我拿了他的夜光杯？我被人玷污名声，被人误打，羞愧难当。"

七颗心能当着人的面吐出心中的怨恨，觉得舒服多了。八只眼也跟着叹息一番，说人事不可量，什么意想不到的事都会出现。八只眼想起了七颗心给他的两只鞋，随口说："人在世上，谁不做亏心事，谁都做过对不起自己名誉的事，你还记得那两只鞋吗？"

七颗心说："从五虎那里拿来的那两只鞋吗？"

八只眼说："是。"

七颗心说："当然记得。五虎为什么把好端端的鞋藏在那么隐蔽的地方，难道不是为了掩人耳目吗？他以为神不知鬼不觉，岂不知被我发现了。这种藏藏掩掩的事，能是好事吗？"他停了一下，似乎突然想到了什么，继续说，"这两只鞋一定与村里丢宝贝的事有关，你没有查出什么？"

八只眼说："既然是藏着掩着的事，总会与一些特定的事有关，现在一时说不清楚，只能等待后事的出现了。"

八只眼高深莫测的话分明说明这两只鞋与村里失宝案有关，七颗心听出了弦外之音。

七颗心说："也许我的推测不对，我想一定与大财主和二财主的宝贝有关。你想，五虎能有几个钱，过去丢钱，现在丢了值钱的东西，他哪来的钱和值钱的东西？不是从两个财主手里来，又会从哪里来？"

八只眼说："你的推断不无道理，你是个明白人。我知道，这次你被冤枉了。"

七颗心叹息一声，说："我的命运不好，背了黑锅，在人前抬不起头，这口冤枉气实在难咽。你能从那两只鞋找出什么破绽吗？"

八只眼说："本来就有破绽，只是你我不知道而已。"

七颗心说："有什么破绽？"

八只眼说："如果你能替我保密，我就跟你说。"

七颗心说："鞋是我捡来的，这事本来与我有关，怎分你我。你尽管说，你的秘密也是我的秘密。"

八只眼说："其中一只鞋与大财主的宝贝有关。"

七颗心十分惊讶，说："真的吗？"

八只眼说："是真的。"

七颗心说："这么说来，五虎可能与大财主的失宝案有关？"

八只眼说："是的。不过不能下结论，因为五虎只是嫌疑人之一，另外还有一个人。"

七颗心说："这个人是谁？"

八只眼说："这只鞋的大小跟六狗的鞋差不多，不过不是六狗的鞋，因为我从来没有见六狗穿过这样的鞋。"

七颗心说："是不是四羊的鞋？"

八只眼说："不是。四羊穿的鞋比这只鞋大一点。"

七颗心说："怪事。你把这两只鞋还我。"

八只眼不解，说："还你？你有什么用处？"

七颗心说："我自有用处，你别管。"

八只眼说："这鞋本来就是你的，如果你要，我奉还。"

七颗心跟着八只眼到了八只眼家，八只眼从自家的大瓮旮旯里摸出两只鞋递给七颗心，说："物还原主。你想怎么处理？"

七颗心说："我自有用处。依你看，五虎手里的东西来自哪里？"

八只眼说："不知道。"

七颗心又问："依你看，是谁偷了五虎的东西？是什么东西？"

八只眼说："如果你与此事无关，那就是别人，很可能是夜光杯。"

七颗心说："是谁？是六狗，还是二老二？"

八只眼说："不知道。依你看是谁？"

七颗心说："六狗是只不作声的狗，只做事，不吼叫，十分可怕。不过，他不可能对五虎下手。二老二是个愣头青，虎狼一般，什么事都敢做，五虎再厉害，他也敢咬一口，除了他会是别人吗？他真的得到夜光杯了吗？"

八只眼笑了，他佩服七颗心的判断，说："估计是夜光杯，人家不会告诉我，我和你一样，只是猜测。"

七颗心拿着鞋找到十宝，把鞋拿给十宝看，十宝不明其义，说："哪来的两只破鞋？有什么用？"

七颗心笑着说："你知道这两只鞋是从哪里来的吗？"

十宝摇头。

七颗心说："是从五虎羊圈找来的。他以为自己是个正人君子，其实他才是真正的盗贼。这两只鞋与大财主的失宝案有关，你知道吗？"

十宝说："你怎么知道的？"

七颗心说："这两只鞋经过八只眼的鉴定，其中一只鞋正是盗走大财主宝贝的盗贼穿过的鞋。我把这只鞋跟八只眼保留的脚印仔细比对了一下，一模一样。"

十宝说："这又能怎样？"

七颗心说："你能忍受五虎的这口恶气吗？"

十宝说："当然受不了，又能怎样？难道拿这只鞋打他不成？"

七颗心呵呵笑了。

晌午，七颗心拿着两只鞋来到大榆树下，将两只鞋垫在屁股底下，十宝坐在他的身边。二人一边抽烟，一边等着来人。一会儿，十一指来了，也坐下来抽烟。过了一会儿，六狗也来了。几人天南海北闲聊，十一指突然叫起来："七颗心，你怎脚上穿着一双鞋，屁股底下还坐着一双鞋，哪里捡来的破鞋？"

七颗心说："你别多管闲事，我就爱捡破鞋，谁能管的着。"

十一指说："没想到你还有这喜好，捡一双破鞋有什么用，捡几个夜光杯多好。"

十一指的话无疑触到了七颗心的痛处，七颗心并不介意，只淡淡地说："谁不想捡夜光杯，你不想吗？"

十一指笑了，说："我怕挨打。"

几人正在说笑，看见四羊和五虎也叼着烟袋走来。看见树下坐着七颗心和十宝，五虎停下脚步。四羊拉他一把，说："坐一会儿，怕什么？总有见面的那一天，难道你永远躲着他们？一个村里的人，哪能躲得掉。"

五虎勉强跟着四羊来到树下，二人挨着十一指坐下来。看见来了两个期盼的人，七颗心心里好不高兴。他抬起屁股，从屁股底下抽出两只鞋，拿在

手里晃来晃去。十一指说："两只臭鞋，你晃来晃去干什么？"

七颗心说："你知道这两只鞋的来处吗？"

十一指说："我只是个草医，不是神仙，哪能知道你从哪里捡来的。"

七颗心说："这是我从一个人的羊圈那里找来的。他怕别人知道这两只鞋的秘密，把鞋藏在一个非常隐蔽的小洞里，结果被我发现了。你们以为这是普通的两只鞋吗？不。这两只鞋上隐藏着非常重要的秘密。"

十一指说："什么秘密？"

七颗心说："我说出来怕某个人受不了。不过，受得了也罢，受不了也罢，我都要说，我要让村里的人都知道。据村里最权威的脚印专家鉴定，这两只鞋曾经盗走了大财主的宝贝，大财主烟囱下留下的脚印就是这两只鞋踩下的。"

十一指惊呼："这简直是天大的秘密！大财主知道了能饶得了他？七颗心，你赶紧去报告大财主，马上就可以领到几百块银光闪闪的赏钱。"

七颗心说："我很想得这笔赏钱，不过会馋死某些人，说不定我还会挨揍，如果是这样的结果，我的损失就大多了。"

十一指说："这人是谁？"

七颗心说："远在天边，近在眼前。"

五虎、四羊和六狗听了，一脸尴尬，谁都不吱声。看见三个人谁都不言语，七颗心变本加厉，说："有些人心虚，不敢吱声，躲得了初一，躲得了十五吗？迟早会有人找他们算账。"

五虎憋不住了，说："你别含沙射影，以为老子好欺负。小心老子的拳头，老子的拳头不认人。"

五虎站起来，向七颗心走去。七颗心毫不示弱，挺着胸膛让五虎打。看见五虎又要动武，四羊和六狗将五虎拉走。

五虎身后传来七颗心的话："小心自己的皮肉！"

听了七颗心的话，十一指惊得目瞪口呆。

七颗心几声冷笑。

七颗心的冷笑令十一指毛骨悚然，他担心以后又发生暴力事件。

十宝两声窃笑。

108

七颗心的话不胫而走，二财主听到这话吃了一惊，跟二老二说，难道五虎偷的不是我们的宝贝？二老二对爹说，你管那么多闲事干什么，我们丢的宝贝回到手里就行了，何必替别人担忧。二财主仍然在琢磨，到底谁偷了自己的宝贝，总得心中有数才安然。他想，如果五虎偷得不是自己的宝贝，必然另有其人，这会是谁呢？如果能够找到这个人，把他偷走的宝贝设法弄回来，不是又多了一件宝吗？他知道五虎手里已经没有宝贝，现在只是一只死老虎，没有多少用处，即便大财主将他五花大绑，也榨不出一点油水。他心里一阵高兴，认为自己得到的是大财主的那件宝贝，大财主休想找回丢失的宝贝。他庆幸自己的运气好，心里不由地赞叹二老二的蛮劲。

三个财主的三件宝贝，从外形看没有明显的差别，除了三财主的宝贝底部刻着“秀才”二字外，其余两件宝贝并未做标志，加之平时很少拿出来看，因此二财主辨不出手中的宝贝是谁的。

为了证实夜光杯的主人，乘夜深人静时，二财主拿出夜光杯，在灯下和婆姨一起辨认。二财主先把夜光杯仔细看了一遍，感觉似乎就是自家的那件宝贝。他把夜光杯举在灯前，瞅着那几个豆大的小洞，看见胡杨木里的夜光杯发出诱人的蓝光，连声啧啧，爱不释手。婆姨接过夜光杯，也仔细看了一遍，然后说：“我看就是咱家的那件宝贝，不会有错。”

二财主陷入困惑之中，他不知道七颗心的话有多少可信度。

七颗心的话很快传到大财主耳里，大财主兴奋不已，他认为自己的宝贝马上就会到手了。这件宝害得婆姨生了一场大病，几乎一命呜呼，自己也得了中风，几乎一病不起，把一家人害得好苦。他叫大老二去找八只眼，他要了解事情的来龙去脉。

自然，七颗心的话很快传到八只眼耳里，八只眼知道报仇心切的七颗心迟早会把鞋的事情传出去。大老二来家找他，他知道大财主想问什么。进了大财主的门，大财主正操着一根长烟袋猛劲抽烟。看见八只眼来了，大财主头都没抬，只顾抽烟。八只眼看出大财主的气色不好，估计在生自己的气，顿时不知如何是好。大财主猛劲抽了几口烟，终于开了口：“这么重要的事情，怎么不告诉我，让我钻在葫芦里。”

八只眼说：“这不能怪我，鞋是七颗心前几天给我的，我看后总要琢磨一下，万一说不准，出了差错，你会责怪我。”

大财主火气未消，盯着八只眼说：“事情不是明摆着吗？我为什么要责怪你。鞋是从五虎那里找到的，我不找五虎去找谁？五虎不就是盗我宝贝的贼吗？”

八只眼说：“事情并不像你想的那么简单，七颗心给我拿来两只鞋，而不是一只鞋。这有两种可能，其一，如果这两只鞋都是五虎的鞋，并且五虎穿过这两只鞋，那么可以确定五虎正是那个盗走你宝贝的人；其二，如果五

虎只穿过其中的一只鞋，另一只鞋是别人穿过的鞋，那么就不能断定五虎就是盗走你宝贝的人，充其量他只有百分之五十的可能，因为其中还隐藏着另外一个人。因此，上次我没有告诉你确切的消息。”

听了八只眼的这一番解释，大财主消了气，脸色和缓了，说：“根据你的分析，其中还隐藏着一个人，是这样吗？”

八只眼说：“是的。从鞋的大小来看，的确隐藏着一个人，因为有一只鞋小，五虎穿不得。”

大财主说：“这个隐藏的人是谁？”

八只眼说：“目前还不知道。”

大财主说：“如果真是五虎作案，我该怎么办？”

八只眼说：“如果真是他，当然可以查问，可现在无法确定是五虎。再说，现在你去找五虎，也未必能要回你的宝贝。”

大财主说：“为什么？”

八只眼说：“五虎的宝贝被人偷走了，他手里未必还有宝贝，除非他不只偷了你的宝贝，还偷了二财主的宝贝。”

大财主说：“他还偷了二财主的宝贝？”

八只眼说：“我只是假设而已。否则，他手里不会有宝贝，他的宝贝的确被别人拿走了。”

大财主说：“谁偷走了五虎的宝贝？我要把我的宝贝要回来。”

八只眼说：“根据七颗心对待五虎的态度，可以确定他没有偷五虎的宝贝，极有可能是二财主家的人。”

大财主十分惊讶，说：“他怎么知道五虎手里有宝贝？怎么知道五虎的宝贝藏在哪里？怎么轻而易举拿到手？不可思议！”

八只眼说：“二财主知道五虎手里有宝贝不奇怪，因为二财主墙根下的脚印跟五虎有牵连。二财主如何知道五虎藏宝贝的地方，的确是个谜。至于二老二是如何盗走五虎的宝贝，那是很容易的事，因为夜里五虎要睡觉，不可能睁着眼睡觉。俗话说：人睡一小死。人睡着了，总有空子可钻。”

大财主说：“二老二这小子真厉害。你可以确定是二财主得了五虎的宝贝吗？”

八只眼说：“可以确定。”

大财主说：“我得找五虎算账。”

八只眼说：“你自己拿主意。五虎未必拿走了你的宝贝，二财主得到的宝贝未必是你的宝贝。”

大财主踌躇起来，不知该不该找五虎。

七颗心的话自然也传到三财主耳里，他百思不得其解，没想到事情这么蹊跷，这么复杂。他跟老秀才说："听说五虎丢的宝贝是从大财主那里偷来的，这件宝贝却转到二财主的手里，大财主会怎么想。他会从二财主手里夺宝吗？"

老秀才说："如果是昔日的大财主，一定会这么做。根据现在大财主的所作所为看，他不会这么做。"

三财主不解，说："为什么？"

老秀才说："大财主自恃钱多，所以对人很大方。你看，上次从四羊手里找到那件宝，他很慷慨地给了我们，这是惺惺相惜。对我们如此，对二财主也会如此，不然会让人认为他假慈悲。"

三财主说："如果他的宝贝找不到，岂不吃亏很大吗？"

老秀才说："只能如此，他的钱多，不在乎这件宝。"

三财主心里还是疑惑，如果说二财主得了五虎的宝贝，七颗心又说五虎与大财主的宝贝有关，那么五虎到底得了几件宝贝？三财主如坠五里云雾，昏昏然，问十宝到底是怎么回事。

十宝说："很难说。二财主一定知道五虎手里有宝贝，这是一个大前提。其次，他有可能知道五虎手里的宝贝是从他那里来的，所以敢于去冒险。至于他得到的是不是他丢的那件宝贝，只有他知道。"

三财主说："他怎么知道五虎的宝贝来自他手里？"

十宝说："二财主出赏钱让八只眼帮忙，很可能是从八只眼那里得到了消息。"

三财主说："那他又是如何找到五虎的藏宝之处？"

十宝说："不知道。他自有办法。"

三财主说："五虎手里不可能有那么多宝贝，不然他岂不成了村里最有钱的人？"

十宝说："说不清楚。"

三财主说："他会惦记着我家的宝贝吗？"

十宝说："他们几人贼心不死，永远会惦着我们手里的宝贝，管不好还会被他们偷走。"

七颗心的话引起了六狗的恐慌，他不知道七颗心怎么找到那两只鞋，以后自己又会遭到什么厄运。他找到四羊，诉说心里的恐慌，四羊说："怕什么！单凭一个脚印，没有别的证据，大财主能怎么样？再说鞋是从五虎那里找来的，你怕什么，你又没有盗大财主的宝。"

六狗说："虽然话如此说，你知道这几个财主都很蛮横，什么事做不出来。"

四羊说："你沉住气，不要怕。一旦他们找到你，什么都别说，看他们

能怎么样。”

六狗说：“不知道七颗心怎么找到那两只鞋？”

四羊说：“他的鼻子比狗鼻子都灵，什么东西都能找到。他想偷五虎的东西，没有偷到手，所以气急败坏，祸害人。”

六狗说：“大财主不会坐视不管，一定会有动作，我们应该提防他们。”

四羊说：“这话说得对，小心点。”

大财主带着两个儿子走进五虎家的院子，五虎正坐在院子的台阶上吃饭。看见大财主威风凛凛走进院子，五虎心知其意，也不惊慌，依旧低头吃饭。

大财主说：“五虎，快点吃饭，我有话跟你说。”

五虎抬起头说：“现在就说，我边吃边听，不会误事。”

大财主说：“有人从你的羊圈找到两只鞋，这两只鞋正好是盗走我宝贝的人穿过的鞋，你如何解释？”

五虎把碗筷放在台阶上，摸了一把嘴巴，说：“谁能证明鞋是从我的羊圈找来的？依我看，这鞋是七颗心自己穿过的，他嫁祸于我，是想报复我。他想偷我的东西没有得手，反倒诬陷我，这种人的话能相信吗？”

大财主一时无话可说，他认为五虎的话不无道理，这是他事前不曾想到的。他知道五虎是个硬骨头，即便是事实也不会承认，何况他找出了理由。尽管如此，不能就此罢休。大财主说：“你丢的宝贝是从哪里来的？”

五虎说：“这是两码事，一码归一码，不要混在一起。谁能证明鞋是从我的羊圈找来的？”

大财主无言以对，两个儿子看见爹尴尬，都显出一副愤怒的样子。院子里站着很多围观的人，大财主怕丢面子，厉声说：“我知道你嘴硬，我会找到证人的，我绝不放过你！”

五虎笑着说：“我没有偷你的宝贝，我怕什么。如果不信，你到我家里来搜，看有没有你的宝贝。”五虎说着，打开自家的门，说，“如果你能搜到你的宝贝，我给你下跪。你别听那个烂嘴巴的话，他诬陷好人。”

大财主说：“我知道你的宝贝被人偷走了，现在未必能搜出来。你的宝贝来路不正，丢了活该！我的宝贝容不得你偷，你得吐出来，否则跟你没完。”

五虎笑着说：“既然你知道有人偷了我的宝贝，那么你让偷了我的宝贝的人站出来承认一下，可以吗？我求之不得。如果他承认从我手里偷走了你的宝贝，我给你下跪，我给你要回这件宝。当然，你也可以直接去跟他要你的宝贝，看人家给不给你。”

大财主无言以对，气急败坏，拂袖而去。五虎两手叉腰，恶狠狠地盯着大财主的背影。众人一片笑声。

109

二财主听说大财主去找五虎，打发二老二去探听情况，二老二回到家里，如此这般一番。二财主笑大财主做事太莽撞，落得扫颜而归，有失体面。他估计大财主很难找回他的那件宝贝。二老二说，大财主自有办法，他的运气好，一场大病都扳不倒他，何况一件宝贝。二财主庆幸自己的命运好，夜光杯失而复得，实在不是一件容易的事。二老二跟爹说，我冒着极大的风险取回宝贝，你一定要保管好，千万不要再出问题，五虎迟早会知道是我拿走了他的宝，他决不会善罢甘休。

五虎从人们的风言风语中得知偷走自己宝贝的人并不是七颗心和十宝，而是二老二，他无论如何不能相信。在他看来，二老二四肢发达，头脑简单，做不出惊天动地的事。他认为自己藏东西的时候神不知鬼不觉，难道他有十宝一样的神力？不可能。为了证实人们的话，五虎了解这话的出处，结果得知此话来自大财主。大财主深居简出，如何能知道这么隐秘的事情，想必有人把消息告诉了他。那么谁把这么隐秘的消息告诉了大财主？必定是知道内情的人。这个人不是十宝就是八只眼，因为自从三个财主失宝以后，十宝跟大财主走得比较近。至于八只眼，大财主请他帮忙，他一旦得知情况，必然会向大财主汇报。他要打听清楚这件事。

五虎失宝后，八只眼是最为安静的人。他坐在大榆树下正在跟十一指说脚伤的事，五虎走了过来。八只眼亲眼看到大财主找五虎的情形，佩服五虎的机智应对。八只眼向五虎竖起大拇指，说："你让大财主灰溜溜而去，真厉害，你的能耐越来越大了。"

五虎说："小事一桩，不足挂齿。听说大财主既知道我偷了他的宝贝，也知道我的东西被谁偷走了，你知道偷我东西的人是谁吗？"

八只眼说："这种话是不能随便讲的，要担责任。大财主从哪里得知的消息，我不太清楚。不过，我想一定有人得知偷你东西的人，说不定遭你打的那两人就知道。"

五虎惊讶，说："为什么遭我打的时候他们不声辩？"

八只眼说："他们宁愿挨打，不愿意说出偷你东西的人，自然有人家的道理，我不得而知。不过，据我推测，此人不是前村的人，而是后村的人，你自己去打听好了。"

五虎经过仔细打听，确信二老二偷走了自己的东西，不由怒火中烧。同

时，他很疑惑，不知道二老二如何自己藏东西的地方。

五虎知道自己屈打了七颗心和十宝，不过他一点都不后悔，因为他从四羊口中得知，这两个人在雨夜进过他的院子，也图谋偷他的东西。那么，这两个人是如何知道自己东西的藏处？五虎心里疑惑不解。他找四羊帮助分析心中的疑惑，四羊也不得其解，不过四羊说八只眼一定略知一二。四羊奉劝五虎，事到如今，追问往事没有多大的意义，还是想想以后怎么办。

五虎点头。

五虎放羊归来，路上恰好遇见二老二，五虎瞪了一眼二老二。二老二停住脚步，说："你瞪我干什么？我又没有偷你的东西。"

五虎说："我没说你偷我的东西，岂不不打自招？后生，小心着！别以为那是你的宝贝，那是大财主的宝贝，小心大财主找你的麻烦。"

二老二说："我不怕。东西在我手里，谁敢来抢！"

五虎说："原来你就是那个贼。小心着！"

二财主找回了宝贝，想给家里添一头牛，打算扩大家业。何况现在家里的牲口不够用，需要添置牲口。

大财主得知二财主得了五虎的宝贝也不吭一声，心中不悦。因为没有确切的证据表明五虎手里的宝贝是从二财主那里来的，恰好相反，极有可能是从自己手里偷去的，他怎么能独吞这件宝呢？他打发大老大去找二财主，二财主只好硬着头皮去。

二财主进了大财主的门，腆着笑脸说："听说五虎偷了你的宝贝，不能轻饶他。"

大财主说："听说这小子的宝贝被人偷走了，现在手里可能没东西了，我榨他的油不成？"

二财主说："他手里不一定没有宝贝，据说那只鞋跟你的宝贝有关。依我看，他手里还有东西。"

大财主摇头，说："现在他不可能再有了。你知道五虎的宝贝被谁偷走了吗？"

二财主说："不知道。如果五虎知道自己的东西被谁偷走，早找上门去了。这种事只有当事人知道，别人怎能知道。"

大财主说："听人说你得到了这件宝，是真的吗？"

二财主说："我怎能得到他的东西？不可能。我怎能知道他的东西藏在什么地方。如果我有十宝的能耐，能调动天神地鬼，兴许能得到。人们的传言不可信，没想到你也当真了。"

大财主说："如果你真没有得到宝贝，就当我的话是一句闲话。我的宝贝至今没有下落，不知道什么时候可以到手，恐怕凶多吉少。"

二财主说："迟早会有着落的，耐心点。我的宝贝，我已经不放在心上了，就当是给了路人。再说，人常说失财免灾，你看你的婆姨病了，很快好了；你病了，也很快好了，这不比夜光杯重要吗？这年月，家里人平平安安比什么都好。"

大财主心里明白，二财主即便得到了宝贝也不会承认，因为谁都没说自己看见二老二盗走五虎的宝贝。他掩饰自己得宝的事实，一来免得具有非分之想的人惦记他的宝贝，二来怕自己找他辨认宝贝，担心惹来纠纷。

二财主回到家里，把大财主的话告诉了二老二，二老二说："大财主貌似大气，其实很小气，他在嫉妒我家找回了宝贝。他找你去，其实想了解是不是他的那件宝贝，因为八只眼说五虎的鞋与大财主的宝贝有关。爹，管好你的宝贝，五虎不会善罢甘休，再说也许还有别人惦记我们的宝贝。"

二财主说："知道。"

七颗心的心很不平衡，不仅没有得到五虎的宝贝，还挨了打，既晦气憋屈，又不服气。岂止七颗心如此，十宝也如此。他们都知道找五虎算账没有意义，除非跟他打一架，因为他身上已经没有一点油水。这时，他们自然想到了二财主，觊觎二财主从五虎手里得到的那件宝贝。二人合计一番，认为达此目的实在太难，想就此撒手，安心于地里的活，可手头拮据，又很想得一点意外之财。

二老二在家待了几天，耐不住寂寞，到前村来串门，恰好在路上遇见五虎。五虎拦住二老二，说："你拿走我的东西，给我吐出来，不然跟你没完。"

二老二说："我拿没拿东西与你无关，还是好好放你的羊。"

二老二不理五虎，扬长而去，五虎怒不可遏，甩了一句话："别把手伸得太长，有断手的那一天。"

夜里，天黑沉沉，像要下雨的样子。四羊和五虎蹲在二财主家对面高处的枣树后面，盯着二财主家的灯火。看到灯火灭了，二人悄悄潜入二财主的院子，蹲在二老二的窗户下。他们知道二老二是个夜猫子，不会睡得早，晚上跟婆姨总要折腾到夜深。

其实，油灯一灭，二老二就钻进婆姨的被窝，搂着婆姨。婆姨说："我总担心家里的那件宝贝，总觉得有几双眼睛盯着它，你说怪不怪。"

二老二说："不奇怪。你们女人的直觉总是那么好，上次如果听你的话，我家的宝贝不会丢。这次听你的话，把宝贝藏到鬼都不知道的地方，我看那几个惦记我家宝贝的人能怎样，让他们白费心机吧。他们没有我的那点本事，五虎以为他的宝贝万无一失，那知道落到我的手里。人算不如天算，老天不让他发财，即便到手也要吐出来。"

五虎在窗户下咬牙切齿，恨不得进去揍一顿二老二。

婆姨说："你们真按我的意思藏宝贝了吗？"

二老二说："当然。爹认为你的主意好，就藏在那里。"

婆姨高兴，亲了二老二一口，二老二欲火中烧，顿时一阵急风暴雨。风雨过后，二人依然蹲在窗户下，想听到更多的秘密，不久屋里传出二老二的鼾声。

躲在远处的两个黑影一直盯着二老二窗户下的两个黑影，待两个黑影离开后，两个黑影悄悄潜入二财主的院子。

两个黑影先摸到二老二的窗户下，听见屋里鼾声如雷，又溜到二财主的窗户下。院子里静悄悄的，似乎一根针掉地下都能听得清清楚楚。两个黑影蹲在窗户下不敢弄出丝毫响声，四只耳朵紧紧贴着墙根谛听。眼看半个时辰了，屋里没有一点说话的声音，只有二财主的鼾声。一个黑影有点沉不住气，把头伸向窗户，马上被另一个黑影拽下来。被拽下来的黑影慢慢走开，悄悄溜到二老二的窗户下。一会儿，二老二窗户下的黑影向二财主门下的黑影招手，哪里看得见？他只好悄悄过来，把黑影拉到二老二的窗户下。这时候，他们听见屋里有了响动，赶紧竖起耳朵。

屋里传出撒尿的声音，尿声过后，听见一个声音说："醒了吗？"

屋里一片寂静。一会儿，听到一阵哼哼声，一个声音嘟囔着："困死了，天亮再说，好不好？"

一个声音说："我睡不着，我们再热闹一回，怎么样？"

一个声音说："如果睡不着，仔细听听院里的动静，不要老想着快活，忘记自己应该注意的事。我总觉得院子里有人。"

一个声音说："我知道，这就看。"

两个黑影听到屋里的话，赶紧缩着身子，弯腰紧贴着墙。他们听见屋里的人拉开窗帘，似乎往院子里瞧了一会儿，然后听见拉住窗帘的声音。

屋里传出一个声音："牛很安静，正在大口吃草，有他们看着，怕什么。"

一个声音说："那就睡吧。"

两个黑影悄悄溜出院子，向前村走去。

110

中伏没有下一点雨，村里人心惶惶，担心庄稼晒死或歉收。正在人们心急如焚的时候，晚上突然阴云密布，一阵凉风吹来。人们抬头看天，高兴极了。快到半夜，倾盆大雨倾泻而下，已经睡觉的人被大雨惊醒，睁眼看着窗外，好久才依依睡去。没有睡觉的人坐在屋里，听着屋外的大雨声，心里乐开了花。五虎的爹对五虎说，明天早起，趁着墒情好锄几天好地。五虎哼哼着，昏然入睡。

第二天，有人扛着锄头出村锄地，不一会儿工夫，有人急急忙忙跑回村里，惊慌大喊："不好了！大水冲了华佗庙，庙里的华佗老爷被大水冲倒了。"

闻听此言，人们一片惊慌，这是从来没有发生过的事。立刻有几个人跑去华佗庙看究竟。这几个人跑去一看，果真如此，华佗老爷倒在地上，浑身是泥，庙里到处是泥巴和柴草。几个人看见华佗老爷躺在地上十分可怜，就合力将他扶起来。几个人回到村里，赶紧和村里人合议，决定立刻清理华佗庙泥土，让华佗老爷恢复原来的面貌。

二财主听到这个消息，心知不妙，说不定会发生什么意料之外的事，他在院子里走来走去，不知如何是好。二老二看见爹惊恐不安，劝道："这是偶然的事，不会有什么危险，该干什么干什么。"

二财主瞪了儿子一眼，说："你懂什么！华佗老爷遭灾，我们能幸免吗？我的眼皮直跳，不知道要出什么事。"

二老二笑着说："老迷信。人家天公哪知道你们地上有个华佗老爷，憋急了撒泡尿，哪管地上的破事。"

二财主听见老二胡言乱语，厉声说："闭嘴！"

二财主跑到大财主家，询问大财主。大财主说："天公之事不足怕，不会有什么事。再说我的宝贝丢了，没有踪影，我和婆姨都生了一场重病，难道老天爷还要我们死吗？不会的。你也不会有灾，安心做你的事。"

二财主得到了安慰，回家后心境好了一点，但总是平静不下来。本来二财主是个心性强硬的人，不知道今天为什么心神不安。他看着两头牛在石槽里吃草，全然不理解他的心情，有点不高兴。他在石槽前走来走去，突然记起前几天要买牛的事。中午两个儿子下地回家，二财主跟他们说："明天有集市，我想买头牛，谁跟我去？"

二老大说："我陪你去。好久没有赶集了，顺便去集市瞧热闹。"

夜里，二财主从箱子里找出买牛用的银元，装在一个布袋子里。天亮，二财主怀里揣着银元去赶集。父子俩去牛市逛了一圈，买了一头牛，兴冲冲赶着牛回家。快到村的时候，二财主跟二老大说："昨天心慌了整整一天，不知道为什么，现在突然明白，我在担心老二找回的那件宝贝。"

二老大说："没事的，别总提心吊胆。如果担心，回家后看看不就行了。"

二财主说："好。"

听说二财主买了一头好牛，四羊、六狗、七颗心、八只眼、九蛋、十宝和十一指先后来到二财主家看牛，他们看了一通牛，都称赞二财主买了一头好牛。二财主听到人们的称赞，乐呵呵的，说我出了高价钱就是要买好牛。临走的时候，几人都恋恋不舍地看着牛槽。等到看牛的人们离去，眼看夜深人静，二财主走到牛槽跟前，给牛喂了几筛子草，又磨蹭了一会儿，才回家睡觉。五虎本想去二财主家看热闹，被爹骂了几句，这才待在家里。四羊和六狗看到五虎没来看热闹，便赶到五虎家，对五虎描述了二财主买的牛。

五虎说："人家买牛，你们过眼瘾，不眼馋吗？"

六狗说："能不眼馋吗，多好的一头牛！"

四羊说："家里有一头好牛多好，多耕几趟地，庄稼长得好。"

五虎说："他得了我的东西，心高气傲，在气我。你们没有乘机观察吗？"

六狗说："看了，看不出什么名堂。"

四羊说："有个地方有破绽。"

六狗说："哪里？我怎没看出来。"

四羊跟五虎耳语几句，五虎听后高兴地笑了。

十宝回到家里，把二财主家买的牛跟三财主讲了一遍，直夸是村里数一数二的好牛。三财主感叹一番，叹息道："我家也需要买牛，可惜没有几个钱。"

老秀才说："看见人家的好东西就眼馋，不是好心理，自家勉力吧。"

一会儿，七颗心走进门来，看见祖孙三代人在说话，说："你们议论什么，这么热闹。"

三财主说："议论二财主的牛。"

七颗心说："的确是头好牛，可惜我们买不起那样的好牛。"

三财主说："这是二财主在向人炫耀财富，他得了五虎的宝贝，心里高兴。"

七颗心说："是。不过，他得了五虎的宝贝，五虎不会放过他，迟早会找他的麻烦。他得到的这件宝贝，未必是他的宝贝，说不定是大财主的那件宝贝。他独吞这件宝贝，估计大财主心里一定不舒服，大财主会以为是他的那件宝贝。你说呢，十宝？"

十宝点头。

老秀才说："时事维坚，人心难测。二财主这样体面的人也干偷鸡摸狗的事，村风日下啊！"

说了一会儿闲话，七颗心和十宝到另一个屋密议。

八只眼独自坐在屋里抽烟，屋里烟雾缭绕，婆姨骂了几句，八只眼只好到院子里抽烟。他坐在门口的小凳子上抽了很长时间烟，直到夜深也没有睡意。他抬头看了看天，估计天不早了，于是灭了烟。他走回屋里，拿出一件黑衣服披在身上，随后走出院子。夜深了，村子里很安静，屋里的灯都灭了，八只眼蹲在村子最高处的一棵枣树后面，默默注视着村里的动静。他在期待什么，似乎并不期待什么。他在树后蹲了很久，村子里没有任何动静。他站起来，打算回家睡觉。刚走几步，他又停下脚步，重新回到树后，蹲下身子。他不明白自己为什么要返回去，不知道在树下还要等多久。

两个黑影翻墙进了二财主的院子。二财主家的院子原来只有围墙，并没有大门，自从宝贝被盗后，砌上了大门，每到夜深，大门紧闭。围墙一人多高，要从墙上进入院子不是易事。两个黑影搭着人梯翻墙而进，然后溜到二财主的窗户下。一会儿，一个黑影溜到院子的牛圈前，摸到牛槽下；一个黑影依然留在二财主的窗户下。一会儿，二财主窗户下的黑影又溜到二老二的窗户下。又过了一会儿，二老二窗户下的黑影又溜到二老大的窗户下。几袋烟功夫过去，牛圈前的黑影走到墙边，二老大窗户下的黑影也溜到墙边，两个黑影搭人梯翻出墙去。

这时，八只眼已从高处溜到距离二财主家不远的地方，他想看清楚两个黑影是谁。两个黑影出墙之后，快速向前村走去，八只眼沿着一条小路尾随而去。

八只想回家睡觉，似乎还惦记着什么，又回到村子的高处，依旧蹲在枣树后面。不久，他看见两个黑影向二财主家走来。他疑惑，难道他们又回来了吗？是不是他们没有得手？当黑影走到二财主的墙外，他沿着一条小路走下来，走到距离二财主家不远的地方，找了一棵枣树蹲下来。他看见两个黑影搭着人梯，顺利进入墙内。一个人影直奔牛圈，一个黑影先溜到二老二的窗户下，后来又溜到二财主的窗户下。几袋烟的功夫过去了，两个黑影还停在原处。一会儿，二财主窗户下的黑影溜到牛圈前，两个黑影凑到一块儿。又过了几袋烟的功夫，两个黑影翻墙而去。八只眼尾随其后，一直走到前村。

第二天早晨，十一指还在睡梦中，突然听到敲门声。

十一指问："谁？"

门外的人应声："二老二。快起来，有急事，快到我家去一趟，我娘病了。"

十一指说："昨夜不是好好的吗？"

二老二说："快走！别啰唆。"

十宝也在睡梦中，也被门外的喊声惊醒了。

十宝问："谁？"

门外的人说：“二老大，快起来，去给我娘看病。”

十宝嘟囔着爬起来。

111

十一指跟着二老二急急忙忙跑到二财主家，看见二财主的婆姨躺在炕上，脸刷白，说不出话来。十一指先问了一下情况，然后把脉。一会儿，十宝跟着二老大也急匆匆赶来。看见十一指在场，十宝心里不高兴，但碍着二财主的面子，没有说什么。一会儿，十宝看了一下二财主婆姨的脸色，说昨晚中邪了，吩咐赶紧准备黄表、香和一碗清水。看到十宝急于下手，十一指有点不高兴，把完脉，坐在一条板凳上，看十宝如何折腾。十宝拿笔在黄表上写了一些符号，然后烧香，烧表，将表灰冲水，让二财主的婆姨喝下。十宝说过一会儿就会好。十一指鄙夷地瞅了十宝一眼，转身要走，二财主拦住十一指。十一指说：“有神仙在此，我何苦待在这里。”

十一指说完，离开二财主家。

半个时辰过去了，二财主的婆姨还不见好转，十宝上前喊她，她依旧不吱声。十宝在她的身上胡乱捏了一通，脸色稍微好了一点，还是不会说话。十宝说再等一会儿会好的。又过了半个时辰，二老二喊她，依旧不能说话。这时二财主有点着急，对二老二说：“快去叫十一指。”

二老二赶紧跑去找十一指，十一指只好再去。十一指进门，二财主对十一指说：“看来情况不妙，你来看，让她先开口说话。”

十一指有点不愿意，他说既然让十宝看，他就不愿意插手，一会儿虚，一会儿实，怕坏了他的手艺。看到十一指推诿，二财主说：“看来以邪看不管用，以你的法子看吧，我不会亏待你。”

既然二财主否认了十宝的魔法，十一指只好继续看。他翻开二财主婆姨的眼皮看了看，又撬开她的口看了看舌头，然后从一个布包里摸出几根长长的银针，在她身上下针。十一指不时捻动银针，不到两袋烟的功夫，二财主的婆姨突然哭出声来。二财主和两个儿子及围观的人都笑了，知道她缓过气来了。有人赞叹：“十一指的医道真好！”

十一指长舒一口气，说：“没事了，一会儿就好了。”

二财主的婆姨哭了一会儿，止住了哭声，喊着要坐起来。一会儿，人们看见他脸色红润了，她的心情也平静下来了。有人连忙端来一碗水给她喂水喝。又过了一会儿，她又嘤嘤哭泣起来，说：“气死我了！气死我了！”

十一指说："这是一时气急赌气，不知道你家发生了什么事。"

二财主欲言又止，叹口气。二老二看了看爹，说："因为宝贝的事。"

十一指说："怎么了？"

二老二说："丢了。"

十一指说："什么时候？"

二老二说："昨天晚上丢的，今早上才发现。"

十一指说："难怪。我说她是气的，果真如此。"

十宝和十一指先后离开二财主家，等人们走后，二财主骂道："哪个乌眼贼偷了我的宝贝，这么可恶！宝贝回来没几天就被他们偷走了，作孽啊！老二，你认为谁偷走了宝贝？"

二老二说："难说。让我查访一下。"

二财主说："等你查访出来，人家把宝贝卖钱花了，几个没用的东西，晚上只知道睡觉，就不知道看着点。"

两个儿子面面相觑，无言以对。他们庆幸娘无大碍，但为再次失宝伤心。尤其是二老二，又气又恨，恨不得将盗贼碎尸万段。

二财主失宝的消息像长了翅膀，一会儿工夫传遍了全村，人们都说村里来了飞贼，人人惊慌。这时候，有人才醒悟过来，知道五虎的东西原来被二财主盗走了，于是有人痛恨，有人幸灾乐祸。八只眼心里疑惑，到底谁偷了二财主的宝贝？昨夜他看到四个黑影溜进二财主的院子，到底哪一拨人拿走了宝贝，他无法断定。不过，他知道四个黑影是谁，他想事情不久就会水落石出。

二财主实在气不过，跑到了大财主家，找大财主出主意。大财主问明情况后说："不知道谁偷了你的宝贝，如何惩治？"

其实大财主对二财主得到这件宝贝后一声不吭很不满，加之二财主无法断定偷宝贝的人，所以大财主不愿意参与此事。二财主看见大财主不愿意出面相助，说："虽然我不能断定贼是谁，但知道就是那几个人。"

大财主问："谁？"

二财主说："四羊、五虎和六狗这几个人。只要你出面，一定能弄个水落石出。"

大财主说："没有把握的事情我不会去做，上次弄五虎，让我失了颜面，这次我不会再做这种无根无蒂的事。你自己想办法吧，我无能为力。"

二财主碰了一鼻子灰，灰溜溜回家，回家后骂大财主不仗义，接着又把两个儿子也骂了一通，这才平静下来。看看婆姨精神恍惚，怕弄出更大的事来，二财主只好按下失宝的事不提。

五虎逢人便说，二财主机关算尽，宝贝还是丢了，这本来就不是他的宝

贝，没想到有钱的人也会做贼。现在宝贝又回到我的手里，如果他有本事再来偷。听了五虎的话，人们不知道是真是假，有人为五虎高兴，也有人为二财主高兴。五虎如此猖狂，二财主气急败坏，骂道："小人得志，你能威风几天，小心再落到我的手里。"

二老二听见爹在骂人，也骂道："哪天我会拔掉他的虎牙，让他哭笑不得。"

父子俩嘴上不服气，心里却虚虚的，十分悲哀。他们都知道失宝容易找宝难，这次恐怕有去无回了。不过，他们不死心，决心将失去的宝贝夺回来，可谈何容易。二财主在家整整想了一个晚上，实在想不出好办法。他知道摆在自己面前的难题有两个，一个是不知道宝贝是不是在五虎手里，如果在他手里就有了目标，可以再次下手；一个是宝贝会不会在别人手里，在谁的手里。大财主不愿意出手帮助，自己也不敢强取。突然，他想到了一条计谋。

早上，二财主早早起来，跑到六狗家里。六狗正要去锄地，看见二财主进门，有点奇怪，因为平时彼此很少来往。上次二财主威逼六狗失败，六狗怀恨在心。看到二财主进门，立刻警觉起来。六狗不吱声，等二财主发话。二财主看见六狗惊慌，和颜悦色，请六狗去他家一趟，说有点小事麻烦一下。六狗听了，一脸诧异，担心二财主再次对自己动手。二财主解释不是关于宝贝的事，不要害怕，是别的事。六狗这才放下心来。既然是别的事，六狗不好拒绝二财主的请求，只好含含糊糊答应下来，然后扛着锄头去锄地。路上，六狗在琢磨，二财主到底是什么意思？想来想去，觉得二财主不怀好意。

二财主看见六狗答应到家去一趟，心里顿时高兴起来，认为事情有了转机，心里充满希望，于是高高兴兴回家。婆姨看见二财主高兴，问："答应了吗？"

二财主说："答应了。"

六狗从地里回来，扛着锄头去了二财主家。一进门，六狗闻见香喷喷的味道，鼻子不由得抽了几下，因为他一年闻不到几次这样的香味。他再看灶台上，看见和面盆里放满了白花花的白面，直看得口水直流。他心里在想，毕竟是财主家，平时都吃这么好的东西，自己过年都吃不到这么好的饭食。

二财主给六狗让座，递烟，递水。六狗不敢坐在炕上，畏畏缩缩坐在地上的一条板凳上。看见二财主如此热情，六狗意识到二财主一定有求于自己，心想你也有用得着我的时候。

二财主吩咐婆姨赶紧和面做饭，一边和六狗闲聊起来。一会儿，面条做好了，二财主亲自给六狗端面，六狗受宠若惊。二财主叫六狗吃好，多吃几碗。六狗难得吃到这么好的面，也不客气，狠狠吃了两大碗，才恋恋不舍放下碗筷。二财主马上递给六狗一碗热水，说："我有一句话想问问你。"

六狗说："说。"

二财主说："你知道我的宝贝丢了，五虎口口声声说宝贝在他手里，果真在他手里吗？"

六狗说："他总喜欢这么说，我也不知道是真是假，依你看呢？"

二财主说："依我看，八成在他的手里。不过，别人也不排除。"

六狗说："我吃了你的饭，应该帮助你，可我的确不知道，只能给你打听一下，你看如何？"

二财主本想从六狗嘴里掏出实话，偏偏六狗不愿意说，只好说："你多费心，帮我打听一下，我不会亏待你。你估计会不会在别人手里？"

六狗说："依我看，七颗心、八只眼和十宝都不是好人，他们也会算计你。"

二财主说："我知道，有人是不地道，你给我留心一下。"

六狗说："好。"

六狗回家后放下锄头，赶紧去找五虎，五虎刚好在家，六狗把在二财主家吃饭的情况说了一遍。五虎嘿嘿一笑，说你的嘴真馋，接着跟六狗耳语一番。

八只眼想知道二财主的宝贝到底落到谁的手里，他问五虎是否知道这件宝的下落，五虎毫不含糊，说宝贝在我的手里，八只眼不完全相信。为了验证五虎的话，八只眼特意趁五虎不在家的时候去看望五虎的娘，看见五虎娘不喜不悲，神情自然，难以捉摸。他想从五虎娘的口中掏实话，五虎娘守口如瓶。

112

二财主没有从六狗嘴里得到真实消息，有几分失望，但他并不气馁，于是找来八只眼。其实，当二财主得知牛槽下的宝贝丢失后，本想先找八只眼看脚印，结果婆姨一听，突然暴病，只好先抢救婆姨，没有顾及脚印。八只眼知道二财主的用意，问："你想知道什么？"

二财主说："本来我想找你看脚印，无奈婆姨病了，后来看到牛槽前脚印杂乱，恐怕你看不出究竟，所以没有找你。你认为谁偷了我的宝贝？"

八只眼说："如果你先让我看一下脚印，心里就会有数，单凭感觉或揣测，难下结论。"

听到八只眼如此说，二财主十分遗憾，想了想说："如果你能找到这件

宝的下落，我依旧给你赏钱，决不食言。”

听了二财主的话，八只眼笑了，说：“我并不在乎你的赏钱，主要是帮忙。实话跟你说，夜里我看到四个人溜进你的院子，真真切切。”

二财主说：“看清楚是谁了吗？”

八只眼说：“如果看清楚，我早跟你说了，不过可以肯定这几个人是前村的人。”

二财主说：“四个人是单独进来的还是合伙进来的？”

八只眼说：“分两拨进来，一拨两个人。”

二财主说：“其中一定有五虎，另外的人是谁？”

八只眼说：“不知道。我想去看看脚印。”

二财主说：“好。”

二人在牛槽前看了好一会儿，二财主看不出什么究竟来，八只眼先看墙里的脚印，然后看墙外的脚印，着实看了半个时辰。二财主问：“看出究竟来了吗？”

八只眼说：“没有。不过有几个脚印我要拓下来，回家仔细比对一下。”

八只眼让二财主找来纸笔，很快拓下脚印，然后告别二财主。二财主看着八只眼的背影，心里充满希望。

这几天七颗心很高兴，二财主失宝给他提供了谈资，所以逢人便大说一通。晚饭后七颗心见到八只眼，八只眼用异样的目光看着他，这让七颗心心里很不舒服。八只眼觉察到了七颗心的异样心理，笑嘻嘻地说：“我看你的脸色不大好，没睡好觉吧。”

七颗心说：“晚上睡觉一直不好，没办法。找过十一指，他也无能为力，只好忍受煎熬。你认为二财主的宝贝落到谁的手里？”

八只眼说：“我不是神仙，哪知道落在谁的手里。”

七颗心说：“二财主没有找你看脚印吗？”

八只眼说：“没有。”

七颗心说：“不可能。上次他都找你了，这次能不找你吗？”

八只眼说：“他只顾给婆姨看病，哪顾得上看脚印。”

七颗心说：“后来也没有找你吗？”

八只眼说：“没有。依你看落到谁的手里？”

七颗心犹豫了一会儿，说：“依我看，物归原主。”

八只眼说：“你的意思是回到五虎手里了吗？”

七颗心说：“是的。五虎不在大喊，宝贝又回到他手里了吗？依我看，除了五虎，别人没有这本事。”

八只眼说：“我看未必。五虎怎知道二财主的藏宝之处？”

七颗心说："五虎自有办法，否则不会落到他的手里。"

八只眼说："我看别人也知道二财主的藏宝之处？"

七颗心说："谁？"

八只眼说："只是猜测而已，没有具体的目标。二财主婆姨生病的那天早上，我看见好几个人去过牛槽。"

七颗心说："事后看跟事前看不一样，事前看是找宝贝，事后看是看稀奇。当时我也去看了，我想看看二财主藏宝的地方好不好，的确不是好地方。"

八只眼说："为什么不是好地方？"

七颗心说："一是牛槽所在的位置低，二财主院子上面的人家容易看见二财主藏宝；一是牛不像猪那样，一看到生人就大声哼哼，牛见到生人不会叫，顶多动一动角，家里人不容易觉察；一是牛槽容易被人撬起来。"

八只眼说："你分析得很透彻。难道真有人看见二财主藏宝贝了吗？"

七颗心说："你不知，我不知，自有知道的人，否则宝贝不会丢。"

八只眼认为七颗心的分析很有道理，不过从中看出了一点端倪。他只淡淡地说："看来早有人盯上这件宝了，难怪到手没几天就丢了。你认为二财主能捞回这件宝吗？"

七颗心说："不可能。盗宝的人不是傻子，哪像他那么蠢。"

八只眼说："不过，牛槽下有脚印。"

七颗心说："能看得清楚吗？知道是谁的脚印吗？"

八只眼说："今天我去看了一下，略知一二。不过你放心，没有你的脚印。有一个脚印比较清楚，很像大财主烟囱下的那个脚印。"

七颗心惊讶，说："那只鞋在我家里，怎么会留下这个脚印。"

八只眼说："我也奇怪，除非你穿过这只鞋。"

七颗心说："没有。我从你手里要回那两只鞋就小心藏起来，至今未动，上面落满了灰尘。如果你不信，我回去把这两只鞋找来。"

八只眼跟着七颗心回家找鞋，七颗心钻进萝卜窖里，拿着一只鞋出来。七颗心十分尴尬，说："两只鞋一起放在萝卜窖里，现在只剩一只鞋，另一只鞋去哪了？奇怪。是婆姨扔掉了，还是谁偷走了？"

七颗心难以自圆其说，显得有点尴尬，八只眼心里明镜一般。

八只眼回家琢磨了半天，依然不得要领。他既怀疑七颗心贼喊捉贼，有意说丢了鞋，以此蒙蔽人，脱去自己与此事的干系，又觉得七颗心的话是真的，因为他把这只鞋给了七颗心，如果七颗心穿着这只鞋去盗宝，不是不打自招吗？如果穿过这只鞋的人知道这只鞋在七颗心手里，何尝不想找到它，再次利用它？当然，七颗心也可能穿着这只鞋去盗宝，嫁祸于人。不管如何

解释，这只鞋与七颗心或另外一个人有关。

八只眼在大榆树下见到了四羊，四羊眯缝着眼，悠闲地抽着烟，烟雾腾腾，在树叶间缭绕。八只眼坐在四羊身边，看见四羊不言不语，只顾抽烟，不知道他为何如此悠闲。八只眼说："看来你的地锄完了，这么悠闲。"

四羊说："是的。可以好好休息几天了，身子很乏。想去一趟县城，逛一逛。"

八只眼说："有事吗？"

四羊说："没有。一来散散心，二来想买点布料，做件衣服。"

八只眼说："看来你手头有钱。"

四羊说："只够买布的钱，没有多余的钱。你看我成天光膀子，眼看天气就要转凉了，没衣服穿能行吗？"

八只眼说："有人拿走了二财主的宝贝，这人发财了。不知道谁这么厉害。"

四羊说："不知道。要是我得到这件宝多好，可以多买几尺布，可惜我没有这福气。"

四羊想起了八只眼伙同其他人将自己手里的那件宝夺走，心里顿时疙疙瘩瘩。他似乎意识到八只眼在试探自己，不由起了戒心。

八只眼说："有人看见那夜有四个人进入二财主的院子，不知道是哪个人得了这件宝。"

四羊说："这么多人知道二财主藏宝的地方，实在不可思议，看来二财主太麻痹大意了。看清楚是哪些人进去了吗？"

八只眼说："没有看清楚。如果看清楚了，现在宝贝可能回到二财主手里了，他不会轻易饶了盗宝的人。不过，牛槽前留下了脚印。"

四羊说："很多人去过牛槽，脚印很杂乱，能看清楚吗？"

八只眼说："别人自然看不出什么，我却可以从杂乱的脚印中看到我熟悉的脚印，信不信？"

四羊说："怎不相信，你是脚印专家，谁的脚印都逃不过你的眼睛。你看出有哪些人的脚印了吗？"

八只眼说："看出了几个。"

四羊说："谁？"

八只眼说："是前村几个人的脚印，其中一个脚印曾在大财主的烟囱下出现过。这个脚印很清晰，留在墙根下，估计是从墙上跳下来的时候留下的。"

四羊说："你真厉害。看来你知道谁偷走了二财主的宝贝，可以到二财主那里领赏了。"

八只眼说："我不在乎赏钱，只想弄明白谁得了这件宝。那只鞋在七颗心手里，七颗心却说那只鞋丢了，你怎么看？"

四羊依旧抽烟，说："七颗心不是正经人，他的话不可信。说不定是他穿着这只鞋去盗宝，偏说鞋丢了，其实是为了掩护自己。"

八只眼说："不一定。估计宝贝在另外的人手里。"

四羊说："你有证据，还是你看到了？"

八只眼说："我没有看见，只是推测。"

四羊说："既没有证据，又没有亲眼看见，推测未必可靠。"

八只眼说："我有八分的把握。"

四羊说："不愧是脚印专家。既然如此，为什么不把盗贼告诉二财主？"

八只眼说："没有十分的把握，我不会告诉他。再说，如果二财主找我，我可以说，不找我，我不会多管闲事，落得一个清闲。"

四羊说："我大体猜出你的估计了。"

八只眼说："谁？"

四羊说："天知地知，你知我知。五虎说他手里有一件宝贝，我手里也有一件宝贝，让二财主来找吧。"

八只眼还想继续说下去，四羊却起身离开大榆树，唱着小曲回家去了。听着四羊不成调的曲子，八只眼在琢磨，四羊果真知道自己的猜想吗？

113

五虎这几天很坦然，出村放羊走的时候总哼着小曲，似乎正像他说的那样，自己得了一件宝，能不高兴吗？有一次，五虎赶着羊路过二财主大门口时，故意抬高嗓门唱，唱得二财主心烦意乱，真想操起木棍揍他一顿。看见二财主站在院子里瞪眼，五虎唱得更欢了。二财主吐一口唾沫，骂道："两次偷人宝贝，死无葬身之地！"

五虎毫不理会二财主的骂，只顾自己高高兴兴地唱歌，白天唱，晚上唱，到处都可以听到五虎的歌声。四羊听到五虎唱个没玩，心里有点烦躁，便去找五虎。五虎看见四羊有点忧郁，说："人来世界上能活几天，何不高高兴兴，苦恼是一天，高兴也是一天。"

四羊说："我遇见了八只眼，他说有人看见那夜有四个人进入二财主的院子，你觉得可信吗？"

五虎一惊，说："这么多人！难道二财主把宝贝摆在牛槽上，人人都能

看得见吗？那几个人是谁？”

四羊说：“他没有说，我估计他知道。他还说七颗心从你那里拿走的那两只鞋丢了一只，并且在二财主家的墙下发现了这个鞋印。你认为是谁拿走了二财主的宝贝？”

五虎说：“事情很蹊跷，如果他说盗贼是前村的人，说明他看见了那个人，不过不明说而已。我看那只鞋还在七颗心手里，不可能在别人手里，他可以利用这只鞋迷惑八只眼。若说宝贝的去处，除了七颗心和十宝，不会在别人手里。”

四羊骂道：“两个狡猾的狐狸！他们怎会得逞，难道他们看到了二财主往牛槽藏宝贝了吗？不太可能。那么他们用什么办法得知牛槽藏着宝贝呢？”

五虎说：“两个蛇精，天知道他们用了什么鬼办法。我的宝贝藏得那么隐蔽，不也让二老二偷走了吗？兴许人家有天眼。”

四羊说：“八只眼会不会怀疑我们？”

五虎说：“就是要让他们怀疑我们，让二财主永远得不到那件宝贝。”

四羊回到家，琢磨八只眼和五虎的话，感到危机四伏。八只眼一定会告诉二财主，说有前村的四个人夜里进过他的院子，二财主一定会怀疑自己。七颗心丢了一只鞋，不仅他会怀疑自己，八只眼也会怀疑自己。这样，自己会遭到七颗心和八只眼的盯梢，自己处在大财主和二财主的夹击之中。当然，五虎也处在同样的环境之中。四面楚歌，令四羊不寒而栗，因为他吃过众人合围的亏。他不知道七颗心是故意说丢了鞋，以避开人们对他的怀疑，还是八只眼有意放风，以此逼迫穿过这只鞋的人有所动作。

七颗心知道，只要自己把丢鞋的事说出去，八只眼一定会传给别人，以引起原来穿过这只鞋的人的惊慌，从而摆脱人们对自己的怀疑。

七颗心跑到大财主家里，大财主很惊讶，因为七颗心平时很少上他的门，他知道七颗心来家必定有事。没等大财主开口，七颗心便说：“有一件事想告诉你，不知道你有没有兴趣。”

大财主说：“讲。”

七颗心说：“我捡到两只鞋，其中一只正是在你的烟囱下留下脚印的那只鞋，可是——”

大财主说：“可是什么？丢了吗？”

七颗心说：“是的。我放在萝卜窖里，被人偷走了。”

大财主说：“你估计谁偷走了鞋？”

七颗心说：“估计是原来穿过这只鞋的人？”

大财主说：“谁？”

七颗心说：“五虎。”

大财主说："你有把握吗？"

七颗心说："有八成的把握，也许还有人看上了这只鞋，不过可能性比较小。"

大财主说："他们拿去这只鞋有什么用处？不就是一只无用的破鞋吗？"

七颗心说："你不知道，这只鞋不仅偷了你的宝贝，也偷了二财主的宝贝，因为这只鞋在二财主的墙下也留下了明显的脚印。"

大财主说："你怎么知道的？"

七颗心说："八只眼告诉我的。看来偷鞋的人与你的宝贝有关，你应该找出这个人，这样你和二财主失宝的事就真相大白了。"

大财主说："我会想办法的。你还有什么好消息？"

七颗心说："仅此而已。"

七颗心认为，大财主和二财主会联合起来寻找这个关系到他们共同利益的人，如果真会如此，又有一场好戏看，有人可能遭受皮肉之苦。他欣慰地笑了。他要两个财主确信，这个神秘人物手里握着两件宝。

晚饭后，七颗心没有像往常一样出去串门，而是坐在自家的院子里不停地抽烟。婆姨骂道："你中邪了吗，为什么抽闷烟？"

七颗心说："我的事你不用管，我抽烟自有道理。"

婆姨说："你抽烟能抽出钱来吗？除了抽烟你还有什么本事。"

七颗心没有理会婆姨的唠叨，只顾抽烟想心事。本来他对大财主失宝的事不大关心，因为大财主能不能找到宝贝与他无关，他无须多操这份闲心。当然，他也想知道谁偷了这件宝，假使他能知道，少则可以从大财主那里领到一笔赏钱，多则兴许把这件宝揽入自己怀中。他认为自己不是没有这个能力，因为现在是兵荒马乱的年代，并非正常年代，人们不敢把值钱的东西藏在家里。对于二财主从五虎那里得到的那件宝贝，他当然很关心，因为他和十宝曾为这件宝费过不少心思，结果却落到二财主的手里，他岂能不妒忌。现在这件宝又从二财主的手里溜走了，他打心眼里高兴。到底谁从二财主手里偷走了这件宝，他不愿意去关心，因为这个盗宝人有二财主和八只眼在操心。现在他关注的是八只眼无法破解的大财主失宝案。他心里暗笑，自己为什么要替别人操心，不是杞人忧天吗？他摇头，否认了自己的想法。尽管八只眼找到了大财主烟囱下的脚印，可他一直找不到踩下脚印的人，他未必能找到这个人。如果自己能找到这个人，那就是胜过八只眼的人，村里人一定会刮目相看。他知道单靠自己的能力未必能找到这个人，他迫切渴望得到神灵的帮助。

他回到屋里，找来几张黄表和几炷香，单等夜深。在家坐着无聊，他去村了转了一圈，然后回到家里。婆姨看到他不想睡觉，只坐着抽烟，也不理

会。眼看夜深，七颗心悄悄走出院子，向天官庙走去。

像往常一样，天官庙周围静悄悄的。七颗心怀里揣着香和表，边观察四周的动静，边走近天官庙。在天官庙下他停下脚步，又向四周看看，确信没有人发现自己，这才踏上楼梯。他不愿意有人看见他，免得别人怀疑他鬼鬼祟祟。他抹黑爬上楼梯，跨上一个平台，他又停下脚步，向更远的地方看了几眼，然后放心走近天官老爷的殿内。殿内黑漆漆的，连天官老爷的神像都看不清楚，他靠着感觉找到天官老爷的塑像，跪在地上，磕了三个响头，然后站起身来。他从怀里掏出黄表、香和火柴，划着火柴，用火光点燃黄表，再就着黄表的火点着香。火光灭了，他借着香头的微弱光亮，把香插在供桌的香炉里。然后，他跪倒在地，对着天官老爷又磕了三个响头，接着双手合十，虔心祈祷。

七颗心默念道："天官老爷，今天我又来叩拜你。我感谢你过去对我的帮助，我深感你的灵验。现在，我还有一些心事想向你吐露，以表示我对你的信服。眼下的世道不安宁，村里几个人失宝，几个人得宝。钱财失失得得，得得失失，没有终了。尤其是大财主丢掉的那件宝，至今没有下落，让旁观人痛心。如果你能帮助我破解大财主的案子，我将感激不尽，我会杀牲祭拜你。此前你多次帮助我，现在再次祈求你的帮助，请受信徒第三次叩拜。"

七颗心叩拜礼毕，听到一声轻微的声音。他不知道声音来自何处，赶紧划亮一根火柴，看见自己的面前有一只羊蹄。他好生奇怪，为什么刚才没有看见这只羊蹄？他立刻意识到这是天官老爷给他的暗示。他捡起羊蹄，揣在怀里，磕了三个响头，匆匆离开殿内，急急下楼，惶惶向家跑去。

四羊串门回家，远远看见一个模模糊糊的黑影跑离天官庙，心生怀疑，赶紧向黑影追去。不想黑影像鬼魂，霎时踪影全无，四羊转身跑到天官庙看究竟。

这两天十宝优哉游哉，过去人们只看到他在家里抽水烟，现在他拿着黄铜水烟袋到处游逛，现出一副公子少爷的派头。对于十宝不同寻常的表现，四羊、五虎、六狗和八只眼都看在眼里，都怀着各自的心理揣摩着十宝。

114

四羊跑到天官庙前，抬头看了一眼黑森森的天官庙，顿时毛骨悚然，然而他想知道谁在这里做了什么事，谁会半夜三更在此鬼鬼祟祟。他硬着头皮踏上楼梯，过了平台，推开殿门，走进殿内。殿内黑黢黢的，只有香头微弱的亮光。他想划亮火柴看究竟，又怕看见天官老爷那副狰狞面目。如果在白天，他不会惧怕，而此时心惊胆战。如果不划亮火柴，他什么都看不见，无异于冒着风险白来一趟。他咬牙攥拳，狠下心来，果断从怀里掏出火柴。划亮火柴后，他没有敢看天官老爷的面目，只看了一眼他的下半身，然后目光落在供桌上。他看见表盘里有新鲜的灰烬，香炉里的香燃了少半。他估计是刚才的黑影在此求神。那么他是谁？他在祈求什么？火柴燃尽了，他抬头扫了一眼天官老爷黑黢黢的面孔，慌忙离开殿内。

后半夜，七颗心和四羊谁都无法安寝，各人心里揣着一个谜。

七颗心睡在炕上，一直在揣摩那只羊蹄，硬硬的，一如它身上隐藏的迷。根据上次的经验，他自然想到了与羊有关的人，他首先想到了五虎，因为五虎是个放羊的人。二财主拿走了五虎的宝贝，五虎岂能善罢甘休，但这不是他关心的事，他向天官老爷祈求的是大财主的宝贝。难道大财主的宝贝是五虎偷走了？他又想到了羊蹄可能与四羊有关，因为四羊的里名字有个羊字。自从四羊被众人围堵失宝后，看不见他有任何动静，尽管自己多次盯着他，可是一无所获，但看他遮遮掩掩的样子，似乎在掩盖什么，又似在捉弄人。他会不会与大财主的宝贝有关？八只眼没有向他透露四羊的任何消息，他感觉四羊不是那么清白。

晌午七颗心收工早，下地回村直接走进三财主的院子。三财主正赶着毛驴磨面，招呼七颗心屋里坐。七颗心隔着玻璃看见老秀才躺着看书，便走了进去。听见有人进来，老秀才爬起来，给七颗心让座。七颗心坐在炕楞上，掏出烟袋抽烟。看见七颗心只抽烟不说话，老秀才说：“有事吗？”

七颗心说：“有一件小事麻烦老人家。”

老秀才说：“客气什么，邻里邻舍，请讲。”

七颗心说：“我去天官老爷那里祈求，求到一只羊蹄，你看有什么含义？”

老秀才说：“你祈求什么事？”

七颗心说：“大财主失宝的事。”

老秀才说：“心有旁骛，管他人之事，何故多事？多一事不如少一事，少一事不如无事，无事睡得安然觉。”

七颗心说：“这些事本与我无关，可我天生就是喜欢管事的人，没办法。你给我破解这个迷吧。”

老秀才无奈，只好捋着胡须仰着头，苦思冥想。良久，他看了看七颗心说：“以老朽之见，羊者，是羊也，非羊也。何故？羊乃动物，岂管人类之事，只管自家填饱肚子。羊者，非羊也，人也。人才注意世事。何人哉？四羊也。”

七颗心不解，说：“上次我求到羊蹄印，你说与五虎有关，因为五虎是放羊的人。这次我求到的是羊蹄，怎么与五虎无关，而与四羊有关？”

老秀才说：“彼一时此一时，时间环境和你所求之事不同，答案自然不同。事随境迁，理随事变，此乃常理也。”

七颗心认为老秀才说得有点道理，便说：“先按你老人家说的办，但愿如你老人家所言，不让我枉费功夫。”

四羊辗转反侧，谁会深夜到天官庙求神呢？他偶尔听人说过，七颗心喜欢来此求神，他从来没有发现过。他想一般人都是白天来求神，很少晚上来求神，除了七颗心还会是谁？会不会是二财主来求神呢？他刚刚丢了宝贝，也许会祈求神灵的帮助，不过从来没有听说他求过神。他想找到这个求神的人。

他找到五虎，说昨夜看到有个人到天官庙求神，鬼鬼祟祟，一定不是正经人。五虎说不要着急，既然没看见，也很难找见，不如静观其动，也许自己会露馅。四羊认为五虎的话有道理，自己仔细留心就是了。

七颗心得到了老秀才的指点，迫不及待，跟十宝说：“你爷爷给我指点迷津，我们一起关注四羊，怎么样？”

十宝说：“好。”

七颗心急于了解四羊身上的秘密，认为盯只是一种被动的办法，未必会在短期内破解这个秘密，与其坐等，不如主动出击，让他早点露馅。他跑到二财主家，跟二财主说，天官老爷告诉他，带羊字的人身上隐藏着极大的秘密，这只羊是破解失宝秘密的关键人物。二财主半信半疑，说天官老爷怎会知道村里的事，七颗心说如果不知道村里的事，我们日日供着他有什么意义。他希望二财主关注这个人。二财主说我会留意我所怀疑的每一个人，七颗心听了此话，欣慰地笑了。

七颗心跑到大财主那里，讲了求神的事，希望大财主也关注这个人，大财主说家里人没有时间关注，托付七颗心多留心，如果他能提供可靠的消息，自己就会出手，并且许愿给七颗心好处。七颗心喜不自禁，仿佛赏钱摆在他的面前。

四羊在大榆树下见到了七颗心，七颗心正在跟人侃侃而谈。四羊说有什么好事说给我听，七颗心盯着四羊说：“真想听吗？”

四羊说：“既然说听，那就是想听，尽管说。”

七颗心说：“有人说几个财主失宝，与一个“羊”字有关，你相信这话吗？”

四羊说：“村里与羊有关的人很多，莫非都去偷财主的宝贝了？”

榆树下的人一片哄笑。

四羊说："会不会有人故意编造谣言，以此迷惑人心，掩护自己，陷害他人呢？"

七颗心正颜厉色，说："你以为这是我编造的谎言吗？错。是神仙说的，岂能不信！"

四羊说："哪个神？"

七颗心说："天官老爷，不相信吗？"

四羊说："莫非半夜三更去天官庙求神的人就是你？"

七颗心惊奇，说："你看见了吗？"

四羊说："我看得一清二楚，休想瞒过我的眼睛。"

七颗心说："既然如此，我明说了，这不是我编造的谎言，而是天官老爷的明示，你不相信吗？"

四羊说："天官老爷告诉了你什么？让大家听听。"

七颗心说："他告诉我有'羊'字的人行为不轨，要人人警惕。天官老爷把这个秘密不只告诉了我，还告诉了大财主和二财主。"

十一指说："真有这神奇的事？"

七颗心说："我对天发誓，没有半句假话。"

四羊仰天大笑，小天下可笑之人。四羊明白，七颗心把求神结果告诉大财主和二财主，想让他们整自己。

八只眼听到七颗心的话，不知道他意在什么。他坐在院子里仔细思考七颗心的意图，难道二财主的宝贝是他偷走了吗？他是不是想以此转移别人的视线掩护自己呢？他知道七颗心是个很有心计的人，他的一言一行都有明确的目的，决不能被他的表象所迷惑。

八只眼正在琢磨，四羊走进院子。八只眼把自己的烟袋递给四羊，让四羊抽烟。四羊说："你听到七颗心的话了吗？"

八只眼笑着说："听到了。"

四羊说："你怎么看七颗心的话，他借助天官老爷，嫁祸于我，似乎我是盗宝的人。其实，他在掩护自己，盗走二财主宝贝的人不是别人，恐怕就是他。你的看法呢？"

八只眼没想到四羊也有同样的看法，看来七颗心值得怀疑，可找不到他的丝毫破绽。他声称那只鞋丢了，到底是真丢还是假丢？如果是真丢，可以排除对他的怀疑；如果是假丢，二财主的宝贝极有可能在他的手里。

八只眼说："这要事实来证明，我不敢随便下结论。七颗心的那只鞋丢了，你认为谁偷走了这只鞋？"

四羊说："不知道。说不定还在他手里。谁能知道他的鞋藏在哪里？除非他自己。他总喜欢盯着别人，有谁会去盯他呢？"

八只眼说：“你的话有道理。不过，你无须惊慌，任由他去说，事实总归是事实，由不得人编造，也由不得人栽赃。人常说，真的假不了，假的真不了。”

四羊说：“如果七颗心像你如此通情达理，我就不会受此冤屈。害人者必自害。他不放过我，我也不会放过他，看谁放倒谁。”

八只眼说：“这倒大可不必，守着自己的一份清白就可以了，不需要跟他争锋斗气。不过，你须提防着他，不然他真会咬伤你。害人之心不可有，防人之心不可无。依我看，用不了多久，两个财主丢失宝贝的谜底就会揭晓。”

四羊说：“你真有这样的把握？看来你手里有得力证据。”

八只眼说：“可以说有，也可以说无，我相信自己的预感。”

四羊不知道八只眼的预感自何而来，隐隐觉得几股势力冲他而来。八只眼也是极有心计的人，看似在安慰自己，谁知他心里打什么算盘。

115

八只眼觉察到四羊内心不安，知道四羊的不安主要来自七颗心求神的结果，会不会还有别的原因呢？七颗心丢的那只鞋在他手里还是在七颗心手里，他不得而知。如果真在四羊手里，无疑是造成他内心不安的最重要的原因。他不知道七颗心攻击四羊，是找到了四羊不轨的证据，不敢明说，有意试探四羊的反应，还是采取以攻为守转移目标的策略。他知道这两个人都是十分精明的人，四羊的不安不会没有原因，七颗心的攻击会是空穴来风。

四羊找到五虎，把七颗心对他的怀疑讲给五虎听。五虎嘿嘿一笑，说：“七颗心的话不必当真，他总喜欢搞虚虚实实哄哄骗骗那一套，我从来不相信他的话。不过，他借天官老爷的话来胡乱猜测，一定有他的目的，其目的是什么，需要我们仔细琢磨。你不可以轻信，也不可以不信。他为什么不把攻击的目标对准我，而是对准你呢？你应该有所警觉。”

四羊说：“七颗心的话固然不可信，说不定他抓住那只鞋做文章，兴许是那只鞋给他提供了攻击目标，可那只鞋的确不在我手里。过去他曾经多次盯着我，每次都没有得逞，这次想借此机会报复我，从而达到保护自己的目的。”

五虎说：“你认为二财主的宝贝在他手里吗？”

四羊说：“凭我的直觉，感觉在他手里。”

五虎说："为什么鞋是七颗心从我手里拿走的，而不找我的麻烦，偏偏要找你的麻烦？对此我不理解。他心里到底在打什么鬼主意？这几天十宝为什么这么安静？这些问题值得深思。"

四羊说："自从二财主失宝，十宝很少出门，不知道什么原因，难道与十宝有关？"

五虎说："八成与他有关，也与七颗心有关，只是没有证据。"

八只眼在地里遇见六狗，跟六狗谈起二财主失宝的事，问六狗有什么看法。

六狗说："我没有偷人宝贝，也不愿意管这等闲事。过去不想惹是非，是非却来惹我，现在何苦多管闲事。"

八只眼说："你住在二财主家的上面，他家发生什么事，说不定你会看见。"

六狗说："我什么都没有看见。"

八只眼说："依你看，谁是贼？"

六狗说："我没有看见，不敢乱说，乱说会惹是非。"

八只眼说："不瞒你说，那夜我看见四个人溜进了二财主的院子。"

六狗十分惊讶，盯着八只眼说："你知道谁偷走了宝贝？"

八只眼说："当然知道。前村的人，与你无关。"

六狗说："四个人，到底哪个是贼？"

八只眼说："他们分两拨进去，每拨两个人，我看得清清楚楚。"

六狗说："到底那拨人偷走了？"

八只眼说："不知道。估计是第一拨人，因为他们进去待的时间长。第二拨进去待的时间短，估计发现宝贝被别人偷走了，所以很快出来了。"

六狗说："你看见第一拨人是谁吗？"

八只眼说："看见了。"

六狗说："那你可以告诉二财主，可以去领赏了。"

八只眼笑着说："我告诉二财主是多管闲事，贼自己会暴露出来。你的嘴严一点，不要说我看清楚了谁，尤其不要对七颗心说，他这人太敏感，会找我的麻烦。"

六狗说："我知道。"

六狗回到村里，在村口恰好遇见了七颗心。六狗向来与七颗心不和，平时都不搭理他。六狗冲七颗心笑了一笑，打了一声招呼："地锄完了吧？"

七颗心说："快了。"

七颗心惊讶，六狗竟然主动跟他打招呼，这是很少有的事。不过，一个村里的人，低头不见抬头见，哪有相互不理的，即便是仇人也有化解的时候。

如此一想，七颗心释然了。

六狗说："有人看见偷走二财主宝贝的人，人家看得一清二楚。"

七颗心不以为然，说："谁看见了？"

六狗说："保密。盗贼是前村的两个人，人家看见他们得手后进了那家的门，这两个人一定心慌，说不定成天战战兢兢。"

七颗心说："当然，做贼心虚。他没有说是谁吗？"

六狗说："人家不是傻子，那会随便说，不过迟早会说的。依我看，偷宝贝的人快要倒霉了，二老二是个愣头青，什么事做不出来，小心自家的脑袋。"

七颗心说："你在说我吗？"

六狗说："我哪敢说你，哪敢招惹你，我怕再遭诬陷。再说，你不是贼，你怕什么，不会做贼心虚吧。"

七颗心说："这话你不能跟外人讲，这会给我带来麻烦，知道吗？"

六狗说："当然知道。"

六狗把这话讲给十一指听，十一指十分惊讶，想不到七颗心有这一手。十一指把这话讲给七颗心听，讲给十宝听。十宝无动于衷，七颗心怒了。七颗心找到六狗，二人争执起来，七颗心居然操起一根木棍，追打六狗。众人劝阻，七颗心才停下手来。这事传到二财主耳里，二财主对人说："无风不起浪。恐怕七颗心做了对不起我的事，看他如何面对我。"

看见七颗心被二财主怀疑，四羊似乎解了一口恶气，心里舒坦不少。七颗心听到二财主的话，去向十宝诉苦，十宝说你沉住气，不要惊慌，慌则乱自己，别人却得好处。七颗心这才稍稍安心。

八只眼闻听七颗心的沮丧，暗自高兴，他猜测七颗心恼羞成怒必有隐情。他把一双眼时时刻刻落在七颗心身上。

四羊从六狗嘴里知道了七颗心的情况，心里骂道："贼喊捉贼，一个贱人，没有好下场。"

四羊问六狗："你认为八只眼真看到贼了，还是有意制造混乱？"

六狗说："我估计看到的可能性很大，不然七颗心的反应不会那么激烈。八只眼既看见了人，又看过二财主墙下的脚印，他心里一定清楚谁盗走了宝贝。八只眼是聪明人，他不愿意出面，让二财主出面了结此事。"

听了六狗的话，四羊认为很有道理，心里平静下来。四羊在大榆树下见到八只眼，说："既然你看见了七颗心，为什么不早说，让我受他的侮辱，背黑锅。"

八只眼笑了一笑，说："此事与我无关，我不愿意介入其中。再说我堵不住人家的嘴，人家想说什么说什么，只要自家屁股底下没有屎就行。"

四羊没有理解八只眼最后一句话的意思，也不深究，成天听着村里人议论七颗心。七颗心像一只受了惊吓的老鼠，成天缩着头，除了偶尔去十宝家走一走，不愿意见任何人。看到七颗心这副样子，四羊心里别提有多高兴。为了澄清事实，七颗心特意到二财主家去做解释，二财主不理不睬，只说要弄个水落石出。这让七颗心有口难辩，惶惶不可终日。

听说四羊去串亲戚，晚上不回家，八只眼和七颗心晚上都迟迟不睡觉。待到人静，一个黑影溜进了四羊的院子。黑影在四羊院子的天地爷神龛里，大瓷盆下，厕所里，萝卜窖里，仔细找了一遍，然后悄悄溜走了。黑影溜走后不久，又一个黑影溜进了四羊的院子。黑影直接走到鸡窝旁边，把手伸进鸡窝。鸡嘎嘎叫起来，黑影赶紧拿着一样东西溜出院子。四羊的爹听见鸡叫声，大声喊："黄鼠狼，小心你的小命！"

四羊的爹拿着一根木棍走出门，冲鸡窝跑去。鸡不叫了，他估计鸡并没有被叼走，黄鼠狼被吓跑了。他检查了一下鸡窝，骂骂咧咧走进门。

第二个黑影自然看清楚了第一个黑影是谁，离开四羊院子后溜回家睡觉。他刚刚合上眼，猛然睁开了眼，感觉会发生什么。他坐在炕上，愣愣怔怔好一会儿。他失去了睡意，他相信自己的直觉，连忙披衣走出院子，悄悄向一户人家走去。

第一个黑影回家后躺在炕上，久久不能入睡。他怨恨自己没有本事，本想利用四羊不在家的大好机会找东西，结果大失所望。如果能找到他想找的那只鞋，他就有了铁的证据，可以解脱自己，将四羊一炮将死。无奈老天不助他，他只好叹息一声，思绪又回到自己身上。想到自己的处境，刚开始还泰然处之，后来渐渐不安起来。他坐起来，披上衣服走出门。他在院子里转来转去，转了好久，最后在鸡窝旁边停下来。他向四周看看，四周悄无声息，没有可疑的影子。他果断蹲下身子，将手伸进鸡窝。鸡叫了几声，停止了。他悄悄回到屋里，直到很晚才睡去。

第二天，四羊回家，把手伸进鸡窝，吓了一跳，连忙问娘，昨夜发生了什么事。娘说没有发生什么事，只听见黄鼠狼叼鸡，鸡呱呱叫。四羊听后痛苦不迭。

116

八只眼回到家里，喜不自禁，因为他终于找到了七颗心丢失的那只鞋，看来七颗心没有说假话。这样看来，四羊是进入二财主院子的其中一人，他

正是穿着这只从七颗心手里偷来的鞋进入二财主的院子，他是盗走二财主宝贝的重要嫌疑人。他偷这只鞋的目的是为了避开人们对他的怀疑，因为这只鞋原在七颗心的手里，一旦八只眼发现了脚印，第一个怀疑的人是七颗心而不是他。由此可以断定，和四羊一起进入二财主院子的人可能是五虎或六狗。因为那夜他尾随其后，其实并没有看清楚那两个人是谁，他对人宣称看清楚了那两个黑影，不过是敲山震虎而已。另外进入二财主院子的两个人是七颗心和十宝，他看得很清楚。到底哪一拨人盗走了二财主的宝贝，至今仍是个谜。

八只眼找到七颗心，把一只鞋递给他，说："你认识这只鞋吗？"

七颗心仔细看了一看，说："当然认识。这正是我丢失的那只鞋。你从哪里找来的？"

八只眼笑笑说："你猜。"

七颗心说："从四羊那里找来的，对吗？"

八只眼说："对。"

七颗心心里暗恨自己无能，同一个人的东西，人家找到了，自己却找不到，八只眼的确胜自己一筹。如果自己找到这只鞋，就可以去二财主那里领赏。七颗心说："二财主的宝贝一定在四羊手里，应该让二财主找四羊算账。"

八只眼说："万一不在四羊手里，岂不又是一场笑话。"

七颗心说："不在他手里会在谁手里，他偷鞋的目的就是为了偷宝贝，何况二财主院子里留下了这只鞋的印迹。"

八只眼说："即便是这样，宝贝未必是他偷走的。那夜进入二财主院子的人还有几个人。"

七颗心说："还有谁？"

八只眼说："有人看得清清楚楚，他们隐瞒不了自己。"

七颗心说："到底是谁？你别打哑谜。"

八只眼摇头，说："我不会告诉你，因为我没有证据，我也只是听说而已，我不会做捕风捉影的事。希望他们好自为之，二财主不是好惹的。"

八只眼一席高深莫测的话让七颗心很不安，他感觉自己的行动可能被人发现了，现在受到威胁的不只是四羊，包括自己在内。他赶紧去找十宝，告诉十宝有人看见我们进入二财主的院子，问十宝怎么办。

十宝说："他们没有找到你的脚印，也没有看到你偷走了宝贝，怕什么。现在找到的唯一证据是四羊穿过的鞋，这与你无关，没必要害怕。夜里那么黑，很难看清楚人的模样，说不定有人在诈你说真话。"

七颗心说："有这种可能吗？"

十宝说："当然有。谁告诉你有人看见了你？"

七颗心说："八只眼。"

十宝说："八只眼是何等人物，他的心计和你一样多，千万别上他的当。你安心点，稳坐钓鱼台，他们奈何不得你。"

七颗心觉得十宝的话不无道理，渐渐安下心来。回到家里，七颗心仔细琢磨四羊，自己藏得如此隐蔽的鞋他都能偷去，他还有什么事做不到？而今大财主的宝贝下落不明，八只眼一筹莫展，说不定宝贝在四羊手里。难道八只眼不怀疑四羊偷了这件宝吗？如果他怀疑，为什么迟迟不动手？估计八只眼手里没有得力的证据。当然，自己也没有证据，只是猜测而已。尽管是猜测，何不一试？说不定八只眼做不到的事自己可以做到。

四羊丢了鞋，悔恨不已，他没想到如此隐秘的地方居然被人偷走，此人会是谁呢？他想不是七颗心就是八只眼，别人没有这样的想法和心计。他估计了一下丢鞋给自己造成的麻烦，那就是有人知道他穿着这只鞋进入二财主的院子，从而引起二财主的怀疑。七颗心一直在盯着自己，说不定二财主会对自己采取行动，自己极有可能再次遭到围攻。

半夜，村里的灯都灭了，一个黑影悄悄溜出村，向山神庙走去。

当这个黑影出村后沿着一条沟悄悄行进时，村里又出现了两个黑影。一个黑影蹲在一棵枣树后纹丝不动，一个黑影悄悄跟在第一个黑影的身后。半个时辰后，枣树下蹲着的黑影隐隐约约看见村子对面的山上有一个黑影在晃动，他依然蹲着不动，死死盯着那个黑影。对面山上的黑影其实在盯着他前面的一个黑影，他看见前面的那个黑影从沟里爬上一个山坡，又走过一段平路，直奔山神庙而去。他立即悄悄登上山神庙对面的一个小山，趴在地上一动不动，紧紧盯着山神庙的黑影。他看见黑影绕着山神庙转了一圈，然后进入庙内。黑影在庙内待了很长时间才走出来，然后沿着原路回去。

山上的黑影确认那个黑影走远了，赶紧溜下山来，向山神庙跑去。黑影进入庙内，划亮火柴，到处寻找。半个时辰后，他悄悄溜出山神庙，沿着另一条路走回村里。

枣树下蹲着的那个黑影眼看着两个黑影先后走进村，回到各自的家里。他欣慰地笑了。

早上的太阳依然那么明亮，像往常一样，四羊扛着锄头去锄地。七颗心看见四羊走出村，才扛着锄头向自家的地走去。他抬头看了看天，天格外蓝，到了地里后看见自家的庄稼比昨天长高不少。他坐在地边抽了几口烟，然后哼着小曲锄地。八只眼看见四羊和七颗心先后出村，自己也扛着锄头去锄地。他家的地在高处，正好可以看见四羊和七颗心在下面锄地。

半夜，村里的灯都灭了，一个黑影溜出村外，沿着一条沟，向山神庙走

去。这时，村里早有一个黑影蹲在枣树下，默默注视着向山神庙走去的黑影。半个时辰后，他看见这个黑影走回村，回到自己家里。

第二天早晨，有人还在睡梦中，隐隐约约听到一个女人的哭声。有人看见四羊的娘坐在自家的院子里，一边大哭，一边说：“气死我了！气死我了！”

好心人看见四羊的娘哭得悲悲切切，伤心至极，连忙上去打问愿因。四羊的娘只喊气死我了，并不愿意说出实情。看见人们问得紧，便支支吾吾地说：“家里丢了东西。”

有人问：“丢了什么东西？”

四羊的娘说：“值钱的东西。”

有人问：“到底什么东西？”

四羊的娘直摇头，哭得更欢了，人们只好住嘴。看见娘哭得伤心，四羊说：“东西丢了，哭有什么用，能哭回来吗？别哭了。”

听了四羊的话，四羊的娘这才止住哭声，不迭声地骂：“不知道哪个黑心黑肺的盗贼做出这种见不得人的事。谁偷了我家的东西，吃饭饭噎死，喝水水呛死，走路掉进沟里，睡觉睡到没有气息。”

听到四羊的娘骂得痛恨，人们估计四羊家一定丢了很值钱的东西。人们看见四羊爹的脸色，一脸铁青，而四羊的脸色，一脸平静。

八只眼在村里碰见七颗心，说：“你听说了吗？四羊丢了东西，不知道什么东西。”

七颗心说：“我怎能知道丢了什么东西。不过，他丢的东西早该丢了，本来就不是他的东西，你说是不是？”

八只眼说：“你说他丢了宝贝吗？”

七颗心说：“还会丢什么。他家有值钱的东西可丢吗？四羊的娘哭得死去活来，不就是心疼宝贝吗？”

八只眼说：“有道理。不过，他的宝贝是从哪里来的？”

七颗心说：“你明知故问，不就是从二财主那里偷来的吗？”

八只眼说：“你估计谁偷了四羊的宝贝？”

七颗心说：“不知道。村里人眼多手多，依我看不是他的同伙，就是二老二。”

八只眼说：“五虎和六狗会对四羊下手吗？不可能。”

七颗心说：“除了他们知道四羊的底细，别人不会知道。当然，二老二神出鬼没，能偷走五虎的宝，也能偷走四羊的宝。这个愣头青不可小看。”

八只眼说：“四羊、五虎和六狗几个人关系很好，那会自相残杀，不合常理。至于二老二，恐怕没有这么大的本事。”

七颗心说："你没听说见钱眼开吗？谁见了钱不眼喜，谁不爱钱。"

八只眼说："我总觉得不对劲，他丢东西不会有假，谁偷了他的东西，值得怀疑。他的东西未必是从二财主那里偷来的。"

七颗心说："难道是天上掉下来的吗？"

八只眼沉默不语。一会儿，八只眼说："事情会有分晓的，你我等着瞧吧。"

八只眼的一席话让七颗心心神不安，根据八只眼的分析，一定对自己产生了怀疑。难道八只眼看见了盗走四羊东西的人了吗？他认为不可能。他又说四羊丢的东西未必是二财主的那件宝，难道会是大财主的那件宝吗？事情太离奇了。他回到家里，心乱如麻，为了排遣烦恼，拿起一把扫帚扫院子。

117

听说四羊家丢了东西，大多人认为丢了钱，而不是别的东西。消息传到二财主耳里，二财主莫名其妙，他所怀疑的盗宝对象是五虎，怎么偏偏四羊丢了东西，难道是四羊偷了自己的宝贝？在他看来，四羊本不是正经人，从三财主的那件宝就可以看出四羊的品性。人心难测，乱世的人心更加难测。想到四羊丢了宝贝，他感到莫名的快慰，我得不到的东西，你们也得不到，扯平了。可谁偷了四羊的东西？他想不出是谁。他嫉妒偷四羊东西的人，为自己的宝贝得而复失感到惋惜。他摇摇头，叹息一声，一切随它去吧。

大财主听到四羊家丢东西的消息，不迭声地叹息，似乎不是四羊丢了东西，而是他丢了东西。他之所以叹息，是因为在他的怀疑人中四羊是个重要人物，尽管他没有确切的证据。盗宝的高超手法，那只莫名其妙的鞋，除了四羊有这样的心计，谁会有呢？他想起四羊把宝贝藏在土崖洞里的事，更觉得四羊嫌疑最大。如果不是心计超人的八只眼施巧计，三财主的那件宝贝还在四羊手里，可见他不是等闲之辈。如果四羊丢的东西是夜光杯，极有可能是自己的那件宝贝。现在四羊的宝贝丢了，盗贼一定会严加保管，这无疑增加了自己寻找盗贼的难度，看来很难把宝贝找回来。谁偷了四羊的宝贝，他无心去想，因为他很难猜到是谁，他只把希望寄托在八只眼身上。

八只眼进了大财主的院子，大财主知道八只眼的来意，看来八只眼一直在为自己的事操心，真是一个值得信赖的人。八只眼坐在大财主的炕楞上，抽着烟，说："你知道四羊丢东西的事了吗？"

大财主说："听说了。四羊够聪明的了，没想到还有比他更聪明的人。

你怎么看这件事？”

八只眼说：“有些事往往出乎人的意料，没想到事情来得那么突然。”

大财主惊讶，说：“难道你有预感吗？”

八只眼说：“前天晚上我刚找到那只鞋，昨天晚上就出事了。”

大财主说：“你找到了在我烟囱下留下脚印的那双鞋？”

八只眼说：“不，只找到一只，是从四羊那里找来的。我怀疑二财主的宝贝被他偷走了，你的宝贝也是他偷走的。”

大财主脸上露出痛苦的表情，摇摇头，低着头说：“怎么会这样？我的宝贝没有希望找到了。怕什么，偏偏来什么，还到哪里去找呢，无望了。”

八只眼说：“本来今天我想告诉你找到鞋的消息，没想到昨夜出事，好消息成了过时消息。这么快宝贝就落到别人手里，实在不可思议。”

大财主说：“你估计落到谁的手里？”

八只眼说：“不好说。不过，昨夜我看见一个黑影紧跟着四羊，宝贝很可能落在他的手里。”

大财主说：“谁？”

八只眼说：“没有看清楚，只知道是前村的人。等过两天有了眉目再告诉你，这人很狡猾，做事滴水不漏。”

大财主说：“如果是前村的人，只有七颗心有这样的本事，你注意他了吗？”

八只眼说：“注意了。希望能从他身上找到破绽，不过希望不大，他做事太严密。”

大财主说：“你多留心他，我有预感，他的疑点最大。”

八只眼说：“要弄清楚真相需要证据，我要去找证据。”

大财主说：“我相信你，你努力去找，即便找不回宝贝，我也不会责怪你，现在我不抱太大的希望。”

十宝听说四羊丢了东西，一点都不相信，直到跑到四羊家，看见四羊的娘哭得哀哀痛痛，才相信是真的。他万万没有想到那么精明的四羊会丢东西，何况是值钱的东西。七颗心曾经告诉他，说他盯过四羊，怀疑四羊手里有宝贝，看来七颗心的怀疑是对的，果然四羊手里有东西。如果四羊的东西是夜光杯，是从哪里来的？是大财主的那件宝贝吗？四羊失窃的事让他警惕起来，他意识到村里有神仙一般的人，这个人不仅给四羊造成了损失，也会对自己造成威胁。自家手里的那件宝贝和钱一定不能丢，否则以后的日月不好过。

十宝对三财主说：“四羊的东西丢了，我们要提高警惕，村里有高人。”

三财主说：“这个高人是谁，这么厉害。”

十宝说：“六狗。别看他胆子小，可怜兮兮的，他的贼心不小，迷惑性很大。你一定没忘记我们失宝后怀疑他的事，直到现在我们依然奈何不了他，他能脱得了干系吗？说不定我们的这件宝贝就是六狗藏在沟底石崖被四羊捡走的。”

三财主说：“会不会是别人，譬如七颗心。”

十宝说：“不可能。以我对他的了解，他做事怕担风险，所以总找我，这次会单独干吗？”

三财主说：“你看我家的宝贝要不要转移一下？”

十宝想了一会儿，说：“还是转移一下好。”

晚上，七颗心吃完饭，跟村里人闲聊了一会儿，感觉夜色还早，就跑到三财主家。三财主正在思考转移宝贝的事，看见七颗心进门，正想找个人说说闲话。三财主看见七颗心喜形于色，说：“你听说四羊的事了吗？”

七颗心说：“我都去看了，四羊倒是很平静，他娘哭得很伤心，看来的确丢了东西。穷人家，本来好东西就不多，好不容易得到一件好东西却丢了，能不伤心吗？”

三财主说：“四羊的东西从哪里来？”

七颗心说：“我估计是从大财主手里得来的，他从我那里偷走的那只鞋曾在大财主的烟囱下留下脚印，这就是证据。当然，这只鞋也在二财主的墙下留下印迹”

三财主说：“你怎么知道的？”

七颗心说：“八只眼告诉我的。不该得的东西别得，得到了也会失去，老天有眼。过去，我一直怀疑他，现在终于证实了我的怀疑。不知谁偷走了他的宝贝，看来这人比四羊还厉害。”

三财主说：“你估计是谁？”

七颗心说：“会是谁，不就是他的同伙吗？不过，也许是二老二。”

三财主说：“为什么？”

七颗心说：“二老二得到宝贝不久就丢了，他能甘心吗？至于五虎的同伙，也会见钱眼开，谁不爱钱？”

三财主感叹：“世道混乱，人心混乱，人心不古，何时才能了结。”

七颗心走后，三财主把十宝叫到屋里，父子二人说了很久，直到夜深。

天亮了，三财主拿钥匙打开侧面屋子的门，揭开炕洞的石板，惊叫起来。十宝听到爹的叫声，以为爹出了什么事，赶紧跑过来。他看见爹气得鼻子都歪了，用一根指头指着炕洞，说不出一句话。十宝赶紧跳上炕，把手伸进炕洞里，发现炕洞空空。十宝立刻跳起来，大喊：“哪个没良心的干得缺德事，老子宰了他！”

十宝刚骂完，看见三财主身子一歪，向后倒去。只听见一声沉闷的响声，

三财主不省人事。十宝立刻大叫：“娘，快来！”

十宝娘看见三财主躺在地上，面色灰暗，立刻哭叫起来：“天哪！这是怎么了，刚才还好好的。”

十宝娘和十宝赶紧把三财主扶着坐起来，三财主的身子软软的，像一团软泥。十宝对身边的人说：“赶紧叫十一指来！”

老秀才听见院子里的叫声，走出门一看，三财主坐在地上，不省人事，立刻走上前来，喊道：“儿子，你睁开眼睛！”

三财主一家乱作一团，邻居们闻风跑来，有人扶着三财主，有人去端开水，有人去找十一指，忙做一团。一会儿，十一指走进院子，看见三财主这副样子，连忙用指头掐住三财主的人中。片刻，三财主的嘴动了一下。一会儿，三财主吐了一口气。一会儿，三财主眨动眼皮。一会儿，三财主睁开了眼睛。

十宝笑了，老秀才笑了，众人笑了，三财主的婆姨哭了，三财主哭了。

三财主睁开眼睛，哭了一阵，挣扎着要站起来。十宝和众人扶着他慢慢站起来。三财主对旁边的人说：“我这是怎么啦？”

十宝说：“你倒了。”

婆姨说：“你睡了一会儿。”

老秀才说：“你躺了一会儿，没事的。”

人们把三财主扶回家，扶上炕，让三财主斜着身子靠在铺盖上。

人们议论纷纷，不知道三财主为什么倒在地上。有人悄悄问十宝：“你家掌柜的怎么啦？”

十宝也不掩饰，说：“不知道哪个没良心的东西偷了我家的宝贝，把爹气倒了。”

有人问：“你家的宝贝藏哪了？”

十宝说：“炕洞里。门上了锁，又是这么隐蔽的地方，都被这鬼东西发现了。”

有人问：“夜里你们没有觉察吗？”

十宝说：“没有。”

十宝屋顶上看热闹的人议论了好久，才慢慢散去。十宝回到屋里，看见爹无大碍，只是神气不佳，仍为宝贝的事焦心。十宝看见老秀才坐在三财主身边，眼神呆滞，也在为宝贝的事着急。十宝决心找到盗贼，又没有良策，只好去找八只眼商量。

118

听说三财主因宝贝被盗几乎丢了老命，大财主怒不可遏，在院子里大喊："这是什么世道，什么村子，什么人心，难道全村的人都成了贼吗？这样的日子怎么过？一定要抓住这个可恶的贼，先抽筋剥皮，然后拉出村子喂狼！"

看到大财主震怒，人们担心村子里又要发生可怕的事，朝议论，夕担忧。人们不知道大财主用什么高明手段找贼，有人哈哈大笑，笑大财主口出狂言，手无缚鸡之力，奈何不了任何人，再说他不知道贼是谁。

六狗找到四羊和五虎，战战兢兢地说："不知道谁要遭殃了，大财主会不会找我们的麻烦？"

五虎说："你怕什么，他没有证据，能惩罚谁？这次他找我们的麻烦，我们也找他的麻烦，让他苦不堪言。"

六狗说："人家有钱有势，我们能敌得过人家吗？"

五虎说："舍得一身剐，敢把皇帝拉下马。他不仁，我们不义，等着瞧。"

六狗说："事情哪会像你想得那么简单，这事麻烦大，我们得提防。"

四羊说："这事太蹊跷了，我的东西刚丢，三财主的宝贝也丢了，谁有这么高明的手段？再说三财主的院子那么严密，有高墙，有大门，谁能进得去？不可思议。"

五虎说："估计谁偷了你的东西？"

四羊说："不知道。"

六狗说："你没有怀疑对象？"

四羊说："有。无非是七颗心、十宝和二老二。"

五虎说："谁的嫌疑最大？"

四羊想了想说："七颗心。"

五虎说："为什么？"

四羊说："因为他一直打我的主意，多次下手被我发现。"

六狗说："有点道理。不过二老二刚丢宝贝，他怎会不注意你。七颗心更不用说，他居心不良，总想从人身上捞好处，他是村里的大祸害。"

五虎见了村里的人，面露笑容，笑着跟人们说，我手里有一件宝，如果三财主的宝贝上面刻着字，不妨让他来认一认，看是不是他的那件宝。四羊也跟人们说，没想到我刚丢宝贝，宝贝又回到我手里，真是风水轮流转。我

得赶紧把宝贝卖掉，换几个钱花，不然不知道宝贝又会转到谁的手里。六狗也大着胆子说，我也得了一件宝贝，也要卖几个钱花，我便宜卖。人们置之一笑，不知他们的话是真是假。

十宝找八只眼破案，八只眼沉思了半天，想把三财主丢宝的事理出一个头绪，想知道偷三财主宝贝的人到底是谁。他知道五虎和四羊新近都失宝，他们联合起来去偷三财主的宝贝很合情理，而且他们离三财主家近，既可以看见三财主的动静，拿到宝贝后又可以很快回到自己家里。二老二也是新近失宝，他不可能对三财主下手，除非他得知十宝拿走了他的宝贝。七颗心会偷三财主的宝贝吗？他想起了那夜进入二财主院子的那四个人。对于这四个人，他心中有数，估计盗走三财主宝贝的人就在这几人之中。

二财主听到三财主失宝的消息，先一惊，后一怒。他没想到自己刚刚失宝，三财主也失宝，谁是这个三只手呢？他琢磨不出来。他问二老二，这个人会是谁？二老二也摸不着头脑，认为极有可能是五虎和四羊，因为三财主拿走了四羊的宝贝，四羊于心不甘，五虎可以帮四羊出气。三财主上次失宝，一直怀疑六狗，胆小的六狗估计不敢再下手了。除了这几个人还会有谁呢？他想只有七颗心，因为七颗心跟三财主的关系好，他了解三财主的情况，经常出入三财主家，方便下手。听了二老二的分析，二财主还是不得要领，震怒之后，痛骂那些偷宝贝的人。

二财主跑到大财主家里，向大财主表达自己对盗贼的愤怒。大财主看见二财主如此痛恨，仿佛丢得是自己的宝贝，感觉他有同情心，先前对他的不悦也就化解了。他问二财主有什么主意，二财主说："我们应该好好教训一下这些穷鬼，不然他们太猖狂了。"

大财主说："如何教训？"

二财主说："不妨叫来三财主，合计一下，如何？"

大财主说："好。"

大老大叫来了三财主，大财主看见三财主的可怜样子，说："身体没事吧？"

三财主说："一时气坏了，所以才倒下去，现在没事了。"

二财主说："我们一起教训一下那些穷鬼，怎么样？"

三财主看着大财主的脸，似乎在征求大财主的意见，大财主说："好，不然他们翻天了，好端端的村子让他们搅乱了，我们还有好日子过吗？"

三个财主商议一通，各自散了。

黄昏，村里突然听到锣声咚咚，响个不停。接着听到一个声音："各位村民，晚上到天官庙前议事，不要延误！"

晚饭后，人们纷纷来到天官庙前，不知道有什么事。不久，人们看见三个财主先后来到现场，一溜儿站在天官庙的台阶上。看见人们到齐了，十宝亮着嗓子说："村里接连出事，大财主有话跟大家说，大家听好了。"

大财主拄着拐杖，清了一下嗓子，说："各位乡亲，我们三个财主辛辛苦苦挣来的宝贝，让村里的一些乌眼小人一次次偷去，实在不能容忍，也搅得村里的人不得安宁。村风不好，要严加整治，现在我悬赏三百块银元，谁能找到盗宝的贼，我慷慨相赠。如果找到这个贼，我们要严加惩处，决不留情。"

大财主的话音刚落，十宝抱来一捆长绳，一根牛鞭，举在手里。

大财主说："如果找到贼，我要五花大绑，吊在天官庙的门上，狠抽一百鞭子，让他皮开肉绽。现在当着天官老爷的面，我郑重宣告，我说到做到，决不留情！"

二财主和三财主齐声说："决不留情！"

正在台下伸着脖子听讲的四羊突然感到身后有动静，没有来得及转身，已被几个大汉拧着胳膊扭到台阶上，接着五花大绑，然后吊在门上，皮鞭闪电一般抽来。四羊杀猪一般嚎叫，鞭子起起落落。百十鞭子之后，四羊早已皮开肉绽。五虎上前搭救四羊，被大财主的几个长工拉到一边，死死摁住，动弹不得。六狗吓得缩作一团，眼巴巴看着四羊遭鞭打。

大财主厉声说："是不是你偷走了我的宝贝？"

四羊有气无力地说："没有。"

大财主说："事到如今，你还抵赖，这是什么？"

大财主说着，从大老大手里接过一只鞋，说："你穿着这只鞋到我的烟囱下偷走了我的宝贝，还想抵赖吗？铁证如山，你有什么话可说？"

四羊抬头看了一眼鞋，说："我没有偷。鞋是七颗心的，他陷害我。是七颗心偷了你们的宝贝，你们中了他的奸计。"

又是一通皮鞭乱抽，四羊垂着头，任由鞭子抽打。眼看要把四羊抽死，十宝对大财主耳语几句，大财主说："停！"

四羊像一只死羊，低垂着脑袋，身子软软的，浑身血流不止。

大财主说："今日四羊的下场，就是明日做贼的下场，谁不怕死，继续偷！"

大财主讲完话，拄着拐杖回家，二财主和三财主也先后离开。人们议论一通，各自回家。

五虎背着只有一口气的四羊，六狗在身后扶着四羊，把四羊送回家去。

八只眼目睹了一切，他万万没有想到三个财主会大打出手，心里十分惭愧。虽然他认为四羊可能偷走了大财主的宝贝，可现在他的宝贝被人偷走了，他不应该受到毒打。作为证据的这只鞋是他提供给大财主的，他为此自责。

他想去四羊家安慰四羊，又觉得无颜见四羊。天官庙前的人都走了，他依旧独自蹲在台阶上，久久不愿离开。他又想起刚才四羊的话，七颗心未必没有陷害四羊的可能。他完全有可能利用这只鞋大作文章，以掩盖他盗走大财主宝贝的事实。八只眼甚至不排除七颗心把鞋放进四羊鸡窝的可能，他为自己此前忽略了这点深深自责。

回家的路上，七颗心心里很滋润，心想自己盯了四羊那么久，今天终于有了说法，尽管他只找到了四羊的一只鞋。九蛋看见七颗心喜滋滋的，说："有什么好高兴的，人都快被打死了，太残忍！"

七颗心说："谁让他贪别人的宝贝，如果乖乖待在家里，会吃皮肉之苦吗？他人前是君子，人后是一个十足的小人。"

九蛋说："依照你的说法，我看有些人也应该吃这样的苦头。"

七颗心说："谁？"

九蛋说："你自己寻思，我不愿意说。"

话不投机，七颗心"哼"了一声，自顾自走了。

十一指看到四羊被打得半死不活，赶紧跑回家，拿了几样中药为四羊疗伤。九蛋看见四羊被打得皮开肉绽，也跑到四羊家里，帮着十一指熬药疗伤。

119

大财主毒打四羊，震动全村，人们对三个财主都惧怕三分，尤其对大财主更是惧怕。即便是行为规矩的人，也格外注意自己的举止，行为不轨的人自律几分。不过，有的人也理解三个财主的做法，人家丢了那么贵重的东西，能不生气吗？也怪四羊不争气，让人家抓住了把柄。

四羊躺在炕上，浑身疼痛，一夜未眠。多亏十一指给他涂抹了一些中药水，到天亮的时候稍好了一点，勉强睡了一会儿。四羊的娘哭得死去活来，把大财主骂得体无完肤。第二天早上，四羊的娘坐在大门外，地上放一块木板，木板上放着几根干草，手里操着一把切菜刀，一边剁干草，一边咒骂大财主。直骂得大财主的祖宗三代在地下焦躁不安，直怨恨大财主不会处事，不孝顺先人。足足骂了一个时辰，四羊的娘才罢休，村里人冷眼旁观，不置一语。

大老大看见四羊的娘骂祖宗三代，要动手打人，有人拦住了他，说一个老婆婆经不起打，不是身强体壮的四羊，可以任你打，大老大这才放下举起的手。大财主听说骂他祖宗三代，骂道："老不死，让她好好骂，等她骂够了，我再好好收拾她。”

天刚亮，八只眼就起来了，他在院子里走来走去，心神不定，考虑要不要去看四羊，因为四羊挨打与他有关，是他把那只鞋拿给大财主，说四羊的这只鞋在他的烟囱下留下了脚印。犹豫再三，他决定去看四羊。他走进四羊的屋子，看见四羊在睡觉，便退出身来。中午，他和五虎又去看了一趟四羊，安慰四羊好好养伤。直到现在，四羊不知道自己的那只鞋是谁偷走的，总以为是七颗心偷走了，因为七颗心扬言要找到这只鞋。八只眼愧疚之余，怨恨大财主心狠手辣，事已至此，只能叹息。

十宝协助大财主打了四羊一顿，心里依然不解恨，他怀疑自己的宝贝再次丢失与四羊有关。本来他想设坛施法，寻找盗贼，恰好大财主找他一起惩罚四羊。对于这次失宝，十宝一家人莫名其妙，神不知鬼不觉，似乎是老天爷偷走了他家的宝贝。他们之所以要把宝贝挪个地方，是因为担心一直藏在正屋，一旦日本人来了会抢走，尤其是警备队专找财主下手。祖孙三代人坐在一起回忆那个丢失宝贝的夜晚。当七颗心串门走后，直等到夜深人静，三财主才走出院子，在房前屋后溜了一圈，看周围有没有可疑的人。当他确信没有人，这才回到家里，叫十宝在屋顶上瞭望，自己把宝贝藏在侧屋里，然后上了一把铁锁。锁好门后，他并没有急于睡觉，而是坐在窗前等了半个时辰，看有没有人来偷。鸡叫头一遍，他终于熬不住，倒头睡了觉。三财主睡觉不久，一个黑影窜到侧屋，轻轻打开铁锁，盗走了宝贝。

三财主说：“难道有人看到我藏宝贝了吗？不可能。周围没有一个人，况且又有十宝瞭望。”

老秀才说：“那夜来我家的人只有七颗心，难道是他发现了我们的意图？”

十宝说：“不可能。一来七颗心走的时候天还早，二来他不可能对我们下手，我跟他的交情不一般。”

老秀才说：“人心难测，别说穷汉七颗心，就是你看见有机可乘，也会动手，是不是？”

十宝说：“爷爷，你糊涂了。不是任何人的东西都能拿，七颗心不会不懂这个道理。”

三财主说：“那会是谁？”

十宝说：“我看还是四羊那几个人，他们不是说宝贝在自己手里吗？四羊的宝贝回到我们手里，他会甘心吗？如果四羊是个规矩的人，大财主会打他吗？依我看，四羊偷了大财主的宝贝，大财主才大动干戈。我们的宝贝，有可能也是四羊偷走了。大财主教训四羊，是杀鸡吓猴之术。”

老秀才说：“谁向大财主提供证据？”

十宝说："一定是八只眼，因为八只眼想得赏钱，四羊的那只鞋为八只眼提供了证据，这个证据七颗心也知道。"

三财主说："我们不妨问问八只眼，看他如何解释。"

十宝说："他不会说，现在四羊都够恨他了，他怕日后四羊找他的麻烦。"

三财主说："大财主的做法很对，他没有打无辜之人，打的是行为不轨的人。我家的宝贝被盗，四羊脱不了干系。"

十宝说："有可能。不过也不能放过七颗心，爷爷的话不是没有道理。"

一通议论，没有结论，只好留待日后慢慢破解。

四羊挨打，最高兴的人莫过于七颗心。七颗心一直怀疑四羊手里有宝贝，一直想得到四羊手里的宝贝，可屡遭失败，这让他耿耿于怀。不过，他没有想到三财主失宝，大财主会出面动手，而且下手如此之狠。看到四羊皮开肉绽，七颗心幸灾乐祸，认为四羊如此聪明的人，没有算出大财主毒打这一着。大财主的奇着，着实让他惊奇，也让他费解。不过，在四羊挨打的晚上，七颗心躺在炕上，细细思索之后，还是找到了答案。四羊挨打，不是因为他偷了三财主的宝贝，而是因为他穿过那只鞋。他认为四羊怨恨大财主，不如去怨恨八只眼，因为是八只眼把这只鞋交给了大财主。当然，他也想到了这只鞋是自己从五虎那里偷来的，然后给了八只眼，四羊挨打不与自己无关。大财主与其说是为三财主出气，不如说是为自己出气。归根结底，四羊怨恨的人应该是八只眼，而不是大财主。

七颗心看到四羊挨打快慰，看到几个财主气急败坏也快慰。他认为几个财主没有什么大能耐，不就是靠祖上留下来的一点东西过日子吗？他怨恨自己没有出生在一个好人家，当然他知道怨恨是没有用的，要靠自己的本事过日子。四羊挨打后，他跟婆姨说，把自家的那只大公鸡杀了，祭奠天官老爷。婆姨说人家挨打，你高兴什么。七颗心说你不明白原因，我心里高兴，让我崇敬的天官老爷也高兴，因为他总帮我的忙。

白天，七颗心杀了婆姨心爱的大公鸡。夜深后，七颗心把煮好的鸡肉放在一个洗了又洗的盘子里，端着盘子悄悄走进天官庙。他轻轻推开门，把手中的盘子毕恭毕敬地放在天官老爷的供桌上，然后跪在地上，三叩头，三作揖。他低低地说："天官老爷，小民今夜特来祭拜你，是因为你老人家帮了我不少忙。我遇事总来麻烦你，你不厌其烦指教我，让我受益匪浅，因此内心十分感激。有些事情，天知地知，你知我知，希望你不要泄露天机，永远为小民保密。如果你能为小民保守秘密，小民每逢十五，都来祭拜你。村里精明的人多，狠毒的人也有，希望你不要让我招惹是非，让我平平安安过日子。"

七颗心回家后，到鸡窝旁边瞅了一眼，看鸡窝是否盖好，免得黄鼠狼叼走鸡。他看见鸡窝口的石板盖得严严实实，然后才放心回家睡觉。这时，屋顶上有一个黑影闪了一下，随后不见踪影。

七颗心的觉睡得十分香甜，一连做了几个美梦，直到天大亮才起来。婆姨骂道："地里的活紧，不早点起来干活，就知道睡懒觉。"

七颗心自知理亏，赶紧出门，走出大门后又走回来，往鸡窝瞅了一眼，看见鸡窝关得紧紧的，于是放心去干活。晚上，关鸡窝之前，七颗心把手伸进鸡窝，顿时惊呆了。他赶紧敲开三财主的大门，走进十宝的屋，哭丧着脸说："我的东西丢了！"

十宝一惊，说："你没有听见动静吗？"

七颗心说："要是听见动静，能丢吗？"

十宝说："东西藏在哪里？"

七颗心说："鸡窝里。"

十宝说："那倒是个很安全的地方，白天家里有人看着，晚上鸡看着，怎会丢了？"

七颗心说："我不会撒谎，真丢了。"

两个人顿时像泄了气的皮球，瘫坐在炕上，愣愣怔怔，天塌地陷一般沮丧。

七颗心一夜无眠，直到天亮，两只眼睛依然亮亮的，没有丝毫睡意。他早早起来，扛起锄头去锄地。锄了一个时辰的地，感到身子困乏，便放下锄头，一屁股坐在地上，打算好好休息一会儿。他掏出烟袋，点着一锅烟，像平常那样，吧嗒吧嗒抽起来。他想让辣辣的烟味麻醉自己，让自己睡一会儿，反倒更加清醒。他想睡一会儿，尽快忘却那件倒霉事，谁知心事如泉涌。他想把涌上心头的心事压下去，猛吸着烟，以至呛得不停地咳嗽。他从嘴里拔出烟袋，仍在地上，突然大声哭起来。

五虎在对面山上的地里锄地，看见七颗心坐在地上休息，本想跟他闲聊几句，但想起四羊挨打的事，心里厌恶七颗心，因为他认为四羊挨打与七颗心不无关系，何况七颗心从羊圈偷走了他的那只鞋，一直让他心怀芥蒂。突然，他听到七颗心的呜呜哭声，莫名其妙。他停下手中的活，盯着七颗心看，只见七颗心依旧坐在地上，低头痛哭不已。五虎看见七颗心痛哭不止，哭得那么伤心，猜想家里出了事。他本想不理，可看到七颗心哭得如此哀痛，便大声说："哭什么，有事吗？"

听见五虎的喊声，七颗心的哭声渐渐小了，不久哭声停止了。五虎放心了，认为七颗心没有什么大事。五虎纳闷，七颗心为什么会放声大哭？他会有什么事？他从来没有看见一个男人如此伤心地哭。他仔细回忆这几天村里

的事，认为没有什么事会让七颗心如此伤心，七颗心家里也平安无事。他认为七颗心不会无缘无故地哭，其中一定有人所不知的秘密。

120

五虎回到村里，把七颗心大声号哭的事告诉了四羊，四羊不相信，说他没有忧愁可言。五虎讲给六狗听，六狗莫名其妙。五虎跟十一指讲，十一指直摇头。五虎不明白，在七颗心身上竟然出现这样奇异的事，难道七颗心的精神出现了问题？晚上，五虎到七颗心家去串门，想借以了解底细。只见七颗心坐在院子里低头抽闷烟，五虎进了院子也不打招呼。五虎走到七颗心跟前，坐在七颗心身边，掏出烟袋抽烟。

五虎说："听见你哭，有什么事吗？有痛苦的事，说出来会好些，不然会憋出毛病。"

七颗心抬起头，一脸沮丧，说："没事。只是心里堵得慌，哭了一场好多了。"

五虎说："不会有什么难事吧？如果真有难处理的事，大家可以帮你的忙。"

七颗心说："谁心里没有一点事，只是这次怎么也跨不过这个坎，哭一通也就过去了。"

五虎说："如果有什么事，大家给你化解，憋久了有害无益，有事就说一说。"

七颗心摇头，不愿意说，五虎只好走了。

一会儿，十宝来了。看见七颗心哭丧着脸，低声说："别伤心了，谁让我们命里没财，想想我们曾经拥有过一件值钱的宝贝就行了。不过，虽然宝贝丢了，我们应该弄清楚谁偷走了宝贝，心里知晓，以后再做打算。不然，心里不平衡。"

七颗心说："是的。我们想办法找到这个盗贼。"

十宝看见七颗心咬牙切齿，痛恨不已，知道他恨透了盗贼，说："盗贼盗走了我家的宝贝，让我们祖孙三代不得安宁。四羊挨打活该，打死他也不解恨，一定是他偷了我家的宝贝。"

七颗心说："世界上的事，有些说得清，有些永远说不清，有什么办法。你遭殃，我也遭了殃。"

十宝说："你仔细回忆一下前天夜里的情况，看能不能找到蛛丝马迹。

我家的宝贝丢了，我们共同的宝贝也丢了，怎会这么倒霉。”

七颗心说：“这事你不要对外人讲，只有你我二人知道，我慢慢查访，我相信会查访清楚。”

十宝说：“别无他法，只能如此了。昨夜你发现有人注意你了吗？”

七颗心说：“没有。”

十宝说：“谁有这么大的胆子，难道他没有看到四羊的下场吗？几个人接二连三失宝，就连你的东西也能偷走，实在不可思议。如果找到这个人，我会将他碎尸万段。”

七颗心说：“罢罢罢，别说夸张的话。人生一场空，万事一场空。我想再次动用我的七颗心，找到这个可恶的盗贼。”

看见七颗心雄心犹在，十宝也不灰心，他们一起谋划起来。

五虎找几个关系好的人说起七颗心的事，谁都无法破解七颗心号哭的谜，这让五虎很费解，于是去找八只眼。得知五虎的意思，八只眼沉思。过了一会儿，八只眼说：“这的确是一个费解的迷。七颗心是个无人可敌的精明人，他会有什么心事。如果你没有拿二财主的宝贝，这件宝贝就应该在七颗心的手里。得到宝贝应该高兴，怎么会伤心，不可思议。我们去看一下四羊，不知道他恢复得怎样。”

五虎说：“好。我正想去看他。”

二人一起进了四羊的门，看见四羊坐在炕上抽烟。八只眼说：“好点了吗？”

四羊说：“皮肉之苦，死不了，只是疼得恨。大财主，别看他现在耀武扬威，等我伤好了，让他不得好死，一定让他尝尝我的厉害。”

八只眼说：“先养好伤，伤好后不要施勇斗狠，毕竟胳膊拧不过大腿，免得自己再吃亏。”

四羊说：“三财主的宝贝不是我偷的，却遭到了如此大的伤害，死不瞑目。”

八只眼说：“你估计是谁偷走了？”

四羊说：“七颗心。”

五虎说：“你有依据吗？”

四羊说：“没有。只凭直觉判断。”

八只眼说：“其实——”

看见六狗进了门，八只眼欲言又止。五虎说：“六狗不是外人，你尽管说。”

八只眼说：“如果你们几人不介意，我就把村里丢宝贝的事说给你们听；如果介意，我就不说了。”

五虎说：“尽管说，我们几人都能承受得起，不会怪罪你。”

八只眼看了看四羊和六狗，二人也点头同意。

八只眼说：“三财主第一次失宝，你们知道谁拿走了他的宝贝？”

五虎和四羊摇头。

八只眼说：“当时我拓下了脚印，仔细比对后，我跟着三财主找到了六狗。本来我不愿意介入此事，因为我不愿意得罪人，毕竟不是我失财，何苦得罪人。三财主硬要我和他一起去找六狗，我只好去，因为脚印是我辨认出来的。我估计六狗对我介入此事很不高兴，现在向你道歉。不过，到现在为止，我仍然认为三财主的那件宝贝是你拿走的，尽管除了脚印再没有别的证据。当然，现在这件宝不在你的手里，早已飞走了。对吗？”

六狗苦笑一下，点头认同。五虎和四羊一脸惊奇，这才知道八只眼并没有冤枉六狗。

四羊说：“难道我从沟底石崖捡到的宝贝是六狗的吗？”

八只眼说：“六狗胆小，怕事情败露惹来麻烦，只好把宝贝藏起来。没想到阴差阳错，让四羊捡走。”

四羊说：“是这样吗？”

六狗先点头，后叹气。

四羊说：“我一直蒙在鼓里，以为那件宝是别人的，你为什么不早说？”

六狗说：“说不说一样，他们奈何不了我，给三财主设一个迷魂阵，让他在里面转。”

八只眼说：“六狗怎么知道三财主的宝贝藏在柴窑？”

六狗说：“这不难。三财主的柴窑经常上一把锁，如果里面只有一些柴草值得如此谨慎吗？我看见柴窑里的柴草很多，满满一窑，里面藏再多的东西都不容易被发现。当然，我不知道里面藏着夜光杯，只猜测里面可能藏着银元。那个夜晚人定后，我估计三财主熟睡，就进了柴窑。我翻动柴草，找了好久，没发现什么。正在我想要撤走的时候，看见一捆柴草很特别，上面捆着两根干草绳。我试着解开绳子，发现里面并没有任何东西。我掀开这捆干草，发现地面的土有点异常，于是用手刨，刨出一样东西。我揣着东西回了家，当时我并不知道这是一件什么东西，听三财主说丢了夜光杯，我才知道我得到的是十分珍贵的夜光杯。我高兴一通后怕被人发现，就悄悄藏在了人们很少注意的沟底石崖，不想被四羊捡走了。”

五虎说：“二财主的宝贝是谁拿走的？”

八只眼看了看五虎，笑着说：“你知道是谁。”

五虎笑了笑，说：“我不知道。你说出来大家听听。”

八只眼说：“第一次拿走二财主宝贝的不是别人，而是五虎，对吗？”

五虎笑了笑，说："继续说。"

八只眼说："我根据什么判断出来？那个模模糊糊的鞋印。这只鞋是乞丐来村要饭的时候五虎用一双比较新的鞋跟山东乞丐交换来的，五虎穿着这双鞋拿走了二财主的宝贝，然后把鞋藏起来。不想，六狗从五虎那里找到了这双鞋，预备以后配用场，于是藏在院子里的柴禾底下。对不对？"

六狗点头。

五虎说："你怎么知道这双鞋是我跟山东乞丐交换来的？"

八只眼说："我知道山东乞丐穿过这样一双鞋，并且跟山东乞丐核对过，了解了事情的来龙去脉。"

五虎不相信，说："你见过山东乞丐吗？"

八只眼说："二财主失宝后山东乞丐来过村里，我见过他。"

五虎点头。

八只眼说："二财主的宝贝藏得那么隐蔽，五虎是怎么发现的？这对我而言至今仍是个谜，我想弄明白。"

五虎说："事到如今，我没有必要隐瞒，我讲给你听。这乱哄哄的世道，财主们一怕丢命，二怕丢财，既要保命，又要保财。谁都知道值钱的东西藏在屋里不安全，藏屋里不如藏在外面安全。有一次我到后村去串门，在二财主家上面的路上看见二财主在墙根走来走去，不时看着墙，我感觉很奇怪，于是躲起来，悄悄观察他的动静。我看见他站在墙根，仔细看着墙，然后上前用手摸了一摸墙缝，似乎在看什么。对此我起了疑心，有一次借串门之机，偷偷查看了二财主曾经盯着的砖缝，发现与别的墙缝略有不同，我猜测里面可能藏着银元。我找准了这条砖缝与墙外对应的砖缝，用土块做了一个模糊记号，并且在这块砖的墙根插了一根一寸长的树枝做标记。一天晚上，我拿着一把锥子，在墙外一点一点挖掉墙缝里的石灰，用一根弯曲的粗铁丝掏出了砖，伸手拿出了砖洞里的东西，回家一看是夜光杯。"

六狗说："太神了！这么隐蔽的地方都能找到，比十宝的神魔厉害多了。"

五虎说："可惜到头来一场空，空欢喜一场。"

六狗说："大财主的宝贝谁拿走了？"

八只眼看了一眼四羊，说："这事要问四羊，他知道。"

五虎和六狗瞅着四羊，四羊面带笑容，说："还是让八只眼说吧。"

八只眼说："四羊知道财主们都害怕丢钱，一定会把钱牢牢藏起来。大财主的院子铁桶一般，即使藏在院子里，谁也别想拿走，更不必说藏在屋里。人们都知道，家里有什么宝贵东西，总喜欢往炕洞里藏，大财主也有这样的想法。四羊根据人们的普遍心理，抱着试一试的想法，打起了从烟囱下手的

主意。如何从烟囱里找到藏在炕洞里的东西，并不是一件容易的事。四羊知道人们往炕洞里藏东西，都会放在不易燃的器具里，不然会被火烧掉。四羊可能想到了碗、盆和罐子之类，那么可能是什么呢？如果是碗和盆之类的东西，就别想从炕洞里拿走；如果是罐子之类的东西就有可能，因为罐子通常有耳。四羊想碰碰运气，找了一条长绳子和一截铁丝，把铁丝弯成钩系在绳子上，然后把绳子顺着烟囱吊下去，试图用绳子上的钩子钩住罐子的耳眼。一次又一次，他果然钩住了一个沉甸甸的东西，吊上来一看，里面装着夜光杯。对吗？”

四羊笑着说：“你简直就是我肚子里的蛔虫，就跟你亲自做的一样。如果你早告诉大财主是我偷走了他的宝贝，我都死过几回了，现在好歹保住了一条命。”

六狗不相信，对四羊说：“果真像八只眼说的那样吗？”

四羊叹口气，说：“还能有假吗？”

五虎说：“四羊的预测好，运气也好，轻而易举拿到了宝贝，太神奇，太诱人了！”

六狗说：“那你怎么知道是四羊拿走了大财主的宝贝？”

八只眼说：“我拓下了大财主烟囱下的脚印，回家比对后发现是一个很陌生的脚印，并不是村里人的脚印，我陷入了困境。因为如果是外村人的脚印，我就一筹莫展了，我只熟悉村里人的脚印。一段时间，我毫无办法，后来七颗心给了我两只鞋，其中一只鞋正好和大财主烟囱下的脚印吻合，这让我知道了这个脚印的范围。这只鞋是七颗心从五虎那里拿来的，那就意味着除五虎之外还有一个人。这个人是谁呢？我无从确定。”

四羊说：“你是如何确定的？”

八只眼说：“你们还记得二财主挨打的事吧，二财主挨打的第二天早上我去沟底石壁拓下了三个人的脚印。这说明打二财主的是三个人，其中两个人的脚印与八只眼给我的那两只鞋吻合，这说明五虎和另外两个人打了二财主。这两个人谁？其中一个人可以确定，那就是穿过七颗心给我的其中一只鞋的人。这个人就是拿走大财主宝贝的人。五虎之外的两个人，我本无法确定是谁，可七颗心丢掉的那只鞋给我提供了掌握其中一个人的机会。七颗心的鞋是谁偷走的？我推测，此人必定与大财主的失宝有关，因为尽管与二财主的挨打有关，但那件事已经过去，并不重要，而大财主的宝贝却是大财主一直耿耿于怀的心事。拿走鞋的人无非想通过隐藏鞋来掩盖自己盗走大财主宝贝的嫌疑，这点连七颗心也看出来了，因此七颗心到处寻找这只鞋。在四羊串亲戚的那天夜里，七颗心去四羊家寻找这只鞋，结果没有找到，却落在我的手里。我由此断定，大财主的宝贝是四羊拿走的。”

四羊笑而不语，说："得而复失，跟没得一样，不知道谁盗走了我的宝贝，八只眼给我推测一下。"

八只眼刚要开口，看见七颗心进门，欲言又止，几个人的谈话就此终止。

121

第二天，四羊、五虎和六狗又找到八只眼，让他继续讲故事。八只眼知道三件宝贝都已丢失，无人知道其下落，把事情的真相全都道出也无妨，就接着昨天的话题继续讲。

八只眼说："先说二财主挨打的事情。从三个脚印来看，我断定四羊和五虎打了二财主。"

六狗说："打二财主的另外一个人是谁？"

八只眼说："我只有脚印，没有找到这个人，据我推测应该是六狗，因为你们几个人经常一起行动。对吗？"

六狗笑着说："算你猜对了。"

四羊说："五虎的宝贝是谁偷走啦？"

八只眼说："知道五虎手里有宝贝的人有三个人，想拿走五虎宝贝的人有两拨人。"

五虎吃惊地说："这么多人！我只知道二老二拿走了我的宝贝，难道还有——"

八只眼说："你听我慢慢说。最先想得到五虎宝贝的人是十宝和七颗心，他们知道五虎手里有宝贝，可能发现了蛛丝马迹，也可能只是猜测，真相如何，我并不知情。我估计，他们一直怀疑五虎手里有宝贝，所以找机会查看五虎的宝贝藏在哪里。首先他们想到了猪圈。为什么？因为晚上猪见到人就会哼哼，见到生人更会哼哼，听到哼哼声，屋里的人就会发觉，猪像一个人一样时时刻刻看守着宝贝。估计他们经过查看，的确发现猪圈藏着宝贝，所以下手了，结果没有得逞，因为五虎爹听到猪的叫声后出门查看，吓走了二人。他们第一次潜入五虎院子以失败告终。"

五虎说："第二次呢？"

八只眼说："第二次他们也没有得逞，二老二得逞了。后来七颗心和十宝发现五虎猪圈里的宝贝转移了，继续寻找藏宝贝的地方，结果他们找到了五虎门口的灶台。"

六狗说："他们怎么知道五虎的宝贝会藏在灶台？"

八只眼说："准确点说，他们发现宝贝藏在灶台下面的灰膛里。他们是如何发现的呢？七颗心的家离五虎家近，出门走几步就可以看见五虎院子里的一切动静。我发现，五虎家灶台下的灰膛里的灰经常是满的，几乎没有空的时候。通常人们掏灰的时候，每次都要掏空，很少只掏一点儿。我看见五虎娘有几次掏灰只掏一点儿，我疑惑不解。这个秘密我都注意到了，离五虎家很近的七颗心能忽略吗？七颗心把这个发现告诉十宝，因此晚上他们再次潜入五虎的院子。二老二怀疑五虎拿走了他家的宝贝，所以一直盯着五虎。二老二发现七颗心和十宝的行动后不想让他们得到这件宝，在他们正要下手的时候，恰巧有人咳嗽了两声，惊走了七颗心和十宝，这个咳嗽的人就是四羊。在他们走后不久，二老二很快潜入院子，拿走了灰膛里的宝贝。二老二拿到宝贝的时候，五虎屋顶上有一个人咳嗽了一声，意在告诉二老二被人发现了。"

四羊说："这个咳嗽的人是谁？"

八只眼笑了笑说："我。"

六狗说："原来他们三人的行动都在你的监视之中？"

八只眼说："是。因为我发现了他们的企图，不得不注意他们。"

四羊说："你如何发现他们的企图？"

八只眼说："你们可能没有注意，我发现七颗心经常去找十宝，猜想他们一定在一起密谋，否则不可能那么亲近。这个猜测从几次闲聊中他们相互流露出的眼神得到了印证，并且看到了他们的共同行动，所以我注意观察他们的一举一动。确认二老二盗宝是在与二财主的谈话中得知的。"

五虎说："我石槽下的钱是谁偷走的？"

八只眼说："你猜呢？"

五虎说："二老二，对吗？"

八只眼说："对。正是他吃到了第一次得手的甜头，所以更加注意你。不过，二老二第一次偷走的钱不值钱，几十个铜元而已。"

六狗说："不是银元吗？你怎么知道是铜元？"

八只眼说："听二财主讲的。兴许其他人也知道这个底细，我估计五虎的宝贝一直藏在很隐秘的地方，藏在石槽底下的铜元不过想试一试是否安全，是否有人盯上了自己，不巧被二老二发现了。"

六狗说："二老二如何发现石槽下面藏着钱？"

八只眼说："这要问二老二，我不知道。可能他以为石槽下面藏着宝贝，并不是铜元。不知道你们有没有发现，二老二那段时间总在前村转，其实在侦察，可能在侦察中发现了蛛丝马迹。"

五虎说："二老二从我手里盗走的那件宝贝又是如何丢的？"

八只眼说："希望得到二老二这件宝的人有两拨，五虎应该知道其中之一。"

五虎笑了笑说："能不知道吗？你说下去。"

八只眼说："二财主失宝的那个夜晚，有两拨人潜入二财主院子，第一拨走后不久，第二拨人进去了，他们的目的地都是牛槽，到底哪一拨人拿走了二财主的宝贝，我一直弄不明白，直到这几天才明白。不过，当时我知道这两拨人都是前村的人。"

四羊说："你怎么断定是前村的人？"

八只眼说："我看见他们回到了前村，知道是哪几个人。"

六狗说："谁？"

八只眼说："其中两个人是五虎和四羊，对吗？"

四羊笑了，说："没错。"

六狗惊讶地看了看四羊，又看了看五虎，从他们的表情证实了八只眼的话。

六狗说："你怎么知道有人会去偷二财主的宝贝？"

八只眼说："因为五虎的宝贝丢了，七颗心和十宝根据二老二平时的举动分析，是二老二盗走了五虎的宝贝，所以他们想从二老二手里得到这件宝，我想他们总有一天会下手。"

五虎说："你怎么知道我和四羊会去偷二财主的宝贝？"

八只眼说："原因有二，一是你丢了宝贝，想找回失去的宝贝，这种想法驱使你打二财主的主意；二是六狗胆小，不会陪五虎去，四羊则不怕，所以跟着你去了。对吗？"

五虎和四羊笑了。

五虎说："七颗心和十宝是怎么发现二财主的宝贝藏在牛槽下，我们又是怎么发现的？"

八只眼说："我几次看见七颗心站在二财主家上面的路上观察二财主的院子，他估计二老二得到的那件宝贝藏在院子里。二财主的院子很简单，除了牛圈和鸡窝，没有什么隐蔽的地方。他们从五虎把宝贝藏在猪圈的事得到启发，估计二财主会把宝贝藏在牛槽。恰好二财主新买了一头牛，新砌了牛槽。那头牛很厉害，除了二财主家的人，别人不敢接近，因此他们想到了那口新砌的牛槽。"

六狗说："为什么不会藏在鸡窝里？一有动静，鸡就会叫，不比牛更可靠吗？"

八只眼说："固然晚上鸡遇到生人会叫，会起到报警的作用，是黄鼠狼来了还是人来了，屋里人辨不清。再说，鸡窝在墙根下，距离门口远，等屋

里的人赶到，人早已翻墙跑了。此外，人可以想办法把鸡毒死，然后悄悄拿走宝贝。另外，每天揭开鸡窝，鸡窝敞开，很不安全。如果每次揭开鸡窝的时候总把宝贝拿回家，容易被人发现。谁敢毒死二财主的牛？毒死牛是大事，二财主会杀人！”

四羊说：“他们如何发现宝贝藏在牛槽底下？”

八只眼说：“七颗心和十宝都去过二财主家几次，乘机观察过牛槽，所以那夜直奔牛槽。你们是如何发现二财主的宝贝藏在牛槽下的？”

五虎说：“二财主有个毛病，做事鬼鬼祟祟，疑神疑鬼。我晚上注意观察过，他有事没事总往牛槽跑，一夜跑好多次，因此我起了疑心。那夜我和四羊没有拿到宝贝，去时发现宝贝被人拿走了，原来被他俩拿走了。”

八只眼说：“是的。”

六狗说：“牛槽那么重，他们怎么从牛槽底下拿走宝贝？”

八只眼说：“很容易。他们翻墙进入院子的时候拿了两根棍子，一根用来做支点，另一根用来撬牛槽，比牛槽重的东西都可以撬起来，何况牛槽并不重。”

六狗说：“七颗心的心眼太多了！四羊的宝贝是如何被盗走的？”

八只眼说：“四羊自从放在鸡窝里的鞋被人拿走后，发现有人盯着他，于是把宝贝转移到山神庙，结果被跟在他身后的人拿走了。”

四羊说：“你看见了？这个人是谁？”

八只眼说：“七颗心。”

四羊捶胸顿足，怒骂：“这个猪狗不如的东西！”

六狗说：“找他算账！”

八只眼说：“可能晚了。”

六狗说：“为什么？”

八只眼说：“一会儿再说。”

五虎说：“三财主的宝贝再次被偷，你认为谁盗走了他的宝贝？”

四羊说：“七颗心。”

五虎说：“请讲出理由。”

四羊说：“他和十宝得了二财主的宝贝，一定会平分，可一件宝贝怎么平分？一个完整的杯子不能剖成两半。怎么办？我想他们之间一定有个契约。谁保管夜光杯，谁拿东西做抵押，并且立字为据，不然对方不相信。七颗心知道十宝手里有宝贝，成功窃取二财主的宝贝让他产生了野心，于是动了窃取三财主宝贝的心思。”

八只眼说：“那夜七颗心从三财主家出来，并没有回家，而是躲在附近的暗处。他看见三财主在院子周围转了一圈，知道他有心事。三财主把宝贝藏进侧房的时候，躲在远处的七颗心看得一清二楚。三财主睡觉后，他回家拿来一根绳子，把绳子系在屋顶附近的一棵枣树上，然后顺着绳子溜进院子，盗走了宝贝。”

五虎说：“你看见了吗？”

八只眼说：“没有。第二天我去看脚印，既看到了八只眼的脚印，也看到了绳子留下的痕迹。”

四羊说：“你告诉三财主了吗？”

八只眼说：“没有。尽管十宝找过我，让我帮忙，我不愿多管闲事。”

六狗说：“这样看来，七颗心手里可能有两件宝贝。”

八只眼说：“是的。”

四羊说：“从二财主那里得来的那件宝贝会在谁手里？七颗心还是十宝？”

八只眼说：“可能在七颗心手里。七颗心费尽心机得到一件宝，会放在十宝那里吗？不可能。”

五虎惊叹：“这么说七颗心手里有三件宝贝！真是一个江洋大盗！”五虎不解，说，“他手里有那么多宝贝，应该高兴才是，为什么要哭？”

四羊和六狗也感到疑惑，都看着八只眼，期望他能做出解释。

八只眼说：“七颗心的心眼多，也许是喜极而泣，因为他从来没有见过这么多值钱的宝贝，现在手里居然攥着这么多宝贝，能不兴奋吗？也许他在耍花招，让人以为他到手的宝贝被人偷走了，这样可以摆脱三个财主对他的追究。也许他的宝贝真丢了，伤心过度才哭。你们认为是哪一种可能？”

六狗说：“耍花招迷惑人。”

四羊说：“喜极而泣。”

五虎说：“都不像。看样子真丢了宝贝，不然神情不会那么沮丧。你的看法呢？”

八只眼说：“丢了。”

四羊、五虎和六狗惊呆了，都睁大眼盯着八只眼。一会儿，六狗说：“不可能。七颗心那么精明，不可能丢东西，何况是夜光杯。”

突然，七颗心、九蛋和十一指推门进来，七颗心说：“八只眼说得对，我的宝贝丢了。你知道是谁偷走的吗？告诉我。我要找回属于我的东西！”

四羊、五虎和六狗惊异地看着歇斯底里的七颗心，相信他的宝贝真丢了。

七颗心说：“八只眼，告诉我，谁偷走了我的宝贝？”

八只眼看了看七颗心，又看了看其他三人，淡淡地说：“可能是乞丐。”

七颗心说：“乞丐？！”

八只眼说：“是的。你昨天没有看见乞丐吗？”

七颗心说："看见了。不可能，他不知道我的宝贝藏在哪里。"

八只眼说："不会错。"

七颗心说："你怎么知道？"

八只眼说："白天，我看见他用要饭棍在你的鸡窝里扒拉来扒拉去；黄昏，我下地回来时看见乞丐坐在村口，我问他坐在这里干什么，他说没事，休息一会儿，这引起了我的注意。晚饭后，我一直盯着村口，深夜时看见乞丐进了村，悄悄进了你的院子，在鸡窝旁边待了很久。当时，我以为他饿了，偷鸡窝里的鸡蛋吃，所以没在意。你的宝贝是藏在鸡窝里的吗？"

七颗心说："是的。狗东西！原来是他偷走了我的宝贝，我要找回我的宝贝！"

五虎说："你总说天官老爷对你好，天官老爷怎不保护你的东西？"

七颗心说："过去，我每次去求他老人家，都能得到他的明示，是他给了我夜光杯。没想到让我弄丢了，我对不起他老人家。"

七颗心使劲捶着自己的脑袋，痛不欲生。

九蛋说："你经常去求天官老爷吗？"

七颗心说："是的。"

十一指说："天官老爷真会那么灵吗？"

七颗心说："当然。"

八只眼脸上露出淡淡的笑意，他为七颗心次次中计而好笑。

九蛋说："不是天官老爷照顾你，可能某有人特意照顾你。"

七颗心说："谁？"

九蛋笑着说："也许远在天边，也许近在眼前。"

七颗心说："胡说！我遇见的是神，不是人。哪个人知道我什么时候去求神？不可能这么凑巧。我几次看到天官庙顶闪着白光，那是天官老爷的真身现身，你们不相信吗？"

四羊说："那是萤火虫的光，连这都不知道，亏你七颗心。"

八只眼说："我看见山神庙顶也有过白光，可能是神的化身。"

四羊说："那是我扔上去的几根羊骨头，哪会是神。"

八只眼恍然大悟，没想到自己被四羊欺骗。他正要说话，九蛋插话："我最相信神医华佗。人们每次去求他，都可以求到药丸，药丸一吃就灵。"

五虎说："是啊。华佗距今几千年了，还能照顾我们，太神奇了。"

八只眼看了一眼十一指，笑着说："虽说昔日华佗已去，但华佗的神力不会消失。"

十一指神态自若，不言语。其实，华佗庙里的药丸是十一指精心炮制好后悄悄放进去的，他秘而不宣，只有八只眼知道。

七颗心无心听他们闲聊，低头思念自己的那几件宝贝。突然，他站起来，怒目圆睁，牙齿咬得咯咯响，发疯般跑出屋子。

122

看见七颗心跑出屋，八只眼和五虎几个人惊呆了，他们睁大眼睛相互看着，知道七颗心失去理智，快要发疯了，不知道他会做出什么惊天动地的事。稍作镇静，他们意识到七颗心一定会采取行动，将山东乞丐碎尸万段，一泄心头之恨。六狗按捺不住性子，要跑出去看七颗心，被四羊一把拉住胳臂。六狗回头看着四羊，笑着说："我只出去看看，不会惹出事来。"

四羊说："急什么，让他疯掉算了。山东乞丐早已远走高飞，他莫非有飞天之术，将山东乞丐拽回来不成？不可能。"

六狗说："也是。我只是好奇而已，一会儿再去。"

八只眼不动声色，琢磨着七颗心可能采取的行动，他猜测七颗心可能去追乞丐，要回属于自己的东西，可已是黄昏时刻，黑天半夜，他哪能找到乞丐。

四羊瞅着纹丝不动的八只眼，知道他在琢磨七颗心。四羊笑着说："八只眼真厉害，一句话让一个精明人发疯，妙不可言。"

八只眼知道四羊在讽刺自己，此刻他不想与四羊辨是非争曲折，只在猜测后面可能发生的事。五虎盯着八只眼的脸，眼里流露出疑惑的目光。他亲眼看到山东乞丐来过村里，但他没有看见山东乞丐盗走七颗心的东西，因此在四羊的提醒下，对八只眼的话将信将疑。

五虎说："你真看见乞丐盗东西，还是有意要弄七颗心？这可不是儿戏，弄不好会出人命。"

八只眼看了一眼五虎，说："我并没有说我看见乞丐盗走了他的东西，只说乞丐在他的鸡窝边鬼鬼祟祟，他如何理解这件事不关我的事，那是他自己的事。再说，他那么聪明的人，会有自己的判断，用不着旁人多操心。"

六狗说："你不用怀疑八只眼，他的话什么时候出过错，简直句句是真理。你们聊，我出去解手。"

六狗走出门，并没有去厕所，而是跑去看七颗心。四羊蹲在地上不停地转着眼珠，他在琢磨几个人的话。五虎看着八只眼，期望从他的脸上得到准确的信息，而八只眼偏偏不动神色。失望之下，五虎跟四羊说："我们出去看热闹吧，说不定七颗心手里拿着刀子准备杀人。"

五虎和四羊一起走出门，八只眼依旧蹲在原地不动，一尊活生生的石雕。

六狗看见五虎和四羊也出来了，连忙跑过来，说："八只眼呢？"

五虎说："在屋里。七颗心在做什么？"

六狗说："我看见他从家里出来，跑到三财主家去了。"

四羊看了一眼五虎，说："七颗心去找十宝，可能要行动了。"

六狗说："像。"

五虎也说："像。我们找个地方说话。"

六狗说："要干什么？"

四羊明白五虎的意思，对六狗说："去了就知道了。"

三人到了五虎家，找了一间空屋说话。六狗迷茫地看着五虎和四羊，不知道他们要干什么。五虎坐在炕楞上，嘴里叼着烟袋，说："七颗心不甘心，我们就甘心吗？他想夺回属于他的宝贝，我们就不想夺回属于我们的宝贝吗？"

六狗说："我们何尝不想，不过难度太大，山东乞丐早已飞走了，到哪去找他，还是看看再说吧。"

四羊说："对。不要急于行动，先看七颗心行动不行动，再看八只眼行动不行动。"

六狗说："这不关八只眼的事，没必要看他的行动。"

五虎看着四羊，等待四羊做出解释。四羊说："这么简单的事都不明白吗？八只眼的话是真是假，你们知道吗？如果是假，岂不让我们白费工夫？八只眼鬼得很，说不定他在有意转移人们的视线，有可能他得了七颗心的宝，而把罪名加在山东乞丐头上。是不是？"

五虎不置可否，在琢磨四羊的话。

六狗说："有可能。如此看来，我们既要盯七颗心，也要盯八只眼，对吗？"

四羊说："对。如果七颗心行动，我们也行动；如果八只眼行动，我们更要行动。如果八只眼敢于肯定自己的判断，必然会行动，我不信他对这几件宝贝不动心。如果八只眼不行动，八只眼的话就大打折扣，很可能在迷惑人。"

六狗说："你的话很有道理，八只眼是个诡计多端的人，不要上当受骗。"

五虎说："依你们的话办，我们分头行动，四羊盯着八只眼，我和六狗去盯七颗心。谁发现情况，及时相告。"

五虎和六狗躲到一户人家的墙后，盯着三财主的院子。一会儿，他们看见七颗心走出三财主的院子，走回自己的家，然后看见七颗心在院子里砍树枝。七颗心从树枝上砍下一根木棍，然后拿着木棍到了三财主家。一会儿，他们看见十宝握着一根牛鞭，七颗心拿着一根棍子，一起走出村子。

四羊躲在高处盯着八只眼。他看见八只眼回到家不久，又走出院子，蹲在院子外面抽烟，似乎并不打算行动。四羊默默盯着八只眼，不信他无动于衷。当七颗心和十宝登上村子对面的山坡，八只眼立刻起身回到院子里，在院子里四处找东西。四羊看见八只眼动了，心里说再狡猾的狐狸也会露尾巴。正在他高兴的时候，看见八只眼走出院子，向五虎家走去。四羊疑惑不解，他找五虎干什么？路上，八只眼恰好碰见要去找四羊的五虎和六狗，一把拉住五虎，说："今夜我要出去一趟，你陪我去，怎么样？"

这时，四羊跑过来。五虎看了一眼四羊，似乎在征求四羊的意见。四羊说："我和五虎要去打牌，让六狗陪你去，怎么样？"

八只眼把头转向六狗，说："你愿意去吗？"

六狗看着五虎，似乎在征求五虎的意见，五虎说："他会去的，不过你不能欺骗他，有福同享，有难同当。"

八只眼说："我同意他去，自然会照顾他，不用你们操心。"

五虎说："你要去干什么，告诉我，让我心里明白。"

八只眼说："别婆婆妈妈的，我不会去干见不得人的事，我做事向来光明正大，不会看着别人行动我不动。"

五虎明白了八只眼的意思，和四羊一起笑了。六狗回家拿了一把羊铲跟着手握木棍的八只眼走了，五虎和四羊商量，走那条路出村追乞丐。村里有四条通往外界的路，自然是东西南北四条路。他们看见七颗心和十宝沿着南边的路走了，这是一条通往县城的大路，显然二人奔县城而去。他们又看见八只眼和六狗往西边的路去了，这条路通往西面的一些村子。他们不明白八只眼为什么要选这条路。他们估计山东乞丐往南走的可能性大，如果山东乞丐识宝，他会带着宝贝逃离县城，七颗心和十宝的动作必须快；如果他不识宝，会带着宝贝沿着通往县城的路沿村乞讨。八只眼和六狗走后不久，五虎和四羊也选择了通往县城的路。五虎手里拿着羊铲，四羊手里握着一根牛鞭，在昏暗的路上默默前行。当他们走到一处岔路口，远远看见七颗心和十宝正在急急赶路。

五虎说："我们先去村里找吗？"

四羊说："是。估计七颗心和十宝直奔县城去了，我们只好沿着路边的村子搜寻。兵分三路，就看谁的运气好。"

五虎说："你估计乞丐会走远吗？"

四羊说："很难说。按理说，如果乞丐得手后赶紧逃跑的话，一天多的时间，应该跑出去百八十里路了，我们腿脚再快也追不上。如果乞丐不会逃离的话，会从原路返回，沿途七八个村子够他走一天，估计黄昏才能到达最后一个村子。如果我们的运气好，应该能遇到他。我们由近而远搜索吧。”

五虎说：“好的。只能这样，但愿我们能够找到他。”

他们爬上村子对面的坡，跳过一个墕口，走了一会儿，进入一个村子。村里的人看见二人黄昏时刻进村，有人关切地注视着他们，有人上前搭讪：“你们有事吗？”

五虎说：“今天你们看见一个乞丐了吗？山东口音。”

有人说：“前晌看到过，我还给了他一个窝头，这会儿恐怕走远了。”

五虎心里一阵高兴，没想到一下子就打听到乞丐的下落，看来有希望找到他。

四羊说：“你们知道他去哪里了？”

一个老头说：“乞丐脚底生风，来无踪去无影，行踪不定，哪里能乞讨，哪里就有他的踪影。兴许沿着一道沟去了，这会儿可能出了这道沟。一个乞丐，你们找他干什么？”

五虎说：“有点小事。”

四羊说：“今天你们当真看到他？”

老头说：“你可以不信别人的话，不可不信我的话，我不会骗你们。”

四羊看一眼五虎，征求五虎的意见，五虎说：“走。”

二人走出村，下了一道坡，进了一道沟。这时，天色已黑，沟里很暗，抬头只能看见一道微明的天。四羊甩一个响鞭，鞭声在沟里回荡，经久不息。一会儿，他们走到一个村子附近，四羊抬头望一眼山上的村子，说：“上去吗？”

五虎说：“不上去。你想，乞丐走了多半天，即便走村串户走得慢，这时早已过了几个村子，我们赶紧赶路，到了最后两个村子再去打问，怎样？”

四羊说：“行。那乞丐腿脚快，即使走得慢，也到最后两个村子了。如果走得快，恐怕已经出了沟，我们加快脚步。”

二人脚底生风，不到半个时辰就走到了最后两个村子附近。四羊甩了一鞭子，在前面领路，登上一个山坡。一会儿，二人走近村里，村民窑洞里透出微弱的灯光，偶尔可以听见几声人语。他们走到一户人家的大门口，敲门询问今天乞丐是否来过，村民说来过，走了不久。听到这个消息，二人飞一般向山下跑去。他们跑到沟里，又往前跑了一段路，但是没有看见乞丐的踪影。四羊停下脚步，喘着粗气。

五虎看到四羊体力不支，便说：“歇一会儿再赶路。从乞丐离开这个村子的时间看，不会走远，就在前面的村子里，我们仔细搜索，不要让他跑掉。天黑了，估计他不敢独自在这么长的深沟里行走，一定在村子里住宿。”

二人歇息少许，到村子里搜索，结果找遍了村子，依然不见乞丐的踪影。四羊说："怎么办？"

五虎说："他没长飞毛腿，跑不出这道沟，一定躲在村子里。我们到沟里去等他，不信等不到他。"

四羊说："他会不会出了这条沟？"

五虎说："不会。"

二人来到沟里，找了路边的一个小土洞，准备在这里守候乞丐。其时月黑星高，沟里不时传来狼的嚎叫声。

123

八只眼和六狗向西而去，爬上一道坡，到了一个高原上，这里有平展展的土地，有好几个村子。因为这里土地好，所以村里的人比较富足，正是基于这一特点八只眼才选择走这条路。他对山东乞丐有所了解，知道他经常从南路来，从西路归。他之所以选择从西路归，是因为西路的沿线村子能讨到比较多的食物。八只眼认为乞丐这次会选择同样的路线，他对自己的判断深信不疑。当然他和五虎、四羊一样考虑到乞丐会迅速逃离的问题，他认为那是天意，自己阻挡不了。他估计七颗心和十宝会直奔县城，因为那里视野广，是乞丐逃离的必经之地，有可能找到乞丐。既然七颗心率先选择了最有利的路线，他没必要选择同样的路线。高原视野开阔，六狗往四周望了几眼，看见远处的天连着地，周围村子的灯火星星点点，十分好看。八只眼拍了一下六狗的肩膀，说："快点进村找人，别耽误时间。"

六狗说："你带我来这里，到底有多大的把握，八成还是七成？如果找到了宝贝，你不能撇开我，我一定要分成，你分多，我分少，不能让我白跑一趟。"

八只眼又拍了一下六狗的肩膀，说："我不会独享果实，一定给你分成。过去我有对不住你的地方，请你原谅，这次一定对你好。如果你不陪我来，我自己不敢来，我是懂得情义的人。"

二人进入村子，向村人打听山东乞丐的下落，都说今天没有看见乞丐，这让八只眼颇为纳闷。难道自己的选择有问题吗？六狗不相信村人的话，认为八只眼的估计不会错。八只眼蹲在路边，掏出烟袋抽烟，仔细琢磨着自己的判断。一番思考后，他拉着六狗的胳膊说："继续往前走，也许乞丐绕过了这个村子。"

二人继续往前走，穿过一块玉米地，选择一条捷径进入另一个村子。他们继续向村人打听山东乞丐的下落，结果得到了同样的回答。八只眼蹲在一棵枣树下，不停地抽烟，六狗嘟囔：“难道你的判断出错了吗？你说乞丐是不是走了南边的那条路？如果真走了那条路，那就让七颗心和十宝捡便宜了。”

八只眼依旧抽烟不止，不吭一声，让六狗看得心里发毛。

六狗说：“如果没有指望，我们回去吧。没有发财的命，认了。”

八只眼说：“不。继续往前走，这么好的要饭地方，他不可能不来，或者一闪而过，除非他认得那几只杯子是宝贝，我估计他没有这样的眼力。这次我们绕过几个村子，到原上边缘的那个村子去打听。”

六狗说：“行。照你的话办。”

二人绕过几个村子，向原上边缘的村子走去。夜沉沉，走起路来磕磕绊绊，颇费腿脚。为了解闷，六狗说：“假使我不陪你来，你自己会来吗？”

八只眼说：“会来。命固然要紧，可夜光杯更要紧，我答应给大财主找宝，至今没有给他准确的回音，对不住人家。”

八只眼提到大财主，六狗一肚子不高兴，早知道是为了给财主们找宝，他才不愿意来。他叹息一声，说：“如果你为财主们找宝而来，估计没戏。如果夜光杯眷恋财主们，就不会离开他们，看来只能白跑一趟。”

八只眼说：“你怎不往好处想，老往坏处想。自古道：好事多磨。不费一点周折，宝贝怎能到了手里。如果我们现在就此放弃，宝贝很可能落入别人手里。”

说话之间，二人到了高原边缘的最后一个村庄。进入村里，他们看见好多人家的灯火已灭，只有几户人家还亮着灯。他们向一户亮着灯的人家走去，走到大门口，看见大门紧闭，六狗上前敲门。院子里一阵响动，有人出来开门：“谁？”

八只眼说：“过路人，问句话。”

主人开门，看见门外站着两个陌生人，将二人上下打量一番，说：“有什么事？”

八只眼说：“今天你们看见一个外地口音的乞丐了吗？”

主人摇头，说：“没有看见。一个穷要饭的，你们找他有什么事？”

八只眼说：“有点小事。果真没有来你村？”

主人说：“真没来，一点小事，没有必要跟你们说假话。”

看到主人的话很诚恳，二人告辞。六狗不相信主人的话，建议到村里寻找一番，八只眼同意了。二人摸着黑，在村里寻了一圈，没有发现乞丐。二人走出村，坐在一块地边抽起烟来。两点烟火一闪一闪，谁都不吱声。过足了烟瘾，六狗叹息一声，摸起一块土块，向远处狠狠砸去。良久，八只眼站起来，说："回去！"

六狗说："好。"

夜深了，二人不由加快了脚步。六狗说："看来这次你失算了，老马失蹄，少见。这下便宜了七颗心和十宝两个小子，他们的财运怎那么好，不知他们什么时候修来的福。"

八只眼说："他们未必得手，乞丐不是傻子，不会那么容易交出宝贝，全看他们的造化了。你别泄气，说不定我们还会遇见乞丐。"

六狗说："还没睡着你就做美梦！你想乞丐，乞丐不想你。我们还是早点回家睡觉吧，我困死了。"

八只眼说："我们再等等，说不定有意外收获。"

六狗说："不可能。不过等就等一会儿。"

二人回到来时去过的第一个村庄，蹲在高处，看着村里的动静。村里一片宁静，鸡犬安息，灯光俱灭。等了一会儿，六狗站起来撒尿，刚撒了一半尿，突然看见远处有一个黑影移动。他憋住撒了一半的尿，说："远处有动静！"

八只眼赶紧站起来，仔细看着路的那头，果然看见一个黑影在移动。八只眼不禁头皮一紧，不知道黑影是人是鬼，立刻握紧了手里的家伙。六狗紧靠着八只眼，也握紧了手里的家伙。

六狗低低地说："怎么办？"

八只眼说："不要怕，不要吱声，等黑影走近了再说。"

黑影渐移渐近，渐渐看见是一个人影，八只眼提着的心放了下来。看见黑影距离他们只有二三十步远，八只眼突然大声喝问："什么人？"

黑影猛然站住，显然他只顾走路，并没有发现八只眼和六狗。黑影并不回话，而是站着不动。双方对峙着，黑夜抹黑了他们的面目，静默凝固着他们的双脚。一会儿，八只眼忍耐不住，又喝问："谁？"

黑影依然不吱声，也不动。八只眼估计对方有点害怕，于是说："你不说话，我们就动手了。"

听了八只眼的话，黑影回头便走。八只眼看见黑影要走，知道他胆虚，大声说："乞丐，你往哪里走！你走不了！"

黑影听见八只眼的喊声，加快了脚步，乃至小跑起来。八只眼和六狗也跟着小跑。八只眼边跑边喊："你别怕，山东乞丐。"

黑影依然不吱声，跑得更快了。六狗脚步快，眼看距离黑影只有几步远。黑影感觉身后追他的人已近，突然收住脚，一个回头望月，一根木棍横空扫来。六狗不提防，只听见"呼"的一声，棍头触到了胸部。幸亏只碰着了衣

服，并没有伤及皮肉。六狗猛然收住脚步，这时八只眼也赶到了身边。八只眼大喊：“山东乞丐，你跑不了。你站住，我们有点小事找你，决不会伤害你。我是八只眼，是你认识的人。”

黑影依旧不吱声，只站了片刻，又继续跑。八只眼担心黑影跑出他们的视野，对六狗说：“追！我们两个人，他一个人，他敌不得我们。”

六狗犹豫，站着不动。八只眼大声说：“快追，否则追不上了。”

六狗说：“黑天半夜，万一乞丐狗急跳墙，伤了我们怎么办？”

八只眼说：“你要财还是要命？要命，你就待在这里；要财，赶紧追。”

六狗说：“我什么都想要。”

八只眼说：“那就赶紧追。”

黑影已经跑出去百十步远，二人紧追一阵，眼看要追到黑影。黑影猛回头，一道黑光闪来，一棍击中了八只眼的左臂，八只眼顿时一阵剧痛，手里的棍子掉在了地上。他不顾疼痛，捂着胳膊向黑影追去。黑影看见八只眼紧追不舍，又一道黑光闪来，击中了八只眼的大腿，八只眼立刻收住脚步，蹲下身子。

六狗大喝一声：“乞丐，你跑不了！”

六狗猛追黑影，眼看就要抓住黑影，黑影回身，一道黑光向六狗袭来，六狗用手中的羊铲一挡，两根棍子叮当作响。六狗顾不得八只眼，和黑影搏斗起来。只听见棍棒叮叮当当，突然六狗一声喊，肩膀上挨了一棍。六狗一愣，捂住肩膀，黑影乘机快步逃离。六狗捂着肩膀向黑影追去，听见身后传来八只眼的话：“别追了，保命吧！”

本已无畏的六狗听到八只眼的话，停下了脚步。身后又传来八只眼的话：“回来！别丢了小命！”

六狗回身走到八只眼身边，八只眼蹲在地上喊疼。六狗说：“厉害吗？”

八只眼说：“厉害。你怎样？”

六狗说：“我的肩膀挨了一棍子，能忍得住。”

二人坐在地上休息了一会儿，八只眼说：“感觉腿好点了，回家吧。”

八只眼站起来，刚挪了一步就喊疼。六狗说：“我扶着你，走慢点。”

二人走走歇歇，歇歇走走，鸡叫头遍回到村里。

五虎和六狗在沟里的土洞里待了一夜，一夜未曾合眼，一直死死盯着面前的路。直到天亮，依然没有看见乞丐的身影。他们不甘休，又到附近的村子里搜寻一遍，终无所获，最后拖着疲乏的身子回到村里。

原来，昨天黄昏时刻乞丐离开五虎和四羊搜寻过的村子，翻过一座山，来到了八只眼和六狗所在的高原。他走累了，躺在路边的一棵树下睡了一觉，醒来后想找个村子过夜，不想在途中遇到了八只眼和六狗。双方搏斗一场，乞丐拖着疲惫的身子向县城走去。

124

七颗心听说乞丐盗走了自己的宝贝，想立刻出村寻找乞丐，但看见天色不早，便打消了贸然寻找的念头。他跑到三财主家，看见十宝在院子里闲坐，便把八只眼的话跟他讲了一遍，十宝大吃一惊，没想到七颗心遭乞丐暗算，竟让自己也搭上半只夜光杯。正如四羊预料的那样，十宝和七颗心盗走了二财主的宝贝，二人约定平分此杯。如何平分宝贝，他们并没有具体设想，急需处理的问题是由谁来保管杯子。当时二人都想保管宝贝，最终十宝做出让步，由七颗心保管宝贝，但必须以五亩地为抵押，七颗心立字为据，签字画押，十宝收好字据，方才把宝贝交给七颗心保管。现在自己的那件宝贝丢了，七颗心手里的宝贝也丢了，十宝由先前的沮丧转为气愤，一定要拿走七颗心的五亩地。七颗心要求十宝跟他一起去找乞丐，争取夺回宝贝。十宝明知肉包子打狗，有去无回，还是答应一起去找乞丐。

十宝说："明天去找乞丐，你不觉得太晚了吗？"

七颗心说："天不早了，你不怕走夜路吗？"

十宝说："乞丐不是个傻子，得到宝贝会很快逃走，晚了恐怕就没戏了。宜早不宜迟，早点动身吧。"

七颗心说："好。你不怕我也不怕，我回家拿件家伙。"

七颗心回到家，跟婆姨打个招呼，说今夜有事外出，有十宝相伴。婆姨叮嘱一声注意安全，不再理会。七颗心想拿一件家伙防身，在屋里屋外找了一遍，找不到一件合适的家伙，看见院子里有一捆树干，选中一根合手的树枝，拿斧头砍了一下，拿在手里出了门。他找到十宝，眼看天已黄昏，十宝看见七颗心手里拿着一根棍子，便从牛棚拿来一根牛鞭，紧紧握在手里。二人望一眼西沉的太阳，满怀希望出了村。

爬上村子对面的山坡，翻过一个山头，沿着一条小路下山。天色渐暗，山路弯弯曲曲，从山顶延伸到山底，二人边走边说着闲话，不觉汗水涔涔。下坡路省力，只有几袋烟的功夫就到了沟里。沟里黑魆魆的，看不清地面，乱石磕磕绊绊，走起来颇费力气。好在是熟悉的路，因此谁都不害怕。这条沟很长，足有二十里，估计到夜深才能走出沟。有时会听到一声响，有夜游的小动物从身边溜过。这时，七颗心总会大喝一声，给自己壮胆。十宝则扬起鞭子，使劲一甩，鞭声在山沟里回荡，经久不息，接着二人哈哈大笑一通。

两人一路走，一路闲聊，一路甩鞭子壮胆，一个时辰后走出了山沟，面前是一条沙石公路。公路通往县城，他们打算今夜夜宿县城街头，眼看只有十里平展展的公路，十宝的腿脚却慢了。七颗心看见十宝走得慢，催促他赶紧走，早点进入县城，早点去找乞丐。

七颗心说："你是半个神仙，你说我们能找到乞丐吗？"

十宝说："我掐算过，只有七分的把握。"

七颗心说："连八九分的把握都没有吗？难道乞丐是只飞鸟，一天工夫就远走高飞了吗？不可能。我估计他没有走出县城，只要我们用心寻找，一定能找到。"

十宝说："但愿如此。我们尽力而为吧，至于能不能找到，那是天意。"

公路下面是三川河，听见哗哗流水声，十宝的脚步轻快多了，他紧跟着七颗心，奋力赶路，不知不觉到了县城的街头。十宝想休息一会儿，七颗心同意了。十宝一屁股坐在地上，伸开腿脚休息，七颗心却站着东张西望。十宝拉了一把七颗心的裤子，劝他坐下休息一会儿，七颗心勉强坐在地上，仍然不住看着四周。二人掏出腰间的烟袋，过着烟瘾。他们抽了几袋烟，解乏不少，感觉精神多了。

十宝哈欠连连，倦意袭身，说："我们夜宿街头吗？"

七颗心说："只能如此，不过现在还不是睡觉的时候，我们应该到街上寻找一遍，乞丐有可能露宿街头。宁可错过，不能误过，否则后悔莫及。"

十宝强打精神，说："几十里都走了，不在乎这一里路，走，去找乞丐。"

街道两边的店铺早已关闭，街道黑幽幽的，偶尔有人穿街而过，仿佛夜鬼一般。十宝极尽眼力，边走边看。街上没有一点灯光，只有黑魆魆的墙壁和铺门挤压着他们。他们仔细搜寻着店铺前的台阶，偶尔发现呼呼大睡的人，七颗心用棍子捅醒熟睡的人，一看并不是他们要找的乞丐。他们从上街开始寻找，找到下街，依然没有发现那个山东乞丐。眼看夜深，十宝实在支持不住，跨上一个台阶，靠着店门闭上了眼睛。七颗心看见十宝屈着双臂，歪着脑袋，贪婪地睡着，只好紧靠着十宝，也闭上了眼。一会儿，二人鼾声大作，此起彼伏，极有韵律。

店主打开店门，惊动了仍在酣睡的七颗心。七颗心一个激灵，推醒了十宝。十宝睁开眼一看，天已大亮。七颗心看见街上已有行人往来，不迭声地说："起晚了！起晚了！"

十宝睡眼惺忪，跟着七颗心跳下台阶，继续寻找乞丐。七颗心拉着十宝往上街跑，十宝不高兴，说还是从下街开始搜寻好。七颗心却坚持从上街开始搜寻，因为上街街头是通往东边的出口，乞丐想逃走，必定经过上街街头，于是二人立刻向上街跑去。他们站在街头，四处张望，不见乞丐的影子。街头人来人往，车水马龙。他们搜寻了很久，依然不见乞丐的踪影。这时，七颗心嘱咐十宝在此守候，自己往下街走去，要在街上重新搜索一遍。

街上的店铺都开了，时有顾客出入，七颗心沿着街面，在店铺进进出出，逐个搜索。遇到小巷，他就往里瞅一眼；遇到门洞，也要探头瞄一眼。从上街到下街，足足搜索了一个时辰，仍不见乞丐的身影。他转身往上街走，想与十宝会合。突然，他看见几个衣衫褴褛的乞丐聚在一起，低头分食东西。他走到跟前，仔细一看，并没有他要找的山东乞丐。

七颗心问乞丐："你们看见一个山东口音的乞丐了吗？"

乞丐们头也没抬，依旧低头吃东西。七颗心以为他们没听见自己的问话，又问一句："你们看见一个山东口音的乞丐了吗？"

一个乞丐很不耐烦，抬起头来，白了七颗心一眼，说："昨天看见过，今天没有看见。"

七颗心追问："在哪看见他？"

一个乞丐说："在人间。"

七颗心知道乞丐在戏弄自己，只好讪讪而去，沿着街道继续搜索。到了上街的街头，七颗心看见十宝坐在街头，懒懒地看着往来的人。七颗心走到十宝跟前，急忙问："看见了吗？"

十宝说："连一根毛都没有看见。"

七颗心说："寻人不如等人，今天我们在这里死等，等不到他决不罢休。"

十宝说："行。"

从日出到日中，他们没吃一口东西，头上的太阳渐渐毒辣起来。十宝不停地用舌头舔着干涩的嘴唇，说："口干舌燥肚子饿，吃点东西吧。"

七颗心说："我盯着人，你去买两个芝麻饼。"

十宝跑到路边，买了两个芝麻饼，递给七颗心一个。十宝咬了一口饼，说："口里干涩，没有一点口水，咽不下去。"

七颗心说："我盯着人，你先去河里喝几口水，快去快回。"

十宝跑去河边喝足了水，然后拖着懒散的步子走到七颗心跟前，七颗心叮嘱一句，赶紧跑到河边喝水。

从日出到日中，从日中到日落，始终没有看见乞丐。七颗心不罢休，带着十宝在附近的几个村子找了一遍，依然没有看见乞丐，只好叹息而归。

第二天上午，七颗心走到大榆树下抽烟解闷。七颗心坐下不久，八只眼远远看见七颗心低头抽闷烟，知道他此去没有收获，也来到大榆树下。一会儿，大榆树下聚集了好几个人，似乎都来看七颗心的笑话。看见七颗心低头

不语，八只眼欲言又止。

四羊说："找到乞丐了吗？"

七颗心不吱声，依旧低头抽烟。

六狗说："一定找到了，只是不愿意说而已，怕人们抢走他的宝贝。"

七颗心抬起头，瞪一眼六狗，一脸怒容。八只眼看见七颗心生气，说："丢东西是痛苦的事，不要取笑别人，谁没有遭殃的时候。"

听八只眼一说，七颗心心里高兴，喃喃自语："天有不测风云，人有旦夕祸福。不知道我得罪了哪个恶鬼，让我吃了这么大的哑巴亏。"

十一指说："命由天定，认了吧。"

九蛋说："穷人穷命，不认也得认。"

七颗心仰着头，长叹一声，掩面而泣。

几个人议论一通，有人感慨有人叹息，都不知道明天后天的日子怎么过。

尾　声

九十五岁的八只眼拄着拐棍，颤颤巍巍走进十宝的院子。听见门外的拐棍声，十宝说："是八只眼来了吗？"

儿子看了一眼窗外，说："是的。"

八只眼走进屋里，看见十宝躺在被窝里，只有最后的一点气力。八只眼坐在炕楞上，瞅着十宝，说："我来了。我知道你有心事。"

十宝眼皮眨了一下，说："我想知道当年我的那只夜光杯的下落，你说给我听。"

八只眼从怀里掏出一个蓝布小袋子，然后从袋子里掏出一只夜光杯给十宝看。十宝看见是自家的那只夜光杯，颤抖着说："这件宝贝是从哪来的？怎么会在你手里？"

八只眼说："从七颗心手里得来的。"

十宝说："我明白了。看来当年你对七颗心说了假话，宝贝并没有被山东乞丐拿走，而是落入了你手里。三件宝贝都落到了你手里，可惜七颗心早已入土了，我也要入土了。"

十宝话音刚落，伸手去抢夜光杯，结果断了气。

小时候，八只眼听爷爷说，他家祖先有三只夜光杯，因家道衰落，流落到别人手里。现在，三只夜光杯又回到他家。